Dictionnaire amoureux de l'esprit français

Du même auteur

Mon cher Jean... De la cigale à la fracture sociale, essai, Zoé, 1997.

Le Mystère Machiavel, essai, Zoé, 1999.

Nietzsche ou l'Insaisissable Consolation, essai, Zoé, 2000.

La Chambre de Vincent, récit, Zoé, 2002.

Victoria-Hall, roman (prix du Premier Roman de Sablet 2004), Pauvert, 2004 ; Babel n° 726.

Dernière lettre à Théo, roman, Actes Sud, 2005.

L'Imprévisible, roman (prix des Auditeurs de la Radio suisse romande 2007 ; prix des lecteurs FNAC Côte d'Azur 2006), Actes Sud, 2006 ; Babel n° 910.

La Pension Marguerite, roman (prix Lipp 2006), Actes Sud, 2006 ; Babel n° 823.

La Fille des Louganis, roman (prix Version Femina Virgin Megastore 2007 ; prix Ronsard des lycéens ; prix de l'Office central des bibliothèques 2008), Actes Sud, 2007 ; Babel n° 967.

Loin des bras, roman, Actes Sud, 2009 ; Babel n° 1068.

Le Turquetto, roman (prix Jean-Giono ; prix Page des libraires, prix Alberto-Benveniste ; prix Casanova ; prix Culture et Bibliothèques pour tous ; prix Richelieu de la francophonie), Actes Sud/Leméac, 2011 ; Babel n° 1184.

Prince d'orchestre, roman, Actes Sud/Leméac, 2012 ; Babel n° 1253.

La Confrérie des moines volants, roman, Grasset, 2013 ; Points Seuil, 2014.

Juliette dans son bain, roman, Grasset, 2015 ; Points Seuil, 2016.

(Suite en fin d'ouvrage)

Metin Arditi

Dictionnaire amoureux de l'esprit français

Dessins d'Alain Bouldouyre

L'ABEILLE
PLON

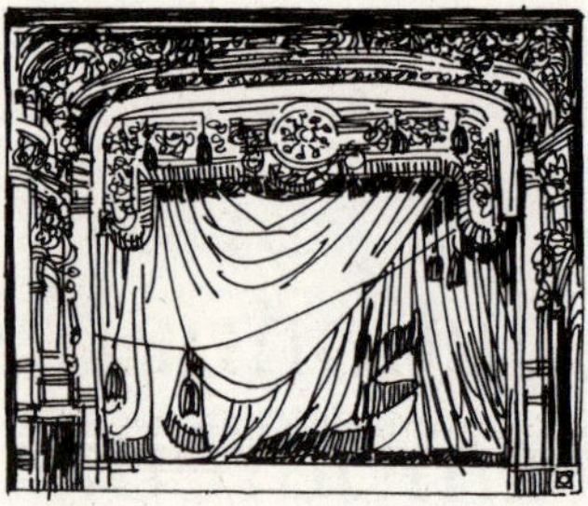

Ce texte est initialement paru dans la collection « Dictionnaire amoureux » fondée par Jean-Claude Simoën.

92, avenue de France
75013 Paris
Tél. : 01 44 16 09 00
Fax : 01 44 16 09 01
www.plon.fr
www.lisez.com

Dépôt légal : août 2021
ISBN : 978-2-259-30715-4
ISSN : 2727-8360
Mise en pages : Nord Compo (Villeneuve-d'Ascq)

À la mémoire de ma mère,
en souvenir du boulevard Osman.

Je voudrais bien savoir si la grande règle
de toutes les règles n'est pas de plaire.

MOLIÈRE

La langue paternelle

Vingt mille personnes seraient plus compétentes que moi pour écrire ce dictionnaire. Je plaide donc coupable, mais avec circonstances atténuantes. J'ai à l'égard de la France une dette dont je ne pourrai jamais m'acquitter. Accroché à sa langue comme à la seule vérité, porté par une gratitude immodérée pour sa culture et son esprit, j'assume l'aventure.

Je suis né dans un pays où la France n'a jamais été une puissance coloniale ou mandataire. Où, lorsque j'étais enfant, elle n'avait pas d'influence économique prépondérante. Et où, pourtant, sa présence était exceptionnelle. Le français flottait avec une nonchalance gracieuse sur les rives du Bosphore. Chacun le parlait. Par quel miracle ? Je ne sais pas.

À l'Istanbul de mon enfance la France n'offrait pas seulement le plaisir de lire ses grands écrivains, celui d'écrire en les prenant comme modèles, de respirer sa langue comme sa syntaxe dicte de le faire. L'essentiel était ailleurs. Par ce partage intime, permanent, charnel, la France devenait notre référence morale. La clarté de sa langue, son esprit, une façon d'être, tout nous menait à conclure, dès qu'il s'agissait d'avoir une opinion, qu'il convenait de prendre modèle sur la France.

Mon père venait de Roustchouk, en Bulgarie ottomane (aujourd'hui Roussé), et ma mère d'Ankara. Si la famille paternelle, les Arditi, les Canetti, les Asseo de Salonique, était à la fois cosmopolite et avide de culture, celle de ma mère était, sous cet angle, « locale ». Il y avait à Ankara un petit quartier judéo-arménien, comme souvent dans l'Empire ottoman, où mon grand-père tenait une mercerie. Quant à ma grand-mère, elle était analphabète et ne parlait que le ladino, le castillan médiéval mêlé de mots turcs, alors que sa famille, les Albuquerque (patronyme qui par la suite s'est transformé en Alboukrek, à la turque), se trouvait dans l'Empire ottoman depuis dix générations.

À Istanbul, mon père parlait turc, allemand, ladino, et grec. Ma mère parlait turc et ladino. Ma gouvernante, qui était d'origine autrichienne, parlait allemand et turc. Mais à la maison, notre langue commune était le français. Nous le parlions tous couramment, un miracle dont aujourd'hui encore l'explication m'échappe. Le français n'incarnait pas seulement un pays. Il était la vérité, le juste. Il était, pour nous tous, la langue paternelle.

La France, c'était Liberté, Égalité, Fraternité, mais aussi Dignité. Dans cet Orient flou, fluide, aux contours juridiques souvent insaisissables et aux lendemains incertains, la langue française nous réconfortait face à un arbitraire, qui, s'il ne se manifestait pas tous les jours, planait sur nous à chaque instant. Le français était notre refuge.

Personne ne nous faisait répéter : « Nos ancêtres les Gaulois. » C'était nous qui, dans une démarche inverse, les adoptions et faisions d'eux nos géniteurs. Tombé tout enfant dans la marmite du français comme Obélix dans la potion magique du druide Panoramix, je devenais français au fil du temps, gaulois par la langue, apte à subir les tests ADN qui auraient, je veux le croire, révélé un indiscutable cousinage avec Vercingétorix.

Il me reste une photo, une seule, de ma gouvernante, prise dans une forêt de Büyükada, l'île des Princes. Elle et moi sommes assis au pied d'un pin. Au dos de la photo figurent ces mots, parfaitement orthographiés : *Les deux inséparables dans les bois*. Ils sont de sa main. Ma gouvernante, j'en suis sûr, n'a jamais eu les moyens d'aller en France. Pourtant, elle avait la même écriture élégante et ronde que j'allais découvrir plus tard sous la plume de mes maîtresses d'école françaises. Ce n'était pas la calligraphie allemande ou italienne, encore moins la nordique ou l'anglo-saxonne. C'était la calligraphie française.

Si j'ai accepté sans hésiter la proposition d'écrire ce dictionnaire, c'est pour tous ces motifs. À Istanbul, le français nous offrait l'espoir d'un bonheur. Une liberté. En un mot, un esprit, dont j'allais plus tard découvrir les nombreuses facettes : le chant classique à la française, délicat comme aucun autre, les « petites phrases » politiques du week-end, le goût du discours, puisqu'il s'agit de théâtre, celui de la polémique, les vers de Racine et la prose de Flaubert, la pensée de Voltaire décapée à l'acide, les gastronomes étoilés, les manières abruptes des serveurs du Café de Flore (résultat d'un long apprentissage, assurément, qui remettent chacun à sa juste place et ravissent les touristes), l'École polytechnique, où l'on porte encore le bicorne et dont les anciens, même sexagénaires, continuent d'inscrire sur leur carte de visite : *Ancien élève de...*, l'Académie française et la Comédie-Française, le Collège de France et Normale sup, des institutions aux noms magiques, intimidants, avec, comme fond sonore à ce tableau brillant, Jeanne Moreau irrésistible de grâce, qui chante Rezvani, « J'ai la mémoire qui flanche », nous rit au nez, et, de son regard impertinent, nous lance : « Je t'emmerde, coco ! »

De quoi tomber éperdument amoureux.

À l'âge de dix ans, ma mère me fit découvrir Paris. Durant une semaine, j'eus droit – au pas de course – à tous les grands musées de la ville ou presque, à Versailles et Fontainebleau, et chaque soir à une pièce de théâtre (dont *Cyrano de Bergerac*, au Théâtre de la Ville, avec Pierre Dux, inoubliable), deux opérettes (*Les Chevaliers du ciel*, avec Luis Mariano, et *Méditerranée*, avec Tino Rossi), ou encore l'Olympia (où Jean Constantin chantait « Le Pacha », génial). Ma mère avait quitté l'école à douze ans et, à ses yeux, la culture, la grande, la seule, c'était Paris. Elle imaginait combien il doit être merveilleux d'être cultivé. Elle regrettait infiniment de ne pas l'être, et durant une semaine elle n'eut de cesse de me rappeler la chance que j'avais de découvrir ce monde dès l'enfance.

Son amour pour Paris me paraissait naturel : avant qu'elle ne me fasse découvrir la ville, lorsqu'elle me décrivait avec émerveillement les séjours qu'elle y effectuait, le nom d'une avenue revenait souvent : le boulevard Osman. En turc, *osman* veut dire « ottoman », l'accent est porté sur la dernière syllabe, et le « n » est prononcé avec fermeté. Je me disais alors que les Français devaient beaucoup aimer les Turcs pour qu'un tel nom soit donné à une rue si importante, et l'idée d'être tant aimé me réjouissait infiniment. À Paris, je serais donc un peu chez moi. Hélas, il s'agissait de « Haussmann »... Ce fut la seule déconvenue de ma première semaine parisienne.

Certaines entrées de ce dictionnaire pourront paraître frivoles, elles le sont. L'esprit français est aussi – surtout ! – là pour charmer, ravir, séduire. Quelquefois ses atours sont sérieux. Ils peuvent aussi être délicieusement crapuleux, et ce paradoxe me conforte. La philosophe Jeanne Hersch aimait le répéter : « Lorsque vous vous occupez de condition humaine et que vous butez sur un paradoxe, c'est que vous êtes sur la bonne voie. » L'essentiel est que les paradoxes ne soient pas assommants. Je crois bien que ce qui définit l'esprit français, c'est qu'il sait être à la fois profond et léger.

Au terme du voyage que l'écriture de ce dictionnaire m'a amené à faire, je reste frappé par ce paradoxe, la cohabitation intime d'immenses prophètes – Pascal, Diderot, Renan, Péguy – et de saltimbanques talentueux, souvent géniaux, Molière, Beaumarchais, Colette, Guitry, Piaf... Je crois que si ces saltimbanques s'expriment si librement et si bien, c'est qu'ils se sentent confortés par la présence de prophètes qui les rassurent et leur offrent la liberté. Les parents sont à l'étage, déjà couchés. Au rez-de-chaussée ou à la cave, les enfants se laissent aller à la recherche du plaisir. Le goût de la fête prendra par moments le dessus sur celui de la raison, il sera temps demain... La liberté, trait saillant de l'esprit français, tient à ce que, lorsque l'on fait la fête, les prophètes ne sont jamais loin. Il y a là une spécificité française, une cohabitation qui ne se retrouve, je crois, dans aucune culture.

De cet esprit, quels sont les contours ?

Il y a, d'abord, un constant souci d'élégance. Ici, rien de superficiel. L'élégance est la valeur suprême, celle dont découlent de nombreuses « spécialités françaises » : la haute couture, bien sûr, les parfums (toutes choses qui peuvent paraître superficielles et qui sont, au contraire, l'aboutissement d'un extraordinaire travail), le goût de la formule et des petites phrases, l'amour des classifications, le sens du raccourci, et, forcément, un talent naturel pour les mathématiques. Quoi de plus élégant qu'une démonstration simple, aérienne comme le tombé parfait d'une robe ? Il faut être léger, rapide. Bref. Ne jamais ennuyer. « L'onde était transparente ainsi qu'aux plus beaux jours », dit La Fontaine dans la fable du « Héron », l'une des plus belles phrases de la langue française.

En contrepoint, le péché suprême sera la lourdeur. Faire le besogneux, quelle horreur ! On s'interrogera, non sans quelque inquiétude : être besogneux, n'est-ce pas faire une besogne ? Un travail nécessaire ? « besogne » vient de « besoin »… En italien, *bisogna* veut dire : « il faut ». Mais tant pis ! Laissons les besognes à qui aime s'en charger. Aux Suisses ou aux Allemands, par exemple. Ou aux Scandinaves. Ou aux Américains. Mais il faudra bien, au fil de ces pages, s'interroger sur les conséquences d'une telle aversion.

Osons la question : être élégant, soit, mais pourquoi ? Pour plaire, bien sûr ! « Je voudrais bien savoir si la grande règle de toutes les règles n'est pas de plaire », dit Dorante dans *La Critique de l'École des femmes*. Bien sûr, l'esprit d'élégance, le goût de plaire, cela implique un coût. Vouloir plaire, c'est guetter le regard d'autrui. C'est par avance se soumettre à son verdict. C'est sacrifier aux applaudissements une part de son libre arbitre. Pourtant, ce qui semble besogneux pourrait se révéler utile. Voire indispensable… Comment passer cette réalité sous silence ? Le brio a un coût, souvent caché, quelquefois bien lourd (v. Garçon, l'addition s'il vous plaît ; Grèves ; Épilogue).

Ce besoin de plaire que Saint-Simon décrit avec tant de talent et de cruauté (v. Jusque du moindre de ses regards…) fait-il partie du passé ? Non, bien sûr ! Il est là, omniprésent, et porte en lui un effet tétanisant, asséchant sur le plan moral et insidieux sur le plan économique.

Mais aussi, quel panache il offre ! Quelles perspectives il ouvre ! Quel puissant moteur, pour créer, bousculer, se dépasser, et, pour finir, réussir ! C'est-à-dire briller. Plaire. Conquérir le monde et les cœurs.

Enfin, si apparaissent, çà et là, quelques déceptions, on se souviendra que ce dictionnaire est celui d'un amoureux. L'amour rend tendre, mais aussi jaloux, injuste, aveugle…

Un mot, encore. Combien de volumes faudrait-il pour donner ne serait-ce qu'un aperçu de l'esprit français ? Comptons serré : cent. Sur sept siècles, une quinzaine de tomes par siècle. Et encore… Pas un ami auquel je parle de ce dictionnaire et qui ne me dise : « Ah ! Mais tu ne peux pas parler de l'esprit français sans consacrer une entrée à… », remarque à laquelle on peut ajouter des dizaines de suggestions, toutes frappées au coin du bon sens, et que je n'ai pas suivies. L'exercice qui consiste à traiter le sujet en un seul volume a donc quelque chose de surréaliste. À juste titre, le lecteur pourra s'exclamer : « De ceci, il ne dit rien ! Ni de cela ! Ni d'Untel ! »

On me reprochera mes vers de mirliton… Ils font « fin de repas de noces », je le sais. Mais voilà, cette langue est ma langue. Je prends un plaisir jubilatoire à délaisser sa prose pour sa rime, à retrouver dans ce jeu quelque chose de l'amour après l'amour, lorsque l'on n'a pas envie de quitter le lit, alors on invente des caresses, un peu pour rire et beaucoup pour dire combien on aime.

P.-S. : J'ai sept petits-enfants. Cinq habitent Genève et deux Athènes. Pour chacun d'eux, le cadeau d'anniversaire de ses dix ans a été un voyage à Paris.

A

Académie française

S'il fallait définir l'esprit français par une seule expression, je choisirais « le mot qui fait mouche ». Il incarne la précision du verbe, le brio, l'intelligence, la légèreté, une forme de théâtralité, aussi, une distance au sujet. Faire mouche, c'est blesser un peu, juste ce qu'il faut. Ce n'est pas se complaire dans la violence. L'expression renvoie à l'art de l'escrime. Une épée pour défendre une langue ? Les circonstances l'imposent.

Accents

Ne sont-ils pas délicieux, les accents de France ? Accessibles, sympathiques, quelquefois drôles… En cherchant à les imiter, le visiteur aura le sentiment d'être un peu de la famille. L'accent de Marseille, celui du Midi, du Sud-Ouest, celui de Lyon, du Jura, du Nord, celui de Paris, chacun est charmant. C'est là une caractéristique française. Sans vouloir le moins du monde être méchant (ou alors juste un peu), verrait-on un touriste s'amuser à imiter l'accent cockney de Londres autrement qu'en se moquant ? Encore faudrait-il qu'il comprenne ce qui est dit… Ou imiter sans un brin de mépris l'accent très British d'Oxford, un accent qui exclut, qui accompagne ce que les Anglais eux-mêmes appellent le « *stiff upper lip* », la lèvre supérieure rigide ? Le verrait-on faire le même exercice en Allemagne avec autant de tendresse qu'il le ferait en France ? Ou en Suisse romande ? Je ne crois pas. Les accents de France tendent leurs bras à l'étranger.

Allure

Combien de fois n'ai-je entendu ces mots : « Elle n'est pas très belle, mais elle a de l'allure » ? Voilà qui dit tout, règle tout. En France, l'allure est un enjeu. Plus pour les femmes que pour les hommes, bien sûr. Du reste, les hommes qui ont de l'allure sont rares, alors que les femmes sont nombreuses. Mais pour un homme aussi, l'allure ne sera pas qu'une qualité secondaire. Il aura beau être savant, travailleur, fiable, si l'on dit de lui : « Il manque d'allure », le voilà condamné à jouer les utilités. Il ne sera pas invité (ou alors en bout de table[1]).

1. On raconte que, lorsque Talleyrand recevait, il aimait lui-même débiter le rôti, et, selon la place que chacun occupait à sa table, il s'adressait à lui avec une considération très variable. Avec ses proches voisins, il usait de périphrases. Elles allaient diminuant à mesure qu'il interpellait des hôtes éloignés de lui. À celui assis en bout de table, il lançait : « Bœuf ? »

Bien sûr, le goût porté à l'allure peut paraître excessif. Un ancien ministre connu pour soigner ses apparences, fidèle à gauche, à droite et au centre, m'a lancé un jour : « Les socialistes ? Ils ne savent pas se choisir un tailleur. » Le mot date, c'est vrai. L'homme était à l'orée d'une grande carrière. Elle sera ronflante et sans effet. Son souci du paraître l'emportait sur sa capacité de discernement. Mais bon… À défaut de s'être montré fidèle en politique, il l'a été à son tailleur. Il l'est toujours, du reste, je l'ai constaté en détaillant sa mise, il y a peu, sur un plateau de télévision. Veste de lin bleu électrique parfaite aux épaules, chemise blanche un brin chiffonnée, très bien aussi, vraiment rien à dire.

Dans la hiérarchie des valeurs de l'esprit français, l'allure occupe forcément un rang important. Pour plaire, il faut avoir de l'allure, et l'on attribuera mille qualités à celles et ceux qui en ont.

Il n'y a pas là qu'une frivolité. Avoir de l'allure, ce n'est pas attirer l'attention par des extravagances. C'est se faire remarquer selon des critères esthétiques. Un défilé de mannequins dans les salons du Ritz, voilà qui a de l'allure. Les robes d'Yves Saint Laurent, de Givenchy ou de Guy Laroche… quelle allure ! En trois coups d'aile, cet esprit-là sera partout, de New York à Dubaï, en passant par Johannesburg.

Le lien entre ces critères et la capacité de se révéler de bonne compagnie n'est pas mince, avouons-le. Plus une personne aura de l'allure, plus les chances seront grandes qu'elle se sente sûre d'elle. Elle se comportera de manière gracieuse, sans paresse ni agitation. Sa respiration ne sera pas heurtée. Sa voix sera posée, apaisée et apaisante. Ses choix vestimentaires seront de bon goût. Sa belle allure annoncera une capacité à établir un rapport harmonieux avec son voisin.

> Il y avait d'abord son allure [...], il était plutôt grand. En même temps, il était mince et il se tenait un peu cambré et renversé, la tête bien dégagée, avec beaucoup de noblesse, ce qui le grandissait encore [...]. En fait, il était le contraire de la raideur [...]. C'était surprenant de penser que cet homme, qui passait plus de la moitié de sa vie couché et de qui on attendait plutôt de l'ankylose, pouvait montrer tant de souplesse et de grâce dans ses moindres gestes ou mouvements [...]. Il n'y aurait eu que les imbéciles pour ne pas s'aviser de son extraordinaire élégance naturelle, qui faisait tout passer [...] grand seigneur [...] Il avait cette suprême élégance d'être ce qu'il était, simplement.
>
> Céleste Albaret, *Monsieur Proust*

Ancêtres (les Gaulois)

« Nos » ancêtres...

La formule se trouve chez Ferdinand Buisson, dans un passage du *Dictionnaire de pédagogie et d'instruction primaire* publié en 1887 :

> Il y a dans le passé le plus lointain une poésie qu'il faut verser dans les jeunes âmes pour y fortifier le sentiment patriotique. Faisons-leur aimer nos ancêtres les Gaulois et les forêts des druides, Charles Martel à Poitiers, Roland à Roncevaux, Godefroi de Bouillon à Jérusalem, Jeanne d'Arc, Bayard, tous nos héros du passé, même enveloppés de légendes ; car c'est un malheur que nos légendes s'oublient, que nous n'ayons plus de contes du foyer, et que, sur tous les points de la France, on entende pour

toute poésie que les refrains orduriers et bêtes, venus de Paris. Un pays comme la France ne peut vivre sans poésie.

À mes yeux, parler de « nos ancêtres les Gaulois » est plus que légitime. C'est un devoir. Un idéal à atteindre. Un objectif auquel on parvient par l'amour et le respect de la langue. C'est elle qui permet de respirer le pays, de le comprendre, de l'admirer, de constater ses failles, de les partager et d'ainsi l'aimer vraiment.

Faut-il pour cela oublier d'où l'on vient ? Sûrement pas ! L'esprit français n'exclut en rien de garder vivante la langue de l'enfance. Parler français et turc, français et italien, français et portugais, français et arabe, oui, bien sûr. Mille fois. Mais pas en même temps. Sans mélanges, qui n'aboutissent à rien, si ce n'est à ne plus rien parler correctement et à ainsi priver sa pensée d'une expression précise, libre et forte. Un linguiste fera-t-il un jour la distinction entre *multiculturalisme*, qui consiste à mélanger, et donc à appauvrir – comme en cuisine on extrait du mixeur une sorte de pâte insipide, quoi qu'on y ait mis comme ingrédients de qualité –, et *pluriculturalisme*, qui est le bonheur de posséder plus d'une culture ? Ou l'inverse, peu importe. Pourvu que la différence soit clairement établie.

Années folles

Elles avaient beau être un peu déjantées, ces années-là n'avaient pas perdu le nord. Elles n'auront pas beaucoup duré, à peine le temps pour la France de reprendre ses esprits, comme si elle sentait par avance que le vent se préparait à tourner. Après le carnage de la Grande Guerre, la décennie suivante allait se terminer par le krach de Wall Street, la crise économique et la montée des fascismes. Il était urgent de vivre, de s'amuser, de saisir le plaisir, de tirer parti d'un cycle vertueux : Paris s'amusait, Paris attirait. Les plus grands artistes du monde s'y bousculaient. Ils s'en trouvaient bien et offraient leurs talents en partage, aux Parisiens et aux autres, ceux qui, comme eux, venaient de partout. Gertrude Stein tenait salon rue de Fleurus, à deux pas du Luxembourg. Francis Scott Fitzgerald, Henry Miller, Ernest Hemingway, les écrivains de la Génération perdue faisaient connaissance avec leurs collègues français, balkaniques, méditerranéens. De l'École de Paris, Chagall, Soutine et Modigliani comptaient parmi les membres les plus éminents. « Le carrefour Vavin-Raspail-Montparnasse est le nombril du monde », disait Miller. La Coupole, La Rotonde et Le Dôme étaient les lieux de rencontres privilégiés des artistes et de quiconque cherchait à les approcher. Man Ray transformait Kiki de Montparnasse en violoncelle et frustrait tous les apprentis musiciens de la Terre qui avaient eu la sombre idée d'avoir choisi un autre instrument. Le music-hall, la chanson, l'opérette vivaient une période d'une intensité inouïe. La présence de troupes américaines en France n'y était pas pour rien : Paris découvrait le jazz, le charleston, la *Revue nègre*, Joséphine Baker, son pagne et ses danses affolantes. Sa chanson « J'ai deux amours » (mon pays et Paris, bien sûr) conquérait tous les cœurs. Les artistes français n'étaient pas en reste. Maurice Chevalier chantait de son inégalable nonchalance « Dans la vie faut pas s'en faire », et tout Paris l'applaudissait. Rive droite, au *Bœuf sur le toit*, Jean Wiéner et ses amis faisaient ce qui devait pour toujours s'appeler « un bœuf », chacun jouant en entente improvisée avec les autres musiciens (v. Milhaud, Darius ; Satie, Erik). À Montmartre, ceux qui allaient s'imposer parmi les plus grands peintres du siècle vivaient en phalanstère. Durant une dizaine d'années, la fête devint chaque jour plus grandiose. Puis tout s'écroula, très vite. En 1929, l'Olympia et le Moulin Rouge durent fermer.

Mais l'expression resta. Paris avait connu des années folles, elles pouvaient revenir.

Apollinaire, Guillaume, poète nietzschéen

C'est une histoire de femmes qui m'a mis la puce à l'oreille. Un détail… Apollinaire avait sa Lou, comme Nietzsche, amoureux fou de Lou Andreas-Salomé, qui lui préférera un autre, tout comme Apollinaire sera amoureux fou de Louise de Coligny-Châtillon, qu'il appellera Lou, qui lui inspirera *Ombre de mon amour* et *Poèmes à Lou*, et qui lui préférera un dénommé Toutou… Le poème ici repris est un calligramme en deux parties, qui ont pour forme une fleur et un cœur :

Nice, fin octobre-novembre 1914

À LOU DE COLIGNY-CHÂTILLON

HOMMAGE
respectueusement passionné

Oliviers vous battiez ainsi que font parfois ses paupières
Par ce livre dur et précis dans la joie
apprenez ô Lou à me connaître afin de ne plus m'oublier
mais perché sur l'abîme je domine la mer comme un maître
JE VOUS SALUE LOU
COMME FAIT VOTRE ARBRE PRÉFÉRÉ
LE PALMIER PENCHÉ
DU GRAND JARDIN MARIN
SOULEVÉ COMME UN SEIN
Votre chevelure pareille au sang répandu
mourir et savoir enfin l'irrésistible Éternité

et je pla[ce] ici même malgré vous
votre pensée la + secrète

Guillaume Apollinaire

Il y a du Nietzsche chez Apollinaire. Même génie. Même capacité à renverser les tables. À bouleverser, en quelques années et pour toujours, la poésie (ou la philosophie) dans une explosion de violence et de grâce.

Bien sûr, mille choses séparent Apollinaire de Nietzsche. Le philosophe allemand grandira dans un milieu austère et vivra une enfance sédentaire, alors que celle du poète français sera agitée, pour user d'un euphémisme. Nietzsche sera élevé par sa mère, sa tante et sa grand-mère (le père de Nietzsche décédera lorsque son fils unique sera âgé de quatre ans), alors qu'Apollinaire naîtra à Rome de père inconnu et de mère femme galante (son fils était âgé de sept ans lorsqu'elle fut arrêtée à Monte-Carlo, où elle travaillait comme entraîneuse au casino). L'enfance de Guillaume Apollinaire sera chaotique. En 1919, Léautaud écrira de sa mère : « Elle ne m'a pas caché son âge : 52 ans. Fort bien conservée pour cet âge, surtout élancée et démarche légère, aisée. » Mais aussi « exubérante », ayant fait de nombreux voyages dans « toute l'Europe ou presque ». Il en déduira que son ami Apollinaire a « hérité en imagination de ce vagabondage ». Apollinaire aura une vie amoureuse agitée, lui aussi, mais elle sera riche et pleine, faite de liaisons fortes, par exemple avec Marie Laurencin, à qui il dédiera un bouleversant « Crépuscule » :

Frôlée par les ombres des morts
Sur l'herbe où le jour s'exténue
L'arlequine s'est mise nue
Et dans l'étang mire son corps

Un charlatan crépusculaire
Vante les tours que l'on va faire
Le ciel sans teinte est constellé
D'astres pâles comme du lait

Sur les tréteaux l'arlequin blême
Salue d'abord les spectateurs
Des sorciers venus de Bohême
Quelques fées et les enchanteurs
Ayant décroché une étoile
Il la manie à bras tendu
Tandis que des pieds un pendu
Sonne en mesure les cymbales

L'aveugle berce un bel enfant
La biche passe avec ses faons
Le nain regarde d'un air triste
Grandir l'arlequin trismégiste

Il épousera Jacqueline, qui lui inspirera le poème « La jolie rousse », et aura pour témoins de mariage Picasso et Vollard, le marchand de tableaux.

Nietzsche, lui, sera bien incapable d'avoir une seule liaison, et n'aura presque pas d'amis.

Malgré ces différences, il y a chez Apollinaire comme chez Nietzsche une même génialité fiévreuse. Nietzsche aura achevé toute son œuvre à quarante ans. Apollinaire mourra à trente-huit. Tous deux partageront, dans des circonstances différentes, une même soif éperdue pour la vie. Le mot de Nietzsche « Je ne croirais qu'en un dieu qui sache danser » aurait pu être d'Apollinaire, qui inventera les calligrammes, les poèmes disposés en forme de dessin, créera le mot « surréalisme ». Sa pièce *Les Mamelles de Tirésias* en sera la manifestation fondatrice (et sans doute la première pièce « transgenre »). Il fera resurgir de l'Antiquité l'orphisme, qu'il proposera dans ses *Méditations esthétiques*, un concept qui, autour du personnage d'Orphée et de sa lyre, unit musique, poésie et représentations, associant à son *Bestiaire ou Cortège d'Orphée* des gravures de Dufy (Picasso, Léger, Sonia Delaunay, Picabia et Duchamp seront à ses yeux les peintres orphiques par excellence).

Apollinaire était le cinquième prénom de Guglielmo Alberto Wladimiro Alessandro Apollinare de Kostrowitzky. Comme celui de Nietzsche, son nom deviendra synonyme de génie.

P.-S. : Le premier pays a réserver un accueil enthousiaste à l'œuvre de Nietzsche a été la France.

Voir : Breton, André ; Dada ; Surréalisme, Le et les tapis de M. Loubet).

Apparat, Goût de l'

Attention, terrain glissant. « Apparat » tire ses racines de mots qui sentent le fabriqué : apparaître, paraître, paré… Jacques Rivière, dans une lettre à son ami (et futur beau-frère) Alain-Fournier, parle d'André Suarès, poète du désespoir, en ces mots : « Il y a dans son œuvre [...] une puissance de désespoir effroyable. Jamais on n'a mis un tel apparat, une telle grandiloquence, une telle affectation... » L'association d'« apparat » avec ce mot, « affectation », avec « grandiloquence », aussi, semble peu élogieuse. Lorsque l'on cherche un terme alternatif à « apparat », les dictionnaires de synonymes donnent « luxe », « magnificence », « somptuosité »... On associe au mot le concept de cérémonial... Est-ce à dire que l'apparat, composante incontestable de l'esprit français, en serait une déviation décadente ?

Le risque existe. Selon les circonstances, l'apparat peut être vain. Mais il sera sublime chaque fois qu'il résultera d'une authentique démarche artistique. Dans *Haute couture*, Florence Delay montre combien les robes de Cristóbal Balenciaga rejoignent en spiritualité les portraits de saintes peints par Francisco de Zubarán. L'apparat d'une table dressée à la française sera le résultat de très nombreux savoir-faire. Encore faudra-t-il que les objets soient choisis avec goût et mesure, que leur éclat soit en harmonie avec l'événement. Au-dessus de l'esprit français doit planer le bon sens. Et s'il y a, par nature, une ostentation dans l'apparat, eh bien l'esprit français fera en sorte qu'elle n'apparaisse pas. Tout en étant présente...

Applaudissements

Dans le film de Gérard Oury *La Folie des grandeurs*, une scène célèbre montre un Louis de Funès irrité (ce n'est pas une surprise) : « Et mes acclamations ? »

Mauvaise affaire que d'attendre les applaudissements... Quoi de plus épouvantable que de s'en remettre aux humeurs d'autrui ? On abandonne son libre arbitre. Mais l'esprit français fait grand cas des applaudissements. Ils sont une mesure objective de la gloire.

Disons-le, la société française (du moins : la parisienne) est une société d'applaudissements. La conséquence de cette soumission sera souvent cruelle. En matière d'exposition de soi, on ne « rattrape pas la moyenne », comme à l'école. La mémoire ne sera pas marquée de la même manière par les bonnes et les mauvaises nouvelles. Lorsqu'une chroniqueuse littéraire déclare au cours d'une émission très suivie que tel livre est « plat comme un trottoir », le mot de Flaubert qui qualifiait ainsi la conversation de Charles Bovary, elle sera complimentée pour sa verve, rentrera chez elle contente, et dormira d'un sommeil léger. Le lendemain, elle repensera à l'épisode avec bonheur. Un jour plus tard, elle l'oubliera.

L'auteur du livre, lui, déchiqueté en public, vivra l'événement d'une manière différente. Il ne l'oubliera jamais, ce « plat comme un trottoir ». Il en fera des cauchemars durant des mois. Il sera sans doute complimenté ailleurs, cela lui paraîtra naturel. Mais ce seront toujours ces mots qui lui reviendront en mémoire, convaincu que ce sont d'eux que les auditeurs de l'émission se souviendront le plus et le plus longtemps. Eux qu'ils répéteront à l'envi, avec une mauvaise joie. « Plat comme un trottoir »... Malheur à l'artiste !

Apprentissage

Il y a, je crois, peu d'enjeux aussi importants en France – à la fois par leur charge symbolique et par leur portée économique et sociale – que ceux liés à l'apprentissage.

Le sujet touche l'esprit français dans ce qu'il a de plus beau comme dans ce qu'il porte de plus dangereux. Et il me semble bien que la révolution de l'apprentissage en France – si elle devait par miracle advenir – ouvrirait une période de prospérité inconnue depuis longtemps.

Pourquoi le chômage est-il, en France, deux fois plus élevé qu'en Allemagne ou en Angleterre ? Trois fois plus élevé qu'en Suisse ? Est-ce que les élites sont mal formées ? Elles le sont aussi bien que partout ailleurs, voire mieux. Il suffit pour s'en convaincre de relever le grand nombre de jeunes Français nommés à des postes importants dans la Silicon Valley. Non, la raison est ailleurs : le mépris réservé à la formation professionnelle par voie d'apprentissage. L'existence de lycées professionnels est en soi éloquente. En Allemagne, par exemple, de tels lycées n'existent tout simplement pas. En France, il semble que faire un apprentissage en atelier d'entreprise porte en soi quelque chose de honteux. Vaut-il mieux aller au lycée ? Même si l'on sait la cause perdue d'avance ? Car la discipline ne sera jamais la même en lycée que dans une entreprise, là où l'heure, c'est l'heure, où l'on salue poliment, et où l'on est respectueux des impératifs de la hiérarchie, au risque sinon de se faire renvoyer. Au lycée, ce sera le même rapport au maître, dans lequel les droits de l'élève sont, bien sûr, à respecter scrupuleusement... Le problème est ainsi double : la filière sera méprisée, et, pour corriger ce mépris, la formation sera dévoyée. Le résultat de cette situation se mesure à la fois au nombre d'apprentis (il y a, en France, quatre fois moins d'apprentis qu'en Suisse) et au taux de chômage des jeunes (16-25 ans), qui est cinq fois plus élevé en France (25 %) qu'en Suisse (5 %). J'ajoute qu'en Suisse les filières d'apprentissage, si elles débutent en entreprise, sont évolutives. On peut démarrer apprenti et se retrouver étudiant, doctorant et même professeur à l'École polytechnique. On peut même finir président de la plus grande banque du pays (et du monde). Pour avoir eu à l'École polytechnique de Lausanne des camarades de classe qui avaient suivi cette filière (un ancien employé des Postes, un ancien mécanicien, un ancien chauffagiste), je peux en attester : ils étaient de redoutables concurrents, produits d'une formation efficace, mais aussi d'un attrait, d'un réel respect de la condition d'apprenti.

C'est là, sans doute, que se trouve la cause profonde du problème. Là que le pays France doit faire face aux conséquences de ses choix, à la facture qu'il faut payer pour les avoir assumés. Admettons-le, être apprenti est moins valorisant qu'être étudiant à Polytechnique. Comment imaginer qu'un peuple qui place si haut le goût de plaire, qui donne au plaisir une place si grande, qui a pour tout ce qui touche au théâtre tant de talent et tant de faiblesse, qui incarne l'élégance et le savoir-vivre, comment ce peuple pourrait-il avoir pour tout ce qui est besogneux (v. Besogneux) les yeux de Chimène ? C'est impossible. Et c'est peut-être son plus grand drame.

En février 2018, le président du principal parti d'opposition s'exprime devant une classe d'élèves en management et qualifie les propos qu'il tient d'habitude devant la presse par des mots grossiers (ce qui, ici, n'est pas le problème). La presse fait son métier et reprend ses paroles. Mécontent de voir les mots de son chef reportés, le porte-parole de ce même principal parti d'opposition parle d'un journalisme « niveau CAP d'ajusteur-monteur ». Le mot a ému, pour quelques heures ; à peine en a-t-on parlé qu'on l'a oublié. Or ce mot me révolte. Il est porteur d'une arrogance et d'une bêtise sans limites. Et il ne s'agit pas seulement d'une idiotie. Il est le symptôme du regard porté sur les professions issues de l'apprentissage.

En réalité, ce qui est choquant est moins le mot lui-même que l'oubli dans lequel l'épisode est très vite tombé. Son auteur n'a pas été mis en cause par son parti. Et la presse lui a laissé la vie sauve. Sans doute que, en définitive, son commentaire reflétait d'assez près le sentiment général.

Arc de Triomphe, L'

Lorsque l'on se trouve au pied de l'Arc, que l'on voit douze avenues partir du rond-point et toutes (ou presque) descendre en étoile, filer comme les torrents dévalent la montagne, on a le sentiment d'être à un sommet.

Eh bien non. Des collines de Paris, la plus haute est celle de Montmartre, et la plus basse, à soixante et un mètres, la montagne Sainte-Geneviève. Mais il n'y a point de nom géographique pour le lieu qui marque la ville de tant de majesté.

L'Arc est le plus grand du monde, et sans doute le plus beau. Commandité par Napoléon après la bataille d'Austerlitz, il a été construit sur trente années, de 1806 à 1836 (l'édification des fondations a nécessité à elle seule deux années de travaux, si bien que, au mariage de Napoléon, en 1810, l'Arc n'était pas même une ébauche. Qu'à cela ne tienne, dit alors Jean-François-Thérèse Chalgrin, son architecte. Il construira une maquette grandeur nature, en charpente, stuc et toiles peintes sous laquelle passera la princesse…).

Je me souviens des accents triomphalistes avec lesquels notre professeur de français parlait de « l'Étoile ». Elle lançait les noms des avenues qui en partaient comme on abat des cartes gagnantes : avenue des Champs-Élysées, « qui descend jusqu'à la place de la Concorde », avenues de la Grande-Armée, Foch, Hoche, avenues de Friedland, d'Iéna, Kléber, de Marceau, Carnot, de Wagram, Mac-Mahon, Victor-Hugo…

Elle terminait toujours sa description en secouant la tête : « C'est grandiose ! »

Argent

Les Français entretiennent, dit-on, un rapport compliqué à l'argent. Faut-il s'en étonner ? S'en désoler ? L'exercice serait vain.

Dans un pays où l'on accorde un tel rang aux valeurs morales et artistiques, comment celles qui ont trait à l'argent pourraient-elles être reçues sans malaise ? C'est l'honneur d'un peuple que de faire passer le goût de l'esprit avant celui de l'or. Faudrait-il que le Français soit féru d'art et de littérature autant qu'un aristocrate Florentin du XVIe siècle, et que, dans le même temps, il porte l'argent au pinacle de ses valeurs, comme le ferait un entrepreneur texan du XXIe siècle ? Il devrait pour cela être un surhomme... Oui, en France, les rapports avec l'argent débouchent quelquefois sur des incompréhensions, des expressions de mépris ou d'envie. Il ne pourrait en être autrement, et il faut je crois accepter ces humeurs, qui sont le revers d'une belle médaille.

Il y a aussi (bien qu'elle rétrécisse comme peau de chagrin) la France rurale, qui est d'un réalisme absolu, la France des grandes entreprises et des groupes du CAC 40, qui sait compter mieux que personne, celle des start-up, en croissance très forte. Bien du monde qui s'occupe d'argent avec professionnalisme. Et le sait-on assez, que les banques françaises sont autrement plus solides que les banques allemandes ?

Demander plus serait irréaliste.

Bien sûr, les **très riches** ne seront jamais aimés, ce qui n'est pas injuste. N'étant pas « comme tout le monde », ils mettent à mal le ciment social. Il faudrait pouvoir leur offrir la possibilité de tout donner à l'État, disons : en gardant de quoi vivre dans le confort, avec la garantie absolue qu'ils seraient alors aimés, que partout, dans le métro, chez le boulanger, au théâtre, on les reconnaîtrait, et chacun leur exprimerait une tendre affection. Je me demande combien d'entre eux accepteraient une telle proposition.

Ronny tâtonna le couvre-lit du plat de la main, trouva le magazine et le tint à bout de bras. Sa photo occupait toute la couverture. En bas de page, en lettres rouges, le magazine titrait :

UN ACHARNEMENT IGNOBLE

L'éditorial de la page 3 consacrait son premier paragraphe à l'affaire :

> *À propos de ce dont tout le monde parle : un débat s'installe dans notre pays de façon chaque jour plus dérangeante. Quelle place la société doit-elle réserver à ceux qu'on appelle les riches ? (p. 22 à 24).*

Ronny ferma les paupières, expira lentement, et chercha la page 22.

L'article avait pour titre « Le bébé avec l'eau du bain » et récapitulait la série de rebuffades et d'humiliations infligées à un homme dont le premier défaut avait été d'être généreux de son temps et de son argent.

Une dizaine de photos montraient Ronny en situation de mécène à Paris, Marseille, New York et Venise.

Notre magazine parle de gens brillants, souvent célèbres, et, c'est vrai, quelquefois riches. Nous les connaissons donc un peu.

Faut-il les punir de leur succès ? Les pourchasser au point de les faire fuir ? Ce serait humain… Et pourtant…

Les riches nous sont utiles. Quel jeune entrepreneur n'a pas forcé son talent et son audace pour faire aussi bien que tel milliardaire ? À quoi pensent ceux qui à trente-cinq ans deviennent maîtres du monde à la Silicon Valley ? Au progrès ? À la science ? Allons donc ! Ils veulent tous faire comme Bill Gates.

Les abattements fiscaux sur les dons sont injustes ? Ils masquent le fait que le peuple participe à l'offrande ? La belle affaire ! Ils ne touchent qu'une part infime du patrimoine. Le reste est là, comme une proie qui attend de se faire croquer par l'État. Quarante-cinq pour cent, d'un coup ! Et à la mort du suivant, quarante-cinq pour cent sur le reste ! Et ainsi de suite, jusqu'à la rafle finale.

Les riches ont un double mérite. Celui d'inciter à l'esprit d'entreprise et celui d'être nos perdreaux bien dodus, élevés pour le jour de la chasse. Il leur arrive d'irriter, c'est vrai. Mais faut-il les faire fuir avant de les plumer ?

M. A., *Juliette dans son bain*

Astérix le Gaulois, Les aventures d'

D'abord, il y a ces chiffres, qui donnent le vertige (surtout à un écrivain) : près de 400 millions d'albums vendus (370 000 000 à l'été 2017), desquels environ un tiers en francophonie et presque autant en

Allemagne, où soixante-cinq albums ont été traduits en vingt-neuf dialectes régionaux… Au total, *Astérix* a été traduit en cent onze langues. L'une des traductions porte comme titre *Caelum in caput ejus cadit*, ce qui, comme chacun sait, veut dire « Le ciel lui tombe sur la tête », en latin.

Comment expliquer un tel engouement ? Le bon sens impose de commencer par l'essentiel : la qualité du dessin, l'originalité des scénarios, la drôlerie des situations, et, de manière générale, la maîtrise qu'avait de la bande dessinée le tandem Uderzo-Goscinny. Mais tout cela ne peut expliquer un tel phénomène. Où chercher réponse ? Plusieurs réflexions viennent à l'esprit.

1. Les personnages principaux sont des héros, certes – Astérix est rusé, dynamique, toujours d'attaque, Obélix est surpuissant, sorte d'*Übermensch* –, mais enfin, une fois débarbouillés de leurs costumes, ce sont deux Français moyens comme on en croise dans tous les aéroports ou sur les plages de la Côte d'Azur. Ils incarnent le lecteur. Ils sont la vérité

française profonde. Lire les aventures d'Astérix le Gaulois, c'est retrouver ses propres avatars.

2. Ce pouvoir d'identification du lecteur est renforcé par les thèmes, tous choisis avec astuce. *Le Combat des chefs*, parodie l'élection présidentielle. *Le Bouclier arverne* reprend les enjeux de la collaboration durant la Seconde Guerre mondiale. *Les Lauriers de César* raillent les nouveaux riches. *Obélix et Compagnie* s'en prend aux méfaits de l'ultralibéralisme. Chaque titre ramène le lecteur à ses propres repères.

3. L'identification est facilitée par la nature des personnages. Ils sont tous très sympathiques. Obélix a beau courir sans cesse à la recherche de Romains à pulvériser, c'est un grand sensible, le meilleur des hommes. Astérix est malin, certes, mais jamais dans un propos déloyal, toujours pour le bien des siens. Un homme droit. Tous les personnages, sans exception, sont râleurs, mais tous, sans exception, sont bons. On peut s'identifier à eux sans crainte de se retrouver vexé face au miroir. Goscinny et Uderzo aimaient leurs personnages. Ils se moquaient d'eux avec affection. En définitive, lire les albums d'*Astérix* est une sorte de potion magique des sentiments à l'égard de ses compatriotes.

4. Le druide Panoramix – celui qui détient la formule de la potion magique – est celui sans lequel rien ne serait arrivé. Il incarne le rêve, la possibilité offerte à tous de se transformer en Superman. C'est un personnage extraordinairement structurant. Il parle au subconscient de tout un chacun et le convainc que, à la fin, c'est la France qui gagne. Quoi qu'il arrive, elle sera championne du monde. Panoramix est la bonne

fée de la France. Ses ressorts ne sont pas éloignés de ceux qui ont fait le succès des *Harry Potter*.

5. Âgecanonix n'aime pas les étrangers, mais le lecteur aimera Âgecanonix. Les auteurs l'ont affublé d'une trop jeune et jolie femme, l'on pressent que sa vie n'est pas facile, et l'on compatit.

6. L'écriture est d'une habileté diabolique. Les aventures d'*Astérix* parlent d'une certaine façon aux enfants, d'une autre aux adolescents, d'une autre encore aux adultes. Parmi ces derniers, chacun – lettré ou non – y retrouvera un écho de lui-même. Tout cela fait beaucoup de monde…

Quelques remarques, encore.

Pourquoi un tel succès en Allemagne, pays avec lequel la France s'est retrouvée en guerre si souvent, et de quelle manière ? Je ne sais pas. Mais comment ne pas s'en réjouir ?

Pourquoi, malgré une traduction *ad-hoc* et des tentatives de distribution, les albums d'*Astérix* n'ont-ils pas réussi à s'implanter aux États-Unis ? On s'en désole. Mais enfin, cela nous informe sur un point : ils sont différents de nous (si j'ose dire), nous sommes donc différents d'eux. Ce n'est pas une mauvaise nouvelle.

Astérix incarne-t-il l'esprit français ? D'une façon indiscutable. Face aux Romains et à Jules César, il personnifie l'esprit de résistance et une revendication impérative, celle de la liberté. Astérix **est** la liberté.

Enfin, on peut se réjouir que ce soient deux enfants d'immigrés, originaires de milieux modestes, qui ont écrit l'histoire la plus franchouillarde qui soit. Les parents de Goscinny étaient des juifs originaires de Pologne et d'Ukraine. Ceux d'Uderzo étaient italiens.

D'avoir permis une telle intégration est l'honneur de la France.

Attirance (des artistes étrangers en France)

Rudolf Noureev et Serge Lifar, Alberto Giacometti, Chagall et Picasso, Cendrars et Le Corbusier, Stravinsky et Diaghilev… Par quel miracle la France attire-t-elle tant de grands artistes ? Que des peintres s'installent en Provence, cela semble naturel, la vie est douce dans le Midi, la lumière y est transparente comme nulle part ailleurs. L'interrogation porte sur les artistes qui se sont installés à Paris (certains ont par la suite choisi le Sud : Chagall et Picasso habiteront Paris avant de s'installer à Céret, puis à Vence pour Chagall, à Vallauris pour Picasso). Ils sont nombreux à avoir fait de la capitale leur ville. Déjà, Rousseau… Mais c'est le XXe siècle, surtout, qui a connu un afflux d'artistes étrangers d'une qualité inégalée. Comment expliquer cette attraction ? Les raisons abondent. La ville est très belle, c'est entendu. Mais je crois que l'essentiel est ailleurs : en France, le goût de la représentation vient avec le lait maternel. Un artiste s'y sentira admiré en tant qu'artiste plus que n'importe où. La France, les Français, l'État, même, auront pour lui une considération particulière. Il suffit, aujourd'hui encore, d'observer la place accordée aux rentrées littéraires par les journaux et les magazines, de compter le nombre de théâtres qui jouent des créations ou proposent de nouvelles productions des grands classiques, de constater l'importance que revêtent aux yeux des Français les décisions du ministère de la Culture, de prendre acte du nombre de musées et de leurs millions de visiteurs. Seuls Londres et Berlin pourraient rivaliser, et encore, sous certains aspects seulement. Sur de nombreux autres, la comparaison serait inégale.

Deux raisons, encore, font de Paris la ville reine de tout artiste. D'abord, l'effet d'entraînement. Un cercle vertueux s'est mis en place. Des artistes du monde entier sont attirés par la perspective de travailler « là où tout se passe », d'être pris dans la spirale, de participer. Mais un autre motif tient lieu d'aimant, je crois. Qui pense Paris pense au plaisir. Habiter Paris, ce n'est pas seulement vivre dans la plus belle des villes et côtoyer les plus grands artistes. C'est aussi, par tradition, avoir la possibilité de vivre ses plaisirs en liberté.

B

Ballets

Peut-être est-ce le ballet qui est l'expression la plus pure de l'esprit français. Il réunit les deux composantes qui « font » cet esprit. L'une est d'ordre spirituel, portée par les grands prophètes de la pensée française, Pascal, Diderot, Péguy… L'autre relève du plaisir, préconise la légèreté et nous arrive par Ronsard, La Fontaine, la chanson française et Guitry.

« Je ne pourrais croire qu'en un dieu qui sache danser », disait Nietzsche. L'art de « presque » se défaire de la gravité universelle, de se rendre léger comme les anges, ne peut qu'être spirituel. Et en même temps, y a-t-il art plus charnel ? Lequel, de la peinture, de la poésie et de tous les autres arts nous propose de manière aussi sensuelle l'accès au plaisir des sens ? Spirituelle et charnelle, offrant à la fois une élévation morale et un plaisir profane, la danse classique est, oui, l'essence même de l'esprit français.

À Paris, elle est proposée par une compagnie de ballet reconnue comme étant la meilleure au monde (v. École de danse de l'Opéra national de

Paris), quelquefois à l'Opéra-Bastille (v. Monuments, Grands), plus souvent au palais Garnier, un lieu ancien, parfait, qui a le mérite de rappeler combien la danse d'aujourd'hui n'est pas une invention de l'instant mais le résultat de trois siècles d'efforts.

Autre chose, encore, permet d'affirmer ce qui précède : l'attractivité de Paris aux yeux des artistes étrangers et sa capacité à retenir les Picasso, Modigliani, Chagall, Honegger, Balanchine, des peintres, des décorateurs, des costumiers, des chorégraphes, à les intégrer, à en faire des acteurs de l'art français. Comment sinon expliquer l'extraordinaire aventure des Ballets russes ?

Un regret personnel entache cet enthousiasme : que Béjart n'ait pas été nommé à la tête du ballet de l'Opéra de Paris. Lorsqu'il y a été chorégraphe invité, ses rapports avec Noureev se sont dégradés. Il aurait fallu qu'il ait une action plus profonde. Aurait-il accepté ? Je ne sais pas, il avait sa troupe. Mais on aurait pu imaginer des solutions. Béjart n'était pas un philosophe au sens strict, mais il avait le sens de la spiritualité, il possédait une culture, une intuition philosophique. Il savait, comme personne, faire ressortir une pensée par un geste. Noureev incarnait une certaine excellence, c'est entendu, mais les chorégraphies de Béjart offraient une émotion d'une autre profondeur.

Ballets russes

L'atmosphère qui régnait dans les milieux artistiques parisiens au début du XXe siècle a favorisé des collaborations exceptionnelles. Si à l'époque elles suscitaient souvent la raillerie et se terminaient par un scandale, elles seraient aujourd'hui inespérées. L'un des événements les plus heureux fut la venue en France des Ballets russes de Diaghilev, du théâtre Mariinsky de Saint-Pétersbourg. C'est à Paris, en 1909, au Châtelet, qu'ils donnèrent leurs premiers spectacles. Les collaborations artistiques qu'ils favorisèrent causent un vertige, et l'on n'ose imaginer aujourd'hui de telles associations de talents (il faudrait d'abord que de tels talents existent...).

En voici quelques exemples.

En 1913, Diaghilev créé au théâtre des Champs-Élysées *Jeux*, ballet en un acte, sur une musique de **Claude Debussy**, une chorégraphie de **Vaslav Nijinski** et des décors de **Léon Bakst** (Diaghilev avait déjà monté *L'Après-midi d'un faune*, en 1912). L'œuvre s'attira quelques critiques avec lesquelles Debussy ne fut pas en total désaccord. Il écrivit dans *Le Matin* un billet piquant, témoin d'un remarquable talent de plume :

> Je ne suis pas homme de science ; je suis donc mal préparé à parler de danse, puisqu'aujourd'hui on ne saurait rien dire de cette chose légère et frivole sans prendre des airs de docteur. Avant d'écrire un ballet, je ne savais pas ce que c'était qu'un chorégraphe. Maintenant, je le sais : c'est un monsieur très fort en arithmétique ; je ne suis pas encore très érudit, mais j'ai retenu pourtant quelques leçons... celle-ci par exemple : un, deux, trois, quatre, cinq ; un, deux, trois, quatre, cinq, six ; un, deux, trois ; un, deux, trois (un peu plus vite), et puis on fait le total. Ça n'a l'air de rien, mais c'est parfaitement émotionnant, surtout quand ce problème est posé par l'incomparable Nijinsky. Pourquoi je me suis lancé, étant

un homme tranquille, dans une aventure aussi lourde de conséquences ? Parce qu'il faut bien déjeuner, et parce que, un jour, j'ai déjeuné avec monsieur Serge de Diaghilew, homme terrible et charmant qui ferait danser les pierres. Il me parla d'un scénario imaginé par Nijinsky, scénario fait de ce « rien du tout » subtil dont j'estime que doit se composer un poème de ballet : il y avait là un parc, un tennis, la rencontre fortuite de deux jeunes filles et d'un jeune homme à la poursuite d'une balle perdue, un paysage nocturne, mystérieux, avec ce que je sais quoi d'un peu méchant qu'amène l'ombre ; des bonds, des tours, des passages capricieux dans les pas, tout ce qu'il faut pour faire naître le rythme dans une atmosphère musicale. D'ailleurs, il faut bien que je l'avoue, les spectacles des « Russes » m'ont si souvent ravi par ce qu'ils ont de sans cesse inattendu, la spontanéité naturelle ou acquise de Nijinsky m'a si souvent touché, que j'attends comme un enfant bien sage à qui on a promis le théâtre la représentation de *Jeux* dans la bonne Maison de l'avenue Montaigne – qui est la Maison de la Musique.

Parade fut un ballet emblématique des productions qu'offraient les Ballets russes. La musique était d'**Erik Satie**, l'argument de **Jean Cocteau**, les décors et le rideau de scène de **Pablo Picasso**… La chorégraphie était signée **Léonide Massine**, qui en était danseur principal. Quant à la note du programme, elle était due à **Apollinaire** :

De cette alliance nouvelle […] il est résulté dans *Parade* une sorte de sur-réalisme où je vois le point de départ d'une série de manifestations de cet esprit nouveau qui, trouvant aujourd'hui l'occasion de se montrer, ne manquera pas de séduire l'élite et se promet

> de modifier de fond en comble les arts et les mœurs dans l'allégresse universelle, car le bon sens veut qu'ils soient au moins à la hauteur des progrès scientifiques et industriels. Jean Cocteau appelle un ballet réaliste. Les décors et les costumes cubistes de Picasso témoignent du réalisme de son art. Ce réalisme, ou ce cubisme, comme on voudra, est ce qui a le plus profondément agité les arts durant ces dix dernières années.

Avec *Parade* en 1917, la rupture avec le monde bourgeois et l'art traditionnel fut totale. La partition de Satie mêlait à la musique de l'orchestre des bruits de revolver, de machine à écrire, de sirènes d'alarme et de roue de loterie ; il y ajouta même un soudain ragtime. Tout, dans le spectacle, visait à la dissonance. Le *sur-réalisme* annoncé par Apollinaire allait dans le sens des recherches de Marcel Duchamp dans son *ready-made*. Sur scène, les danseurs étaient remplacés par des acrobates, la virtuosité le cédait au « populaire ». Une vraie révolution.

Un critique connu parla d'« outrage au goût français ». Satie lui écrivit : « [Ce] que je sais c'est que vous êtes un cul – si j'ose dire, "un cul" sans musique. » Il y eut procès, condamnation, amende, puis finalement accord. Mais le mal – ou le bien, c'est selon – était fait. Le ballet avait son scandale.

Pulcinella fut créé à l'Opéra de Paris en 1920, sur une musique de **Stravinsky** et une chorégraphie de **Massine**. Les décors étaient de **Picasso**, et la direction d'orchestre du Suisse **Ernest Ansermet**.

En 1921, les Ballets suédois créaient *L'Homme et son désir*, sur une musique de **Darius Milhaud** et avec un argument de **Paul Claudel**. Les. Ballets russes n'y étaient pas pour rien : l'idée vint à Milhaud et à Claudel alors que tous deux se trouvaient à Rio de Janeiro et assistaient à une représentation des Ballets russes dans laquelle se produisait Nijinski.

En 1924, **Bronislava Nijinska** (la sœur du grand Vaslav) créait *Les Fâcheux*, d'après Molière, sur une musique de **Georges Auric** et avec des décors et costumes de **Georges Braque**...

En 1924 également, Diaghilev créait *Le Train bleu* au théâtre des Champs-Élysées. La musique était de **Darius Milhaud**, le livret de **Cocteau**, les décors d'**Henri Laurens** et les costumes de **Coco Chanel**. Le rideau de scène reprenait un tableau de **Picasso**, *Deux femmes courant sur la plage*.

En 1924, encore, le surréalisme ambiant vint se mêler à la création du ballet *Relâche*. Sa première était agendée au 27 novembre, au théâtre des Champs-Élysées. La musique était de Satie, l'argument de Picabia, qui en signait également les décors, et la chorégraphie de Jean Börlin. Le soir de la première, Börlin était souffrant. Il fallut remettre. Le théâtre resta portes closes et afficha : *Relâche*... Était-ce une farce de Picabia ? Cela aurait été son genre. Sur l'avenue Montaigne, l'attroupement ne se dispersa qu'aux alentours de 23 heures. Le ballet fut créé une semaine plus tard, et, en matière de surréalisme, les spectateurs ne perdirent rien pour attendre. Picabia avait imaginé comme lever de rideau un faisceau de trois cent soixante-dix réflecteurs dirigés vers la salle, qui aveuglaient les spectateurs. Des projections de film entrecoupaient le ballet, fait de danses grotesques et de slogans affichés sur panneaux. Marcel Duchamp tenait le rôle d'Adam en tenue d'Adam. Commentant les réactions du public, Picabia aura ce mot : « J'aime mieux les entendre crier qu'applaudir. » Ses vœux furent exaucés.

Il y avait eu, aussi, la création du *Sacre du printemps*, le 29 mai 1913, au théâtre des Champs-Élysées, l'un des plus retentissants scandales de l'histoire de la musique. La partition était de Stravinsky et la chorégraphie de Nijinski.

Paris était le centre du monde, et ces batailles racontaient l'esprit français dans son expression la plus brillante et la plus novatrice.

Barrès, Maurice, ou le romantisme insaisissable

De tous les mauvais souvenirs que je garde de mes onze années d'internat, il en est un qui se distingue : celui où je n'avais pas le rôle de la victime mais du salaud. En l'espèce, la victime était notre professeur d'allemand, M. K., à l'égard duquel aucun traitement ne nous semblait trop cruel.

Si je m'étais retrouvé seul à agir, au moins aurais-je eu la consolation d'avoir osé ma méchanceté. Or, non seulement je me montrais d'une grande cruauté, mais en plus j'agissais en meute.

M. K. était l'un des rares professeurs de l'internat à être interne lui aussi. Il habitait l'une des chambres qui, selon les circonstances, pouvait être attribuée à l'un des « grands » de l'école, âgé entre seize et dix-neuf ans. La pièce devait faire six mètres carrés, sept au plus, et sa salle de bains privative se résumait à un minuscule lavabo. S'il y avait une armoire, elle devait être à la mesure du reste. C'est dire si les professeurs « internés » étaient en situation de précarité. L'un d'entre eux, notre professeur d'anglais, était un Américain d'origine amérindienne, orientalisant distingué et ancien de Harvard. Il avait été incarcéré durant la guerre pour avoir refusé de se battre contre des Japonais et portait sa précarité avec une extraordinaire noblesse. Un autre, qui nous enseignait le latin, avait été chassé des ordres, et sa fureur contre l'Église lui tenait lieu de dignité. Le cas de M. K. était différent. Âgé d'une cinquantaine d'années (mais peut-être beaucoup moins), il possédait une culture époustouflante, jouait merveilleusement du piano, et, surtout, buvait. Nous le voyions rentrer du café en titubant, l'haleine épaisse, le mot hésitant... Bien sûr, lui faisions vivre l'enfer. « Monsieur, vous aimez le vin ? » Le pauvre homme répondait à nos insultes avec une douceur mêlée de tristesse. Cela ne freinait pas notre cruauté, et à ce jour, chaque fois que je repense à ces épisodes, la honte m'envahit.

Je me souviens d'un soir où nous étions particulièrement en verve de méchanceté. Il m'avait regardé de ses yeux tristes avant de me dire, l'air surpris de me voir : « Tiens, Metin. »

Je l'ai dit, M. K. était un homme de grande culture. Son frère aîné, l'abbé P. K., était en Suisse un compositeur mythique. Notre professeur, lui, était homme de lettres.

À cette époque, je devais avoir douze ou treize ans, je dévorais Maupassant et j'écrivais de petites histoires. J'étais seul à le faire à l'école, si bien que, un jour, M. K. s'ouvrit à moi. Lui aussi aimait la littérature. Il avait même écrit un livre. « Et quel était son titre, monsieur ? » La réponse m'est restée inoubliable : *Le Romantisme de Maurice Barrès*. La famille de Barrès venait d'Auvergne. « Le saviez-vous ? » m'avait demandé M. K. « Non, monsieur. » Mais M. K. savait, lui, que chaque été je passais un mois au Mont-Dore, près de Clermont-Ferrand, en cure thermale. « Et très jeune, ses parents l'avaient placé en internat, lui aussi. À Nancy. » Bien sûr, je ne le savais pas non plus. Pourquoi M. K. me donnait-il ces détails ? Il savait que je venais d'une famille juive. Se sentait-il coupable d'avoir frayé avec un antisémite ? Peut-être. Toujours est-il que, me sentant moi-même très coupable et sans doute plus que lui à mon égard, j'étais parti de l'idée que, si M. K. appréciait Maurice Barrès, c'était que celui-ci ne devait pas être bien méchant. Du reste, son livre ne traitait-il pas de « romantisme » ?

J'ai, plusieurs fois, cherché à me procurer ce livre, sans succès. M. K. l'a-t-il vraiment écrit ? Était-ce l'un de ces petits mensonges qu'on s'autorise lorsqu'on est pris par le désespoir ? Quand son effet semble salvateur et le risque qu'il soit éventé nul ? Si tel avait été le cas, ma culpabilité augmenterait d'un cran, car M. K. était un homme d'une vraie modestie. S'il a recouru à ce stratagème, c'est qu'il se sentait aux abois. Que le fait d'avoir écrit un livre sur Barrès lui venait comme un honneur retrouvé. C'est donc avec un sentiment particulier que je rédige cette entrée sur Maurice Barrès.

Dans son premier roman, *Sous l'œil des barbares*, publié en 1888 alors qu'il n'a que vingt-cinq ans, Barrès démontre une extraordinaire maîtrise stylistique :

> Quand il eut dix ans, on le mit au collège où, dans une grande misère physique (sommeils écourtés, froids

et humidité des récréations, nourriture grossière), il dut vivre parmi des enfants de son âge ; fâcheux milieu, car à dix ans ce sont précisément les futurs goujats qui dominent par leurs hâbleries et leur vigueur, mais celui qui sera plus tard un galant homme ou un esprit fin, à dix ans, est encore dans les brouillards.

Que ne me l'aviez-vous dit ou fait lire à cette époque, cher M. K. ...

Et après la défaite de 1870, comment ne pas comprendre, et même saluer, ces phrases écrites dans *Taches d'encre*, la petite revue qu'il fonde lui-même :

Notre tâche sociale, à nous, jeunes hommes, c'est de reprendre la terre enlevée, de reconstituer l'idéal français qui est fait tout autant du génie protestant de Strasbourg que de la facilité brillante du Midi. Nos pères faillirent un jour : c'est une tâche d'honneur qu'ils nous laissent. Ils ont poussé si avant le domaine de la patrie dans les domaines de l'esprit que nous pouvons, s'il le faut, nous consacrer au seul souci de reconquérir les exilés. Nous dirons « la France est grande et l'Allemagne aussi ». Quels que soient, d'ailleurs, les instants de la politique, trois peuples guident la civilisation dans ce siècle : la France, l'Angleterre, l'Allemagne aussi. Et ce serait pour nous une perte irréparable si l'un de ces flambeaux disparaissait. Le patriotisme d'aujourd'hui ne ressemble pas plus au chauvinisme d'hier qu'au cosmopolitisme de demain. Nous avons des pères intellectuels dans tous les pays. Kant, Goethe, Hegel ont des droits sur les premiers d'entre nous.

Si l'on admire le discernement du jeune Barrès, on ne peut que regretter qu'il en soit plus tard venu à écrire : « Qu'est-ce que M. Émile Zola ? Je le regarde à ses racines : cet homme n'est pas un Français [...]. Parce que son père et la série de ses ancêtres sont des Vénitiens, Émile Zola pense naturellement comme un Vénitien déraciné. » Pour Dreyfus, il aura ces mots : « Que Dreyfus est capable de trahir, je le conclus de sa race. » Si Dreyfus est juif, c'est qu'il peut trahir, et s'il le peut, c'est donc qu'il l'a fait. On comprend Léautaud, lorsqu'il dira de Barrès, à propos de son culte des morts : « Je doute de l'intelligence d'un homme, d'inventer des niaiseries pareilles. »

Son patriotisme, touchant lorsqu'il cherche à retrouver la dignité du pays bafoué, prendra durant la Grande Guerre une tournure étonnante. Durant le massacre de Verdun, il appellera la ligne de ravitaillement « Voie Sacrée », usant à cette occasion d'accents incantatoires : « Elle deviendra légendaire, elle continuera à parler à jamais à cette longue plaine meusienne qui vit passer tant d'invasions. » Romain Rolland le surnommera « le rossignol des carnages ». *Le Canard enchaîné* lui attribuera le titre de « chef de la tribu des bouffeurs de crâne ».

En 1921, les dadaïstes intenteront à Barrès un « procès » dont la charge ne portait pas tant sur ses idées que sur la manière dont il avait trahi son idéal de jeunesse. Le « tribunal » le condamna à vingt ans de travaux forcés. Le public a été plus cruel. Il a condamné Barrès à l'oubli.

Peut-être M. K. avait-il raison. De Barrès, il reste le romantisme.

P.-S. : Je relis cette entrée. Je ne suis pas sûr d'avoir ouvert toutes les portes. Une ambiguïté persiste.

Bergé, Pierre

J'ai bien connu Pierre Bergé. Il avait beau être abrupt, difficile, intransigeant, quelquefois injuste, c'était un homme formidable. Un irascible Baron de Charlus. Mais aussi un *Mensch*, comme disent les Allemands.

Mon Dieu, que cet homme était tranchant ! Tranchant dans ses jugements. Tranchant par ses positions. Tranchant par ses condamnations. Tranchant, enfin, par les blessures qu'il infligeait, sans doute à la mesure des siennes, encore vives.

Il avait sur chaque sujet une opinion claire, qu'il exprimait avec précision, parfois avec dureté, mais toujours avec franchise. Ses analyses étaient « à l'os », ses fidélités à ses amis et à ses causes sans faille. Oui, il a eu ces mots : « Si une bombe explose sur les Champs à cause de la Manif pour tous, ce n'est pas moi qui vais pleurer. » Oui, il a comparé l'incomparable : « Louer son ventre pour faire un enfant ou louer ses bras pour travailler en usine, quelle différence ? »

Oui, il s'est dit favorable à la suppression de toutes les fêtes chrétiennes en France. Il a eu d'autres prises de position tout aussi ineptes. Il était excessif, incontrôlable et brutal.

Aurait-il pu accomplir le parcours qui a été le sien sans ces excès et ces violences ? Il avait quitté l'école avant même d'obtenir son baccalauréat, et c'est en jeune homme pauvre qu'il s'est construit pour devenir un homme d'immense culture, un entrepreneur parmi les plus brillants qu'ait connus la France du XXe siècle, et un mécène d'un rayonnement incomparable, généreux de son argent, de son temps et surtout de son intelligence.

Ni la griffe YSL, ni les parfums, ni Saint Laurent Rive Gauche n'auraient connu leur exceptionnel succès sans la main de fer de Pierre Bergé. Il acheta et dirigea un théâtre (l'Athénée), où il a produit Peter Brook, Robert Wilson, Marguerite Duras… Il présida l'Opéra de Paris (durant cinq années), la Chambre syndicale des couturiers, l'Institut français de la mode, le Comité Cocteau, l'Association maison Zola-musée Dreyfus, l'association Sidaction, vis-à-vis de laquelle il se montra d'une grande générosité. Il créa de superbes musées, à Paris et à Marrakech.

Peu avant sa mort, il entra au conseil de la fondation Les Instruments de la Paix-Genève, qui favorise l'éducation musicale d'enfants de Palestine et d'Israël. L'Unesco l'avait nommé ambassadeur de bonne volonté, où il me paraissait, à chacune de nos réunions, le plus brillant de tous.

C'était quelqu'un.

Berlioz, Hector

Hector Berlioz a été sans conteste le grand théoricien français de la musique romantique (tout comme Rameau pour la musique classique (v. Rameau, Jean-Philippe)). Il publiera un texte de référence, *Grand traité d'instrumentation et d'orchestration modernes*, ainsi qu'une œuvre musicale abondante, extraordinairement originale, jalonnée de morceaux parmi les plus joués du XIXe siècle.

Il a vingt ans lorsqu'il compose sa première grande pièce, la *Messe solennelle* et vingt-sept à peine lorsqu'il crée sa *Symphonie fantastique*, son œuvre orchestrale la plus jouée aujourd'hui, dont presque tous les mouvements sont désormais mythiques (par exemple *Un bal* et *Marche au supplice*). *Le Carnaval romain*, morceau très populaire lui aussi, est souvent retenu dans les programmes symphoniques.

Berlioz composera quatre opéras que l'on retrouve dans le répertoire des plus grandes salles : *Benvenuto Cellini*, *La Damnation de Faust*, *Béatrice et Bénédict*, et surtout *Les Troyens*, sans doute son chef-d'œuvre lyrique, dont la production nécessite des moyens très lourds, ce qui a longtemps retardé sa mise en scène en version intégrale. Il en va de même pour son *Requiem*, œuvre monumentale, théâtrale plus que liturgique, qui fait appel à une mise en scène particulière et à un ensemble d'environ quatre cents musiciens d'orchestre et choristes, placés tant sur le plateau qu'à divers endroits précis de la salle de concert.

S'il me fallait, dans tout le répertoire de Berlioz, faire un choix, ce serait sans hésiter *Les Nuits d'été*. Le morceau a été enregistré par les plus grandes chanteuses, parmi lesquelles Kiri Te Kanawa, Joyce DiDonato, Janet Baker ou encore Jessye Norman. Proposé par Régine Crespin, il incarne le « chant à la française » dans ce qu'il a de plus noble et de plus raffiné. Son enregistrement avec l'Orchestre de la Suisse romande, dirigé par Ernest Ansermet, est un sommet musical et une référence discographique. J'ai eu beau l'écouter cent fois et plus, l'émotion est toujours aussi forte.

En 1990, l'Opéra-Bastille a été inauguré par une représentation des *Troyens*.

Besogneux

L'horrible épithète ! Il fallait avoir la force de Flaubert pour le revendiquer, sa lucidité, aussi : il savait que, au terme de son labour, ses textes seraient parfaits. Mais tout le monde n'est pas Flaubert, et l'adjectif se veut blessant.

Un besogneux n'a pas d'allure. Il ne se préoccupe pas de plaire. Il ne fait pas dans la légèreté. Il ne s'occupe que d'être utile. Mais quel avenir peut-il donc espérer, ce malotru ? Passez votre chemin, monsieur le besogneux (v. Garçon, l'addition s'il vous plaît ; Proust, Marcel).

Bizet, Georges

3 mars 1875… Bizet dut penser de nombreuses fois à cette date au cours des trois mois qui suivirent. Ce même jour, il recevait la Légion d'honneur et assistait à la première de son opéra *Carmen*. La présentation

fut un échec cuisant. L'orchestre joua mal. Les choristes chantèrent faux. Les changements de décor furent si lents que le public, très vite, se mit à quitter la salle. La pièce ne plut pas. Qui était donc cette Carmen si sulfureuse ? Comment Bizet osait-il prendre pour héroïne une femme de mauvaise vie ? La presse emboîta le pas au public. Pourtant, les airs de *Carmen* que chacun reconnaît ne se comptent pas. Et Bizet réussit à rendre plus vrais que nature une musique et un personnage central sans avoir jamais passé la frontière qui sépare la France de l'Espagne.

Il ne se remit pas de cet échec. Trois mois exactement après la première de *Carmen*, rongé de tristesse, il mourait d'un arrêt cardiaque. Il avait trente-six ans. Quelques mois plus tard, à Vienne, *Carmen* obtenait un succès retentissant. Tchaïkovski, Wagner et Brahms saluaient un chef-d'œuvre. C'est aujourd'hui l'opéra le plus joué de la planète.

Douze ans avant *Carmen*, Bizet avait composé *Les Pêcheurs de perles*, autre chef-d'œuvre. Il avait vingt-quatre ans.

Bordeaux et Bourgogne

Le Bordelais et la Bourgogne produisent les meilleurs vins du monde, c'est entendu. Et tout a été dit et redit sur le sujet avec un savoir (et une expérience…) que je n'ai pas. Mais il m'est impossible, ici, de passer sous silence une composante majeure de l'esprit français. S'il y a en France une activité à la fois spirituelle et terrienne, c'est bien la culture de la vigne. Les premiers moines cisterciens la cultivaient pour produire le vin de messe. Le mot « esprit » a pour racine *spirito*, qui donne « spiritueux ». Il me faut donc en parler, en espérant qu'ici l'absence de compétence sera pardonnée par la brièveté du propos.

En trois mots… Un gevrey-chambertin sera charpenté, plus puissant qu'un saint-estèphe. Un margaux plus délicat. Un bordeaux blanc plus sec qu'un… (à chacun de faire son choix). Mais tous ces vins, sans exception, sont parmi les plus délicieux qu'une vigne ait jamais produits.

Les deux régions diffèrent à plus d'un titre. Par la géographie, d'abord.

La surface de vignobles est grande dans le Bordelais, cent vingt mille hectares, trois fois plus que ce qu'il est convenu d'appeler « la Grande Bourgogne », en comptant ses annexes, Chablis, Mâconnais et Beaujolais. Les villages sont pour la plupart de petits bourgs. Mais quels noms ! Meursault, Chassagne-Montrachet, Volnay, Pommard, Vougeot, Gevrey-Chambertin, Chambolle-Musigny…

Par l'histoire, ensuite. Le Bordelais fut une colonie anglaise. Les propriétaires de la région de Bordeaux avaient pour noms Brown, Lynch, Smith, Mitchell, et bien sûr Rothschild (la branche anglaise !). Bordeaux était un port ouvert au monde, au commerce, à l'exportation. La Bourgogne a toujours été une terre de la France rurale. Puissante, orgueilleuse. Le Bordelais était une colonie, et la Bourgogne une puissance coloniale. Nuance…

Chacune des régions fait rêver à sa manière. Le Bordelais offre des raffinements aristocratiques. En Bourgogne, on se retrouve dans un monde plus médiéval, plus rude. Plus ancien. Les Cisterciens donnent toujours le *la*.

Chacune des visites que j'ai effectuées dans le Bordelais ou en Bourgogne a été un enchantement. Chacune m'est restée inoubliable. Dans le Bordelais, ce fut un dîner au château d'Yquem, ou une rencontre littéraire à Malagar, le domaine où Mauriac a vécu et écrit. En Bourgogne, une soirée au clos de Vougeot, près de Dijon, ou un souper fin dans les caves du domaine Bichot, organisé par les Chevaliers du Tastevin.

Plutôt Bordeaux ou plutôt Bourgogne ? Je bois peu, et ma faible résistance me porte à préférer les vins délicats plutôt que charpentés, moins pour des questions de goût (tous ces vins sont des dons du Ciel, je ne suis pas si regardant qu'il me faille faire le difficile) que pour l'état dans lequel ils me laissent... Ce sera donc les bordeaux, dont certains noms font rêver avant même de les boire. À peine ai-je écrit cela que je me repens. Y a-t-il repas plus royal qu'une assiette de petit vougeot ou de brillat-savarin accompagné d'un gevrey-chambertin ou d'un volnay ?

Pour ce qui est des châteaux, en revanche, de leur architecture, de leur beauté, de leur esprit, mon choix est ferme. Je préfère ceux de la Bourgogne. Ils portent une puissance, une spiritualité. Leur aristocratie était à la fois plus guerrière et plus religieuse. Ceux du Bordelais, plus récents, sont élégants, raffinés. Mais ils n'ont pas la force d'un clos de Vougeot, château construit par les moines de l'abbaye de Cîteaux, siège de l'ordre cistercien. Sa grange, monumentale, puissante, impressionne. Par comparaison, les châteaux du Bordelais semblent délicats, presque fragiles.

Voir : Champagne ; Gastronomie, 4 : Fromages de France.

Boulez, Pierre

C'est à plus d'un titre que Boulez a marqué la création musicale de la seconde moitié du XXe siècle. Comme **compositeur**, il laissé une œuvre importante. *Le Marteau sans maître* est l'un des chefs-d'œuvre de la musique de son siècle, une pièce composée pour six instruments (flûte, percussions, vibraphone, xylorimba, alto et guitare), ainsi que pour voix d'alto, sur un poème de René Char. Boulez en a enregistré deux versions avec l'Ensemble intercontemporain. Celle de 2004, parue chez Deutsche Grammophon, avec Hilary Summers, est sublime.

Boulez a également mené une grande carrière de **chef d'orchestre** à la tête des plus prestigieux ensembles. Il a dirigé l'Orchestre de Cleveland, le New York Philharmonic, l'Orchestre de la BBC, du Concertgebouw d'Amsterdam, de Chicago, et bien sûr l'Orchestre du festival de Bayreuth, où, dès 1976, son *Ring* mis en scène par Patrick Chéreau restera le plus mémorable du XXe siècle. Le 26 août 1980, sa dernière représentation a été saluée par quatre-vingt-dix minutes d'ovation et cent un levers de rideau.

Boulez a également dirigé et gravé un répertoire très large, allant de Haendel à Varèse, en passant par Mozart, Beethoven, Schönberg, Bruckner, Webern (dont il enregistrera deux fois l'œuvre intégrale) et bien sûr les grands compositeurs français : Ravel, Debussy, Dukas, Berlioz, Roussel... Sa direction était reconnaissable entre mille, marquée par sa transparence et une gestuelle très sobre (une rareté dans un métier où le narcissisme n'est pas totalement absent).

Son influence dans la composition musicale du XXe siècle a été déterminante, à la fois par son action en tant que pédagogue (il a été professeur au Collège de France durant près de vingt ans) et celle, remarquable, de fondateur d'institutions musicales majeures. On lui doit la création, en 1970, de l'IRCAM (Institut de recherche et coordination acoustique/musique) et de l'EIC, l'Ensemble intercontemporain, spécialisé dans l'interprétation des musiques des XXe et XXIe siècles.

Boulez a, dans la grande tradition française, poursuivi une réflexion théorique et philosophique sur la musique, ses mécanismes de création, sur l'art et ses sources. Ses cours au Collège de France offraient l'occasion d'analyses des processus créatifs d'une rare densité. On peut dire qu'il a libéré le grand répertoire des interprétations convenues.

Bourdelle, Zadkine, Moreau, Camondo, Musées

Bien sûr, il y a le Louvre, Orsay, le Centre Pompidou… Des musées aux collections exceptionnelles. Il y a aussi de nombreux musées de moindre importance qui possèdent des peintures et des sculptures de premier rang. Je n'en revenais pas de découvrir de si nombreux chefs-d'œuvre au musée de Grenoble, au musée Hyacinthe-Rigaud de Perpignan, ou au musée d'Art moderne de Céret. Dans de nombreuses villes, à Lyon au musée des Beaux-Arts, à Marseille au Mucem ou aux Regards de Provence, les collections sont magnifiques.

Mais il y a d'autres musées, plus petits, ceux où un artiste vivait et travaillait, et qui lui sont entièrement consacrés. L'émotion que l'on y ressent n'est pas seulement d'ordre esthétique ou spirituel. Elle est charnelle. On imagine l'homme à son travail. On le voit au milieu de sa production. On le devine à l'ouvrage, à la peine.

Il suffit de déambuler dans les pièces du musée consacré à **Bourdelle**, à Paris, pour comprendre l'artiste mieux qu'en aucun musée où l'on montrerait ses chefs-d'œuvre. À les voir côte à côte, dans leur immensité, dans leur prodigieuse abondance, on saisit la fureur et le désespoir de Bourdelle :

> Le gringalet partit pour Toulouse. Dévoré d'une fièvre de travail, il passa des mois sans desserrer les dents. Ses camarades n'en revenaient pas de son mutisme. Soutenu par une dose de volonté formidable, il ne travaillait pas seulement le jour, il travaillait encore la nuit, exécutant, pour se faire la main, à la plume, des copies très réduites de gravures anciennes. [...] J'effrayais mes professeurs par mes audaces de travail. Je demeurais six mois [...] sans qu'aucun camarade sache la couleur de ma voix.

Ces mots de Bourdelle sont superflus lorsqu'on pénètre dans le premier des trois jardins, le seul qui donne sur la rue Antoine-Bourdelle, où, en un coup d'œil, l'on voit la *Baigneuse accroupie*, *Le Fruit*, *Héraklès archer*, et le *Monument au général Alvear*. Quittant le premier jardin, on longe le mur du bâtiment principal sur lequel ont été accrochées des reproductions à l'échelle des sculptures murales du théâtre des Champs-Élysées, avenue de Montaigne.

Plus tard dans la visite, on pénétrera dans les deux autres jardins, intérieurs, ceux-là, pour y découvrir des œuvres monumentales et d'autres, plus confidentielles. On y trouve *La Vierge à l'Offrande*, *La France*, *Le Centaure mourant*, *Sapho*, mais aussi la *Fontaine inachevée*, *Les Musiciens*, et ces ruptures contribuent pour beaucoup au charme des lieux et à l'émotion qui s'en dégage.

Le **musée Zadkine**, rue d'Assas, à Paris, est petit, l'œuvre plus tardive, moins figurative, les sculptures ne sont pas monumentales (à l'exception de deux d'entre elles, dans le jardin, poignantes). Ici, le charme est d'une autre nature. Il y a moins de puissance, moins de force, plus de douceur, une recherche de spiritualité, un dépouillement. La maison-atelier était celle d'un couple d'artistes. La femme d'Ossip Zadkine, Valentine Prax, était un peintre reconnu et célébré. Née en Algérie, elle était venue en France après avoir étudié à l'École des beaux-arts d'Alger (elle créera l'une des grandes verrières du musée d'Art moderne de la Ville de Paris). Dans une impasse de la rue d'Assas, ils découvrent une ancienne dépendance du couvent de Notre-Dame-de-Sion. L'endroit est comme les aime Ossip, « un carré de verdure un peu sauvage ». Il dira : « Il faut que la semelle de mes chaussures racle la terre. Je dois être de l'espèce des rats et pas celle des oiseaux. » Dans sa « folie d'Assas », Ossip vivra sa vie d'artiste en couple.

L'œuvre de Zadkine est délicate. On reconnaît un portrait de l'artiste peint par Modigliani, ils s'étaient connus en 1913. Ils feront partie – mais le savaient-ils seulement ? – de ce qui allait devenir l'École de Paris, sorte d'amicale floue et géniale d'artistes venus de partout, qui se retrouvaient à Montparnasse, parmi lesquels on croisait Picasso, Soutine, Van Dongen, Modigliani, Foujita, aussi, qui sera le témoin de Zadkine à son mariage.

Le **musée Gustave-Moreau** est autre chose encore. Fils de famille, Moreau grandit dans l'aisance. À l'âge de quinze ans, il effectue un premier séjour en Italie, accompagné de sa mère, sa tante et son oncle. À trente et un ans, il en entame un autre, plus conséquent, le véritable « voyage d'Italie », deux années au cours desquelles il visitera toutes les grandes villes et copiera les œuvres des maîtres de la Renaissance. Sa peinture, symboliste, sera fortement marquée par leur classicisme.

Il hérite de ses parents un hôtel particulier, rue de La Rochefoucauld, dans le neuvième arrondissement de Paris, un bâtiment plutôt modeste par comparaison avec les bâtisses prestigieuses des beaux quartiers. Vers la fin de sa vie, sans compagne ni descendance, inquiet du sort qui serait réservé à ses collections, il le fera remodeler, dans l'idée d'y exposer ses œuvres et, à sa mort, de léguer le tout à l'État français pour qu'il en fasse un musée. Son legs comptera des huiles et des aquarelles par centaines, des dessins par milliers. L'intérêt du bâtiment est dû pour l'essentiel aux travaux entrepris par Moreau aux deuxième et troisième étages, là où il a installé une grande galerie, et en particulier un très élégant escalier en spirale qui lie les deux niveaux.

> La découverte du musée Gustave-Moreau, quand j'avais seize ans, a conditionné pour toujours ma façon d'aimer. La beauté, l'amour, c'est là que j'en ai eu la révélation à travers quelques visages, quelques poses de femmes. Le « type » de ces femmes m'a probablement caché tous les autres : ça été l'envoûtement complet. […] Ce musée, rien pour moi ne procède plus à la fois du temple tel qu'il devrait être et du « mauvais lieu » tel… qu'il pourrait être aussi. J'ai toujours rêvé d'y entrer la nuit par effraction, avec une lanterne.
>
> André Breton

Il y a de cela une quinzaine d'années, une amie m'a lancé : Tu ne connais pas le **musée Nissim-de-Camondo** ? Vas-y en courant ! »

J'y suis allé en courant. J'ai constaté que mon amie avait raison. Et j'en suis reparti en courant, le cœur gros.

Moïse de Camondo, le fondateur du musée, était un banquier, juif originaire de Constantinople. Il avait eu deux enfants, Nissim, né en 1892, et Béatrice, née deux ans plus tard.

Nissim est mort en mission pour la France, en 1917. Aux commandes de son avion, il effectuait un repérage des lignes ennemies. Son père, collectionneur inégalé de l'art français du XVIIIe siècle, pour lequel il avait fait construire un hôtel particulier en lisière du parc Monceau – l'écrin de sa collection –, décida d'en faire un musée à la mémoire de son fils. Il offrit aux Musées nationaux de France l'ensemble des pièces ainsi que l'hôtel particulier, inspiré du Petit Trianon. Le legs, qui représentait alors la donation la plus importante jamais reçue par un musée français, dépassait la quotité que lui autorisait la loi. Car, on l'a dit, Moïse Camondo avait une fille, Béatrice, alors mariée à Léon Reinach, autre banquier de confession juive. Béatrice accepta d'abandonner sa part.

Moïse décédera en 1935. Cela lui épargnera la douleur de voir comment sa famille sera traitée par la suite.

Théodore Reinach, le grand-père de Léon, un savant, professeur au Collège de France, avait fait construire à Beaulieu-sur-Mer la Villa Kérylos, un joyau. Sa famille l'avait cédée à la France en 1928.

Sous l'Occupation, tous ces actes de fidélité n'ont pas pesé trois grammes. En 1943, Béatrice, Léon et leurs enfants Fanny et Bertrand étaient arrêtés par la police française, internés à Drancy, puis envoyés à Auschwitz. Aucun d'eux n'en reviendra.

Boyer, Charles

On parle souvent de l'esprit français au Proche-Orient. Et en Amérique ? La France est un pays astucieux. Elle a compris que, avec les Américains, c'est sans espoir, le français n'est pas pour eux. Il fallait donc ruser pour les faire goûter à l'esprit français. Jouer en finesse. Heureusement, Charles Boyer était là. Dans tous les films qu'il a tournés aux États-Unis, le voici élégant, distingué, bien mis (quelle allure !), avec son merveilleux *French accent*. Grâce à lui, la France embellissait les États-Unis de son élégance et de son savoir-vivre.

Il incarnera un certain élitisme, une distance qui laisse espérer… Qui fait entrevoir. Et lorsqu'il s'agira de donner une voix à un chat qui veut séduire une chatte (dans *Tom and Jerry*), ce sera son accent qui sera imité. Rien de plus irrésistible que l'américain impeccable parlé par Charles Boyer.

D'autres acteurs de France ont conquis le cœur des Américains, Louis Jourdan et Jean-Pierre Aumont, par exemple. Mais aucun, à mes yeux, n'avait de Charles Boyer l'aristocratie naturelle. « *But* alors *you are french ?* » dira Bourvil à Louis de Funès dans *La Grande Vadrouille*. C'est drôle et charmant, bien sûr. Mais ce n'est pas la même chose. *It iz not ze same*.

Brassens, Georges

L'autre semain' des salauds, à cent quarante à l'heur'
Vers un cimetièr' minable emportaient un des leurs
Quand, sur un arbre en bois dur, ils se sont aplatis
On s'aperçut qu'le mort avait fait des petits [...]

Tout Brassens est dans ses « Funérailles d'antan », petit chef-d'œuvre (mais pourquoi petit ?) dans lequel lui, le mécréant, dit sa tendresse et son affection pour la célébration traditionnelle des obsèques :

Mais où sont les funéraill's d'antan ?
Les petits corbillards, corbillards, corbillards, corbillards
De nos grands-pères
Qui suivaient la route en cahotant
Les petits macchabées, macchabées, macchabées, macchabées
Ronds et prospères
Quand les héritiers étaient contents
Au fossoyeur, au croqu'-mort, au curé, aux chevaux même
Ils payaient un verre
Elles sont révolues
Elles ont fait leur temps

Les belles pom, pom, pom, pom, pom, pompes funèbres
On ne les r'verra plus

Et c'est bien attristant
Les belles pompes funèbres de nos vingt ans

Il les chérit, ces funérailles d'antan, il les adore, il les réclame. Et il s'en moque, bien sûr, comme on rit des siens, avec tendresse. Quant au sort qu'il réserve à ceux qui violent la tradition, il laisse peu de place au doute : ce sont des salauds.

Brassens était mécréant à sa manière. En définitive, les mécréants aussi constituent une sorte de corps constitué, et sa devise, exprimée dans « Le Pluriel », dit ce qu'elle veut dire : « Bande à part, sacrebleu, c'est ma règle et j'y tiens ! »

Il a beau être solitaire, révolutionnaire, sans cesse sur ses gardes, l'amour baigne son œuvre. La « Chanson pour l'Auvergnat[1] » est l'un des plus beaux poèmes jamais écrits sur le vrai don, celui qui ne cherche pas à être pris en photo :

Elle est à toi cette chanson
Toi l'Auvergnat qui sans façons
M'as donné quatre bouts de bois
Quand dans ma vie il faisait froid
Toi qui m'as donné du feu quand
Les croquantes et les croquants
Tous les gens bien intentionnés
M'avaient fermé la porte au nez
Ce n'était rien qu'un feu de bois
Mais il m'avait chauffé le corps
Et dans mon âme il brûle encore
À la manière d'un feu de joie

1. Georges Brassens, « Chanson pour l'Auvergnat », *Les Sabots d'Hélène*, Polydor, 1954.

Toi l'Auvergnat quand tu mourras
Quand le croque-mort t'emportera
Qu'il te conduise à travers ciel
Au père éternel

D'autres chansons, encore, comme « La Prière », attestent de sa foi.

Après nous avoir fait pleurer de tristesse, Brassens bascule et nous arrache des larmes de rire :

Quatre-vingt-quinze fois sur cent
La femme s'emmerde en baisant
Qu'elle le taise ou le confesse
C'est pas tous les jours qu'on lui déride les fesses
Les pauvres bougres convaincus
Du contraire sont des cocus
À l'heure de l'œuvre de chair
Elle est souvent triste, peuchère

Son écriture suit les règles de la grande tradition classique : tournures élégantes, mots justes, vers légers, équilibrés, naturels... « Le gorille », « Brave Margot », « Une jolie fleur », « Il n'y a pas d'amour heureux », « La mauvaise réputation » et « Les copains d'abord », bien sûr, sont des chefs-d'œuvre :

Au rendez-vous des bons copains
Y avait pas souvent de lapins
Quand l'un d'entre eux manquait à bord
C'est qu'il était mort.
Oui, mais jamais, au grand jamais
Son trou dans l'eau n'se refermait
Cent ans après, coquin de sort
Il manquait encore.

Plusieurs de ses compositions sont d'une grande originalité musicale. La « Chanson pour l'Auvergnat » pourrait être orchestrée pour grand ensemble et devenir un succès symphonique mondial, de l'ordre de celui des *Forains* ou de la *Valse n° 2* de Chostakovitch. Mais l'idée de se départir d'une sobriété absolue dans sa manière de « présenter » ses mélodies (guitare et contrebasse) lui paraissait sans doute au-dessous de sa dignité. On entend souvent des remarques telles que : « Brassens ? J'aime bien ses paroles, mais sa musique est toujours la même. » Elle est tout sauf la même. Elle est, simplement, composée sur des rythmes ou des tempos sobres, faits pour être écoutés dans l'intimité. Tel était Georges Brassens, croyant et mécréant, solitaire et fraternel, classique et révolutionnaire, en définitive autant prophète que saltimbanque.

P.-S. : Peut-être est-ce dans sa « Non-demande en mariage » que Brassens réussit la rencontre la plus sublime entre son refus brutal des conventions et sa délicatesse de sentiments.

J'ai l'honneur de
Ne pas te demander ta main.
Ne gravons pas nos noms
Au bas d'un parchemin.
Laissons le champ libre à l'oiseau,
Nous serons tous les deux
Prisonniers sur paroles.

Au diable les maîtresses queux
Qui attachent les cœurs
Aux queues des casseroles.

Breton, André

De toutes les entrées que compte ce dictionnaire, aucune ne m'est plus difficile à écrire que celle-ci. Pour rien au monde je ne voudrais trahir Breton. Trop l'ont fait avant moi. Ou alors ils l'ont abandonné, ce qui revient au même. Et pourtant… Malgré ses excès, en dépit d'un caractère impossible, Breton mérite admiration, respect et affection. Cela n'a pas toujours été le cas.

Le combat de sa vie, long de presque cinquante ans, consistera à défendre le mouvement artistique le plus novateur du XXe siècle, sans jamais louvoyer entre sa loyauté à l'égard de ses idées et celle à l'égard de ses amis. Il se fâchera avec Tzara, Éluard, Camus, Aragon, Picabia, avec Soupault, même, l'ami de toujours. Ensemble, ils avaient écrit *Les Champs magnétiques* quelques années plus tôt, une œuvre fondatrice du mouvement surréaliste. Il se fâchera avec Sartre, Debord, le parti communiste, les dadaïstes… Il sera pris à partie, souvent de façon injuste… Au centre de mille querelles, il apparaîtra sectaire, querelleur, intransigeant…

Mais il tiendra le cap. Il avait connu l'indicible, une guerre qu'il tenait pour stupide, « un cloaque de sang, de sottise et de boue ». Sans doute est-ce dans cette révolte que Breton trouvera la force de mener ses combats, et peu importait à ses yeux l'immense solitude dans laquelle ils allaient le tenir.

Lorsqu'en 1903 Apollinaire écrit sa pièce *Les Mamelles de Tirésias*, Breton n'a que sept ans. Et lorsqu'en 1917 Cocteau demandera à Apollinaire de rédiger le programme de son ballet *Parade*, il en aura vingt et un à peine. C'est à cette occasion que le mot « surréaliste » sera rendu public (en fait, Apollinaire l'avait déjà imaginé dans une lettre qui précédait de quelques semaines la première du ballet). Mais Apollinaire décédera l'année suivante, et Breton sera dès lors l'animateur central du mouvement. Dans l'intervalle, il aura vécu la guerre et surtout la découverte de la psychiatrie – à l'époque appelée psychoanalyse – d'abord par la lecture de Freud, puis au centre de neurologie de Saint-Didier, où Breton trouvera en la folie des patients un potentiel merveilleux. La capacité à puiser dans l'irrationnel sera l'ingrédient essentiel de son mouvement. En 1920, avec Soupault, il publiera *Les Champs magnétiques*, des textes écrits une année plus tôt, qui se voulaient sans réflexion ni retouche, l'exemple premier de ce que Breton appelait « l'écriture automatique ». La même année, il rencontrera Tristan Tzara, dont il se sentira d'emblée très proche dans leur mission partagée de « tuer l'art ». L'année suivante, à l'hôtel des sociétés savantes, rue Danton, il participera au « procès Barrès » (v. ce nom), sorte de farce sérieuse, menée par les dadaïstes, où il tiendra le rôle du juge et qu'il relatera dans *L'Affaire Barrès*. Voici comment il interroge le « témoin » Tristan Tzara :

Q. Que savez-vous de Maurice Barrès ?
R. Rien.
Q. Vous n'avez rien à témoigner ?
R. Si.
Q. Quoi ?
R. Maurice Barrès est pour moi l'homme le plus antipathique que j'aie rencontré dans ma carrière littéraire ;

> c'est la plus grande fripouille que j'aie rencontrée dans ma carrière poétique ; le plus grand cochon que j'aie rencontré dans ma carrière politique ; la plus grande canaille qui s'est produite en Europe depuis Napoléon.

Bientôt, la fougue de Breton à défendre son mouvement se transformera en intransigeance. Lorsqu'en 1929 il publiera le *Second Manifeste du surréalisme*, il sera, à trente-trois ans, un homme isolé, fragilisé, aigri, qui se laissera aller à écrire : « L'acte surréaliste le plus simple consiste, révolvers aux poings, à descendre dans la rue et à tirer au hasard, tant qu'on peut, dans la foule. » Le manifeste déclenchera un pamphlet dirigé contre lui, intitulé « Cadavre »...

En 1950, il voudra créer un « foyer de culture libre ». Il écrira :

> Des intellectuels français qui n'entendent pas abdiquer et qui ne disposaient jusqu'ici d'aucune tribune, alors que d'innombrables publications staliniennes déshonorent chaque jour la culture, se proposent de relever le défi dans le secteur de la civilisation dont ils ont la charge.

Emporté par sa passion, Breton sort du cadre, une fois encore. L'auteur du manifeste qui veut libérer la parole de l'inconscient parle de la civilisation comme d'un « secteur » dont il faudrait qu'il ait un gardien. Les principes fondamentaux du surréalisme seraient-ils « surréalistes » ? Comment un tel mouvement pouvait-il obéir aux lois de la raison ? En 1982, le manuscrit des *Champs magnétiques* fut retrouvé. Il était marqué de très nombreux déplacements de texte, d'ajouts et de ratures. Il apparaissait aussi que ces modifications étaient souvent d'une autre main que l'écriture première. Ainsi, l'écriture « automatique » des surréalistes, et en particulier celle qui devait servir de socle au manifeste de 1924, suivait les mêmes processus que l'écriture littéraire classique : elle écoutait la raison, recherchait une conformité au goût qu'elle estimait être le bon et qui donnerait au texte l'allure la plus surréaliste.

Marcel Duchamp rendra justice au combat de Breton, paradoxal, comme il se doit, à la fois perdu et gagné :

> Je n'ai pas connu d'homme qui ait une plus grande capacité d'amour. Un plus grand pouvoir d'aimer la grandeur de la vie, et l'on ne comprend rien à ses haines si l'on ne sait pas qu'il s'agissait pour lui de protéger la qualité même de son amour de la vie, du merveilleux de la vie. Breton [...] était l'amant de l'amour.

Dans *L'Amour fou*, Breton s'adressera ainsi à sa fille Aube, donnant tout leur sens aux mots de Duchamp :

> Ma toute petite enfant, qui n'avez que huit mois, qui souriez toujours, qui êtes faite à la fois comme le corail et la perle, vous saurez alors que tout hasard a été rigoureusement exclu de votre venue, que celle-ci s'est produite à l'heure même où elle devait se produire, ni plus tôt ni plus tard, et qu'aucune ombre ne vous attendait au-dessus de votre berceau d'osier. Même la plus grande misère qui avait été et reste la mienne, pour quelques jours faisait trêve.

Il conclura par ces mots : « Je vous souhaite d'être follement aimée. »

Buffon, Georges-Louis Leclerc de

Qui, de l'œuf ou de la poule, est venu en premier ? Je ne connais pas de penseur, d'intellectuel ou d'écrivain qui incarne mieux que Buffon l'esprit français. Et je n'en connais pas non plus qui ait, comme lui, contribué à son épanouissement et à sa transmission. Pourtant, je m'interroge : en est-il le produit ou le concepteur ?

Contemporain des encyclopédistes, Buffon aurait dû être l'un d'eux. Après avoir étudié le droit, les mathématiques et les sciences naturelles, en particulier la botanique, il aurait pu, comme Diderot, écrire en savant sur mille sujets. Membre de l'Académie des sciences, il avait été élu à l'Académie française, où son discours de réception, *Sur le style*, avait marqué les esprits. Fils d'une famille très aisée, il avait organisé sa vie de manière à favoriser l'étude des sciences et des arts, en grand seigneur qui sait distinguer la véritable noblesse d'esprit de l'imposture.

Cela ressort – et avec quel éclat – de ces quelques lignes extraites de son discours de réception à l'Académie française :

> Il s'est trouvé dans tous les temps des hommes qui ont su commander aux autres par la puissance de la parole. Ce n'est que dans les siècles éclairés que l'on a bien écrit et bien parlé. La véritable éloquence suppose l'exercice du génie et la culture de l'esprit. Elle est bien différente de cette facilité naturelle de parler, qui n'est qu'un talent, une qualité accordée à tous ceux dont les passions sont fortes, les organes souples et l'imagination prompte. Ces hommes sentent vivement, s'affectent de même, le marquent fortement au-dehors, et par une impression purement mécanique, ils transmettent aux autres leur enthousiasme et leurs affections. C'est le corps qui parle au corps ; tous les mouvements, tous les signes concourent et servent également. Que faut-il pour émouvoir la multitude et l'entraîner ? Que faut-il pour ébranler la plupart des autres hommes et les persuader ? Un ton véhément et pathétique, des gestes expressifs et fréquents, des paroles rapides et sonnantes. Mais pour le petit nombre de ceux dont la tête est ferme, le goût délicat et le sens exquis, et qui, comme vous, messieurs, comptent pour peu le ton, les gestes et le vain son des mots, il faut des choses, des pensées, des raisons ; il faut savoir les présenter ; les nuancer, les ordonner ; il ne suffit pas de frapper l'oreille et d'occuper les yeux ; il faut agir sur l'âme et toucher le cœur en parlant à l'esprit.

Il a vingt-cinq ans à peine lorsqu'il présente à l'Académie des sciences un mémoire intitulé *Sur le jeu du franc-carreau*, dans lequel, pour la première fois, le calcul différentiel et intégral est appliqué à un problème de probabilités. L'expérience qu'il propose, aussi rigoureuse qu'astucieuse, est connue sous le nom d'« aiguille de Buffon ». Elle consiste à trouver une valeur au nombre π en lançant un grand nombre de fois une aiguille sur un parquet composé de planches parallèles de même largeur. Le nombre de fois où l'aiguille tombera à cheval sur au moins une rainure de parquet sera compté comme cas favorable par rapport au nombre total de lancers. Si ce nombre augmente, le ratio se rapprochera d'un nombre permettant de définir la valeur de π. Si par exemple la longueur de l'aiguille est égale à la largeur d'une planche, ce nombre sera $2/\pi$. Il faudra bien sûr que la longueur de l'aiguille soit inférieure ou au plus égale à la largeur d'une planche. Il faudra aussi que les lancers soient suffisamment nombreux, et qu'ils soient tous réalisés dans des conditions identiques. Établie durant la Seconde Guerre mondiale par John von Neumann, la méthode de Monte-Carlo, qui permettra la simulation mathématique de phénomène aléatoires complexes (par exemple en matière de physique des réacteurs nucléaires) sera fondée sur le principe du Jeu du franc-carreau.

Administrateur du Jardin royal des plantes, Buffon le transformera en un centre de recherches et en un musée qu'il enrichira d'essences venues du monde entier.

Plus que les mathématiques ou l'art oratoire, plus que les honneurs de cour, le cœur de sa vie sera la rédaction de son *Histoire naturelle*, une somme de trente-cinq volumes publiés en quarante ans, dont le succès, immense, fut comparable à celui de l'*Encyclopédie* de Diderot. Ses deux premiers volumes seront réédités trois fois en six semaines. Ils auront pour titres *De la manière d'étudier l'histoire naturelle*, *Théorie de la Terre*, *Histoire générale des animaux*, et *Histoire naturelle de l'homme.* Viendront ensuite douze volumes sur les quadrupèdes, neuf sur les oiseaux et cinq sur les minéraux, les sept derniers rassemblant des suppléments.

Ce qui impressionne, à la lecture de l'*Histoire naturelle*, c'est le degré de détail auquel Buffon accède, marque d'un travail colossal. Lorsqu'il parle des yeux du coq indien, l'observation n'est pas seulement d'une grande finesse, elle convainc par le détail de l'expérience :

> Le nerf optique, qui était situé fort à côté, après avoir percé la sclérotique et la choroïde, s'élargissait et formait un rond, de la circonférence duquel il partait plusieurs filets noirs qui s'unissaient pour former une membrane que nous avons trouvée dans tous les oiseaux. Dans les yeux de l'autruche, le nerf optique ayant percé la sclérotique et la choroïde, se dilatait et formait une espèce d'entonnoir d'une substance semblable à la sienne ; cet entonnoir n'est pas ordinairement rond aux oiseaux, où nous avons presque toujours trouvé l'extrémité du nerf optique aplatie et comprimée au-dedans de l'œil : de cet entonnoir sortait une membrane plissée, faisant comme une bourse qui aboutissait en pointe. Cette bourse, qui était large de six lignes par le bas, à la sortie du nerf optique, et qui allait en pointe vers le haut, était noire, mais d'un autre noir que n'est celui de la choroïde, qui paraît comme enduite d'une couleur détrempée qui s'attache aux doigts ; car c'était une membrane pénétrée de sa couleur, et dont la surface était solide.

La lecture de ces lignes renvoie à ces mots, extraits de son discours de réception à l'Académie française :

> Pour bien écrire, il faut donc posséder pleinement son sujet, il faut y réfléchir assez pour voir clairement l'ordre de ses pensées, et en former une suite, une chaîne continue, dont chaque point représente une idée [...]. À cette première règle dictée par le génie, si l'on joint de la délicatesse et du goût [...], le style aura de la noblesse. Si l'on y joint encore de la défiance pour son premier mouvement, du mépris pour ce qui n'est que brillant, et une répugnance constante pour l'équivoque et la plaisanterie, le style aura de la gravité, il aura même de la majesté.

Buffon aura été à la fois un grand savant et un aristocrate doté d'un charme et d'un charisme hors normes. Il se sera trompé de nombreuses fois, mais il laissera en héritage trois caractéristiques qui, au fil des siècles, contribueront à marquer de façon déterminante « l'esprit français ». Le goût, d'abord, de toujours aborder un problème dans sa globalité. Le sens du « général » primera toujours chez lui sur le souci du particulier. Ensuite, un immense talent de la « conversation à la française ». Aucun sujet n'est trop ardu pour qu'on ne puisse en débattre en toute clarté, et, surtout, avec élégance. Enfin, peut-être que sous son irrépressible besoin de classer, son envie de tout dominer, tout contrôler, tout voir « en un coup d'œil », tout décrire « en une formule », se cachent les prémices du bonapartisme, le goût très français, il faut le dire, de soumettre à l'action d'une seule manette des fonctions qui pourraient coexister dans une certaine décentralisation, un mot longtemps honni.

Il y a une élégance à vouloir tout ordonner, condition *sine qua non* pour avoir du sujet une maîtrise globale et pouvoir l'aborder « par le haut ». En grand seigneur.

Buffon sera l'ami des rois. Louis XV et Louis XVI le protégeront. L'empereur Joseph II viendra jusqu'à son domicile, un jour que Buffon sera alité. Le roi du Danemark, celui de Pologne, Frédéric de Prusse et Catherine de Russie lui exprimeront leur estime avec générosité. Mais il ne sera l'obligé de personne et saura toujours préserver sa liberté.

P.-S. : Être grand seigneur et avoir le sens de l'humour, voilà qui mène au mot qui fait mouche. Une famille lyonnaise, de patronyme Baboin, importunait Buffon. Ni une ni deux, celui-ci baptisa une race de singes du doux nom de… « babouin ».

C

Canard enchaîné, Le

Au fond, ce n'est que justice. Longtemps, le volatile (comme l'appelait le général de Gaulle) a subi les tirs des chasseurs sans possibilité de se défendre autrement qu'en déguerpissant à tire-d'aile. Oui, l'expression « canarder », très ancienne, a pour origine la chasse au canard. Désormais, chaque mercredi, c'est *Le Canard enchaîné* qui canarde, rétablissant ainsi une sorte de justice.

Car pour canarder, il canarde. Dur et sec. Ses titres de première page sont un mélange de Grosse Bertha et de strychnine :

Contre les fainéants :
Macron saisi par la phobie des glandeurs

Week-end noir pour les vacanciers :
La SNCF en plein black-août

Le message de l'ex-banquier Macron :
Moi aussi, j'ai grandi dans la City

Nouveau gouvernement, nouvelle Assemblée :
Macron : j'ai plus d'une corde à monarque

Le Canard canarde car *Le Canard* est très, très puissant… Il a pour lui une réputation doublement établie : sérieux dans ses enquêtes et diablement efficace. C'est dire que, s'il y a une injustice à dénoncer, un scandale à dévoiler, il pourra compter sur le soutien d'institutions, de hauts fonctionnaires ou de lecteurs.

Le journal est aussi une forteresse inexpugnable par les forces du capital : tiré à près de 400 000 exemplaires (1 million au moment de l'affaire Papon), il n'accepte aucune publicité, engrange des bénéfices année après année, et gère son patrimoine avec grande sagesse. Sa fortune est estimée à près de 100 millions d'euros. De quoi voir venir… De quoi, aussi, bien payer ses journalistes et les retenir : ni piges ni décorations.

Quoi d'étonnant, dès lors, à ce que, chaque mardi après-midi, des envoyés de différents ministères fassent le pied de grue au café qui a pour nom À Jean Nicot, au 173, rue Saint-Honoré, là où se trouve le siège du *Canard*, en attendant l'édition du mercredi, histoire de découvrir qui sera au menu et à quelle sauce il sera dégusté.

On doit au *Canard* d'avoir dévoilé des affaires qui ont secoué le pays. Celle de Papon, bien sûr, mais aussi celle des impôts de Chaban-Delmas (qui a permis aux citoyens d'apprendre ce qu'est un « avoir fiscal »), et plus récemment l'affaire Fillon, des révélations qui ont modifié l'histoire du pays. Sans elles, l'élection du président de la République, en 2017, aurait eu une autre issue (*Le Canard* s'était interrogé sur les motifs de tant de hargne à l'égard de Mme Fillon : « Elle n'a rien fait »…).

Au fil des ans, les rubriques ont évolué, mais les grands classiques restent, et continuent de réjouir : La noix d'honneur, Le mur du çon, La brosse à reluire ou encore Le melon d'or font partie du paysage français. Quant à la manchette, lisible de loin, c'est chaque semaine une trouvaille.

Canetti, Jacques

Peut-être fallait-il, comme Jacques Canetti, avoir vécu très jeune en Bulgarie ottomane, puis en Autriche, en Allemagne, en Suisse, en France, avoir grandi dans quatre langues (français, allemand, anglais, ladino), pour être à même de capter ce qui donne à une chanson, d'où qu'elle soit, son universalité et son humanité.

Il naît à Roustchouk (comme s'appelait alors la ville bulgare de Roussé), dans une famille sépharade de vieille souche ottomane. Sa mère a pour lui et ses frères une ambition culturelle qui ne sera pas déçue : Elias, l'aîné, deviendra l'un des écrivains majeurs de langue allemande du XXe siècle et recevra en 1981 le prix Nobel de littérature. Georges, le cadet, sera professeur à l'Institut Pasteur. Et Jacques fera éclore les plus beaux talents de la chanson française.

Sa carrière démarrera comme dans les films. Il est inscrit depuis deux ans à HEC-Paris lorsqu'il tombe sur une drôle d'annonce : *Cherche jeune homme aimant la musique et parlant couramment allemand.* Ces mots vont faire basculer le destin du germanophone passionné de musique qu'est Jacques Canetti. Il abandonne ses études, entre chez Polydor qui représente Deutsche Grammophon en France, s'occupe de musique classique et de jazz, invite Louis Armstrong et Duke Ellington, enregistre Marlene Dietrich en français...

Sa vie de grand découvreur va démarrer en 1935, lorsque Marcel Bleustein-Blanchet, fondateur de Radio-Cité, lui confie la direction artistique de la station. L'intuition de Canetti se révélera exceptionnelle. C'est lui qui donnera leur première chance à Édith Piaf, Charles Trenet, ou, quelques années plus tard, aux Trois Baudets, à Georges Brassens, Boris Vian, Charles Aznavour, Henri Salvador, Serge Gainsbourg, Guy Béart, Bobby Lapointe, Mouloudji, et bien sûr Jacques Brel. Après avoir quitté Polydor pour Philips, qui ne voulait pas de Brel, Canetti l'invitera aux Trois Baudets six fois de suite...

L'activité de Canetti est à la hauteur de ses intuitions. Il révèle des voix, mais aussi des humoristes (Pierre Dac, Francis Blanche, Fernand Raynaud, Jean Yanne), produit des spectacles, organise les tournées Radio Programme, accompagne Montand au Japon et se bat comme un diable pour soutenir Gainsbourg, dont les premiers disques sont des échecs.

L'année 1962 marquera un tournant dans sa carrière. Philips décide de miser massivement sur Johnny

Hallyday et ses semblables. Canetti n'y croit pas, quitte Philips et fonde son propre label, les Disques Jacques Canetti. Mais une clause de non-concurrence lui interdit de travailler avec ses anciens artistes. Cela ne l'empêchera pas d'exercer son intuition et de produire Jeanne Moreau chantant Rezvani (« Le tourbillon » [de la vie]) ou Simone Signoret enregistrant *La Voix humaine*, de Cocteau, deux disques historiques.

Canetti a refusé de participer à la vague « yéyé » et il s'est pour partie trompé, car la vague fut un tsunami. Beaucoup d'argent a été gagné par les producteurs des Hallyday, Vartan, Alamo et les autres. Mais il a eu raison sur le fond. De cette vague il n'est rien resté, car il n'y avait rien pour commencer. Les chansons étaient copiées à la note près des succès américains, les orchestrations des copiés-collés, et l'aventure artistique à son niveau zéro, sans parler de l'humour, totalement absent (mis à part le « Ah que coucou ! » que « Les Guignols de l'info » mettaient dans la bouche de Johnny Hallyday, et qui était tordant). La vague « Salut les copains » était d'une complaisance écœurante, l'honneur perdu des lycéens de l'époque, dont j'étais.

Canetti a préféré sa probité artistique et son plaisir à son porte-monnaie. Honneur à lui.

Céline, Louis-Ferdinand

En 2012, une maison canadienne faisait rééditer trois textes de Céline : *Bagatelles pour un massacre*, paru en 1937, *L'École des cadavres* (1938) et *Les Beaux Draps* (1941). À ces pamphlets violemment antisémites elle accolait un titre d'allure innocente, mais en réalité pervers, lorsqu'on connaît leur contenu : *Écrits polémiques*. Un corpus de notes critiques figurait en fin de volume.

Lorsqu'en 2017 les éditions Gallimard envisagèrent de rééditer ces pamphlets, accompagnés du même corpus et d'une préface de Pierre Assouline, le responsable de la Délégation interministérielle à la lutte contre le racisme, l'antisémitisme et la haine anti-LGBT les interpellait. Les « milieux concernés » donnaient de la voix. Il y avait menace de procès. Et Gallimard décidait de suspendre sa publication.

Dommage.

Dois-je le préciser ? Tout ce qui touche à l'antisémitisme me révulse. La moindre remarque me blesse, même celle d'un crétin. Comme j'aurais aimé pouvoir écrire : « D'ailleurs, ils sont tous crétin, les antisémites, du premier au dernier. » Le problème, c'est qu'ils ne le sont pas. Pas tous. Ou alors pour une parcelle de leur âme. Parcelle infâme, peut-être même infime. Mais parcelle quand même… Et là, il vaut mieux être prudent. Des parcelles infâmes, il y en a chez nous tous. À la moindre contrariété, la stigmatisation monte à la bouche des plus belles âmes.

Céline était ouvertement obscène. Et nous ? D'accord, moins que lui… La seule question est de savoir où se place le curseur. Dans quelles proportions lui ressemblons-nous ? Un pour mille ? Un pour cent ? Dix pour cent ? Vingt ? Trente-cinq ? Je parle de sa haine de l'autre, bien sûr. Pas du talent.

Du talent, il en avait énormément. Il était aussi sulfureux, et souvent ignoble. Faut-il pour cela le boycotter ? Surtout pas. Au contraire. Il faut l'inclure dans les programmes. Explorer l'œuvre entièrement, le *Voyage* comme les textes nauséabonds. C'est la vraie vie qu'ils nous aident à appréhender. Un Céline qui ne serait pas écœurant ne présenterait pas, et de loin, le même intérêt. Ce qui le définit, c'est son talent mêlé à cette rage, précisément, cette incapacité à aimer. Ce devait être un homme très malheureux.

Mais à son talent se mêle une haine qui offre au lecteur l'occasion unique de saisir la condition humaine dans tout son paradoxe.

Hannah Arendt disait que, penser, c'est savoir distinguer le bien du mal. Acceptons que lorsque la chose est évidente, elle offre peu d'intérêt. L'exercice ne prend son sens que lorsque la distinction est floue. Céline nous donne l'occasion de raconter nos cauchemars. Il faut la saisir. Après, il sera temps de se consoler.

La guerre terminée, Céline, semble-t-il, ne voulait pas que ces pamphlets soient réédités. Qu'est-ce qui le motivait dans ce refus ? Était-il soudain devenu philosémite ? Sans doute une trouille bleue. Il n'y avait plus Hitler ou Vichy pour qu'il aille se cacher dans leurs jupes.

Raison de plus pour rééditer ses pamphlets.

Il y a de cela quatre ans, après le massacre de *Charlie Hebdo*, quatre millions de Français descendaient dans la rue pour défendre la liberté d'expression. Mais, en 2017, on ne vit aucune révolte contre la censure.

Il y a plus de cinquante ans, Hannah Arendt suivait le procès d'Adolf Eichmann à Jérusalem. Elle avait inventé une expression qui lui avait valu bien des déboires : la banalité du mal. Banaliser le mal, c'était banaliser l'assassin. Eichmann n'était donc plus un cas isolé… Elle nous compliquait la vie, Hannah Arendt. Elle tendait au monde un miroir. On l'a copieusement traitée d'antisémite. Je me demande bien si, aujourd'hui, elle ne serait pas censurée.

Cendrars, Blaise

Aura-t-il jamais trouvé la paix, Blaise Cendrars ? Né à La Chaux-de-Fonds, il n'a pas dix-sept ans que déjà ses parents le mettent en pension en Allemagne, puis à l'école à Neuchâtel, puis en apprentissage à Saint-Pétersbourg. On comprend qu'il ait voulu se débarrasser de ce qui le renvoyait à l'enfance… Alors il biffe tout, à commencer par Frédéric Louis Sauser, son vrai nom. Pour se sentir libre et heureux, il lui faudra autre chose, un autre nom, une autre vie, un autre monde. Dans le New York de 1911, âgé de vingt-quatre ans, déjà il innove. Ce sera *Les Pâques à New York*, poème d'un genre nouveau, signé Blaise Cendrars, Blaise pour « braise », et Cendrars pour « cendre ». Le poète est une braise qui se consume…

Le reste de son existence ne sera pas moins agité. Il se rendra à Paris en 1912. L'année suivante sera celle de son grand texte, *La Prose du Transsibérien et de la petite Jehanne de France*, illustré par Sonia Delaunay. Cendrars innove encore, imbrique texte et image, crée la polémique. Le calme n'est pas son fort…

En 1914, il s'engage à la Légion. Blessé au combat, on l'ampute du bras droit. Qu'à cela ne tienne : « poète de la main gauche », voilà comment on l'appellera. Il quittera Paris, ira vivre à Bruxelles, à Rome, en Afrique, au Brésil… Le répit n'est pas son fort. En 1925, il écrira son premier roman, *L'Or*. L'année suivante, ce sera *Moravagine*[1], texte onirique et majestueux dans lequel il raconte son double, maudit et diabolique :

> Quand j'ouvre les yeux, je vois un ciel qui chaque fois devient de plus en plus dur, de plus en plus bleu, au point que je ne puis supporter son éclat et que je referme aussitôt mes yeux malades. Alors, sous mes paupières closes, grandit lentement le visage de Moravagine que j'ai eu à peine le temps d'entrevoir. Il m'apparaît d'abord sur une plaque photographique, en négatif, la peau noire, la bouche et les yeux blancs. Il se dégage confusément. Puis, en fixant douloureusement mon attention, je revois deux morceaux d'ivoire qui lui percent l'oreille gauche. Un tatouage lui barre la face. Est-ce possible ? Il ricane. J'ouvre les yeux. Il est encore penché sur moi. De l'eau coule rapidement sous ses aisselles. Un canot de dix-huit Indiennes bleues remonte derrière sa tête. Il porte un masque impassible. Le collier de plumes rouges qui penche de son cou se balance contre mon œil, et

1. Blaise Cendrars, *Moravagine*, © Éditions Grasset & Fasquelle, 1926.

me fait loucher, et me fait crier. C'est épouvantable. Je m'évanouis.

Au retour du Brésil, il deviendra grand reporter. Pierre Lazareff l'enverra aux quatre coins du monde, sachant qu'il n'avait pas à le prier, que Cendrars ne demandait qu'à être ailleurs, peu importe où. En 1939, il se fera engager comme correspondant de guerre dans l'armée britannique. Après la débâcle, il ira vivre à Aix, puis à Villefranche-sur-Mer, puis à Paris de nouveau.

Moravagine ne l'aura pas lâché d'une semelle.

Non, Cendrars n'était pas fait pour la quiétude. Le 24 septembre 1911, âgé de vingt-quatre ans et alors qu'il était encore Frédéric Louis, il écrira depuis Saint-Pétersbourg à son frère Georges : « C'est une question de vie ou de mort, celle de construire sa vie, la plus importante après celle de l'inspiration ; les deux sont d'ailleurs très intimement liées. » Cinquante ans plus tard, Nino Frank rapportera ses derniers mots, recueillis par Raymone, la femme de Cendrars, au milieu de la nuit, entre deux râles : « Construire... Construire... » La vie et l'œuvre de Cendrars semblent sous-tendues par cette angoisse, rappelée dans un souffle à un demi-siècle de distance. Comment un tel homme aurait-il pu avoir une vie sereine ? L'inquiétude qui ne cessera de le tirailler sécrétera une œuvre d'une modernité radicale, tant sur le plan du style, de la construction que de son contenu, d'une lucidité ravageuse.

Dans *Faire un prisonnier*, il écrira :

> Mais pourquoi fais-tu tout cela, Blaise, par dégueulasserie ?... Hé, parce que je découvrais tout cela pour la première fois et qu'il faut aller jusqu'au bout pour

savoir ce dont les hommes sont capables, en bien, en mal, en intelligence, en connerie, et que de toutes les façons la mort est au bout, que l'on triomphe ou que l'on succombe.

C'est absurde.

C'est moche.

Mais c'est ainsi. Et il n'y a pas à tortiller.

Il aura été toute sa vie un révolutionnaire et incarnera l'esprit français au-delà de ce qu'on peut espérer d'un Helvète.

Champagne

La marquise de Pompadour avait raison d'affirmer que le champagne « est le seul vin qui laisse une femme belle après boire ». Un excès raisonnable de bulles lui donne une légèreté, une aimable liberté, quelque chose de vif, parfois d'effronté dans le regard, que lui accorde moins volontiers la même quantité de vin blanc ou rouge, lequel paraît peser davantage sur ses paupières et sur sa conversation…

« De toute la beauté des femmes avant, pendant, et après le champagne » me paraît être un sujet à débattre, flûte en main. Quand on boit du champagne, on n'est pas enclin à traiter de matières graves, ni d'affaires ni de politique. On est plutôt poussé vers la frivolité, une philosophie souriante, la bagatelle. On choisit des thèmes de même nature que le champagne : la légèreté, l'effervescence. L'esprit mousse et pétille. Les mots sont des bulles, la conversation s'envole. Moments exquis.

Bernard Pivot, *Dictionnaire amoureux du vin*

Champollion

Comment devient-on un savant immense ? Comment laisse-t-on son nom à la postérité ? La réponse est dans ces lignes :

Le lundi, à huit heures et quart, je pars pour le Collège de France, où j'arrive à neuf heures : tu sais qu'il y a beaucoup de chemin : c'est place Cambrai près le Panthéon. À neuf heures, je suis le cours de persan de M. de Sacy, jusqu'à dix. En sortant du cours de persan, comme celui d'hébreu, de syriaque et de chaldéen se fait à midi, je vais de suite chez M. Audran, qui m'a proposé de me garder chez lui les lundis, mercredis et vendredis, depuis dix heures jusqu'à midi. Il reste dans l'intérieur du Collège de France. Nous passons ces deux heures à causer langues orientales, à traduire de l'hébreu, du syriaque, du chaldéen ou de l'arabe. Nous consacrons toujours une demi-heure à travailler à sa *Grammaire chaldéenne et syriaque*. À midi, nous descendons et il fait son cours d'hébreu. Il m'appelle le « patriarche de la classe », parce que je suis le plus fort. En sortant de ce cours, à une heure, je traverse tout Paris, et je vais à l'École spéciale suivre à deux heures le cours de M. Langlès, qui me donne des soins particuliers. Le mardi je vais au cours de M. de Sacy à une heure à l'École spéciale. Le mercredi je vais au Collège de France à neuf heures. À dix heures je monte chez M. Audran. À midi, je vais à son cours. À une heure, je vais à l'École spéciale pour (deux heures) le cours de M. Langlès ; et le soir, à cinq heures, je suis celui de Dom Raphaël, qui nous fait traduire les fables de La Fontaine en arabe. Le jeudi à une heure, le cours de M. de Sacy. Le vendredi je vais comme le lundi au Collège de France, et chez M. Audran. Le samedi, chez M. Langlès à deux heures. Je voulais aussi suivre le cours de turc chez M. Jaubert qui est excellent ; mais comme cela me fatiguait trop de courir tant, j'ai remis cette fatigue à l'année prochaine.

Tout est dit dans cette lettre. Elle illustre l'extraordinaire capacité de Champollion à mener mille tâches à la fois, toutes d'une grande exigence intellectuelle, dans une intensité de chaque instant, et de savoir les raconter avec grâce, comme si aucune de ces tâches ne lui pesait. La correspondance de Champollion durant ses campagnes d'Égypte et de Nubie, en 1828 et 1829, offre un rare plaisir de lecture. Ses lettres, innombrables, souvent très longues, qui décrivent ses recherches de manière fouillée, sont toujours claires, élégantes et d'une précision étonnante. Tantôt, il se fait chroniqueur de voyage :

Le 7 mars au matin, nous fîmes une course pédestre dans l'intérieur des terres, pour voir ce qui restait encore des ruines de la vieille Tuphium, aujourd'hui Taôud, située sur la rive droite du fleuve, mais dans le voisinage de la chaîne arabique et tout près d'Hermonthis, qui est sur la rive opposée. Là existent deux ou trois salles d'un petit temple, habitées par des fellahs ou par leurs bestiaux. Dans la plus grande subsistent encore quelques bas-reliefs qui m'ont donné le mythe du temple : on y adorait la Triade formée de Mandou, de la déesse Ritho et de leur fils Harphré, celle même du temple d'Hermonthis, capitale du nome auquel appartenait la ville de Tuphium.

Tantôt, il relate son activité de chercheur, intense, passionnante, d'une curiosité de chaque instant (que la lettre du début, écrite alors qu'il était étudiant, laissait entrevoir), et l'on a le sentiment de découvrir, avec lui, les secrets de l'ancienne Égypte.

Le 3 mars, au matin, nous arrivâmes à Esnéh, où nous fûmes très-gracieusement accueillis par Ibrahim-bey, le mamour ou gouverneur de la province ; avec son aide, il nous fut permis d'étudier le grand temple d'Esnéh, encombré de coton, et qui, servant de magasin général de cette production, a été crépi de limon du Nil, surtout à l'extérieur. On a également fermé avec des murs de boue l'intervalle qui existe entre le premier rang de colonnes du pronaos, de sorte que notre travail a dû se faire souvent une chandelle à la main, ou avec le secours de nos échelles, afin de voir les bas-reliefs de plus près. [...] Les inscriptions hiéroglyphiques ne confirment que trop cet aperçu : les masses de ce pronaos ont été élevées sous l'empereur César Tibérius Claudius Germanicus (l'empereur Claude), dont la porte du pronaos offre la dédicace en grands hiéroglyphes. La corniche de la façade et le premier rang de colonnes ont été sculptés sous les empereurs Vespasien et Titus ; la partie postérieure du pronaos porte les légendes des empereurs Antonin, Marc Aurèle et Commode ; quelques colonnes de l'intérieur du pronaos furent décorées de sculptures sous Trajan, Hadrien et Antonin ; mais, à l'exception de quelques bas-reliefs de l'époque de Domitien, tous ceux des parois de droite et de gauche du pronaos portent les images de Septime Sévère et de Géta, que son frère Caracalla eut la barbarie d'assassiner, en même temps qu'il fit proscrire son nom dans tout l'empire ; il paraît que cette proscription du tyran fut exécutée à la lettre jusqu'au fond de la Thébaïde, car les cartouches noms propres de l'empereur Géta sont tous martelés avec soin ; mais ils ne l'ont pas été au point de m'empêcher de lire très-clairement le nom de ce malheureux prince : l'EMPEREUR CÉSAR-GÉTA, le directeur.

[...] Ce qui reste du naos, c'est-à-dire le mur du fond du pronaos, est de l'époque de Ptolémée Épiphane, et cela encore est d'hier, comparativement à ce qu'on croyait. Les fouilles que nous avons faites derrière le pronaos nous ont convaincus que le temple proprement dit a été rasé jusqu'aux fondements.

Cependant, que les amis de l'antiquité des monuments de l'Égypte se consolent : Latopolis ou plutôt Esné (car ce nom se lit en hiéroglyphes sur toutes les colonnes et sur tous les bas-reliefs du temple) n'était point un village aux grandes époques pharaoniques ; c'était une ville importante, ornée de beaux monuments, et j'en ai découvert la preuve dans l'inscription des colonnes du pronaos.

Tantôt, il laisse éclater son émerveillement :

J'ai transporté mon camp et mes pénates à l'ombre des grandes pyramides, depuis hier que, quittant Sakkarah pour visiter l'une des merveilles du monde, sept chameaux et vingt ânes ont transporté nous et nos bagages à travers le désert qui sépare les pyramides méridionales de celles de Gizeh, les plus célèbres de toutes, et qu'il me fallait voir enfin avant de partir pour la Haute-Égypte. Ces merveilles ont besoin d'être étudiées de près pour être bien appréciées ; elles semblent diminuer de hauteur à mesure qu'on en approche, et ce n'est qu'en touchant les blocs de pierre dont elles sont formées qu'on a une idée juste de leur masse et de leur immensité.

Souvent bondissantes de bonheur, ses lettres respirent l'optimisme. Leur style, léger, nous emporte, et l'on se retrouve à lire avec une curiosité de chaque instant le récit de découvertes inouïes, émaillé d'intenses moments d'émotion devant les dévoilements d'une civilisation enfouie.

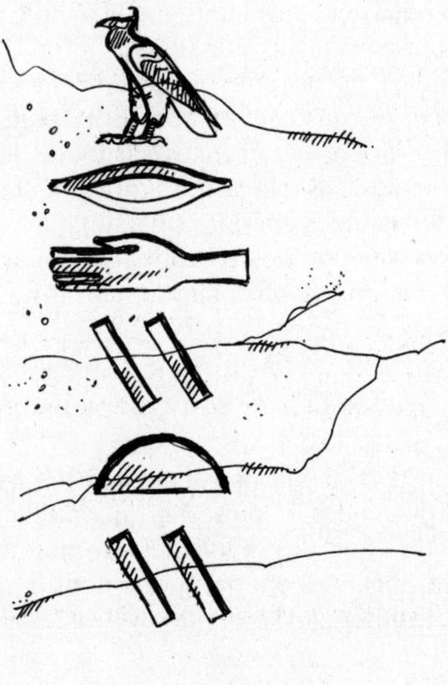

Char, René

Les poètes ont pour réputation d'être du genre délicat, plutôt que des bulldozers.

Puis vint René Char, qui est les deux et qui m'intimide autant qu'il m'éblouit.

Ami d'Aragon, d'Éluard, de Picasso et de Breton, d'Artaud et de Tzara, longtemps associé aux surréalistes, il sera l'un des très rares à quitter le mouvement avec allure, sans éprouver « le besoin de cracher sur ce qui durant cinq ans avait été pour [lui] tout au monde ».

« Je tiens René Char pour notre plus grand poète vivant, dira Albert Camus, et *Fureur et Mystère* pour ce que la poésie française nous a donné de plus surprenant depuis *Illuminations* et *Alcools.* » Il ajoutera ces mots : « Il est aussi le poète de nos lendemains. Il rassemble, quoique solitaire, et à l'admiration qu'il suscite se mêle cette grande chaleur fraternelle où les hommes portent leurs meilleurs fruits. »

Il suffit de lire Char[1] pour s'en convaincre.

AFIN QU'IL N'Y SOIT RIEN CHANGÉ

1

Tiens mes mains intendantes, gravis l'échelle noire, ô Dévouée ; la volupté des graines fume, les villes sont fer et causerie lointaine.

2

Notre désir retirait à la mer sa robe chaude avant de nager sur son cœur.

---

1. René Char, *Fureur et mystère*, Gallimard, 1948.

3

Dans la luzerne de ta voix tournois d'oiseaux chassent soucis de sécheresse.

4

Quand deviendront guides les sables balafrés issus des lents charrois de la terre, le calme approchera de notre espace clos.

5

La quantité de fragments me déchire. Et debout se tient la torture.

6

Le ciel n'est plus aussi jaune, le soleil aussi bleu. L'étoile furtive de la pluie s'annonce. Frère, silex fidèle, ton joug s'est fendu. L'entente a jailli de tes épaules.

7

Beauté, je me porte à ta rencontre dans la solitude du froid. Ta lampe est rose, le vent brille. Le seuil du soir se creuse.

8

J'ai, captif, épousé le ralenti du lierre à l'assaut de la pierre de l'éternité.

9

« Je t'aime », répète le vent à tout ce qu'il fait vivre. Je t'aime et tu vis en moi.

Ses aphorismes sont les colonnes de marbre d'un temple grec. Chacune est une œuvre. Ensemble, elles forment un tout d'une portée supérieure, pensé autrement, indestructible.

Il la défiait, s'avançait vers son cœur, comme un boxeur ourlé, ailé et puissant, bien au centre de la géométrie attaquante et défensive de ses jambes. Il pesait du regard les qualités de l'adversaire qui se contentait de rompre, cantonné dans une virginité agréable et son expérience. Sur la blanche surface où se tenait le combat, tous deux oubliaient les spectateurs inexorables. Dans l'air de juin voltigeait le prénom des fleurs du premier jour de l'été. Enfin une légère grimace courut sur la joue du second et une raie rose s'y dessina. La riposte jaillit sèche et conséquente. Les jarrets soudain comme du linge étendu, l'homme flotta et tituba. Mais les poings en face ne poursuivirent pas leur avantage, renoncèrent à conclure. À présent les têtes meurtries des deux battants dodelinaient l'une contre l'autre. À cet instant le premier dut à dessein prononcer à l'oreille du second des paroles si profondément offensantes, ou appropriées, ou énigmatiques, que celui-ci fila, prompte, totale, précise, une foudre qui coucha net l'incompréhensible combattant. Certains êtres ont une signification qui nous manque. Qui sont-ils ? Leur secret tient au plus profond du secret même de la vie. Ils s'en approchent. Elle les tue. Mais l'avenir qu'ils ont ainsi éveillé d'un murmure, les devinant, les crée. Ô dédale de l'extrême amour !

René Char, *Les Matinaux*, Gallimard, 1950

« Sa poésie est révélation de la poésie », dira de lui Maurice Blanchot. « Poésie de la poésie ».

Le mot revient, toujours le même. Terreur. Une poésie terrifiante de poésie.

Chardin, Pierre Teilhard de

Le concept central de Teilhard de Chardin est celui de Christ cosmique, l'aboutissement d'une harmonisation des consciences individuelles. Elles se retrouveront à un point oméga, lieu de théophanie du Christ. Là, l'homme rencontrera son Seigneur. Pour Teilhard, rien ne pourra jamais résister à un « nombre suffisamment grand d'intelligences groupées et organisées » : dans *Le Cœur de la matière*, il dira : « C'est au cours de mes années de théologie, à Hastings (c'est-à-dire juste après les émerveillements de l'Égypte), que petit à petit – beaucoup moins comme une notion abstraite que comme une présence – a grandi en moi, jusqu'à envahir mon ciel intérieur tout entier, la conscience d'une Dérive profonde, ontologique, totale, de l'Univers autour de moi. » Bien sûr, il utilise ici le mot « dérive » dans le sens de « mouvement » et lui attribue une connotation positive. Dans le chapitre intitulé « Le Christique ou le Centrique », il précisera sa pensée : « Sens cosmique et sens christique : en moi, deux axes apparemment indépendants l'un de l'autre dans leur naissance ; et dont c'est seulement après beaucoup de temps et d'efforts que j'ai fini par saisir, au travers et au-delà de l'humain, la liaison, la convergence, et finalement l'identité de fond. » Ainsi sera défini le Christ universel :

> Ici – dans mon ego « païen » – un Univers se personnalisant par convergence.
>
> Là – dans mon ego chrétien – une Personne (celle du Christ) s'universalisant par Radiance.
>
> C'est-à-dire, d'une façon comme de l'autre, le divin se joignant, par toute Matière, à tout Humain, vers l'infini des temps à l'avant…
>
> En cette confluence, par voies complémentaires, du Ciel et du Monde, n'ont pas cessé de s'exprimer, toujours plus clairement et plus passionnément, avec les années, les progrès – et, il faut bien ajouter, les conflits – de ma vie intérieure.

De son vivant, Teilhard se heurtera frontalement au Vatican. Pour l'Église, l'âme humaine est spirituelle par essence. L'évolution déterministe de l'homme est un concept acceptable aussi longtemps qu'elle se réfère à son seul corps, pas à son esprit. Mais, dans les années qui suivirent la mort de Teilhard, la position de l'Église s'assouplira jusqu'à considérer avec une certaine bienveillance les travaux qui esquissent la possibilité d'une synthèse entre science, métaphysique et théologie.

Une année avant sa mort, Teilhard avait partagé avec des amis son souhait de mourir un jour de Résurrection. Il mourra le 10 avril 1955, jour de Pâques. Quelques jours plus tôt, il écrira une dernière prière, intitulée « Prière au Christ toujours plus grand », qui se terminera par ces mots :

> Et que, par Diaphanie et Incendie à la fois, jaillisse votre universelle Présence.
>
> Ô Christ toujours plus grand !

Teilhard de Chardin aura ainsi réuni en une pensée les deux facettes les plus glorieuses de l'esprit français, ses racines spirituelles et l'esprit des Lumières.

Chateaubriand, François-René de ou le bonheur de lire

Le bonheur d'une lecture s'installe, je crois, lorsque le climat qui s'établit entre l'écrivain et son lecteur est fait d'une telle confiance et d'une telle tendresse qu'il invite à l'abandon. Ne dit-on pas : « Je me suis laissé emporter par la lecture de ce roman » ? Poussons l'interrogation. Qu'est-ce qui permet à l'écrivain de conquérir la confiance de son lecteur au point que celui-ci en redemande jusqu'à plus soif ?

Il y a bien sûr les critères habituels : l'intérêt d'une intrigue, ses rebondissements, le style de l'écrivain, plaisant et fluide. Mais rien de cela n'est à proprement parler irrésistible. Ce qui rend un texte attachant est un partage de valeurs, ce fond de l'âme où deux êtres se retrouvent. Alors le miracle se produit, et peu importent le style, les répétitions (innombrables chez Péguy), la véracité de l'histoire (invraisemblable, comme dans *La Métamorphose*), ou encore la faiblesse de l'intrigue (comme quelquefois chez Chateaubriand, justement). Il se peut même que le sujet soit abrupt. Mais s'il est abordé avec humanité, bienveillance, tendresse (comme lorsque Montesquieu parle du désir de gloire et l'aborde avec tant d'intelligence lumineuse et de charité), alors le miracle a lieu.

Je me souviens du jour où j'interrogeai ma fille, alors âgée d'une douzaine d'années, sur ce qu'elle avait tant aimé d'un livre au point qu'elle n'arrivait pas à le lâcher. « J'ai l'impression qu'il a été écrit pour moi », me répondit-elle.

Le bonheur que je ressens à la lecture de Chateaubriand est de cette nature. Il y a chez lui, bien sûr, le style, et quel style :

> Le jour, je m'égarais sur de grandes bruyères terminées par des forêts. Qu'il fallait peu de chose à ma rêverie ! une feuille séchée que le vent chassait devant moi, une cabane dont la fumée s'élevait dans la cime dépouillée des arbres, la mousse qui tremblait au souffle du nord sur le tronc d'un chêne, une roche écartée, un étang désert où le jonc flétri murmurait !

L'intrigue semble fragile, quelle importance ? L'essentiel est ailleurs, une communion de valeurs fortes, comme lorsque Chateaubriand, dans le prologue d'*Atala*, laisse libre cours à son amour de la patrie : « La France possédait autrefois, dans l'Amérique septentrionale, un vaste empire qui s'étendait depuis le Labrador jusqu'aux Florides, et depuis les rivages de l'Atlantique jusqu'aux lacs les plus reculés du haut Canada. »

Plus encore que dans ses œuvres romanesques, Chateaubriand se dévoile dans ses préfaces. Il disserte, interpelle, répond, se défend. Il s'approche du lecteur comme d'un égal. Rien ne compte pour lui autant que de convaincre.

Comment expliquer une telle dépendance ? Chateaubriand était-il un désespéré ? De Gaulle disait de lui : « Il pose sur l'avenir un regard profond… En fait, il avait presque tout vu… y compris les bolcheviks… et puis, je me sens comme lui : essentiellement, voyez-vous, Chateaubriand est un désespéré… mais jusque dans son désespoir il fait face, il se redresse de toute sa taille. » Hugo avait annoncé la couleur dès son enfance : « Je veux être Chateaubriand ou rien. » De Gaulle se compare alors qu'il a derrière lui une importante carrière, adaptant au passage l'image de l'écrivain à la sienne : « Il se redresse de toute sa taille »…

J'ai quelque peine à dire si Chateaubriand était ou non désespéré. Je serais tenté de penser le contraire. Il s'est montré généreux, toujours. Il a porté sur la condition humaine un regard d'espoir. Il y a dans sa phrase une vie, un souffle. On ne peut avoir écrit ces mots dans *Atala* et être désespéré :

> L'aurore paraissant derrière les montagnes, enflammait l'orient. Tout était d'or ou de rose dans la solitude. L'astre annoncé par tant de splendeur sortit enfin d'un abîme de lumière, et son premier rayon rencontre l'hostie

consacrée, que le prêtre, en ce moment même, élevait dans les airs. Ô charme de la religion ! Ô magnificence du culte chrétien ! Pour sacrificateur un vieil ermite, pour autel un rocher, pour église le désert, pour assistance d'innocents Sauvages ! Non, je ne doute point qu'au moment où nous nous prosternâmes, le grand mystère ne s'accomplît, et que Dieu ne descendît sur la Terre, car je le sentis descendre dans mon cœur.

On ne peut avoir du monde une vision aussi harmonieuse sans être baigné d'espoir :

Si tout est silence et repos dans les savanes de l'autre côté du fleuve, tout ici, au contraire, est mouvement et murmure : des coups de bec contre le tronc des chênes, des froissements d'animaux qui marchent, broutent ou broient entre leurs dents des noyaux de fruits ; des bruissements d'ondes, de faibles gémissements, de sourds meuglements, de doux roucoulements remplissent ces déserts d'une tendre et sauvage harmonie.

Chateaubriand est écrivain fraternel. D'où que vienne la critique, il s'y arrête, argumente, ferraille, veut convaincre. Et s'il faut pour cela réécrire tout le livre, qu'à cela ne tienne :

Des personnes chargées de l'instruction de la jeunesse ont désiré avoir une édition du *Génie du christianisme* qui fût dépouillée de cette partie de l'apologie uniquement destinée aux gens du monde : malgré la répugnance naturelle que j'avais à mutiler mon ouvrage, et ne considérant que l'utilité publique, j'ai publié l'abrégé que l'on attendait de moi. Une autre classe de lecteurs demandait une édition séparée des deux épisodes de l'ouvrage : je donne aujourd'hui cette édition…

Atala aura connu douze éditions différentes, six fois séparément et six autres dans *Le Génie du christianisme.* « À peine en trouverait-on deux tout à fait semblables », écrira Chateaubriand dans la préface à la douzième édition, même si, ajoute-t-il avec candeur, « il y a des points sur lesquels [il n'a] pas cédé entièrement à la critique ». Chateaubriand présente ses arguments, discute pied à pied, plaide : « D'ailleurs, quel est ici le but du père Aubry ? N'est-ce pas d'ôter à Atala tout regret d'une existence qu'elle vient de s'arracher volontairement, et à laquelle elle voudrait en vain revenir ? [...] Mais il n'est pas nécessaire de recourir à ce genre d'explication. » Proche de son lecteur, attaché à le convaincre à un point difficile à concevoir pour un homme de son rang, à son époque surtout, il fera preuve d'un sens aigu de la démocratie et d'un formidable modernisme dans son désir de communiquer. Il se défendra à gauche, répondra à droite, attaquera au centre... On se croirait sur un plateau de télévision.

Il incarnera le paradoxe : grand croyant, il mènera une vie de retentissantes aventures féminines qu'il mettra en scène avec théâtralité, dans des accents qui me paraissent à la fois tragiques et jubilatoires... Il avait abandonné Pauline de Beaumont, atteinte de tuberculose, pour une Delphine de Custine qu'il gratifiait de moqueries. Sentant la mort imminente, Pauline demande à le rejoindre à Rome. Il accepte. « Elle mourut dans mes bras, désespérée et ravie », dira Chateaubriand...

Après la mort de Pauline, il s'attellera à l'écriture de son grand œuvre, les *Mémoires d'outre-tombe*, un monument, écrit sur plus de trente ans, dont il ne voulait pas qu'il soit publié avant que cinquante ans aient passé après sa mort. Hélas, la tentation des héritiers fut plus forte que le désir de respecter sa mémoire. D'outre-tombe, qu'en aurait-il su ? Ainsi le chef-d'œuvre de sa vie fut-il publié d'abord sous forme de feuilleton… Mêlant le vrai et le romanesque, Chateaubriand y offre sa vie en récit. Il se regarde. On l'observe. On s'attache.

> La vie que nous menions à Combourg, ma sœur et moi, augmentait l'exaltation de notre âge et de notre caractère. Notre principal désennui consistait à nous promener côte à côte dans le grand Mail, au printemps sur un tapis de primevères, en automne sur un lit de feuilles séchées, en hiver sur une nappe de neige que brodait la trace des oiseaux, des écureuils et des hermines. Jeunes comme les primevères, tristes comme la feuille séchée, purs comme la neige nouvelle, il y avait harmonie entre nos récréations et nous.

Partout on est frappé par sa générosité, son style, somptueux, son amour du beau, son goût du partage :

> Je voyais avec un plaisir indicible le retour de la saison des tempêtes, le passage des cygnes et des ramiers, le rassemblement des corneilles dans la prairie de l'étang et leur perchée à l'entrée de la nuit sur les plus hauts chênes du grand Mail. Lorsque le soir s'élevait une vapeur bleuâtre au carrefour des forêts, que les complaintes ou les lais du vent gémissaient dans les mousses flétries, j'entrais en pleine possession des sympathies de ma nature. Rencontrais-je quelque laboureur au bout d'un guéret ? je m'arrêtais pour regarder cet homme germé à l'ombre des épis parmi lesquels il devait être moissonné,

et qui, retournant la terre de sa tombe avec le soc de la charrue, mêlait ses sueurs brûlantes aux pluies glacées de l'automne : le sillon qu'il creusait était le monument destiné à lui survivre.

Tout n'est pas vrai ? Qu'importe !

Chauvinisme

« Tu vas dire combien nous sommes chauvins, j'imagine ? » De toutes les suggestions que m'ont faites les amis auxquels je me suis ouvert de ce dictionnaire, aucune n'est revenue aussi fréquemment que celle-ci. Pris en tenaille entre la nécessité d'affronter ce qui, à les écouter, semble être une réalité et ce que l'écriture de ce dictionnaire m'a amené à comprendre, j'essaie d'y voir clair.

Si l'on peut affirmer que les Français sont chauvins, alors il faut le dire d'emblée, ils le sont au même titre que leurs voisins. « Y en a point comme nous », disent les Suisses. Les Allemands ne se gênent pas pour affirmer « *Deutschland über alles* », qui peut se traduire par « l'Allemagne avant tout », dans l'esprit de l'« *America first* » de Donald Trump. Mais on peut aussi imaginer que l'esprit de la formule penche vers une interprétation plus littérale, « l'Allemagne au-dessus de tout », ce que chaque peuple a le droit de penser pour son compte. Après tout… Quant aux Anglais, nous le savons, ils ne prendront pas même la peine d'affirmer leur supériorité. La rappeler serait indigne de leur condition. Rien dans ces remarques que de très affectueux : si le Français est chauvin, son cas n'est pas isolé.

Est-ce que son chauvinisme s'explique ? Ici comme ailleurs, il y a l'amour du pays. Il faut s'en réjouir. Mais une autre explication vient s'ajouter à celle-là, je crois, qui a ses racines dans la règle que la France s'est assignée, celle d'être le pays du plaisir. « Je voudrais bien savoir si la grande règle de toutes les règles n'est pas de plaire », dit Dorante dans *La Critique de l'École des femmes*. En prononçant ces mots, le personnage de Molière parlait d'une pièce de théâtre, d'acteurs qui prennent des risques, de dramaturges qui s'exposent, et dont on ne dira jamais assez combien ils sont vulnérables aux critiques que l'on va leur porter. « France, terre des arts, des armes et des lois », écrit Joachim Du Bellay depuis Rome. La France lui manque. La France, terre des arts avant toute autre chose… Si elle tient le devant de la scène, c'est bien que là est sa place. Alors, forcément, elle reçoit la critique en artiste. Elle réagit à une blessure narcissique. Elle tremble d'être déclassée. Congédiée. Un artiste vit dans la terreur de l'échec. L'écrivain, le chanteur, le grand couturier, chacun cherchera d'abord à plaire. Avoir dans sa vie une telle priorité laisse peu de place à la raison.

Un mot, encore : et si ne pas être chauvin, c'était pire que de l'être ? Cette chronique de Christophe Passer, parue dans *Le Matin Dimanche*, après une défaite de l'équipe suisse de hockey sur glace, est piquante.

Ode au chauvinisme

Pourquoi étais-je si frustré, dimanche dernier, à la fin de cette finale de championnat du monde de hockey perdue d'un rien par la formidable équipe de Suisse contre la Suède ? Sûrement pas par ce match, intense et miraculeux de stress, de vitesse. Même pas par ce tir contré de Fiala, durant les prolongations, qui avait valeur de médaille d'or. L'émotion était incroyable quand il a regardé le ciel, si déçu de ne pas avoir levé ce puck.

Non, je crois que ce qui n'allait pas, c'était cette honnêteté des commentateurs télé de notre chaîne publique. Car c'est une sorte de seconde nature, cette modestie revendiquée. Presque un tic. En tout cas un agacement [...]. À les écouter, il n'y avait pas besoin d'attendre les tirs au but. Tout ce qu'ils nous ont répété durant quatre tiers-temps, c'est qu'il faut dire la vérité : les Suédois étaient bien plus forts que nous. Fallait voir les choses en face : ces Vikings sauvages en jaune et bleu nous marchaient dessus et on avait de la chance de ne pas déjà en avoir pris douze. Ils étaient « plus forts techniquement ». Leur équipe était « remplie de stars de la NHL ». Bref, s'agissait d'être « contents d'être là », vu qu'ils semblaient si immenses, que nous résistions tant bien que mal, étant « valeureux », en se « sacrifiant », grâce à un gardien pas possible, « aidé par ses poteaux ». À se demander pourquoi on regardait encore un tel massacre programmé.

J'aimerais ainsi revendiquer une ode au chauvinisme de la part de nos commentateurs. Un rien d'enthousiasme excessif ne nous ferait pas de mal, parfois. Soutenir notre équipe parce qu'elle est super, pas comme si elle était juste chanceuse. Avec même une pointe de malhonnêteté intellectuelle, façon française ou italienne, la mauvaise foi joyeuse et véhémente, des critiques scandalisées contre l'arbitre.

Voilà que les Suisses jalousent la France pour son chauvinisme. Thierry Roland, tu nous manques !

Cheng, François

Tu ouvres les volets, toute la nuit vient à toi,
Ses laves, ses geysers, et se mêlant à eux,
Le tout de toi-même, tes chagrins, tes émois,
Que fait résonner une très ancienne berceuse.

C'est avec ce quatrain que François Cheng accueille le lecteur de *Enfin le royaume*. Oui, l'un des plus grands poètes français contemporains est chinois. Et si la poésie qu'il nous offre est française, la patience qu'elle attend de nous est asiatique. Le voyage dans le monde de François Cheng ne peut s'accomplir qu'avec lenteur.

Dans *Le Dialogue*, il analyse son rapport à ses deux langues. Le livre est dédié à un mot, « diamant du lexique français », le mot « sens », « condensé en une monosyllabe, sensible donc à l'oreille d'un Chinois ». Cheng a embrassé la langue française, mais sa « vieille nourrice fidèle », la langue chinoise, est là, favorisant un va-et-vient qui débouche sur une osmose intime. Cheng se retrouve « incapable de faire la part des choses ». Quel bonheur qu'il ne veuille pas !

Dans *L'éternité n'est pas de trop*, l'histoire se déroule au XVIIe siècle, celle de Dao-sheng. Malgré de longues années passées dans deux monastères taoïstes, il n'a pas atteint l'état de détachement total, le *wu-qing*. Sa passion l'emportera, si l'on ose dire, loin de son monastère. Il retrouvera l'objet de son amour, Lan-ying, « dans le mystère du pur jaillissement, du pur échange », et ils pourront alors vivre « indéfiniment, tout chagrin lavé ».

De l'âme est un recueil de sept lettres que Cheng adresse à une femme qui lui a écrit trente ans après leur première rencontre dans un métro parisien. L'ayant reconnu, elle avait quitté son strapontin pour venir s'asseoir près de lui. Ils s'étaient revus. Voilà qu'elle lui écrit : « Sur le tard, je me découvre une âme. » Elle ajoute, plus loin : « Parlez-moi de l'âme. » Cheng relève le défi : « De la rencontre de deux êtres, un après-midi de printemps, dans le souterrain parisien, a surgi un intense émoi. » L'âme est beauté et bonté, notre ordre supérieur. Dominant corps et esprit, elle est le mystère qui nous définit et nous survit.

Quand reviennent les âmes errantes est un drame épique, à la fois histoire vraie qui s'est déroulée bien avant notre ère, et conte spirituel, dont Bruno Frappat dira : « Ce livre est un joyau, une pierre précieuse et étrange posée sur nos chemins d'humanité. » Dans *Vide et Plein*, François Cheng nous décrit avec une délicatesse de chaque instant la peinture chinoise, ses lignes de force internes, la manière dont elles s'incarnent sur le vide de la toile. Enfin, le livre que Cheng sous-titre *Portait d'une âme à l'encre de Chine*, et dont le titre annonce sa démarche : *Et le souffle devient signe*, nous parle de calligraphie, c'est-à-dire de l'accomplissement complet, corps tout entier maîtrisé, tendu, en une composante esthétique qui intègre l'harmonie rythmique, les pleins et les déliés, les inflexions infinies. Elle est aussi intellect. Surtout, elle permet à l'âme de s'exprimer. De résonner.

Lorsque François Cheng arrive à Paris en 1948, il a dix-neuf ans. Il a beau ne pas connaître un mot de français, le pays le fascine. L'année suivante déjà, ses parents repartent. Lui choisit de rester, s'accroche, passe des années difficiles, fréquente l'Alliance française, les bibliothèques, lit, lit et lit encore. Un jour, il découvre qu'il ne rêve plus qu'en français.

Or, depuis longtemps
nous le savons :
Quand nous sommes à l'écoute,
nous entendons ;
Quand nous sommes aux aguets,
nous recevons.

Cinéma, L'esprit français au (et ses grands acteurs)

Nietzsche, qui aimait beaucoup la France, rêvait « d'une œuvre dont la profondeur donnerait la main à la légèreté ». Je me demande si, dans cette coexistence de contraires, il ne cherchait pas à décrire l'esprit français, tiraillé sans cesse, hanté par la poursuite du plaisir autant que par celle d'une grande exigence morale.

Ce paradoxe habite tout entier le cinéma français. En donner un aperçu est impossible. J'essaie ici d'en proposer un reflet, disons : le reflet d'un reflet. Voici dix films que je crois être parmi les meilleurs. En dresser la liste a été l'occasion de merveilleuses batailles. La production cinématographique française regorge de chefs-d'œuvre, et il a fallu mettre de côté des films splendides, regretter l'absence d'autres, nombreux, excellents. Il a fallu choisir. Quatre d'entre eux sont de Truffant.

1937 : *La Grande Illusion*

Le film devait avoir pour titre *L'Évasion de Pinsard*, puis *Les Aventures du lieutenant Maréchal*. En l'appelant *La Grande Illusion*, Jean Renoir a opté pour une grande focale. Comment comprendre le titre ? Est-ce la bonne entente entre l'aristocratique capitaine de Boëldieu (Pierre Fresnay) et le lieutenant Maréchal (Jean Gabin), ancien mécano, qui est illusoire ? Est-ce le rapport que chacun d'eux entretient avec le lieutenant Rosenthal, campé par Marcel Dalio ? Serait-ce celui, si naturel, qui s'établit entre Boëldieu et le capitaine von Rauffenstein, joué par l'extraordinaire Erich von Stroheim ? Ou l'idée que, après la boucherie apocalyptique de 14-18, cela en sera terminé de ces guerres ?

1942 : *Les Visiteurs du soir*

Énoncer les noms des principaux acteurs de ce film équivaut à abattre un flush royal : Alain Cuny, Arletty, Marie Déa, Jules Berry et Fernand Ledoux. Parmi les personnages secondaires, on reconnaît Simone Signoret, mais aussi François Chaumette, Jean Carmet,

Alain Resnais et Jean-Pierre Mocky. Le réalisateur était Marcel Carné, son assistant Michelangelo Antonioni, le scénario de Prévert et la musique de Joseph Kosma (orchestrée par Maurice Thiriet, qui en a écrit certains morceaux, semble-t-il. L'incertitude est due à ce que Kosma devait travailler dans la clandestinité, du fait de ses origines juives). Quant aux décors, ils étaient d'Alexandre Trauner, autre génie clandestin…

L'histoire est celle de Satan (prodigieux Jules Berry), qui envoie sur terre deux de ses suppôts, Dominique (Arletty) et Gilles (Alain Cuny), des ménestrels qui ont pour mission de semer le chaos en séduisant les hôtes du château (qui symbolise Vichy) où ils sont reçus par son propriétaire, le baron Hugues (Pétain, sans doute, une manière pour Carné de contourner la censure de Vichy). Gilles et Anne, la belle-fille de Hugues, tomberont amoureux l'un de l'autre, déclencheront la colère de Satan et seront statufiés. Mais leur cœur continuera de battre à l'intérieur de leur statue. Il incarnera la Résistance.

Tout dans le film est raffiné, dépouillé, mystérieux, son climat est poétique de bout en bout.

Dans l'internat où j'ai grandi, il arrivait que le samedi soir l'école projette un film. Pour des raisons que j'ignore, *Les Visiteurs du soir* revenaient très souvent. À nous, enfants de sept, huit ou dix ans, il faisait très peur, en particulier la scène du repas au château. Aujourd'hui encore, il m'est impossible de parler des *Visiteurs du soir* sans éprouver une pointe d'angoisse.

1945 : *Les Enfants du paradis*

Là encore, il suffit d'évoquer les noms de ses auteurs pour s'émerveiller. Le réalisateur en est Marcel

Carné et le scénariste Jacques Prévert, les décors sont d'Alexandre Trauner et la musique de Joseph Kosma, qui travaillaient cachés (comme pour *Les Visiteurs du soir*...). Tout dans ce film est rêve, poésie, illusion... Le personnage de Baptiste, joué par Jean-Louis Barrault, est un mime, et c'est bien de cela qu'il s'agit tout au long du film, du théâtre de la vie. Le décor s'ouvre sur un rideau de scène, entouré du manteau d'Arlequin. « Vous parlez tout le temps, on se dirait au théâtre », lancera Garance, interprétée par Arletty, à Lacenaire, l'un de ses quatre courtisans. Chacun incarne un style : Lemaître (Pierre Brasseur) est d'une vulgarité grandiose. Montray (Louis Salou) est dans son rôle, c'est-à-dire qu'il joue au comte, Lacenaire (Marcel Herrand) a le raffinement de l'esthète, et le Baptiste de Jean-Louis Barrault, si bondissant sur scène, est d'une délicatesse irrésistible. Grâce au cinéma, le théâtre est glorifié comme jamais.

1953 : *Madame de*...

Si le roman éponyme de Louise de Vilmorin (v. Vilmorin, Louise de), adapté par Max Ophuls, est rendu avec une grande justesse, c'est pour beaucoup grâce au jeu d'acteurs éblouissants. Danielle Darrieux incarne une Louise de... plus vraie que nature, Charles Boyer, le général André de..., joue le rôle du mari trompé avec un flegme de grand aristocrate et la délicatesse de celui qui a pour métier de cacher ses blessures. Vittorio De Sica incarne le séducteur. Ophuls a choisi de modifier la fin du roman, et le film se termine de façon plus dramatique que le texte. « Le bonheur n'est pas gai », répétait Ophuls, citant Louise de Vilmorin.

1956 : *La Traversée de Paris*

Mon Dieu que ce film est triste !

Il raconte les aventures de trafiquants réduits à recourir à de petites combines dans un pays moralement laminé. Comme pour *Madame de…*, le scénario modifiera la fin du roman duquel est tiré le film (*Le Vin de Paris*), mais dans le sens de l'adoucissement.

Toute l'atmosphère du film se retrouve dans la fameuse diatribe de Grandgil, l'artiste peintre, campé comme lui seul sait le faire par Jean Gabin :

« Non mais regarde-moi le mignon, là, avec sa face d'alcoolique et sa viande grise, avec du mou partout, du mou, du mou, v'là que du mou ! Mais tu vas pas changer de gueule un jour, toi, non ? Et l'autre, là, la rombière, la gueule en gélatine et saindoux, trois mentons, les nichons qui dévalent sur la brioche ! Cinquante ans chacun […], cent ans de connerie ! […] Mais qu'est-ce que vous êtes venus foutre sur Terre, nom de Dieu ! Vous n'avez pas honte d'exister, hein ? »

Réalisé en 1956, le film est d'une telle amertume, d'une telle haine qu'il laisse entrevoir les pénibles dérives qui, une trentaine d'années plus tard, amèneront Claude Autant-Lara, son réalisateur, à démissionner de son mandat de député européen. Ce sera dans ce film que sera prononcée (par le personnage de Grandgil) l'expression : « salauds de pauvres ». Il y a du Céline dans ce film. Marcel Martin, joué par Bourvil, viendra tempérer cette hargne par son humanité : « Salauds de pauvres, qu'est-ce que ça veut dire ? C'est-y la faute des gens s'ils sont pauvres ? »

1976 : *Monsieur Klein*

Réalisé par un Américain réfugié à Londres (Joseph Losey), *Monsieur Klein* est unanimement considéré comme un film français, tant pour ses lieux de tournage, sa production, ses acteurs, que pour son cadre, les rafles de juifs en France en 1942. Le personnage d'Alain Delon est-il l'objet d'une vengeance ? On pourrait le penser. On pourrait presque l'admettre. Monsieur Klein-Alain Delon est antiquaire. Alsacien catholique habitant Paris, il achète à très bas prix les œuvres d'art que les juifs doivent impérativement vendre, soit pour vivre – de nombreuses professions leur sont désormais interdites –, soit parce qu'ils veulent partir pour la Zone libre, en espérant en avoir le temps.

Le film, d'une maîtrise absolue (les décors sont de Trauner, vraiment un génie), commence par une scène hallucinante, au cours de laquelle un médecin français – campé de manière glaciale – examine une femme totalement dénudée. Pendant qu'il lui triture les traits du visage sans le moindre ménagement, il dicte ses conclusions à une infirmière : « Expression générale de faciès plus ou moins judaïque… Manifestation de prognathisme osseux commune aux races non européennes… Je soussigné, estime que le sujet examiné pourrait appartenir à la peuplade de la race sémite d'ascendance soit judaïque, soit arménienne, soit arabe. » Durant tout le film, seul Klein aura un patronyme. La deuxième scène est très différente, mais tout aussi hallucinante. Elle s'ouvre sur une chambre à coucher opulente, dont le raffinement frise la décadence. Sur un grand lit, Jeanine (Juliet Berto), très belle femme déshabillée de soie beige, se languit. Elle finit par quitter le lit et se rend dans la salle de bains, histoire de passer le temps. On la voit se maquiller les lèvres. La porte de la chambre à coucher est restée ouverte, des voix parviennent à l'oreille du spectateur. On comprend qu'une transaction est en cours. Monsieur Klein fait une offre dérisoire à un juif campé par un Jean Bouise bouleversant de dignité et de désespoir. Les circonstances l'obligent à se dessaisir d'un tableau hollandais, propriété de sa famille depuis plusieurs générations. Klein, qui obtiendra l'objet au prix qu'il veut, pousse l'ignominie jusqu'à déverser les pièces d'or avec lesquelles il paie la toile d'un geste brutal, en vrac, sur la table où le vendeur est en train de rédiger son acte de cession. « Bonne chance », dira Monsieur Klein au vendeur au moment du départ. « Bonne chance à vous aussi », lui répondra celui-ci d'un air mystérieux. À la fin du film, ils se retrouveront dans le même wagon en direction d'Auschwitz.

Maîtrisé de bout en bout, puissant, Alain Delon est prodigieux.

Un aspect du film me déconcerte. La rafle du Vél' d'Hiv' s'y passe en janvier 1942. Pourquoi ? Elle a eu lieu les 16 et 17 juillet de la même année.

Les films de François Truffaut

Deux thèmes – deux obsessions – traversent toute la filmographie de Truffaut : son amour des femmes et son interrogation sur sa propre identité.

Sans doute est-ce avec *Jules et Jim*, réalisé en 1962, qu'il offre le plus beau personnage féminin qui soit, celui de Catherine, interprété par Jeanne

Moreau, amoureuse sublime de Jules l'Autrichien et de Jim le Français, une femme qui aime deux hommes, non pas durant quelques mois, non pas tantôt l'un et tantôt l'autre, mais l'un et l'autre durant une vie. Ces deux hommes ne cesseront d'aimer la même femme, tout en ayant l'un pour l'autre des sentiments d'estime et de fraternité. Catherine éprouvera de la difficulté à faire un choix, et l'on en vient à penser que faire un choix est idiot. Catherine incarne la « *donna assoluta* », celle que tous les hommes désirent, celle qui appelle ses amants « les enfants ». « Film subversif avec douceur », dira Truffaut de *Jules et Jim*, où Jeanne Moreau chante Rezvani :

On s'est connu, on s'est reconnu
On s'est perdu de vue, on s'est r'perdu de vue
On s'est retrouvé, on s'est séparé
Puis on s'est réchauffé
Chacun pour soi est reparti
Dans l'tourbillon de la vie
Je l'ai revue un soir ah ! là là
Elle est retombée dans mes bras
Elle est retombée dans mes bras

Inoubliable.

1968 : *Baisers volés*

Antoine Doinel, alter ego de Truffaut, tantôt veilleur de nuit, tantôt réparateur de télévisions, tantôt détective privé, a une candeur qu'il exprime à sa manière, en aventures amoureuses hésitantes, délicates. La scène au cours de laquelle Delphine Seyrig séduit

Jean-Pierre Léaud avec une tendresse maternelle est bouleversante : « Vous êtes tout à fait exceptionnel. Vos empreintes digitales sont uniques au monde. Vous saviez ça ? Vous êtes unique », susurre Delphine Seyrig/Madame Tabard à Jean-Pierre Léaud/Antoine Doinel.

Veinard de Doinel.

Considéré souvent comme le chef-d'œuvre de Truffaut, *Le Dernier Métro*, sorti en 1980, est un film dans lequel s'entremêlent de nombreux thèmes que l'on retrouve ailleurs dans sa filmographie. La relation entre Marion Steiner/Catherine Deneuve et Bernard Granger/Gérard Depardieu, par exemple, rappelle par plusieurs aspects celle de Delphine Seyrig avec Jean-Pierre Léaud. La question de la recherche d'identité prend ici plusieurs formes, en particulier autour de la personne de Lucas Steiner/Heinz Bennent, le mari de Catherine Deneuve, metteur en scène juif qui se cache dans les sous-sols du théâtre (il sera recherché avec férocité par Daxiat, sorte de commissaire aux questions juives, incarné par un Jean-Louis Richard pervers à souhait). Surtout, *Le Dernier Métro* est une ode au théâtre. Et sans doute est-ce là le motif profond qui l'a rendu si précieux au public français. Tout se passe sur scène, dans les coulisses, aux sous-sols, à l'entrée des artistes… Truffaut nous fait vivre la magie du métier, dévoile les émotions de ceux dont c'est la vie, les embellit… On quitte le film en se disant que c'est le plus beau des métiers.

Bien sûr, l'amour est présent dans chacun des films de Truffaut, et certainement dans les trois cités ci-dessus. Dans *Le Dernier Métro*, il est tissé à l'amour du théâtre, et c'est sûrement ce dernier qui pour finir l'emporte. Dans *Jules et Jim*, il est multiple. Dans *Baisers volés*, il est charmant, presque ludique, un amour initiatique. Dans ***La Femme d'à côté***, en revanche, c'est d'amour fou qu'il s'agit, l'amour qui bouscule, renverse et ne laisse que des morts, au mieux des vies brisées. L'amour que chacun espère et craint. Le scénario, d'une simplicité diabolique, plonge le spectateur dans l'angoisse dès les premières minutes du film. Un couple, Philippe et Mathilde, emménage dans une maison de village. Celle d'à côté est occupée par Bernard et Arlette. Philippe et Arlette ne savent pas que leurs conjoints se connaissent. Qu'ils se sont aimés éperdument, et qu'ils se sont quittés, huit ans plus tôt, parce que, comme le dira Mathilde, « c'était ça ou devenir folle ». L'émotion des retrouvailles est telle que, lors d'une scène dans un parking en sous-sol, Mathilde demande à Bernard de prononcer son nom, et, lorsqu'il le fait, elle s'évanouit dans ses bras.

Le film se termine de manière doublement tragique, le contraire aurait été inconcevable. L'art de Truffaut consiste à montrer au spectateur combien ce genre d'amour est destructeur, combien il est à fuir, mais aussi combien il est irrésistible, et l'on quitte la salle en se demandant si l'occasion nous sera donnée un jour de vivre une telle passion, advienne que pourra.

Un mot pour terminer

Pour arrêter ces dix titres, il m'a fallu éliminer d'une longue liste des films tels que *La Femme du boulanger*, de Marcel Pagnol, *Hiroshima mon amour*, d'Alain Resnais, *Indian Song*, de Marguerite Duras (ah, Delphine Seyrig…), *Napoléon* (celui d'Abel Gance), *Le Million*, de René Clair (un bijou sorti en 1931, il aurait été le plus ancien), mais aussi *Que la fête commence…*, de Bertrand Tavernier, chef-d'œuvre absolu, *Touchez pas au grisbi*, de Jacques Becker, inégalable dans son genre, avec la musique de Jean Wiéner qui ne nous lâche pas, et bien sûr *Le Cercle rouge*, de Jean-Pierre Melville, sans doute mon préféré parmi ceux-là. Ce ne sont là que les titres d'une liste sur laquelle j'avais préalablement biffé de nombreux autres chefs-d'œuvre. Le patrimoine français de grands films est un puits sans fond (impossible, aussi, de ne pas citer *Le Deuxième Souffle*, *Le Feu follet*, *Casque d'or…*, sans parler des *Aventures de Rabbi Jacob*, de Gérard Oury, dont la projection devrait être obligatoire dans toutes les écoles de France et de Navarre).

L'esprit français, tel qu'il émerge de ces grands films, est porté par des personnages, c'est-à-dire par des acteurs. On les reconnaît, souvent on les aime, du moins on les admire. Ces artistes incarnent plus grand qu'eux, plus grand que les films dans lesquels ils jouent. Catherine Deneuve est « la » Française. Gabin, Depardieu, mais aussi Jules Berry, Arletty, Louis Jouvet, Brigitte Bardot, et bien d'autres offrent aux yeux de l'étranger – mais aussi de leurs compatriotes – un reflet de ce qu'est la France. Ils la présentent à leur image, émouvante et brillante.

J'aurais aimé entendre Arletty lancer : « Atmosphère ! »
Ou qu'elle dise, sinon le métier de sa mère :

« Elle était lingère ! » J'imagine sa gouaille…
Un seul mot de sa voix, ça y est, je défaille.

Précis dans chaque mot, maîtrisé, sec, aussi,
Louis Jouvet *avait du détail grand souci,*
Il était, le sait-on, pharmacien diplômé,
Et tout dans son regard au gramme était pesé.

Clochard ou banquier, truand ou aristo,
Jean Gabin *était tout. Il nous laissait sans mot,*
Par son talent, sa force, et bien sûr son amour
Des gens, du pays… Et ce rôle, Gueule d'amour…

De toutes les actrices, elles étaient nombreuses
À être ravissantes, jolies, délicieuses,
Pas une seule n'avait d'Elina Labourdette
Ses yeux de biche… Ça y est !… Je perds la tête !

Gérard Philipe, *héros de mon adolescence*
S'envole soudain et nous laisse son absence
Et sa flamme, bien sûr, de Cid Campeador,
Et son beau souvenir : celui d'un météore.

Il restera pour nous le mime des Enfants,
Ceux du paradis. Ah, comme on était contents
De voir **Jean-Louis Barrault**, *après tant de souffrance*
Se retrouver enfin dans le lit de Garance.

Elle était là, irréelle, un brin aguicheuse,
Disait quelques mots de sa voix merveilleuse,
Et paf ! j'étais perdu, tétanisé, confus…
Delphine Seyrig, *mon plus beau rêve… Où es-tu ?*

Amoureuse de Jules, de Jim aussi, bien sûr,
Jeanne Moreau *était la femme qui rassure,*
Qui appelle ses amants du doux mot d'« enfant »,
Et les aime comme elle veut… Là, c'est déconcertant.

Fine, diaphane **Danielle Darieux**…
Inoubliable en exquise Madame de…,

Mena sa carrière avec grâce et finesse,
J'aurais même pu dire : avec gentillesse.

Qui mieux que lui a su nous lire La Fontaine ?
Fabrice Luchini *a tout. Humour… Dégaine…*
Ses mots courent et dansent, il enchante chaque fois
Qu'il récite pour nous le fablier du roi.

Michel Piccoli *a, des très grands acteurs,*
Le brio, la force, les qualités de cœur,
Et ses personnages, qu'ils soient noirs, qu'ils soient blancs,
Ont une profondeur qu'ils doivent à son talent.

Au sommet de sa gloire, elle se retira,
Ne joua plus mais parla, parla et parla.
Brigitte Bardot *n'est donc pas une potiche,*
De temps à autre elle heurte. So what ? *Elle s'en fiche !*

Il était beau et mince, élégant et charmeur,
Gérard Depardieu *ravissait tous les cœurs,*
Il est devenu gros, immense, moins charmant.
Le voici émouvant, et même plus : attachant.

Longtemps ce fut **Bourvil**, *patronyme sans prénom*
D'un comique à l'ancienne. Seul suffisait un nom…
Mais pour Le Cercle rouge, *dernier film tourné,*
Apparaît son prénom : il s'appelait **André**.

Il gigote, il éructe, tout l'irrite, il bégaie,
L'immense acteur est celui qui de sa personne paie.
Esthète du mime, prince de l'anarchie,
Louis de Funès *était, je crois, un génie.*

Des acteurs d'un tel éclat, il faut les chercher…
Et l'on risque, en cent ans, de n'en pas trouver.
Alain Delon… *Un jour flic, un autre truand,*
Mais toujours juste, impeccable, impressionnant.

On dit d'elle qu'elle est cent fois bénie des dieux,
Qu'elle est, de la Française, le modèle glorieux.

De qui s'agit-il donc ? De Catherine Deneuve.
Chaque image à l'écran nous en fournit la preuve.

M. A.

Cocteau, Jean

Tout était fin, chez cet homme. Ses traits, son ossature, ses poèmes, ses films, ses textes, ses manières, tout. Il n'a pas vingt ans lorsqu'il publie ses premiers poèmes, *La Lampe d'Aladin.* Sa curiosité, ses rencontres, en particulier celles avec Serge de Diaghilev et Raymond Radiguet, ses talents lui permettront de s'exprimer de mille façons. La collaboration avec Diaghilev donnera naissance à des spectacles historiques où se retrouveront les plus grands artistes. En 1912 – Cocteau a vingt-trois ans –, il crée *Le Dieu bleu*, un ballet dont les costumes et les décors seront de Léon Bakst, collaborateur régulier de Diaghilev, et la musique de Reynaldo Hahn. Quelques années plus tard, ce sera *Parade*, un ballet qui marquera la vie artistique du XXe siècle (v. Ballets). Les décors et les costumes seront de Picasso, la musique d'Erik Satie, et le programme, signé Apollinaire, usera d'un néologisme, *sur-réaliste* (v. Apollinaire, Guillaume). Cocteau collaborera avec le groupe des Six et, en 1921, ils créeront ensemble *Les Mariés de la tour Eiffel,* au théâtre des Champs-Elysées, une œuvre collective dont il signera le livret et dont la musique sera composée par Georges Auric, Francis Poulenc, Arthur Honegger, Darius Milhaud et Germaine Tailleferre (chacun signa l'un ou l'autre des morceaux. C'est dans ce livret que Cocteau a placé l'inoubliable réplique : « Puisque ces mystères nous dépassent, feignons d'en être l'organisateur »…).

Il abordera de nombreux genres avec bonheur. En littérature, ce sera *Les Enfants terribles.* À l'opéra, il signera le livret d'un chef-d'œuvre absolu, *La Voix humaine*, sur une musique de Poulenc (v. ce nom). Il écrira celui du ballet chorégraphié par Roland Petit, *Le Jeune Homme et la Mort*, un grand classique, lui aussi. Au cinéma, il réalisera *La Belle et la Bête*, *L'Aigle à deux têtes*, *Orphée*, puis *Le Testament d'Orphée*, qui auront un succès considérable. Il aura quelquefois recours aux postures, à l'emphase, à un esthétisme un brin surfait. Mais enfin, c'était une époque. Ses bons mots n'étaient pas toujours d'une profondeur abyssale :

Les miroirs feraient bien de réfléchir un peu plus avant de renvoyer des images.

Écrire est un acte d'amour. S'il ne l'est pas, il n'est pas écriture.

Le fruit d'Ève fendu.

La France a toujours cru que l'égalité consistait à trancher ce qui dépasse.

Ils étaient à son image, charmants et bienveillants.

Il sera dialoguiste de films importants (*Les Dames du bois de Boulogne*, *La Princesse de Clèves*), acteur, peintre, céramiste… Il réalisera les vitraux de l'église Saint-Maximin de Metz, où il choisira pour thème l'immortalité.

Homme d'une courtoisie exquise, toujours bienveillant, il incarnera de manière constante le savoir-vivre à la française, une sorte de Jean d'Ormesson avant l'heure pour son affabilité (mais sans le charme ravageur de Jean d'O…)

Cohérences d'un pays séducteur

La France forme un tout d'une extraordinaire cohérence, et sans doute est-ce la raison pour laquelle réformer un tel pays ne peut être chose aisée : la haute couture, l'amour des mathématiques, les théories de Montesquieu, le goût des petites phrases assassines, les fables de La Fontaine, la prolifération des moralistes, le Panthéon, les prix littéraires, l'Alliance française… Partout, une fascination devant tout ce qui touche à l'esthétique. Au beau. À la formule. À l'élégance. Au désir de plaire… Plaire, plaire et plaire encore… Voilà la grande affaire de la France et des Français.

Il faut l'admettre : l'entreprise a un succès prodigieux. Dans sa grande cohérence, le Français est prêt à payer le prix de ses penchants. Il a beau revendiquer des racines agraires, dire qu'il a le cœur à gauche et le portefeuille à droite, ce n'est pas un matérialiste, et sans doute ne le sera-t-il jamais. Preuve en est l'incroyable taux de soutien aux grévistes de la SNCF durant le printemps 2018, une grève combat d'arrière-garde, pénalisante, et malgré tout populaire, disons : dans des proportions stupéfiantes (v. Grèves ; Épilogue).

Il est vrai que les grèves sont un spectacle, avec ses acteurs (dans le rôle de M. Martinez, Gérard Jugnot, ou vice-versa, on ne sait plus), déclamations, manifestations, appels à la justice, à la solidarité… Il y a une esthétique des grèves.

Non, on ne changera pas facilement un pays compact comme un hexagone, dense, riche de mille talents, dont la cohérence reflète le rapport étroit entre ses goûts et ses maux. Il se veut ainsi, ce beau pays : enchanteur, élégant comme aucun autre, révolutionnaire, séducteur impénitent, et s'il y a un prix à payer, il l'assumera, non sans panache. Garçon ? L'addition, s'il vous plaît.

Colette

Dans une chambre à coucher, un homme jeune, beau et frivole, joue avec un collier de perles. C'est Chéri. Est-il travesti ? Efféminé ? Tout au contraire. Il est viril. Très viril… Mais il joue comme un enfant, puisqu'il est encore un enfant :

> — Léa ! Donne-le-moi, ton collier de perles ! Tu m'entends, Léa ? Donne-moi ton collier !
>
> Aucune réponse ne vint du grand lit de fer forgé et de cuivre ciselé, qui brillait dans l'ombre comme une armure.

— Pourquoi ne me le donnerais-tu pas, ton collier ? Il me va aussi bien qu'à toi, et même mieux !

Au claquement du fermoir, les dentelles du lit s'agitèrent, deux bras nus, magnifiques, fins aux poignets, élevèrent deux belles mains paresseuses.

— Laisse ça, Chéri, tu as assez joué avec ce collier.

En trois mots, Colette dynamite nos repères.

Quand celle qu'on appelait « la dame du photographe » résolut de mettre fin à ses jours, elle apporta à la réalisation de son projet beaucoup de bonne foi et de soins, une inexpérience totale des toxiques, et Dieu merci elle se manqua.

Bon…

L'Enfant et les Sortilèges, le livret qu'elle écrivit à la demande du directeur de l'Opéra de Paris, Jacques Rouché : un enfant de sept ans refuse de faire ses devoirs. Sa mère le punit. L'enfant rouspète, déchire son cahier, brise sa tasse de thé, déverse l'eau de la bouilloire, tire la queue du chat, martyrise un écureuil prisonnier dans sa cage, et voià que, soudain, objets et animaux s'animent. L'enfant prend peur, il appelle sa mère. Les autres se liguent contre lui… Sur ce poème délicieux, Maurice Ravel composera une partition d'environ une heure, un incontournable du répertoire lyrique.

Dans *Flore et Pomone*, Colette raconte une histoire simple, celle d'une chatte qui ne rentre pas le soir. A-t-on bien pris soin de fermer la porte du fenil ?

Le jardin de ma maison natale perdit, le temps l'aidant, l'habitude d'écarter les intrus. Je ne lui connus qu'une grille bénigne, des portes entrebâillées le jour et la nuit. La porte charretière, tout le village savait comment secouer son gros vantail pour faire tomber, derrière, une lourde barre de fer qui eût dû le verrouiller. Les dernières recommandations, à l'heure du couvre-feu, étaient à rebours du bon sens : « Surtout, qu'on ne ferme pas la porte du perron, une des chattes n'est pas rentrée ! La porte du fenil est-elle ouverte, au moins ? Sans quoi le matou viendra encore miauler sous ma fenêtre à trois heures du matin pour que je le fasse entrer ! »

On lit ces lignes et on l'aime déjà, cette chatte. On se fait du souci pour elle. On sent aussi combien elle est aimée. En un mot, on est fait[1]…

Dans *Le Blé en herbe*, roman écrit suite à la liaison qu'elle eut avec Bertrand de Jouvenel, le fils de son mari, Colette ose tout :

Phil, en ouvrant les yeux, vit au-dessus de lui, inversé comme dans un miroir d'eau, un visage de femme, penché. Ce visage, à l'envers, montrait un menton un peu gras, une bouche rehaussée de rouge, le dessous d'un nez aux narines serrées, irritables, et deux yeux sombres qui, vus d'en bas, affectaient la forme de deux croissants. Tout le visage, couleur d'ambre clair, souriait avec une familiarité point amicale.

Il me vient en mémoire un mot d'Albert Cohen. Un écrivain, disait-il, doit avoir l'œil dur et le cœur tendre…

1. Le lecteur s'attend sans doute à ce que, ici, j'ajoute : « comme un rat ». Eh bien non. On a sa dignité…

Colette lancera un genre, l'autofiction, selon le mot de Serge Doubrovsky :

On découvre quand même, chez Colette, un livre qui s'appelle *La Naissance du jour* qui a paru en 1928 et qui, à l'origine, portait sur son péritexte le sous-titre « roman ». Et dans le roman de Colette, *La Naissance du jour*, on trouve un personnage de femme âgée qui s'appelle Colette. Ensuite, on apprend qu'elle a écrit les *Claudine*. Bref, elle s'est mise en scène comme le personnage d'un roman écrit par Colette sur Colette.

Si Colette incarne l'esprit français, si son œuvre a connu en francophonie un tel succès (en Orient, il fut immense), c'est qu'elle portait en elle la promesse du plaisir. Il était sulfureux, mais il avait en lui quelque chose de très authentique. C'était, plus qu'un plaisir romanesque, un plaisir vécu. Dans *Duo*, Colette raconte :

Alice feignait d'ignorer la présence de la plus jeune sœur, de ne point sentir le corps pelotonné qui cherchait, peut-être pour la dernière fois, la protection des membres mêlés, la sauvage et chaste habitude du sommeil en commun. Elle se retourna, comme en songe, posa sa main sur une tête petite et ronde, reconnut le parfum des cheveux blonds. Pourtant, il ne lui vint aux lèvres que le nom de la quatrième fille, lointaine et perdue de l'autre côté de la terre. Son bras, tâtonnant, rencontra un genou soulevé, une épaule tiède, çà et là naufragés parmi l'obscurité et le sommeil…

Un plaisir encore tiède.

P.-S. : À première vue, Colette avait avec Françoise Sagan (v. ce nom) mille points communs. Elles étaient toutes deux des icônes qui incarnaient la femme libérée. Bisexuelles, talentueuses, auteurs à succès, elles ont toutes deux mené des vies que la société a jugé scandaleuses, ce qu'elles ont toujours accueilli avec une indifférence polie. Toutes deux, aussi, avaient un charme fou.

À y regarder de près, il apparaît cependant que ces deux femmes ont suivi des parcours radicalement opposés. Leur rapport à l'écriture, déjà, était différent. Là où la surdouée Sagan propose une œuvre « bâclée », pour reprendre son mot, aux personnages souvent schématiques, Colette entretiendra sa vie durant un lien essentiel à l'écrit. Ses romans racontent, dans une prose travaillée, des situations difficiles, quelquefois sulfureuses, complexes, mais toujours crédibles. Là où Sagan se laisse vivre, paresse et grille, Colette trime, écrit, d'abord sous la signature de son premier mari, puis gagne sa vie comme mime, danse, écrit encore, ouvre un institut de beauté, le ferme, écrit de nouveau…

Collège de France

Le lecteur de ce dictionnaire aurait-il envie, quel que soit son âge (le mien est canonique) de se sentir jeune ? Si la réponse est oui, une seule adresse : place Marcelin-Berthelot, dans le cinquième arrondissement, à deux pas de la Sorbonne. Là où se trouve le Collège de France.

Si j'ose commencer cette entrée par une pique, c'est que, précisément, le Collège de France porte l'esprit français. On lui associera donc un brin d'ironie et un peu d'humeur. C'est vrai, on trouve plus de têtes grises que blondes dans le grand amphithéâtre Marguerite-de-Valois. Mais disons-le vite, mis à part cette dimension capillaire, le Collège de France est une institution en tout point vivante et stimulante. Elle a été créée (en 1530, par François Ier) dans le propos d'offrir deux enseignements qui n'étaient pas offerts par l'université, le grec et l'hébreu. Puis sont venues les mathématiques, l'éloquence latine et les langues orientales. Aujourd'hui fort de quarante-cinq chaires (plus cinq autres, renouvelées annuellement), le Collège de France offre ses cours dans le très majestueux immeuble construit à la fin du XVIIIe siècle par Jean-François Chalgrin (celui de l'Arc de triomphe) et rénové à la fin du siècle dernier, en particulier dans ses sous-sols où se situe le grand amphithéâtre Marguerite-de-Valois.

La spécificité du Collège est qu'il dispense tout (sa devise est « *Docet omnia* ») et que l'on y est dispensé de tout : il n'y a ni inscription ni émoluments à verser, aucun titre universitaire n'est exigé de ses enseignants, il n'est pas possible de réserver sa place pour les séminaires, et aucun diplôme n'est décerné. Pourtant, aucune nomination de professeur n'est aussi prestigieuse que celles au Collège de France, et ses titulaires figurent depuis toujours parmi les plus grands savants. Hier, c'étaient Champollion (dont la statue orne la cour d'entrée), Henri Bergson, Paul Valéry, Jules Michelet, Claude Lévi-Strauss, Jacqueline de Romilly ou encore Raymond Aron, Fernand Braudel ou Roland Barthes. Aujourd'hui, ce sont le médiéviste Michel Zink, le critique littéraire Antoine Compagnon, ou encore la sinologue Anne Cheng.

Un détail piquant montre bien le prestige qui d'emblée était conféré aux enseignants (on disait alors : les lecteurs) du Collège. Ils avaient un droit de *committimus*. Il s'agissait là d'un privilège réservé aux princes, ducs ou grands officiers de la Couronne, par lequel ils pouvaient, en première instance, et quelle que soit l'affaire, évoquer leur cause devant un juge autre que celui qui aurait dû être saisi.

Situé dans les sous-sols nouvellement aménagés, l'amphithéâtre Marguerite-de-Valois compte 420 places. Ses sièges, recouverts d'un tissu bleu royal, sont larges, confortables, invitants. Mais il n'y a pas de planchette qui permette de prendre des notes. Beaucoup d'auditeurs écrivent sur de petits cahiers posés sur leurs genoux, d'autres écoutent, simplement. Sans doute est-ce voulu, histoire de garder au lieu une légèreté. L'esprit français… Du reste, lorsque arrive pour donner son cours, par exemple, la sinologue Anne Cheng, le public applaudit. Comme au théâtre. Et en dépit d'un sujet pourtant bien sérieux proposé un matin d'hiver froid et humide (« Universalité, mondialité, cosmopolitisme, Chine-Japon-Inde »), l'immense auditoire est plein.

Comédie-Française, La

La Comédie-Française incarne le théâtre.

Son histoire, son héritage artistique, l'enracinement de sa troupe au Palais-Royal, où depuis deux siècles se trouve sa scène principale, la salle Richelieu, tout participe de sa légende.

Son répertoire, à la fois très large et fidèle à la grande tradition classique du théâtre français, explique l'identification très forte qui s'est établie entre l'institution et l'image de la France dans le monde.

Enfin (surtout !), l'éclat du Théâtre-Français tient à la qualité de sa troupe. « Ce sont les meilleurs acteurs du monde » (affirmation faite à celui qui écrit ces lignes par Charles Chaplin).

Autre chose, encore, rapproche à mes yeux la Comédie-Française de l'esprit français, et en fait quasiment l'une de ses composantes : la diction. Cette façon qu'ont les comédiens du Français de prononcer leur texte, d'articuler chaque syllabe, de rendre ce qu'ils disent clair, intelligible, élégant sans fioriture, tout relève de l'esprit français, tout y exprime l'art de la conversation, le souci de courtoisie, le respect dû à la langue, l'amour que l'on ressent pour elle.

Mon seul regret – très vif – est que la Comédie-Française n'assume aucun rôle au sein du système éducatif français. Je ne comprends pas comment il se fait que dans un pays aussi féru de théâtre que la France, riche d'un tel répertoire et d'une telle troupe, aucun ministre de l'Éducation, jamais, n'ait décidé de rendre le théâtre obligatoire dans les écoles sous l'égide de la Comédie-Française. Non pas comme alibi culturel ou comme sujet d'enseignement, non, mais pour sa pratique, comme élément central de l'éducation de l'élève, de sa construction, et, osons le dire, de l'embellissement de son âme.

Les mérites du théâtre sont à la fois immenses et innombrables. Il renforce le sens de la solidarité au sein de la troupe, celui du partage. Il permet d'affirmer la confiance en soi. Il oblige à acquérir une élocution de qualité (le bien-parler, quel pouvoir, quelle arme… Quelle obligation, aussi, de respecter son interlocuteur…). Il offre l'occasion d'un enrichissement émotionnel. Incarner Antigone ou Oreste, Harpagon ou Bérénice, des personnages que traversent des émotions universelles, cela bouscule, ouvre des horizons, oblige à l'écoute. Cela favorise la compréhension de l'autre.

Il y a plus. Le théâtre impose deux contraintes. D'abord, celle d'apprendre de beaux textes par cœur. Cela permet d'accéder à l'intimité de l'œuvre, à la vraie culture, celle qui est à nous pour toujours. Si

Boèce, dans sa prison, a pu affronter la mort comme il l'a fait, s'il a pu offrir, avec *La Consolation de Philosophie*, l'une des plus émouvantes réflexions qui soient sur le sens de la vie, c'est parce qu'il portait en lui les textes des Anciens. Dans une préface à *La Consolation*, Marc Fumaroli parle du « par cœur » : les textes appris par cœur très tôt « vont vivre en nous tout au long de notre existence », dit-il, ils nous seront acquis, « prêts à nous soutenir dans nos épreuves ». En définitive, « la seule culture fertile, c'est celle que l'on porte intimement en soi ».

Autre immense mérite du théâtre, il oblige à vivre en harmonie avec le silence. À faire de lui un allié. À dompter les instants qui précèdent la réplique. À laisser s'installer ceux qui la suivent. À apprendre, enfin, à parler sans le violer. Il ne s'agit pas de « trucs d'acteur ». Le silence est le résultat d'un approfondissement, d'une attention aiguë. De lui, Simone Weil dira : « L'attention absolument sans mélange est prière. » Il y a sur ce plan un lien spirituel non pas entre l'acteur et la troupe, mais entre lui et la salle. Elle l'écoute, le suit, l'approuve, elle s'en remet à lui, et par un retournement que seul le théâtre permet, voilà qu'elle devient responsabilité de l'acteur. Il en a la charge. Le théâtre le relie à la salle, aux autres, à tous les autres. « Relier » vient de *religere*, racine du mot « religion ».

Enfin, le théâtre est une extraordinaire machine à métamorphoser les solitudes. Les enfants, les adolescents qui se sentent seuls, qui niera qu'ils sont nombreux ? Qu'ils ne se comptent plus ? Que ce sont les plus fragiles ? Les plus à risque de rupture sociale ? Leur solitude est toujours perçue comme honteuse, c'est ainsi. Elle les conduit à la détestation de soi, au malheur. Voilà que, sur scène, l'enfant, l'adolescent voit soudain sa solitude se transformer. De honteuse, la voici glorieuse. On approuve l'enfant. On l'applaudit. Et sa vie s'embellit. Oui, le théâtre peut changer des vies. Je le sais.

Il y a quelques années de cela, Mme Filippetti était ministre de la Culture. Elle émit un jour le vœu de « voir le théâtre aider à faire tomber les murs entre la culture traditionnelle et les jeunes des quartiers ». Le président Hollande, à cette même occasion, formula un souhait moins heureux, celui de voir stimulée, surtout, « l'improvisation ». Voilà bien l'antithèse du théâtre. L'impro privilégie la « tchatche ». La dégaine de mots rapides. Celle qui met les rieurs de son côté et envoie l'autre au tapis. C'est bien, la « tchatche ». C'est rigolo. Cela peut aider certains à s'imposer. Tout le monde aime faire mouche. Mais cela n'a rien à voir avec le théâtre, sa beauté, sa profondeur et sa spiritualité.

Le théâtre apprend à découvrir l'autre. À l'écouter. Il apprend à vivre.

Le théâtre, c'est tout sauf du théâtre. Après *Charlie Hebdo* et le Bataclan, Magnanville, Nice et Saint-Étienne-du-Rouvray, le théâtre offre l'espoir d'un vivre-ensemble.

Compositeurs français (ou l'esprit français mis en musique)

Il y a dans la musique française un « je-ne-sais-quoi » (v. cette entrée) qui la rend à la fois insaisissable et reconnaissable parmi toutes. Elle incarne, je crois, ce qui est l'essence même de l'esprit français, la fusion du spirituel et du profane, quelquefois du charnel. Je me souviens d'une interview qu'avait donnée Régine, l'animatrice des nuits parisiennes d'il fut un temps. À la fois excellente chanteuse et très bonne danseuse, elle expliquait le rapport que doit entretenir le chanteur ou le danseur avec la partition. Le premier doit démarrer un brin après la note, et le second attaquer une fraction de seconde plus tôt. En d'autres termes, ni l'un ni l'autre ne doit être au diapason parfait. Bien sûr, la grande musique française est écrite de façon précise, parfois mathématique. Mais elle appelle ce « je-ne-sais-quoi » qui en fait l'inégalable charme. Il y a un « son » français, qui n'est ni allemand, ni italien, ni norvégien. Même chez les grands classiques, comme Rameau ou Couperin, « l'impression » reste l'élément essentiel. Sans doute est-ce pour cela que l'apport de la France à la musique classique est d'une telle originalité (et d'une si grande richesse). Plusieurs de ses compositeurs ont révolutionné leur art par des musiques où se mêlent transparence, profondeur et légèreté. En un mot, ils ont transcrit l'esprit français en musique. Au fil de ce dictionnaire, le lecteur trouvera quelques-uns des plus grands noms, sur lesquels il voudra bien me pardonner de m'arrêter si longuement. Mes dix-huit années à l'Orchestre de la Suisse romande (les treize dernières comme président), un orchestre connu pour sa grande proximité avec la musique française, m'ont rendu « accro » à ce que je considère comme le plus beau répertoire, tous compositeurs confondus (l'Orchestre a créé de nombreux chefs-d'œuvre du répertoire du XXe siècle, parmi lesquels le merveilleux *Parade* d'Erik Satie).

« De la musique avant toute chose », écrit Verlaine dans son *Art poétique*. Comment décrire, à l'inverse, l'art délicat qu'est le chant classique à la française ? Peut-être « de la couleur avant toute chose ». La couleur sonore…

Debussy, dans les *Ariettes oubliées*, joue des couleurs sur les vers de Verlaine :

Ô le frêle et frais murmure !
Cela gazouille et susurre,
Cela ressemble au cri doux
Que l'herbe agitée expire…
Tu dirais, sous l'eau qui vire,
Le roulis sourd des cailloux.

Et Verlaine, comme en écho, joue des sonorités, « f » dans « frêle » et « frais », sur les « m » de « murmures », les « r »… Rien qu'en lisant son texte, on perçoit les couleurs dont Debussy se servira, les voyelles « ê » et « u », par exemple, pour rendre cette impression de fraîcheur, de murmure… De même que, avec les doubles croches de « au cri doux que l'herbe », il donnera l'impression d'un souffle qui file et se perd.

Le sens du mot est essentiel. Rien de ce que porte le poème ne doit être perdu, tout doit être éclairé, embelli, magnifié. Le son doit transcender le texte, le sublimer, et inversement. Il en résultera une impression particulière : la marque du chant à la française.

Un autre élément primordial de ce chant sera sa légèreté. De nombreuses pièces comme *Rêve d'amour*, de Fauré, sur un poème de Hugo, ou *Au bord de l'eau*, de Sully Prudhomme, parlent d'amour et en offrent une sensation, une impression, à la manière de Monet ou de Renoir. Cette manière de chanter – l'une des formes les plus délicates et les plus belles de la musique – incarne l'esprit français dans toute sa grâce.

Constant, Benjamin

Né vaudois, il a pourtant sa place ici, d'autant qu'il est, j'ose le dire, à la mode. Mais l'étiquette de ce dictionnaire amoureux rend l'exercice délicat. Car amoureux de Benjamin Constant, de ses idées, de ses avatars et de ses postures, je ne suis pas.

Le moins qu'on puisse dire est que Benjamin Constant porte aussi mal son prénom que son nom. Ses parents l'ont baptisé Benjamin, mais on peut dire qu'il est né vieux. Quant à son patronyme… Disons que l'homme n'était pas très… comment dire ?

Lorsque l'on passe sa vie à opérer des changements de cap de toutes sortes au point d'irriter les mieux disposés et que l'on s'appelle Constant, le risque est grand d'être l'objet d'un jeu de mots facile.

Suivre Constant dans ses zigzags est un exercice difficile : il a passé sa vie à se jeter aux pieds des tyrans tout en prônant la liberté. Il s'opposera violemment au décret des « deux tiers ». Mais, un mois plus tard, le voilà qui fait volte-face. Sous la première Restauration, il prendra parti en faveur des Bourbons, défendra leur alliance à la ligne révolutionnaire, et, en mars 1815, alors que Napoléon rentre de l'île d'Elbe, le traite de « Genghis Khan, plus terrible, plus odieux encore ». Il écrira : « Je n'irai pas, misérable déserteur, me traîner d'un pouvoir à l'autre, couvrir l'infamie par le sophisme, et bégayer des paroles profanées pour racheter une existence honteuse. » Mais lorsque, un mois plus tard, Napoléon le fait appeler pour rédiger un projet de Constitution, il se rallie à l'Empire et accepte d'être nommé au Conseil d'État. Plus tard, lors des élections de 1827, il sera à la fois candidat à Paris et à Strasbourg…

Et quand une de ses élections se verra invalidée du fait de sa nationalité suisse, il s'arrangera pour invalider l'invalidation.

Son rapport aux femmes ne le montre pas moins changeant. Il a vingt ans lorsqu'il rencontre Mme de Charrière et devient son amant, vingt-deux ans lorsqu'il se marie avec la baronne de Cramm, vingt-six ans lorsqu'il la quitte pour la baronne de Hardenberg, et vingt-sept ans lorsqu'il quitte cette dernière pour Germaine de Staël…

J'admets, dira-t-il, deux sortes de légitimité : l'une positive, qui provient d'une élection libre ; l'autre tacite, qui repose sur l'hérédité, et j'ajoute que l'hérédité est légitime, parce que les habitudes qu'elle fait naître et les avantages qu'elle procure la rendent le vœu national… De ces deux espèces de légitimité que j'admets, celle qui provient de l'élection est la plus séduisante en théorie ; mais elle a l'inconvénient de pouvoir être contrefaite.

Ainsi, il élimine l'option démocratique au motif qu'elle porte en elle le risque de tricherie, pour lui préférer un système monarchique : « Il en résulte que la légitimité héréditaire est la plus calme, la plus assurée, sans être moins favorable à la liberté. Les nations sont averties de cette vérité par instinct. »

La légitimité héréditaire serait donc une garante de liberté… Mais il dit aussi : « Il faut, pour que cette préférence soit efficace et durable, que le gouvernement ne se place pas en opposition avec les intérêts nationaux. »

Ainsi, une famille régnante pourrait nommer et soutenir un gouvernement, sachant qu'il ferait passer l'intérêt du peuple avant celui qui l'ont nommé…

S'il est d'accord avec ces intérêts, il n'y a pas un homme sensé qui ne désire les maintenir et qui ne s'arme pour sa défense : mais s'il les menace, les attaque, les met en péril, tous les vœux, tous les efforts, tous les vœux des hommes sensés resteront sans fruit.

Il est toujours temps de dire ces vérités. Elles sont dans le cœur de tout le monde et ceux qui les repoussent ne sont les véritables amis ni des rois ni des peuples.

Insupportable Constant…

Autre chose encore me dérange chez lui : son modèle de société libérale. Comparant la « liberté des Anciens » et celle des « Modernes », il définit la première comme une liberté participative qui offre au citoyen la possibilité d'intervenir dans les affaires publiques, mais il estime que dans un tel cas le citoyen perd par là même sa liberté individuelle au profit des décisions politiques. La participation du citoyen exige un investissement personnel important, dit Constant. Elle ne saurait avoir lieu dans une société dépourvue d'une sorte de sous-société d'esclaves chargés du travail collectif, selon le modèle athénien ou romain. Il lui préfère la liberté des Modernes, qui limite la participation directe des citoyens, estimant que ceux-ci ont mieux à faire, au sein d'une société « commerçante » dépourvue d'esclaves, que de s'occuper des affaires publiques pour lesquelles ils ont élu des représentants :

> La liberté des Anciens se composait de la participation active et constante au pouvoir collectif. Notre liberté, à nous, doit se composer de la jouissance paisible de l'indépendance privée.

Pas de liberté, donc, sans possibilité de se libérer de la communauté. Quant au souci du bien public, Constant préconise la « surveillance permanente de ses représentants », pas l'engagement personnel.

Que diraient, de nos jours, ses anciens compatriotes helvètes ? La Suisse est un pays commerçant, dépourvu d'esclaves, qui quatre fois par année fait voter ses citoyens sur mille sujets fédéraux, cantonaux ou municipaux, et qui, par sa démocratie participative, réussit à cimenter l'union de ses habitants comme peu de pays où cohabitent tant de langues et de cultures.

L'inconstance de Constant ne l'a pas empêché de mener grand train ni de faire carrière. Mais il a beau y avoir mis l'effort, cela ne lui permit pas d'avoir un grand destin. Même si une foule considérable a suivi ses funérailles (près de 150 000 personnes...), Constant laisse un sentiment d'inachevé.

En définitive, le vrai problème n'est pas qu'il ait changé souvent de femme ou de conviction. C'est que ses modifications de cap n'ont jamais été le fait d'un retour sur soi mais le résultat d'un opportunisme, peut-être d'une peur panique de se retrouver pris dans les filets de ses propres engagements. Il suffit pour cela de s'arrêter sur la première lettre de ses *Cent-Jours*.

> Premièrement, parmi les hommes qui se sont signalés dans les quinze mois d'arbitraire et de désordre, dont les Cent-Jours ont été le prétexte, il en est quelques-uns dont la conduite annonce le repentir. Il serait déplacé de mettre obstacle, par des reproches intempestifs, à des conversions toujours désirables.
>
> Ces hommes, il est vrai, ne se sont pas ralliés encore à la cause de la liberté. Ils se sont rangés seulement sous les barrières ministérielles ; mais comme ils ont abandonné l'exagération, parce que la force s'en est séparée, ils abandonneront le ministère quand ils verront que la force n'est plus là. La liberté les aura dans ses rangs dès qu'il leur sera démontré qu'elle est victorieuse.

Ce sont des recrues qui prennent service chez le vainqueur, après la bataille ; mais il est toujours bon de grossir l'armée, et il ne faut pas les décourager.

Inénarrable Benjamin Constant…

Alors pourquoi le mettre dans un dictionnaire amoureux si on ne l'aime pas ?

J'essaie de l'aimer quand même… Il portait beau, avait du charme, séduisait beaucoup. Il était brillant orateur, épistolier éblouissant, doué pour à peu près tout, il savait plaire…

Mais rien n'y fait.

Benjamin, on le sait, tu étais surdoué,
Et cela t'a valu d'être aimé, admiré
Par des femmes, beaucoup. Mais à mes yeux, pourtant
Un vil trait te marquait : tu étais irritant[1].

Conversation à la française, L'art de la

Y a-t-il art plus délicat que la conversation à la française, un « art sans musée », pour reprendre une expression célèbre ? Impossible de l'imaginer acerbe, bruyante, faite de règlements de comptes, de mises au pas, de menaces… Elle sera toujours gracieuse, intime (on l'imagine à deux plutôt qu'à cinquante), savante mais simple, légère. Bienveillante, du moins en apparence… Dire de petites méchancetés avec délicatesse, n'est-ce pas une délicatesse en soi ? Chacun restera courtois, et, au moment de la séparation, quittera l'autre avec le sentiment d'avoir brillé, ébloui,

1. Là encore, le lecteur se dira : il aurait pu mettre : « Un atout te manquait : tu étais inconstant », ou encore : « tu n'étais pas constant ». Je répondrai simplement : la facilité n'est pas mon genre…

séduit, mais aussi d'avoir rassuré, amusé, donné à l'autre l'occasion de briller. En un mot, chacun aura plu, et, à cette joute qui se voudra le comble du savoir-vivre, il n'y aura que des vainqueurs.

Impossible d'imaginer que le propos déborde de bons sentiments, on tomberait dans la niaiserie, et cela en serait fini du devoir d'intelligence. On fera appel à « l'esprit de finesse », la lucidité sera constante, mais on dosera les traits avec bienveillance. La cruauté sera enrobée d'élégance, la mélancolie empreinte d'optimisme. On ne parlera pas de religion, mais la foi sera présente, en fond de décor. Et, s'il faudra ici ou là se montrer incroyant, aucun mot définitif ne devra faire penser que l'on est mécréant.

Pour s'amuser un peu, on rira au détriment des absents, tout en respectant le devoir de charité. Les flèches seront décochées sans excès, le contraire serait vulgaire (l'excès sera toujours le pire des péchés). Il ne s'agira pas, non plus, d'un « dialogue en costume ». L'art de la conversation à la française aura sa place en toutes circonstances. Dans *Le père Noël est une ordure*, film excessif, ce sera lui qui corrigera le tir, lorsque le personnage joué par Thierry Lhermitte dira à celui tenu par Anémone, à propos d'une troisième protagoniste : « [Je] n'aime pas dire du mal des gens, mais effectivement elle est gentille. »

Bien sûr, il conviendra de ne jamais aborder son domaine de spécialité, ou alors en passant, si possible en se moquant de soi-même. Au savoir que l'on voudra partager, il conviendra de distribuer les mérites à un autre. Et jamais ne devra effleurer l'esprit que, en quelque manière que ce soit, on se revendique *self-made man*. Il conviendra de reconnaître aux Anciens toute leur place, et l'honneur sera de les avoir lus avec gratitude. On ne se lancera dans aucun monologue qui dépasse les deux minutes, trois à l'extrême limite, une seulement, si possible.

Chacun voudra séduire. Détourner. Conquérir. Suborner. Enjôler… Est-ce une faute ? Surtout pas ! À défaut, l'exercice serait vain. Séduire, c'est amener ailleurs. Faire découvrir d'autres territoires. Offrir l'occasion d'un étonnement. Enrichir la vie de l'autre. Le rendre heureux. Briller en faisant son bonheur…

En un mot, surprendre sera plus qu'une élégance : un devoir. Jean d'Ormesson, qui en matière de conversation à la française n'était rien moins qu'un modèle, avait eu ce mot : « Tout le bonheur du monde est dans l'inattendu » (v. Ormesson, Jean d').

Enfin, paradoxe des paradoxes, cet art de la conversation à la française souvent perçu comme élitiste, excluant, voire snob, incarne en réalité l'esprit républicain dans ce qu'il a de plus authentique. La liberté de propos est totale. Le souci de l'autre, la place qui lui est faite se fondent sur l'égalité. Si l'un des interlocuteurs vise à « remporter le morceau », à quitter la conversation avec le sentiment d'avoir eu « la main haute », l'exercice sera vain, et pour tout dire vulgaire. Et l'on se retrouverait aux antipodes de l'esprit français. L'échange courtois, attentif, soucieux de proposer une substance, une réflexion, l'échange empreint d'élégance, devra déboucher sur une égalité, et offrira même, quelquefois, le bonheur d'une fraternité. La conversation à la française incarne l'apothéose d'une civilisation.

Il peut arriver que cet équilibre se rompe… Qu'il faille se montrer cruel. Il conviendra alors de rester élégant, même dans la rupture. Ces codes – propres à Paris, surtout – s'apprendront dans la douleur. On naît rarement avec tant de talents. Mais au prix de quelques rejets, vengeances et humiliations, on gagnera ses galons à la cruelle école du Tout-Paris (v. cette entrée). L'erreur serait de sous-estimer ses ennemis : on aura beau être homme de qualité, si l'on est homme de talent, des ennemis, on en aura toujours. Comment ça, on vous reçoit ? On vous admire ? Et vous voudriez qu'en plus on vous aime ?

Chacun voudra être « in », comme le chantait Gainsbourg. Disons que c'est humain… Encore faut-il pour cela que d'autres restent « out ». Question de place. Ou que d'autres passent de « in » à « out »… Le coup pourra venir de partout, d'alliés principalement, vu que ce sont ceux qui le mieux connaissent nos faiblesses. On se fâchera souvent. Mais quelle vie amusante ! Intense ! Quels brios se déploieront ! Et puis, c'est la règle du jeu, et lorsque l'on sera fêté, ce sera de grande façon.

La dérive du système a eu droit à une pièce de théâtre (plus tard à un film), formidable de cruauté et d'inhumanité : *Le Dîner de cons*. On repère un pauvre bougre pour le plaisir de l'exclure. On se sent rassuré en l'humiliant. On crée son petit Versailles… On est si intelligent et l'autre tellement bête… De cette histoire où la bonté n'est nulle part, la conversation à la française est l'antithèse.

Couperin, François

On l'appelait « le Grand ». Cela permettait de le distinguer de son père Charles, de son oncle Louis, de son parrain François, tous grands organistes et clavecinistes, de Marie-Madeleine, aussi, sa fille aînée, organiste à l'abbaye de Maubuisson, ou encore de Marguerite-Antoinette, sa cadette, claveciniste à la Chambre du roi. Modeste et discret, François Couperin incarnera l'art du clavecin.

Il laissera une œuvre monumentale : quatre livres pour clavecin, faits de vingt-sept suites, ou « ordres », comme il préférait les appeler pour marquer sa différence avec la suite à structure classique : Allemande – Courante – Sarabande – Guigue, mais aussi de nombreuses compositions religieuses ou profanes, des pièces pour instruments ou voix, et plusieurs messes pour orgue, en particulier une *Messe pour les paroisses* et une *Messe pour les couvents*, tous deux difficiles à écouter les yeux secs.

D

Dada

Un jour de 1916, au Café Voltaire, démarrait la « révolution dada ». C'était à Zurich, à deux pas de la Paradeplatz, adresse des trois grandes banques helvétiques, pied de nez dadaïste avant la lettre…

De nombreux artistes suisses, allemands ou américains participèrent au mouvement. Mais ceux qui y jouèrent un rôle prépondérant avaient pour nom Jean Arp, Tristan Tzara, Marcel Duchamp, Francis Picabia ou encore André Breton (v. ce nom). Piliers du dadaïsme, ils furent plus tard précurseurs du surréalisme.

Né à Zurich comme on naît « durant le voyage », le mouvement dada avait, à l'égard de ce qui touchait aux arts de son époque, une règle qui pourrait se résumer à un mot de son quasi-homonyme Pierre Dac (formulée bien plus tard) : « Je suis pour tout ce qui est contre et contre tout ce qui est pour. » Comment atteindre la liberté absolue si ce n'est en se défaisant de toutes les contraintes ? De toutes les règles ? Qu'il s'agisse de peinture, de littérature, de cinéma ou de photographie, il fallait aller remettre tout en cause, redéfinir l'esthétique (autre chose que les banques…).

L'un des fondements du dadaïsme était le paradoxe exprimé par Tzara, l'auteur de son manifeste, en 1918, lorsqu'il dit que son texte lui-même est « contre les manifestes »… La liberté doit s'étendre à tous les aspects de la production artistique, aux matériaux, à la langue, à l'expression sous toutes ses formes. « L'artiste nouveau proteste », dit Tzara dans le *Manifeste dada* de 1918. Il ne peint plus, il « crée directement en pierre, bois, fer, étain, des rocs, des organismes locomotives pouvant être tournés de tous les côtés par le vent limpide de la sensation momentanée ». Tzara parlera d'œuvres « fortes, droites, précises et à jamais incomprises ». Duchamp inventera le concept du *ready-made*, illustré par son célèbre urinoir retourné, appelé *Fontaine*, et par sa Joconde moustachue, une reproduction du tableau de Léonard sur laquelle il a gratifié Mona Lisa d'une moustache et d'une barbichette. La provocation n'était pas que graphique. Duchamp avait ajouté à sa reproduction ces quelques lettres : *L.H.O.O.Q.*, qu'il fallait bien sûr lire : « Elle a chaud au cul. » Peut-être que l'ajout de poils était une allusion joyeuse à la possible homosexualité de Léonard. Duchamp lui-même s'était fait photographier par Man Ray déguisé en femme, sous le nom de Rrose Sélavy (soit, lu à haute voix : « Éros, c'est la vie »), prenant en quelque sorte le relais d'Apollinaire et de ses Mamelles de Tirésias (v. Apollinaire, Guillaume ; Desnos, Robert ; Surréalisme, Le et les tapis de M. Loubet).

Tristan Tzara réalisera la *Danse de Saint-Guy*, tableau sans matière, ni toile ni peinture, mais un cadre, quelques ficelles et trois étiquettes. Jean Arp composera un *Rectangle selon les lois du hasard*, où, par collage de papiers sur carton, il placera dans le rectangle du tableau des morceaux de papier selon un ordre tiré au hasard.

On peut s'interroger : le dadaïsme incarne-t-il l'esprit français ? Oui, je crois, à plus d'un titre. Par sa revendication radicale de la liberté, par son goût de la révolution et par son universalisme. Il s'inscrit dans la suite des Lumières et de l'*Encyclopédie*. De nombreux artistes français lui ont apporté une contribution déterminante. Enfin, le dadaïsme a été un élément déclenchant du surréalisme, l'un des mouvements artistiques les plus féconds du XXe siècle.

P.-S. : Ces premières années de guerre portaient en elles une révolte immense. Outre le dadaïsme, elles ont vu la naissance du *Canard enchaîné* (v. cette entrée) et du *Crapouillot*, dont le premier numéro avait comme manchette : « Courage, les civils ! »

Debussy, Claude

« Claude de France ». C'est ainsi que Debussy signait de temps à autre ses compositions, et cela dit combien il se voyait incarner l'esprit français. Sa musique était à la fois révolutionnaire et empreinte de classicisme, en un mot : insaisissable.

Son *Prélude à l'après-midi d'un faune* a marqué la musique moderne. *Pelléas et Mélisande* fixera la norme du nouvel opéra, et *La Mer* celle de la musique symphonique renouvelée. Pourtant, il sera impossible de trouver dans ces morceaux la moindre règle de composition, le plus petit indice d'une « méthode » ou d'une « manière ». Debussy était allergique aux recettes (lors de concerts, lorsqu'il écoutait l'un ou l'autre des grands classiques, on l'entendait quelquefois s'écrier : « Au secours ! Il va développer. »). Son unique quatuor redéfinira la musique de chambre sans qu'il soit possible d'y déceler la moindre formule. Souvent qualifiée d'impressionniste, sa musique mettra en valeur le son autant que la structure. Tout, chez lui, est nuance, couleur, harmonie. Tout est aérien. Ses thèmes portent en apesanteur. De ses *Préludes* Jankélévitch dira qu'ils sont préludes à un propos « qui jamais n'adviendra ». On ne saurait mieux qualifier la musique de Debussy. Tout est caché mais tout est là, puissant et fort. Tout est donné et tout nous échappe.

Un mot résume ce que nous offre Debussy : la liberté. Celle des sentiments, celle de la pensée, des émotions, des sensations, la liberté la plus profonde. La Liberté absolue. En définitive, Debussy n'a pas fait que révolutionner la grande musique. Il lui a donné un nouvel envol.

Déclinisme
(et autres interrogations)

Le beurre et son argent… Comme ce serait formidable : une France du panache, du brio, du coup d'éclat, **et en même temps** de la sagesse, de la réserve, du bon sens, de l'humilité… Mais voilà, « le naturel toujours sort et sait se montrer », disait Boileau. La France est un pays révolutionnaire. Monarchiste, élitiste, mais révolutionnaire. C'est là le moindre de ses paradoxes. Toute occasion sera bonne pour exprimer son désaccord, son indignation, sa colère… *Indignez-vous !* titrait il y a quelques années un petit livret, somme toute assez facile. Il s'en est vendu des millions d'exemplaires. Gageons qu'un « *Émerveillez-vous !* » n'aurait pas fait le centième des ventes. Au lendemain d'une élection de 2017, alors qu'un président venait d'être démocratiquement élu avec près de 70 % des suffrages exprimés, Paris était le théâtre de manifestations. Les partisans de *La France insoumise* n'avaient « pas attendu vingt-quatre heures pour descendre dans la rue et décréter la "guerre sociale" », écrivait *Le Monde* dans son éditorial du 11 mai 2017. Le quotidien ajoutait : « L'outrance pourrait prêter à sourire si cette intolérance ne témoignait d'un fâcheux déni des règles de la démocratie. » Mais, deux mois plus tard, jour pour jour, le même journal lançait un « Appel à témoignages », en réalité une véritable entreprise de saccage : à la veille d'un vote à Lima, qui devait attribuer les jeux Olympiques 2024 à Paris ou Los Angeles, le site du *Monde* interrogeait ses lecteurs : « Vous ne souhaitez pas que Paris accueille les JO, expliquez-nous pourquoi. » L'article ne lésinait pas sur son propos : « Si la délégation française met en avant l'adhésion populaire à l'organisation de cet événement, vous êtes aussi nombreux à vous prononcer contre la tenue des Jeux dans la capitale. Trop coûteux, risques sécuritaires importants, retombées économiques incertaines, impact écologique négatif… expliquez-nous pourquoi vous ne souhaitez pas que Paris accueille les jeux Olympiques. » Le journal ne demandait pas à chacun de donner son avis, même si, déjà, le moment semblait incongru. Non, l'interrogation était à charge. Seuls étaient sollicités les opposants aux Jeux. Suivait un règlement bien long qui déclinait « l'intégralité des conditions de dépôt de témoignage ». Était-ce le juste moment de tirer dans les jambes d'une délégation française qui se battait à l'autre bout de la planète ? On aurait pu attendre plus de retenue de la part d'un des grands journaux d'Europe. Entre ces deux événements, le même quotidien publiait les témoignages de correspondants de presse étrangère basés à Paris. Une journaliste italienne y racontait sa visite place de la République, lors du mouvement « Nuit debout ». Elle croisa un groupe d'Italiens et les interrogea : pourquoi n'avaient-ils pas manifesté à Rome lorsque le gouvernement italien avait fait passer une « loi travail » autrement plus dure que celle proposée par la gauche française ? Une militante lui répondit par ces mots : « En France, la révolte est dans l'air. » Cela crée la division, affaiblit le pays et le pousse au déclin, mais voilà. « Le naturel toujours... » « Division » vient du grec, *diavalo*, la racine du mot « diable », qui veut dire « je divise ». La révolution donne des ailes, et peu importent les dégâts.

La France connaît-elle un déclin ? Pour partie, il est commun à l'Occident. Mais il a deux composantes spécifiques à la France. D'abord, l'esprit révolutionnaire, les interminables grèves des transports qui cassent l'économie, la rue, l'État, aussi, qui n'y est pas pour rien. Or l'État, c'est aussi la rue. C'est plus encore la rue que la rue, c'est les urnes, c'est-à-dire tout un chacun. Et puis, ici, l'État aime être « en charge ». Il met sur pied des écoles d'élite pour y puiser ses fonctionnaires les plus brillants. Polytechnique est une école militaire. L'ENA est une école d'administration étatique... Ces grandes écoles sont de très haut niveau. Elles offrent un enseignement d'une qualité exceptionnelle. Mais les hiérarchies qui les pilotent sont hors sol. Elles ne correspondent plus à une gestion académique moderne. Les mouvements de gauche ne sont pas ici en cause. Eux défendent des acquis, c'est leur mission. La droite ne fait pas toujours sa part de travail. Je lis l'interview de la directrice d'un magazine conservateur. Cette personne, pourtant brillante, déclare : « La course folle à la compétitivité pour rattraper les Allemands, puis les Polonais, puis les Chinois [...], n'est pas un horizon enviable. Ni un programme de civilisation. » On peut discuter... L'erreur serait de se focaliser sur le terme enviable. Enviable ou pas, quelle différence ? Quant au « programme de civilisation », on en parlera après coup. Lorsqu'il y aura moins de chômeurs, moins de dette publique, moins de déficits budgétaires. Aujourd'hui, en France, les plus grands professeurs des universités, ceux à la carrière « exceptionnelle », c'est le terme, qui par exemple enseignent au Collège de France, gagnent, en fin de carrière, environ 6 000 euros par mois. Le tiers de ce qu'ils recevraient dans de nombreux pays. Lorsque la France paiera ses grands professeurs de manière juste, le programme de civilisation se fera tout seul.

Décorations (expression de l'esprit français)

Ordre de la Légion d'honneur, ordre national du Mérite, ordre du Mérite agricole, palmes académiques, ordre des Arts et des Lettres... Si de nombreux pays décorent leurs citoyens méritants, ils sont peu nombreux – en Occident du moins – où l'importance attribuée à la décoration est si grande.

Le mot, déjà, nous renvoie à une spécificité française : l'apparat. Décorer, c'est soigner l'allure. Ce n'est pas transformer en profondeur. C'est embellir aux yeux de tous celui qui en est le récipiendaire. C'est aussi inviter ses concitoyens à mériter une décoration. C'est-à-dire donner envie de briller. De réussir. De se montrer au-dessus du lot. C'est, aussi, mine de rien, renforcer le rôle de l'État : c'est lui qui juge ! En matière d'arts ou d'industrie, d'affaires militaires ou agricoles, il se réserve le droit d'attribuer les bonnes notes. Bien sûr, il ne sera pas le seul à le faire. L'écrivain aura pour repères les critiques et les classements de son livre sur les bonnes listes ; le cinéaste se fondera sur mille signaux pour savoir si son film est apprécié ; mais, *in fine*, ce sera l'État qui donnera son verdict. L'État, c'est-à-dire Jupiter. Ou, si l'on se fonde sur l'Antiquité hellénique, Zeus, le roi des dieux.

Autre chose, encore, caractérise la décoration française, par différence avec l'américaine, par exemple (je ne parle pas de la suisse, elle n'existe pas, par principe politique) : elle est visible. De loin. Et surtout, elle est portée, presque toujours. Petit ruban rouge ou bleu, rosette simple ou sur canapé, votre interlocuteur saura d'emblée à qui il a affaire. La décoration décore, honore, capte le regard et creuse les écarts.

Denon, Vivant

Small world, comme on dit dans les soirées où l'on ne croise (Dieu merci) que des gens que l'on connaît. Dans sa *Notice historique sur Vivant Denon*, Anatole France commence par ces mots :

> Il y avait à Paris, sous le règne de Louis XVIII, un homme heureux. C'était un vieillard. Il habitait, sur le quai Voltaire, la maison qui porte aujourd'hui le numéro 9 et dont le rez-de-chaussée est actuellement occupé par le docte Honoré Champion et sa docte librairie.

Anatole France avait passé son enfance dans ce même logement. Et, comme on dit dans les soirées susmentionnées, *guess what ?* Oui, devinez ! Eh bien Sylvie Duhamel, *la même* Sylvie Duhamel dont il est ici question dans l'entrée « Méditerranée, La (le restaurant place de l'Odéon)... », dirigeait les éditions Honoré Champion *à cette même adresse* ! Où ils sont restés longtemps ! Ils sont maintenant au 3, rue Corneille (passer de Voltaire à Corneille ! Encore une occasion de lancer un « *small world* »). Et ce n'est pas tout ! Le 3, rue Corneille *est littéralement* à deux pas de « La Méd » (comme on appelle le restaurant lorsqu'on s'y retrouve entre amis). Et devinez quoi, encore ! *Guess what !* Les éditions Champion appartiennent à des Suisses ! En plus ils sont de Genève… Vraiment, le monde est petit.

J'arrête. Faire le snob n'est pas désagréable, je finirais par y prendre goût. C'est aussi reposant, on ne parle qu'avec des gens que l'on connaît. Revenons à Denon… Et comme on dit dans le canton de Vaud : nom de nom… Il a découvert l'empire des pharaons. Il a fondé le musée du Louvre. Il a été un graveur d'immense talent, un dessinateur reconnu, diplomate, dramaturge, historien de l'art… Et surtout, cet homme a su capter l'air du temps comme personne.

Anatole France raconte :

> Il était né trop tôt pour goûter, en dilettante, comme Chateaubriand, les chefs-d'œuvre de la pénitence. Son profane reliquaire contenait un peu de la cendre d'Héloïse, recueillie dans le tombeau du Paraclet ; une parcelle de ce beau corps d'Inès de Castro, qu'un royal amant fit exhumer pour le parer du diadème ; quelques brins de la moustache grise de Henri IV, des os de Molière et de La Fontaine, une dent de Voltaire…

Selon la légende, une bohémienne lui dit sa bonne aventure alors qu'il n'a que sept ans : « Tu seras aimé des femmes ; tu iras à la Cour ; une belle étoile luira sur toi. »

Son destin se révélera conforme à la prédiction. Il montera à Paris, fréquentera la Comédie-Française où il sera aimé, par beaucoup et souvent. Il y croisera Louis XV, qu'il enchantera de sa conversation. Le roi le nommera maître à graver de Mme de Pompadour, puis gentilhomme de la chambre royale, puis à Saint-Pétersbourg, comme attaché d'ambassade. Louis XVI le nommera à Stockholm, puis en Suisse, à Naples, aussi, où il déploiera une activité frénétique. Collectionnant les objets d'art, il gravera, dessinera et laissera une œuvre importante.

En 1777, à trente ans, il a déjà connu des femmes en grand nombre. Il les a aussi aimées et comprises plus souvent qu'à son tour. Il écrit *Point de lendemain*, un conte d'à peine quelques dizaines de pages, souvent qualifié de « classique » du genre érotique, plutôt un traité de psychologie amoureuse :

> Chaque moment me livrait une beauté. Le flambeau de l'Amour me l'éclairait pour les yeux de l'âme, et le plus sûr des sens confirmait mon bonheur. Quand la crainte est bannie, les caresses cherchent les caresses. Elles se confondent plus tendrement : on ne veut plus qu'une faveur soit ravie. Si l'on diffère, c'est raffinement.

Le refus est timide, et n'est qu'un tendre soin. On désire, on ne voudrait pas ; c'est l'hommage qui plaît… le désir flatte… l'âme est exaltée… on adore… on ne cédera point… on a cédé.

Ah ! me dit-elle, avec un son de voix céleste, sortons de ce dangereux séjour ; sans cesse les désirs s'y reproduisent, et l'on est sans force pour leur résister.

À la Révolution, il se réfugie à Venise, une ville faite pour lui, retourne à Paris lorsqu'on l'informe de la confiscation imminente de ses biens. Il rencontre Robespierre, trouve ses bonnes grâces, sauve sa fortune et traverse la Terreur comme un esprit sur un champ de bataille. Robespierre le nommera graveur national…

Bonaparte prend le pouvoir, et Denon est toujours là, Zelig protéiforme. On lui propose de se joindre à l'expédition d'Égypte, il accepte. Au retour, Bonaparte le nommera directeur général des musées. Il fera du Louvre le plus grand musée de France, et sans doute n'y a-t-il aucune coïncidence à ce que ce musée, bâti par Denon suite à sa découverte de l'empire des pharaons, soit aujourd'hui embelli d'une pyramide (la légende veut que Pei, l'architecte de la pyramide, ignorait le lien qui, par Denon, unissait le Louvre à l'Égypte).

À la chute de l'Empereur, Denon s'installa quai Voltaire. Il avait alors soixante-huit ans.

Ainsi, Vivant Denon aura su saisir les occasions (ou se plier aux circonstances, c'est selon). Né en 1747, mort en 1825, il aura connu une vie d'adulte à cheval entre deux siècles, captant tour à tour les bonnes grâces de Louis XV, Louis XVI, Robespierre et Napoléon. Sa capacité de séduction était rare, ses talents nombreux, et son activité fiévreuse, comme artiste et comme administrateur. Dans ce déploiement de talents multiples, dans cette capacité à saisir l'air du temps, comment ne pas penser à Talleyrand ? Les deux hommes se fréquentaient-ils ? Sans doute que non. Les grands séducteurs ne peuvent que détester leurs semblables. Se connaissaient-ils ? Oui ! C'est à un bal, donné par Talleyrand, qu'en 1797 Denon croise un jeune général du nom de Bonaparte. Il a l'air brillant, ambitieux, impétueux. Il cherche un verre d'orangeade[1]. Denon lui tend le sien.

Desnos, Robert

Si Char m'intimide (par sa force physique, par sa puissance poétique, sa capacité à affronter l'envahisseur, son action de chef dans la Résistance), Desnos m'attendrit. Tout chez lui est douceur, délicatesse, vulnérabilité. Char vivra quatre-vingts ans, c'est dire qu'il aura soixante ans d'écriture. Desnos, lui, mourra quadragénaire, d'épuisement et de phtisie, au camp de Theresienstadt. Son temps de travail sera du tiers, vingt années à peine au cours desquelles, sans aucune formation mais par une intuition et une sensibilité exceptionnelles, il captera « l'air du temps » comme peu de poètes l'auront fait. Associé au mouvement surréaliste dès ses débuts (« Le surréalisme est à l'ordre du jour et Desnos est son prophète », dira Breton), il en sera un chantre de premier rang, en

1. Certains me parlent de limonade. Allez savoir.

particulier par ses aphorismes intitulés *Rrose Sélavy*, dans lesquels apparaissent déjà (à vingt-deux ans) son humour, son goût des affinités sonores et de l'érotisme joyeux, des acrobaties verbales, et, d'une certaine façon, de *l'écriture automatique* débordant sur le quotidien :

> 2. Rrose Sélavy demande si *Les Fleurs du mal* ont modifié les mœurs du phalle : qu'en pense Omphale ?
>
> [...]
>
> 6. Rrose Sélavy inscrira-t-elle longtemps au cadran des astres le cadastre des ans ?
>
> [...]
>
> 24. Croyez-vous que Rrose Sélavy connaisse ces jeux de fous qui mettent le feu aux joues ?
>
> [...]
>
> 39. Rrose Sélavy propose que la pourriture des passions devienne la nourriture des nations.
>
> [...]
>
> 62. Habitants de Sodome, au feu du ciel préférez le fiel de la queue.

Il sera exclu du mouvement lorsque celui-ci se transformera en « parti » et qu'il refusera de « payer sa cotisation » : il aurait fallu pour cela qu'il accepte de s'affilier au parti communiste. Aragon se chargera de rédiger son « eulogie », qu'il combinera avec sa mise à mort :

> Le langage de Desnos est au moins aussi scolaire que sa sentimentalité [...], il semble impossible que Desnos parle d'une fourrure sans que ce soit du vair, de l'eau sans nommer les ondes, d'une plaine qui ne soit une steppe.

En réalité, après avoir adhéré au mouvement de la façon la plus entière qui soit – Desnos participera aux expériences de sommeil hypnotique, de récits de fantasmes, d'hypnose, il agira comme médium –, après en avoir été exclu avec violence, il ne le quittera jamais véritablement. Tout au contraire, il le poursuivra, dans son souci d'intégration de l'image, du son, de « délire lucide », mots avec lesquels il qualifie la peinture de Picasso. L'œuvre d'art doit s'inscrire dans une réalité sociale. Elle s'adressera à tout un chacun et s'étendra à toutes les dimensions et à toutes les formes qu'elle pourra revêtir. L'« impératif surréaliste » marquera toute son œuvre.

« Je sors bouleversé des derniers poèmes de Desnos », écrira Antonin Artaud à Jean Paulhan. Il ajoutera : « Et il n'est pas jusqu'à un besoin d'abstraction qui ne se sente satisfait par ces poèmes où la vie de tous les jours, où n'importe quel détail de la vie journalière prend de l'espace, et une solennité inconnue. »

J'ai tant rêvé de toi
Que tu perds ta réalité

écrira Desnos pour Yvonne George, son impossible amour.

Dans *Corps et Biens*, ces quelques mots :

Je t'apporte une petite algue qui se mêlait à l'écume de la mer et ce peigne
Mais tes cheveux sont mieux nattés que les nuages avec le vent avec les rougeurs célestes et tels avec des frémissements de vie et de sanglots que se tordant

parfois entre mes mains ils meurent avec les flots et les récifs du rivage en telle abondance qu'il faudra longtemps pour désespérer des parfums et de leur fuite avec le soir où ce peigne marque sans bouger les étoiles ensevelies dans leur rapide et soyeux cours traversé par mes doigts sollicitant encore à leur racine la caresse humide d'une mer plus dangereuse que celle où cette algue fut recueillie avec la mousse dispersée d'une tempête.

Une étoile qui meurt est pareille à tes lèvres.
Elles bleuissent comme le vin répandu sur la nappe.

Ces quelques mots, encore :

Un calme effrayant marquera ce jour
Et l'ombre des réverbères et des avertisseurs d'incendie fatiguera la lumière
Tout se taira les plus silencieux et les plus bavards
Enfin mourront les nourrissons braillards
Les remorqueurs les locomotives le vent
Glisser en silence
On entendra la grande voix qui venant de loin passera sur la ville
On l'attendra longtemps
Puis vers le soleil de milord
Quand la poussière les pierres et l'absence de larmes composent
sur les grandes places désertes la robe du
soleil
Enfin on entendra venir la voix
Elle grondera longtemps aux portes
[...]

Au retour de ses restes en France, Éluard se montrera plus digne qu'Aragon :

> Tout au long de ses poèmes l'idée de liberté court comme un feu terrible, le mot liberté claque comme un drapeau parmi les images les plus neuves, les plus violentes aussi [...]. Il va vers l'amour, vers la vie, vers la mort sans jamais douter.

Visionnaire à l'égard de toutes les formes de l'image – le cinéma en particulier, mais aussi la peinture et la photographie –, Desnos restera plus fidèle aux idéaux du surréalisme que les fondateurs du mouvement eux-mêmes.

Diderot, Denis

> Je vois le matin la vraisemblance à ma droite, et l'après-midi elle est à ma gauche.

De tous les personnages cités dans ce dictionnaire, si je pouvais me choisir un ami et un seul, je n'hésiterais pas une seconde. Ce serait Diderot, homme de cœur plus encore qu'homme d'esprit.

Et s'il ne devait y avoir qu'un seul nom dans ce dictionnaire pour incarner l'esprit français, ce serait le sien.

Diderot avait tous les talents, tous les savoirs, le courage, le panache, et surtout l'élégance de ne vouloir en imposer aucun. Il avait à cœur d'honorer son lecteur à chaque ligne, comme cela apparaît dans ses *Pensées sur l'interprétation de la nature* :

> Jeune homme, prends et lis. Si tu peux aller jusqu'à la fin de cet ouvrage, tu ne seras pas incapable d'en

entendre un meilleur. Comme je me suis moins proposé de t'instruire que de t'exercer, il m'importe peu que tu adoptes mes idées ou que tu les rejettes, pourvu qu'elles emploient toute ton attention. Un plus habile t'apprendra à connaître les forces de la nature ; il me suffira de t'avoir fait essayer les tiennes.

Il était philosophe, érudit, encyclopédiste, romancier, dramaturge, traducteur, critique d'art et, surtout, homme sincère, attaché à son travail : dire ce qu'est le monde, un lieu qui laisse à chaque citoyen sa pleine part de libre arbitre.

Il ne ménageait pas ses coups à l'Église. Mais il avait en lui une authentique spiritualité, qui se retrouvait dans le regard qu'il portait à son prochain, dans son sens de l'écoute. L'immense encyclopédiste avait le goût de l'autre.

Il s'était fait connaître par des traductions de l'anglais et des annotations d'ouvrages savants. En 1748, à trente-cinq ans, il publiait deux textes qui marqueront le début de sa carrière littéraire : un conte orientalisant, coquin et rigolo, *Les Bijoux indiscrets*, et ses *Mémoires sur différents sujets de mathématiques*. Mais c'est surtout l'année suivante, avec la publication de sa *Lettre sur les aveugles à l'usage de ceux qui voient*, que pour la première fois il marquera son siècle.

Il sera arrêté et incarcéré au château de Vincennes, où il restera trois mois. Son livre sera censuré. Rousseau viendra le voir, et, selon la légende, c'est en effectuant le trajet qui le menait à Vincennes qu'il eut la fameuse « illumination » de son *Discours sur les sciences et les arts*, à l'élaboration duquel Diderot participa (v. Rousseau, Jean-Jacques).

Diderot ressortira traumatisé de son incarcération, et c'est à l'aune de ce choc qu'il convient de mesurer le courage dont il a ensuite fait preuve dans l'écriture et la publication de l'*Encyclopédie*.

L'une de ses entrées, « Droit naturel », déclenchera une réaction violente chez Rousseau. Dans son *Manuscrit de Genève*, il attaquera Diderot de manière frontale. Les divergences entre les deux philosophes iront en s'accentuant. Mais leur rupture aura ceci de merveilleux qu'elle montrera qu'un homme de lumière peut être en grand désaccord avec un ami au point de rompre, et continuer de l'aimer au plus profond de son cœur. « J'avais un Aristarque sévère et judicieux, je ne l'ai plus, je n'en veux plus : mais je le regretterai sans cesse, et il manque bien plus encore à mon cœur qu'à mes écrits », écrira Rousseau dans sa *Lettre sur les spectacles*. Diderot lui répondra de manière émouvante dans un texte intitulé *Essai sur les règnes de Claude et de Néron*, n'hésitant pas comparer leur rupture à celle de deux amants éperdus : « Demandez à un amant trompé la raison de son opiniâtre attachement pour une infidèle, et vous apprendrez le motif de l'opiniâtre attachement d'un homme de lettres pour un homme de lettres d'un talent distingué. »

L'*Encyclopédie* a bouleversé le monde, et Diderot lui a offert une vision nouvelle, fondée sur l'esprit de responsabilité.

Mais son apport dépasse cette norme. Il aura été le philosophe de la philosophie, celui du doute, de l'interrogation, le penseur authentique dont le propos est moins de convaincre que de s'assurer que rien, dans sa démarche, ne découle de l'arbitraire, et qu'il en va autant de la démarche de son interlocuteur, auquel il accorde une importance du même rang que la sienne.

Son *Addition aux pensées philosophiques* est, pour son temps, d'une audace inouïe :

> Si je renonce à ma raison, je n'ai plus de guide [...].
> Si la raison est un don du Ciel, et que l'on en puisse dire autant de la foi, le Ciel nous a fait deux présents incompatibles et contradictoires.
> Pour lever cette difficulté, il faut dire que la foi est un principe chimérique, et qui n'existe pas dans la nature.

Plus loin, il aura ces mots à propos des miracles et de la résurrection :

> Mais tous les juifs qui étaient à Jérusalem ont apparemment été convertis à la vue des miracles de Jésus-Christ ? Aucunement. Loin de croire en lui, ils l'ont crucifié. Il faut convenir que ces juifs sont des hommes comme il n'y en a point. Partout on a vu les peuples entraînés par un seul faux miracle, et Jésus-Christ n'a pu rien faire du peuple juif avec une infinité de miracles vrais.

C'est ce miracle-là de l'incrédulité des juifs qu'il faut faire valoir et non celui de la résurrection.

Hors la raison, pas de tabou.

Tout chez Diderot invite à la réflexion. Sa *Lettre sur les aveugles* met en place un dispositif qui permet d'analyser avec astuce les processus scientifiques de la découverte. Il interroge :

> Comment un aveugle-né se forme-t-il des idées des figures ? […] Nous combinons des points colorés, il ne combine, lui, que des points palpables […]. Je ne connais rien qui démontre mieux la réalité du sens interne que cette faculté faible en nous, mais forte dans les aveugles-nés, de sentir ou de se rappeler la sensation des corps, alors même qu'ils sont absents et qu'ils n'agissent plus sur eux.

Dans ses *Additions à la « Lettre sur les aveugles »*, il prend comme exemple la capacité déductive de celui qui ne voit pas, et l'on comprend qu'il établit à cet instant la règle d'or de la démarche scientifique, fondée sur la seule expérience de la réalité :

> Quand on lui parlait, elle jugeait de la taille par la direction du son qui la frappait de haut en bas si la personne était grande, ou de bas en haut si la personne était petite.

Dans ses romans, ses dialogues sont serrés, nerveux, d'une rigueur absolue. *Le Neveu de Rameau* ou *Le Rêve de D'Alembert* rappellent Platon dans le *Georgias*, une manière sans concession de construire une argumentation, mais toujours empreinte de légèreté et de bonhomie.

Sa pensée est ouverte, à l'affût de ses propres limites, insatisfaite de bout en bout. Ses raisonnements procèdent de la multiplicité des points de vue, et le souci d'analyse rigoureuse n'étouffe jamais une humanité et une sensibilité de chaque instant.

Son œuvre de romancier sera elle aussi en butte à la censure, y compris de manière posthume. En 1826, soit quarante-deux ans après sa mort, le tribunal de Paris condamnera l'éditeur de *Jacques le fataliste et son maître* à un mois de prison et ordonnera la destruction de l'ouvrage.

Dans ce roman voyagent deux personnages, un valet et son maître. Où vont-ils ? La chose n'est pas claire. Ils prennent la route, s'arrêtent dans des auberges, bavardent, échangent leurs souvenirs, discutent philosophie, abordent des questions intimes… Le cours du récit est insaisissable, sa structure chaotique. Le narrateur change d'époque, de registre, d'histoire, même. De nouveaux personnages interviennent, eux aussi désireux de partager leurs souvenirs et les enseignements qu'ils en ont tirés… Réalité et fiction ne font plus qu'un et laissent le lecteur perdu mais ravi par tant de verve et d'humour :

> Vous voyez, lecteur, que je suis en beau chemin, et qu'il ne tiendrait qu'à moi de vous faire attendre un an, deux ans, trois ans, le récit des amours de Jacques, en le séparant de son maître et en leur faisant courir à chacun tous les hasards qu'il me plairait. Qu'est-ce qui m'empêcherait de marier le maître et de le faire cocu ? d'embarquer Jacques pour les îles ? d'y conduire son maître ? de les ramener tous les deux en France sur le même vaisseau ? Qu'il est facile de faire des contes ! Mais ils en seront quittes l'un et l'autre pour une mauvaise nuit, et vous pour ce délai.

La Religieuse et *Les Bijoux indiscrets* subiront eux aussi la censure de l'État pour outrage à la morale et bien sûr pour un anticléricalisme cinglant. Le sexe est joyeux chez Diderot, abondant, explosif, à la fois gaulois et délicat (la combinaison semble possible…).

Dans *Les Bijoux indiscrets*, le sultan Mangogul détient une bague capable de faire parler le bijou (c'est-à-dire le sexe) des femmes. Dire qu'il en abuse ne serait pas exagéré, présentant au passage l'avortement comme une manière « d'éviter le scandale » :

> Sa bague interrogea le bijou d'une jeune recluse nommée Cléanthis, et le bijou prétendu virginal confessa deux jardiniers, un bramine et trois cavaliers, et raconta comme quoi, à l'aide d'une médecine et de deux saignées, elle avait évité de donner du scandale.

Plus loin, il aura des propos dignes d'un révolutionnaire (mais qu'était-il, sinon cela ?) :

> « Monsieur se vante, et même assez hautement […] que vous lui donnez des espérances. Madame, qu'en est-il ? » Amine ouvrait la bouche, mais le sultan tournant sa bague dans le même instant, elle se tut, et son bijou répondit pour elle. « Il me semble que Nassès se trompe : non, ce n'est pas à lui que madame en veut. N'a-t-il point un grand laquais qui vaut mieux que lui ? Oh ! que ces hommes sont sots de croire que des dignités, des honneurs, des titres, des noms, des mots vides de sens en imposent à des bijoux ! Chacun a sa philosophie, et la nôtre consiste principalement à distinguer le mérite de la personne, le vrai mérite, de celui qui n'est qu'imaginaire. »

Ailleurs, il osera plus encore :

Je m'attachai à une jeune vierge qui venait de prendre le premier voile. C'était une brune adorable : elle m'appelait sa maman, je l'appelais mon petit ange. Elle me donnait des baisers innocents, je lui en rendais de fort tendres. [...] Zirziphile me mettait à tout propos sur le mariage et sur les plaisirs des époux ; elle m'en demandait des nouvelles : j'aiguisais habilement sa curiosité ; et de question en question, je la conduisis jusqu'à la pratique des leçons que je lui donnais.

Enfin, il faut reconnaître à Diderot son rang d'exceptionnel styliste, léger et plein d'esprit, comme cela apparaît par exemple dans ces quelques lignes dans sa correspondance à Sophie Volland :

Michel [Louis-Michel van Loo] m'a envoyé le beau portrait qu'il a fait de moi ; il est arrivé au grand étonnement de Mme Diderot qui le croyait destiné à quelqu'un ou quelqu'une [...]. Mme Diderot prétend qu'on m'a donné l'air d'une vieille coquette [...]. Il y a bien quelque chose de vrai dans cette critique.

Dans un de ses *Salons*, celui de 1767, il décrira ainsi son portrait, sautillant, passant de la troisième à la première personne, ne s'épargnant rien, désarmant d'humour et de modestie :

Assez ressemblant ; très vivant ; c'est sa douceur, avec sa vivacité ; mais trop jeune, tête trop petite, joli comme une femme, lorgnant, souriant, mignard, faisant le petit bec, la bouche en cœur ; et puis un luxe de vêtement à ruiner le pauvre littérateur, si le receveur de la capitation vient l'imposer sur sa robe de chambre […]. On le voit de face, il a la tête nue ; son toupet gris, avec sa mignardise, lui donne l'air d'une vieille coquette qui fait encore l'aimable […]. Mon joli philosophe, vous me serez un témoignage précieux de l'amitié d'un artiste, excellent artiste, plus excellent homme. Mais que diront mes petits-enfants, lorsqu'ils viendront à comparer mes tristes ouvrages avec ce riant, mignon, efféminé, vieux coquet-là ? Mes enfants, je vous préviens que ce n'est pas moi. J'avais en une journée cent physionomies diverses, selon la chose dont j'étais affecté. J'étais serein, triste, rêveur, tendre, violent, passionné, enthousiaste ; mais je ne fus jamais tel que vous me voyez là. J'avais un grand front, des yeux très vifs, d'assez grands traits, la tête tout à fait du caractère d'un ancien orateur, une bonhomie qui touchait de bien près à la bêtise, à la rusticité des anciens temps.

Peut-être est-ce sur ce seul point que Diderot se distancie quelque peu de l'esprit français. Il est toujours tendre.

Dreyfus, l'antisémitisme et l'antiantisémitisme, L'affaire

Il y a des sujets plus gais. Il y en a de moins complexes. Il y en a peu de moins importants.

Au fil des siècles, le quotidien des juifs de France a connu diverses avanies, allant de l'interdiction de partager un repas avec des chrétiens à l'obligation de porter la rouelle en 1269, une première dans l'histoire des juifs en Europe :

> Nous vous ordonnons, à la demande de notre très cher frère dans le Christ Paul Chrétien, de l'ordre des frères prêcheurs, « d'imposer des insignes à chaque juif des deux sexes : à savoir une roue de feutre ou de drap de couleur jaune, cousue sur le haut du vêtement, au niveau de la poitrine et dans le dos, afin de constituer un signe de reconnaissance, dont la circonférence sera de quatre doigts et la surface assez grande pour contenir la paume d'une main ».

L'antisémitisme en France était-il différent de celui d'autres pays européens ? Je crois que oui, sous deux aspects.

Le premier tient au fait que, si les juifs de France ont souvent connu l'antisémitisme, et pour certains sous sa forme la plus atroce, je pense à l'affaire Dreyfus et aux vagues de violence qu'elle a déclenchées, à la rafle du Vél' d'Hiv', aux lois antijuives du régime de Vichy, ils ont aussi bénéficié, dans les heures les plus sombres, de nombreux éclats de philosémitisme qui avaient des origines très diverses. Des anonymes courageux, des intellectuels, des gens d'Église se sont engagés, souvent au péril de leur vie, pour sauver des juifs ou pour défendre la cause juive. Leurs actes ont incarné la charité, l'esprit des Lumières et la tradition des droits de l'homme qui ont marqué l'histoire de la France.

L'affaire Dreyfus est un exemple intéressant. Je ne reviens pas sur l'inanité des accusations du fameux « bordereau », sur le sinistre Bertillon et sa théorie de « l'auto-forgerie », sur les mensonges et les montages des plus hautes instances de l'État, parmi lesquelles la théorie surréaliste du commandant d'Ormescheville, rapporteur auprès du Conseil de guerre, selon lequel l'absence de preuves était bien la preuve de la culpabilité de Dreyfus : il avait fait tout disparaître... Je ne ferai pas l'inventaire des publications antidreyfusardes et antisémites délirantes, je ne rappellerai pas leurs tirages stratosphériques ni les attitudes aveugles de l'armée, qui après la défaite de 1870 a cru plus intelligent de défendre son honneur par la dissimulation plutôt que par la vérité. Je veux souligner l'engagement des dreyfusards de la première heure. Émile Zola, condamné à la prison pour avoir défendu la vérité, a dû s'exiler en Angleterre. Jaurès, au terme du premier procès de Dreyfus qui écrivait : « Un troupier vient d'être condamné à mort et exécuté pour avoir lancé un bouton au visage de son caporal. Alors pourquoi laisser ce misérable traître en vie ? », mais qui par la suite s'est montré un défenseur ardent de la vérité, dreyfusard de première ligne. Clemenceau, journaliste au moment du premier procès, d'abord, convaincu de la culpabilité de Dreyfus, écrira par la suite, et avec quel courage, à propos du vrai coupable, gracié par les tribunaux :

> Qui protège le commandant Esterhazy ? La loi s'arrête, impuissante devant cet aspirant prussien déguisé en officier français. Pourquoi ? Qui donc tremble devant Esterhazy ? Quel pouvoir occulte, quelles raisons inavouables s'opposent à l'action de la justice ? Qui lui barre le chemin ? Pourquoi Esterhazy, personnage dépravé à la moralité plus que douteuse, est-il protégé alors que tout l'accuse ? Pourquoi un honnête soldat comme le lieutenant-colonel Picquart est-il discrédité, accablé, déshonoré ? S'il le faut nous le dirons !

Je veux rappeler les combats qu'ont menés de nombreux intellectuels pour soutenir Dreyfus. Anatole France, Jules Renard, Octave Mirbeau, Péguy, bien sûr, qui n'hésitait pas à aller faire le coup de poing au Quartier latin, Marcel Proust, le lieutenant-colonel Marie-Georges Picquart, chef des services de renseignements… Dès 1895, ce dernier était convaincu de l'innocence de Dreyfus. Il sera condamné et emprisonné au Mont-Valérien sous des prétextes fallacieux. Je veux aussi rappeler que l'État a emprisonné le commandant Henry, l'adjoint de Picquart et l'artisan de son arrestation, qui sera à son tour placé aux arrêts au Mont-Valérien, fera des aveux complets et se suicidera. Comme suite aux aveux d'Henry, Godefroy Cavaignac, ministre de la Guerre, refusera la révision du procès. Mais Henri Brisson, président du Conseil, l'exigera et forcera Cavaignac à démissionner. Au milieu de l'indescriptible agitation que connaissait la France, Paul Déroulède, patriote fervent, ira jusqu'à déclarer : « S'il faut faire la guerre civile, nous la ferons. » Une guerre civile pour sauver l'honneur d'un juif ? On aura connu pays plus antisémite.

Emmanuel Lévinas donnera du reste ce conseil aux siens : « Choisissez la France, le pays où on libère un juif pour mettre un officier de l'armée en prison à sa place. »

Ainsi, tout au long de l'Affaire, une France des Lumières, courageuse et intrépide, a rappelé de quel bois elle était faite.

Le second caractère distinctif de l'antisémitisme français tient à sa pluralité. Les préjugés qui ont traversé – et qui continuent de traverser – la France constituent un cas particulier. L'histoire des juifs de France est constellée de mesures antisémites. En 633, Dagobert Ier leur imposera la conversion, à défaut de quoi ce sera l'exil. En 1144, Louis VII émettra un édit bannissant de France les « juifs relaps », c'est-à-dire qui seraient tombés en hérésie, et plus précisément qui auraient repris la loi de Moïse après avoir reçu le baptême, sous peine de mutilation ou de mort. Sous Louis IX, en 1242, des exemplaires du Talmud seront brûlés en public, place de Grève, à Paris. En 1306, Philippe le Bel expulsera les juifs de France, dans le propos de faire main basse sur leurs biens et restaurer les finances du royaume. Les épisodes d'antisémitisme virulent ne se comptent pas, comme ils l'ont été durant des siècles partout en Europe. Mais, à partir du XVIIIe siècle, la diversité des communautés juives en France donne aux lois antisémites un caractère spécifique. À cette époque, les juifs de France sont au nombre de 35 000, dont 5 000 sépharades venant d'Espagne ou du Portugal et 30 000 ashkénazes résidant principalement dans l'est du pays. Le décret du 28 janvier 1790 accorde la nationalité française aux sépharades mais la refuse aux ashkénazes, pourtant installés depuis plus longtemps sur le territoire français, au motif qu'ils ne sont pas assimilés. En 1808, Napoléon émettra un décret qui obligera les commerçants juifs à requérir une patente annuelle, révocable, et à satisfaire à la conscription. Le décret interdira également à tout juif d'émigrer en Alsace, visant ainsi indirectement la communauté ashkénaze. Il ne s'appliquera pas aux juifs de Bordeaux, des Landes et de la Gironde, ces derniers « n'ayant donné lieu à aucune plainte et ne se livrant pas à un trafic illicite ». Durant la Seconde Guerre mondiale comme durant les dernières années de l'affaire Dreyfus, les communautés juives ont bénéficié de l'aide d'un très grand nombre de citoyens français. Certains d'entre eux ont été reconnus comme Justes parmi les nations, mais beaucoup ont œuvré anonymement, soutenus et appuyés par des institutions catholiques et protestantes. De nombreuses congrégations religieuses ont caché – et sauvé – des juifs. Ainsi, plus de 70 % des juifs de France (citoyens ou étrangers) ont survécu à la Shoah. Dans les autres pays européens, la proportion est estimée à 33 %.

Voilà une vingtaine d'années qu'un nouvel antisémitisme se développe. Alors que, depuis la fin de la Seconde Guerre mondiale et jusqu'en 2006, aucun crime de sang à caractère antisémite n'avait été commis, dix meurtres ont été perpétrés dans les dix années qui ont suivi, parmi lesquels celui d'Ilan Halimi, dû au « gang des barbares », les trois assassinats de l'école Ozar Hatorah de Toulouse, commis par Mohammed Merah, les quatre morts de l'Hyper Cacher de la porte de Vincennes et celui de Sarah

Halimi, à Belleville. Depuis, le meurtre de Mireille Knoll s'est ajouté à la liste.

Dans un rapport rédigé à la demande du ministère de l'Intérieur et remis en 2004, Jean-Christophe Rufin ne voit pas le nouvel antisémitisme comme provenant seulement des immigrés d'Afrique du Nord ou de l'extrême droite. Il y voit une composante « antisioniste radicale », portée par des mouvements d'extrême gauche et d'antimondialisation. Selon une étude récente, 75 % des Français interrogés estiment que le conflit israélo-arabe a un impact négatif sur leur quotidien.

Le 27 novembre 1967, peu après la guerre des Six Jours qui avait vu la victoire éclair d'Israël sur ses voisins arabes, le général de Gaulle tenait une conférence de presse au cours de laquelle il qualifiait les juifs de « peuple d'élite, sûr de lui et dominateur ». Quelques mois plus tard, dans *De Gaulle, Israël et les Juifs*, Raymond Aron écrivait :

> Pourquoi le général de Gaulle a-t-il solennellement réhabilité l'antisémitisme ? Afin de se donner le plaisir du scandale ? Pour punir les Israéliens de leur désobéissance et les juifs de leur antigaullisme occasionnel ? Pour interdire solennellement toute velléité de double allégeance ? Pour vendre quelques Mirage de plus aux pays arabes ? Visait-il les États-Unis en frappant les juifs ? Voulait-il soumettre à une nouvelle épreuve l'inconditionnalité de certains de ses fidèles qui ont souffert sous Charles de Gaulle ? Agit-il en descendant de Louis XIV qui ne tolérait pas les protestants ? En héritier des Jacobins qui aimaient tant la liberté qu'ils interdisaient aux citoyens d'éprouver tout autre sentiment ? Je l'ignore.

Dans les faits, le mot de De Gaulle eut peu d'impact. À l'époque, la France avait pour Israël les yeux de Chimène. Aujourd'hui, alors que l'État d'Israël est embourbé dans une politique d'occupation et que le gouvernement français multiplie les signes d'amitié à l'égard d'Israël et de son Premier ministre, l'antisémitisme flambe. C'est donc qu'il y a autre chose. Peut-être faut-il chercher dans l'étude de Jean-Christophe Rufin, vieille désormais de quinze ans, une analyse prémonitoire. Et trouver dans les propos du général De Gaulle un relent prophétique, au vu de la politique de colonisation menée en Cisjordanie par l'État d'Israël.

Aux obsèques d'Émile Zola, en présence du capitaine Dreyfus, Anatole France lui rendit cet hommage en des termes qui, à chaque lecture, me bouleversent :

> Devant rappeler la lutte entreprise par Zola pour la justice et la vérité, m'est-il possible de garder le silence sur ces hommes acharnés à la ruine d'un innocent et qui, se sentant perdus s'il était sauvé, l'accablaient avec l'audace désespérée de la peur ?
>
> Comment les écarter de votre vue, alors que je dois vous montrer Zola se dressant, faible et désarmé devant eux ?
>
> Puis-je taire leurs mensonges ?
>
> Ce serait taire sa droiture héroïque.
>
> Puis-je taire leurs crimes ?
>
> Ce serait taire sa vertu.
>
> Puis-je taire les outrages et les calomnies dont ils l'ont poursuivi ?
>
> Ce serait taire sa récompense et ses honneurs.
>
> Puis-je taire leur honte ?
>
> Ce serait taire sa gloire.

Non, je parlerai.

Envions-le : il a honoré sa patrie et le monde par une œuvre immense et un grand acte.

Envions-le, sa destinée et son cœur lui firent le sort le plus grand. Il fut un moment de la conscience humaine.

L'esprit de France et son honneur.

P.-S. 1 : Durant toute la Seconde Guerre mondiale, il y a eu un « cinéma français » sous le contrôle allemand. Pas un seul film n'a commis le moindre dérapage antisémite. Il fallait le souligner.

P.-S. 2 : À propos du port de la rouelle : je trouve une dimension tragi-comique à cette servitude. S'il fallait un signe extérieur pour distinguer les juifs, c'était donc qu'ils n'étaient pas si différents des chrétiens…

Drieu la Rochelle, Pierre

Durant les dix dernières années de sa vie, Drieu a été fasciste. Non pas fascisant : fasciste. Inscrit au PPF, le parti de Doriot, il a collaboré avec l'occupant nazi et dirigé sous son regard la *Nouvelle Revue française* (Paulhan avait refusé le poste). En 1941, à l'invitation de Goebbels, Drieu s'est rendu en Allemagne, accompagné de Robert Brasillach, Ramon Fernandez, Jacques Chardonne, Marcel Jouhandeau…

Quelques jours avant que Paris ne soit libéré, il fera une tentative de suicide au Luminal. Raté. Une semaine plus tard, il récidivera en se taillant les veines. Encore raté. Il finira par réussir, quelques mois plus tard, en mettant toutes les chances de son côté : gaz et barbituriques. Il savait que la condamnation à l'indignité nationale allait le frapper.

Peut-on aimer Drieu ? Moi pas. A-t-il sa place ici, dans ces pages ? Je me suis posé la question vingt fois. Et, chaque fois, j'ai abouti à la même réponse. Toute sa place. D'abord, parce que Drieu est un romancier dont la finesse d'analyse, le style, l'acuité psychologique, l'élan romanesque le placent, à mes yeux, parmi les grands écrivains français du XXe siècle.

Ensuite parce que ce dictionnaire ne se veut pas une fable, que l'on ne construit pas une histoire d'amour en se trompant de personnage, et que Drieu rassemble en lui les qualités si françaises d'élégance formelle (si pas morale), de séduction et, à sa manière, d'allure.

Enfin, parce que inclure Drieu dans ce dictionnaire m'oblige à essayer de le comprendre, même s'il m'est difficile de comprendre comment un homme aussi intelligent peut être antisémite.

On me rétorquera : et Céline (v. cette entrée) ?

Eh bien justement. Céline n'a pas épousé une juive en premières noces. Drieu, si. Céline n'a pas commencé par être un philosémite de gauche. Drieu, si. « Jeune juif, comme tu donnes bien ton sang à notre patrie », écrira Drieu dans *Mesure de la France*. Céline ne fréquentera pas les dadaïstes et les surréalistes. Drieu, si. Céline ne participera pas au « procès » de Maurice Barrès mis en scène par Breton. Drieu, si. Céline n'hébergera pas, comme le fera Drieu dans sa maison de Guéthary, Soupault, Aragon, Breton, Éluard ou encore Max Ernst. Céline n'approchera pas, et de loin, les raffinements de Drieu dans les analyses psychologiques de ses personnages. Céline a été sans doute le plus grand de tous les stylistes modernes, et il mérite à cet égard attention et admiration. Mais Drieu porte en lui l'histoire intellectuelle du XXe siècle français.

Il n'y a pas beaucoup d'écrivains qui offrent à la lecture des passages où le désespoir est rendu avec autant d'élégance que chez Drieu :

> — Alain, il faut que nous nous mariions.
>
> Elle lui disait cela, parce que c'était pour lui dire qu'elle avait pris le Léviathan.
>
> Six mois auparavant, jeune divorcée, elle s'était fiancée avec Alain, un soir, dans une salle de bains de New York. Mais trois jours après, elle s'était mariée avec un autre, un inconnu, dont d'ailleurs elle s'était séparée un peu plus tard.
>
> — Mon divorce sera prononcé bientôt.
>
> — Je n'en dirai pas autant du mien, répondit Alain avec une nonchalance un peu affectée.
>
> — Je sais bien que vous aimez encore Dorothy.
>
> C'était vrai, mais cela n'empêchait pas son envie d'épouser Lydia.
>
> — Mais Dorothy n'est plus la femme qu'il vous faut, elle n'a pas assez d'argent et vous laisse courir. Il vous faut une femme qui ne vous quitte pas d'une semelle ; sans cela vous êtes trop triste et vous êtes prêt à faire n'importe quoi.
>
> — Vous me connaissez bien, railla Alain.

La description des corps de Lydia et d'Alain, dans *Le Feu follet*, ferait partie de tout recueil d'anthologie consacré à la déchéance :

[...] la glace refléta, sans qu'elle s'y intéressât, de belles jambes, de belles épaules, un visage exquis, mais qui paraissait anonyme à force d'être blême, et stupide à cause d'une froideur empruntée. Sa peau, c'était le cuir d'une malle de luxe, qui avait beaucoup voyagé, fort et sali. Ses seins étaient des emblèmes oubliés.

[...]

Ce corps d'Alain, qui tenait une cigarette, c'était un fantôme, encore bien plus creux que celui de Lydia. Il n'avait pas de ventre et pourtant la mauvaise graisse de son visage le faisait paraître soufflé. Il avait des muscles, mais qu'il soulevât un poids aurait paru incroyable. Un beau masque, mais un masque de cire. Les cheveux abondants semblaient postiches.

Dans *La Duchesse de Friedland*, Drieu donne du père de Cornelia un portrait sans concession, enfin presque (il ne résiste pas à dire qu'il était « joli garçon »), dans lequel on le reconnaît, bien sûr, mais fallait-il qu'il ajoute, à la suite d'un paragraphe parfait, ces mots gratuits, pathétiques, pathologiques, même ?

La mère de Cornelia, d'une famille de marchands de biens, qui inexplicablement n'étaient pas juifs, portait une grosse fortune.

Peut-on être à la fois si intelligent et si bête ?

Je ne trouve chez Drieu ni courage ni générosité. L'argent, l'argent, il ne parle que de ça. Sans doute est-ce la raison de son antisémitisme, cette obsession liée à un cliché juif, façon médiocre et petite-bourgeoise de ne penser qu'à sa petite personne. Au fond, Drieu a une intelligence de grand seigneur et une personnalité de petite frappe, talent égaré qui montre, contrairement à ce que j'écrivais au début de cette entrée, que l'antisémitisme n'a pas grand-chose à voir avec l'intelligence.

Drieu se cherchera sans cesse. Il s'essaiera à gauche puis à droite, bolchevik pour finir, philosémite puis antisémite, amoureux des femmes puis des hommes, dadaïste puis sinistre. Pour finir, ne sachant plus où aller ni où regarder, il mettra fin à ses jours, laissant derrière lui l'image d'un homme aussi doué que médiocre.

Droits de l'homme

S'il devait y avoir un texte et un seul qui porte l'esprit français, ce serait celui-ci.

> **Déclaration des droits de l'homme et du citoyen de 1789**
>
> Les représentants du peuple français, constitués en Assemblée nationale, considérant que l'ignorance, l'oubli ou le mépris des droits de l'homme sont les seules causes des malheurs publics et de la corruption des gouvernements, ont résolu d'exposer, dans une déclaration solennelle, les droits naturels, inaliénables et sacrés de l'homme, afin que cette déclaration, constamment présente à tous les membres du corps social, leur rappelle sans cesse leurs droits et leurs devoirs ; afin que les actes du pouvoir législatif, et ceux du pouvoir exécutif, pouvant être à chaque instant comparés avec le but de toute institution politique, en soient plus respectés ; afin que les réclamations des citoyens, fondées désormais sur des principes simples et incontestables, tournent toujours au maintien de la Constitution et au bonheur de tous.

En conséquence, l'Assemblée nationale reconnaît et déclare, en présence et sous les auspices de l'Être suprême, les droits suivants de l'homme et du citoyen.

Art. 1er. Les hommes naissent et demeurent libres et égaux en droits. Les distinctions sociales ne peuvent être fondées que sur l'utilité commune.

[...]

Duparc, Henri

Les compositions de Duparc incarnent la mélodie française hissée à son sommet. Son œuvre est très réduite – Duparc a cessé de composer alors qu'il n'avait pas quarante ans. Atteint d'une maladie neurodégénérative, il ne nous laisse que dix-sept mélodies, toutes parmi les plus délicates jamais écrites, chacune sur un poème merveilleux. Sa dernière composition, *La Vie antérieure*, a pour paroles un poème de Baudelaire :

J'ai longtemps habité sous de vastes portiques
Que les soleils marins teignaient de mille feux
Et que leurs grands piliers, droits et majestueux,
Rendaient pareils, le soir, aux grottes basaltiques.
Les houles, en roulant les images des cieux,
Mêlaient d'une façon solennelle et mystique
Les tout-puissants accords de leur riche musique
Aux couleurs du couchant reflété par mes yeux.
C'est là que j'ai vécu dans les voluptés calmes,
Au milieu de l'azur, des vagues, des splendeurs
Et des esclaves nus, tout imprégnés d'odeurs,
Qui me rafraîchissaient le front avec des palmes,
Et dont l'unique soin était d'approfondir
Le secret douloureux qui me faisait languir.

La mélodie a été enregistrée par les plus grandes voix, dont celles de Gérard Souzay, Ludovic Tézier, Jonas Kaufmann, Kiri Te Kanawa, et bien sûr Régine Créspin.

Parmi les autres mélodies de Duparc, citons – je devrais les citer toutes – la bouleversante *Chanson triste*, *Soupir* (sur un poème de Sully Prudhomme, enregistré magnifiquement par Natalie Dessay), *L'Invitation au voyage*, sur le fameux poème de Baudelaire, et bien sûr le *Lamento*.

Si toute la musique française se résumait à ces dix-sept mélodies, si elle n'avait été écrite que par un seul compositeur et que ce compositeur s'appelait Henri Duparc, on pourrait dire qu'elle est l'expression la plus délicate de l'esprit français.

E

École de danse
de l'Opéra national de Paris

« Trois siècles, mon cher ! »

Je rentrais de Paris où j'avais assisté, la veille, au spectacle que donnaient les petits rats de l'École de danse de l'Opéra de Paris à la salle Favart. J'avais été ébloui par leur talent, leur brio, leur grâce… J'appelai Hugues Gall – il dirigeait l'Opéra de Genève –, lui fis part de mon enthousiasme et lui demandai ce qu'il manquait à Genève pour avoir une école de danse comparable à celle que je venais de découvrir. Ce fut sa réponse : « trois siècles ».

À peu de chose près, il avait raison (Hugues Gall a toujours raison) : c'est en 1713 que Louis XIV signa l'acte de naissance du Conservatoire de danse. Un demi-siècle plus tard, deux décrets signés de Louis XVI transformaient le Conservatoire en une école gratuite qui acceptait des enfants de moins de douze ans.

Un événement extraordinaire eut lieu, au moment de la Révolution : il ne se passa rien. Tout, pourtant, aurait pu inciter les révolutionnaires à abolir l'École de danse : le ballet était une expression de cour, souvent un divertissement inséré dans les opéras présentés à Versailles, sans l'ombre d'un doute un spectacle pour privilégiés. Et pourtant... La Révolution puis l'Empire protégèrent l'École, modifiant son règlement dans le sens d'assurer une plus grande équité aux examens et, pour les nouveaux diplômés, une plus grande transparence dans le recrutement au sein de la troupe.

Au fil du temps, l'École devint à la fois plus démocratique et plus élitiste, oui, un miracle d'éducation, plus ouverte et plus exigeante. Jacqueline de Romilly, lorsqu'elle parlait de démocratisation des études, insistait sur la nécessité d'être sur un pied d'égalité à l'entrée des études. Après quoi, c'était chacun selon son mérite. L'École de danse de l'Opéra de Paris illustre cette pensée. Chaque année, près de cinq cent cinquante enfants (quatre cents filles et cent cinquante garçons) postulent. L'École en accepte entre trente et quarante, après qu'ils se sont présentés à deux examens d'entrée : l'un de danse et l'autre d'aptitudes physiques, qui permet de prédire l'évolution morphologique des postulants. Une fois admis, les élèves sont soumis à d'incessantes évaluations. Chaque année, les examens sont éliminatoires, et ceux qui ne sont pas retenus ne redoublent pas. Pour la douzaine d'élèves qui arrivent au terme des six années de cours, il y aura au mieux une petite poignée de postes qui s'ouvriront dans le corps du ballet de l'Opéra national de Paris, certaines années un seul, d'autres trois ou quatre. Aujourd'hui, à 95 %, les cent cinquante-quatre membres du Ballet sont issus de l'École.

Jack Lang, assisté d'une grande pédagogue de la danse, Claude Bessy, alors directrice, donna à l'École un rang, un outil et une visibilité formidables en décidant la construction d'un édifice à Nanterre. Il en confia la réalisation à l'un des grands architectes de France, Christian de Portzamparc, offrant ainsi à l'institution les moyens de défendre son rang de meilleure école de danse. Si le ballet de l'Opéra national de Paris est lui aussi considéré par beaucoup comme le premier du monde, c'est pour beaucoup à l'École qu'il le doit (v. Ballets).

Encyclopédie

Au commencement, l'idée était modeste. Il s'agissait de traduire *Cyclopaedia*, dictionnaire des sciences et des arts dû à l'Anglais Ephraïm Chambers. Le détenteur des droits pour la langue française proposa le travail à un jeune lettré de trente-deux ans, Denis Diderot, repéré pour ses talents de traducteur de l'anglais vers le français[1] (il traduisait alors le *Dictionnaire universel de médecine*..., de Robert James). Diderot se montra intéressé, mais ses ambitions étaient d'un autre ordre. Plutôt que de traduire, pourquoi ne pas créer ? Il pensa à une sorte de tableau général des efforts de l'esprit humain dans tous les genres et tous

1. Diderot apprit l'anglais à l'aide d'un dictionnaire anglais-latin...

les siècles. Il l'intitulera d'un mot nouveau : « encyclopédie ».

Ce sera le début d'un travail de vingt ans auquel il associera de manière prépondérante son ami d'Alembert, mathématicien réputé, mais aussi un grand nombre de contributeurs, tels que Voltaire, Rousseau, Montesquieu, et Condorcet. D'Alembert écrira le *Discours préliminaire*, dans lequel on pouvait lire ces mots, en référence à la révolution copernicienne et à Galilée :

> Un tribunal [...] condamna un célèbre astronome pour avoir soutenu le mouvement de la Terre et le déclara hérétique [....]. C'est ainsi que l'abus de l'autorité spirituelle réunie à la temporelle forçait la raison au silence ; et peu s'en fallut qu'on ne défendît au genre humain de penser.

Mille six cents autres entrées de sa main suivront. Diderot rédigera des articles qui porteront sur des sujets aussi divers que la littérature, la médecine, l'archéologie, la mythologie et, bien sûr, les religions, leurs mystères et leurs hérésies. Louis de Jaucourt, médecin et philosophe d'ascendance huguenote formé à la théologie à l'université de Genève, sera signataire du plus grand nombre d'articles, plus de 17 000. Au final, l'*Encyclopédie* comptera plus de 20 millions de mots, soit environ 100 millions de signes, l'équivalent de 100 000 pages, ainsi que de nombreux volumes de planches.

Il y a beaucoup de choses que l'on peut admirer à propos de l'*Encyclopédie*. L'immense travail, le savoir, le style (quelquefois inégal, souvent somptueux), l'esprit d'analyse, le brio, le panache, l'humour, aussi, parfois. Mais rien, je crois, ne mérite tant l'admiration que le courage de ses auteurs et leur détermination dans la défense de la vérité et de la justice.

Voici par exemple les dernières lignes de l'entrée « Capuchon » :

> Capuchon, se dit plus communément d'une pièce d'étoffe grossière, taillée et cousue en cône, ou arrondie par le bout, dont les Capucins, les Récollets, les Cordeliers, et d'autres religieux mendiants, se couvrent la tête.
>
> Le capuchon fut autrefois l'occasion d'une grande guerre entre les Cordeliers. L'ordre fut divisé en deux factions, les frères spirituels, et les frères de communauté. Les uns voulaient le capuchon étroit, les autres le voulaient large. La dispute dura plus d'un siècle avec beaucoup de chaleur et d'animosité, et fut à peine terminée par les bulles des quatre papes, Nicolas IV, Clément V, Jean XXII, et Benoît XII. Les religieux de cet ordre ne se rappellent à présent cette contestation qu'avec le dernier mépris.
>
> Cependant, si quelqu'un s'avisait aujourd'hui de traiter le Scotisme comme il le mérite, quoique les futilités du

docteur subtil soient un objet moins important encore que la forme du coqueluchon de ses disciples, je ne doute point que l'agresseur n'eût une querelle fort vive à soutenir, et qu'il ne s'attirât bien des injures.

Mais un cordelier qui aurait du bon sens ne pourrait-il pas dire aux autres avec raison : « Il me semble, mes pères, que nous faisons trop de bruit pour rien : les injures qui nous échapperont ne rendront pas meilleur l'ergotisme de Scot. Si nous attendions que la saine philosophie, dont les lumières se répandent partout, eût pénétré un peu plus avant dans nos cloîtres, peut-être trouverions-nous alors les rêveries de notre docteur aussi ridicules que l'entêtement de nos prédécesseurs sur la mesure de notre capuchon. »

Sous « **Religion** », il est mis ceci :

Si nous mettons en comparaison avec la vérité éternelle d'où procèdent toutes nos connaissances les maîtres qui nous guident et qui nous instruisent, soutiendront-ils mieux le parallèle ? Ce n'est ni au travail de ceux qui nous enseignent ni à nos propres travaux que nous devons la découverte des vérités ; Dieu les a rendues communes à tous les hommes : chacun les possède et peut se les rendre présentes : il n'est besoin pour cet effet que d'y réfléchir. S'il en est quelques-unes de plus abstraites, ce sont des trésors que Dieu a cachés plus avant que les autres, mais qui ne viennent pas moins de lui, puisqu'en creusant nous les trouvons au fond de notre âme, et que notre âme est son ouvrage. L'ouvrier fouille la mine, le physicien dirige ses opérations, mais ni l'un ni l'autre n'ont fourni l'or qu'elle enferme.

S'il est quelqu'un qui ait disputé à Dieu le titre de bienfaiteur, il ne faut pas se mettre en devoir de le combattre. La lumière dont il jouit, l'air qu'il respire, tout ce qui contribue à sa conservation et à ses plaisirs, les cieux, la terre, la nature entière destinés à son usage, déposent contre lui et le confondent assez. Il ne pense lui-même, ne parle, et n'agit que parce que Dieu lui a donné la faculté ; et sans cette providence contre laquelle il s'élève, il serait encore dans le néant, et la terre ne serait pas chargée du poids importun d'un ingrat.

À propos de « **Prêtres** », l'*Encyclopédie* dit ceci :

PRÊTRES, s. m. pl. (*Religion et Politique*.) On désigne sous ce nom tous ceux qui remplissent les fonctions des cultes religieux établis chez les différents peuples de la terre.

Le culte extérieur suppose des cérémonies, dont le but est de frapper les sens des hommes, et de leur imprimer de la vénération pour la divinité à qui ils rendent leurs hommages. *Voyez* CULTE. La superstition ayant multiplié les cérémonies des différents cultes, les personnes destinées à les remplir ne tardèrent point à former un ordre séparé, qui fut uniquement destiné au service des autels ; on crut que ceux qui étaient chargés de soins si importants se devaient tout entiers à la divinité ; dès lors ils partagèrent avec elle le respect des humains ; les occupations du vulgaire parurent au-dessous d'eux, et les peuples se crurent obligés de pourvoir à la subsistance de ceux qui étaient revêtus du plus saint et du plus important des ministères ; ces derniers, renfermés dans l'enceinte de leurs temples, se communiquèrent peu ; cela dut augmenter encore le respect qu'on avait pour ces hommes isolés ; on s'accoutuma à les regarder comme des favoris des dieux, comme les dépositaires et les interprètes de leurs volontés, comme des médiateurs entre eux et les mortels.

Il est doux de dominer sur ses semblables ; les prêtres surent mettre à profit la haute opinion qu'ils avaient fait naître dans l'esprit de leurs concitoyens ; ils prétendirent que les dieux se manifestaient à eux ; ils annoncèrent leurs décrets ; ils enseignèrent des dogmes ; ils prescrivirent ce qu'il fallait croire et ce qu'il fallait rejeter ; ils fixèrent ce qui plaisait ou déplaisait à la divinité ; ils rendirent des oracles ; ils prédirent l'avenir à l'homme inquiet et curieux, ils le firent trembler par la crainte des châtiments dont les dieux irrités menaçaient les téméraires qui oseraient douter de leur mission, ou discuter leur doctrine.

Pour établir plus sûrement leur empire, ils peignirent les dieux comme cruels, vindicatifs, implacables ; ils introduisirent des cérémonies, des initiations, des mystères, dont l'atrocité pût nourrir dans les hommes cette sombre mélancolie, si favorable à l'empire du fanatisme ; alors le sang humain coula à grands flots sur les autels ; les peuples subjugués par la crainte, et enivrés de superstition, ne crurent jamais payer trop chèrement la bienveillance céleste : les mères livrèrent d'un œil sec leurs tendres enfants aux flammes dévorantes ; des milliers de victimes humaines tombèrent sous le couteau des sacrificateurs ; on se soumit à une multitude de pratiques frivoles et révoltantes, mais utiles pour les prêtres, et les superstitions les plus absurdes achevèrent d'étendre et d'affermir leur puissance.

Les « **Jésuites** » eurent droit à ces mots :

Au vœu d'obéissance fait au pape et à un général, représentant de Jésus-Christ sur la terre, les Jésuites joignirent ceux de pauvreté et de chasteté, qu'ils ont observé jusqu'à ce jour, comme on sait.

Depuis la bulle qui les établit, et qui les nomma Jésuites, ils en ont obtenu quatre-vingt-douze autres qu'on connaît, et qu'ils auraient dû cacher, et peut-être autant qu'on ne connaît pas.

Ces bulles, appelées lettres apostoliques, leur accordent depuis le moindre privilège de l'état monastique, jusqu'à l'indépendance de la cour de Rome.

Outre ces prérogatives, ils ont trouvé un moyen singulier de s'en créer tous les jours. Un pape a-t-il proféré inconsidérément un mot qui soit favorable à l'ordre, on s'en fait aussitôt un titre, et il est enregistré dans les fastes de la société à un chapitre, qu'elle appelle les oracles de vive voix, *vivae vocis oracula*.

Si un pape ne dit rien, il est aisé de le faire parler. Ignace, élu général, entra en fonction le jour de Pâques de l'année 1541.

Le généralat, dignité subordonnée dans son origine, devint sous Lainèz et sous Aquaviva un despotisme illimité et permanent.

Paul III avait borné le nombre des profès à soixante-trois ans, après il annula cette restriction, et l'ordre fut abandonné à tous les accroissements qu'il pouvait prendre et qu'il a pris.

Enfin, sous le mot « **Réfugié** », l'*Encyclopédie* donnait une leçon d'humanité qui n'a rien perdu de sa pertinence :

RÉFUGIÉS (*Hist. mod. politiq.*) C'est ainsi que l'on nomme les protestants français que la révocation de l'édit de Nantes a forcés de sortir de France, et de chercher un asile dans les pays étrangers, afin de se soustraire aux persécutions qu'un zèle aveugle et inconsidéré leur faisait éprouver dans leur patrie. Depuis ce temps, la France s'est vue privée d'un grand nombre de citoyens qui ont porté à ses ennemis des arts, des talents, et des ressources dont ils ont souvent usé contre elle. Il n'est point de bon Français qui ne gémisse depuis longtemps de la plaie profonde causée au royaume par la perte de tant de sujets utiles. Cependant, à la honte de notre siècle, il s'est trouvé de nos jours des hommes assez aveugles ou assez impudents pour justifier aux yeux de la politique et de la raison la plus funeste démarche qu'ait jamais pu entreprendre le conseil d'un souverain. Louis XIV, en persécutant les protestants, a privé son royaume de près d'un million d'hommes industrieux qu'il a sacrifiés aux vues intéressées et ambitieuses de quelques mauvais citoyens, qui sont les ennemis de toute liberté de penser, parce qu'ils ne peuvent régner qu'à l'ombre de l'ignorance. L'esprit persécuteur devrait être réprimé par tout gouvernement éclairé : si l'on punissait les perturbateurs qui veulent sans cesse troubler les consciences de leurs concitoyens lorsqu'ils diffèrent dans leurs opinions, on verrait toutes les sectes vivre dans une parfaite harmonie, et fournir à l'envi des citoyens utiles à la patrie, et fidèles à leur prince.

Quelle idée prendre de l'humanité et de la religion des partisans de l'intolérance ? Ceux qui croient que la violence peut ébranler la foi des autres donnent une opinion bien méprisable de leurs sentiments et de leur propre constance.

À lire, déjà, le *Discours préliminaire* de D'Alembert, on devine que l'aventure sera contrecarrée. Six mois à peine après la parution du premier volume, les Jésuites obtiendront du Conseil d'État qu'il interdise la vente de l'*Encyclopédie*, sous prétexte que la thèse présentée en Sorbonne par l'abbé de Prades contenait des allégations scandaleuses. La publication ne put reprendre que vingt mois plus tard. Le pape Clément XIII mettra l'œuvre à l'Index en mars 1759, enjoignant les catholiques de brûler les exemplaires en leur possession sous peine d'excommunication. Le même mois, d'Alembert cessera sa collaboration. La publication reprit pour les volumes de planches, et de manière clandestine pour le texte.

Sans Diderot, ses talents et sa ténacité, il n'y aurait pas eu l'*Encyclopédie*, du moins celle que nous connaissons. Et, sans lui, l'esprit français ne serait pas ce qu'il est.

Exécutions capitales

Elles ont été interdites sous le premier septennat de François Mitterrand par la loi Badinter. Sans doute qu'aujourd'hui, après les attentats de 2015, 2016, 2017, 2018, le score du vote aurait été plus serré (le 18 septembre 1981, il fut de 363 voix pour l'abolition et 117 contre). Mais ne spéculons pas. Ce qui est certain, en revanche, c'est que le goût pour l'exécution capitale n'a pas entièrement disparu. Il se retrouve sur les écrans, dans les médias et dans le débat public, sous une forme adaptée aux nouvelles technologies. L'émission « On n'est pas couché » pourrait avoir comme slogan : « Restez devant votre écran, et votre goût du sang sera satisfait »... Ou bien : « Nos deux oiseaux de proie seront fidèles au rendez-vous »... Ou encore : « Ce soir, un vrai massacre. » La tradition de grande violence verbale remonte à Michel Polac, dont l'émission « Droit de réponse », un choc à l'époque, a vu le jour en même temps ou presque que l'abolition de la peine de mort au Parlement.

Une sorte de compensation, sans doute.

Existentialisme

Voir : Trois géants et quelques disputes…

F

Fauré, Gabriel

Durant toute sa vie, Fauré à mené de front mille activités dans la nécessité de nourrir les siens. Il sera organiste à l'église de Saint-Sulpice, puis à la Madeleine, chargé des services quotidiens et chef de chœur, il donnera des cours de piano, enseignera la composition au Conservatoire de Paris (Maurice Ravel sera son élève), le dirigera dès 1905 et sera chroniqueur musical au *Figaro* durant dix-huit années. Il laissera pourtant une œuvre importante, d'une grande finesse harmonique, dont un magnifique *Pelléas et Mélisande*, ainsi qu'un très imposant répertoire de musique de chambre (somptueux). La discographie de l'œuvre de Fauré impressionne par son étendue autant que par la qualité de ses interprètes. Comme Duparc, Fauré sera le musicien de l'intériorité, ou, pour reprendre l'expression de Jankélévitch, de l'inexprimable.

Féminisme, Grandes figures du

Vous cherchez un pays galant par excellence ?
Pas de quoi hésiter ! Ce pays, c'est la France !

« Ne va pas t'embêter avec des histoires pareilles, me lance l'amie que je voulais aider à enfiler son manteau, nous ne sommes plus au Moyen Âge. » C'est bien dommage. Qu'il s'agisse d'un lourd paletot ou d'une chemisette de soie, y a-t-il geste plus troublant que celui d'aider une femme à se vêtir ?

La galanterie « à la française » est depuis toujours une affaire de cour, d'aristocrates, de troubadours et de chevaliers servants. Il semble que l'étymologie du mot soit *gale*, qui en vieux français désignait le plaisir.

Nous nous sommes hélas éloignés de telles finasseries. Simone de Beauvoir a beaucoup fait pour la cause des femmes, lorsqu'elle se méfiait de tout ce qui pouvait les maintenir dans un état d'asservissement. C'était une autre époque, et ses mots portaient une juste colère. Mais faut-il de nos jours juger le geste courtois comme le font ces chercheurs belges ? Prétendre que la galanterie cache une forme de « sexisme bienveillant » particulièrement pervers, dont le propos est de garder la femme en état d'infériorité au moyen d'arguments doucereux ? Tenir une porte, céder le passage, offrir son siège dans le métro, tout cela relèverait donc de l'astuce ? On rapporte qu'un projet de loi, en Suède, pays progressiste en matière de relations hommes-femmes, prévoit l'obligation d'un engagement écrit avant tout acte sexuel. Faudra-t-il un jour faire valider les signatures devant notaire ?

Ce mouvement n'est pas le seul qui inquiète. Les risques sont nombreux de nous retrouver subordonnés à une civilisation qui n'est pas la nôtre. Les rapprochements avec l'Amérique se multiplient : l'évolution des sentiments au cours de rapports amoureux sera-t-elle bientôt interdite ? Ce serait changer les règles du jeu en cours de partie… Comment distinguer le geste tendre de l'attouchement coupable ? Peu après qu'a éclaté le scandale Weinstein, un metteur en scène décidait, à Florence, qu'il n'était plus acceptable que ce soit Carmen qui périsse. C'était à Don José d'être le sacrifié. À la dernière scène, un coup de pistolet opportun remettait les choses à leur juste place.

Dix grandes personnalités ont marqué leur temps (allez, dix plus une, sachant qu'ici plus qu'ailleurs le choix est subjectif).

Dans le débat consistant à savoir si #MeToo et #balancetonporc sont une bénédiction ou un malheur, les avis ne font pas que diverger, ils se télescopent. La « culture salonnière » était-elle une tromperie ? Une manière de « dissimuler l'inégalité sous les fleurs », comme il a été dit ? Deux intellectuelles, **Élisabeth Badinter** et **Mona Ozouf**, pensent chacune autrement, et leurs divergences nous rassurent. Là où Mme Ozouf me semble nuancée, Mme Badinter use d'armes létales. Reprenant un mot d'Irène Théry,

Mona Ozouf se réclame d'un « féminisme à la française » qui en appelle « aux plaisirs asymétriques de la séduction », permettant tout à la fois « le respect absolu du consentement et la surprise délicieuse des baisers volés ». En France, dit Mona Ozouf, « les différences sont […] dans un rapport de subordination – et non d'opposition – à l'égalité ». Je pense à mes filles, à mes petites-filles, et me dis pour elles que ce féminisme selon Ozouf est le plus digne et le plus beau qui soit. J'ajoute : pour elles autant que pour leurs conjoints.

Les propos de Mme Badinter me font penser à une expression américaine : « *No prisoners* ». Pas de prisonniers. En d'autres termes, l'ennemi capturé sera liquidé. « Le patriarcat n'est pas un simple système d'oppression sexuelle. Il est aussi l'expression d'un système politique qui a pris appui, dans nos sociétés, sur une théologie. » Mme Badinter cogne dur : « L'amour est une construction », assure-t-elle, ajoutant : « L'instinct maternel n'existe pas. » Elle dira aussi, à propos de la laïcité, qu'il ne faut « pas craindre d'être traité d'islamophobe », ce qui est à mon avis un bien périlleux conseil : s'il se voyait reformulé à l'égard d'autres croyances, ce serait l'hallali. Élisabeth Badinter défendra la gestation pour autrui, condamnera le port du voile et prônera le boycott des enseignes qui commercialisent la mode islamique…

Du temps où sa carrière cinématographique faisait de **Brigitte Bardot** une star, son toupet, sa liberté affichée, le charisme des personnages qu'elle incarnait, son charme, aussi, ont marqué son époque. Peu d'intellectuels ou d'artistes l'ont fait de manière aussi forte.

Durant les mêmes décennies, **Simone de Beauvoir** a incarné l'idéal de la femme française libre et brillante, d'une dignité imperturbable dans ses choix de vie.

Françoise Giroud, c'était autre chose, une femme au sourire carnassier, quelquefois crispante, mais d'un charme irrésistible, stupéfiante d'intelligence, et sans cesse dans une furieuse envie de séduire. On comprenait vite que c'était une thérapie désespérée, qu'il y avait en elle une blessure béante. Sa contribution à l'amélioration de la condition féminine a été immense, d'abord comme directrice de la rédaction du magazine *ELLE*, puis comme fondatrice et directrice de la rédaction de *L'Express*, enfin comme première secrétaire d'État à la condition féminine. Françoise Giroud restera un modèle.

Elle parlait toujours du ton de celle qui ne veut pas s'imposer, qui a fait le tour du sujet, qui est sûre de son fait, et cette tranquillité donnait à son discours une grande force. Durant une longue vie, **Benoîte Groult** s'est engagée sans relâche à défendre la cause féminine. La publication d'*Ainsi soit-elle*, en 1975, a été un événement. Vendu à 1 million d'exemplaires, il a marqué les années 1970.

Montrez-moi une cause juste : pour peu qu'elle soit difficile, je la soutiendrai. Telle a dû être, mille fois, le sentiment de **Gisèle Halimi** : l'indépendance de la Tunisie, son pays natal, la guerre d'Algérie et la question des actes de torture commis par les troupes françaises, l'action américaine au Vietnam, la guerre de Serbie, celle de Palestine, et bien sûr la cause des femmes feront partie de ses combats. Courageuse comme peu, elle luttera sans relâche pour le droit à l'avortement et sera, en 1971, signataire du Manifeste des 343, autant de femmes qui déclaraient avoir avorté et réclamaient le droit à l'avortement, ainsi que le libre accès aux moyens de contraception. La même année, associée à Simone de Beauvoir, elle fondera le mouvement Choisir la cause des femmes (elle en prendra la présidence en 1986, à la mort de Simone de Beauvoir). En 1972, au terme d'un procès retentissant, elle obtiendra la relaxe pour une jeune fille prénommée Marie-Claire, âgée de seize ans et accusée d'avoir avorté après avoir été violée.

Ah, **Marlène Schiappa**… Elle irrite. Non contente de ne rien laisser passer qui touche de près ou de loin à son secrétariat d'État chargé de l'Égalité entre les femmes et les hommes, elle cultive l'art de transformer chacune de ses interventions en attaque frontale. On peut la surnommer « les orgues de Staline »… Pourtant, malgré ses excès et ses nombreux faux pas, longtemps je l'ai trouvée épatante. Fougueuse mais sincère, toujours prête à monter à l'assaut, elle incarnait à mes yeux la militante faite d'un bloc. Je me disais : « Si elle n'existait pas, il faudrait l'inventer. » Et puis elle a écrit ce livre, intitulé *Si souvent éloignée de vous*… Et la combattante s'est transformée en personnage d'opérette. Était-ce si urgent qu'elle l'écrive ? N'avait-elle pas assez à faire, déjà, « au bureau et à la maison » ? Sans parler des courses… Son livre dégouline de complaisance et de flagornerie. Je m'interroge : comment une personne *a priori* capable de discernement – on lui a confié un ministère, quand même – peut-elle perdre à ce point tout discernement après quelques mois de salons dorés ?

Rien ne lui résistait. Ou presque. Le 30 mars 1944, **Simone Veil** fête avec des amis la fin des épreuves du baccalauréat. La police allemande l'arrête (à Nice, qui n'est plus en zone libre). Elle et sa famille seront transférées à Drancy, puis déportées à Auschwitz-Birkenau, à Bobrek, et enfin à Bergen-Belsen, où sa mère mourra du typhus. Elle ne reverra plus son père ni son frère. En mai 1945, elle sera de retour à Paris, apprendra qu'elle est reçue au baccalauréat, s'inscrira à la faculté de droit, rencontrera Jean Veil et, le 26 octobre 1946, l'épousera. À dix-neuf ans, elle avait derrière elle une existence, et en elle, déjà, la capacité de déplacer des montagnes.

Le reste de sa longue vie sera ponctuée de réalisations exceptionnelles. La loi Veil, bien sûr, qu'elle porta alors qu'elle était ministre de la Santé, et qui lui valut gloire et opprobre, mais aussi son action comme première présidente du Parlement européen, comme ministre des Affaires sociales, membre du Conseil constitutionnel, et, plus que tout, à mes yeux, comme partisane de la réconciliation franco-allemande. Il fallait pour cela être une personne d'une rare dimension, de la même manière que, après avoir fréquenté la mort au quotidien dans les camps, elle s'est battue pour que soit adoptée une loi douloureuse mais indispensable, qui « n'interdit plus, mais ne crée aucun droit à l'avortement ». Simone Veil était l'honneur de la France.

Née Marguerite de Crayencour, citoyenne belge, devenue Américaine sous un patronyme anagramme (à une lettre près) de son nom de naissance, **Marguerite Yourcenar** sera pour toujours française par la littérature. Auteur d'une œuvre de grande exigence, première femme à être reçue à l'Académie française, elle offrira certains des plus beaux textes de la littérature du XXe siècle.

La dernière sera la première : penser aux combats qu'a menés **Olympe de Gouges**, c'est risquer le vertige. Elle a été, dans les années incandescentes de la Révolution, pionnière dans la lutte pour l'abolition de l'esclavage, pionnière pour l'instauration du divorce, militante acharnée pour la reconnaissance des enfants nés hors mariage, et surtout, bien sûr, la première dans la lutte pour l'égalité entre hommes et femmes. Oui, Olympe de Gouges mériterait un dictionnaire amoureux à elle toute seule. Auteur d'une quinzaine de pièces de théâtre engagées, d'un nombre considérable de notes, billets, pamphlets, elle reste célèbre, surtout, pour sa *Déclaration des droits de la femme et de la citoyenne*, dont chaque article ou presque claque comme un coup de fouet :

> Art. 1er. La femme naît libre et égale à l'homme en droits [...].
>
> Art. 2. Le but de toute association politique est la conservation des droits naturels et imprescriptibles de la femme et de l'homme [...].
>
> Art. 10. Nul ne doit être inquiété pour ses opinions même fondamentales ; la femme a le droit de monter sur l'échafaud, elle doit également avoir celui de monter à la tribune [...].

Lucide jusqu'au bout, elle écrira, en postface à la *Déclaration* :

> Le gouvernement français, surtout, a dépendu pendant des siècles de l'administration nocturne des femmes ; le

cabinet n'avait point de secret pour leur indiscrétion ; ambassade, commandement, ministère, présidence, pontificat, cardinalat ; enfin, tout ce qui caractérise la sottise des hommes, profane et sacré, tout a été soumis à la cupidité et à l'ambition de ce sexe autrefois méprisable et respecté, et, depuis la Révolution, respectable et méprisé.

En 1793, deux ans après la publication de sa *Déclaration*, Olympe de Gouges mourra sur l'échafaud.

Je ne souhaite pas me mêler de ce qui ne me regarde pas, mais enfin, le Panthéon serait une belle adresse pour cette belle personne.

P.-S. qui n'a presque rien à voir : Mona Ozouf donne de la culture cette définition magnifique :

> À quoi sert d'être cultivé ? À habiter des époques révolues et des villes où l'on n'a jamais mis les pieds. À vivre les tragédies qui vous ont épargné, mais aussi les bonheurs auxquels vous n'avez pas eu droit. À parcourir tout le clavier des émotions humaines, à vous éprendre et vous déprendre. À vous procurer la baguette magique de l'ubiquité. Plus que tout, à vous consoler de n'avoir

qu'une vie à vivre. Avec, peut-être, cette chance supplémentaire de devenir un peu moins bête, et en tout cas un peu moins sommaire.

Festival de Cannes

Une villa (pour prendre un exemple) dont les habitants passent de deux à six, voilà qui est banal. Une station de montagne qui, en haute saison, voit sa population passer de 1 500 âmes au triple, cela se vérifie chaque hiver, cent fois. Mais une ville de 70 000 habitants qui passe à 210 000 est un spectacle sans doute unique au monde. Cela se passe à Cannes, où, précisément, c'est de spectacle qu'il s'agit. Chaque année durant les deux premières semaines de mai, le Festival attire plus de 4 000 journalistes, 1 000 chaînes de télévision et ce qu'il faut de stars, de producteurs puissants (qui bien sûr fument de gros cigares dans les jardins de l'hôtel Martinez, en bermudas et chemises hawaïennes), de bijoux prêts à être volés, de voitures blindées, de gardes du corps, d'aventuriers, de pick-pockets, et surtout de rêves de gloire.

Son organisation est un exemple d'intelligence, d'astuce et de rigueur. Le hasard y a peu de place (si l'on excepte l'émotion que déclenchera tel ou tel film). Les moments forts sont devenus une tradition, calibrés avec soin par les maîtres des lieux, dont Gilles Jacob a été durant longtemps le patron éclairé (s'il ne l'a pas fondé, il en a été le délégué général dès 1977, puis le président de 2001 à 2014).

Présentation du jury, montée des marches (il y en a vingt-quatre), tapis rouge, conférences de presse, *photo call*, cérémonie de clôture, annonce des lauréats, tout y a des allures de mythe. Deux exemples sont révélateurs de la poigne de fer qui pilote l'opération. Les milliers de journalistes accrédités au Festival ne le sont pas tous de la même manière. Ou plutôt, à même hauteur. Cinq niveaux déterminent leur priorité d'entrée dans les salles, selon le retour sur investissement qu'ils sont à même d'offrir au Festival : tirage de leur publication, couverture, notoriété... Surtout, tous ceux que la montée des marches intéresse (j'entends : qui défilent devant les photographes, prennent la pause et se lancent dans l'ascension des vingt-quatre marches en souriant) doivent se plier à des règles protocolaires strictes en matière de tenue. Robe pour les dames, smoking et nœud papillon pour les autres. Pas l'ombre d'une paire de jeans troués...

Le « marché du film », organisé durant les douze jours du Festival, est le plus important de la planète et obéit aux mêmes règles de rigueur. Dix mille participants ont à leur disposition une trentaine de salles numériques où se dérouleront des milliers de projections.

Le Festival de Cannes devrait gérer la France.

Finkielkraut, Alain

J'ai fait la connaissance d'Alain Finkielkraut il y a de cela vingt-cinq ans. Nous étions tous deux membres d'une fondation genevoise qui attribuait des prix universitaires, et il parrainait celui de philosophie morale. Durant dix années, chaque réunion avec Alain Finkielkraut fut un moment de bonheur. Il était d'une disponibilité constante et se montrait, avec l'ignorant que j'étais en matière de philosophie, d'une patience et d'une générosité qui aujourd'hui encore me touchent. Puis vint l'affaire Renaud Camus, et mes sentiments d'amitié ne résistèrent pas à ma déception et à ma tristesse. Je pourrais invoquer mille excuses. En un mot, je n'eus pas le courage d'un affrontement. J'avais lu tous les livres de Finkielkraut, je crois, je l'admirais, j'avais aussi à son égard une reconnaissance pour l'aide que son *Juif imaginaire* m'avait apporté dans mon rapport à la Shoah. Comment cet homme brillant, qui à France Culture recevait les meilleurs esprits dans son émission « Répliques », pouvait-il frayer avec un Renaud Camus, quand ce dernier reprochait à la station, en substance, de faire la part belle à de trop nombreux juifs ? Les choses en restèrent là quinze ans durant, au cours desquels je retrouvai quelquefois Finkielkraut sur les écrans, souvent tendu, batailleur, peu habile malgré son extraordinaire maîtrise de la langue, incapable d'apprivoiser son prochain.

La lecture du livre intitulé *En terrain miné*, un échange épistolaire entre lui et Élisabeth de Fontenay, m'amena à réviser mon jugement. Finkielkraut y revient sur ses liens avec Renaud Camus. Sa correspondante les lui reproche, tout en lui gardant son amitié. Elle réussit, me suis-je dit, là où j'ai doublement failli. Finkielkraut se défend. Les propos tenus par Camus ne concernaient qu'une émission, « Panorama », où effectivement la « question juive », bien en cour à l'époque, revenait plus souvent qu'à son tour. Fontenay avait-elle lu Camus ? Non. Voudrait-elle le lire, reconsidérer son point de vue ? Non. « Alain, tu es, dit-elle, au mieux inintelligible, au pire suspect. » Au fil des pages, elle lui reproche d'être de droite. Finkielkraut conteste. Elle ne l'écoute pas. Son péché est d'avoir quitté la gauche : « Je ne suis pas sûre qu'en dépit de l'émotion insistante que nous éprouvons à la pensée de notre monde commun nous ayons évité la rupture. » Finkielkraut refuse d'adapter son discours aux commentaires, il s'en tient à ses convictions et n'a de cesse de s'expliquer sur toutes ses positions, sur Camus comme sur ses combats, en particulier celui qu'il mène pour la défense de la langue française. D'où viendra le désir du « vivre ensemble » si ce n'est d'un attachement partagé à ce qui fait la France, c'est-à-dire sa culture, son esprit, ses valeurs ? Comment une France qui solde ses héritages aurait-elle la moindre chance de devenir une France réconciliée ? « La France est devenue pour moi une patrie charnelle depuis que l'hypothèse de sa dissolution est entrée dans l'ordre du possible », dit Finkielkraut. Fontenay répond qu'à ses yeux il vaut mieux avoir tort avec Sartre que raison avec Aron. Finkielkraut lui rappelle le mot de Sartre : « Abattre un Européen, c'est faire d'une pierre deux coups. » Rien à faire. « L'outrance des propos de Sartre me paraît plus caricaturale que criminelle », lui répond Fontenay. Finkielkraut ne se départ pas de sa courtoisie. Dans sa dernière lettre, il aura pour elle ces mots : « Je te suis infiniment reconnaissant de l'exténuante contrainte que tu m'as imposée. »

Ainsi est Finkielkraut. Élégant en toutes circonstances, y compris sous l'insulte, comme il l'a démontré souvent. Son souci d'exactitude reste seul pilote de ses propos. Si sa volonté de séduire n'est pas le trait saillant de son caractère, son brio, son sens de l'humour (qui a lu *Ralentir : mots-valises* s'en souviendra pour toujours) pourraient faire de lui le plus attachant des débatteurs. On dirait qu'il s'y refuse. On en est étonné. Et puis on s'interroge : quoi de plus logique ? Séduire, c'est déplacer, amener ailleurs, surprendre. C'est déjà trahir. C'est donc une forfaiture. Le séducteur Finkielkraut se refuse à séduire. Chacun ses responsabilités. Sa France est généreuse mais exigeante, intégrante. Elle offre sa langue, cadeau inestimable, et il faudrait encore faire le beau ? Séduire ? Racoler ? Vous n'y pensez pas. Le rapport de Finkielkraut à cette langue est d'une autre nature, un de ces amours violentes, particulières à ceux qui viennent d'ailleurs.

Fontaine, La

« Êtes-vous notre docteur honoris causa ? »

L'université de Genève m'avait invité à sa cérémonie annuelle, appelée *Dies Academicus*. Chacune des sept facultés remettait un titre de docteur *honoris causa*, et la cérémonie était suivie d'un dîner organisé en sept grandes tablées, présidées chacune par l'un des récipiendaires.

J'avais repéré ma place. Mains sur le dossier de la chaise, j'attendais de m'asseoir lorsqu'un homme d'une cinquantaine d'années s'approcha : « Êtes-vous notre docteur *honoris causa* ? » Je m'écoutai répondre très vite, non sans surprise : « Ne forçons point notre talent / Nous ne ferions rien avec grâce », les deux premiers vers de la fable « L'Âne et le Petit Chien ». L'homme partit d'un grand éclat de rire : « Je vois que vous aimez La Fontaine ! » C'était Michel Jeanneret, le grand dix-septiémiste.

À cette époque, je lisais La Fontaine tous les jours. Ses fables m'offraient un antidote à la vanité, à une période où le succès me souriait au-delà du raisonnable. Elles étaient le rappel à l'humilité dont j'avais un besoin vital. Ayant relu le matin même la fable du Petit Chien, elle me trottait dans la tête. Le repas fut charmant, une amitié s'établit, et lorsque, trois ans plus tard, la faculté des lettres organisa un colloque à l'occasion du tricentenaire de la mort du poète, Michel Jeanneret me proposa de présenter une communication sur ce qu'un simple lecteur peut trouver dans les *Fables*. Ma présentation fut bien accueillie. Je la retravaillai et en fis un essai sous forme de lettre adressée au fabuliste. J'avais des choses à lui dire…

Longtemps, c'est à la fable intitulée « Les Deux Coqs » que je me suis ressourcé. Elle commence ainsi :

> Deux Coqs vivaient en paix : une Poule survint,
> Et voilà la guerre allumée

Plus bas dans la fable, la poule choisit l'un des deux coqs :

> […] Le vaincu disparut :
> Il alla se cacher au fond de sa retraite.

Et le vainqueur ?

> […] Son vainqueur sur les toits
> S'alla percher, et chanter sa victoire.
> Un Vautour entendit sa voix :

Adieu les amours et la gloire ;
Tout cet orgueil périt sous l'ongle du Vautour.

La fable se conclut ainsi :

Tout vainqueur insolent à sa perte travaille.
Défions-nous du sort, et prenons garde à nous
Après le gain d'une bataille.

Cette fable m'aidait, en trois mots, à me remémorer l'essentiel, à savoir que le plus grand danger qui me guettait était ma propre vanité.

Lire La Fontaine était un bonheur. Chaque fable me comblait. Combien de décisions n'ai-je prises, dans le concret, dans l'instant, en repensant à l'apologue de celle intitulée « Le Berger et la Mer » ?

Qu'un sou quand il est assuré
Vaut mieux que cinq en espérance

Combien de fois n'ai-je pas conclu en me disant que la sagesse du monde se trouvait dans ces quelques vers ?

Le trop d'expédients peut gâter une affaire ;
On perd du temps au choix, on tente, on veut tout faire.
N'en ayons qu'un, mais qu'il soit bon.

Ou encore en pensant à ces mots ?

T'attendre aux yeux d'autrui, quand tu dors, c'est erreur.
Couche-toi le dernier, et vois fermer la porte.
Que si quelque affaire t'importe,
Ne la fais point par procureur.

En combien de circonstances, enfin, cet apologue ne m'a-t-il pas rappelé à l'importance de se remettre en cause ?

Chacun tourne en réalités
Autant qu'il peut, ses propres songes :
L'homme est de glace aux vérités,
Il est de feu pour les mensonges.

Impossible de résister au fameux apologue de la fable du « Héron » : « Les plus accommodants, ce sont les plus habiles. » Combien de fois, en cours de négociation, ce vers m'a-t-il aidé à me convaincre de lâcher prise ?

La suite me montra que ce fut chaque fois une preuve de sagesse.

Gardez-vous de rien dédaigner
Surtout quand vous avez à peu près votre compte

Dans les rapports de l'homme avec la chance, aussi, les *Fables* apportent un irremplaçable éclairage. Chacun désire être reconnu, et bien sûr cela vaut pour l'homme d'affaires : en commerce avec autrui, il cherche la reconnaissance. Sa quête se heurtera à un doute lancinant : quel est, dans le succès, le poids du hasard ? On ne dira pas d'un chirurgien : c'est grâce à la chance qu'il a réussi une difficile transplantation. On ne dira jamais d'un grand violoniste que, s'il nous a arraché des larmes par son interprétation d'un concerto de Sibelius, c'est grâce à la Fortune. Mais l'homme d'affaires, lui, aura toujours une dette à l'égard de la chance, et le succès lui rendra cette reconnaissance difficile. Car le mécanisme sera inexorable : l'ambition engendre le succès. Le succès débouche sur l'orgueil. Et l'orgueil mène à l'échec…

Comment briser cette logique ? En lisant les *Fables*, bien sûr, qui seront d'un secours puissant.

L'ambition, il faudrait dire : l'ambition véritable, celle qui prend en compte les difficultés, qui pousse à l'effort, cette ambition-là permet de surmonter les obstacles, de faire face aux imprévus. Mais comment, en cas de succès, ne pas être content de soi ? Ne dit-on pas : il est fier à juste titre ?

Le lien entre fierté et orgueil est plus subtil. Orgueil vient de *urgôli*, mot du vieux-francique qui, au XIe siècle, signifiait précisément « fierté ». Mais si au départ le mot est noble, c'est dans un triste état qu'on le retrouve à l'arrivée. Tout dans le mot « orgueil » implique une erreur de fond, une méprise profonde de ses propres capacités, une sous-estimation dangereuse d'autrui. C'est en effet une opinion « exagérée » que l'on a de sa propre valeur, une « confiance excessive en soi » ou encore une « opinion beaucoup trop avantageuse de ses possibilités » qui en sont les principaux synonymes, le *Larousse* nous le confirme.

Petites, vives, accessibles, les *Fables* sont le chemin le plus court entre un moment d'orgueil et un sain retour vers l'humour de soi.

Un jour, pourtant, à la lecture de « L'ingratitude et l'injustice des hommes envers la Fortune », mon rapport à La Fontaine a basculé. La fable raconte l'histoire d'un commerçant qui va chercher des marchandises dans de lointaines contrées et les revend. Il a ainsi fait fortune. Voici la fable :

Un trafiquant sur mer par bonheur s'enrichit.
Il triompha des vents pendant plus d'un voyage,
Gouffre, banc, ni rocher, n'exigea de péage
D'aucun de ses ballots ; le sort l'en affranchit.
Sur tous ses compagnons Atropos et Neptune
Recueillirent leur droit, tandis que la Fortune
Prenait soin d'amener son marchand à bon port.
Facteurs, associés, chacun lui fut fidèle.
Il vendit son tabac, son sucre, sa cannelle.
Ce qu'il voulut, sa porcelaine encor :
Le luxe et la folie enflèrent son trésor ;
Bref il plut dans son escarcelle.
On ne parlait chez lui que par doubles ducats.
Et mon homme d'avoir chiens, chevaux et carrosses.
Ses jours de jeûne étaient des noces.
Un sien ami, voyant ces somptueux repas,
Lui dit : Et d'où vient donc un si bon ordinaire ?
Et d'où me viendrait-il que de mon savoir-faire ?
Je n'en dois rien qu'à moi, qu'à mes soins, qu'au talent
De risquer à propos, et bien placer l'argent.
Le profit lui semblant une fort douce chose,
Il risqua de nouveau le gain qu'il avait fait :
Mais rien, pour cette fois, ne lui vint à souhait.
Son imprudence en fut la cause.
Un vaisseau mal frété périt au premier vent.
Un autre mal pourvu des armes nécessaires
Fut enlevé par les corsaires.
Un troisième au port arrivant,
Rien n'eut cours ni débit. Le luxe et la folie
N'étaient plus tels qu'auparavant.
Enfin ses facteurs le trompant,
Et lui-même ayant fait grand fracas, chère lie,
Mis beaucoup en plaisirs, en bâtiments beaucoup,
Il devint pauvre tout d'un coup.
Son ami le voyant en mauvais équipage,
Lui dit : D'où vient cela ? De la fortune, hélas !

Consolez-vous, dit l'autre ; et s'il ne lui plaît pas
Que vous soyez heureux ; tout au moins soyez sage.
Je ne sais s'il crut ce conseil ;
Mais je sais que chacun impute en cas pareil
Son bonheur à son industrie,
Et si de quelque échec notre faute est suivie,
Nous disons injures au sort.
Chose n'est ici plus commune :
Le bien, nous le faisons ; le mal, c'est la Fortune,
On a toujours raison, le destin toujours tort.

De la Fontaine

Cette fable a d'abord été ma préférée. J'y trouvais des subtilités, des finesses, une pertinence. Il est en effet si facile d'attribuer les bonnes choses de son existence à son talent et les mauvaises à la malchance…

Mais à force, j'ai fait de la fable une lecture différente. « Un trafiquant sur mer par bonheur s'enrichit. » Tel est le premier vers de la fable. L'enrichissement de notre homme est donc dû à la chance. Cela semble un *a priori*. Certes, il est important de réserver à la chance la place qu'elle mérite. Mais ne convient-il pas de reconnaître quelque mérite à notre commerçant ? À son travail ? Celui qui, au XVIIe siècle, envoyait ses bateaux jusque dans les mers infestées de pirates, n'a-t-il pas droit à une juste récompense, en proportion des risques encourus et surmontés ? Mais non, dit la fable. Par bonheur il s'est enrichi et il le doit à la chance et à elle seule. Un deuxième vers, au milieu de la fable, lui règle son compte : « Son imprudence en fut la cause. »

Notre commerçant est donc fait comme un rat. S'il s'enrichit, c'est par la chance. Et, s'il perd sa fortune, c'est du fait de son imprudence…

Quel crime a-t-il commis pour être exécuté de la sorte ? La Fontaine se montre ici injuste. Je m'en offusque.

Et voilà que soudain le fabuliste m'apostrophe comme je le mérite :

Monsieur,

J'apprends que vous êtes né au pays du Grand Sultan, où, entre deux turqueries, vous apprîtes notre langue en conversant avec votre entourage dans les jardins de Constantinople. Cela me réjouit vraiment.

Mais êtes-vous donc si teutons sur les rives du Bosphore ? J'aurais pensé que le souci de consommer un rahat-lokoum bien moelleux, accompagné d'un café corsé à souhait, largement sucré, ou les délices d'un harem harmonieusement composé, prendraient le pas, chez un homme de votre origine, sur des préoccupations dont l'idée même m'alourdit d'une fatigue immense : travail, effort, exigence, compassion, bref, croix et torture. Lourd programme…

Sans doute est-ce votre passage chez nos voisins calvinistes genevois qui vous aura rendu si austère… Marc Fumaroli, je crois, n'est pas loin de la vérité lorsqu'il nous parle de Genève, où la conversation est certes « solide », mais « raisonneuse et lente »…

De mon temps mon bon Monsieur, nous ne faisions pas grand cas de la « mobilité » par le travail. Pauvre on naissait, pauvre on restait. La vie meilleure passait par la grâce des Grands, il convenait de plaire, tout effort autre était accessoire, voire inutile.

Quelle saugrenue idée de vous attaquer au monument national que je suis !

Téméraire périple pour un Oriental sorti de son sérail et qui vient se perdre dans les méandres parisiens… Et puisque nous en sommes aux confidences : sérail pour sérail, le plus byzantin des deux n'est pas forcément celui qu'on pense.

Croyez, Monsieur, que je suis et reste votre peu recommandable et nonchalant serviteur.

Jean de La Fontaine

P.-S. : De votre prétention à vouloir me corriger émane, malgré tout, une sincérité qui me touche, peut-être une tendresse. Voici une fable à ce jour inédite. Je vous l'offre. Faites-en bon usage.

Le Chevalier et l'homme replet

Un jour qu'il s'en allait
Rejoindre une dulcinée,
Un chevalier de ma connaissance,
Grand, beau, bien fait, plein d'aisance,
Impétueux, aussi, quelques fois malcommode,
Emprunte un trottoir étroit et peu commode.

Il marchait d'un pas vif,
Dans un style, dirons-nous, un brin impératif.

Voilà que notre élégant, pressé, je l'ai dit,
Se trouve nez à nez avec un brave homme
Qui, comme lui,
Avait choisi d'emprunter le même trottoir.
Si ce n'est qu'il circulait
Dans le sens opposé…

L'un devait céder, la place manquait pour deux :
Notre brave homme avait l'embonpoint généreux…

Que fit notre élégant
Face à ce contretemps ?
Descendre, contourner l'homme ?
Céder ? S'humilier, en somme ?

Il se dresse, fait le beau,
Monte sur ses ergots :
Quel est donc ce manant
Qui me fait perdre mon temps ?
Sachez, Monsieur, lui dit-il,
Que devant un imbécile,
Je ne cède jamais,
Quiconque vous le dirait.

Voilà qui nous sépare,
Lui répond l'homme replet
En quittant le trottoir.
Devant un imbécile,
Rien ne m'est plus facile
Que de céder mon tour.
Je le fais tous les jours.

Franck, César

Chaque morceau de musique de Franck est un enchantement.

Né à Liège, il sera l'un des compositeurs phares de la musique française de la seconde moitié du XIXe siècle, tout en menant une grande carrière d'organiste. C'est sans doute durant ses années aux orgues de l'église Sainte-Clotilde, à Paris, qu'il composera ce qui est à mes yeux son chef-d'œuvre, *Les Sept Paroles du Christ en croix*, d'une éblouissante spiritualité.

Sa musique de chambre, sa musique orchestrale et sa musique pour orgue, bien sûr, marqueront le XIXe siècle romantique.

Grand spécialiste du répertoire français, Michel Plasson a donné une représentation historique du *Chasseur maudit* à la tête de l'Orchestre du Capitole de Toulouse.

French Touch, La

Voilà une expression qui flatte et ravit. Une sorte de diplôme d'universalité. Elle ne se formule qu'en anglais, c'est dire que les Américains s'y intéressent. Qu'ils en parlent. Qu'ils la réclament.

Osons une comparaison : dans les classements des meilleures universités du monde (qui sont tous discutables), quels établissements trouve-t-on aux meilleures places ? Les grandes américaines (Harvard, Stanford, MIT), toujours. Puis, les anglaises (Oxford, Cambridge, l'Imperial College de Londres). Pour arriver aux universités ou aux grandes écoles françaises, il faudra poursuivre la lecture : elles sont classées à partir du quarantième rang environ. Et encore… Pour une ou deux d'entre elles seulement… Après quoi il faut passer au soixante-dixième rang…

Si en revanche on s'intéresse à un domaine d'activité artistique tel que l'animation 3D, on trouve trois écoles françaises dans les dix meilleures du monde (Les Gobelins à Paris, Supinfocom Rubika à Valenciennes, et le MoPA à Arles, respectivement deuxième, troisième et sixième). Pixar et DreamWorks, les géants américains, viennent y recruter. La spécificité de ces écoles est de former des généralistes de très haut niveau. Ce sont eux qui, en matière d'animation, incarnent la *French touch*, ce mélange insaisissable de bon goût, d'humour, d'élégance et d'esprit critique. En un mot, de culture.

Je demande un rendez-vous au patron français d'une des grandes agences de communication : « Comment définiriez-vous la *French touch* ? » L'homme me répond mot pour mot : « Nos créatifs sont dans une certaine mesure interchangeables. Un Anglais fera l'affaire en lieu et place d'un Américain. Et vice versa. Un Italien ira pour un Espagnol ou un Sud-Américain. Un Hollandais pour un Belge, enfin, je crois. Mais un Français ne sera remplaçable par personne. L'expérience le démontre chaque fois. »

Après quoi l'homme me sourit : « L'esprit français, que voulez-vous… »

G

Gainsbourg, Serge

Extravagant. Provocateur. Ricaneur. Insupportable. Mais quel talent ! Ou plutôt : quels talents !

Il y a, d'abord, celui de compositeur. « L'accordéon », « Le poinçonneur des Lilas », « Les sucettes », « L'ami Caouette », et, bien sûr « La javanaise », sont des chefs-d'œuvre. Il y a, ensuite, son sens du rythme, et là encore : des rythmes. Leur variété impressionne : jazz, rock, reggae, valse, rap, rythmes cubains… Gainsbourg est chez lui partout. Il y a, enfin, son talent pour les mots, dont il ne se privait pas de jouer, et quelquefois d'abuser, comme dans « Les sucettes », aux paroles ambiguës chantées par une France Gall encore adolescente (il récidivera avec « Lemon Incest », « Nazi Rock » et « Je t'aime… moi non plus »).

Hors chanson, aussi, son goût du jeu de mots fera sa marque. À Denise Glaser, qui l'interrogeait sur ses compositions de musique pop, il répondra : « J'ai retourné ma veste lorsque je me suis aperçu qu'elle était doublée de vison. » Parlant de son départ en zone libre avec sa famille, en 1942, pour fuir l'antisémitisme du régime de Vichy, il dira : « Je suis né sous une bonne étoile jaune. » Sa meilleure repartie restera celle qu'un jour il a réservée au journaliste Michel Droit. L'histoire est connue : Gainsbourg décide de mettre « La Marseillaise » en reggae. En cours d'écriture, il note les mots d'origine, arrive au refrain, et par paresse ou simplicité, comment le savoir, ne griffonne que ces mots : « Aux armes, etc. » Son producteur voit son brouillon et comprend qu'il tient là un titre formidable. Peu après la sortie du disque, Michel Droit réagit en écrivant qu'en antisémitisme, « il y a aussi des rabatteurs », évoquant au passage « l'œil chassieux et la lippe dégoulinante » de Gainsbourg. Le chanteur lui répondra à sa façon, par un article intitulé : « On n'a pas le con d'être si Droit ».

Transgresser lui était doux. Comme lorsqu'il brûlait devant les caméras un billet de 500 francs jusqu'aux trois quarts, pour protester contre sa charge fiscale… Le geste ne lui valut pas beaucoup de sympathie, mais il était dans sa nature. Après avoir subi sa première crise cardiaque, il déclarait à la presse, sur son lit d'hôpital, qu'il réagirait en fumant et en buvant plus encore.

Marqué depuis l'enfance par un physique difficile, subissant l'antisémitisme des années de guerre (avec, par la suite, quelques rappels), provocateur par caractère, Gainsbourg se transformera au fil des ans en « Gainsbarre » :

Eh ouais, c'est moi Gainsbarre
On me trouve au hasard
Des night-clubs et des bars
« Ecce homo »

Par les thèmes de ses chansons, leurs ambiguïtés, son mode de vie, ses amours médiatisées, ses compagnes ravissantes, Gainsbourg incarnait un plaisir sulfureux d'une France jouisseuse, transgressive. Alors que lui-même n'était pas un canon de beauté classique, il laissait imaginer aux femmes du monde entier les voluptés que pouvait offrir la laideur incarnée. Et aux hommes : « Peu importe à quoi vous ressemblez, regardez-moi. Vous avez toutes vos chances. »

Garçon, l'addition s'il vous plaît

Le goût de plaire, de briller, l'amour de la théâtralité, la crainte de paraître besogneux, tout cela n'a-t-il pas un coût caché ?

Voir : Apprentissage ; Besogneux ; Grèves ; Jusque du moindre de ses regards… ; Épilogue.

Gastronomie

1. Lettrés et gastronomes

Comment ne pas parler, dans cet abécédaire
Consacré à l'esprit, mais aussi à la chair,
Des lettrés qui aimaient s'asseoir aux bonnes tables
Pour après nous offrir – ils en étaient capables
Les plaisirs de la bouche et ceux de la lecture ?
Rien ne vaut, quelquefois, le bonheur d'écriture.

À cet art délicat qui a donné son âme ?
Grimod de La Reynière, *un natif de Paname*[1] *!*
On lui doit le premier des guides appétissants,
Un texte fondateur : L'Almanach des Gourmands.

Autre grand écrivain, immense gastronome,
Brillat-Savarin *fut un curieux trinôme :*
À la fois fin lettré, critique et créateur,
C'est lui qui a, je crois, le plus d'admirateurs.

Curnonsky, *pour sa part, de son vrai nom Saillant,*
Avait l'amour du trait… comment dirais-je… ? mordant[2] *!*
À la fois humoriste et brillant chroniqueur,
Il savait se montrer, toujours, très accrocheur.

Plus près de nous, encore, un reporter habile
Traînait l'air délicieux de qui n'a pas de bile.
Charmant, de goût très sûr, **M. de Coquet**
Savait parler de tout, surtout des meilleurs mets.
Chroniqueur implacable, homme de lettres vraiment,
M. Millau *avait, je crois, tous les talents.*
Son Gault-Millau a pris une place méritée.
Et s'il n'existait pas ? Il faudrait l'inventée[3]*.*

M. A.

1. Rien trouvé de mieux.
2. Non, je ne mettrai pas « saillant » !
3. Je sais…

2. Foie gras

Avec quelques amis, nous voulions, c'est comme ça,
Pour une fois commettre un excès de foie gras.
Quatre plats, et chacun d'un vin très recherché,
Oh, si j'osais le mot… Nous nous sommes gavés !

Foie gras, pulpe de raisin et moutarde de Brive

Terrine de foie gras mi-cuit nappée d'un consommé de canard et servie avec un condiment fait de moût de raisin et de la moutarde de Brive. Quelques grains de raisin frais.

Accompagnement : condrieu Les Grandes Chaillées 2016, *domaine du Monteillet (Stéphane Montez)*

Ce condrieu provient de six parcelles situées sur de superbes terroirs à Chavanay, Saint-Michel-sur-Rhône et Vérin sur un terroir granitique (nommé localement : Arzel), il doit le nom de sa cuvée (Grandes Chaillées) aux murs en pierres sèches qui servent à façonner les terrasses où les vignes sont plantées.

Foie gras grillé, consommé de canard et petits légumes

Tranche de foie gras grillé, râpé de raifort, servi avec des minilégumes : poireaux, navets, carottes et céleri, accompagnés d'un consommé de canard chaud.

Accompagnement : alsace riesling, *cuvée Frédéric Émile 1999, domaine Trimbach*

Un grand riesling, issu de l'assemblage des grands crus geisberg et osterberg de Ribeauvillé exposés sud et sud-est, ce grand vin blanc de tradition (treizième génération de Trimbach à la tête du domaine) s'épanouit au côté de ce plat, les notes de fruits secs répondant à la cuisson du foie gras et au consommé de canard. La fraîcheur due à la grande intensité minérale du terroir donne à cet accord un relief exceptionnel.

Foie gras poêlé, fraise et rhubarbe

Tranche de foie gras poêlé à la minute, déglacé avec un jus de fraise frais, accompagnée d'une compote de rhubarbe acidulée et fraise, pochée au jus de fraise. Poivre de Sarawak et jus de canard.

Accompagnement : bugey-cerdon méthode ancestrale, *domaine Bernard Rondeau*

Un accord basé sur la découverte et l'originalité, la puissance du foie gras poêlé, la gourmandise des fraises et la délicatesse de la rhubarbe trouvent leurs alter ego dans ce bugey-cerdon. Des bulles, des notes de fruits rouges frais et de la fraîcheur. Promu AOC en 2009, ce vin effervescent à base de gamay et de poulsard est produit dans le Haut Bugey par le domaine Rondeau.

Royale de foie gras, crème de Paris et énoki

Préparation à base de foie gras cru, crème liquide et œuf entier, cuit au four vapeur, avec une crème légère de champignons de Paris, poêlée de girolles, trompette des morts et énoki. Pousse de persil.

Accompagnement : corton-charlemagne 2012, *domaine Antonin Guyon*

Le corton-charlemagne est l'un des plus grands vins de Bourgogne, de France et sans doute du monde… Entré dans l'histoire par Charlemagne qui offrit le vignoble à la collégiale de Saulieu, ce grand cru bourguignon, produit d'un terroir particulièrement minéral, exprime toute sa puissance et sa complexité pour répondre au foie gras.

3. Suivez le bœuf

Le mot a longtemps fait partie des expressions familières, lorsque la viande bovine peinait à s'écouler et que le gouvernement soutenait ses éleveurs.

Elle est, depuis toujours, un élément central de la gastronomie française. En voici cinq déclinaisons, accompagnées de leur recette, de leur garniture, et bien sûr d'un vin qui, comme l'a dit l'ami qui organisait la dégustation, « est digne de cette compagnie ».

Le tartare de bœuf et cœur de laitue à la truffe

Pièce du bœuf : la tranche

Race : charolaise

Taille au couteau, en petits morceaux, condiments : oignons nouveaux, câpres, cornichons, persil, moutarde. Un trait d'huile d'olive, sauce Worcestershire, ketchup et tabasco.

Vin : morgon « Côte de Py » 2014

« Il fallait privilégier un vin aux tanins souples avec pour trame une belle acidité et des notes épicées pour relever le gras de la viande charolaise et

l'assaisonnement du tartare. Ce morgon issu d'une parcelle unique qu'est la côte de Py remplit pleinement son rôle avec une concentration et une complexité venant du terroir et des vieilles vignes du domaine de Jean-Marc Burgaud. Ce morgon n'est pas qu'un vin de soif ! » (je rapporte les paroles de mon ami).

Joue de bœuf braisée, petits légumes, sauce bordelaise

Race : limousine

La joue est parée, puis marine vingt-quatre heures dans le vin rouge. Elle sera cuite dans la marinade pendant deux heures.

La sauce s'achève par réduction et l'ajout d'un miroir (réduction de vin rouge à glace). La pièce sera servie sur une fondue d'échalote au vin rouge et avec de petits légumes de saison : carottes, oignons, pommes de terre nouvelles…

Vin : pessac-léognan 2000

« Le domaine de Chevalier est cerné par une forêt dont les hauts arbres isolent le vignoble des alentours, offrant un climat plus frais que ses voisins de l'appellation. Ici l'assemblage cabernet-sauvignon, merlot, cabernet franc et petit-verdot élevé avec uniquement un tiers de bois neufs offre après dix-huit ans de patience beaucoup de finesse et d'élégance sur ce millésime 2000. Un vin soyeux pour souligner la texture fondante de la joue. »

Filet de bœuf Rossini aux asperges vertes

Race : salers

Le médaillon de belle épaisseur sera poêlé à la minute et surmonté d'une escalope de foie gras poêlé et de lamelles de truffe et servi avec une sauce madère à la truffe hachée.

Quelques asperges vertes cuites à l'anglaise feront la garniture.

Vin : pernand-vergelesses 2013, domaine Antonin Guyon

« Certainement le plus beau climat de Pernand-Vergelesses, situé au pied de la montagne de Corton. Ce "climat" (expression bourguignonne pour nommer une parcelle) hérite de la complexité et de la puissance des grands crus situés en amont. De la structure sur le millésime souple qu'est 2013 pour le filet de bœuf avec suffisamment d'élégance et de finesse pour le foie gras. »

Côte de bœuf, sauce aux poivres

Race : parthenaise

La côte de bœuf sera pour deux personnes (elle doit être épaisse afin de réaliser une belle cuisson). Colorée dans un sautoir, elle sera cuite au four avec une noisette de beurre, une gousse d'ail et du thym.

Pour sa sauce aux poivres, il conviendra de dégraisser puis faire torréfier le poivre, déglacer au cognac puis ajouter le jus de bœuf, réduire et finir la sauce à la crème double.

Vin : châteauneuf-du-pape 2012, domaine Saint-Préfert

« C'est en 2004 qu'Isabel Ferrando décide de faire une reconversion professionnelle et, à l'âge de quarante-six ans, passe du monde de la finance au monde de la terre en rachetant le domaine Saint-Préfert aux propriétaires : la famille Serre. Elle poursuit le savoir-faire et l'amour de la vigne avec des vinifications douces

et sans élevage en fûts afin de privilégier l'expression du terroir dont elle a hérité. Un accord de puissance avec cette pièce de bœuf d'exception où le caractère épicé du vin et la sauce aux poivres ne font qu'un. »

Onglet de bœuf à l'échalote, écrasée de pomme de terre à la cive

Race : montbéliarde

L'onglet de bœuf est une viande dite à fibre longue.

Dans la sauteuse de cuisson, faire revenir les échalotes émincées, cuire, puis ajouter le vin blanc. Ajouter le jus de bœuf et réduire à consistance.

Servir la sauce sur la pièce de viande.

Garniture : pommes de terre écrasées au beurre et à la ciboulette.

Vin : faugères 2013, domaine Léon Barral

« Situé à Faugères au nord de Béziers, Léon Barral est l'un des précurseurs de la biodynamie en France. Cette cuvée élaborée à base de carignan, grenache et cinsault donne un faugères tout en souplesse avec du caractère grâce à son terroir sur des coteaux schisteux protégés par les premiers contreforts des Cévennes. »

4. Fromages de France

Attention, terrain glissant… Que la France soit le pays du fromage et que ses fromages soient une référence du savoir-vivre français, personne ne le conteste (si ce n'est de temps à autre un Helvète fabricant de gruyère, dans un moment de dépit). On estime le nombre de différents fromages produits en France à environ 1 800, si l'on tient compte de variations minimes (mais y a-t-il des variations « minimes » en matière de fromages ?). Parmi ceux-là, près de trois cents ont un profil défini. Comment en parler sans trahir ? Avec quelques amis qui se disent experts (je disais ça pour rire), nous avons procédé à une dégustation de dix fromages, tous merveilleux, chacun d'une autre région de France. Et pour propulser notre plaisir à des niveaux inavouables, faisant appel à un ami vigneron, nous avons associé à chaque fromage celui qu'il estimait être « son vin naturel ».

Deux règles sont ressorties de la dégustation. La première est que, pour leur grande majorité, les meilleures combinaisons vin-fromage se sont faites avec un vin blanc.

L'explication est celle-ci, me dit notre ami vigneron : les tanins du vin rouge se heurtent au gras du fromage, à sa croûte et ses ferments lactiques. Ils causent une persistance ferreuse de mauvais goût.

La deuxième règle est qu'en général un fromage se marie de façon plus harmonieuse avec un vin de sa région.

Voici le résultat de nos dégustations, fruit d'un dur labeur. Les dix fromages retenus ne sont pas classés dans l'ordre, à ce niveau le choix était impossible.

Fromage : sainte-maure-de-touraine

Chèvre frais, légèrement cendré, avec en son centre un bâtonnet en paille de seigle.

Vin d'accompagnement : sancerre, cépage sauvignon, un vin minéral pour un chèvre jeune et frais. *« Quand un chèvre est jeune, on a besoin de la tension du vin pour aller contrecarrer le gras du fromage, l'acidité du lait entretenant une belle persistance »* (je rapporte…).

Fromage : charolais

Chèvre frais, un peu moins jeune que le précédent (affinage d'une quinzaine de jours).

Vin d'accompagnement : chassagne-montrachet (Bourgogne, côte de Beaune). « *Quand le chèvre vieillit, il a besoin de la tendresse, de la rondeur, pour réaliser un beau mariage…* »

Fromage : ossau-iraty

Fromage de brebis, béarnais.

Vin d'accompagnement : château Smith haut laffite. « *L'ossau-Iraty est parmi les rares fromages que l'on peut marier avec un vin rouge. Parce que la pâte est peu goûteuse et respecte l'identité du vin rouge. On peut les servir avec un joli vin de Bordeaux souple.* »

Fromage : reblochon

Haute-Savoie

Vin d'accompagnement : volnay. « *Un pinot noir léger et fruité avec des notes de fruits rouges et d'épices. En bouche, c'est la rondeur qui domine, et puis une explosion de fruits, avec du croquant. Et pour finir, une belle acidité qui équilibre le gras du fromage.* »

Fromage : tomme de Savoie

Vin d'accompagnement : argile (blanc). « *L'idéal, dans un accord vin-fromage, c'est lorsque les ruminants qui produisent le lait se nourrissent de l'herbe qui pousse sur les mêmes terres que les vignes produisant le vin. C'est ce qui donne tout le sens à la notion de terroir. Pour une tomme de Savoie, on* *choisira donc un vin blanc de Savoie. Un vin droit, frais, minéral qui vient balancer le moelleux et le gras de la tomme. »*

Fromage : camembert de Normandie

Vin d'accompagnement : poiré granit. Cidre de poire (une découverte !). *« Avec un grand camembert bien affiné et moelleux à cœur, il faut oser explorer une autre voie. L'association cidre et fromage fonctionne à merveille. Osons avec un poiré, un cidre de poire, cela offre des sensations gustatives inégalées : élément suave et acide, amertume, sans oublier l'élément carbonique qui lave la bouche, c'est un grand accord vin et fromage. »*

Fromage : comté

Fromage fin et très intense à la fois.

Vin d'accompagnement : pinot gris. *« Ce fromage intense et complexe, d'une grande persistance fumée, réclamera une compagnie tout autant intense. Le vin devra opposer sa force, et sa persistance rejoindra ainsi celle du fromage pour un accord remarquable. »*

Fromage : salers

Fromage au lait de vache, du Cantal.

Vin d'accompagnement : champagne. *« Lorsqu'on dit vin-fromage, on ne pense pas toujours au champagne, alors qu'il se marie très bien avec les fromages. Les bulles vont venir alléger et donner de la vivacité à l'accord sous votre palais. La bulle dégraisse la situation, la juste minéralité des champagnes et leur bonne oxydation ménagée épaulent les saveurs et* *leur persistance. Enfin, la bulle du vin lave la bouche. On ne reste jamais empâté après ce type d'accord. Le côté levuré d'un champagne mature lié à son procédé d'élaboration, l'oxydation ménagée d'un vin longtemps élevé sur les lies et qui offre un côté un peu feuillu, automnal, noisette, infusion, fougère, tout cela va bien dans le sens du goût et de la persistance du fromage.* »

Fromage : l'époisses

Fromage au goût puissant, très gras, favori de Louis XIV.

Vin d'accompagnement : vouvray. « *L'acidité et la fraîcheur du chenin viennent contrecarrer le gras du fromage. Le moelleux du vin enrobe la puissance de l'époisses, et l'acidité en finale de bouche donne de l'éclat. Il s'agit d'un accord dans le sens du plat, où l'acidité du vin vient trancher le gras du fromage. L'acidité offre une finalité tout en harmonie.* »

Fromage : roquefort

Fromage d'Aveyron.

Vin d'accompagnement : sauternes. « *Le roquefort, issu de lait de brebis, est à la fois gras, salé et acide. Dotés d'une grande persistance construite sur l'acidité, les bleus réclament un accord sur un vin moelleux. Un accord parfait.* »

5. Pâtisserie

Cette partie m'est douloureuse. À mes yeux, il n'y a de bonne pâtisserie qu'orientale. Les baklavas, kadaïf et autres spécialités faites de larges coulées de miel et de monceaux de noix, d'amandes et de noisettes n'ont pas d'équivalent. Mais il est des circonstances dans la vie où il convient de prendre de la hauteur.

Disons que la pâtisserie française est presque aussi bonne que celle d'Orient, où, du reste, elle plaît beaucoup, surtout lorsqu'elle est servie dans un salon de thé à la française, par exemple chez Markiz, à Istanbul (v. Markiz).

Sur le sujet, on pourrait écrire des volumes entiers. Je me contenterai de donner deux recettes parmi les plus délicieuses, et, par privilège, parmi les plus confidentielles.

La première est celle de **l'éclair au chocolat**. Chacun sait, ou imagine, que ce gâteau irrésistible entre tous porte son nom parce que, lorsqu'il est bon, impossible de traîner, on le déguste « en un éclair ». Mais sait-on pourquoi le « petit » éclair s'appelle « caroline » ?

« Je ne vous cache pas que j'ai dû appeler plusieurs pâtissiers de haute expérience, dont certains même à la retraite ! » me dit mon amie pâtissière.

« Pour la petite histoire, au début du XIXe siècle, le maître pâtissier Coquelin est installé à Paris. Excellent professionnel, doté d'un grand sens de la créativité, il est célèbre pour toutes ses nouveautés. Mais notre pâtissier aime également le changement dans sa vie affective, et ses conquêtes sont nombreuses. Pour honorer l'une d'entre elles, la Belle Otero, danseuse espagnole qui fait tourner la tête aux dîneurs de chez Maxim's, le galant pâtissier

baptise de son prénom, Caroline, le petit éclair qu'il vient de créer. »

Quant à la recette de l'éclair, la voici :

Éclair chocolat

Pâte à choux :

Faire des boudins avec une douille 18 mm unie. Congeler puis détailler les éclairs à 15 cm.

Crumble nature :

Mélanger le tout puis étaler à 1,5 mm au laminoir entre deux feuilles de papier sulfurisé. Détailler en rectangles de 3 × 15 cm.

Déposer le rectangle sur le boudin de 15 cm de pâte à choux puis cuire dans le four de boulanger à sole 165 °C et voûte 175 °C 10 minutes à four fermé, puis 20 à 25 minutes ouvert.

Crémeux chocolat :

La veille, réaliser l'infusion dans le lait chaud en broyant les gousses de vanille. Réserver une nuit au frigo. Le lendemain, chinoiser l'infusion en la pressant au maximum. Repeser le lait puis compléter si besoin. Puis réaliser une anglaise. Verser sur les chocolats, mixer, puis ajouter la crème froide, corner et mixer de nouveau. Refroidir rapidement.

Glaçage noir :

Porter à ébullition la crème, le lait et le sucre. Puis mettre le cacao en poudre. Verser sur le Tannéa. Mixer puis chinoiser.

Appareil à flocage chocolat :

250 g de beurre de cacao

210 g de chocolat noir Carúpano

80 g de cacao pâte

Faire fondre au bain-marie. Chinoiser. Pulvériser sur l'éclair, terminer avant de mettre le glaçage.

Finition :

Garnir l'éclair de crémeux en s'assurant qu'il soit garni à son maximum.

Pulvériser le flocage chocolat avec le pistolet.

Dresser le glaçage chocolat sur la longueur des éclairs avec la douille 1,5 mm.

Couper le glaçage à chaque extrémité de l'éclair avec un couteau chaud.

Décorer avec 5 demi-fèves de cacao doré.

Attention à bien déplacer l'éclair par le dessous avec une palette.

L'autre recette est celle de la **madeleine** :

Faire fondre le beurre.

Mélanger les œufs, la trimoline, le sel, le sucre et la pâte de calisson, au robot coupe (attention à bien mélanger).

Verser petit à petit la farine et la levure.

Finir par le beurre fondu chaud.

Arrêter une fois mélangé afin d'éviter l'émulsion.

Stocker.

Laisser reposer 24-48 heures avant utilisation.

Graisser le moule à l'aide d'une bombe à graisse.

Pour le glaçage :

Démouler puis glacer à convenance.

Passer au four à sole (pâtissier) à 220 °C pendant 2 minutes sur la bosse.

Important : l'appareil doit être utilisé à froid (graisser légèrement les moules) et les temps de cuisson restent, comme toute cuisson, à contrôler avec attention…

P.-S. : Cette entrée a fait l'objet de cinq dégustations raisonnablement espacées…

Gaulle, Charles de

En 1927, détaché à l'état-major du maréchal Pétain, le capitaine Charles de Gaulle donne trois conférences à l'École de guerre, intitulées « L'action de guerre et le chef », « Du caractère », et « Du prestige ». Trois ans plus tôt, il publie *La Discorde chez l'ennemi*. À trente-sept ans, le caractère de Charles de Gaulle et son destin se lisent à travers ces titres. Ceux de ses publications suivantes ne font que confirmer la voie intransigeante qu'il s'était tracée : *Le Fil de l'épée*, *Vers l'armée de métier*, enfin *La France et son armée*. Intransigeance sur les principes comme dans le propos. Il n'y en a qu'un : servir son pays. Dans *Mémoires de guerre*, publiés entre 1954 et 1959, le général de Gaulle rend hommage à sa mère « qui portait à la patrie une passion intransigeante à l'égal de sa piété religieuse ». Grand lecteur de Péguy et de Maurras, Charles de Gaulle sera marqué, surtout, par l'héritage maternel.

François Mitterrand a souvent été appelé « le Florentin ». Le cliché porte en lui un mélange d'admiration et de mépris. Pour ce qui est du général de Gaule, je le verrais plutôt machiavélien : soucieux de tout entreprendre pour le bien de la patrie, quitte, pour cela, à transgresser. Comme au moment de son départ de Bordeaux pour l'Angleterre, avec le général Spears, sur le *Havilland Flamingo*, faisant croire à un enlèvement, ou, plus tard, lorsque le général Weygand lui ordonnait de quitter Londres (il refusera, sera dégradé, mis à la retraite, déchu de la nationalité française et condamné à quatre ans de prison). Ou plus tard encore, au moment de la guerre d'Algérie, avec son « Je vous ai compris », lancé à Alger le 4 juin 1958, un mot qui incarnait l'ambiguïté.

Il sait que la victoire nécessite une évaluation permanente des forces et des situations, et, s'il le faut, qu'elle passe par la dissimulation. Mais, sur le fond, son action sera d'une rigueur implacable : il fera tout pour rendre à la France son honneur, sa dignité et son rang. « La difficulté attire l'homme de caractère, car c'est en l'étreignant qu'il se réalise lui-même », écrira-t-il dans ses *Mémoires de guerre,* une pensée machiavélienne dans le sens le plus honorant du terme. « L'autorité ne va pas sans prestige, ni le prestige sans l'éloignement », dira-t-il encore, machiavélien de nouveau.

Le Général a fait beaucoup avec ce qu'il avait. Il a maintenu l'espoir, ou, si l'on veut, l'honneur, tant durant la Seconde Guerre mondiale qu'au moment des troubles en Algérie. Brillant stratège politique, très fin observateur de ses contemporains, orateur hors pair, Charles de Gaulle a su, en prophète, tracer la voie et marcher devant. Sans hésiter : « Il vaut mieux avoir une méthode mauvaise plutôt que de n'en avoir aucune. » Du Machiavel pur sucre, encore.

Un mot, encore, du Général : « Délibérer est le fait de plusieurs. Agir est le fait d'un seul », en écho à La Fontaine lorsque celui-ci conclut le « Conseil tenu par les rats » par cet apologue :

> Ne faut-il que délibérer,
> La cour en conseillers foisonne ;
> Est-il besoin d'exécuter,
> L'on ne rencontre plus personne.

Giono, Jean

Il avait quitté l'école gamin, et, comme il l'a écrit : « Dans notre maison, nous n'avions que deux livres… » Pourtant, c'est à lui que les éditions Gallimard feront appel pour rédiger la préface à l'œuvre de Machiavel, publiée dans la collection de « La Pléiade ». Il traduira *Moby Dick*, écrira sur l'Arioste, beaucoup sur Machiavel, aussi. Son essai sur Virgile, dans lequel se mêlent poésie, histoire et histoire personnelle, est grandiose.

> C'est ainsi qu'un 20 décembre 1911, je reçus Virgile.

Il avait seize ans…

« Le plaisir que me donnaient les livres était d'abord physique. »

Incarcéré, on l'autorise à lire un livre, un seul : *Manuel du canon de tranchée.*

> Le livre donnait des instructions pour le graissage des diverses parties d'un crapouillot. Alors, simplement, je tournai le livre à l'envers et, débarrassé du sens des mots, je me promenai, cramponné aux formes pures du livre, dans un état de bonheur et de calme tel que j'en rêve encore maintenant avec délice.

Surtout, pas d'exotisme. Giono écrit fort et vrai. Son œuvre est dure, souvent cruelle :

> Ils sont vingt-quatre. Le lieutenant en bas a le choléra sec et ne passera pas la journée ; souhaitons qu'il porte chance à deux ou trois soldats ; cette forme de la maladie fait vite tache d'huile dans des corps malpropres. Ce peloton est le plus mal tenu que j'aie jamais vu. [...] C'est tout au plus si j'en aurai sept à huit sur les bras ce soir en comptant ceux qui auront la frousse, non pas de moi mais de la mort subite.
>
> *Le Hussard sur le toit*

J'ai pour Giono une faiblesse. Elle est à la mesure de l'écart qui sépare sa valeur de sa notoriété. L'un des plus importants écrivains du XXe siècle n'a pas eu, de son vivant, la reconnaissance qu'il méritait. Pourquoi ? Disons qu'il était négligent quant à sa « surface sociale ».

Durant la Première Guerre mondiale, il connaîtra les batailles les plus atroces :

> Nous avons fait les Éparges, Verdun, la prise de Noyon, le siège de Saint-Quentin, la Somme avec les Anglais,

c'est-à-dire sans les Anglais, et la boucherie en plein soleil des attaques de Nivelle au chemin des Dames.

Il en sortira désemparé, comme beaucoup, et pacifiste, au point que, en septembre 1939, lorsqu'il se présentera à la conscription, il sera arrêté et emprisonné… avant d'être libéré de ses obligations militaires. Il écrira dans *Aujourd'hui*, une publication collaborationniste. Mais son *Voyage en calèche* sera interdit par les Allemands et il cachera des juifs et des communistes, ce qui ne lui évitera pas d'être arrêté, accusé de collaboration et emprisonné en septembre 1944. Il sera libéré en janvier 1945 sans avoir été inculpé.

Ses rapports avec la capitale étaient particuliers, comme il le racontera à Christian Millau :

> Si je viens désormais tous les trois mois à Paris, ce n'est pas pour voir les gensses de lettres, mais ma fille. Travailler ici ? Il y a une vingtaine d'années, on a essayé de me retenir. On m'avait aménagé un petit appartement de poète avec une vue sur Notre-Dame. Je n'ai pas pu écrire une ligne. […] Que voulez-vous que j'aille fiche dans une ville où l'on ne sait pas se servir de ses pieds et où il faut avoir des centaines d'amis ? J'ai dix amis, cela me suffit. Il y a sur terre tellement plus de couillons que d'hommes. Et puis, à Paris, il n'y a pas de silence, pas d'écoute, pas de patience, pas d'éternité.

En contrepoint de ce qu'il n'aimait pas de la vie littéraire parisienne, voici trois extraits de *L'homme qui plantait des arbres*, un court texte écrit en 1953. Trois extraits pour un texte d'à peine vingt pages, cela fait beaucoup. Pourtant, cela ne fait pas assez. Il faudrait citer chaque ligne de ce texte, il faudrait le recopier ici tout entier.

Il commence ainsi :

> Pour que le caractère d'un être humain dévoile des qualités vraiment exceptionnelles, il faut avoir la bonne fortune de pouvoir observer son action pendant de longues années. Si cette action est dépouillée de tout égoïsme, si l'idée qui la dirige est d'une générosité sans exemple, s'il est absolument certain qu'elle n'a cherché de récompense nulle part et qu'au surplus elle ait laissé sur le monde des marques visibles, on est alors, sans risque d'erreurs, devant un caractère inoubliable.
>
> Jean Giono, *L'homme qui plantait des arbres*,
> Gallimard, 1953

À mi-écriture, il raconte :

> Je remarquai qu'en guise de bâton il emportait une tringle de fer grosse comme le pouce et longue d'environ un mètre cinquante. Je fis celui qui se promène en se reposant et je suivis une route parallèle à la sienne. La pâture de ses bêtes était dans un fond de comble. Il laissa le petit troupeau à la garde du chien et il monta vers l'endroit où je me tenais. J'eus peur qu'il vînt pour me reprocher mon indiscrétion mais pas du tout : c'était sa route et il m'invita à l'accompagner si je n'avais rien de mieux à faire. Il allait à deux cents mètres de là, sur les hauteurs.
>
> Arrivé à l'endroit où il désirait aller, il se mit à planter sa tringle de fer dans la terre. Il faisait ainsi un trou dans lequel il mettait un gland, puis il embouchait le tout. Il plantait des chênes. Je lui demandai si la terre lui appartenait. Il me répondit que non. Savait-il à qui

elle était ? Il ne savait pas. Il supposait que c'était une terre communale, ou peut-être était-elle la propriété de gens qui ne s'en souciaient pas ? Lui ne se souciait pas de connaître les propriétaires. Il planta ainsi cent glands avec un soin extrême.

Après le repas de midi, il recommença à trier sa semence. Je mis, je crois, assez d'insistance dans mes questions puisqu'il y répondit. Depuis trois ans il plantait des arbres dans cette solitude. Il en avait planté cent mille. Sur les cent mille, vingt mille étaient sortis. Sur ces vingt mille, il comptait encore en perdre la moitié, du fait des rongeurs ou de tout ce qu'il y a d'impossible à prévoir dans les desseins de la Providence. Restaient dix mille chênes qui allaient pousser dans un endroit où il n'y avait rien auparavant.

C'est à ce moment-là que je me souciai de l'âge de cet homme. Il avait visiblement plus de cinquante ans. Cinquante-cinq, me dit-il. Il s'appelait Elzéard Bouffier. Il avait possédé une ferme dans les plaines. Il y avait réalisé sa vie. Il avait perdu son fils unique ! Puis sa femme. Il s'était retiré dans la solitude où il prenait plaisir à vivre lentement, avec ses brebis et son chien. Il avait jugé que ce pays mourait par manque d'arbres. Il ajouta que, n'ayant pas d'autres occupations très importantes, il avait résolu de remédier à cet état de choses.

Le livre se termine par ces mots :

> Quand je réfléchis qu'un homme seul, réduit à ses simples ressources physiques et morales, a suffi pour faire surgir du désert ce pays de Chanaan, je trouve que, malgré tout, la condition humaine est admirable. Mais, quand je fais le compte de tout ce qu'il a fallu de constance dans la grandeur d'âme et d'acharnement dans la générosité pour obtenir ce résultat, je suis pris d'un immense respect pour ce vieux paysan sans culture qui a su mener à bien cette œuvre digne de Dieu.
>
> Jean Giono, *L'homme qui plantait des arbres*, Gallimard, 1953

Elzéard Bouffier est mort paisiblement en 1947 à l'hospice de Banon.

Comme je voudrais que le président de la République, ou qu'un ministre important, ou simplement un instituteur, oblige des enfants à apprendre ces trois extraits par cœur ! Pas simplement à les lire ou à les étudier en classe, non. À les apprendre par cœur, mot après mot, jusqu'à ce qu'ils en soient imprégnés pour toujours. Qu'à la rentrée, ceux de huit ou neuf ans consacrent à ce texte la semaine entière. Après l'avoir appris par cœur, ils le réciteraient en classe, individuellement, puis en chœur, puis, l'ayant « dans leur cœur » pour toujours, ils le discuteraient avec leurs maîtres. Avec leurs copains. Et puis avec leurs parents. Et puis tout seuls. Ils reprendraient chacun des mots qui comptent, fouilleraient ce qu'il cache sous tant de simplicité, puis passeraient au suivant, et ainsi de suite, jusqu'à la fin.

Et Giono lui-même, qu'a-t-il planté ? Voici ce qu'il en dit à Millau :

> Je viens de faire planter à Manosque deux cents rosiers sous ma fenêtre, voilà le vrai bonheur. Le plus beau ciel de France, cinq petits cigares du Brésil, tous les jours, un petit bout de *Don Quichotte* ou de Machiavel, une lettre de Stendhal, un verre d'eau fraîche, quelques mesures de Scarlatti, un passage du *Don Juan* de Mozart et ma table de travail. Il ne m'en faut pas plus pour être, depuis quarante ans, heureux comme la pleine lune et tranquille comme une jarre d'huile, constamment, minute par minute.

Millau lui répond :

> « Machiavel, Stendhal, Cervantes... Vous ne prenez pas beaucoup de risques ! Aujourd'hui, on lit Sartre, Camus, Mauriac... Ça ne vous intéresse pas ?
> — Pas le moins du monde. Je n'ai jamais rien lu des trois dont vous parlez. Ils n'ont pas dû me lire non plus, il n'y a donc pas lieu d'être troublé. »

Il ne jouait pas le jeu, Giono, et il n'a eu que ce qu'il méritait. Préférer ses rosiers et son Machiavel aux cafés du sixième arrondissement... Quel impudent !

Girard, René et Serres, Michel, deux voix françaises en Amérique

Dans l'une des meilleures universités du monde, très loin de Paris, les humanités ont longtemps vécu à l'heure française. Au campus de Stanford, les deux professeurs les plus admirés de la *School of Humanities and Sciences, Division of Humanities and Arts*, étaient René Girard et Michel Serres.

Tous deux ont marqué de leur pensée plusieurs générations d 'étudiants américains.

Leurs itinéraires étaient différents. René Girard a fait carrière aux États-Unis à défaut de pouvoir le faire dans son pays. Michel Serres, lui, a été invité en Amérique parce qu'il avait, déjà, une grande réputation en France. Il avait été élu à l'Académie française en 1990, à soixante ans (René Girard devra attendre 2005 – et l'âge tendre de quatre-vingt-deux ans – pour être élu à son tour).

René Girard était une sorte de « philosophe-bélier ». Porté par sa foi autant que par une vigueur intellectuelle hors normes, il bousculait, toujours prêt à en payer le prix.

Dans *Mensonge romantique et Vérité romanesque*, publié en 1961, son premier texte marquant, il expose les bases de sa théorie du désir mimétique. Tout désir est une imitation du désir d'un autre, dit Girard. L'autonomie de son propre désir n'est qu'une illusion dans laquelle on se complaît et se fourvoie : entre sujet et objet, la relation passe par un médiateur. Si ce dernier n'appartient pas au monde réel, le sujet s'en accommode, en fait son modèle, et ne s'en porte pas plus mal. Si en revanche le médiateur est rival, le désir ne sera jamais satisfait, et le processus ne pourra déboucher que sur le malheur. C'est le ménage à trois, version philosophique, qu'invente René Girard. Chacun y va de ses mensonges et de ses petites ruses, histoire de se protéger de sa propre médiocrité. Le point culminant du désir est atteint non pas lorsqu'on l'approche à satisfaction, mais au contraire lorsque le médiateur (en fait : le déclencheur) est porté aux nues. Alors le désir devient impératif, en proportion de cette admiration, et le sujet se retrouve dans un état de dépendance, d'humiliation et de perte de soi. Un malheur que l'on aura construit soi-même, pour soi-même. En définitive, une forme de masochisme. L'échec total.

Dans *La Violence et le Sacré*, Girard pousse plus loin l'analyse du désir mimétique et se place dans l'hypothèse où le médiateur appartient au monde réel, qu'il est apte à jouer le rôle de rival. Dès lors que deux individus désirent la même chose, rien n'empêche qu'ils se retrouvent nombreux dans ce cas. Cette situation ne pourra que déboucher sur un conflit de grandes proportions. Chacun sera contre tous les autres, et la paix ne pourra revenir dans le groupe que par l'apparition du sacré, qui donnera sa légitimité à une sorte de chasse à courre. Encore faudra-t-il, au préalable, trouver un bouc émissaire… Il aura le mérite de créer le consensus sur ses crimes. Il sera dès lors aisé – et bienfaisant – de l'exclure du groupe, après lui avoir fait payer le prix de ses crimes. L'union se fera sur son dos et sur sa peau. Ah, les boucs émissaires… Que ferait-on sans eux ! On devrait les décorer pour services rendus à la patrie.

Les théories de René Girard sont séduisantes. On peut les apprécier, et même beaucoup, sans toutefois en accepter l'intégralité. Le désir mimétique traite d'une même manière l'envie et la jalousie, qui sont des processus très distincts, qui répondent à des conditions très différentes. On peut ne pas suivre René Girard lorsqu'il considère que la crucifixion du Christ ne respecte pas les critères du bouc émissaire, car le Christ n'était pas coupable. Peut-être ne l'était-il pas aux yeux de Girard. Mais, il l'était assurément aux yeux de ceux qui l'ont mis à mort, par son innocence même, qui leur était intolérable.

Avec *La Violence et le Sacré*, un texte qui embrasse les grands thèmes de l'inceste, du tabou de Freud, du structuralisme de Lévi-Strauss, et se termine par une réflexion puissante sur les rites. Girard fait ressortir, « dans une lumière parfaitement rationnelle », le rôle de la violence dans les sociétés humaines.

Le Bouc émissaire (1982) et surtout *Celui par qui le scandale arrive* (2001) achèveront de donner à l'œuvre de René Girard sa dimension prophétique :

> Devant une matière aussi énorme, éparse, diverse et néanmoins répétitive que le religieux, la seule méthode consiste à chercher l'invariant autour duquel on espère que les variables s'organiseront.
>
> Le religieux n'a pas d'invariant, me dit-on. Il n'en a pas au sens strict, c'est un fait, mais il a un quasi-invariant que personne n'a encore essayé et qui se révèle prodigieusement efficace, c'est la violence interne des communautés humaines. Repenser l'anthropologie en fonction de cette violence, faire de cette violence une nouvelle rampe de lancement pour l'étude du religieux, c'est l'aventure que j'ai tentée.
>
> Toutes les sociétés humaines sans exception ont tendance à se détraquer sous l'effet de leur violence interne. Lorsque cela se produit, elles disposent d'un moyen de rétablissement qui leur échappe à elles-mêmes et que l'anthropologie n'a jamais découvert, la convergence spontanée, mimétique de tout la communauté contre une victime unique, le « bouc émissaire » originel sur

lequel toutes les haines se déchargent sans se répandre catastrophiquement aux alentours, sans détruire la communauté.

[...]

Si la mise en accusation de Jésus réussissait jusqu'au bout, si ce bouc émissaire-là faisait comme les autres l'unanimité définitive contre lui, les Évangiles ne seraient réellement qu'un mythe de plus. Mais l'accusation échoue et les quatre récits de la Passion rendent cet échec manifeste. La Croix du Christ a bien la puissance universelle de dévoilement proclamée par saint Paul.

« Les bons sauvages et les autres »,
Celui par qui le scandale arrive,
Desclée de Brouwer, 2001

Michel Serres, lui, est une sorte d'extraordinaire « philosophe-funambule ». À l'étranger, chacun des débats auxquels il participe fait salle comble (quelle que soit la taille de la salle). Quand René Girard convoque Freud, Lévi-Strauss, Homère, les Évangiles, Proust et Stendhal, Michel Serres, lui, danse. Avec la légèreté d'un poète latin, il passe des sciences à la culture, de l'anthropologie à la philosophie, se préoccupe des problèmes moraux soulevés par le développement des technologies contemporaines, aborde les aspects philosophiques du calcul différentiel et intégral, analyse la condition ouvrière au prisme des découvertes scientifiques, en un mot, il mêle, emmêle et démêle tous les domaines, transpose, déplace, projette, remet en cause les méthodes d'enseignement, et le voilà face au monde, prophète iconoclaste et porteur d'espoir, sans cesse, en rupture constructive, inspiré par l'amour de l'autre et de l'humanité, par une foi immense en la puissance créatrice de la pensée, et, surtout, par un formidable optimisme.

Dans *Petite Poucette*[1], il aborde la question de l'enseignement et annonce en préambule les prémisses d'une bonne pédagogie :

> Avant d'enseigner quoi que ce soit à qui que ce soit, au moins faut-il le connaître. Qui se présente, aujourd'hui, à l'école, au collège, au lycée, à l'université ?

Les outils, les méthodes ne doivent-ils pas changer dès lors que ceux qui sont en classe ne sont plus les mêmes ?

> Formée dès l'enfance, aux classes élémentaires et préparatoires, la vague de ce que l'on nomme le bavardage, levée en tsunami dans le secondaire, vient d'atteindre le supérieur où les amphis, débordés par lui, se remplissent, pour la première fois de l'histoire, d'un brouhaha permanent qui rend pénible toute écoute ou rend inaudible la vieille voix du livre. Voilà un phénomène assez général pour que l'on y prête attention. Petite Poucette ne lit ni ne désire ouïr l'écrit dit. Celui qu'une ancienne publicité dessinait comme un chien n'entend plus la voix de son maître. Réduits au silence depuis trois millénaires, Petite Poucette, ses sœurs et ses frères produisent en chœur, désormais, un bruit de fond qui assourdit le porte-voix de l'écriture.
>
> […]
>
> Pourquoi Petite Poucette s'intéresse-t-elle de moins en moins à ce que dit le porte-voix ? Parce que, devant l'offre croissante de savoir en nappe immense, partout

1. Michel Serres, *Petite Poucette*, Le Pommier, 2012.

et toujours accessible, une offre ponctuelle et singulière devient dérisoire. La question se posait cruellement lorsqu'il fallait se déplacer pour découvrir un savoir rare et secret. Désormais accessible, il surabonde, proche, y compris en volumes petits, que Petite Poucette porte dans sa poche, sous le mouchoir. La vague des accès aux savoirs monte aussi haut que celle du bavardage.

Avec la nature, Serres a une relation intime, physique. En elle, il est chez lui. Sans doute est-ce dans ce rapport au corps qu'il trouve son extraordinaire équilibre et, pour tout dire, sa foi en la vie. Il en retire une capacité merveilleuse à pouvoir apaiser l'autre. Michel Serres a-t-il jamais eu peur ? Sans doute est-ce là sa grande force. À ce talent d'affronter, d'apprivoiser, Serres est imbattable. Il faut l'avoir vu interagir avec ses étudiants pour prendre la mesure de ce que peut représenter un professeur dans la vie d'un élève, lorsqu'il se double d'un tel pédagogue.

Gounod, Charles

Compositeur romantique contemporain de Berlioz, Gounod hésita longtemps à entrer dans les ordres, et durant plusieurs années signera ses lettres et ses œuvres « Abbé Gounod ». On lui doit une production abondante de musique religieuse, dont deux oratorios, *La Rédemption* et *Mors et Vita*, ainsi qu'un *Requiem*, créé après sa mort. Mais c'est le répertoire lyrique, surtout, qu'il marquera de son génie, et de quelle manière, avec trois œuvres seulement, chacune un véritable monument, avec des arias du rang des plus grands succès de l'histoire de l'opéra. Dans *Faust*, en particulier, deux airs deviendront des ritournelles, celui de Méphisto, dit l'air du Veau d'or, à l'inoubliable refrain :

Et Satan conduit le bal, conduit le bal
Et Satan conduit le bal, conduit le bal

Et bien sûr le fameux air de Marguerite, dit « des bijoux » :

Ah que je ris, de me voir si belle
En ce miroir.

Dans *Roméo et Juliette*, la valse « Je veux vivre », est l'une des plus belles mélodies jamais écrites. Enfin, il composera *Mireille*, d'après le poème de Frédéric Mistral, *Mirèio*, un opéra à l'image de Gounod lui-même, charmant et délicat.

Grandes écoles

Pépinières des élites françaises, les grandes écoles sont dans le monde de l'enseignement supérieur – dans le monde entier – un cas particulier. Le système de « préparation », khâgne, hypokhâgne, concours, classements à l'entrée, classements de sortie (ah ! être « major de promo »...), tout contribue à perpétuer une situation marquée au fer par l'élitisme.

Est-ce à dire que le système est archaïque ? Qu'il fonctionne mal ? C'est tout le contraire. Il fonctionne à l'extrême limite du trop bien. Les anciens de Polytechnique, de Normale sup ou de l'ENA, l'École nationale d'administration, occupent un nombre de postes impressionnant dans les plus hautes sphères de l'administration publique, mais aussi dans le secteur privé. Une telle présence n'est pas le moins du monde le fruit du hasard, et pas non plus de la cooptation. Bien sûr, l'esprit de corps peut peser, ici ou là. Mais deux autres motifs expliquent cette situation. Tout d'abord, l'extrême dureté des concours, qui forment des candidats qui savent ce qu'est le grand travail. Ensuite, c'est une évidence, la qualité de l'enseignement offert. Les nouveaux arrivés à l'ENA ont beau être bardés de diplômes, leur première année sera faite de stages uniquement, une approche courageuse et moderne. Faire passer la pratique avant la théorie permet d'aborder celle-ci avec un meilleur sens de la réalité. Ainsi, le succès des grandes écoles s'explique en trois actes : on prend les meilleurs, on leur apprend à travailler dur, et, de façon presque subsidiaire, on leur offre une formation de pointe.

Grèves

Nietzsche, qui aimait bien dérouter son lecteur, parlait de la pluie de plusieurs manières. Tantôt elle a un charme fou, et l'on serait bien bête de s'en plaindre. Tantôt c'est une réalité peu agréable, mais enfin elle est là, et s'en plaindre serait idiot.

Pour ce qui est des grèves en France, je suis arrivé à la conclusion qu'il faut s'inspirer de Nietzsche, comparer la grève à la pluie et accepter l'inutilité de toute révolte. Les grèves font partie du paysage français, et ce n'est pas le fruit du hasard. Elles recèlent même une composante importante de ce qui fait la France, son génie et son charme.

Bien sûr, quelle que soit la légitimité des revendications de la SNCF ou d'Air France, il y aurait de quoi se révolter contre la radicalité de mouvements qui entravent le travail de tout un pays durant des périodes interminables, qui réduisent à néant des projets de vacances, sont responsables de milliers de rendez-vous manqués et de millions d'heures passées à attendre sur un quai de gare et coûtent des milliards au pays. Les journaux parlent de prise en otages des voyageurs. Je trouve cette expression bien douce. Il arrive qu'un otage soit immobilisé, puis libéré, quelquefois sans autre mal que la frayeur. Ici, le voyageur subit la pénalité de plein fouet.

Mais voilà, il y a l'histoire du pays, ses goûts et ses talents, son sens de l'honneur et du spectacle.

François Guizot le dit bien :

> La France a toujours renfermé deux situations, deux classes sociales, profondément diverses et inégales, qui

ne se sont point amalgamées ni placées, l'une envers l'autre, dans un état d'union et de paix, qui n'ont cessé enfin de lutter, celle-ci pour conquérir le droit, celle-là pour retenir le privilège. C'est là notre histoire.

On l'a compris, les grèves ne sont rien d'autre que l'occasion attendue de régler des comptes qui ne sont pas soldés. Leurs motifs dépassent ceux qui sont brandis. Ils expriment un passé qui ne passe pas, de la même manière que les querelles de famille trouvent à leur perpétuation une justification intrinsèque. Fondée sur la logique que décrit Guizot, toute grève s'explique sans motif immédiat.

Un autre élément invite à la grève : sa théâtralité. Le spectacle est vu de tous. Les syndicats saisissent l'occasion : il y a concurrence, entre centrales… Il en va de leur honneur, aucune ne veut passer pour faiblarde. Du coup, chacune bande ses muscles. Il y a aussi un esprit de fraternité, dans une grève. Une solidarité. Un goût pour la justice. Il faut l'admettre. Preuve en est le très fort taux de soutien à ces grèves, à peine inférieur à 50 %.

Bien sûr, tout cela a un prix. Les grèves d'Air France au printemps 2018 ont coûté 400 millions d'euros à la compagnie. Celles de la SNCF près du double… Sans parler des coûts induits, tout simplement stratosphériques : coûts directs, calculés en heures perdues, et manque à gagner, impossible à chiffrer. Pour un industriel étranger qui hésite à investir en France, l'effet de ces grèves lui rappellera les mots de Dante : *Lasciate ogni speranza, o voi ch'entrate* (« Abandonnez toute espérance, ô vous qui entrez »).

P.-S. : « Je n'ai jamais très bien compris pourquoi une semaine de grève s'appelle une semaine d'action », disait André Frossard.

Guide Michelin, Le

La France aime classer. Construire une hiérarchie. Glorifier les meilleurs. Et pour les autres ? Ce sera la Terreur. Le déshabillage public. Les processus d'attribution des prix littéraires sont des modèles de supplice. Ceux qui sont sélectionnés au premier tour attendront quelques semaines, à l'affût des rumeurs. Seront-ils éjectés ? Continueront-ils la course jusqu'au prochain tour ? Mourra, mourra pas ? Ce jeu cruel ne se limite pas aux auteurs. Les candidats à l'Académie française, en général d'un âge plus affirmé que les candidats aux prix littéraires, sont tout aussi exposés. Untel a obtenu deux voix au premier tour, une seule au deuxième, aucune au suivant. Tout cela est publié. Affiché. Clamé. *Vae victis*. Du coup, beaucoup se désistent, ou tout simplement ne postulent pas ; ce n'est pas la transparence qu'ils fuient, c'est le feu des projecteurs qui met leur échec en pleine lumière. Oui, la France aime célébrer, mais aussi juger et condamner. Proclamer qui est « in » et qui est « out ». Je te donne une étoile. Ou je t'en enlève une. C'est moi qui sais. Et c'est moi qui décide. Et l'on se retrouve nu comme un ver, tout grand bonhomme que l'on croyait être, exposé aux yeux de tous, sous les sifflets. Telle est la règle du jeu. Messieurs, la cour !

Pour ma part, je comprends Sébastien Bras, chef du restaurant Le Suquet, à Laguiole, dans l'Aveyron, et cuisinier triple-étoilé, qui décide de retourner ses étoiles à leur expéditeur, pour donner un nouveau sens à sa vie et vivre en paix le reste de son âge. Un membre du comité exécutif du groupe Michelin a néanmoins précisé que le retrait ne serait « pas automatique ». Le Seigneur a donné et le Seigneur a repris.

Avant M. Bras, Alain Senderens avait rendu les étoiles que *Le Guide Michelin* lui avait accordées durant vingt années consécutives pour son restaurant Lucas Carton.

(Entre nous, je trouve que *Guide*, ça fait un peu gourou…)

Guignols de l'info, Les

Ils avaient tout. Le coup d'œil qui capte la moindre faille, le talent d'imitateur au point que l'on pouvait confondre le vrai du faux, celui de maquettiste, de marionnettiste, une imagination de scénariste inspiré, un sens de l'humour ravageur, et, forcément, un monumental toupet. Ils étaient inénarrables, les PPDA, Sarkozy, Chirac, commandant Silvestre, Mitterrand, Tapie, Rocard, DSK, Hollande et tant d'autres.

C'était l'esprit Canal… Dû au talent et à la générosité d'André Rousselet, Alain De Greef, Pierre Lescure, Antoine de Caunes, Jean-Pierre Coffe, au génie de Bruno Gaccio et de ses « Guignols », et à tant d'autres, ils étaient iconoclastes, souvent cruels, quelquefois révoltants, mais toujours hilarants, brillants, et par moments prophétiques.

Hélas, le nouveau raïs de Canal leur a coupé la langue, les bras, la tête et les testicules. Au passage, il nous a privés des cinq minutes les plus drôles du PAF. L'audience de l'émission s'est effondrée. Bien fait pour sa pomme. L'émission, proprement exécutée, a disparu (v. Rire).

Sacré esprit Canal.

Qu'il repose en paix.

Guitry, Sacha

L'été de mes huit ans, ma mère et moi passions un mois au Mont-Dore, une station de curistes où nous allions soulager notre asthme. Les soins avaient lieu très tôt, et en milieu de matinée nous avions en quelque sorte « fait notre devoir », comme disait ma mère. Nous rentrions alors à l'hôtel prendre notre petit déjeuner au lit, et je garde de ces retours un souvenir délicieux. L'hôtel était à deux pas de l'établissement thermal, mais la chute de température entre les bains, surchauffés, et l'air extérieur, frais même en été, était telle que nous arrivions dans nos chambres en grelottant. Sans doute n'étaient-elles pas chauffées, car dès qu'elle nous apercevait la femme de chambre accourait, munie d'une chaufferette, un long manche de bois avec à son extrémité une boîte de cuivre perforée, épaisse d'environ quinze centimètres et remplie de charbon de bois incandescent. Il suffisait à la femme de chambre de faire glisser la chaufferette entre les draps durant quelques secondes pour que nos lits soient délicieusement chauds. Le petit déjeuner, pris sous un épais duvet, consistait en un grand bol de café au lait et deux croissants au beurre, énormes et bien sûr délicieux.

Durant la journée, nous nous ennuyions avec douceur. Il y avait la lecture (l'hôtel avait une petite bibliothèque), les promenades lorsqu'il ne pleuvait pas (ou pas trop), de temps en temps une partie de minigolf, des sorties avec d'autres clients de l'hôtel (certains avaient une voiture, une rareté à l'époque) et bien sûr le cinéma. Chaque après-midi, on y passait un autre film. « Ah ! Sacha Guitry ! s'exclama ma mère un jour, il est magnifique. » Ce jour-là, c'était *Si Paris nous était conté.* « L'histoire de France ! » avait ajouté ma mère, et, à la manière dont elle avait prononcé ces mots, l'intérêt du film ne se discutait pas.

Ma mère avait vu Guitry plusieurs fois au théâtre et le vénérait. À ses yeux, il incarnait la France dans ce qu'elle avait de plus éclatant : la culture, le plaisir, le brio, et surtout « la repartie », comme disait ma mère. Sans doute ce talent représentait-il pour elle, minoritaire toute sa vie en Turquie, l'arme ultime du quotidien. Avoir de la repartie, c'était pouvoir défendre sa dignité, même face à l'arbitraire.

Je me souviens qu'à mon retour en internat, à la fin de l'été, je mentionnai le nom de Guitry au professeur de français. Elle eut une moue de condescendance. Ce n'était pas la dernière fois que, en parlant de Guitry, j'allais susciter ce type de réaction. Aujourd'hui encore, je constate que le prendre de haut semble de bon ton.

Pourtant, Guitry était un immense artiste, un être touchant, aussi, attachant, homme de théâtre dans sa chair. Alors que j'écris ces lignes, je constate combien son goût de la théâtralité incarne la France, son esprit et ses valeurs. Guitry écrira et mettra en scène près de cent vingt-cinq pièces, dans lesquelles il aura presque toujours tenu un rôle prépondérant – souvent le premier. Au cinéma, il réalisera plus de trente films, et pour chacun il sera scénariste, dialoguiste, acteur… Enfin, il écrira une quinzaine de livres.

Y avait-il autre chose dans la vie de Guitry ? Oui, de nombreuses femmes, parmi lesquelles cinq épouses. La première, Charlotte Lysès, connue au bras de son père, quittera Lucien pour Sacha, dont elle créera dix-neuf pièces. La deuxième, Yvonne Printemps, en créera trente-quatre et en reprendra six autres. Pour Jacqueline Delubac, ce sera dix créations et treize reprises. Geneviève de Séréville en créera quatre, auxquelles s'ajouteront cinq reprises et cinq films. Enfin, sa dernière épouse, Lana Marconi, créera sept pièces, en reprendra deux et jouera dans treize de ses films.

Fils d'un immense acteur, Guitry a grandi dans les coulisses. À cet héritage inhabituel s'en ajoute un autre : la composante russe. Naître à Saint-Pétersbourg et avoir le tsar de toutes les Russies comme parrain, voilà qui n'est pas banal… Guitry sera artisan de théâtre autant qu'artiste, celui qui ne fait pas la différence entre son échoppe et sa maison. Et de la même manière qu'un crémier mettra sa femme à la caisse, Guitry fera de chacune de ses cinq épouses des partenaires au quotidien.

« Ce qu'il y a de persistant en nous, dira Guitry, c'est l'enfance, mais n'en ayant pas eu, j'ai dû imaginer ce qu'elle aurait pu être. » La sienne, merveilleuse en apparence, sera marquée par un père très absent et la douleur de voir ses parents se séparer. Il en parlera à sa façon dans *Mémoires d'un tricheur* où, d'emblée, des douze membres d'une famille, onze passent de vie à trépas, l'enfant narrateur étant le seul à échapper aux champignons vénéneux cueillis par un sourd-muet : il avait volé huit sous dans le tiroir-caisse, et sa punition consistait à être privé de champignons…

> Qui n'a pas vu onze cadavres à la fois ne peut pas se faire une idée du nombre de cadavres que cela fait.

Voilà pour la famille au sens large. Quant aux comptes avec son père, il les réglera en lui enlevant Charlotte Lysès. Du clair et net.

Il écrira des pièces d'une grande finesse psychologique, souvent en quelques jours, mélange très particulier de boulevard et de psychodrame.

Dans *Faisons un rêve*, par exemple, Guitry offre une démonstration éblouissante de ce que peut être la velléité d'un couple d'amants.

(Que l'on m'autorise cette longue parenthèse : le titre de la pièce est *Faisons un rêve*. Mais faisons un rêve, nous aussi ! Imaginons une soirée au théâtre des Bouffes-Parisiens où les deux principaux rôles masculins sont tenus par Sacha Guitry et Raimu, et où le seul rôle féminin, celui de « Elle », est joué par Charlotte Lysès, maîtresse de l'un et épouse de l'autre dans la pièce, ancienne maîtresse de Lucien Guitry et épouse de Sacha dans la vie…)

Dans la pièce, donc, tout y passe : passion amoureuse, mensonge sordide, ruse, trahison, et, bien sûr, calcul bourgeois… Guitry capte les inflexions du plaisir comme le singe attrape l'oiseau au vol :

> *« Lui » :* Une aventure a d'ordinaire plusieurs côtés. Eh bien, la nôtre a un côté abominable et un côté charmant.
>
> *« Elle » :* Il est huit heures du matin, je ne suis pas encore rentrée chez moi.

« Lui » : Ça, c'est le côté abominable.
« Elle » : Nous avons passé toute la nuit ensemble.
« Lui » : Ça, c'est le côté charmant de l'aventure…

« Nous avions fait un rêve », écrira « Elle » à son amant au dernier acte, « Oui, vivre ensemble toute la vie… C'eût été beau… C'était trop beau ! »

Pour finir, ce sera le plaisir du cinq-à-sept qui sortira gagnant : « l'endroit intime que tout le monde ignore », « le désir qui se renouvelle sans cesse […], le plaisir qui ne s'épuise pas […], l'ivresse infinie des minutes qu'on vole […], l'injustice de la vie contre laquelle on se révolte ».

Les derniers mots de la pièce seront d'« Elle » :

> Nous avons mieux que deux jours, nous n'avons plus que quelques heures… vite… profitons-en !!!…

Il est vrai que Guitry connaissait la problématique comme sa poche…

Au cinéma, on lui reconnaîtra un talent rare : il savait rassembler. Fallait-il qu'il soit lui-même beaucoup aimé pour pouvoir réunir, sur un même tournage (celui de *Si Versailles m'était conté*), quarante grands acteurs, parmi lesquels Gérard Philipe qui incarnait d'Artagnan, Jean-Louis Barrault dans le rôle de Fénelon, Georges Chamarat dans celui de La Fontaine, et encore Brigitte Bardot, Orson Welles, Claudette Colbert, Bourvil, Jean Marais et bien sûr Édith Piaf qui chantait « Ah ! Ça ira ».

Ce qui touche infiniment, chez Guitry, c'est son génie en même temps que sa faille, son besoin irrépressible de s'adresser au spectateur, de solliciter son approbation, en toutes circonstances. En page de garde de sa pièce *Mémoires d'un tricheur*[1], voici ce qu'il donne comme indications :

ACTE PREMIER
LE DÉCOR

Le décor représente le cabinet du docteur Jean Marcelin, à Paris. Pièce sombre et luxueuse.

À gauche, au premier plan, une porte à un battant. Puis en pan coupé, une bibliothèque cintrée.

Au fond, une large ouverture qui s'ouvre sur un grand salon et qui se ferme par une double porte à glissière. Au premier plan, à droite, une autre porte encore.

Au lever du rideau, les trois portes sont fermées.

Dans le cintre de la bibliothèque se trouvent le bureau et son fauteuil.

Il y a d'autres fauteuils, bien entendu, il y a un divan, une table basse, deux chaises, des lampes, des appliques, un lustre – enfin, il y a naturellement tout ce qu'il doit y avoir. Il y a même deux ou trois tableaux.

Personne n'est en scène au lever du rideau, mais, un instant plus tard, Jean paraît à la porte de droite. Son valet de chambre lui a ouvert cette porte.

Il y a ces mots, dans l'avant-dernier paragraphe, si révélateur : « bien entendu ». Et un autre, encore : « enfin »... Il ne s'agit que d'indications techniques, touchant au décor. Mais peu importe, Guitry s'adresse au lecteur. Il les lui déclame. Il attend son quitus. Il est sur scène. Il vit. Il craint de mal faire.

1. D'après Sacha Guitry, *Mémoires d'un tricheur*, Gallimard, 1935.

Il aimait les acteurs et le démontrera toute sa vie, en particulier durant l'Occupation. Tristan Bernard et Max Jacob seront libérés du camp de Drancy grâce à son intervention. Il refusera que ses pièces soient jouées en Allemagne. Mais, à la Libération, on accuse Guitry « d'intelligence avec l'ennemi ». Il sera incarcéré deux mois durant. Le juge n'a rien contre lui ? Qu'à cela ne tienne, il fait paraître des annonces dans la presse, à deux reprises. En substance : est-ce qu'une belle âme voudrait bien dénoncer ce salaud de Guitry ? Résultat : racine carrée de zéro. Guitry sera libéré. Il obtiendra un non-lieu trois ans plus tard.

H

Haute couture

Au Grand Siècle, s'habiller « au goût du jour » voulait dire tout le contraire : draps, velours et satins pour l'hiver ; taffetas pour l'été, ou alors draps fins. Les fourrures avaient leur saison, elles aussi, qui démarrait à la Toussaint et se poursuivait jusqu'à Pâques. Au-delà, qu'il neige ou qu'il vente, elles ne quittaient pas leur placard.

Vint Marie-Antoinette, et avec elle les désordres de la mode[1]. Il n'empêche, à compter du temps de Marie-Antoinette, il se mit à changer si vite qu'il y avait de quoi perdre la tête[2]...

Au nom de Marie-Antoinette il convient d'associer celui de Rose Bertin. Ce fut elle qui capta « l'air du temps », observa la jeune reine se transformer et nota son goût de s'exhiber. La reine aime plaire ? Qu'à cela ne tienne.

---

1. Non, je ne dirai pas que c'était une révolution. On a sa fierté...

2. C'est plus fort que moi.

Femme d'affaires hors normes, entrepreneuse de haut vol, Rose Bertin s'installa au Grand Mogol, rue Richelieu, où elle inventa tout : le salon, la vente en confidence, le traitement flatteur des clientes riches... À l'image de la reine, sa mode transgressait, dévoilait, proposait la robe-chemise de mousseline, imaginait les « chapeaux-monuments ». Louis XVI surnommera Rose Bertin « la ministre de la mode »...

Au retour de l'aristocratie, ce sera le règne d'**Hippolyte Leroy**. À la cour napoléonienne, le faste s'impose. Pour le sacre de Joséphine, les costumes seront de chez lui. Sa célébrité sera européenne et sa fortune immense. Les robes « Empire » feront de lui le premier des couturiers vedettes. Elles remontaient la taille jusque sous la poitrine, ainsi mise en beauté, et cette nouvelle coupe avait pour effet de masquer les grossesses. Qui sait si son propos n'était pas de retarder l'heure à laquelle il fallait quitter Paris pour aller accoucher dans quelque château de province... ?

La haute couture que nous connaissons aujourd'hui naîtra un demi-siècle plus tard sous les doigts d'un Anglais formé à Paris, **Charles Frederick Worth**. Son goût des beaux-arts l'amenait souvent flâner à la National Gallery. Un apprentissage chez Lewis and Allenby, à Londres, un magasin d'étoffes, lui ouvrit l'appétit. Où chercher des aventures plus ambitieuses, sinon à Paris ? Il travailla chez Gagelin, rue Richelieu, prit du galon[1], et, après douze années, s'installa à son compte rue de la Paix, au 7, où, au fil du temps, elles seront plus de 1 000 ouvrières à travailler sur les quatre étages des bâtiments allant du 7 au 11.

1. Désolé.

Jusque-là, les modèles étaient présentés mannequins en osier, tantôt sur poupées Worth demanda à sa femme Marie de présenter créations à ses meilleures clientes. La réaction fut enthousiaste. Worth avait inventé, d'un même coup, la profession de mannequin et les présentations dans des endroits à la mode, par exemple à l'Opéra.

En 1901, un dessinateur de vingt-deux ans entra chez Worth – désormais géré par les fils de Charles Frederick, Gaston et Jean-Philippe. Il s'appelait **Paul Poiret**. Ce sera le premier des géants de la mode du XXe siècle, le premier, aussi, à faire de la haute couture l'incarnation de l'esprit français, par l'inversion des priorités qu'il apporta à son métier. Ce n'est pas au corps à s'adapter au vêtement, dit Poiret. Adieu, jupons et corsets ! Place au drapé ! Le tissu est là pour épouser la silhouette. La robe est une œuvre d'art revendiquée, et sa création fondée sur ce qui est de l'art de la vie, de l'esprit français, l'ingrédient premier : la liberté. Les amis de Poiret s'appellent Matisse, Delaunay, Picabia, Picasso, Brancusi… Il fondera une école d'arts appliqués. Raoul Duffy y enseignera… Le marketing de la mode avait trouvé son génie concepteur. En 1911, il fut le premier couturier à créer une ligne de parfums, « Les parfums de Rosine ». À Courbevoie, son usine comprenait une verrerie et une cartonnerie. Trente-cinq parfums en sortirent en dix-huit ans, qui portaient le prénom de sa fille aînée. Poiret donnera celui de sa cadette lorsqu'il se lancera dans la fabrication de broderies et d'imprimés. Ce seront « Les ateliers de Martine ».

L'impensable finit par arriver. Multipliant les initiatives somptueuses autant que les succès, Poiret ne sentit pas le danger qui le guettait. Il devint « Poiret le Magnifique ». Ses modèles furent copiés, si souvent que sa propre production en souffrit. Il ne vit pas venir les tendances nouvelles de l'entre-deux-guerres, le minimalisme, les silhouettes longilignes… À ces difficultés s'ajouta la crise de 1929. Cette même année, sa maison dut fermer.

« Vous aimez, demandait **Coco Chanel**, ces dames en brocart, qui une fois assises ressemblent à un vieux fauteuil ? » La grande révolution de la mode viendra de cette femme ambitieuse, dure, farouchement indépendante et surtout géniale, qui marquera la mode du XXᵉ siècle autant qu'elle fera avancer la cause des femmes par l'audace de ses créations. Un maître-mot la guidera dans sa vie professionnelle comme dans sa vie privée : liberté. Cheveux courts, pantalons d'homme, jupes à mi-mollets. Plus que tout autre, elle aura saisi l'air du temps. Elle dira : « Il n'y a d'autre beauté que la liberté du corps. » La « femme Chanel » est active, sportive, indépendante. Coco Chanel créera un parfum à son image : mythique. Ce sera le *N° 5* (v. Parfums). Une photo prise par Lipnitski en dit long sur son personnage. On la voit de trois quarts, belle à couper le souffle, une déesse plus qu'une femme amoureuse, l'œil magnifique, grand, noir, impitoyable, un œil dans lequel chercher de la bienveillance serait une perte de temps, impeccable de partout, six rangs de perles tombant dans son dos… Une cigarette dans sa main droite, elle a l'air de dire : « Je fais ce qui me plaît. » Dès 1983, le directeur artistique de la maison Chanel sera **Karl Lagerfeld**, homme de nombreux talents, parmi lesquels un sens aigu du beau et surtout celui de renouveler une marque sans la trahir. Sa capacité à imposer de lui une image à la fois hors normes et acceptée de tous fera de lui une icône. Lagerfeld, né à Hambourg, germanique autant que l'on peut l'être dans sa manière saccadée de prononcer le français, a pourtant une rhétorique et un sens de la formule qui le met au premier rang des esprits français les plus caustiques. Quelques exemples :

« Je suis une sorte de nymphomane de la mode qui n'atteint jamais l'orgasme », « Je veux bien être gentil, mais je ne veux pas que ça se voie », « Les pantalons de jogging sont un signe de défaite. Vous avez perdu le contrôle de votre vie, donc vous sortez en jogging ».

Un autre immense couturier partagera avec Coco Chanel l'avant-scène de la haute couture d'après-guerre : **Christian Dior**. Amoureux de la nature, il ornera ses robes de fleurs : « La couture, dira Dior, souhaitait revenir au bercail et retrouver sa fonction première qui est de parer les femmes et de les embellir. » Sa référence est moins le modernisme que les canons du passé, en particulier la taille, toujours fine, et une abondance d'étoffes qui forme comme un bouquet et rappelle la fleur. Sa préférée était le muguet.

C'est le 12 février 1947, une année après avoir ouvert sa maison, âgé déjà de quarante-deux ans, qu'un Christian Dior totalement inconnu du grand public propose, au 30 de l'avenue Montaigne, dans des salons bondés, un « retour à l'art de plaire ». Le romantisme est de retour, et avec lui une « douceur nouvelle », selon l'expression du Harper's Bazaar.

Son succès sera planétaire. Cocteau dira de lui que c'est le génie de son époque, que son patronyme est la contraction des deux mots « Dieu » et « or ». Son nom est aujourd'hui encore synonyme d'élégance et de grande allure.

Sa maison se choisira un successeur de vingt et un ans, **Yves Saint Laurent**, un génie lui aussi, qui dès sa première collection bouleversera, de sa ligne Trapèze, le style du XXe siècle.

Bien plus tard et durant quinze années (jusqu'en 2011), **John Galliano** dirigera la création de la maison Dior et ne manquera pas de s'inspirer, un demi-siècle après la mort de son créateur, de ses modèles, en les réinterprétant avec talent en les adaptant au goût du jour.

Les grands couturiers qui mériteraient d'être cités ici sont nombreux. Beaucoup sont français : **Madame Grès**, **Hubert de Givenchy**, **Christian Lacroix**, **Pierre Cardin** (qui est né en Italie, mais y a-t-il plus français que lui ?), **Marc Bohan**, **André Courrèges**, **Thierry Mugler**, **Elsa Schiaparelli** (italienne elle aussi, mais qui a fait toute sa carrière à Paris), **Jean-Paul Gaultier**... Tous méritent la plus grande admiration. Car faisons le compte : voilà une profession qui demande à ses créateurs d'affirmer à chaque saison leur style tout en se renouvelant. Exigeant paradoxe que de devoir rester le même et intégrer l'air du temps. Le grand couturier sera à la fois authentique artiste à l'écoute de son époque, artisan soucieux de la myriade de détails que nécessite la fabrication d'une robe de haute couture, gérant d'affaires avisé, et, forcément, fin psychologue. Il montrera – ce ne sera pas le moindre de ses mérites – que l'esprit français peut se marier de la façon la plus parfaite avec le besogneux.

Combien de personnes sur terre s'habillent désormais en haute couture ? Peut-être cent. Au plus le double. Pourtant, la profession existe toujours. Même si aujourd'hui le prêt-à-porter a pris le pas sur la haute couture, celle-ci reste son incontournable vitrine. Les célèbres Fashion Weeks de Paris se déroulent deux fois l'an, en février-mars et en septembre-octobre. Le monde entier se déplace à Paris.

I

Impressionnisme

Ce fut d'abord une boutade, presque une insulte : en 1874, Louis Leroy, journaliste à la revue *Le Charivari*, recensait la première exposition organisée par la jeune Société anonyme des artistes peintres, sculpteurs et graveurs. Sa chronique, qu'il voulait féroce, raillait le tableau de Claude Monet, *Impression, soleil levant*, et usait d'un terme nouveau : « impressionniste ».

L'exposition, qui avait lieu au 35, boulevard des Capucines, chez le photographe Nadar, ne portait du reste aucun titre particulier : trente-cinq peintres s'étaient associés pour une raison pratique : l'Académie royale de peinture et de sculpture – l'institution gardienne des canons du bon goût – leur avait fermé les portes du Salon de Paris. Quelques années plus tôt, en 1863, le dilemme avait été résolu par la création du Salon des refusés. Ce fut à cette occasion qu'Édouard Manet présenta son *Déjeuner sur l'herbe*, où, assise au milieu de contemporains – et non de personnages historiques ou de la mythologie – se trouvait une femme nue (le tableau était inspiré du *Concert champêtre*, de Giorgione).

Le scandale fut à la mesure de l'audace, et le Salon des refusés de 1863 fut le premier et dernier. Il fallut attendre onze années pour voir ceux qui partageaient une même vision de la peinture exposer chez Nadar. Il y avait là **Eugène Boudin**, **Paul Cézanne**, **Edgar Degas**, **Armand Guillaumin**, mais aussi **Claude Monet**, **Berthe Morisot**, **Camille Pissarro**, **Auguste Renoir** ou encore **Alfred Sisley**.

Ce qui les réunissait tenait à leur manière radicale d'aborder la peinture, tant sur les sujets choisis que par la manière de les appréhender. Les thèmes académiques traditionnels – liés à l'Antiquité ou à la grande Histoire, les représentations religieuses, les chapitres de la Bible – étaient abandonnés au profit de sujets du quotidien : la nature, les gens, la vie simple, le travail des champs, les métiers. Trois quarts de siècle après la Révolution, les peintres tournaient leurs regards vers le peuple. L'invention du tube de couleur permettait à l'artiste de quitter l'atelier et de peindre « sur nature ». Les sujets étaient concrets, insérés dans la vraie vie, et il revenait à chacun de les interpréter avec une liberté qui n'allait pas sans un sens de la responsabilité personnelle : la composition était ouverte, le choix des angles de vue à la discrétion de l'auteur, et le nu présent dans toute sa charge érotique. Tout était climat, couleur, impression fugitive, jeux de lumière. La technique s'adapta à cette révolution. Le trait se fit visible. Ce qui était offert au regard du spectateur était « l'impression » de l'artiste, assumée librement. Quant au spectateur, il bénéficiait lui aussi d'une liberté nouvelle. Loin des références historiques, culturelles ou religieuses, il n'avait rien « besoin de savoir ». Tout était « impression », c'est-à-dire liberté. C'est-à-dire révolution.

Le mouvement s'étendit à d'autres formes d'art : la photographie et surtout la musique, même si des compositeurs tels que Debussy ou Ravel, ou encore Satie, auxquels la critique a souvent accolé l'adjectif d'impressionniste, l'ont récusé, soit qu'ils ne s'y reconnaissaient pas, soit qu'ils le considéraient comme réducteur.

Pour ce qui est de la peinture, le mouvement cubiste déclencha, à compter des années 1908-1912 une révolution sans précédent, dont le point de basculement fut sans doute les extraordinaires *Maisons à l'Estaque*, de Georges Braque, peintes en 1908. En 1912, Braque et Picasso se retrouveront à Sorgue, où, durant un été studieux et très festif, ils définiront les principes du mouvement cubiste.

Mais de ces bouleversements, c'est bel et bien le mouvement impressionniste qui a sonné la charge. La Bastille était prise, restait à la mettre à sac. Un siècle avant Mai 68, quelques dizaines de peintres disaient, en substance : il est interdit d'interdire. À la liberté de penser et de peindre qu'apportait l'impressionnisme allait succéder, en toute logique, la liberté de rêver.

À l'évidence, le parallèle avec Mai 68 peut être poursuivi. Accorder la facilité, c'est prendre le risque de superficialité. C'est encourir un risque encore plus grand, en matière d'art : la perte du goût de l'effort. Du long travail d'atelier. De l'indispensable apprentissage. La peinture « d'avant » avait beau se cantonner aux grands thèmes de l'Antiquité ou de la Bible, elle n'en restait pas moins une peinture de mystères autant que de savoirs (v. Très grands peintres), une peinture sans doute moins séductrice, mais certainement une peinture exigeante, plus difficile à percer que « l'impression », précisément, que l'on peut retirer au premier regard.

J

Jacobinisme

À l'origine, il s'agissait d'un club de Bretons auquel s'étaient joints quelques Parisiens dont l'un portait le doux patronyme de Guillotin et un autre celui de Chapelier (un autre Breton, André de son prénom, aurait parlé de « hasard objectif »...). Après les tonitruantes « journées d'octobre », les rencontres du club, fort désormais de deux cents membres, eurent lieu au couvent des Jacobins. En 1792, le club s'appelait encore Société des amis de la Constitution. Le 22 septembre de la même année, il deviendra Société des Jacobins amis de la liberté et de l'égalité, et Robespierre en fera l'outil d'un pouvoir tentaculaire (la société comptera jusqu'à 5 000 filiales). Monarchistes à leur origine, les Jacobins se métamorphoseront en révolutionnaires si ardents que, en novembre 1794, la Convention nationale dissoudra leur société. Il en restera un mot, le jacobinisme, qui a désormais une signification dépourvue d'ambiguïté : Paris dicte, le pays obéit, l'État est un et la République indivisible.

Aujourd'hui, le mot évoque un pouvoir coupé des gens, autoritariste et centralisateur... Un frein aux évolutions d'une société ouverte sur le monde.

Un étranger amoureux de l'esprit français ose-t-il exprimer ce qu'il ressent ? Peut-être est-ce bien qu'il en soit ainsi. La France est un pays où l'action politique est souvent si passionnelle, si dépendante d'un l'irrésistible goût de la théâtralité, du bon mot, de la flèche, si souvent contraire à l'intérêt économique du pays, où le souci du paraître brouille à un tel degré les revendications, au point d'avoir sur elles un effet contre-productif, que le jacobinisme apparaît comme une force d'équilibre.

Dans *Jules Ferry. La liberté et la tradition*, l'historienne Mona Ozouf a ces mots : « La difficulté avec la France, c'est qu'il y en a deux : en elle coexistent une nation aristocratique et une nation démocratique ; un pays conservateur et un pays révolutionnaire ; l'un presque engourdi, l'autre éminemment inflammable. »

Une monarchie révolutionnaire, donc. Un pays où le jacobinisme occupe sa juste place. Où le concept d'une présidence « jupitérienne » semble s'imposer avec naturel.

Jambon-beurre

Une expression américaine que j'affectionne dit que les bonnes choses de la vie sont illégales, immorales ou grossissantes. Je mettrais sans hésiter le jambon-beurre sur la liste. Il est grossissant au point d'être immoral, et il devrait être déclaré illégal, ce qui protégerait certains d'entre nous d'en faire une consommation abusive.

Car le bon jambon-beurre doit être confectionné sans avarice. On observera avec soin le cafetier prendre pour ingrédients une baguette croustillante, du très bon beurre de Normandie, et des tranches de jambon à l'os, fines mais nombreuses. Très nombreuses… Lorsque enfin il nous tendra l'objet désiré, on tiendra en main un bon millier de calories (environ un tiers pour le pain, autant pour les cinquante grammes de beurre, le reste pour le jambon), faites de tout ce qu'il ne faut pas : le gras du beurre, le gras du jambon, le sucre du pain blanc… Rien de cela n'est sain, tout est délicieux.

À Paris, les bons jambon-beurre ne courent pas les arrondissements. J'en ai repéré un qui vaut le déplacement, rue des Capucines, dans le deuxième arrondissement, au Petit Vendôme. Pour moins de 5 euros, on s'offre le repas du midi et même, si l'on est raisonnable, un peu du dîner.

Le danger du jambon-beurre, outre l'explosion calorique et au-delà du surplus de cholestérol, est qu'il nous pousse à adopter des manières de goinfre. À peine le tient-on en main, fût-il protégé par un cornet de papier, qu'on ne résiste pas à la tentation de le mordre, de sentir la croûte du pain craquer sous la dent, pour ensuite trouver l'onctuosité de la couche de beurre (une vraie couche ! Pas un semblant de couche !), puis le piquant moelleux des tranches de jambon. Et voilà que l'on se retrouve à mordre le petit bout qui dépasse du cornet, en se disant que, pour le reste, on verra plus tard, mais c'est irrésistible, encore un bout, et tant pis si l'on croise une connaissance, on se bâfre en pleine rue, on déambule la bouche pleine, on ne pense qu'à mordre et mordre encore sans la moindre délicatesse, comme lorsqu'on fait l'amour vite, au lieu de prendre le temps d'aimer, on le fait mal mais au moins il rassasie. À ce plaisir impatient et violent s'en mêle un autre, inattendu, qui n'a pas de prix. Je le ressens dès que je quitte Le Petit Vendôme par la rue des Capucines et déambule en direction du boulevard, à pas lents, tout occupé à mordre le jambon-beurre. Un sentiment nouveau m'envahit alors, délicieux et troublant. J'ai le sentiment que le jambon-beurre a fait de moi un vrai Parisien.

Jankélévitch, Vladimir, ou l'ironie tendre

La manière dont il voulait que l'on prononce la première syllabe de son patronyme, Jean et non Yan, à la russe, le rendait attachant. Il se voulait français. Il suffisait de regarder et d'écouter Janké, comme on le surnommait, pour comprendre. Son visage exprimait toujours l'écoute ardente, le besoin d'un échange. Jamais une raideur, une injonction, un regard noir. Pas une seule parole verticale, à la Sartre (à propos de Sartre, justement, et de son attitude pendant la guerre, il dira que la morale ne consiste pas à « faire une tournée de conférences où l'on s'engage à s'engager »).

En Sorbonne durant vingt-huit ans, il sera titulaire de la chaire de philosophie morale. Ou plutôt la chaire sera titulaire de Janké, dévoué corps et âme à son enseignement, à ses étudiants, et quelquefois à leurs emballements.

Tous les thèmes qui traversent l'œuvre de Jankélévitch sont marqués par sa quête de l'impossible coexistence entre morale et finitude. Entre exigence et fragilité, il reste la vie, dit Jankélévitch. Sa pensée renvoie à celle de Kierkegaard, à la nécessité de l'instant, au devoir impératif de l'habiter, de saisir le don qu'il incarne.

Cette obligation de l'homme face à l'instant est inscrite sur la façade de l'immeuble que Jankélévitch a habité, quai des Fleurs, dans le quatrième arrondissement de Paris. Une plaque reprend ses propres mots, extraits de *L'Irréversible et la Nostalgie* : « Celui qui a été ne peut plus désormais ne pas avoir été ; désormais ce fait mystérieux et profondément obscur d'avoir vécu est son viatique pour l'éternité. » Ce sera la seule certitude – et la seule consolation – d'une vie marquée par l'impossibilité, tiraillée entre devoir moral et nécessité. Jankélévitch parle, raconte, partage et cherche à convaincre dans un frémissement permanent, une angoisse, comme si lui, le philosophe, le savant, était suspendu à l'approbation de son élève.

Dans *L'Ironie*, Jankélévitch offre une échappée :

> Le détour ironique est donc, au point de vue de la signification, une sorte de broderie, une appoggiature de la *via recta*, quelque chose comme une licence poétique ; ces fioritures de l'intellect virtuose poussent sur un fond de coïncidence [...]. L'ironie est un progrès, et non point une île de vaine gratuité ; là où l'ironie est passée, il y a plus de vérité et plus de lumière. L'ironie, parce qu'elle démolit sans reconstruire explicitement, nous reporte toujours plus outre : elle reconduit l'esprit vers une intériorité plus exigeante et plus essentielle.

Plus loin, il fera le lien avec la ruse : « Ce pouvoir d'agir, de s'habiller, de discourir *per contrarium*, cet art, enfin de ne pas ressembler à soi ne dépendent-ils pas dans une grande mesure du cerveau ? » Or, le cerveau nous aide à attendre, à doser nos réactions, à les différer : « Dans le retard, il y a déjà un principe d'indétermination et de ruse qui est inhérent à la durée elle-même [...]. L'ironie, c'est l'imprévu et le paradoxe. »

Face à l'inévitabilité de l'échec, l'homme doit faire acte de lucidité. Comment repartir au combat ? En souriant de ses limites, bien sûr. En s'en moquant. En cherchant dans les yeux de l'autre le reflet de sa gaieté. « L'ironie tend la perche à celui qu'elle égare », dira encore Jankélévitch. Il suffit d'y être attentif, d'avoir le minimum syndical d'humilité, qui nous aide à sourire de ce qui nous dépasse.

Que peut faire le physicien dès lors qu'il a terminé la mise au point de son modèle ? Se réjouir, ce qui est naturel. Puis, dans la seconde qui suit, se moquer. Ironiser sur ses limites. Se remettre au travail et concevoir un modèle meilleur que le précédent. Une fois la tâche accomplie, il constatera que le nouveau modèle n'est pas parfait non plus. Il devra ironiser, recommencer, en concevoir un meilleur. Pour Jankélévitch, seule l'ironie permet l'acceptation joyeuse de nos limites et de nos vanités. Elle portera en elle une dose de petite cruauté, bien sûr, propre à l'humanité moyenne, et à l'égard de laquelle notre devoir sera de nous montrer, précisément… ironiques. Sacha Guitry disait que raconter une anecdote nécessitait la participation de trois personnes pour qu'elle prenne toute sa saveur. Celle qui la raconte, celle qui la comprend, et une troisième qui ne la saisit pas et dont l'incompréhension réjouira les deux autres. Joie un brin méchante, rien de grave, qui permet à chacun de poursuivre son chemin, libéré de son petit venin.

Quant à la victime, pour peu qu'elle ait trois grains d'astuce, elle tirera les leçons de cet embarras et, dès la prochaine occasion, cédera le rôle de l'innocent à autrui.

Jansénisme

« On ne sait pas ce que c'est, mais il est chic d'en parler. » C'est par cette boutade que Flaubert définissait le jansénisme dans son *Dictionnaire des idées reçues.* Un autre dira : « énigme historique ». Soit… Le sujet fait appel à des connaissances théologiques et historiques précises, et s'il est difficile à cerner, c'est aussi parce que son sens a évolué au gré de l'histoire et des persécutions. Il a subi la violence du régime monarchique, passant de mouvement religieux à mouvement politique, et même philosophique. Il a eu des adeptes, mais il semble qu'il n'ait jamais eu de père. Cornelius Jansen, auteur de l'*Augustinus*, texte fondateur du mouvement, n'avait pas pour propos de créer une nouvelle doctrine. Il voulait revenir en fidélité aux textes de saint Augustin, retrouver l'interprétation stricte de sa pensée en matière de grâce et de libre arbitre. L'individu ne peut pas, de sa propre volonté, faire le bien et obtenir le salut, disait Jansen. Il doit pour cela être gratifié de la grâce, une grâce dite « efficace ». Et Dieu est seul à décider s'il faut ou non l'accorder à tel ou tel. En cela, le jansénisme s'oppose à la Compagnie de Jésus. Selon elle, il existe une grâce « suffisante » qui permet à l'homme d'obtenir son salut par sa volonté propre.

Historiquement, ceux qui étaient appelés jansénistes ne se considéraient pas comme autre chose que de bons catholiques. Le jansénisme a donc été un mouvement long – il a duré près de deux siècles –, complexe, rarement revendiqué, et aujourd'hui disparu. Faut-il en parler ? Au-delà de l'intérêt intellectuel que présente son évolution au cours de ces deux siècles, je crois qu'il incarne, au même titre que des mouvements profonds ou des initiatives marquantes de la pensée française, tels que l'*Encyclopédie*, l'*Histoire naturelle* de Buffon, ou le théâtre des grands classiques, l'essence de ce qui fait l'esprit français.

Avec un grand courage, le mouvement janséniste a permis l'affirmation du gallicanisme, sorte « d'exception française » en matière de doctrine religieuse à l'égard de Rome. Le pouvoir spirituel du pape n'était pas mis en cause : il s'agissait de préserver pour l'Église de France sa juste part de pouvoir temporel. Cette revendication était du reste antérieure au jansénisme. Lorsque, en 1302, par sa bulle *Unam sanctam*, Boniface VIII déclarait : « Il est de nécessité de salut de croire que toute créature humaine est soumise au pontife romain : nous le déclarons, l'énonçons et le définissons », il oubliait un peu vite que le peuple de France entretient avec la liberté un rapport trop intime pour accepter une telle mainmise, et qu'il est toujours à deux doigts de fronder lorsque sa liberté lui paraît être à risque. Le mouvement janséniste s'inscrira dans cette opposition appelée quelquefois anti-ultramontaniste, c'est-à-dire qui s'oppose à ceux qui s'inclinent par principe devant les positions prises à Rome, « au-delà des monts ». Peut-être est-ce là, dans le souvenir de ces anciens conflits, qu'il faut comprendre l'expression qui appelle l'Église de France « fille aînée de l'Église », dans laquelle on peut trouver un mélange de confiance et de rappel affectueux mais ferme à ses devoirs...

Le jansénisme français a été porté par des personnes telles que l'abbé de Saint-Cyran, directeur spirituel de l'abbaye de Port-Royal, ou Antoine Le Maistre – appelé souvent Antoine Arnauld, du nom de la famille de sa tante, abbesse de Port-Royal –, avocat et docteur de la Sorbonne, qui en 1638 sera appelé à défendre Saint-Cyran, embastillé par Richelieu pour s'être opposé à l'alliance qu'avait conclu le Cardinal avec les princes protestants. En 1644, il publiera *Apologie pour Jansenius*, un texte qui déclenchera une controverse de plusieurs années. En 1653, le pape Innocent X publiera la bulle *Cum*

Occasione, par laquelle il condamnera pour hérésie plusieurs propositions qu'il attribuera au jansénisme. Il y a « le droit et le fait », répondra Antoine Arnauld. Ces propositions sont effectivement hérétiques selon le droit canon, si ce n'est qu'elles n'existent pas dans la pensée janséniste.

Le courage des jansénistes – et sans doute la nature de leur cause – incitera Pascal à se lancer dans la bataille. Elle sera mémorable. Le 23 janvier 1656, il signera une *Lettre écrite à un provincial par un de ses amis, sur le sujet des disputes présentes de la Sorbonne.* Publiée sous couvert d'anonymat et dans la clandestinité, elle sera suivie de dix-sept autres. Appelées *Les Provinciales*, elles paraîtront sur quatorze mois. « Les jansénistes, cela n'existe pas », dira Pascal : les Jésuites ont recouru à cette fabrication dans le seul but de nuire à la pensée augustinienne, car elle contrecarre leur volonté de voir les mœurs relâchées et pouvoir, ensuite, exercer leur pouvoir avec une plus grande efficacité.

> Voyez-vous, me dit le père, comment il parle des péchés d'omission, et de ceux de commission ? Car il n'oublie rien. Qu'en dites-vous ? Ô que cela me plaît ! lui répondis-je ; que j'en vois de belles conséquences ! je perce déjà dans les suites : que de mystères s'offrent à moi ! Je vois, sans comparaison, plus de gens justifiés par cette ignorance et cet oubli de Dieu que par la grâce et les sacrements. Mais, mon père, ne me donnez-vous point une fausse joie ? N'est-ce point ici quelque chose de semblable à cette suffisance qui ne suffit pas ? J'appréhende furieusement le distinguo : j'y ai déjà été attrapé. Parlez-vous sincèrement ? Comment ! dit le père en s'échauffant, il n'en faut pas railler. Il n'y a point ici

d'équivoque. Je n'en raille pas, lui dis-je ; mais c'est je crains à force de désirer.

Voyez donc, me dit-il, pour vous en mieux assurer, les écrits de M. Le Moine, qui l'a enseigné en pleine Sorbonne. Il l'a appris de nous, à la vérité, mais il l'a bien démêlé. Ô qu'il l'a fortement établi ! Il enseigne que, pour faire qu'une action soit péché, il faut que toutes ces choses se passent dans l'âme. Lisez et pesez chaque mot. Je lus donc en latin ce que vous verrez ici en français : 1. D'une part, Dieu répand dans l'âme quelque amour qui la penche vers la chose commandée ; et, de l'autre part, la concupiscence rebelle la sollicite au contraire. 2. Dieu lui inspire la connaissance de sa faiblesse. 3. Dieu lui inspire la connaissance du médecin qui la doit guérir. 4. Dieu lui inspire le désir de sa guérison. 5. Dieu lui inspire le désir de le prier et d'implorer son secours.

Et si toutes ces choses ne se passent dans l'âme, dit le jésuite, l'action n'est pas proprement péché, et ne peut être imputée, comme M. Le Moine le dit en ce même endroit et dans toute la suite.

Les Provinciales sont mordantes, polémiques, brillantes, et sans doute est-ce pour cela, surtout, qu'elles connaissent un extraordinaire retentissement. Mais elles sont surtout le fruit d'une réflexion profonde.

Leur diffusion atteindra plus de 10 000 exemplaires. Leur influence sur Voltaire, Rousseau, Montesquieu – et ses *Lettres persanes* – sera marquante. Voltaire les considérait comme « le meilleur livre qui ait jamais paru en France ». La marquise de Sévigné les qualifiera de « divines ». Elles seront mises à l'Index pour un motif piquant : écrites en français, elles ouvraient au peuple et aux femmes la possibilité de participer à un débat qui, aux yeux de Rome, relevait de la seule compétence des docteurs de la Loi. La querelle allait prendre un caractère laïc, ce qui en soi constituait déjà une faute. Une querelle théologienne discutée dans les auberges ? quelle incongruité…

En 1661, Louis XIV interdira le jansénisme, donnera l'ordre de fermer l'abbaye de Port-Royal et fera expulser ses résidentes. Pascal mourra l'année suivante.

Malgré leur mise à l'index, *Les Provinciales* auront une influence durable. Un siècle plus tard, à la Révolution, laïcs et hommes d'Église d'obédience janséniste se retrouveront pour écrire ensemble la Constitution civile du clergé.

Cent ans plus tard, le critique Léon Séché dira encore, dans *Les Derniers Jansénistes depuis la ruine de Port-Royal jusqu'à nos jours*, combien l'héritage du jansénisme marque ceux qui en sont « un tant soit peu » imprégnés :

> Cet homme [...] sera mystérieux et renfermé, rigide et sévère de mœurs. Simple et droit, sobre et dur pour son corps, il ne passera rien aux autres sous le rapport de la conduite. Crédule jusqu'à la superstition, il tirera toutes sortes d'horoscopes des Écritures et verra le doigt de Dieu partout. En politique, il pourra être monarchiste aussi bien que républicain, la forme du gouvernement lui étant, en somme, indifférente, mais il sera toujours constitutionnel et libéral. En religion, il ne pourra pas pratiquer, n'approcher jamais des sacrements, et se croire un très bon chrétien.

Sur le plan littéraire, *Les Provinciales* restent une référence du « grand style ».

Jardins à la française, Les, ou la liberté offerte à la raison

Et si l'expression la plus aboutie de l'esprit français était le jardin à la française ? Il incarne l'art de réunir le bon goût et mille talents : des jardiniers de génie, des artistes, des scientifiques, des botanistes, des sculpteurs, des spécialistes en hydraulique, et même des mathématiciens (ah, les perspectives déviées des jardins de Versailles qui jouent sur des effets de trompe-l'œil...). Ce sera au grand jardinier – peintre sans pinceau, selon le mot de Louise de Vilmorin – de mettre en scène tous ces arts et savoirs avec majesté, élégance et précision.

Cette double dimension – la profondeur de la tradition et l'éclectisme des métiers – se retrouve dans la généalogie et la formation d'**André Le Nôtre**, le plus grand jardinier-paysagiste de l'histoire. Son grand-père paternel était jardinier du roi aux Tuileries. Son père hérita de la charge et fut aussi « dessinateur des plants et jardins ». Son grand-père maternel était Toussaint Jacquelin, maître-jardinier. Son parrain était le contrôleur général des jardins d'Henri IV et de Louis XIII. Sa marraine était la femme de Claude Mollet, jardinier du roi aux Tuileries, lui aussi.

Son éducation contribuera à forger sa vision du jardin comme œuvre totale : dès l'âge de sept ans, il sera apprenti dans l'atelier d'un peintre (Simon Vouet, peintre de Louis XIII). Il y restera six années et apprendra le dessin. Par la suite, il sera formé à la sculpture (chez Lerambert) et à l'architecture (chez Mansart).

Ses connaissances allaient de la botanique à l'hydraulique, de la géométrie à la perspective (la vraie et la fausse), de la sculpture à l'horticulture, toutes soumises à une loi d'airain : respecter le bon goût. Le jardin ne devra pas être une sorte d'annexe à la maison principale (souvent un château), au contraire. Il lui faudra basculer les rôles, être en soi un événement, un théâtre, une surprise. Créer un jardin à la française nécessite un grand espace, une volonté, et, surtout, d'importants moyens.

Enfin, un jardin, d'autant plus s'il est vaste, sera un lieu de flânerie. Il offrira des instants de légèreté, de plaisir, permettra à l'esprit de se détacher des soucis du quotidien, et même, pourquoi pas, de toute raison, de jouir, le temps d'une promenade, des délices de l'école buissonnière.

André Le Nôtre, jardinier du roi Louis, était un personnage de roman. À vingt-deux ans, le voilà déjà premier jardinier du frère de Louis XIII. Il aménagera les jardins de Saint-Cloud et du Luxembourg, dessinera celui de Wattignies, dans le Nord. Deux ans plus tard, il recevra la charge de premier jardinier du roi aux Tuileries, où il marquera l'allée centrale, dont la perspective servira de tracé à la future avenue des Champs-Élysées. Sa carrière sera exceptionnelle.

En France, il aménagera les jardins d'un très grand nombre de châteaux : Vaux-le-Vicomte, Chantilly, Sceaux, Meudon, Chaville, Saint-Germain-en-Laye, et une trentaine d'autres châteaux auront un jardin qui portera sa signature. Il sera appelé en Angleterre, à Rome – où le pape lui-même, Innocent XI, voudra le rencontrer – en Allemagne. Mais la grande œuvre de sa vie sera bien sûr l'aménagement des jardins de Versailles. Il y passera vingt-cinq ans.

Il mourra à quatre-vingt-sept ans, anobli, comblé d'honneurs et richissime, ayant marqué pour toujours l'un des arts les plus complets, les plus délicats et les plus porteurs de l'esprit français. Il faut à la fois étonner et séduire, savoir accueillir, mettre à l'aise mais pas trop, plaire et retenir ses élans séducteurs, surprendre tout en offrant l'intimité, rappeler qui est le maître mais faire en sorte que chacun se sente chez lui. La théâtralité, le charme et la surprise seront partout. Le jardin sera élégant, sobre, avec pourtant un excès caché de savoir-faire. Au contraire de l'anglais, le jardin français ne laisse rien au hasard, ou plutôt : à la nature. Ici, c'est elle qui obéit « aux ordres du roy ». La majesté doit se mêler à la citoyenneté, par une théâtralité qui réservera au promeneur son lot de surprises : bosquets discrets où il sera possible d'échanger un baiser, parterres qui cachent des sculptures saisissantes, jeux d'eau spectaculaires, ornements de toutes sortes, pavillons, orangeraies, tailles d'arbres originales, le jardin sera plus qu'un complément au château auquel il appartient : ce sera son principal concurrent.

Mais un jardin ne fera jamais office de chambre à coucher. Il sera enchanteur et rigoureux, cartésien et poétique. Il offrira des recoins pour s'enivrer des délices de l'amour sans les épuiser tout à fait. Il sera l'instant de grâce, celui où les plus grands bonheurs semblent possibles.

À Paris, le jardin dans lequel je me promène le plus souvent est celui des Tuileries.

Classique, de belle taille (vingt-cinq hectares, quand même) mais pas gigantesque comme celui de Versailles (quarante fois plus vaste), facile d'accès, agréable à découvrir et à s'approprier, il est à mes yeux le jardin parfait.

Mon itinéraire est toujours le même. Il commence côté Concorde, se termine sur l'esplanade du Louvre, ce qui a, d'emblée, un côté irrationnel, dont je me dis que c'est bon signe. Car il débute par une invitation à ne pas se promener. À s'asseoir et contempler les terrasses et les jardins en cascades situées entre le musée du Jeu de paume et celui de l'Orangerie. À admirer une sculpture de Henry Moore, *Reclining Figure*, et trois sculptures de Rodin. Soudain, ne rien faire n'est pas un péché…

Plus tard, en remontant l'allée centrale en direction du Louvre, je m'arrêterai toujours à l'un des cafés, plutôt dans la partie supérieure du jardin, l'occasion de me retourner et de contempler, avec chaque fois un même étonnement, la perspective en direction de la Concorde. Elle offre, en droit fil, l'obélisque de Louxor, les Champs-Élysées, l'Arc de triomphe, et, par temps clair, la Grande Arche de la Défense, dont le positionnement décalé par rapport au parvis à été défini, précisément, pour l'aligner sur la perspective qui part des Tuileries.

Au fur et à mesure que l'on s'approche du Louvre, les sculptures monumentales se comptent par dizaines. Leur charme est inégal, très fort à l'extrémité ouest, près de l'Orangerie, plus faible, dans sa partie centrale, avec beaucoup de sculptures sur des thèmes et des mythes de l'Antiquité (certaines sont des moulages), puis de nouveau très fort, dans la partie proche du Louvre, avec *Trois Grandes Femmes couchées*, d'Aristide Maillol, dans la partie centrale, *La Montagne*, *L'Air* et *La Rivière*, et une douzaine d'autres, toutes de Maillol, parmi lesquelles *La Nymphe* et *Les Trois Grâces*.

Un rêve.

Je-ne-sais-quoi, Le

Jankélévitch reprend cette expression qui revient souvent chez saint Jean de la Croix dans sa *Noche oscura*, *La Nuit obscure* : « je ne sais quoi », humilité suprême du moine mystique face à l'impalpable, lorsque vient l'heure de déposer les armes de la raison. Comment encapsuler la part de vie qui nous échappe ? C'est la raison elle-même qui commande de chercher en dehors d'elle. L'expression sera reprise par Bergson, maître déclaré de Jankélévitch, après l'avoir été par Montesquieu, lorsqu'il parlera du goût, par Baltasar Gracián, le père jésuite, par Bossuet aussi, dans ses *Oraisons funèbres*. Au cours du XVIIe siècle, ce sera même une expression de la galanterie.

Il est piquant qu'elle vienne à cet endroit du dictionnaire, peu après « Jankélévitch », dont un des textes phares a pour titre *Le Je-ne-sais-quoi et le Presque-rien*.

Comme l'ironie, l'expression incarne l'esprit français, spirituel au plus haut degré, et temporel au point d'être frivole. Elle dénote à la fois le travail accompli (on a cherché, sans succès) et une délicatesse : on affiche son échec. On le revendique avec élégance. On prend acte de ses propres limites, preuve d'un esprit distingué. L'expression honore l'interlocuteur auquel on s'adresse : ce que je voudrais décrire, ce « je-ne-sais-quoi » pour lequel les mots me manquent, vous, cher monsieur, vous, chère amie, comprendrez ce que je veux dire. Et voilà que s'établit une connivence, une complicité, un signe d'appartenance à une même caste, les prémices d'une frivolité : « Je ne sais pas quel est le mot juste, mais vous le devinerez sans que ni vous ni moi ayons à préciser duquel il s'agit. Car nous voyons les choses d'un même œil, vu que nous appartenons à un même monde… »

Jusque du moindre de ses regards (ou l'empreinte cicatricielle et ses conséquences funestes)

Dans son *Parallèle des trois premiers rois Bourbons*, Saint-Simon décrit la vie de la Cour à Versailles :

> Une cour abattue sous le poids de la crainte, de son autorité, **jusque du moindre de ses regards**.

Trois siècles plus tard, le proche collaborateur d'un Président déclarera à la presse : « Tout à l'Élysée est basé sur ce que l'on peut vous prêter en termes de proximité avec le chef de l'État. Est-ce qu'il vous a fait un sourire ? Appelé par votre prénom ? etc. C'est un phénomène de cour. »

Remplaçons « Élysée » par « Versailles », et l'on mesure le poids d'une tradition... Un ténor de la grande politique, ancien ministre, ancien tout, s'exprimant sur le même sujet, parle de « l'inconscient monarchique français », de l'Élysée « investi de pouvoirs d'autant plus fascinants qu'ils sont mystérieux ». Mais s'il s'agit de trouver réponse à ce mal-être, ses suggestions se limiteront à modifier des procédures. L'idée de prendre le problème à sa racine, de faire exploser un système dont la conséquence profonde est la peur de déplaire, qui débouche sur la tétanisation, l'immobilisme, et, pour terminer, sur une société figée, cela n'est pas même esquissé. L'analyse des conséquences profondes n'est pas un sujet.

Alors, on s'interroge : s'agit-il d'un mal-être inexorable ? Sans doute que non. À l'évidence, cet inconscient monarchique est aimé, voire chéri.

Soit. Mais comment survivre sous une telle chape ? Où trouver les quelques bribes de libre arbitre qui permettront aux ducs et aux barons de ne pas perdre entièrement leur dignité, occupés qu'ils sont à ourdir des cabales, à se chamailler pour un logement, à jouer aux cartes ? Saint-Simon aura ce regard :

> Tout devenu peuple et vil peuple, et sans bouche ni action que pour s'épuiser en respects peu différents de l'adoration, en soumission synonyme à l'esclavage, en louanges les plus semblables à l'apothéose. Tout sans exception rampant devant ses bâtards et ses valets principaux, ses ministres, les intendants et les financiers de la pire espèce.

Il me vient en mémoire un reportage tourné sous la présidence de François Mitterrand. On le voit entouré, pressé, submergé de courtisans. Et l'on cherche, sur les visages, un sourire, un seul, un parmi vingt, qui porte en lui un peu de retenue. Et l'on n'en trouve aucun. De tous, sans exception, dégouline de la bassesse. Accablant spectacle que le Président, à sa mine, semblait goûter infiniment.

La question que soulève Saint-Simon (sans la poser vraiment) reste entière : que faire pour survivre ? La réponse se trouve chez Molière et chez La Fontaine. « Je voudrais bien savoir si la grande règle de toutes les règles n'est pas de plaire », dira le premier dans *La Critique de L'École des femmes*. « Il faut plaire », dira le second dans sa préface à la première édition des *Fables*. Peut-on plaire dans la discrétion de son chez-soi ? Cela est impossible, bien sûr. On ne peut le faire qu'en s'exhibant. Plaire, c'est sacrifier le naturel au spectacle. C'est bannir tout ce qui pourrait aller à contre-propos, comme se montrer besogneux, soucieux de petites choses. C'est devoir négliger ce qui peut être l'essentiel.

« Nous faisons cas du beau, nous négligeons l'utile », dira encore La Fontaine.

Sur le plan moral, cette négligence n'a que peu d'intérêt. Ce sont ses effets économiques qui sont dévastateurs. Une société habitée par le souci constant de plaire se retrouvera forcément en situation d'infériorité économique et industrielle.

Et voilà, monsieur, pourquoi votre fille est muette.

L

Labourdette, Élina

Il arrive que l'on regrette le temps qui passe. Il arrive aussi – plus rarement – que l'on regrette de ne pas être né plus tôt. On aurait tant voulu connaître telle personne, la fréquenter, être aimé d'elle… Un tel regret m'est venu un jour à propos de Corinna Bille, l'écrivaine valaisanne (elle avait obtenu le Goncourt de la nouvelle). Cette femme me semblait divine, je l'avais écrit dans un précédent dictionnaire amoureux. Son fils, que je ne connaissais pas et qui a mon âge, m'avait envoyé ce mot : « Vous auriez eu vos chances… » Adorable Blaise Chappaz, fils de Corinna Bille et de Maurice Chappaz, l'un des grands écrivains suisses romands du XXe siècle (lui avait reçu le Goncourt de la poésie).

Un même sentiment m'anime lorsque je pense à Élina Labourdette. Elle incarnait une certaine image de la France, de Paris, plutôt. Mais elle aurait pu être de Trifouilly-les-Oies que son charme aurait été le même. Elle est connue surtout pour son rôle dans *Les Dames du bois de Boulogne*, le film de Robert

Bresson. Mais c'est dans un autre film – où elle n'a qu'un petit rôle – qu'elle m'a ébloui, *Édouard et Caroline*, de Jacques Becker. À chacune des soirées mondaines auxquelles son personnage participe, on lui demande de faire ses « yeux de biche ». Elle accepte, bien sûr. Il faut voir la scène pour comprendre.

Leprince-Ringuet, Louis et Curie, Marie

La France est depuis toujours le pays de grands scientifiques. Ses savants – j'entends : ceux dont les noms sont devenus des « mots » en sciences – ne se comptent pas : Ampère, Daguerre, Laplace, Mariotte, Pasteur, Becquerel, Fourier, Foucault, Gay-Lussac... Si je devais, parmi tous, retenir un nom ou deux pour incarner l'esprit français, ce seraient ceux de **Marie Curie** et de **Louis Leprince-Ringuet**.

Alors que j'étais étudiant à l'École polytechnique de Lausanne, j'assistai, un jour, à une conférence de **Louis Leprince-Ringuet**. L'homme était mille choses à la fois : grand scientifique, grand mélomane – il présidait les Jeunesses musicales de France –, humaniste, écrivain, vulgarisateur de grand talent – il animait une émission à la télévision intitulée « Un quart d'heure » –, sportif émérite, orateur exceptionnel, et enfin homme qui savait empreindre son discours de bon sens et de charme. Un « esprit français ». Il nous avait amusés en portant sur les étudiants de « X » qui préféraient les affaires ou la politique à la physique un regard assez ironique. « À trente ans, ils ont quatre secrétaires », nous avait-il lancé en riant. Il avait défendu le modèle d'études américain, si différent du système européen dans son esprit, si décrié alors, avec ses *bachelors* en science obtenus en grappillant des « crédits » dans toutes sortes de domaines – langues, littérature, philosophie, histoire… « C'est vrai, avait-il dit, cela nous semble étrange. Mais au moins, lorsqu'ils obtiennent leur *bachelor*, ils n'ont pas été épuisés par le cumul du bachotage, des prépas et des concours d'entrée aux grandes écoles… Il leur reste "de l'appétit". »

Vint enfin le mot qui décida de ma vie professionnelle. Parlant de la recherche, il nous mit en garde : les jours de l'individualisme étaient comptés. Chacun pourra – et même devra – garder sa « personnalité », mais pas « son individualité ». Les mots de cet homme dont je ne connaissais pas le nom une heure plus tôt m'avaient ébranlé. Après la conférence, je m'approchai de lui et l'interrogeai sur ce point précis : l'individualité, c'est fini ? Sans doute que, à voir ma mine, il compris combien ses mots me troublaient. Et avec la gentillesse des grands, il me confirma son sentiment.

La perspective de consacrer ma vie à la recherche en physique ne faisait jusque-là aucun doute. Dans les mois qui suivirent, ces mots qui remettaient tout en cause ne me lâchaient pas.

Quelques mois après la conférence, je lus dans un entrefilet que Louis Leprince-Ringuet venait de perdre son fils Dominique dans un accident de montagne. Alpiniste émérite, il l'avait initié à l'escalade de la même manière que son propre père, Félix, ancien de « X » et ancien directeur de l'École des mines, avait réalisé de très nombreuses ascensions en Europe et en Asie. La nouvelle m'avait serré le cœur. Le journal disait que Dominique Leprince-Ringuet laissait trois petites filles.

Je repensai souvent à Louis Leprince-Ringuet, sans jamais le revoir. Il devait décéder à près de cent ans, en décembre 2000.

En janvier 2001, je fis la connaissance de la personne en charge du mécénat chez un grand horloger suisse qui soutenait l'Orchestre de la Suisse romande. Elle portait le nom de Juliette Leprince-Ringuet. Elle était l'une des trois filles de Dominique. Je lui racontai mon histoire. Nous sommes devenus de grands amis.

Marie Curie est arrivée de Pologne en France à vingt-quatre ans pour commencer des études de physique à un âge où beaucoup les terminaient. Elle les poursuivit dans des conditions matérielles difficiles, obtint sa licence deux années plus tard et sortit première de sa promotion.

Être première allait être la marque de sa vie. Première femme à recevoir un prix Nobel. Première femme à recevoir deux prix Nobel. Première femme lauréate de la médaille Davy. Première à l'agrégation de mathématiques. Première femme en France à diriger un laboratoire universitaire. Première femme professeur à la Sorbonne. Première femme, aussi, à voir un prix Nobel attribué à sa fille, Irène Joliot-Curie, dans le même domaine que l'un des siens (la chimie). Enfin, première femme à entrer au Panthéon.

Marie Curie a-t-elle sa place dans un dictionnaire consacré à l'esprit français ? Doublement. D'abord parce que toute sa carrière scientifique se déroula en France, et qu'elle devait beaucoup à Henri Becquerel, avec lequel elle et son mari Pierre Curie partagèrent leur prix Nobel. Ensuite parce que la France ne fut pas toujours charitable à son égard, et que, malgré cela, elle se montra à l'égard de son pays d'adoption d'une loyauté et d'un engagement absolus, en particulier durant la Première Guerre mondiale, lorsqu'elle participa, en coopération avec la Croix-Rouge, à la création des « petites Curies ». Il s'agissait de voitures de série équipées d'appareils Röntgen, sortes d'unités chirurgicales mobiles (il y en eut jusqu'à dix-huit) à même de radiographier des blessés à proximité des champs de bataille (dans le même esprit que les véhicules imaginés par Henri Dunant, le fondateur de la Croix-Rouge, après la bataille de Solférino). Accompagnée de sa fille Irène, Marie Curie se rendait sur le front pour réaliser des radiographies.

Elle et sa fille moururent prématurément, toutes deux d'une leucémie causée par leur exposition aux radiations, elle à soixante-six ans, sa fille à cinquante-huit.

Un souvenir personnel me revient à propos de Marie Curie. Un jour de juin 1998, je me rendis à la Fondation Bodmer, à Genève, qui abrite une extraordinaire collection de manuscrits. Je traversai l'une des salles d'étude, occupée par un aréopage de chercheurs penchés sur un document que je n'arrivais pas à distinguer. « Viens, me dit Charles Méla, le président de la fondation, on ne va pas les déranger. » Que faisaient ces messieurs ? « Ils étudient un papyrus copte », me répondit Méla. « Copte ? » Je ressentis un vertige. « En attendant Gaspard, je t'installe en bas », me dit encore Méla. Il faisait référence à Gaspard Bodmer, le fils aîné du fondateur de la collection. C'était lui qui devait décider de mon entrée au conseil de fondation, au sein duquel on m'aurait confié la présidence de la commission de construction du futur musée Bodmer.

Au sous-sol, une sorte de petit tunnel réunissait les caves de deux bâtiments. Je m'assis à une table faite d'un simple plateau de bois et j'attendis qu'on vienne me chercher. Le temps passait. Je jetais des coups d'œil tantôt à ma montre, tantôt à une sorte de bac en plastique bleu, du type de ceux où l'on range les lessives, dans lequel étaient déposés quelques dizaines d'ouvrages anciens que j'osais à peine regarder, encore moins toucher. Après quelques allers-retours du regard, je repérai un petit cahier bleu, très mince, une sorte de cahier d'écolier, sans nul doute un objet moins précieux que les autres volumes. Je me dis que, à manipuler ce carnet, je ne risquais pas la catastrophe. Mais je n'osai pas le prendre en mains pour autant et laissai passer cinq, puis dix et quinze minutes. N'y tenant plus, je saisis le cahier, moins poussé par la curiosité que par la nervosité de celui qui attend devant la porte d'une salle d'examen.

C'était un cahier de laboratoire. Je l'ouvris avec précaution à sa première page. Écrit dans une calligraphie élégante et surtout un style somptueux, le texte donnait le détail d'une expérience de physique au cours de laquelle, à l'immense surprise de son expérimentateur (en fait : de son expérimentatrice), il y avait, pour la première fois dans l'histoire des sciences, transmutation d'un élément. Le carnet était le cahier de laboratoire de Marie Curie. Elle y racontait sa découverte de la radioactivité.

Lourdeur

Y a-t-il plus grand péché que celui d'être lourd ? Y a-t-il trait plus contraire à l'esprit français ? Dire les choses trois fois, n'est-ce pas deux fois et demie de trop ? Deviser sur la lourdeur, quoi de plus lourd ?

Vite, filons !

M

Magazines

Peut-on tomber amoureux d'un magazine ? La question est étrange et sa réponse est oui. Ce fut mon cas durant mes années d'adolescence, et l'objet de mes tourments était *L'Express*. J'avais à son égard un sentiment qui suivait exactement les règles de l'état amoureux : un besoin de proximité qui me poussait à commettre des actes déraisonnables. *L'Express* était livré à Lausanne le lundi. De Paudex, la petite commune où se trouvait mon internat, au kiosque le plus proche qui vendait *L'Express*, avenue Juste-Olivier, il y avait quatre kilomètres. Je les parcourais chaque lundi, filant dès la fin du repas de midi, courant presque, de façon à être de retour à temps pour l'entraînement de football. Le trajet ne m'était d'aucun poids, je le faisais le cœur battant d'émotion, de la même manière que s'il s'était agi d'un rendez-vous amoureux.

L'Express incarnait à mes yeux l'esprit d'une France ambitieuse, ouverte à la modernité, admirative à l'égard des États-Unis mais décomplexée, engagée pour l'indépendance de l'Algérie, l'esprit d'une France libre, qui marquait sa différence par sa culture : chaque semaine, le magazine laissait la place à une plume d'exception, celle de François Mauriac. Ses fondateurs, Jean-Jacques Servan-Schreiber, Françoise Giroud et Simon Nora avaient un brio et une intelligence qui m'éblouissaient. Leurs éditoriaux étaient clairs, forts, très souvent audacieux (Simon Nora signait sous pseudonyme des articles traitant de l'économie. Sa discrétion était obligatoire, il était collaborateur de Mendès France). Le pays vivait les douleurs de la guerre d'Algérie. En avril 1961, la sédition de quatre généraux – Challe, Jouhaud, Salan et Zeller, leurs noms me sont restés en mémoire – avait risqué de faire basculer la France dans la guerre civile. Le général de Gaulle avait abordé la question algérienne sur une ambiguïté, celle du « Je vous ai compris », lancé un 4 juin à la population d'Algérie depuis le balcon du Gouvernement général, place du Forum. Il y avait l'OAS, ses attentats… De Lausanne où j'étais placé en internat, dans une Suisse placide au possible, je regardais la France et ses graves problèmes avec le rêve d'en être. *L'Express* incarnait un pays riche d'une pensée, d'une morale, d'un courage. Et puis j'aimais cet hebdomadaire qui ressemblait à un journal, plié en trois dans le sens de la hauteur (jusqu'à ce qu'il se transforme en news-magazine...) J'étais amoureux de *L'Express*.

Je ressentis la vente du magazine comme une trahison. En fait, cela en était une. Servan-Schreiber l'aliéna à un financier de haut vol, James Goldsmith, Jimmy, comme il aimait être appelé, un homme flamboyant qui se définissait comme « un épicier » (il possédait des industries alimentaires). Je cessai de lire l'hebdomadaire. Quelques années plus tard, j'entamai une relation avec *Le Nouvel Observateur*, dont les plumes valaient bien celles de *L'Express*. Ses éditoriaux étaient signés Jean Daniel. Au fil des ans, j'y retrouvais les articles de Bernard Frank, Jean-Paul Enthoven ou encore Delfeil de Ton et ses « *post-scriptum* qui n'[avaient] rien à voir », chaque fois, un régal. Mais il ne s'agissait pas de sentiment amoureux. Jamais je ne fis huit kilomètres d'un pas pressé pour trouver un numéro le jour de sa sortie. Il est vrai qu'à cette époque j'habitais Lausanne, avenue Juste-Olivier même, à deux pas du kiosque qui vendait les magazines français...

Plus tard, je fis la connaissance de Caroline Eliacheff, la fille de Françoise Giroud, et d'Olivier Nora, le fils de Simon. Ce fut chaque fois une émotion.

D'autres souvenirs plus anciens me reviennent en mémoire à propos de magazines, liés à ma petite enfance stambouliote. Ma mère était friande de revues françaises, contente si elles ne dataient pas de plus d'un mois. Elle y découvrait les belles choses de la vie, c'est-à-dire de Paris, les joies des uns et les drames des autres (des célébrités, quand même), la mode, l'évolution des canons de beauté, des lectures dans lesquelles elle se lançait avec application. Ses magazines de référence, ceux qui portaient *urbi et orbi* l'esprit de la France, étaient au nombre de trois.

Il y avait d'abord *Paris-Match*, l'incontestable. Je l'entendais souvent dire, comme la marque d'une importance : « Il y avait sa photo dans *Paris-Match*. » Le cas était dès lors clos.

Venaient ensuite ***ELLE***, et bien sûr ***Point de vue, Images du monde***, la vie des altesses et des célébrités, autre référence. La lecture de ces trois magazines donnait à ma mère le sentiment d'avoir « fait ses devoirs ».

Markiz

Istanbul, encore… Il y avait dans le quartier de Pera une chocolaterie qui portait le beau nom de Markiz. Écrit en turc, langue à l'alphabet phonétique, le nom faisait référence à la marquise de Sévigné, bien sûr. Il incarnait le raffinement à la française. Aller prendre le thé chez Markiz, c'était faire acte d'allégeance à l'esprit français. C'était déjà se montrer cultivé, du moins : raffiné. C'était se rallier à la France.

Le lieu existe toujours, et il porte le même nom. Mais il s'est banalisé. L'esprit n'y est plus.

P.-S. : Markiz porte son nom depuis 1940. Avant cette date, le lieu – une pâtisserie depuis 1850 – portait le doux nom de Lebon…

Marseille

Que les choses soient claires : de l'esprit français, je suis amoureux, très amoureux. De Paris, je suis amoureux éperdument. Mais de Marseille, je suis raide dingue.

Car l'esprit français n'est pas qu'à Paris ! Il se retrouve ailleurs, sous des habits différents, quelquefois arborant un accent particulier, mais sur le fond toujours le même, esprit épris d'esprit[1], farouche dans son désir de liberté. Paris a accueilli de très grands artistes, la Provence en a attiré beaucoup d'autres, et Marseille s'est depuis toujours ouvert à tous, aux plus démunis ou à ceux qui l'étaient soudain.

Si je devais choisir une ville de France pour y passer mes vieux jours, ce serait Paris. Mais si c'était pour y construire ma vie, une famille, un travail, alors, sans hésitation, ce serait Marseille.

Sa tradition d'accueil remonte loin. Dans mon cas, il s'agirait même d'un prêté pour un rendu : la cité phocéenne tient son nom d'une ville d'Asie Mineure (la Turquie d'aujourd'hui…), Foça (qu'en turc on prononce Fotcha, et qui découle de Phocéa), habitée alors par des Grecs…

« *Marseille, tais-toi Marseille, tu cries trop fort, / Je n'entends pas claquer, / Les voiles dans le port…* »

La mélodie, la poésie des mots, le tempo, tout me fascinait dans cette chanson que j'écoutais en boucle l'été de mes quinze ans. Le disque appartenait à ma petite amie de l'époque, une Michèle très blonde. Il y avait dans la voix de Colette Renard, âpre et forte,

1. Je sais…

une invitation, un accueil qui nous poussait à chanter avec elle, à tue-tête.

Je ne connaissais pas la ville, et l'image que je m'en faisais me renvoyait à l'Istanbul de mon enfance. Trois ans plus tard, ma première visite confirmait mon intuition. Le bruit de Marseille, surtout, me rappela celui d'Istanbul. Pour le reste, il y avait bien des similitudes entre les deux cités. Mais leur différence s'est accentuée au fil des ans. L'Istanbul d'alors était la ville cosmopolite. Elle s'est uniformisée, perdant peu à peu ses populations minoritaires. Grecs, Arméniens, juifs, Russes blancs, tous ou presque sont partis, certains dans l'urgence, d'autres avec plus de confort. Dans le même temps, Marseille est resté le ventre de la France, qui continue d'accueillir des gens de partout : juifs, Arméniens, Espagnols, Italiens, pieds-noirs, Maghrébins, Comoriens, et maintenant cadres supérieurs, venant de France et de partout ailleurs. Contrairement à Istanbul, Marseille est devenu plus complexe au fil du temps. « Tu veux comprendre Marseille ? » me lance Gilles, un ami français d'Afrique du Nord, arrivé au moment de la guerre d'Algérie. Il éclate de rire. « C'est impossible, voyons ! Cette ville est insaisissable ! »

C'est le mot. De prime abord, rien n'est logique à Marseille. Le projet Euro-méditerranée, la plus importante rénovation urbaine d'Europe – une réussite formidable –, cohabite avec les infâmes Baumettes, la prison la plus surpeuplée, la plus dangereuse, la plus honteuse de France. Le Mucem, lieu de croisement des cultures méditerranéennes, musée-modèle, élégant, porteur d'espoir, est à quelques minutes des quartiers nord, qui regroupent les laissés-pour-compte des intégrations ratées et sont la honte d'une ville. La police ose à peine y pénétrer.

Pour saisir Marseille l'insaisissable, il faut aller du particulier au général, l'observer par le petit bout de la lorgnette, comprendre ce qui s'est passé dans quelques lieux précis, comme l'avenue du Prado, ou l'autoroute A7, ou encore le quartier du Vieux-Port, et en tirer un enseignement pour le reste. La construction du Prado passa par une suite inouïe de batailles, toutes perdues et toutes gagnées. Les terrains étaient marécageux, insalubres, réputés non bâtissables. Peu importe, on y va. Et pas au petit bras. Déjà en 1837 la ville marquait son énorme ambition. Trois mille quatre cents mètres de long, soixante de large, et quatre allées de platanes. Deuxième plus grande avenue de France après les Champs-Élysées… Arrivent coup sur coup la crise économique, la spéculation, la crise immobilière, les épidémies, la faillite de la société de promotion… Tout sera surmonté, l'avenue est majestueuse.

Cette capacité à renaître se retrouve dans le Vieux-Port où, en 1943, la Wehrmacht a fait sauter 1 500 maisons. Aujourd'hui, le Vieux-Port est là, sous la forme du splendide quartier de la Tourette, reconstruit par

Fernand Pouillon, un architecte rigoureux, élégant comme ses constructions.

Il faut aller au marché aux poissons du Vieux-Port et voir avec quelle rapidité Christine pare ses baudroies, la pêche du jour, attrapée par quatre cents mètres de fond. Elle incarne sa ville, Christine. Une concentration au travail qui force le respect, et malgré la dureté de la tâche, impeccablement coiffée et maquillée. Son rouge à lèvres, discret, est celui d'une vraie élégante. C'est ça, Marseille. Une ardeur au travail qu'à Paris on ne soupçonne pas.

Il faut voir le Mucem, un musée-dentelle. On y accède par son esplanade ou, mieux, par deux passerelles qui ont l'air d'être posées sur rien et mènent au dernier étage. La visite est un enchantement. En vis-à-vis, on aperçoit le musée construit par Pouillon, Regards de Provence. Il est d'un tout autre style : sobre et fort, la rigueur même. Sur le plan muséal, le premier se cherche encore, mais son ambition est palpable. Le second a une cible moins large mais offre un contenu d'une grande force. Son exposition intitulée « Lumières du Sud » aligne des toiles de Kisling, Lhote, Picabia, Camoin, Valtat, Friesz… Des bijoux.

L'autoroute A7 pénétrait la ville au détriment de la vie. C'était du temps du tout-auto… Les mentalités ont changé ? Qu'à cela ne tienne. On effacera l'autoroute sur quatre cents mètres. À Marseille, on fait, on démantèle et on reconstruit. Le sac et le ressac. Le port deviendra le premier de Méditerranée, périclitera avec la fin des colonies, et renaîtra de ses cendres avec les bassins ouest : Lavéra, Caronte, Port-de-Bouc, Fos-sur-Mer, Port-Saint-Louis-du-Rhône… La crise fait chuter le transport de pétrole ? On développera le trafic par container. Le transport passager par ferry est en déclin ? On poussera le port de croisière, qui augmentera presque de 90 % en quatre années. Ici, rien ne semble impossible. Les nouveaux arrivés, une indestructible énergie, et la violence du désespoir mènent le bal. Il y a un côté Far West, à Marseille. En Amérique, les villes nouvelles accueillaient le voyageur par une pancarte sur laquelle un slogan exprimait leur fierté. Marseille pourrait afficher quelques mots bien sentis, du genre : « Ici, on aime ceux qui aiment se battre. » À intervalles réguliers, les votes protestataires incarnent ce goût des extrêmes. Ce sera tantôt la gauche communiste, tantôt le Front national. Une ville insaisissable…

Bien sûr, il y a la galéjade. « À Marseille, il y avait une sardine si grosse qu'elle bouchait tout le port. » Là encore, les apparences sont trompeuses. La galéjade, ce n'est pas la tiédeur. C'est l'extrême. Sans doute que les exagérations marseillaises trouvent un peu leur origine dans le goût méridional du rire et de la blague. Mais elles incarnent aussi un rapport inversé à la réalité. Ici, c'est la volonté qui dicte, puisque, de toute façon, on peut tout faire. Marseille est une ville romanesque, et, comme dans tout bon roman, la fiction dépasse la réalité. Exemple : l'Hôtel Intercontinental, ancien Hôtel-Dieu. Il n'y a qu'à Marseille que l'on voit de tels miracles. L'hôpital était à l'abandon depuis dix ans. Un bâtiment exceptionnel, tant par sa taille et sa majesté que par sa situation en aplomb du Vieux-Port. Un trésor dont la rénovation se présentait comme un gouffre. Il fallait faire preuve de réalisme. On a donc confié la tâche à un groupe privé, dans le cadre d'un bail emphytéotique. L'objet reste propriété de Marseille, et ses citoyens y sont accueillis avec une gentillesse particulière. La direction de l'hôtel le sait : ils y sont chez eux. Des couples s'y offrent un week-end, des anciens de l'hôpital y retournent et revivent leurs souvenirs.

Comment expliquer ces succès ? Par un mot, peut-être, un lieu où tout converge. Le port. Un lieu de vérité. De travail très dur. Depuis toujours, on décharge de tout et de partout : cafés, graines oléagineuses, amandes, noisettes, poivre, clous de girofle, huile d'olive et d'arachide, sucre de canne et céréales, coton, soie, peaux de crocodile, vanille et bien sûr opium… On transforme dans la fureur, on recharge, pour la Méditerranée, pour la métropole, pour les territoires d'outre-mer… Tout est occasion de négoce et d'industrie. Les graines deviennent savon, le blé dur semoule, le sucre brut sucre raffiné… On crée ce qu'il faut pour que le port puisse tourner : banques et chantiers navals, comptoirs commerciaux, constructions mécaniques… Ici, pas de rentes de situation. La réalité remet tout en cause, chaque jour. Les grandes familles se renouvellent ou disparaissent. Le port veut son lot de sueur. Pour rester puissant, il faut avoir le sang dense. Et bien rouge. On ne triche pas avec la mer. Marseille est une ville-vérité. Preuve en est le corps des peseurs-jurés, créé en 1228, lorsqu'il fut décidé « qu'un homme probe et honnête de la commune de Marseille serait assigné au poids du grain et de la farine ». Le corps a été dissous en 2004, lors du déclin du port. Il n'empêche. Durant huit siècles, à des époques où pour beaucoup d'entre elles les formations se faisaient en deux temps et trois mois, il fallait cinq ans d'études pour accéder au titre de peseur-juré. On ne triche pas avec la marchandise. La vérité de Marseille est là : un port où s'échine l'humanité moyenne. Pas d'échappatoire au grand travail. Ceux qui pensent le contraire sont peu nombreux, donnent dans le banditisme et entraînent les laissés-pour-compte des grandes immigrations. Le problème est immense. Pour le reste, les succès d'intégration sont impressionnants. La ville a été construite sur ce principe, à la fois sans pitié et de grand cœur : les plus forts survivront. « Ici, on aime ceux qui aiment se battre. »

Selon l'historien Justin, une tribu des Ligures occupe le territoire, lorsque, aux environs de l'an 600 avant Jésus-Christ, arrivent deux navires d'Asie Mineure. Les marins sont des Grecs d'Orient. Ils ont colonisé Phocéa, en Turquie actuelle, qu'ils doivent fuir, chassés par les invasions perses. Ils débarquent à ce qui sera Marseille le jour même où le chef ligure organise une fête. Sa fille doit prendre époux… Il invite les étrangers au banquet, c'est dans la tradition. Et voilà que la jeune princesse choisit l'un d'eux. Marseille s'est bâtie sur l'amour d'un nouveau venu. Qui dit mieux ? Les marins d'Asie Mineure appelèrent la ville Massalia, qui vient du grec et veut dire « offrande ». Le reste n'a fait que suivre.

Aujourd'hui, 10 % de la population est d'origine arménienne, et la communauté juive est du même ordre d'importance, deuxième de France, troisième d'Europe. Les juifs de Marseille subissent l'antisémitisme, les incidents se multiplient, surtout dans les quartiers nord, mais ils sont deux fois moins nombreux par habitant qu'à Paris. Un groupe de dialogue interreligieux, créé en 1991 par la municipalité, participe de ce relatif « miracle marseillais ». Là encore, la tradition est profonde. Exemplaire, même. Au XIIIe siècle, les juifs de Marseille avaient des droits identiques à ceux des chrétiens. La suite de l'histoire leur réserva des fortunes diverses, mais ils sont aujourd'hui nombreux, pour beaucoup du Maghreb, et la ville compte trente-neuf synagogues. Le sac et le ressac…

Pour comprendre Marseille, il faut faire un tour dans les quartiers nord. En restant prudent. Sortir du taxi, c'est déjà risquer l'apostrophe : « Vous cherchez quelque chose ? – Euh… moi ? Rien… » Les immeubles sont des lieux de marginalisation, promis à la démolition dans les vingt ou trente ans. Mais où iront les dizaines de milliers d'habitants de la Bricarde ou de la Castellane ?

Non, tout n'est pas rose à Marseille. Les Comoriens constituent une minorité dont l'intégration est difficile. Le grand banditisme a ses bastions en ville. Les quartiers nord et les Baumettes incarnent un échec que le monde entier pointe du doigt.

Malgré ces stigmates, l'esprit reste chaleureux. Local. On ne parle pas d'arrondissements, comme à Paris ou à Lyon, mais de quartiers. Marseille est une juxtaposition de villages. On habite au Roucas-Blanc, à la Belle-de-Mai, au Panier ou encore à Notre-Dame-du-Mont. Et quand on change de quartier, on s'expatrie.

Sans doute que, pour être ouvert au monde, il faut commencer par se sentir chez soi.

La manière dont Marseille a retrouvé sa superbe montre combien la ville est loin des clichés. Longtemps elle offrait au passant un spectacle de désolation. C'est qu'elle tombait de très haut, la pauvre. Elle avait été premier port de Méditerranée… Et puis les années étaient passées. Là où entre son Vieux-Port et le quartier d'Arenc ses quais bouillonnaient d'activité, les installations s'étaient appauvries, ses activités figées, les entrepôts vidés et les dockers mis à pied. C'était il y a très longtemps. Vingt ans. Et voilà qu'en vingt ans, oui, en vingt ans seulement, le spectacle de désolation s'est transformé en un panorama époustouflant. Sur quatre cent quatre-vingts hectares, en vingt ans, une ville sur la ville a été construite. Un important trafic en bord de mer a été éliminé. Le tunnel de la Major et le tunnel Saint-Charles ont été percés, la passerelle autoroutière de l'A55 entre Arenc et le tunnel du Vieux-Port a été enfouie et l'autoroute A55 couverte, permettant l'aménagement d'une promenade panoramique. Vingt hectares d'espaces publics ont été créés. Une nouvelle gare maritime a été construite. Sur la rue de la République, une ligne de tramway relie désormais vingt-six stations. La gare Saint-Charles a été remodelée pour accueillir les TGV. Le marché aux poissons est devenu théâtre (La Criée, une grande réussite). Mille choses encore pourraient compléter la liste.

Et puis, il y a l'OM ! Et le stade Vélodrome, bien sûr. J'y suis allé, il y a une petite poignée d'années, et le souvenir du match m'est inoubliable. La rencontre précédente avait été perdue contre Caen, une équipe « petite, petite ». À domicile, en plus ! Une demi-heure plus tard, son entraîneur, Bielsa, surnommé « El Loco », le fou, allait en salle de presse et démissionnait avant même d'en avoir informé ses joueurs. Une bombe secouait la ville. Huit jours plus tard, Marseille jouait à Reims. Rien à faire, le champagne était pour les autres. Défaite 0 à 1, l'équipe retournait à la maison la queue entre les jambes. Du coup, le match contre Troyes prenait une autre allure. « Stratégiqueu », me dit Nicolas, le chauffeur de taxi. L'Olympique venait de nommer son nouvel entraîneur, une ancienne vedette du Real Madrid, José Miguel González Martín del Campo, bizarrement surnommé Míchel. Marseille retenait son souffle, on aurait dit que l'avenir de la ville se jouait au stade.

On m'invite à assister au match « à la table des légendes » : buffet sur place avant la partie, match, et dessert après le coup de sifflet final. « Vous serez entouré de noms à faire rêver : Michel Hidalgo, Marc Libbra, Victor et Jules Zvunka, Robert Buigues, Martial Robin… Tous des anciens de l'OM. »

La veille du match, à la une de *La Provence*, une photo du nouveau venu : « Míchel réussit son opération séduction ». À l'intérieur, il y en avait trois pages. Le lendemain matin, rebelote. *La Provence* accordait au match la moitié de sa une. Dans les pages intérieures, les analyses fouillaient quarante ans d'histoire, comparaient tout des derniers entraîneurs, de leur style vestimentaire à leur goût d'occuper tel ou tel siège en bordure de stade. Au drame grec, il ne manquait plus que l'oracle de Delphes.

En arrivant au stade, impossible de ne pas être touché par l'ambiance. À deux heures du match, la ville s'était vidée, et une marée humaine s'étalait dans le quartier du Prado et boulevard Michelet. Ambiance bon enfant, beaucoup de familles… Je me retrouvai bel et bien entouré des légendes du club, ce n'était pas une galéjade…

Des tribunes, le spectacle des « Virage Nord » et « Virage Sud », là où se retrouvent les associations de fans, crée l'émotion. Ils sont près de 25 000. Quand ils se mettent à chanter ou à scander, c'est-à-dire tout le temps, le stade se transforme en gigantesque brasier.

Je me retrouvai assis à côté de Michel Hidalgo. Il m'expliqua le match avec la gentillesse d'un seigneur. Sur le terrain, c'était le festival. Marseille finit par battre Troyes 6 à 0. Je me souviens du but de Lassana Diarra, une bombe de trente-cinq mètres sur un corner servi en retrait. Génial. Et celui de Lucas Ocampos, un ciseau retourné de toute beauté. Le lendemain matin, *La Provence* titrait : « L'Olympique de Míchel ».

Masochisme

Les Français sont-ils masochistes ? Le mot est lancé sans cesse. Pourquoi tant d'autodénigrement lorsque l'on a la chance d'habiter le pays le plus visité du monde, le plus admiré, le plus jalousé ? Les Français sont souvent très critiques de leur pays, c'est vrai. S'agit-il de masochisme ? Il faudrait pour cela qu'il y ait une intention, que la souffrance soit recherchée comme un moyen d'accéder au plaisir. Les Français ne sont pas fous…

S'il devait y avoir en France une apparence de masochisme, peut-être faudrait-il l'attribuer à la tristesse d'être dépendant du regard d'autrui, de ce que Saint-Simon appelait la peur.

Il y a aussi l'autre peur, celle d'une élite accrochée à son passé et à ses privilèges. La France de ceux qui à soixante ans ont toujours sur leur carte de visite : « Ancien élève de... », suivi du nom d'une grande école. Une culture des acquis dans laquelle, paradoxe suprême, élites et syndicats mènent une même lutte en faveur d'une société figée.

Massenet, Jules

Musique religieuse ou vocale, ballets, symphonies, musique de chambre, cantates, musique pour piano, mélodies, et bien sûr une quarantaine d'opéras, Massenet a laissé une œuvre qui embrasse tous les genres, composée au prix d'une discipline de fer. Levé aux aurores, il composait, chaque jour, avant de passer à ses tâches d'enseignement au Conservatoire de Paris (où il aura comme élèves Reynaldo Hahn, Enesco, Chausson et Charpentier).

Quelques-uns de ses opéras feront partie du très grand répertoire : *Manon*, *Thaïs*, et surtout *Werther*, dont certains airs sont d'une rare beauté, parmi lesquels « Pourquoi me réveiller ? », que chante Werther, et « L'air des lettres », que chantait Tatiana Troyanos comme personne avant elle et personne depuis (l'opéra est enregistré avec Alfredo Kraus, dans le rôle de Werther). L'air du « Clair de lune », tel qu'il est chanté par Sophie Koch et Jonas Kaufmann, offre l'une des plus fortes émotions de tout le répertoire lyrique.

Mathématiques (un art français)

Peut-on imaginer un étroit cousinage entre la haute couture, les fables de La Fontaine, les parfums, le ballet de l'Opéra de Paris et l'œuvre de Buffon ? C'est pourtant en cela que se distingue l'esprit français. La haute couture est synonyme d'élégance, de créativité et de noble allure, c'est-à-dire d'une forme de simplicité. Une robe doit ravir, surprendre, mais aussi convaincre qu'elle n'est pas surfaite, qu'en aucun cas elle ne pourrait être autrement, et cela vaudra pour chaque robe, pour chaque modèle. Les fables de La Fontaine incarnent l'art de la formule. Tout est dit en trois mots, avec élégance. Les parfums sont le résultat d'un travail subtil. À Paris, les danseurs du ballet de l'Opéra – sans doute le meilleur du monde – semblent déjouer les lois de la gravitation universelle, et leur grâce est elle aussi le résultat d'un travail acharné, de longue haleine. L'œuvre de Buffon établit les bases analytiques de l'histoire naturelle. Elle est fondée sur le goût – on pourrait dire le besoin – qu'avait Buffon de classer, de hiérarchiser, de stratifier le monde.

Tous les talents auxquels ces activités font appel : le souci d'élégance, le sens de la formule, l'obsession de légèreté, le goût du dépouillement, tous se retrouvent de la manière la plus nette dans les mathématiques. Entre le tombé parfait d'une robe et la chute d'une démonstration mathématique, il y a plus de parenté que l'on ne pense. La France a toujours été le grand pays de la haute couture, des parfums, des fables, de la danse classique, elle sera donc le grand pays des mathématiques, ou, si l'on préfère, le pays des grands mathématiciens.

Chacun mériterait dix, vingt, trente pages, tant les héritages se sont révélés essentiels dans le développement des sciences appliquées. Souvent, leurs vies ont marqué l'Histoire. Dire que l'esprit français leur doit beaucoup serait dire peu.

Fils naturel d'un duc, et quel duc ! D'Arenberg…
Il choisira pour nom ***Jean le Rond d'Alembert****.*
Séries numériques, astronomie, martingales,
Partout son grand talent le rendra sans égal.

Une suite dans un espace métrique,
J'entends par là : une suite mathématique,
Pour autant qu'elle converge, c'est le critère,
S'appellera ***Cauchy****, du beau nom de son père.*

Les travaux géniaux de l'illustre ***Laplace***
Occupent ce jour encore une immense place.
Les sinus, cosinus, leurs intégrations,
Auront pour réponse ses transformations.

Batailleur, révolté, très indiscipliné,
Évariste Galois *était un surdoué.*
D'un coup de revolver il mourra à vingt ans,
À cet âge pourtant, c'était déjà un grand.

Pour ses travaux, **Lebesgue** *était partout connu,*
Mais aussi pour ses cours, vivants, inattendus,
Il aimait se tromper, reprendre, partager
Creuser, approfondir, tout en restant léger.

Ils étaient tous brillants et drôles, extravertis,
Et prirent en groupe, pour pseudo, **Bourbaki**.
Ils l'aimèrent beaucoup et le surnom resta,
Jamais un canular si longtemps ne dura.

Fonction de Dirac, dérivées partielles,
Partout **Schwarzt** *éclaire, il explique, il démêle,*
Crée des théorèmes, et, stupéfaction,
Collectionne aussi de très beaux papillons.

En pleine guerre **André Weil** *fut jeté en prison*
Ce qu'on lui reprochait ? Je ne sais. Oublions.
Sa théorie des nombres est née en Amérique
(Il me manque un bon mot qui soit trisyllabique).

Inlassable chercheur, intense, astucieux,
Dieudonné *sera enseignant généreux,*
Et son champ, le calcul infinitésimal,
Atteindra par lui un niveau sidéral.

Quand on voit **Villani**, *ses habits, sa coiffure,*
On se dit : tiens donc ! Encore une imposture !
Pourtant non ! Il est vrai, brillant, très érudit,
Il s'amuse de tout, on le dit même gentil.

Il y aurait d'autres grands, encore, à citer,
Pascal *et* **Descartes**, **L'Hôpital**, **Poincaré**,
Borel, *qui sais-je encore… En France ils sont nombreux*
À être, plus qu'ailleurs, de très brillants matheux.

M. A.

Un mot encore, à propos de D'Alembert, qui enseignait les mathématiques au fils du prince de Condé.

La légende veut qu'après avoir démontré un théorème à son élève devant son illustre père, celui-ci lui ait posé une question qui incarne le savoir-vivre à la française : « Donnez-vous votre parole de gentilhomme que ce que vous venez de dire était exact ? »

Maupassant, Guy de

Quand on lit Maupassant à quinze ans, on a envie de devenir écrivain.

Ses contes ont été l'éblouissement de mon adolescence. Ils avaient tout pour séduire un jeune lecteur. Le style, bien sûr, leur extraordinaire capacité à faire naître des images (pour preuve, le nombre de films adaptés de ses contes ou de ses romans), une grande humanité, aussi : Maupassant ne juge pas. Tendre avec les faibles, comme Boule de suif ou Rosa dans *La Maison Tellier*, il est cruel avec les puissants, jamais naïf avec les crapules ni avec ceux qui abusent de leur pouvoir.

S'il me fallait, parmi les grands romanciers, en désigner un seul pour porter le français *urbi et orbi*, ce serait lui. Sa langue est belle, précise… En un mot : juste. Ses contes réunissent tous les ingrédients d'une lecture abordable. Les histoires y sont charpentées, originales, profondément humaines. Leur style est vivant. Les nouvelles sont courtes, écrites dans une narration directe, descriptive. Maupassant n'explique rien, ne juge personne. Il raconte :

> Il y avait bal costumé, à l'Élysée-Montmartre, ce soir-là. C'était à l'occasion de la Mi-Carême, et la foule entrait,

comme l'eau dans une vanne d'écluse, dans le couloir illuminé qui conduit à la salle de danse. Le formidable appel de l'orchestre, éclatant comme un orage de musique, crevait les murs et le toit, se répandait sur le quartier, allait éveiller, par les rues et jusqu'au fond des maisons voisines, cet irrésistible désir de sauter, d'avoir chaud, de s'amuser qui sommeille au fond de l'animal humain.

Et les habitués du lieu s'en venaient aussi des quatre coins de Paris, gens de toutes classes, qui aiment le gros plaisir tapageur, un peu crapuleux, frotté de débauche. C'étaient des employés, des souteneurs, des filles, des filles de tous draps, depuis le coton vulgaire jusqu'à la plus fine batiste, des filles riches, vieilles et diamantées, et des filles pauvres, de seize ans, pleines d'envie de faire la fête, d'être aux hommes, de dépenser de l'argent. Des habits noirs élégants en quête de chair fraîche, de primeurs déflorées, mais savoureuses, rôdaient dans cette foule échauffée, cherchaient, semblaient flairer, tandis que les masques paraissaient agités surtout par le désir de s'amuser. Déjà des quadrilles renommés amassaient autour de leurs bondissements une couronne épaisse de public. La haie onduleuse, la pâte remuante de femmes et d'hommes qui encerclait les quatre danseurs se nouait autour comme un serpent, tantôt rapprochée, tantôt écartée suivant les écarts des artistes. Les deux femmes, dont les cuisses semblaient attachées au corps par des ressorts de caoutchouc, faisaient avec leurs jambes des mouvements surprenants. Elles les lançaient en l'air avec tant de vigueur que le membre paraissait s'envoler vers les nuages, puis, soudain, les écartant comme si elles se fussent ouvertes jusqu'à mi-ventre, glissant l'une en avant, l'autre en arrière, touchaient le sol de leur centre par un grand écart rapide, répugnant et drôle.

Dans *La Maison Tellier*, le titre révèle la profession de « Madame » : elle « tient maison » aux alentours de Fécamp, une affaire que lui a laissée un oncle sans enfants, et qu'elle a reçue comme on hérite d'une crémerie. La maison est à la taille du village, cinq pensionnaires et une poignée d'habitués qui les aiment bien et les respectent. Lorsqu'un jour Mme Tellier doit se rendre à la première communion de sa filleule, pas question de laisser seules ses pensionnaires, elles se crêperaient le chignon. Et les habitués ne sauraient pas comment faire face. Ni une ni deux, elle décide de les prendre avec elle :

> Madame, tout en bleu, en soie bleue des pieds à la tête, portait là-dessus un châle de faux cachemire français, rouge, aveuglant, fulgurant. Fernande soufflait dans une robe écossaise dont le corsage, lacé à toute force par ses compagnes, soulevait sa croulante poitrine en un double dôme toujours agité qui semblait liquide sous l'étoffe.

Des épisodes émouvants se succèdent. La veille de la cérémonie, les pensionnaires logent à la ferme.

> Les filles, accoutumées aux soirées tumultueuses du logis public, se sentaient émues par ce muet repos de la campagne endormie. Elles avaient des frissons sur la peau, non de froid, mais des frissons de solitude venus du cœur inquiet et troublé.
>
> Sitôt qu'elles furent en leur lit, deux par deux, elles s'étreignirent comme pour se défendre contre cet envahissement du calme et profond sommeil de la terre. Mais Rosa la Rosse, seule en son cabinet noir, et peu habituée à dormir les bras vides, se sentit saisie par une émotion

vague et pénible. Elle se retournait sur sa couche, ne pouvant obtenir le sommeil, quand elle entendit, derrière la cloison de bois contre sa tête, de faibles sanglots comme ceux d'un enfant qui pleure. Effrayée, elle appela faiblement, et une petite voix entrecoupée lui répondit. C'était la fillette qui, couchant toujours dans la chambre de sa mère, avait peur en sa soupente étroite.

Rosa, ravie, se leva, et doucement, pour ne réveiller personne, alla chercher l'enfant. Elle l'amena dans son lit bien chaud, la pressa contre sa poitrine en l'embrassant, la dorlota, l'enveloppa de sa tendresse aux manifestations exagérées, puis, calmée elle-même, s'endormit. Et jusqu'au jour la communiante reposa son front sur le sein nu de la prostituée.

Le cœur du récit se situe durant la cérémonie de communion.

C'est alors que Rosa, le front dans ses mains, se rappela tout à coup sa mère, l'église de son village, sa première communion.

Rosa se met à pleurer, doucement d'abord, puis son émotion enfle, elle sanglote :

Une espèce de râle sortit de sa gorge, et deux autres soupirs, profonds, déchirants, lui répondirent ; car ses deux voisines, abattues près d'elle, Louise et Flora, étreintes des mêmes souvenances lointaines, gémissaient aussi avec des torrents de larmes. [...]

Comme la flammèche qui jette le feu à travers un champ mûr, les larmes de Rosa et de ses compagnes gagnèrent en un instant toute la foule. Hommes, femmes, vieillards, jeunes gars en blouse neuve, tous bientôt sanglotèrent, et sur leur tête semblait planer quelque chose de surhumain, une âme épandue, le souffle prodigieux d'un être invisible et tout-puissant.

Le Legs démarre ainsi :

M. et Mme Serbois achevaient de déjeuner, d'un air morne, l'un en face de l'autre.

Mme Serbois, une petite blonde à la peau rose, aux yeux bleus, aux gestes tendres, mangeait lentement sans lever la tête, comme si une pensée triste et persistante l'eût poursuivie.

Serbois, grand, fort, avec des favoris, un air de ministre ou d'agent d'affaires, semblait nerveux et préoccupé.

Enfin il prononça, comme se parlant à lui-même :

— Vraiment, c'est bien étonnant.

La cause de son étonnement était que leur ami Vaudrec, un homme sans famille qui venait dîner chez eux un soir sur deux, Vaudrec qui venait de mourir, ne leur ait rien laissé.

Mme Serbois rougit ; elle rougit brusquement comme si un voile rose se fût étendu tout à coup sur sa peau en montant de la gorge au visage, et elle dit :

— Il y a peut-être un testament chez le notaire.

Il s'avère que Vaudrec léguait tout, mais pas au couple, à Mme Serbois. Le mari s'emporte, pense d'abord refuser le legs, soupçonne sa femme d'avoir été la maîtresse de Vaudrec. Elle nie. Il frappe du pied :

— Tu mens, ce n'est pas possible.

Elle lui répond, l'air tranquille :

— C'est tout simple. Comme tu le disais tantôt, il n'avait que nous d'amis, il vivait autant chez nous que

> chez lui, et au moment de faire son testament c'est à nous qu'il a songé. Puis, par galanterie, il a mis mon nom sur le papier, parce que mon nom lui est venu sous la plume, naturellement, de même que c'est à moi qu'il faisait des cadeaux, et non à toi, n'est-ce pas ? Il avait l'habitude de m'apporter des fleurs, de me donner tous les mois, le cinq, un bibelot, parce que c'était un cinq juin que nous avions fait connaissance [...]. C'est aux femmes que l'on offre des souvenirs, et non pas aux maris ; eh bien, c'est à moi qu'il a offert son dernier souvenir, et non pas à toi, rien de plus simple.

Il balbutie, rougit, soudain confus. Mais le legs fait 1 million... De quoi convaincre M. Serbois que sa femme est honnête. Au moment de retourner chez le notaire lui dire qu'elle accepte le legs, il tend ses lèvres pour l'embrasser.

> Elle lui offrit son front et reçut un gros baiser pendant que les grands favoris lui chatouillaient les joues.

Tout l'art de Maupassant est dans ce « gros baiser ». Avec un mot, il raconte le couple, trousse l'histoire, la rend drôle et cruelle, vraie, horrible.

Mais il y a autre chose que Maupassant incarne : les valeurs de la République. On les retrouve dans *Boule de suif*, où, dans la scène finale, il fait siffloter, puis chanter une « Marseillaise » à l'un de ses personnages. Liberté, Égalité, Fraternité. Ces sentiments sont toujours purs chez Maupassant, même si, pour les besoins du récit, ils peuvent être présentés sans façon. « Je veux n'être jamais lié à aucun parti politique, quel qu'il soit », répliqua-t-il un jour à Catulle Mendès qui lui proposait de s'enrôler en franc-maçonnerie, « à aucune religion, à aucune secte, à aucune école ; ne jamais entrer dans aucune association professant certaines doctrines, ne m'incliner devant aucun dogme… »

On le compare souvent à Flaubert, auquel il était lié par la famille et une amitié filiale. Maupassant est plus proche de nous, plus humain, plus tendre avec ses personnages.

Il a été, avec un siècle d'avance, un extraordinaire fournisseur de matériau pour le cinéma ou la télévision. Son imagination, ses intrigues, ses coups de théâtre font les meilleurs films. Les adaptations de son œuvre sont innombrables (j'en ai compté plus de cent-vingt).

Il mourra de syphilis, c'est-à-dire de folie. Le 31 décembre 1891, dans une lettre désespérée à son ami le docteur Cazalis, il décrit ses symptômes avec le souci du vrai qui caractérise toute son œuvre, usant de mots précis, terrifiants : « Je suis absolument perdu. Je suis même à l'agonie. J'ai un ramollissement du cerveau venu des lavages que j'ai faits avec de l'eau salée dans mes fosses nasales. Il s'est produit dans le cerveau une fermentation de sel et toutes les nuits mon cerveau me coule par le nez et la bouche en une pâte gluante. » La syphilis ne pardonne pas, il le sait, il la porte depuis quinze années. Tôt ou tard, elle le rendra fou.

Le lendemain, 1er janvier, il fera une double tentative de suicide, d'abord avec un pistolet dont son majordome avait ôté les cartouches, puis avec un morceau de verre, dans l'idée de se trancher la gorge. Sa tentative échoue, mais il est blessé. On l'hospitalise. Il passera les dix-huit derniers mois de sa vie dans l'inconscience et la folie, laissant derrière lui une œuvre abondante, d'une qualité exceptionnelle, écrite en seulement dix années.

Personne n'égalera Maupassant dans l'art de la nouvelle.

Maurras, Charles et Brasillach, Robert

Je ne pas parle pas dans ces pages d'un grand nombre d'écrivains français que j'admire infiniment. Un *Dictionnaire amoureux de l'esprit français* sans entrée sur Barthes ou Lacan ou Althusser, ou encore Anatole France, ne trahit pas mes sentiments. Mais un dictionnaire qui passerait à côté de Maurras, Brasillach, Drieu ou Barrès, ou encore Céline, serait incomplet. Ces écrivains ont comblé une part de moi. Ils ont aussi blessé le reste. La douleur que je ressens à la lecture de leurs articles, du moins : de certains de leurs articles, dans *L'Action française* ou dans *Je suis partout*, est toujours vive. Mais il m'est impératif d'écrire ce dictionnaire en les ayant revisités. Oui, leurs noms portent une très forte odeur de soufre. Et c'étaient de grands écrivains.

Emprisonné à la prison de Fresnes, Brasillach écrit *Mon pays me fait mal* :

Mon pays m'a fait mal par ses routes trop pleines,
Par ses enfants jetés sous les aigles de sang,
Par ses soldats tirant dans les déroutes vaines,
Et par le ciel de juin sous le soleil brûlant.

Mon pays m'a fait mal sous les sombres années,
Par les serments jurés que l'on ne tenait pas,
Par son harassement et par sa destinée,
Et par les lourds fardeaux qui pesaient sur ses pas.

Mon pays m'a fait mal par tous ses doubles jeux,
Par l'océan ouvert aux noirs vaisseaux chargés,
Par ses marins tombés pour apaiser les dieux,
Par ses liens tranchés d'un ciseau trop léger.

Mon pays m'a fait mal par tous ses exilés,
Par ses cachots trop pleins, par ses enfants perdus,
Ses prisonniers parqués entre les barbelés,
Et tous ceux qui sont loin et qu'on ne connaît plus.

Mon pays m'a fait mal par ses villes en flammes,
Mal sous ses ennemis et mal sous ses alliés,
Mon pays m'a fait mal dans son corps et son âme,
Sous les carcans de fer dont il était lié.

Mon pays m'a fait mal par toute sa jeunesse
Sous des draps étrangers jetée aux quatre vents,
Perdant son jeune sang pour tenir les promesses
Dont ceux qui les faisaient restaient insouciants.

Mon pays m'a fait mal par ses fosses creusées
Par ses fusils levés à l'épaule des frères,
Et par ceux qui comptaient dans leurs mains méprisées
Le prix des reniements au plus juste salaire.

Mon pays m'a fait mal par ses fables d'esclave,
Par ses bourreaux d'hier et par ceux d'aujourd'hui,
Mon pays m'a fait mal par le sang qui le lave,
Mon pays me fait mal. Quand sera-t-il guéri ?

Brasillach a écrit une *Anthologie de la poésie grecque* qui est un sommet de finesse et d'élégance. Sa compréhension de l'Antiquité est comparable à celle des plus grands hellénistes. Ses talents de traducteurs sont exceptionnels, comme en attestent ces vers, extraits d'un poème de Sapho (« À une aimée ») :

Je suis de sueur inondée,
Tout mon corps se met à trembler,
Je deviens plus verte que l'herbe,
Et presque rien ne manque encore
Pour me sentir comme une morte.

Ou encore ceux-ci, de Hésiode (*Les Travaux et les Jours*) :

Où trouver l'abri qu'on désire ? où trouver la grotte profonde ?
Où le fourré dans l'épaisseur ? Et comme le vieillard
[à trois pattes à travers le monde,
Les hommes eux aussi, le dos courbé, et le front qui vers
[le sol se penche,
Errent, semblablement ployés, pour échapper à la neige
[blanche.

Ou encore ces vers d'Archiloque (« À l'amie perdue ») :

Elle aimait porter la branche de myrte,
Elle aimait la fleur de beauté des roses,
Laissait sur ses reins et sur ses épaules
Couler ses cheveux comme fait une ombre…

Mais voilà, Brasillach a aussi écrit ces mots infâmes : « Il faut se séparer des juifs en bloc et ne pas garder les petits. » Ses proches verront dans ces propos une forme d'humanisme à l'égard des enfants juifs qu'il ne fallait pas séparer de leur mère. On peut voir ça comme ça… Brasillach écrira aussi dans *Je suis partout*, à propos des juifs français, qu'il appellera « singes » ou « rats » : « La mort des hommes à qui nous devons tant de deuils […], tous les Français la demandent. » En 1942, le tirage de *Je suis partout* atteignait 250 000 exemplaires.

Je relis avec émotion ce « Chant pour André Chénier », que Brasillach a également écrit à Fresnes, dans l'attente d'être exécuté :

Et ceux que l'on mène au poteau,
Dans le petit matin glacé,
Au front la pâleur des cachots,
Au cœur le dernier chant d'Orphée.
Tu leur tends la main sans un mot,
Ô mon frère au col dégrafé…

Je pense à son *Anthologie de la poésie grecque*, à ses appels au meurtre, et me dis qu'il est idiot de vouloir comprendre la condition humaine.

Fallait-il fusiller Brasillach ? Je n'étais pas né à l'époque où une cinquantaine d'intellectuels français demandaient au général de Gaulle de commuer sa condamnation à mort en réclusion à perpétuité. Il y avait parmi eux Camus, Malraux, Colette, Mauriac, Cocteau, Claudel, Derain, Honegger… De Gaulle refusa. Il écrira dans ses *Mémoires* : « Le talent est un titre de responsabilité. » D'autres écrivains furent condamnés à mort pendant l'épuration, Rebatet par exemple, qui verra sa peine commuée et sortira de prison en 1952. Brasillach fut le seul à être exécuté. Lorsque j'essaie, aujourd'hui, de faire le bilan de ce qu'a été l'action de Brasillach, je me dis que non, il ne fallait pas le fusiller.

Bien sûr, dire cela aujourd'hui est facile. En 1945, au moment où chacun découvrait l'horreur des camps, aurais-je signé ? Je ne sais pas. Je n'en suis pas certain. La seule chose dont je suis certain, c'est qu'aujourd'hui, j'espère que j'aurais eu le courage, hier, de signer.

Maurras, c'était autre chose. Une vie beaucoup plus longue, d'abord (Brasillach fut exécuté à l'âge de trente-cinq ans, Maurras vivra un demi-siècle de plus). Il aura sur la pensée de son temps une influence considérable.

Le *Jour des Grâces*[1] débute par ces lignes :

> Dans une grotte, à mi-chemin d'Héraclée et de Sybaris, habitait un vieillard qu'on renommait pour sa sagesse. Il avait reçu les paroles de Pythagore et plus d'une fois Empédocle l'Agrigentin avait passé la mer pour méditer auprès de lui. Il se nommait Euphorion et, tout en cultivant les lis et les verveines de son petit jardin, il s'appliquait à conformer ses mœurs à la nature.
>
> Ses deux esclaves, un matin, lui demandèrent la faveur d'aller à Sybaris célébrer la fête des Grâces, dont le jour approchait.
>
> « Je le veux, répondit le sage. Il ne nous faut point négliger les divinités du plaisir. La première des trois Charites tient à la main un osselet ; et par là, elle nous fait signe de nous livrer de temps en temps aux jeux variés et

1. Charles Maurras, *Le Jour des Grâces*, in *Chemin de Paradis*, Flammarion, 1927.

aux danses. La seconde, parée du myrte, nous apprend que l'amour est l'ornement de notre vie ; malheur aux orgueilleux qui s'éloignent trop des baisers. Pour la troisième, la ceinture de roses fraîches qui entoure son col et ses flancs délicats nous avertit qu'elle préside aux banquets enjoués où circulent avec les viandes les caresses légères et les coupes de vin au miel. […] »

Le récit se termine par ces mots :

Le vieillard vécut plusieurs jours dans de telles pensées. Il négligea ses fleurs qu'il avait la coutume de transporter, avant les pluies d'automne, à l'abri d'un rocher, sous un toit de roseaux. Elles dépérissaient. Et lui-même ne songeait plus à cueillir d'aucune herbe ni à rien préparer pour son aliment. À la fin, il comprit que tous ces signes étaient le langage de la nature. Sans doute, en châtiant Syron par une inspiration soudaine, s'était-il élevé au plus haut point de la sagesse ; la terre réclamait ses os. Il se résolut à mourir, ce qu'il fit un matin que le vent d'équinoxe soufflait, au pied de son rocher et devant le buste de Pan.

Comme chez Brasillach, on ne peut qu'admirer la langue, le grand style, l'immense culture, l'envolée romanesque.

Comme chez Brasillach, encore, on admirera chez Maurras, auteur très remarqué d'*Anthinéa*, en 1901, la culture du grand helléniste.

Mais comme Brasillach, aussi, Maurras écrira des textes insupportables, par exemple *Intelligence et Patriotisme*, où, en 1903, à un âge d'homme, il parlait d'éducation en usant de mots qui portent le fascisme :

> Adressez-vous à l'intelligence de votre élève. Apprenez-lui à bien sentir, par la comparaison et l'analyse, quel titre de haute noblesse vaut son simple nom de Français, enseignez-lui son rang dans la hiérarchie des peuples, dites-lui, faites-lui sentir, en lui montrant les raisons, qu'il est patricien du monde et que, du seul fait de ses pères, il a le pas sur les fils des autres nations. Donnez-lui des idées et des faits en nourriture de l'honnête flamme qu'il porte en lui et qui peut s'éteindre faute d'un aliment, comme elle peut grandir, si vous lui en fournissez les moyens ! Vous formerez certainement, au lieu d'un citoyen passif qui gémira en se résignant ou se résignera en gémissant, un patriote actif, résolu, acharné qui ne sera jamais fort embarrassé de prendre l'offensive contre les ennemis de l'intérieur ou ceux du dehors.

Maurras n'avait pas la foi, mais alors que tout un chacun aurait accueilli cette absence avec soulagement, Maurras l'a ressentie comme un drame. Il voulait vivre dans la raison, contrainte non négociable de l'authentique intellectuel, tout en connaissant la foi. Impossible cohabitation, espérée jusqu'à la fin.

Comment rendre compatibles son immense culture et son goût de l'engagement ? L'une est là pour prévenir des excès auxquels mène l'autre. Il voulait une France forte, monarchique, mais décentralisée, c'est-à-dire apte à déléguer les pouvoirs de manière étendue. Le propre des démocraties… Mais il fera partie, et de quelle manière, des antidreyfusards : « Mon premier avis là-dessus avait été que, si Dreyfus était innocent, il fallait le nommer maréchal de France, mais fusiller une douzaine de ses principaux défenseurs pour le triple tort qu'ils faisaient à la France, à la paix et à la raison. » Son combat était la lutte contre les dreyfusards plutôt que celle contre Dreyfus. On voudrait qu'au moins il soit convaincu de la culpabilité de Dreyfus pour mener son combat… En définitive, Maurras, immense intellectuel, se déclarait prêt à défendre les intérêts de son pays en fondant sa lutte sur une injustice. Il n'est même pas possible d'accorder à cette pensée le qualificatif de machiavélienne, ni, comme je le lis ici ou là, de « machiavélisme raisonné ». Ce serait faire du Florentin une bien simplette lecture. Sur la manière, il privilégie l'efficacité, c'est entendu. Mais pour ce qui est des valeurs, en particulier de celles de l'État, Machiavel est d'une rigueur absolue. L'union du peuple à son prince est à ce prix. Le nerf de la guerre, c'est la conviction des hommes qui la font. Et cette conviction ne sera jamais solide si la cause est entachée d'injustice.

Rêvant d'un État fort, Maurras traitera Léon Blum de « détritus humain » et dira de lui : « C'est un homme à fusiller, mais dans le dos », des mots qui lui vaudront huit mois à la prison de la Santé. Il dénonce l'abandon de Mayence par l'armée française en 1930, mais en 1936, alors que le Troisième Reich réoccupe la Rhénanie, il écrira dans *L'Action française* : « S'attaquer à Hitler, ce serait une croisade juive. » Deux ans plus tard, il défendra les accords de Munich, et publiera ces vers qui moquaient « L'Internationale » :

S'ils s'obstinent, ces cannibales,
À faire de nous des héros,
Il faut que nos premières balles
Soient pour Mandel, Blum et Reynaud.

Maurras soutiendra le gouvernement de Vichy, qualifiera les résistants de terroristes et réclamera la mort des gaullistes faits prisonniers… La cour de justice de Lyon le condamnera à la réclusion à perpétuité et à la dégradation nationale pour haute trahison et intelligence avec l'ennemi. Il réagira par ces mots : « C'est la revanche de Dreyfus. » Mais il dira aussi : « Français ou non, bons ou mauvais habitants de la France, les juifs déportés par l'Allemagne étaient pourtant sujets ou hôtes de l'État français, et l'Allemagne ne pouvait pas toucher à eux sans nous toucher ; la fierté, la justice, la souveraineté de la France devaient étendre sur eux une main protectrice. »

On peut donc être à la fois grand homme et petit homme.

On pouvait faire mille griefs à Maurras. Mais y avait-il eu intelligence avec l'ennemi ? Je ne crois pas, alors que, pour Brasillach, cela ne fait aucun doute. Du reste, Maurras a refusé de le voir, dès lors qu'il a été informé des liens qu'entretenait Brasillach avec l'Allemagne nazie. Retenir ce grief pour condamner Maurras était une erreur.

P.-S. : En 1964, à sa requête, Georges Steiner rencontrait Lucien Rebatet. Steiner était admiratif du livre que Rebatet avait publié une douzaine d'années plus tôt, *Les Deux Étendards.* Le texte n'avait pas été traduit en anglais, sans doute que le passé fasciste de Rebatet n'y était pas pour rien. Rentré à son université de Cambridge, Steiner écrivit à Rebatet : « Un mot pour vous dire que je viens d'écrire à Alfred Knopf, le plus grand des éditeurs américains, qu'il faudrait traduire en anglais *Les Deux Étendards*. Je lui ai parlé de ce merveilleux roman, tout en disant aussi quel est pour moi le mystère de l'homme qui a conçu Anne-Marie et qui est le journaliste de *Je suis partout*. Sombre ironie que ce soit un juif qui recommande à un autre juif votre œuvre. Mais notre maladie héréditaire, c'est d'être juste envers ce qui est grand dans le monde de l'Esprit. »

Mauvais film

« La mission de la France dans le monde est éminente. » Ces mots sont ceux qu'une jeune président de la République a prononcés lors de son investiture à l'Élysée. Des mots ambitieux « et en même temps » de bon sens. La dimension culturelle est la moins coûteuse et la plus conquérante. Celle, aussi, dont l'impact est le plus immédiat.

Et pourtant... Je le dis avec tristesse, c'est dans un état d'abandon que se trouvent plusieurs Alliances françaises au Proche-Orient, là où, il fut un temps, le français se parlait à chaque coin de rue.

Cherchant à comprendre, je me suis rapproché de l'Alliance française, précisément de son organe faîtier, la Fondation de l'Alliance française. Ce que j'y ai découvert m'a triplement surpris : les activités déployées à l'étranger sont impressionnantes. Les moyens mis en place sont dérisoires. Et l'organisation est déconcertante.

En 2015, ils étaient près de 560 000 francophiles à suivre les enseignements qu'offre l'Alliance à travers les 820 Alliances françaises dans le monde. Elles comptent 12 500 collaborateurs, dont

7 900 enseignants, et fonctionnent essentiellement sur leurs ressources propres. Le nombre d'heures de cours qu'elles prodiguent dépasse les 30 millions. Leurs différents sites Internet reçoivent plus de 40 millions de visites par an. Leurs fans Facebook sont près de 3 millions, leurs adhérents plus de 120 000, et leurs administrateurs bénévoles plus de 6 000. En 2015, le nombre d'activités culturelles qu'elles ont organisées a dépassé 22 000, soit une moyenne de soixante par jour. Elles ont été suivies par 3,7 millions de spectateurs. Qui dit mieux ?

Mais le budget de l'organe suprême, la Fondation de l'Alliance française, ne dépasse pas celui d'une épicerie de quartier : environ 4 millions d'euros. À cela s'ajoutent l'apport des députés et sénateurs aux Alliances françaises (la réserve parlementaire), d'environ 350 000 euros, et la contribution du ministère des Affaires étrangères au réseau des Alliances françaises, environ 28 millions d'euros, qui couvrent les salaires d'environ 300 postes de directeurs expatriés, un montant important, mais peu de chose par comparaison au coût de fonctionnement des 12 500 collaborateurs.

La Fondation a récemment traversé une crise. Dans l'incapacité de réunir les montants – dérisoires, au vu des enjeux – qui lui permettraient de prendre en charge sa masse salariale (inférieure à 1 million d'euros…), son président et plusieurs membres de son conseil d'administration ont démissionné.

L'organisation a longtemps été morcelée entre l'Institut de France, le Quai d'Orsay et la Fondation de l'Alliance française, qui détient l'autorité morale mais n'a pas le contrôle des opérations. Réseau d'État d'un côté, réseau privé de l'autre… Indépendantes, gérées avec la foi du charbonnier par des personnalités locales, les Alliances françaises de l'étranger sont très attachées à leur mission. Ne pourrait-on imaginer une unité de commandement ? Un budget digne de ce nom ?

Cette histoire semble sortie d'un mauvais film.

Mécènes Grands, ou l'obsession magnifique

Qu'est-ce qui définit un grand mécène ? Cinq conditions, pas moins, doivent être réunies. Il doit disposer de moyens importants ; être animé par une authentique passion ; être prêt à y sacrifier une part significative de son temps ; être animé d'un irrépressible besoin de la partager avec de nombreux inconnus ; et, enfin, être un authentique stratège.

L'étymologie du mot est intéressante. Il vient de Maecenas, ministre de l'empereur Auguste et protecteur des artistes. Cette étymologie ne décrit pas, à mes yeux, ce qui fait un vrai mécène. Le mot qu'utilisaient les Grecs anciens est plus éloquent : *horigos* désigne à la fois le donateur et l'art qu'il protège, c'est-à-dire le *horos* ou *choros*, qui est le terme grec pour « chœur antique » autant que pour « chorégraphie ». Ici, le donateur et l'art se confondent.

Voilà pourquoi un grand mécène sera presque toujours un nanti de première génération. Car, s'il s'agit d'un héritier, sa passion sera rarement celle du fondateur. Dans de tels cas, le fondateur aura souvent pris le soin de nommer des gardiens du temple qui assureront une continuité prudente. La passion aura cédé la place à la raison et au souci de rester fidèle à un certain esprit.

Le mécène de première génération, lui, laissera libre cours aux excès de sa passion. Il sera doté de ces deux qualités contradictoires que sont l'âpreté au gain et l'extrême générosité. Un oiseau rare, assurément, comme l'était Bernard Gerald Cantor, le fondateur de Cantor Fitzgerald, la grande société financière basée à New York. Cet homme nourrissait une passion pour Rodin. Il en était le plus grand collectionneur au monde. Seul le musée de la rue de Varenne pouvait s'enorgueillir de posséder plus de pièces que lui (v. Rodin, Auguste). À ses yeux, l'assemblage d'une collection n'était pas une finalité. Le musée Cantor, un bâtiment magnifique situé sur le campus de l'université de Stanford, où les chefs-d'œuvre de Rodin ne se comptent pas, témoigne de sa générosité… et de son amour pour la France ! Cantor ne se contentait pas d'offrir ses sculptures. Il partageait sa passion pour Rodin. Il soutenait des étudiants qui se rendaient à Paris faire une thèse sur l'artiste. Il les aidait financièrement, communiquait avec eux, échangeait sur leurs recherches, se préoccupait de leur quotidien. Étaient-ils bien logés ? Bien nourris ? Bien blanchis ? Cantor appelait son amour pour Rodin son « obsession magnifique ».

Aujourd'hui, quelques mécènes (parmi de nombreuses autres) impressionnent par leurs actions.

La famille Hoffmann

Comparable par l'ampleur de son action à B. Gerald Cantor, **Luc Hoffmann** (1923-2016) a été un mécène modèle à plus d'un titre. Grand précurseur de la protection de l'environnement, il a été en 1961 l'un des cofondateurs du WWF, le créateur de la station biologique de la Tour du Valat, en Camargue, et l'un des pères, en 1971, de la Convention internationale de Ramsar pour la conservation et l'utilisation durable des zones humides. Il aura, en parallèle à ses travaux d'ornithologie, étendu son action sur toute la planète. Les recherches qu'il a dirigées à la Tour de Valat incarnent son œuvre. Elles ont abouti à plus de soixante doctorats décernés par des universités européennes de premier plan.

À Arles, sa fille **Maja Hoffmann** déploie un mécénat de grande envergure.

François Pinault est l'un des principaux collectionneurs d'art contemporain. À Venise, il a rénové le Palazzo Grassi et la Punta della Dogana, et en a fait des lieux d'exposition qui méritent d'être visités pour eux-mêmes. Leur rénovation est due à l'architecte japonais Tadao Andō. À la Bourse du commerce de Paris, le réaménagement a été confié au même Tadao Andō, qui inscrira une sorte de deuxième peau à l'intérieur du bâtiment circulaire, étendra la forme cylindrique en sous-sol (où sera construit un auditorium) et créera au total trois mille mètres carrés d'exposition.

Les actions de **Bernard Arnault** m'ont longtemps semblé plus proches du sponsoring que du mécénat. Mais la construction du siège très audacieux de sa fondation au bois de Boulogne, confiée à Frank Gehry, puis la réunion réputée impossible de la collection de Sergueï Chtchoukine et son partage avec plus de 1 million de visiteurs forcent le respect. Bernard Arnault est un vrai, grand mécène. Le Museum of Modern Art de New York ne s'y est pas trompé en lui remettant le prix David-Rockefeller, une première pour un non-Américain.

Voir : Bergé, Pierre.

Méditerranée, La (le restaurant place de l'Odéon) et autres lieux mythiques

> Un soir, je les emmenai, Blaise [Cendrars] et Raymone, dîner place de l'Odéon, à La Méditerranée, où la table était encore bonne, à cette époque, et où l'on côtoyait le plus beau linge de Paris, sous les fresques et les tableaux signés Christian Bérard, Jean Cocteau, Balthus et Vertès.
>
> Christian Millau, *Au galop des hussards*

Qu'est-ce qui fait que, soudain, un lieu devient un mythe ? Pourquoi se rend-on au Café de Flore, à La Coupole, au Dôme ? Pourquoi là et pas ailleurs ? Qu'est-ce qui a fait de ces endroits ce qu'ils sont devenus ? Souvent peu de chose, je crois. Ou plutôt une toute petite, qui est essentielle : la gentillesse des patrons, des artisans d'origine souvent modeste que les artistes et les intellectuels reconnaissent pour leur authenticité et leur goût des belles choses. Si le travail se fait en famille, avec un enfant ou deux qui mettent la main à la pâte ou déjeunent dans un coin, si l'on ressent dans ce lieu une vie simple et authentique, lorsque le quotidien est offert en partage sans ostentation, alors, vedette ou pas, chacun se sent reçu. Tel est le cas de La Méditerranée, le restaurant situé place de l'Odéon.

Lorsqu'en 1943 Jean Subrenat en reprend la direction, le restaurant a pour spécialité le poisson. Cela ne suffit pas à remplir ses salles. Subrenat connaît le métier, il a fait maître d'hôtel dans différents établissements. D'origine modeste, il aime s'affirmer, porte beau, il est chaleureux. C'est aussi un commerçant hors pair. Un jour (à l'époque, l'entrée du restaurant donnait sur la place de l'Odéon), Subrenat est à sa porte. Le restaurant est presque vide. Il s'ennuie, regarde la place, et voit passer un couple qui lui paraît sympathique : « Venez déjeuner, je vous invite. » Il ne connaît le couple ni d'Ève ni d'Adam, mais c'est sa marque, à Subrenat. Il ose. Le couple accepte, déjeune, est charmé par ce gaillard qui, à la fin du repas, ayant trouvé sa compagnie à son goût, lance : « Chaque fois que vous viendrez déjeuner, vous serez mes invités. » Comblé par un excellent poisson, ébloui par un tel panache, le mari promet de revenir, et surtout de recommander ce lieu à ses amis. Son nom est Christian Bérard, il est l'un des plus grands décorateurs de son époque. Ses amis se nomment Cocteau, Picasso, Miró, Jean-Louis Barrault, Éluard, Aragon... Grâce à lui, La Méditerranée deviendra – et restera – l'un des rendez-vous les plus appréciés du Tout-Paris des arts, du théâtre et du monde littéraire.

Sylvie Duhamel, la petite-fille de Jean Subrenat, habite l'appartement de son grand-père, situé au-dessus du restaurant. Elle me raconte la vie des siens, entremêlée à celle de « La Méd », me montre deux livres d'or où les plus grands ont écrit ou dessiné. « To Jean » a signé Cecil Beaton à côté d'un autoportrait. Marie Laurencin fera de même. « Vive La Méditerranée », dira Miró au bas d'un dessin colorié, daté 19/XI/48. Alberto Giacometti laissera une nature morte en guise de souvenir. Ailleurs, on lira : « J'ai horreur des pieds, c'est comme une tête de cheval, Éluard *dixit.* » Aragon écrira : « À "Monsieur Jean", qu'Elsa aimait bien et avec qui, me semble-t-il, la vie a pour tant de gens paru d'autant plus courte qu'elle a été longue. Et Elsa me disait : "Si nous allions à La Méditerranée ?" On s'y serait trompé, car il faisait toujours aussi beau que là-bas, au bord de cette mer. Aragon. » Ici, une photo, prise sans doute à l'occasion d'un salon littéraire, montre Elsa Triolet, Louis Jouvet, Christian Bérard et Jean Subrenat en train de feuilleter un épais volume. Grock, le clown suisse, a fait son autoportrait, étonnant de ressemblance, au bas duquel il a mis ces mots : « Jean, j'ai bien mangé et surtout en bonne société. » Steinberg a dessiné une sorte d'homme-poisson. Irving Berlin, Art Buchwald, Picasso, Braque, Chagall ont tous laissé des illustrations ou des mots charmants qui témoignent de leur attachement au lieu et de l'atmosphère que Jean Subrenat avait créée. Tristan Tzara dessinera une table et des couverts : « Pour Éliane, la plus belle », écrira-t-il. La fillette avait à l'époque treize ans, c'était la fille de Jean, la future maman de Sylvie.

Certaines des fresques qui aujourd'hui encore ornent les murs de La Méditerranée sont de

Christian Bérard. D'autres sont du grand Marcel Vertès, doublement oscarisé (pour les décors et les costumes de *Moulin Rouge*, le film de John Huston), et génial illustrateur de Shocking, le parfum d'Elsa Schiaparelli.

Le lieu m'est cher. Là, en février 2016, à l'une des tables qui ont « vue sur la mer », comme on dit au moment de réserver, c'est-à-dire qu'elles donnent sur la place de l'Odéon, un ami me lança le défi d'écrire un livre sur mon père. « Ce sera ton livre le plus difficile », me dit-il, « mais tu ne peux pas ne pas l'écrire. » Il avait raison deux fois.

J'apprends qu'il existe sur une île d'Afrique un rite étrange appelé le retournement. Dix ans au moins après la mort du père, ses proches vont consulter une sorte de mage appelé mpanandro. Lorsque celui-ci leur annonce que le moment est venu, ils se rendent au cimetière, ouvrent la tombe du défunt et sortent ses restes. Ils les nettoient de la terre qui a remplacé la chair, les lavent comme on lave un fruit, avec des gestes tendres, et lorsque les os sont beaux, ils les déposent sur une natte propre qu'ils roulent et promènent dans le village. Pas question de pleurer, le retournement est une fête, l'occasion d'inviter les amis, de chanter et de danser, de manger les meilleurs mets, du riz à la viande de zébu, bien grasse et très goûteuse. Après la fête, tout le monde reprend le chemin du cimetière. Les os sont remis à leur place, dans leur nouvelle natte. Le mort est désormais un Ancien, un homme de paix à qui l'on peut demander sa bénédiction.

La découverte du retournement m'ouvre les yeux. Je comprends que je dois faire comme les gens de l'île. Ouvrir la tombe de mon père. Regarder ses os. Les retourner un à un, les nettoyer de leur terre et les remettre à leur place.

Ici, ce sont mes souvenirs qui tiennent lieu d'ossements.

M. A., *Mon père sur mes épaules*

P.-S. : Aujourd'hui encore, trois prix littéraires sont attribués dans les salons de La Méditerranée : le Médicis, le prix des Écrivains du Sud et le prix Jean-Giono.

Mendès France, Pierre, ou l'autorité morale

Sept mois et dix-sept jours… La remarque est un cliché. C'est vrai, Pierre Mendès France n'est resté président du Conseil que très peu de temps. Et ce qu'il a accompli au cours de son mandat est impressionnant. Peu après la défaite de Diên Biên Phu (la bataille prit fin le 7 mai 1954), il négociait la paix dans le cadre des accords de Genève (ils seront signés le 20 juillet 1954, alors qu'il a été nommé le 18 juin de la même année). Et il n'y a pas que l'Indochine. Depuis le départ du sultan Sidi Mohammed, le

Maroc vit dans le chaos. En Tunisie, Bourguiba est en prison. Fidèle à ses promesses, Mendès France mettra les deux pays sur la voie de l'indépendance. Il en ira autrement pour l'Algérie, « terre française », dira Mendès France. Ce sera sur la question algérienne que son gouvernement sera renversé, le 5 février 1955. Cherchant à la fois à maintenir l'ordre et à proposer une politique plus ouverte aux droits du peuple algérien, il s'était coupé de ses soutiens, à gauche comme à droite.

Sa vie d'homme politique a débuté en 1932, lorsqu'il fut élu député de l'Eure. Il était alors plus jeune parlementaire de France. Il sera membre du gouvernement Blum en 1938. Incarcéré sous Vichy, il participera à la Résistance dans les Forces aériennes françaises libres. Il sera ensuite commissaire aux Finances et ministre de l'Économie nationale dans le Gouvernement provisoire du général de Gaulle. Au moment de sa nomination en tant que président du Conseil des ministres à l'âge de quarante-sept ans, Mendès France était déjà un homme politique aguerri. Son passage éclair à Matignon marquera les esprits. À Genève, les négociations menées avec John Foster Dulles et Pham Van Dong dénotaient le savoir-faire d'un grand diplomate (il tenait alors le portefeuille des Affaires étrangères en sus de son mandat de président du Conseil). Alors, on s'interroge : pourquoi sa carrière n'a-t-elle pas poursuivi une trajectoire ascendante ? Mendès France bénéficiait d'une exceptionnelle crédibilité, il respirait la rigueur, incarnait le patriotisme... Au moment des troubles de Mai 68, beaucoup attendaient de lui qu'il se manifeste, en particulier le 27 du mois, au stade Charléty. Était-ce, comme cela lui a été reproché, par « machiavélisme » ? Pour se ménager une sortie ? Je ne crois pas. Pourtant, ce soir-là, il manquait une voix, la sienne. Le destin du pays aurait peut-être changé.

Ce qui frappe, lorsque l'on observe le parcours de Mendès France, c'est le grand nombre de circonstances au cours desquelles il a choisi de se retirer. Il démissionnera de son poste de ministre en 1945, du Fonds monétaire international en 1947, du Conseil économique et social de l'ONU en 1951, du gouvernement Guy Mollet en 1956... Pourquoi ces sorties de route ? Il y avait une grande pudeur chez cet homme. Et je ne crois pas qu'une telle pudeur soit compatible avec un destin de prophète. Car prophète il aurait pu être. Il en avait la très grande intelligence. Il était porté par l'amour de la patrie. Sans doute que Machiavel a raison lorsqu'il dit que le Prince doit faire passer le bonheur des siens avant le sien propre, quitte, pour cela, à transgresser, à prendre sur lui le poids de ses péchés. Sans doute Mendès France n'était-il pas taillé dans ce bois-là. Il aura, néanmoins, représenté une indiscutable conscience morale qui, près de quarante ans après sa mort, reste une référence, et pas à gauche seulement. En 1958, c'est en ces termes délicats que Jean-Marie Le Pen s'adressait à lui : « Vous savez bien, monsieur Mendès France, quel est votre réel pouvoir sur le pays. Vous n'ignorez pas que vous cristallisez sur votre personnage un certain nombre de répulsions patriotiques et presque physiques. » Pourtant, soixante ans plus tard, à propos de la construction européenne, le Front national, parti bâti par M. Le Pen et nourri de sa violence, se réclamera des idées de Mendès France… « Mendès France voterait Front national », n'hésitait pas à clamer le groupe FN de *Sciences Po*.

Peut-être faudrait-il chercher, dans les insultes subies par un homme droit, une explication à la réserve qui sera la sienne, beaucoup plus tard.

Messiaen, Olivier

Messiaen était un compositeur immense et inclassable. C'était aussi une personnalité chaleureuse, attachante et d'une rare fidélité. Nommé organiste à l'église de la Sainte-Trinité, il en restera le titulaire durant soixante et un ans. Il sera lié au Conservatoire de Paris de onze à vingt-deux ans comme élève, puis, dès 1941 comme professeur. Il y enseignera d'abord la philosophie de la musique, puis la composition, et aura dans sa classe Boulez, Stockhausen, Theodorákis, Lévinas, le futur chef Kent Nagano, ou encore Xenakis.

La musique de Messiaen n'est pas d'un abord facile. Mais tel n'était pas le propos du compositeur.

Il cherchait à établir « un perpétuel dialogue entre l'espace et le temps, entre le son et la couleur », pour, ajoutait-il, « dans une certaine mesure s'approcher de l'au-delà ».

Son œuvre, d'une rare délicatesse, est exigeante. Deux morceaux en sont peut-être les plus accueillants : *La Ville d'en haut*, pour piano et orchestre, et le *Quatuor pour la fin du Temps.*

Milhaud, Darius

Milhaud a connu une vie difficile, quelquefois chaotique, qui aura eu, au moins, le mérite d'enrichir sa musique. Né à Marseille, il a vécu à Paris (dès l'âge de dix-sept ans, il y suit les cours du Conservatoire), à Rio de Janeiro (où il sera le secrétaire particulier de Paul Claudel, alors consul de France), à Londres, à Paris de nouveau. Dès 1940, il résidera souvent et durant de longues périodes aux États-Unis, où il enseignera la musique au Mills College, près de San Francisco. Ce n'était pas le goût du large qui l'y avait conduit, mais les lois raciales du régime de Vichy. Certains de ses élèves deviendront parmi les plus grands compositeurs de leur génération : Dave Brubeck, Burt Bacharach, Philip Glass… Il leur offrira son extraordinaire sens du rythme et sa maîtrise du contrepoint. Dans le même temps, ses multiples séjours aux États-Unis enrichiront sa musique des rythmes du jazz. Darius Milhaud enseignera à Mills durant plus de trente ans (jusqu'à soixante-dix-neuf ans, il effectuera des allers-retours Paris-San Francisco).

Ce sera son séjour au Brésil qui marquera sa musique de manière prépondérante. Le *Bœuf sur le toit* sera un succès planétaire, alors que le reste de sa production musicale – impressionnante en quantité, en qualité, et surtout en diversité – ne trouvera pas son public. Le titre du morceau, traduction littéraire du nom d'une chanson brésilienne, « O boi no telhado », donna son nom au ballet que composa Milhaud et à l'un des cabarets les plus emblématiques du Paris de l'entre-deux-guerres, rue Duphot, où Milhaud et ses amis proches (parmi lesquels le pianiste Jean Wiéner, compositeur de l'obsédant *Touchez pas au grisbi)*, s'amusent à improviser en mélangeant les genres. Le cabaret (qui déménagera à de multiples reprises, jusqu'à son adresse actuelle, rue du Colisée, où il est désormais restaurant chic), attirera tout ce que Paris comptait de célébrités : Picasso, Diaghilev, Aragon, Joséphine Baker, en passant par Paul Morand, Picabia, Prévert, Satie, Gide, Hemingway, Honegger, Max Jacob, Ravel, Poulenc, Stravinsky… fréquenteront le lieu.

Les improvisations auxquelles s'amusèrent Milhaud, Wiéner et leurs amis laisseront une expression impérissable : « faire un bœuf ».

Le succès du *Bœuf* est intéressant à analyser. Milhaud a trouvé dans la samba brésilienne ce « laisser-faire », cette liberté, ce « je-ne-sais-quoi », et l'a intégré de façon parfaitement naturelle à la musique française (pourrait-on imaginer un tel mariage avec de la musique allemande ?).

Montand, Yves

Il a deux ans quand sa famille fuit le fascisme et quitte la Toscane pour Marseille, où elle trime. Le temps qu'elle se mette à peu près à flot, la Grande Dépression arrive et remet les compteurs à zéro. Montand doit gagner sa vie. À onze ans, il falsifie ses papiers pour obtenir une place dans une fabrique de pâtes. Il sera livreur, garçon de café, apprenti coiffeur pour dames, docker… Il en retirera un attachement à l'égard des humbles qui marquera sa vie de citoyen autant que ses choix artistiques.

À dix-sept ans, il s'essaie à la scène, imite Fernandel, chante les succès de Maurice Chevalier ou fait le cow-boy. La notoriété viendra avec « Dans les plaines du Far West ». À Marseille, le public de l'Alcazar l'ovationne. Viendra la guerre. De nouveau, il sera manœuvre, docker, chanteur du dimanche dans les cafés. Habité par le besoin de réussir, il retournera à l'Alcazar, sera remarqué par un producteur, prendra des cours de chant et de danse, affinera son jeu et sa gestuelle, trimera, lui aussi : petites tournées, petits cachets, petites villes du Sud…

En 1944, tout change. Il monte à Paris, passe à l'ABC, à Bobino, au Moulin Rouge en vedette américaine d'Édith Piaf. Une idylle naît. Elle sera déterminante pour la carrière de Montand. « Si tu veux séduire un large public, lui dira Piaf, cesse de faire le rigolo, chante l'amour. » Montand deviendra un géant de la chanson, en France d'abord, partout ailleurs ensuite, véritable voix de la France, incarnation de son élégance et de sa culture. Il chantera Paris comme personne. Sa gestuelle sera celle d'un grand professionnel, résultat d'un travail de titan. Il saura choisir des textes de qualité, souvent très poétiques, qui contribueront à son aura. Ses interprétations des « Feuilles mortes » restent parmi les plus belles de toute la chanson française.

Dès les années 1960, Montand mènera en parallèle une carrière d'acteur de cinéma, incarnant des personnages emblématiques de ses engagements politiques. À compter de la fin brutale du « Printemps de Prague », écrasé par les chars soviétiques, son soutien aux régimes communistes laissera la place à des positions en faveur de la démocratie et de la liberté. En 1969, il incarnera Lambrákis, le député grec assassiné par les fascistes, dans *Z*, de Costa-Gavras. En 1970, ce sera *L'Aveu*, qui retrace le procès stalinien d'Artur London, à Prague, en 1952, puis, en 1972, *État de siège*. Ces deux films, tournés également sous la direction de Costa-Gavras, contribueront à faire de Montand une icône de la lutte pour les droits de l'homme.

À la filmographie de Montand dans des rôles dramatiques il convient d'ajouter ses succès dans plusieurs autres genres, qui montrent l'étendue de son talent : les comédies, les films policiers et les sujets de société. Il faut voir ou revoir Montand dans *La Folie des grandeurs*, avec Louis de Funès, ou *Le Diable par la queue* (avec une pléiade d'acteurs). Les films tournés avec Claude Sautet (*César et Rosalie*, *Vincent, François, Paul… et les autres*), ceux d'Alain Corneau (*Police Python 357*, *Le Choix des armes*), ou encore son rôle d'ancien policier ravagé par l'alcool qui trouve une réhabilitation en préparant un casse, dans *Le Cercle rouge*, de Jean-Pierre Melville, révèlent un acteur exceptionnel. Il tournera au total dans près de quatre-vingts films, dont sept en une année seulement (sortis en 1969), douze entre 1970 et 1974. Ses multiples talents, sa personnalité chaleureuse, le courage qu'il a démontré en revisitant ses premières affections politiques feront que plus d'un Français sur trois se déclarera prêt à soutenir une candidature d'Yves Montand à la présidence de la République. Aux yeux du monde, il incarnera le goût de la liberté et l'excellence artistique. Il sera une gloire française.

Ses chansons qui ont pour thème Paris sont des classiques.

Il se souvint qu'une année environ avant sa mort, au retour d'un cours de *French Civilization*, elle lui avait lancé : « Aymay-vous Brahms ? »

« So you speak French ? », lui avait demandé Eliot en forçant sur l'accent français. « Oui, monsieur », lui avait répondu Dickie d'un air faussement hautain, avant d'éclater de rire.

Elle avait adoré le film de Litvak : les acteurs (Anthony Perkins, *sooo sweeeet !*), ces *Frenchies* qui organisaient leur vie en fonction de leurs liaisons, et bien sûr la musique. Quelques jours plus tard, elle rentrait à la maison avec le DVD que lui avait prêté son professeur. Eliot s'était émerveillé durant le film. Non qu'il l'ait trouvé bon, l'histoire lui avait semblé banale, mais Dickie prenait un tel plaisir à le revoir qu'il avait passé deux heures délicieuses à l'observer.

« *That song exists in French* », avait glissé Dickie au moment où Diahann Carroll chantait un air sirupeux.

« *In French, it must be fantastic !* », avait ajouté Dickie. Le lendemain, il lui commandait le disque de Montand.

À Central Park West, où ils habitaient, Dickie s'était mise à écouter la chanson en boucle. Elle avait pris le CD avec elle en Grèce, et Eliot l'avait retrouvé dans les affaires que lui avait remises la police.

Dès son installation dans la maison du cocher, il avait écouté la chanson chaque soir. Montand ne la chantait pas à la manière doucereuse des crooners américains. Il émanait de sa voix quelque chose de sulfureux qui mettait Eliot mal à l'aise. Le souvenir qu'il avait gardé du film de Litvak ne correspondait pas à cette atmosphère.

Il avait cherché sur YouTube l'extrait du film chanté par Diahann Carroll :

Say no more : it's good-bye,
As before, it's good-bye,
I can tell, save the lie, it's farewell
And good-bye again,
My love.

(Ne dis plus rien : c'est au revoir,
Une fois encore, c'est au revoir,
Je le vois, épargne-moi ton mensonge,
On se quitte,
Et c'est au revoir encore,
Mon amour.)

Une niaiserie. Il lui semblait impossible que l'atmosphère dégagée par la chanson de Montand soit le produit de paroles aussi insignifiantes.

Après l'avoir écoutée chaque soir durant une quinzaine de jours, il avait décidé d'en demander la traduction à un homme qu'il voyait souvent chez Stamboulidis et dont on comprenait qu'il n'était ni touriste ni kalamakiote. Il s'exprimait en grec, et lorsqu'il s'installait à la terrasse du café, c'était pour lire *Le Monde*.

Eliot s'était approché de sa table : « J'ai vu que vous lisiez le français... » Le lendemain matin, il lui confia le CD. Ils s'étaient retrouvés chez Stamboulidis en fin de journée. « J'ai fait au mieux », lui avait dit l'homme.

La version française était bien différente de celle chantée dans le film.

Quand tu dors près de moi,
Tu murmures parfois…
Le nom mal oublié
De cet homme que tu aimais…

Les mots de Montand, sa façon de les susurrer, surtout, avaient désemparé Eliot. Que savait-il de sa fille ? Était-ce pour étudier un théâtre en ruine qu'elle avait insisté pour aller à Kalamaki plutôt qu'à Argos ?

Il l'avait aimée infiniment, de cela il était sûr. Mais il s'était contenté de cela. Il l'avait regardée en Monsieur Papa. Avec gentillesse et affection. De haut. Sans se demander qui était cette jeune femme, par peur, sans doute, de la voir telle qu'elle était. En prenant le risque d'être déçu, il l'aurait mieux connue et mieux aimée.

Il éteignit son ordinateur, se déshabilla et alla se coucher.

M. A., *L'Enfant qui mesurait le monde*

Montesquieu

Qui, aujourd'hui, pourrait être à la fois juriste, scientifique, politologue, écrivain, pamphlétaire et philosophe… ? Qui pourrait passer sa vie à étudier, voyager là où personne ou presque ne va, observer, écrire, échanger, en prenant son temps, en goûtant l'approfondissement, et, tout en restant un homme de sa société, participer à ses institutions… ?

Ce bonheur est révolu. Du reste, il était réservé à quelques-uns. Il fallait être né du bon côté. Sous l'angle statistique, c'était hasardeux. Il fallait, aussi, vivre dans la France des Lumières, aimer le travail de l'esprit, et, surtout, être très doué en toutes choses.

Comme Diderot, d'Alembert, Buffon et quelques autres, Montesquieu satisfaisait à toutes ces conditions. Il a laissé, en particulier, deux textes qui ont marqué à jamais la littérature et la pensée politique.

Dans ses *Lettres persanes*, publiées anonymement à Amsterdam, il observe, raille, s'amuse et nous amuse. Je l'avoue, il m'arrive de mettre en doute l'existence même de Montesquieu : lorsque je lis ou relis certaines des *Lettres persanes*, je me dis que ces pages ne peuvent avoir été écrites trois siècles plus tôt, qu'elles expriment une réalité bien trop contemporaine, qu'il s'agit sûrement de « *fake news* » dues à quelque plume légère, du genre Neuhof ou Beigbeder, qui s'est amusé à tourner en bourrique à la fois ses contemporains et ses lecteurs en écrivant « à la mode de... ». Dans sa lettre 24, par exemple :

> Tu ne le croiras pas peut-être : depuis un mois que je suis ici, je n'y ai encore vu marcher personne. Il n'y a pas de gens au monde qui tirent mieux parti de leur machine que les Français : ils courent, ils volent [...]. Pour moi, qui ne suis point fait à ce train, et qui vais souvent à pied sans changer d'allure, j'enrage quelquefois comme un chrétien : car encore, passe que l'on m'éclabousse des pieds jusqu'à la tête ; mais je ne puis pardonner les coups de coude que je reçois régulièrement et périodiquement. Un homme, qui vient après moi et qui me passe, me fait faire un demi-tour ; et un autre, qui me croise soudain de l'autre côté, me remet soudain là où le premier m'avait pris [...].

Dans sa lettre 30, Rica raconte à Ibben qu'un jour il s'est habillé à l'européenne.

> J'entrai tout à coup dans un néant affreux. Je demeurais quelquefois une heure dans une compagnie sans qu'on m'eût regardé, et qu'on m'eût mis en occasion d'ouvrir la bouche. Mais si quelqu'un, par hasard, apprenait à la compagnie que j'étais Persan, j'entendais aussitôt autour de moi un bourdonnement : « Ah ! ah ! Monsieur est Persan ? C'est une chose bien extraordinaire ! Comment peut-on être Persan ? »

À la lettre 50, il décrit des personnes que chacun connaît, qui ont « tout fait, tout dit, tout vu, tout pensé ; ils sont un modèle universel [...] ». Se pourrait-il que l'auteur ne parle pas du temps présent ?

Lorsqu'il aborde certains sujets graves, Montesquieu n'atteint pas, comme moraliste, le sommet qu'il atteint comme satiriste. Dans ses lettres 46 ou 57, ou encore 83, par exemple, lorsqu'il aborde la religion, il argumente :

> Car, en quelque religion qu'on vive, dès qu'on en suppose une, il faut bien que l'on suppose aussi que Dieu aime les hommes, puisqu'il établit une religion pour les rendre heureux ; que s'il aime les hommes, on est assuré de lui plaire en les aimant aussi.

Et de conclure en recommandant de « vivre en bon citoyen dans la société où vous m'avez fait naître et en bon père dans la famille que vous m'avez donnée ».

Dans sa lettre 85, s'il s'oppose aux exils subis par les Arméniens et les guèbres, c'est parce qu'en Perse les premiers assuraient le commerce et les seconds le travail de la terre. Ici comme souvent chez Montesquieu, le raisonnement répond à des considérations pratiques plutôt que morales. Ce qu'il dénonce n'est pas l'injustice, c'est la mauvaise affaire.

Mais ne boudons pas notre plaisir : les *Lettres* sont délicieuses, et lorsque Montesquieu pique, mordille, passe jugement, il le fait dans un esprit léger, et sa critique n'est pas sans tendresse.

Les *Lettres* annoncent la suite de l'œuvre. Elle se révélera plus difficile à admirer, et provoque, çà et là, quelquefois du chagrin et même de la révolte.

De l'esprit des lois est une œuvre monumentale par son ampleur, sa profondeur, et par l'étendue des sujets abordés. Elle est surtout majeure par son impact sur la pensée politique en Occident. La séparation des pouvoirs est seule garante du bon fonctionnement des démocraties, dit Montesquieu, l'assurance que, par un jeu d'équilibre, aucun groupe, aucun corps de l'État n'exercera de domination outrancière sur les autres (ce concept de « séparation » sera le fondement de la loi de 1905, dite loi de la laïcité).

Keynes considérait Montesquieu comme un économiste du rang d'Adam Smith. Raymond Aron voyait en lui le fondateur de la sociologie.

Pourtant, on y lit ceci :

> Les peuples des pays chauds sont timides comme les vieillards le sont ; ceux des pays froids sont courageux comme le sont les jeunes gens.

Ayant ainsi réglé le sort de la moitié du monde, Montesquieu enfonce le clou :

> Vous trouverez dans les climats du Nord des peuples qui ont peu de vices, assez de vertu, beaucoup de sincérité et de franchise.

Par opposition, dans les pays du Sud, on s'éloigne de la morale, et « des passions plus vives multiplient les crimes ». On n'y trouvera « aucune curiosité, aucune noble entreprise, aucun sentiment généreux ; les inclinations y seront toutes passives ; la paresse y sera le bonheur ».

Montesquieu, qui ailleurs condamne le droit d'asservir (en particulier dans son livre XV), ne tient pas le rang que l'on serait en droit d'attendre d'un homme des Lumières. L'esclavage obéit à des « raisons naturelles », et s'il convient d'en limiter les abus, nulle part il n'est question de le condamner de manière radicale. Ici, l'argumentaire se fonde sur un scientisme de pacotille. Montesquieu observe au microscope une langue de mouton, en fait geler une moitié et remarque que les mamelons qui la tapissent diminuent de volume. Lorsque la langue est dégelée, ils réapparaissent. Montesquieu en tire comme conclusion que l'influence des facteurs physiques ou climatiques détermine « les organisations », et qu'ainsi, « dans la chaleur du climat, la plupart des châtiments seraient moins difficiles à soutenir ».

Cette justification tombe à propos :

Le sucre serait trop cher si on ne faisait travailler la plante qui le produit par des esclaves.

En 1762, le *Dictionnaire portatif de commerce* reprenait l'argument de Montesquieu :

> Il est difficile de justifier tout à fait le commerce des nègres ; mais on en a un besoin indispensable pour les cultures des sucres, des tabacs, des indigos, etc. Le sucre, dit M. de Montesquieu, serait trop cher si l'on ne faisait travailler la plante qui le produit par des esclaves.

« Ce qui sert à vos plaisirs est mouillé de nos larmes », dira Bernardin de Saint-Pierre l'année suivante.

Bien sûr, il convient de situer l'ouvrage dans son temps. Mais l'exercice aggrave le cas de Montesquieu. Diderot aura ces mots sans appel : « Quiconque justifie un si odieux système mérite du philosophe un silence plein de mépris, et du nègre un coup de poignard. »

Diderot ne sera pas le seul à prôner une abolition radicale et immédiate de l'esclavage. Dans son article de L'*Encyclopédie* intitulé « Traite des nègres », Louis de Jaucout écrira :

> Il est vrai que les bourses des voleurs de grands chemins seraient vides si le vol était absolument supprimé :

mais les hommes ont-ils le droit de s'enrichir par des voies cruelles et criminelles ? Quel droit a un brigand de dévaliser les passants ? À qui est-il permis de devenir opulent, en rendant malheureux ses semblables ? [...] Que les colonies européennes soient donc plutôt détruites, que de faire tant de malheureux !

Condorcet sera d'une égale intransigeance :

Ainsi demander si cet intérêt [maintenir la fortune des colons] rend l'esclavage légitime, c'est demander s'il m'est permis de conserver ma fortune par un crime.

Ailleurs encore, dans son livre XXV, Montesquieu use d'un artifice littéraire pour adresser « Une très humble remontrance aux inquisiteurs d'Espagne et de Portugal ». Prenant pour prétexte l'autodafé, en 1745, d'une juive de dix-huit ans à Lisbonne, il imagine un texte dont l'auteur se dit juif respectueux de la religion chrétienne, et déclare d'emblée qu'il s'agit là de l'ouvrage « le plus inutile qui ait jamais été écrit ». Quel propos Montesquieu poursuit-il ? On s'y perd.

En définitive, Montesquieu se montrera homme plus attaché à la sauvegarde de ses intérêts et de son image qu'à la recherche de la vérité, contrairement à d'autres penseurs de son époque. Il aura été moins un « prophète » de la France qu'un homme de son temps.

Monuments, Grands

L'important, d'abord, sera de soigner l'annonce. Ou plutôt : l'effet d'annonce. Pas question de faire dans la sobriété. Seul vaut le coup d'éclat. À défaut, ce n'est pas la peine. Ce projet devra cracher le feu. Il sera la signature de son concepteur. Sa marque. La preuve que, s'il y a eu un grand chef d'État, dans l'histoire du pays, c'est lui. Mais le projet doit plaire, aussi. D'autant qu'il ne sera pas discret. Ce serait pure folie ! Ni sobriété ni discrétion. De l'audace. Du panache. Surtout du panache. La façon de l'annoncer aura donc une importance capitale. Il faudra saisir l'occasion d'un événement. Une interview de 14 Juillet, par exemple. Excellent, le 14 Juillet ! Ça donne de la profondeur de champ… Sur le fond, il faudra marquer la dimension personnelle, tout en restant sobre. Difficile exercice…

Par exemple, le 14 juillet 1988, quelques semaines après une réélection, le président de la République déclara :

> Je veux que soient entrepris la construction et l'aménagement de l'une des ou de la plus grande et plus moderne bibliothèque du monde. […] Je veux une bibliothèque qui puisse prendre en compte toutes les données du savoir dans toutes les disciplines, et surtout, qui puisse communiquer ce savoir à l'ensemble de ceux qui cherchent, ceux qui étudient, ceux qui ont besoin d'apprendre, toutes les universités, les lycées, tous les chercheurs qui doivent trouver un appareil modernisé, informatisé, et avoir immédiatement le résultat qu'ils cherchent.

Sans polémique, point de salut. Si le projet est novateur, il va déranger. Il doit déranger. Ce sera l'une des conditions du succès, sorte de vérification du bien-fondé de l'entreprise :

Il suffit d'ailleurs, pour se rendre compte de ce que nous avançons, de se figurer une tour vertigineusement ridicule, dominant Paris, ainsi qu'une noire et gigantesque cheminée d'usine, écrasant de sa masse barbare : Notre-Dame, la Sainte-Chapelle, la tour Saint-Jacques, le Louvre, le dôme des Invalides, l'Arc de Triomphe, tous nos monuments humiliés, toutes nos architectures rapetissées, qui disparaîtront dans ce rêve stupéfiant. Et pendant vingt ans, nous verrons s'allonger sur la ville entière, frémissante encore du génie de tant de siècles, comme une tache d'encre, l'ombre odieuse de l'odieuse colonne de tôle boulonnée.

Collectif d'artistes,
parmi lesquels Alexandre Dumas fils,
Charles Gounod, Sully Prudhomme,
Charles Garnier, Leconte de Lisle,
Guy de Maupassant, 14 février 1887

Par bonheur, les problèmes techniques seront nombreux. Le contraire aurait un petit air mesquin. Le projet serait perçu comme médiocre. L'audace consistera à tracer une nouvelle voie sur la paroi nord de l'Eiger. Ou des Grandes Jorasses. Ou de n'importe où. Pour l'amour du Ciel, donnez-moi une paroi nord qui soit vierge ! Ne venez pas m'importuner avec une voie aux pitons plantés dans la roche. Je ne suis pas du genre « vient ensuite ». Il me faut de la paroi nue ! Du super raide ! Du surplomb ! Paroi rocheuse avec devers ! Je sais bien que des plaques de marbre vont se détacher, que les parois prendront la pluie de plein fouet, que la façade va gonfler sous l'effet de l'humidité. Sachez que je n'en ai cure. L'intendance suivra. L'important sera qu'on en parle. Que ça en jette. Et pour finir, que ça plaise.

L'esprit français, mon cher…

Chacun des grands monuments parisiens a suivi ce processus.

Dans la perspective de l'Exposition universelle de 1889, deux ingénieurs des entreprises Eiffel imaginent un projet de tour métallique sous la forme d'un pylône haut de trois cents mètres, aux piles incurvées qui se rejoignent au sommet, une plate-forme devant relier les quatre piles chaque cinquante mètres. Lorsqu'ils présentent le projet à leur patron, celui-ci est mitigé. Et puis non, cela ne l'intéresse pas. Mais il laisse les deux ingénieurs poursuivre l'étude, et leur nouveau projet, comprenant deux plates-formes au lieu de cinq, des socles en maçonnerie et pour surplomb une sorte de phare, est reçu avec enthousiasme. Eiffel, ingénieur dans l'âme, déposera un brevet couvrant la technique de construction « de piles et de pylônes métalliques d'une hauteur pouvant dépasser trois cents mètres ». **La tour Eiffel** pourrait être une vitrine technologique. Homme rompu aux négociations, Eiffel obtient du gouvernement qu'un concours soit lancé, dont le règlement prévoit la construction d'une « tour en fer à base carrée de cent vingt-cinq mètres de côté à la base et de trois cents mètres de hauteur ». Oui, vraiment, Eiffel était homme de ressources… La construction sera confiée à l'entreprise Eiffel et son financement sera très largement privé, 1,5 million en subventions et 5 autres amenés par un consortium constitué d'Eiffel lui-même et de trois banques.

Durant sa construction, la tour fera l'objet de critiques virulentes. On l'appellera « monstre hideux »,

« lampadaire véritablement tragique », ou encore « squelette disgracieux », selon le mot de Maupassant.

Le chantier, qui devait durer une année, durera le double. Il subira des grèves, et, bien sûr, des dépassements de budget. Mais, à l'ouverture de l'Exposition, le succès sera immense.

Hélas, il ne durera pas. Vingt ans après son inauguration, la tour Eiffel sera dédaignée du public et sa démolition envisagée. Puis soudain, l'engouement reprendra.

À la fin septembre 2017, la tour Eiffel avait enregistré, à compter de son ouverture, 300 millions de visiteurs.

Le **Centre Pompidou** a fait l'objet, lui aussi, de virulentes polémiques. Elles furent à la mesure de l'ambition de son concepteur. Comme si tout ce qui est grand et sort de la routine doit d'abord gagner une bataille féroce…

> Je voudrais passionnément que Paris possède un centre culturel comme on a cherché à en créer aux États-Unis avec un succès jusqu'ici inégal qui soit à la fois un musée et un centre de création où les arts plastiques voisineraient avec la musique, le cinéma, les livres, la recherche audiovisuelle, etc. Le musée ne peut être que d'art moderne, puisque nous avons le Louvre. La création serait évidemment moderne et évoluerait sans cesse. La bibliothèque attirerait des milliers de lecteurs qui du même coup seraient mis en contact avec les arts.

Ces mots de Georges Pompidou, qui annoncent étrangement ceux qu'aura seize années plus tard François Mitterrand pour la « Très Grande Bibliothèque », n'empêcheront pas les polémiques : « Un viol », écrira *Le Monde*. Jean d'Ormesson parlera de « culture de l'angoisse ». « Notre-Dame-de-la-Tuyauterie », dira un autre. Baudrillard aura ces mots : « Beaubourg est pour la première fois à l'échelle de la culture ce que l'hypermarché est à l'échelle de la marchandise. »

La construction, confiée à l'architecte Renzo Piano associé à Richard Rogers et Gianfranco Franchini, n'ira pas sans tiraillements au sein du gouvernement. Elle nécessitera le profond remodelage ou la disparition de huit rues. Elle résultera en un bâtiment d'une audace sans précédent, à part, peut-être, celui de la tour Eiffel.

À ce jour, le Centre Pompidou, inauguré en 1977, aura attiré plus de 200 millions de visiteurs.

L'Opéra-Bastille

Pourquoi construire un opéra lorsqu'on en a déjà un, et magnifique pour le surplus ? « Une solution à la recherche d'un problème », dira Hugues Gall (qui plus tard dirigera les deux salles durant dix années…).

Il n'empêche… Chaque année, les salles de Bastille et de Garnier proposent 360 représentations qui accueillent 800 000 spectateurs. Du temps où Garnier fonctionnait en solo, le total n'arrivait pas au tiers.

La Pyramide de Pei

« Le nouveau Louvre fait déjà scandale », titrait *France-Soir* au lendemain de la présentation du projet. « Degré zéro de l'architecture », écrira *Le Figaro*. **La Pyramide du Louvre** aura droit à un torrent d'injures : Luna-Park… Disneyland… Tout y passe. Mais pour ce qui est de l'idée centrale de Pei consistant à inscrire la pyramide dans la géométrie définie par Le Nôtre, personne n'en souffle mot.

Aujourd'hui, le promeneur qui remonte le jardin des Tuileries et découvre la Pyramide doit reprendre ses esprits devant tant d'élégance et de discrétion. Construire autre chose aurait été une faute.

L'Arche de la Défense trouvera-t-elle un jour son destin ? L'œuvre du Danois Johan Otto von Spreckelsen a eu du mal à se définir avant même de naître. Aidé d'un ingénieur danois, l'architecte apprend qu'une autoroute et des lignes de chemin de fer contraindront le projet sans possibilité de compromis. Le cube de la Grande Arche ne sera donc pas dans l'axe historique de Paris, défini par l'Arc de triomphe, la place Charles-de-Gaulle, l'Obélisque, la place de la Concorde, la grande allée des Tuileries, l'arc de triomphe du Carrousel et la statue équestre de Louis XIV, dans la cour Napoléon du Louvre. Il formera avec l'axe un angle de 6,30 degrés. On aura beau dire que c'est exactement le même angle que forme la cour carrée du Louvre, qu'il donne à l'Arche une profondeur, le malaise persistera. À ce regret viendront s'ajouter de nombreux avatars. La qualité de la construction ne sera pas conforme aux attentes de l'architecte. Lui-même semble avoir mal apprécié la résistance du marbre qu'il a choisi aux effets de gonflement causés par la pluie et l'humidité. Des plaques se décrocheront. Elles seront remplacées par un autre matériau, du granit, certes plus solide mais plus dur à l'œil, moins beau. Autre chose encore mettra un coup d'arrêt à l'ambition du projet : les tensions dues à la cohabitation entre un gouvernement de droite et un président de la République de gauche. Nuire sera une vertu. Nommé Premier ministre, Jacques Chirac s'attaquera au caractère public de la Grande Arche. Le Carrefour international de la communication, qui portait le projet et qui en était son sens profond, sera supprimé, et tout cet immense effort se transformera en opération commerciale de second rang. Spreckelsen démissionnera, tombera malade et peu après mourra. Deux ans plus tard, la Grande Arche sera inaugurée. Mais son âme se sera enfuie pour toujours, chassée par la mesquinerie politique.

La Très Grande Bibliothèque

Elle a réuni à elle seule tous les avatars des grands monuments parisiens, comme s'il avait été décidé qu'elle serait une sorte d'anthologie de la construction des grands monuments.

Qui en a eu l'idée ? À en lire l'historique, on sourit. On pense au film de Fred Zinnemann, *Tant qu'il y aura des hommes*... Était-ce Emmanuel Le Roy Ladurie ? Jacques Attali ? Mais s'agissait-il du même projet ? Ou du moins, de la même idée ? Et le choix de l'emplacement ? C'était moi, dit Jacques Toubon, qui en avais suggéré l'idée à Jacques Chirac... dès 1988 !

En août 1989, quelques jours à peine après les célébrations du bicentenaire de la Révolution, et dans la foulée de trois inaugurations majestueuses qui avaient eu lieu coup sur coup au cours du premier semestre – la Grande Arche, l'Opéra-Bastille et la Pyramide du Louvre –, le jury retient le projet de Dominique Perrault et de ses quatre tours immenses en forme de livres ouverts à angle droit. Des clans se forment. On se dispute, sur rien comme sur tout.

Faut-il construire une bibliothèque virtuelle, sans livres ? Une médiathèque ? À quand la césure ? Quels livres iront dans le nouvel ensemble ? Tous ? Une partie ? Si oui, selon quels critères ? La majorité des demandes de lecture porte sur des textes récents. On déplacera donc les livres écrits après 1945 (ou 1950, c'est selon). Décision « catastrophique », selon un grand historien. Le mot de la fin reviendra à Élisabeth Badinter : « Je veux tous les livres à ma place, en un temps record. » Il n'y aura donc pas de césure. L'ensemble des imprimés sera déplacé à Tolbiac et il faudra supprimer des parkings pour caser 5 millions de livres supplémentaires.

L'architecture, elle aussi, sera l'objet de multiples batailles. Dans la revue *Débats*, l'historien Pierre Nora plaidera pour une « médiathèque, avec des restaurants, des cinémas, des librairies, une sorte de fête permanente du livre. Un mélange curieux d'exaltation et d'annihilation du livre. Progressivement, cela a changé de sens, vers l'idée de faire une nouvelle Bibliothèque nationale. Et la bagarre a été épouvantable ». La conception même de la Bibliothèque est contestée. Une centaine d'intellectuels écrivent au Président. Il ne leur répond pas (v. Vous qui passez sans me voir). Patrice Higonnet, un Américain qui enseigne l'histoire de France à Harvard, écrira dans la *New York Review of Books* un article intitulé « *Scandal on the Seine* ». Dans une réponse à Roger Chartier, directeur d'études à l'École des hautes études en sciences sociales, il pointera du doigt l'architecture de Perrault « inspirée des années 1960, conceptuellement pauvre », ainsi que les risques d'effet de serre que subiront des livres stockés dans des tours de verre et exposés à la lumière naturelle. « Nous avons tous lu Tocqueville, ajoutera Higonnet dans sa réponse à Roger Chartier, les dérives bureaucratiques et autoritaristes qui unissent la face la plus sombre de la France moderne aux normes de l'Ancien Régime ne sont pas une nouveauté ».

La Grande Bibliothèque a néanmoins été inaugurée – vide, il est vrai – le 30 mars 1995, par François Mitterrand.

Opéra-Bastille, Arche de la Défense et Pyramide du Louvre… Ces trois grands projets ont été entrepris durant le premier septennat de François Mitterrand. Tous trois ont été inaugurés au cours du premier semestre 1989, à quelques jours du bicentenaire de la Révolution.

Impressionnant.

Mot, Bon

Ah, ce goût du bon mot ! Spécialité française par excellence, c'est un éclair de bonheur qui se retrouve jusqu'au supermarché… depuis qu'une enseigne nationale a décidé de faire appel au calembour dans ses slogans :

Pour une pâte dentifrice : *Woody haleine*

À l'occasion des fêtes : *Noël met la barre hotte*

Pour un vinaigre balsamique : *Découvrez l'art Modène*

Pour des pavés de truite : *Qu'est-ce qu'on se l'écaille au congélo*

Pour des pansements : *À mettre sur votre plaie liste*

Et encore : *L'embarras de l'anchois*, *L'ananas de ma vie*, sans oublier : *Quand on en a besoin, papaëlla*...

Le bon mot peut aussi avoir une forme plus musclée. Place au théâtre ! Aux applaudissements ! À l'estocade !

> Cyrano : Paf ! et je riposte...
> Christian : Pif !

On retrouve l'estocade, encore, en dernière page du *Figaro*. La rubrique est souvent un régal de lecture. Voici celle qui a suivi le mot (lui aussi) du président de la République adressé aux « fainéants ». Elle est signée Étienne de Montety, qui lui n'a pas paressé...

> Fainéant (fé-néan). et adj.
> Porteur d'une flemme olympique

> Emmanuel Macron a assuré qu'il ne céderait pas aux fainéants.
>
> Le mot ne demande pas un immense effort intellectuel pour qu'on en devine l'étymologie : le fainéant fait néant. Il ne s'active pas plus que son cousin le feignant. Lui feint, ou feinte. À quelle fin ? Assurer sa tranquillité. Le fainéant ne se donne même pas la peine de feindre. Faits du jour ? Néant, claironne-t-il. « Je suis un fainéant, bohème, journaliste », chante Nerval. On ne commentera pas ici l'association du journalisme et de la fainéantise. Fainéant, ce fut jadis ce qui caractérisa les derniers rois mérovingiens, qui avaient abandonné le pouvoir et ses servitudes aux maires du palais. Ces temps sont révolus et au palais désormais le prince s'agite. Si le mot est réapparu, c'est pour qualifier les adversaires de la politique présidentielle. Qu'est-ce qui leur vaut aujourd'hui

de récolter cet adjectif infamant ? Par exemple, leur opposition à la réforme du Code du travail. Qu'elle leur paraisse mauvaise, ou insuffisante, ou mal conduite, c'est un fait. Mais ce « paraisse » ne vaut tout de même pas qu'on les traite de fainéant.

Bien sûr, l'amour du mot, du bon mot, c'est aussi le piège du mot. Le leurre... Voici un exemple. *Défiscalisation*. Beau concept ! « Alors, cette affaire, comment se présente-t-elle ? – Je défiscalise, mon cher. » En d'autres termes, je réalise des pertes dont une partie sera prise en charge par le contribuable, puisqu'elle viendra en déduction de mon bénéfice imposable. Passons sur l'aspect civique, et limitons-nous à ce qui est dans le meilleur intérêt de celui qui réalise des pertes. À mon avis, le mieux est quand même de réaliser des bénéfices... Les pertes qui, dans un avenir plus ou moins proche, se transformeront en bénéfice, cela relève du rêve, au mieux, de l'espoir. Tandis que les bénéfices, grands ou petits, qui viennent s'ajouter aux précédents, année après année, c'est rarement une mauvaise chose. On paiera des impôts sur ces bénéfices ? Eh oui, c'est la règle du jeu. La collectivité en a besoin. Ne pas l'accepter est ridicule. « *Les plus accommodants, ce sont les plus habiles* », dit La Fontaine dans l'apologue de la fable du « Héron ».

Mais voilà, le bon mot porte en lui sa propre illusion. « Je défiscalise... » On se réjouit de faire une mauvaise affaire, et pour finir elle se révèle plus mauvaise qu'on ne pensait.

Musées de France

Comment jouir de la beauté d'un tableau lorsqu'on se trouve dans une cohue ? En France, plus de 1 000 musées reçoivent chaque année près de 70 millions de visiteurs. Faut-il délaisser les plus grands au profit des petits, sous prétexte qu'ils sont moins courus ? Je suis arrivé à cette conclusion : chaque musée mérite une stratégie. Voici les miennes. Dans les grands, le mieux est de concentrer ses visites sur un nombre restreint d'œuvres, de façon à retrouver leur intimité très vite, à chaque visite, malgré la foule. Dans les petits musées, où souvent l'on découvre des trésors, prendre le temps de la flânerie. Et dans les maisons d'artiste transformées en musée, ne rien prévoir.

Le Louvre

Lorsque je m'y rends – j'y vais souvent –, je sais par avance quels tableaux je vais retrouver. Je sais aussi que je ne serai pas empêché de connaître l'émoi, malgré la foule. Car je ne vagabonde jamais. J'ai deux destinations. Soit la peinture française (v. Très grands peintres), soit la galerie italienne, située dans l'aile Denon (v. Denon, Vivant). Je n'y cherche que quelques tableaux, toujours les mêmes, et s'il m'arrive d'en ajouter un ou deux à la liste, ce sera par hasard. Ceux que je retrouve déjà me comblent.

Je me suis souvent posé la question de savoir pourquoi, au Louvre, c'est vers la peinture italienne que je vais. Je crois que la réponse tient à ce que la peinture italienne des XVe et XVIe siècles a un côté éminemment français, un harmonieux mélange de contraires : une peinture de plaisir souvent chargée de spiritualité.

À chacune de mes visites, le premier tableau devant lequel je me poste se trouve dans la galerie principale. C'est un Raphaël intitulé *Autoportrait avec un ami*, titre attribué au tableau bien après la mort de son auteur. Le peintre s'est représenté au second plan, les yeux dans ceux du spectateur, l'air christique. Devant lui, son ami se retourne, cherche son regard, pointe l'index en avant, et ce geste donne au tableau une puissance inattendue, qui tranche avec la sérénité de Raphaël.

À deux pas se trouve un Bronzino parmi les plus beaux du maniériste, le portrait d'un jeune homme tenant une statue. Ici, point de spiritualité. De la beauté à l'état pur.

Je m'arrête encore devant une *Annonciation* de Vasari, puis je quitte la grande galerie et me dirige vers la pièce oblongue qui mène à *La Joconde* (que j'éviterai). Dans le large corridor qui y conduit sont accrochées certaines des plus belles pièces de tout le Louvre, des peintures sur bois, souvent, de petites dimensions. Je retrouve d'abord trois Botticelli : *Vénus et les Trois Grâces offrant des présents à une jeune fille*, *Un jeune homme présenté par Vénus aux sept Arts libéraux*, et *Une Vierge et l'Enfant avec le jeune saint*

Jean-Baptiste, le plus abouti et le plus émouvant des trois. Mais les deux autres ajoutent à l'émotion ressentie devant le troisième. Puis un Perugino, *Apollon et Marsyas*, mais peut-être s'agit-il de Daphnis, un jeune pâtre amoureux d'Apollon, un portrait de Sigismondo Malatesta, de Piero della Francesca. Enfin une *Vierge avec l'Enfant, entre saint Jerôme et saint Grégoire le grand*, tableau petit par la taille et immense par sa beauté, peint par Pinturicchio. Chacune des œuvres m'émeut énormément. Je dois du reste me préserver de multiplier les visites à la galerie italienne, car chaque fois que je m'y rends me vient l'envie de commencer un nouveau roman.

Enfin, je contourne le panneau auquel est accrochée *La Joconde* et me retrouve face à ce qui est, je crois, la plus belle toile du Louvre : *L'Homme au gant*, attribué à Titien, point de départ d'un roman, justement.

Il existe au musée du Louvre un portrait attribué à Titien, intitulé *L'Homme au gant*, qui présente une curiosité.

La signature apposée au bas de la toile, TICIANUS, tout en majuscules, semble peinte de deux couleurs différentes. Le visiteur attentif peut constater, pour peu qu'il approche son regard du tableau, que le T est peint en gris foncé, alors que le reste du nom, ICIANUS, est en gris-bleu. La différence de couleur n'est pas criante, mais elle est indiscutable.

En 2001, à l'occasion de son exposition *Venise ou la couleur retrouvée*, le musée d'Art et d'Histoire de Genève a reçu le tableau en prêt. Frappé par l'anomalie de la signature, l'historien de l'art chargé de l'accrochage a pris sur lui de procéder à une analyse.

Le résultat de cette recherche était jusqu'à récemment classé dans les archives du département des restaurations sous la référence DR-2001-48-VL-RX et consultable sur autorisation. La récente Loi genevoise sur la transparence des archives d'État (LTAE), votée par le Grand Conseil en octobre 2009, en donne désormais libre accès.

Voici l'essentiel de ce rapport.

SPECTROMÉTRIE
DE FLUORESCENCE
PAR RAYONS X
POUR
L'HOMME AU GANT

Analyse d'une anomalie chromatique
au coin inférieur droit

Le T, de tonalité gris foncé, est composé de quelques grains de plomb (*biacca*) et de noir de carbone. Le mélange est issu d'une combustion incomplète de plusieurs lipides (diverses cires, graisses et huiles) et de résines naturelles (surtout de la colophane).

Les lettres ICIANUS bleutées proviennent d'un mélange de noir de fumée et d'azurite (*azzuro della Magna*), un silicate d'aluminium et de sodium de forme complexe.

Tout porte à penser que la signature a été apposée en deux temps, par deux mains différentes, et dans deux ateliers distincts.

Du fait de la chronologie (le T a selon toute logique été peint en premier, dans l'atelier de l'auteur), on peut émettre l'hypothèse que le tableau n'est pas de la main de Titien.

La même analyse a permis de mettre au jour une autre particularité. Le vernis qui recouvre la toile est fait de deux résines, la sandaraque, une essence de cyprès assez courante dans la peinture du XVIe siècle, et l'encens, dont l'utilisation dans un vernis n'a jamais été signalée.

M. A., *Le Turquetto*

Voici les circonstances réelles dans lesquelles *L'Homme au gant* fut peint par Le Turquetto, puis sauvé par Titien et acquis par l'État français :

Vers midi, il choisit une toile de lin à armure simple qu'il installa sur son chevalet et recouvrit d'une couche claire, un mélange de gypse et de colle animale, sur lequel il appliqua une seconde couche, faite de pigments terreux et de noir, très huileuse. Il la colora de gris, pour atténuer la blancheur de celle du dessous et préparer les effets de clair-obscur.

Il commença le portrait d'un jeune patricien, le bras gauche en appui sur un bloc de marbre rose, dans un laisser-aller qui lui donnait grande allure. Sa main gauche, vêtue d'un gant, en serrait un autre, très chiffonné, et Élie peindrait ses deux gants emmêlés avec tant de finesse qu'ils sembleraient surgir de la toile. Il mettrait dans son regard cette sorte d'impatience bienveillante qu'ont seuls certains riches, et rendrait tous les détails de sa personne avec une précision extrême. Pour les couleurs, il userait d'une palette restreinte, à l'exception d'une touche de rouge-orangé, pour le bijou que porterait le jeune homme. Le reste du portrait serait dans des tonalités blanches, grises et noires, faites de blanc de plomb, d'ocre et de terre d'ombre.

Il peignit jusque tard le soir sans relâche, et durant les cinq jours qui suivirent.

Au terme des cinq jours, il descendit le tableau du chevalet, le posa contre la paroi, et le regarda longuement.

C'était un portrait de son père en jeune patricien.

Peu après la mort d'Angelo Gandolfi, *L'Homme au gant* fut expédié à Assise avec le reste de ses effets, parmi lesquels se trouvait la lettre qu'il avait reçue en accompagnement du tableau[1].

La toile fut accrochée dans l'une des salles de réception de l'évêché, où quinze ans plus tard, à l'automne 1593, elle attira tant le regard de Clément VIII, en visite à Assise, qu'Aldo Pollinati, l'évêque, se sentit obligé de la lui offrir. En 1614, le pape Innocent X fit cadeau du portrait à l'ambassadeur d'Angleterre auprès du Saint-Siège, en remerciement d'une négociation sur le statut de l'Église anglicane. Quelques années plus tard, Ralph Williams l'offrit à Charles 1er d'Angleterre. À la mort de ce dernier, en 1649, le tableau fut acquis par le banquier Jabach, l'un des plus grands collectionneurs de son époque. Lors de la seconde vente de la collection Jabach, en 1671, le tableau fut acheté par Louis XIV. Il est depuis cette date propriété de l'État français.

M. A., *Le Turquetto*

Je rêve de pouvoir un jour me trouver au Louvre devant *Le Christ aux douze doigts*, le chef-d'œuvre de Paolo il Nano :

Enfin le nonce prend la parole et transmet les salutations épiscopales. Le Nain monte sur la petite estrade, et petit comme il est, on aurait dit un enfant au regard de vieillard, soucieux et prudent, il reste là, debout et muet, les yeux sur le grand drap blanc, le temps que quelques ouvriers de la Scuola le libèrent de ses cordes.

---

1. La lettre de Titien au nonce est classée dans les archives de l'évêché d'Assise sous la rubrique Cinquecento-Corrispondenza-Vescovi di Assisi-CF-122-a.

Quand enfin le tableau est dévoilé, l'assemblée tout entière émet un « Oh ! » de surprise. Car chacun s'attendait à ce que le *Christ* du Nain, qui raconte les Noces de Cana, le dispute en magnificence et en rutilance aux *Noces* de Véronèse. Or il n'en est rien, du moins en apparence. Le *Christ* du Nano se compare aux plus grands chefs-d'œuvre par sa spiritualité.

À droite du tableau, le Nain a peint le lac de Tibériade. Pour le fond de la toile, de sa mi-hauteur jusqu'à sa limite supérieure, il a représenté les collines de Galilée couvertes d'oliviers, le paysage le plus tendre qui soit. Sur un chemin qui serpente entre les arbres, il a peint un abreuvoir auquel un âne se désaltère. Au pied d'un olivier dort un homme. Au premier plan, un repas de mariage se déroule en plein air. Le couple de jeunes mariés est assis devant une table chargée de mets. À la droite de la jeune épouse se tient la mère du Christ. La jeune mariée est habillée d'une robe blanche et porte un foulard brodé de fleurs multicolores. La Vierge est vêtue de rouge et de bleu. Paolo il Nano a ceint sa tête d'un halo d'or. À la gauche du marié se tient le Christ. Il est seul à être debout, ceint d'un halo d'or lui aussi, et à ses côtés ses disciples, Pierre, André, Philippe et Barthélemy. Le Christ tient ses bras en croix, et montre ses mains, ouvertes, les paumes vers le spectateur. Chacune de ses mains a six doigts, et de chaque doigt partent des sarments de vigne jusqu'au haut du tableau, où chacun s'enroule autour d'un des signes du zodiaque, le tout du plus merveilleux effet.

Le signe du Sagittaire paraît plus élaboré que les autres. La différence de taille n'est pas énorme mais elle est indiscutable. L'arc du Sagittaire et sa flèche sont peints dans un grand raffinement.

Les hommes sont habillés en rabbins, vêtus de noir et la tête couverte de la calotte. Les femmes portent des robes aux couleurs variées et des foulards brodés de fleurs. C'est des femmes que jaillit toute la lumière du tableau. Dans la partie gauche de la toile et en premier plan, six serviteurs portent chacun une jarre de pierre d'où jaillit du vin qu'ils versent dans des amphores. Enfin, au sommet du tableau, le peintre a écrit *Lehaïm* en lettres hébraïques, dont on m'a dit qu'il s'agissait du mot prononcé aux occasions joyeuses, lorsque l'on trinque chez les juifs, et qui veut dire « À la vie ».

Car ce qui surprend dans ce tableau, au-delà de toutes ses originalités, ce sont les figures zodiacales dont le Nain a orné la partie haute de la toile, au nombre de douze en tout, chacune reliée à l'un des doigts du Christ.

Il ressort de l'œuvre une force très grande et une violence contenue, celle que seul un immense artiste peut habiller de tant de beauté.

M. A., *Carnaval noir*

N

Nimier, Roger et les Hussards

Dans les années qui suivirent la Seconde Guerre mondiale, l'esprit de France soufflait sur la planète. Le monde intellectuel regardait Paris avec admiration, pour ne pas dire avec vénération, et quelques acteurs du monde des idées, de la presse, du théâtre ou de la littérature étaient les phares d'une jeunesse avide de grands bonheurs. Parmi eux, Roger Nimier tenait la chronique théâtrale de l'hebdomadaire *Opéra*, une position dont il essayait de ne pas abuser : déjà Gautier assassinait dans *Le Figaro*...

Nimier se dominait comme il pouvait. Disons que la retenue n'était pas son fort. *L'Œdipe*, d'André Gide, ne déclencha chez lui aucun enthousiasme. « Ce n'est pas tout à fait sa plus mauvaise pièce, écrivit Nimier, mais il ne s'en est pas fallu de beaucoup. » Le ton était donné, la suite prévisible. En novembre de la même année, il publiera en première page ces mots qui ne pouvaient venir que de lui : « Surprise à Marigny. Jean-Louis Barrault encore plus mauvais que d'habitude. » Dans la pièce d'Obey, Barrault cabotine : « sa bouche commence à se tordre, ses yeux dévissent »... Mais on moque Barrault à ses risques et périls. Comédiens, metteurs en scène, confrères de la presse, dramaturges, tout le monde ou presque s'y met (*Le Canard enchaîné* et André Frossard feront cavaliers seuls...). On veut le scalp de Nimier. Cocteau, oui, Cocteau, ira d'un « nous nous révoltons de ce gros titre insultant ».

Nimier saura répondre : « La France devient respectueuse comme l'était l'héroïne de Sartre. »

Deux ans plus tôt, dans ce même *Opéra*, Jean Cau, ancien secrétaire de Sartre, avait jugé opportun d'attaquer *Le Hussard bleu*[1] qui venait de sortir. Nimier, qui n'était pas encore à l'hebdomadaire, usa de son droit de réponse dans le droit fil de la tirade de Cyrano :

« Monsieur, on ne sait plus éreinter un livre », écrira-t-il dans sa réponse au peu prudent Jean Cau, avant de régler son compte à ce donneur de leçons. Brillantissime, insaisissable, Nimier aimait la dureté et ne la réservait pas qu'à autrui : « Mes livres, tu le sais bien, Loulou, c'est de la merde », dira-t-il à Louise de Vilmorin.

Dans le monologue intérieur d'un personnage du *Hussard*, le capitaine de Forjac, Nimier déploie ses talents :

> En bâillant autant que je pouvais, je lisais la proclamation aux troupes du général commandant la 6e Division Blindée [...].
>
> « Officiers, sous-officiers, brigadiers et cavaliers :
>
> « Après un mois de combats incessants au cours desquels vous avez ranimé le souvenir de vos pères,

1. Roger Nimier, *Le Hussard bleu*, Gallimard, 1950.

poursuivant l'Allemand sur son sol natal et ne relâchant pas votre étreinte, vous vous êtes emparés de la ville de K.

« Vos camarades tombés au champ d'honneur peuvent être fiers de vous. Leur pensée ne vous a pas quittés. Vous êtes dignes d'eux. Gloire à vous tous ! […] »

[…] Je me penchais avec volupté sur ce « Gloire à vous tous », d'une telle lourdeur qu'il semblait né dans une grammaire spécialement composée à l'usage des tankistes, et bourrée de conjonctions, de participes, de mots pâteux. Naturellement, une répétition comme « Cependant, dans… » m'était un délice supplémentaire et je ne faillissais pas à verser quelques larmes émues en entendant évoquer la France éternelle, expression à laquelle il faut toujours substituer dans notre esprit, pour en goûter le sens, des locutions telles que : le Honduras éternel, le Liberia for ever, ou Monaco à la vie, à la mort.

Ailleurs, Sanders, un autre personnage du *Hussard*, dira :

L'autre jour, un hussard bleu bien informé m'a glissé dans l'oreille que nous retournerions à la terre sous forme d'azote, après notre mort. Cette solution ne me convient nullement. Je n'ai jamais rien compris à la chimie. Par contre j'étais premier en catéchisme.

À la fin du *Hussard*, Nimier fera dire à ce même Sanders ce contre-pied à Nietzsche, qui fera scandale :

Tout ce qui est humain m'est étranger.

Il surclassait tout le monde, Nimier. Par l'esprit, le panache, l'insolence, le brio, et surtout par les femmes. Sartre avait Beauvoir (et quelques autres, il est vrai), Aragon avait Elsa, et Jouhandeau Élise. Mais pour Nimier – selon ses confidences à Namur –, ce sera Jeanne Moreau, Arletty, Edwige Feuillère, Louise de Vilmorin, Élina Labourdette (le salaud), Valentine Tessier, Lauren Bacall…

Premier roman (*L'Épée*), première scène, premier choc concocté pour ses lecteurs : un garçon se masturbe devant une photo de Marlene Dietrich.

Ailleurs, Nimier décoche ses mots comme des flèches :

> Moi qui affecte tant de dégoût pour les hommes, je suis heureux de leur ressembler dans les actions essentielles de la vie. J'aime leurs églises, leurs tableaux. Je proteste contre le monde moderne, mais j'adore ses femmes minces.

Ou encore :

> Quand on la regarde bien en face, il paraît que la vie se trouble et file sans demander son reste.

Ou encore :

> La philo n'est pas mal non plus. Malheureusement, elle est comme la Russie : pleine de marécages et souvent envahie par les Allemands.

Grognards et Hussards. Par ces mots que *Le Hussard bleu* lui avait inspirés, Bernard Frank publiait en 1952 dans *Les Temps Modernes* un article qui se voulait une exécution en règle de Nimier et de sa bande. Il est vrai qu'ils n'étaient pas sartriens, qu'il ne serait jamais dans leurs goûts de se « constituer », d'aller déposer les statuts d'une Association amicale des hussards de la République (AAHR), comme au pays des Soviets. Frank (qui dans un moment d'égarement ou de romantisme, en tout cas pas de lucidité, avait comparé Sagan à Coco Chanel) n'y ira pas par quatre chemins. Aux ordres du patron, sans doute (Frank avait été collaborateur de Sartre aux *Temps Modernes*), il parlera « d'un groupe d'écrivains que par commodité [il] nommer[ait] fascistes ». Il ajoutera : « Ce sont des lurons, ils ont horreur de l'ennui et de la littérature ennuyeuse. Ils se délectent de la phrase courte dont ils se croient un peu trop les inventeurs. Ils la manient comme s'il s'agissait d'un couperet. À chaque phrase, il y a mort d'homme. Ce n'est pas bien grave. C'est une mort pour rire. »

Ainsi parlait Frank de Roger Nimier, Jacques Laurent et Antoine Blondin. Michel Déon sera le quatrième mousquetaire. Mais aussi de Jacques Chardonne, un peu aussi de Paul Morand (qui est d'une autre génération mais qui partage bien des impatiences avec les premiers nommés), de Félicien Marceau et de

François Nourissier. On était hussard par le cœur et par les lettres, pas par une carte de parti. L'un d'eux dira qu'en réalité ils ne se sont jamais retrouvés à quatre, si ce n'est une fois dans un italien où ils ont parlé cuisine. L'insolence n'est pas un exercice qui se pratique en bande. À défaut, il se transforme en chasse à courre, et cela n'a plus rien à voir. Mais ces hommes racés, tous fines lames, seront pour beaucoup marqués collabos. Morand, ambassadeur de Vichy, Déon secrétaire de Maurras, Blondin parti en Allemagne avec le STO… Nimier, né en 1925, n'aura pas eu le temps de s'engager à droite. Tous seront connus pour leur ironie, leur impétuosité et leur insolence. Nimier sera le premier d'entre eux, comme s'il avait à faire quelque travail de rattrapage. Laurent décrira en trois mots ce qu'était leur bréviaire : « Nous laissions entendre que nous préférions séduire que convaincre et nous craignions, comme disait Cocteau, que démontrer ne fût vulgaire. » Christian Millau raconte son échange avec Nimier lorsque celui-ci l'embauche à l'hebdomadaire *Opéra* : On m'a dit que vous sortez d'une revue interlope, dira Nimier, en faisant référence au *Monde*, et que vous avez un goût pour les comtesses allemandes. Vous me paraissez donc avoir une bonne mentalité. Quand voulez-vous commencer ? » Millau racontera la violence que Nimier mettait dans son travail : « Un livre à lire, une pièce à voir et deux articles à écrire dans la même nuit lui étaient chose naturelle. »

Quels étaient les sentiments de Nimier à l'égard de son pays ? Passionnels, assurément. Sans compromis possible. Il l'aimait comme il aurait aimé une femme. Mais à cette même femme, il aurait réservé aussi bien des mots cinglants et blessants, comme ceux-ci, extraits de son livre *Le Grand d'Espagne* :

> La France appartenait encore à la famille, mais on n'en parlait plus qu'à voix basse. On avait pour elle cette gentillesse méprisante que mérite une vieille personne dont on a trop longtemps attendu l'héritage. On a compté sou par sou ce qu'elle pouvait laisser, l'honneur comme le reste. Un jour, on apprend qu'elle a tout dilapidé et qu'il ne manque rien à sa ruine, rien, pas même la honte. En ce temps-là, il n'y avait pas d'espoir. Nous avions tout perdu dans une bataille. Le déshonneur, comme un grand mot maladroit, nous annonçait dans la vie.

Ce qu'il aimait par-dessus tout, c'était l'insolence, forme ultime de l'élégance, de l'intelligence, aussi. Surtout, qu'on ne lui la fasse pas. Milice ou Résistance seront renvoyées dos à dos. Oui au Général, pas à sa mythologie.

Trois ans pour une œuvre : entre 1948 et 1951 sortiront quatre romans et deux essais. À son ami Chardonne, Nimier jurera « de ne plus publier de roman avant dix ans, si la terre et Nimier durent dix ans », serment qu'il tiendra. Il écrira un scénario (*Ascenseur pour l'échafaud*), sera éditeur chez Gallimard, continuera d'aimer beaucoup et souvent, conduira de belles voitures très vite, et se tuera au volant de l'une d'elles à l'âge de trente-six ans. Peut-être n'était-ce pas lui qui conduisait, mais la très belle Sunsiaré de Larcône, qui mourra le lendemain de l'accident. Il venait de terminer *D'Artagnan amoureux*.

« Cette nuit, Roger, écrira Christian Millau, vous avez décollé de la Terre et vous nous avez plantés là, au bord de la route, à perdre, nous aussi, un peu de sang de notre vie. »

P.-S. : Nimier s'est toujours montré d'une solidarité exemplaire avec Giono. Ou plutôt : avec le talent de Giono, car les deux hommes n'étaient pas particulièrement proches, l'un conduisant des voitures de grand sport avec à ses côtés des filles de rêve, l'autre préférant cultiver ses rosiers plutôt que d'aller faire l'intéressant au Café de Flore (même s'il ne détestait pas les aventures). Après les ennuis de Giono à la Libération, Nimier l'engagea à la revue *Opéra* et par la suite saisit chaque occasion pour soutenir celui à propos duquel il dit un jour : « Il y a des prix Nobel qui se perdent ! »

Michel Déon

C'est avec chagrin que j'évoque Michel Déon. J'aurais voulu lui parler de la Grèce et de ses blessures. De l'île de Spetses, où je vois chaque jour sa maison, proche de la mienne, des stigmates de la petite île. J'aurais voulu lui parler du regard que l'on porte sur ceux que l'on aime, et qui n'est pas celui qu'il porte sur la Grèce. J'aurais voulu lui faire les reproches que l'on adresse à celui dont on attend l'affection solidaire et qui tourne le dos après avoir fermé la porte avec dépit. La Grèce est un animal blessé qui a besoin d'être aimé, respecté, plus encore qu'être soigné. Pas une destination de vacances exotique où tout fonctionne comme à Miami.

Je relis *Pages grecques*, et c'est un crève-cœur. Rien ne va. Le dernier chapitre, intitulé « Spetsai revisité,

1987-1988 », fait une cinquantaine de pages, et je n'y trouve pas cinq lignes qui soient dépourvues d'amertume. Son incipit annonce la couleur : « Qu'y a-t-il de plus sinistre que l'aéroport d'Athènes en décembre sinon le même aéroport en été [...] ? » La sortie d'Athènes en direction de Corinthe est « une zone qui ressemble à un dépôt d'ordures ». Il a devant lui « une Grèce désolante, un corps malade et pustuleux, une sorte de dégueuloir où s'entasse le rebut d'un pays qui casse à peu près tout ce qu'il touche ». Arrivé à Spetses, il trouve le port « mal conçu ». Mais le port est le même depuis des lustres... Le garçon de café qui l'accueille et le reconnaît a l'air d'une « vieille lesbienne ». Un ancien voisin se présente à lui. Il est désormais lourd, épais, poilu à la poitrine. L'homme va épouser une jolie fille de l'île et l'invite à son prochain mariage. Déon s'offusque : « Cette idée me hérissa. Une journée de fête, de beuverie, de goinfrerie pour célébrer la mise dans le lit d'un gorille de la délicate Irina ! Non, jamais. » Même la mise en fonction d'un hydroglisseur qui relie l'île au Pirée en deux heures au lieu de cinq attire ses sarcasmes.

Je retrouve une interview vieille d'une dizaine d'années. On l'interroge sur ses activités durant la Seconde Guerre mondiale, lorsqu'il était monarchiste et secrétaire de Maurras à *L'Action française*. Il se défausse : ses années avec Maurras ? *L'Action française* avait ses bureaux à Lyon, tout comme *Le Figaro*. La monarchie ? Oh, une réflexion. Une théorie, rien de plus... À l'époque, il aurait pu se permettre une impertinence. Dans une autre interview, bien antérieure, enregistrée pour la télévision, il parle de l'Irlande, de ses habitants, de leur différence de caractère avec les Anglais. On lui demande de raconter une histoire irlandaise, peu importe laquelle. « Si j'étais un raconteur d'histoires, je ne serais pas écrivain », répond Déon. Je trouve ce mot terrifiant.

J'avais rencontré Michel Déon chez Sioras, le restaurant du Vieux Port de Spetses. C'était à mi-chemin entre sa maison aux volets bleus, située juste à côté du petit chantier naval où Dinos, que nous connaissions bien tous les deux, construisait ses caïques, et la mienne, aux volets gris pâle. Il m'avait charmé par sa gentillesse et sa courtoisie. Je m'étais dit que des hommes pareils n'existaient plus que dans les livres. Se pouvait-il qu'une personne si délicieuse, si charmante, l'homme le plus courtois du monde, ait été quelqu'un de profondément malheureux ? Un homme qui n'a jamais trouvé sa voie, parce qu'il voyait dans la passion une sorte de vulgarité ? Un manque de goût ? Une vilaine éducation ?

Peu d'écrivains me sont aussi attachants que Michel Déon. Il incarne notre difficulté à saisir les petits bonheurs.

Paul Morand

Ils avaient beau être séparés d'une génération, leurs noms étaient souvent associés. Les orientations politiques de Michel Déon et de Paul Morand n'étaient sans doute pas identiques, mais enfin elles n'étaient pas non plus aux antipodes. Ils avaient un ami commun, Jacques Chardonne, invité de Déon à Spetses, correspondant effréné de Morand (5 000 pages…). Et puis il y avait les Hussards, dont Déon était sans l'être, puisqu'ils n'existaient pas, et que Morand couvait du regard. Je crois bien que leurs différences étaient plus fortes que ce qui les rapprochait. Simplement, elles ne se voyaient pas au premier coup d'œil. Il fallait attendre le second, c'est-à-dire pas bien longtemps… Car elles étaient manifestes.

Dans le style, d'abord. Déon se montre courtois, il n'effraie pas. Ce qu'on appelle en allemand *Salonfähig*, « salon-compatible ».

> Une balustrade les séparait du sable et de la mer qui roulait de douces vagues sur la grève. Ce murmure engourdissait l'attention, et, lentement, insensibilisait les nerfs épuisés par la longue lutte contre la chaleur du jour.

Morand, lui, fouette, lacère, assassine, comme dans *Hécate et ses chiens* :

> Les pervertis peuvent être des complices ; ils ne seront jamais des consolateurs.

Ou dans *Fouquet ou le Soleil offusqué* :

> L'aisance de ce Parisien qui vit dans le désordre comme un poisson dans l'eau agace un roi naturellement ordonné ; il sent, offense capitale, que Fouquet ne le prend pas au sérieux : « Le Surintendant se flattait d'amuser le jeune homme par des bagatelles. » Fouquet ébranle cette prodigieuse estime que Louis a de lui-même, et que cinquante années d'adulation et le culte que lui voue toute l'Europe ne suffiront pas à contenter. Fouquet l'empêche de vivre ; pis, il l'empêche d'être.

Ou encore dans *L'Homme pressé*[1] :

J'admire les gens : ils semblent avoir temps pour tout ; ils avancent sur un plan horizontal ; moi, j'ai l'impression de vivre une chute, comme dans les rêves ; je suis, en naissant, tombé d'un toit et je vois défiler les étages et se rapprocher terriblement le rez-de-chaussée. Je pense que la vitesse est la forme moderne de la pesanteur et je sais que j'obéis à l'impulsion vraie de l'univers et je suis seul à sentir que j'y obéis.

Et là ? Rien. La perversion :

Je m'étais tracé un plan d'inconduite et le suivais pas à pas. Sans précautions je m'enfonçais délibérément et jusqu'au cou dans la bourbe. [...] En des temps records, je savais choisir, séduire, gâter mes proies favorites, les immoler, passer à d'autres bons morceaux. [...] À les fréquenter [les enfants], je commençais à les comprendre ; je les examinais à nu pour la première fois, ces petits Arabes, juifs, ou même Européens, que j'amenais chez moi, et c'est à leur école que j'apprenais le vice. Ils en savaient beaucoup plus long que moi. Beaux ou laids, c'étaient d'autres nous-mêmes, en réduction pour la taille, mais non pour les passions, sauvages, subtils et sensuels, vieux monstres aux haines rusées, de cent coudées au-dessus de nous dans l'expérience du mal. Ils n'y descendaient pas, ils y entraient de plain-pied. [...] Mais lorsque j'oubliais de me débaucher, ils me rappelaient à l'ordre. L'innocent, c'était moi.

Était-ce lui, vraiment ? C'est possible. Après tout, décrire la perversion est une chose, être soi-même un

1. Roger Nimier, *L'Homme pressé*, Gallimard, 1941.

pervers en est une autre. Je ne ferai sûrement pas à Morand les procès – mauvais, hypocrites, injustes – qu'a subis Balthus. Ce que faisait le peintre, ce que fait ici Morand, c'est nous tendre un miroir. À chacun de s'y reconnaître ou pas.

Pour Morand, la vaisselle est faite pour être brisée. Il décrira sa liaison avec Clotilde dans *Hécate et ses chiens*. Le nom apparaît deux fois seulement dans le roman. D'abord aux trois quarts du récit, sous le chapitre XLIX :

> La triple Hécate, reine de la nuit, se nourrit de chiens ; pareille à l'affreuse déesse, Clotilde dévore des chiots, ces enfants dont elle fait sa pâture.

Puis la dernière phrase du roman :

> Son visage grimaça, ses yeux verdirent, je reconnus Hécate.

Une lame de guillotine, voilà ce qu'était Morand.

Lui et Déon se sentent chez eux dans les mêmes cercles. Pourtant, Déon était issu de la moyenne bourgeoisie alors que Morand avait grandi entouré de privilèges et de privilégiés. Son oncle était directeur du cabinet du président de la République. Familier des grands artistes de son temps, il incarnait l'élite. Adolescent, il multipliait déjà les voyages, découvrait Venise, Londres… Sur le plan de l'inégalité, sa jeunesse sera hors normes. Il rate son bac ? Qu'à cela ne tienne, il aura pour précepteur Jean Giraudoux. Il écrit un premier recueil de nouvelles ? Le préfacier en sera Marcel Proust… Il sera reçu major au concours des Affaires étrangères, fréquentera toute sa vie les ambassades et les salons dorés, en un mot, Morand sera toujours le fils du châtelain et Déon celui de l'intendant. Lorsqu'il s'agira de se tourner vers son passé, Morand restera droit dans ses bottes, quelque crottées qu'elles soient. Déon tentera de les faire briller, maladroitement. Cette impudeur de Morand ne sera pas pour peu dans son style. Là où Déon se met en retrait, Morand exulte.

Au fond, c'est sans doute Chardonne – et l'amertume qu'il arrivait à éveiller chez l'un comme chez l'autre – qui contribuera le plus à les réunir. Sa correspondance avec Morand donnera à ce dernier l'occasion de déverser sa bile sur à peu près tout le monde (seul Nimier semble échapper au massacre).

> Le parlement italien a protesté, aujourd'hui, contre « la conspiration du silence » qui entoura le massacre de 6 millions de juifs par les nazis ! Quand on pense que depuis 44, l'écran, les journaux, les prix littéraires, la radio, la TV, les défilés, les programmes politiques, les manuels scolaires, etc. ne nous parlent pas d'autre chose, ne cessent de nous apitoyer sur le sort des juifs massacrés, on se demande si on rêve. Mon père disait : « Les juifs en mettent toujours trop ; cela ne peut que finir mal. »

On remarquera la malhonnêteté crasse de Morand. Le parlement italien parle du passé : « qui entoura ». Silence indiscutable. Morand aurait-il voulu qu'à la libération des camps on n'en parle pas ?

Chardonne lui écrira :

> Vous avez bien de la chance de pouvoir réduire aux juifs votre dose de mépris. C'est un paratonnerre. Pour

moi, il s'étend à peu près à tous les gens que je connais ; je n'en suis pas fier, et je le montre le moins possible.

En réponse, Morand lui dira ses rêves :

> Tout ce que vous dites de la société littéraire française n'étant plus un univers littéraire est vrai et original. [...] Cela aurait continué, en France, si nous étions restés occupés par les Allemands. Nous les aurions dévorés, comme les Grecs, les Romains, en moins de dix ans, et ils nous auraient conservé notre empire colonial ; on l'aurait gardé pour eux, ce qui valait mieux que de le donner aux nègres.

Ce qui me perturbe dans ces lignes, au-delà de leur racisme grossier, c'est l'absence de prudence dont fait preuve Morand quant à l'issue d'une occupation prolongée de la France par l'Allemagne. Quelque théorique qu'elle soit, cette légèreté met en cause, à mes yeux, la réalité de l'amour que porte Morand à son pays. Et si c'était l'Allemagne qui pour finir dévorait la France ? On ne joue pas sa patrie aux dés.

O

Offenbach, Jacques

Il avait beau être né à l'étranger, Offenbach sera le grand créateur de l'opéra-bouffe à la française. Il composera une centaine d'œuvres dont beaucoup deviendront les incontournables des maisons lyriques. Génie absolu de la mélodie « qui accroche », Offenbach est l'auteur de succès tels que *La Vie parisienne*, *La Belle Hélène*, *Orphée aux Enfers*, *Barbe-Bleue*, *La Périchole*, ou encore *Les Brigands*. Insatisfait de réussir dans un genre considéré par beaucoup comme mineur, Offenbach cherchera toute sa vie la reconnaissance en tant que grand compositeur d'opéras. Il atteindra son but avec ses *Contes d'Hoffmann* (aujourd'hui l'une des œuvres lyriques les plus jouées au monde), quoique… L'opéra ne sera monté salle Favart qu'à titre posthume, Offenbach devant décéder quelques mois avant la première. Avec des airs tels que « La Barcarolle » ou « Les oiseaux dans la charmille », la musique d'Offenbach est l'une des plus familières à l'oreille.

Opérette

Entraînante et sans prétention, toujours conclue par une fin heureuse, l'opérette est un rendez-vous avec la joie de vivre. Sa musique ne sera pas savante, comme pour l'opéra-comique ou l'opéra-bouffe (sur ce plan, son ambition sera, disons, mesurée), mais ses grands airs devront « accrocher », ce qui nécessite un talent rare. Sur scène, les têtes d'affiche seront autant acteurs que chanteurs, la mise en scène devra être imaginative et riche en surprises, les dialogues ponctués de bons mots, et l'ensemble un art tout en légèreté, fondé sur de grands talents.

L'opérette est née en France grâce à celui de Florimond Ronger, un acteur, chanteur, organiste et metteur en scène qui mènera une belle carrière de compositeur d'opérette sous le pseudonyme d'Hervé (son œuvre la plus connue est sans doute *Mam'zelle Nitouche*).

Ronger menait de front plusieurs activités alimentaires, en particulier celle de professeur de chant aux aliénés de Bicêtre et de la Salpêtrière. Il observa que certains pensionnaires présentaient une amélioration du comportement dès lors qu'ils étaient exposés à la musique, et composa pour eux ce qui sera sans doute la première opérette de l'histoire, *L'Ours et le Pacha.*

La vie de Ronger ferait un roman ponctué de succès, d'opprobre – il fera de la prison pour détournement d'un garçon mineur – et de rencontres historiques. Il chantera sous la baguette d'Offenbach, sera chef d'orchestre à l'Odéon et rencontrera Wagner à Paris au cours d'une soirée mémorable où il se mettra au piano et lui chantera ses airs. « Un musicien français m'a étonné, charmé, subjugué : ce musicien, c'est Hervé », dira Wagner à son retour en Allemagne.

Durant toute la seconde moitié du XIXe siècle, l'opérette française allait connaître de nombreux succès. Son maître incontesté sera bien sûr Jacques Offenbach, mais d'autres grands compositeurs auront leur importance, et parmi eux Léo Delibes et André Messager. Au lendemain de la Grande Guerre (littéralement, c'est-à-dire le 12 novembre 1918, lendemain de l'armistice : le pays avait connu l'horreur, les années folles sonnaient à la porte et il n'y avait pas de temps à perdre), *Phi-Phi,* l'opérette d'Henri Christiné, fera un triomphe. Dans les années 1930, le théâtre du Châtelet présentera des œuvres à grand spectacle. Le théâtre Mogador et la Gaîté-Lyrique lui emboîteront le pas.

Après la Libération, l'opérette légère connaîtra le succès dans de petits établissements, sur des musiques de Georges van Parys, Guy Lafarge, Jack

Ledru, Guy Magenta, ou Marguerite Monnot, tandis que l'opérette à grand spectacle triomphera à Mogador (avec un couple vedette, Marcel Merkès-Paulette Merval), et au Châtelet (avec un nouveau compositeur, Francis Lopez, génie de la mélodie qui ne lâche pas l'oreille).

Lopez avait débuté sa carrière en composant des chansons à succès, portées par les grands noms de l'époque : André Dassary, Maurice Chevalier, Tino Rossi, Georges Guétary… Il n'avait pas trente ans que déjà la rue fredonnait ses grands airs. Après la Libération, en un rien de temps, il composera ce qui sera l'un des plus grands succès du genre, *La Belle de Cadix*. L'opérette tiendra l'affiche près de deux ans et scellera un partenariat d'exception : Raymond Vincy pour le livret, Lopez pour la musique, et sur scène un jeune ténor qui deviendra un véritable phénomène : Luis Mariano. Le trio récidivera avec *Andalousie* et poursuivra une route ponctuée par des triomphes, à raison d'un par année.

En 1950, Georges Guétary sera la grande vedette de *Pour Don Carlos*. Dès 1951 et durant des années, toute la France fredonnera avec Luis Mariano le grand air du « Chanteur de Mexico », monté au Châtelet :

Mexico, Mexiiiiiicoooo […]
Et tu seras toujours
Le paradis des cœurs
Et de l'amour

En 1952, le théâtre de l'ABC produira *La Route fleurie*, avec d'immenses vedettes populaires : Georges Guétary, Bourvil et Annie Cordy.

À compter de 1970, l'opérette connaîtra des années moins heureuses. Lopez continuera de se battre, pourtant, et contre vents et marées obtiendra deux immenses succès, *Gipsy*, représenté au Châtelet plus de six cents fois, et *Volga*, qui tiendra près de vingt mois, avec chaque fois le jeune ténor vedette José Todaro.

Durant plusieurs décennies, l'opérette fut à l'opéra ce que le champagne est aux grands crus. Puis le champagne cessa de couler, et c'est bien dommage. On ressortait d'une représentation d'opérette bien plus joyeux qu'après un *Elektra* ou un *Aïda*…

Ô, raisons funèbres (une spécialité française)

Je sais… Ce jeu de mots est d'une facilité honteuse et le sujet ne se prête pas aux plaisanteries. Pardon… Et pourtant… Si la France est le pays des oraisons funèbres, c'est qu'à cela il y a mille raisons. Toutes les « spécialités françaises » s'y retrouvent. Le genre permet de fondre en un seul art (car il s'agit de cela) discours d'apparat, goût du grand style, rhétorique, amour du théâtre (ou plus précisément de la théâtralité), propos apostoliques, et enfin souci de grandeur. Ce dernier sera incarné tant par la personne dont il est fait éloge que par le talent de celle qui s'en charge, et bien sûr par le rang et la qualité de ce qu'il faut bien appeler « les spectateurs ». L'oraison funèbre permet la fusion entre goût de la forme et souci d'élévation morale, constituant en cela, je crois, une caractéristique marquante de l'esprit français :

des belles choses l'élan spirituel n'est jamais très éloigné, et, dans la spiritualité, que chercher sinon la vraie beauté ? Cette relation profonde, féconde, explique sans doute la multiplicité des oraisons. Anne d'Autriche, par exemple, eut droit à cinq d'entre elles (au moins), toutes majestueuses, dont celle de **Bossuet**, prononcée devant le roi dans la chapelle du château de Saint-Germain (Bossuet réunira et publiera lui-même six de ses oraisons : *Recueil d'oraisons funèbres composées par messire Jacques-Bénigne Bossuet, évesque de Meaux*).

Oui, l'oraison funèbre est un art diablement[1] tentant… Il offre au prédicateur l'occasion de déployer sa panoplie de talents devant les puissants, et surtout de le faire dans des conditions « porteuses » : la personne dont on fait l'éloge est morte, il est permis d'en dire beaucoup de bien, l'adhésion de tous lui sera acquise par avance.

Autre chose, encore, me pousse à parler de « raison funèbre ». La lecture de Renan… Les oraisons sont des occasions d'union. « Avoir souffert, joui, espéré ensemble, voilà ce qui vaut mieux que des douanes communes et des frontières conformes aux idées stratégiques ; voilà ce que l'on comprend malgré les diversités de race et de langue. » Pour Renan, « la souffrance en commun unit plus que la joie. En fait de souvenirs nationaux, les deuils valent mieux que les triomphes ; car ils imposent des devoirs » (v. Renan, Ernest). Au service du roi et du Seigneur (dans un ordre qui reste à définir), Bossuet et les siens connaissent leurs responsabilités.

1. Encore désolé.

MEAUX. - La Chaire de Bossuet

Historiquement, le genre n'a pas manqué d'évoluer. D'élogieux, surtout, au XVIe siècle (comme ce fut le cas pour *L'Oraison funèbre sur la mort de monsieur de Ronsard*, de Jacques Davy du Perron), l'oraison prendra une consonance religieuse plus marquée avec de grandes voix : Jean-Louis de Fromentières, Roger Martineau, Juillard du Jarry… Deux d'entre elles se distinguent, par leur puissance, leurs talents, par leurs différences, par le rôle historique, aussi : celles de Bossuet et de Louis Bourdaloue.

Chacune des grandes oraisons de **Bossuet** (dix d'entre elles nous sont connues) porte les thèmes qui lui sont chers : l'homme face aux volontés, quelquefois aux caprices, de la Providence, la question de l'orgueil, le rappel à l'humilité, et bien sûr la mort. Bossuet veut convaincre. Il est prêt, j'ose le dire, à presque tout, dans les limites de sa fonction, bien sûr : jouer sur les émotions, créer l'inattendu, le choc, en un mot, faire ce qu'il prétend détester : du théâtre. Il ne se contentera pas d'user, çà et là, de quelques effets de voix ou de gestuelle : il les multipliera, en acteur rodé, astucieux, presque roublard, habité par le désir de bousculer son spectateur, de lui faire ressentir un plein lot de surprises, d'instants de désespoir, et bien sûr de moments de joie, pour que, à la fin, autant qu'il sera possible, chacun se sente meilleur et consolé, prêt à s'unir, en un mouvement de communion générale, au Seigneur en même temps qu'à tous les présents. À tout cela, son talent était immense.

Dans son *Oraison funèbre de Henriette de France*, il aura ces mots qui dévoilent sans ambages le « cahier des charges » qu'il s'assigne :

> Il faut que je m'élève au-dessus de l'homme, pour faire trembler toute créature sous les jugements de Dieu. J'entrerai, avec David, dans les puissances du Seigneur ; et j'ai à vous faire voir les merveilles de sa main et de ses conseils : conseils de juste vengeance sur l'Angleterre, conseils de miséricorde pour le salut de la reine, mais conseils marqués par le doigt de Dieu, dont l'empreinte est si vive et si manifeste dans les événements que j'ai à traiter qu'on ne peut résister à cette lumière.

Il ne sera donc ni historien ni chroniqueur, qu'on se le dise ! Ici, l'événement historique est au service du commentaire et les faits au service de la foi. Bossuet puisera sans retenue dans les conjonctions, « mais » étant sa préférée, dans un double propos : il fallait d'abord surprendre, ponctuer le récit de véritables coups de théâtre (des événements surgissent : « Alors, que ne vit-on pas ! »), puis dans celui, central, de dramatiser la narration pour qu'elle surgisse comme œuvre de la Providence, à l'égard de laquelle chacun voudra avoir l'humilité d'une foi sincère et pleine.

Bossuet, qui prétendait ne pas aimer le théâtre, était acteur, metteur en scène et dramaturge de ses oraisons… Quant à son amour du théâtre, je ne sais pas si beaucoup d'acteurs en ont connu de plus grand. Il suffit de l'observer, sur l'un de ses nombreux portraits, pour être frappé, ici par une coquetterie du regard, là par un sourire réprimé, qui en disent long sur son goût du paraître et son incapacité à cacher ce sentiment.

À l'occasion de l'oraison funèbre de Yolande de Monterby, placé sous une épigraphe extraite des Corinthiens : « *Ubi est, mors, victoria tua ?*, Ô, mort, où est ta victoire ? », Bossuet reprend et amplifie le propos qu'il a développé dans celle consacrée à Henriette de France :

> Quand l'Église ouvre la bouche des prédicateurs dans les funérailles de ses enfants, ce n'est pas pour accroître la pompe du deuil par des plaintes étudiées ni pour satisfaire l'ambition des vivants par de vains éloges des morts. La première de ces deux choses est trop indigne de sa fermeté ; et l'autre, trop contraire à sa modestie. Elle se propose un objet plus noble dans la solennité des discours funèbres : elle ordonne que ses ministres, dans les derniers devoirs que l'on rend aux morts, fassent contempler à leurs auditeurs la commune condition de tous les mortels, afin que la pensée de la mort leur donne un saint dégoût de la vie présente, et que la vanité humaine rougisse en regardant le terme fatal que la Providence divine a donné à ses espérances trompeuses.
>
> Ainsi n'attendez pas, chrétiens […] « Ô, mort, où est ta victoire ? » *Ubi est, mors, victoria tua ?* C'est ce que je tâcherai de vous faire entendre dans cette courte

exhortation, où j'espère que le Saint-Esprit me fera la grâce de ramasser en peu de paroles des vérités très considérables que je puiserai dans les Écritures.

Pour l'oraison du duc de Condé, il aura soin de louer le duc, oui, mais dans des proportions qui ne portent pas ombrage au « plus grand de tous les rois », dont on ne sait plus, pour finir, s'il s'agit de Louis ou du Seigneur :

> [...] la seule simplicité d'un récit fidèle pourrait soutenir la gloire du prince de Condé. Mais, en attendant que l'histoire, qui doit ce récit aux siècles futurs, le fasse paraître, il faut satisfaire, comme nous pourrons, à la reconnaissance publique et aux ordres du plus grand de tous les rois.

Car c'est au fond de Louis que Bossuet veut parler, Louis très grand roi ; le duc de Condé ne manquera pas à sa divine mission, qui, en définitive, ne consistait qu'à le défendre lorsque, enfant, il était encore trop fragile pour s'en charger seul :

> Laissez-le croître, ce roi chéri du Ciel, tout cédera à ses exploits : supérieur aux siens comme à ses ennemis, il saura tantôt se servir, tantôt se passer de ses plus fameux capitaines.

Mais enfin, cette mission était accessoire. Bossuet conclura son oraison par ces mots :

> Non, je ne veux rien voir en vous de ce que la mort y efface ; vous aurez dans cette image des traits immortels : je vous y verrai tel que vous étiez à ce dernier jour sous

> la main de Dieu, lorsque sa gloire sembla commencer à vous apparaître [...]. Au lieu de déplorer la mort des autres, Grand Prince, dorénavant je veux apprendre de vous à rendre la mienne sainte : heureux si, averti par ces cheveux blancs du compte que je dois de rendre de mon administration, je réserve au troupeau que je dois nourrir de la parole de vie les restes d'une voix qui tombe, et d'une ardeur qui s'éteint.

À l'occasion de l'oraison qu'il prononcera en l'honneur du père Bourgoing, supérieur général de la congrégation de l'Oratoire, il ira jusqu'à insister sur la discipline que le Seigneur attend du croyant dans ses rapports au diocèse. « Dieu établit les pasteurs », dira Bossuet :

> Il a donc voulu imprimer dans l'ordre et dans l'office des pasteurs le mystère de l'unité de l'Église, et c'est en ceci que consiste la dignité de l'épiscopat. Le mystère de l'unité ecclésiastique est dans la personne, dans le caractère, dans l'autorité des évêques. En effet, chrétiens, ne voyez-vous pas qu'il y a plusieurs prêtres, plusieurs ministres, plusieurs prédicateurs, plusieurs docteurs ; mais il n'y a qu'un seul évêque dans un diocèse et dans une église [...] « Un Dieu, un Christ, un évêque. »

Au service du roi, de l'Église ou de sa propre foi, avec talent et fougue, Bossuet faisait l'acteur.

Sous de nombreux aspects, **Louis Bourdaloue** et Bossuet étaient très proches, et il semble bien que, en dépit d'une situation d'inévitable concurrence devant le roi, leurs rapports aient été toujours cordiaux (ils sont nés avec cinq ans d'écart et sont morts la même année). Comme Bossuet, Bourdaloue est d'une éloquence exceptionnelle. Comme Bossuet, Bourdaloue estime que le propos central de ses oraisons funèbres est le salut des âmes, puis, dans l'ordre, l'occasion de louer les bienfaits du roi, avant de chanter la gloire du défunt. Il débutera son oraison pour ce même duc de Condé en citant ces quelques mots des Rois :

> Le roi lui-même, touché de douleur et versant des larmes, dit à ses serviteurs : ignorez-vous que le prince est mort, et que dans sa personne nous venons de perdre le plus grand homme d'Israël ?

C'est du reste la peine du monarque que Bourdaloue cherche à consoler, dès ses premiers mots :

> Et c'est, par l'application la plus heureuse que je pouvais faire des paroles de l'Écriture, l'éloge presque en mêmes termes, dont notre auguste monarque a honoré le premier prince de son sang, dans l'extrême et vive douleur que lui causa la nouvelle de sa mort.

Bourdaloue ajoutera, très vite :

> Persuadé plus que jamais que la chaire de l'Évangile n'est point faite pour des éloges profanes, je viens m'acquitter d'un devoir plus conforme à mon ministère. Chargé du soin de vous instruire et d'exciter votre piété par la vue même des grandeurs humaines, et du terme fatal où elles aboutissent, je viens satisfaire à ce que vous attendez de moi.

Comme Bossuet, Bourdaloue était grand acteur. Comme Bossuet, il soignait ses mises en scène, par des effets de voix, par ses postures (lui parlait les yeux fermés). Comme Bossuet, peut-être plus encore, il occupera pleinement sa charge à l'occasion de chaque grande oraison (j'ai essayé d'estimer la durée de celle qu'il a faite pour le duc de Condé : elle a été d'au moins deux heures, sans doute près de trois[1]).

Comme Bossuet, il incarnera l'intimité qui peut surgir entre éloquence et foi, et la puissance qu'une telle fusion peut donner à un texte (comme Bossuet, Bourdaloue aura été l'un des fondateurs de l'éloquence chrétienne).

En dépit de ces nombreux aspects qui rapprochent Bourdaloue de Bossuet, les deux hommes différaient sur deux points essentiels à mes yeux.

Bossuet jouait sur les émotions, transformait l'Histoire en drame, alors que Bourdaloue se fondait sur la raison ; ses arguments étaient concrets, accessibles à tous, convaincants par leur simplicité. Il y a chez Bourdaloue une forme d'humilité que je ne retrouve pas chez Bossuet. Il est très possible que chez ce dernier j'aie raté quelque chose, je l'admets. Mais enfin, plus d'un motif m'amène à cette conclusion. Les représentations de Bourdaloue nous montrent un homme qui n'est jamais dans l'ostentatoire. Point de nombreux et rutilants tableaux, où on le verrait vêtu de tissus précieux. Bourdaloue se distingue aussi de Bossuet dans sa fonction ecclésiale. Prêtre jésuite, il prit – avec quel courage – des positions que n'aurait

---

1. Serait-ce la raison pour laquelle son nom désigne certains pots de chambre, de forme oblongue ? Les gazettes murmurent que c'est de son patronyme que vient le mot familier de *loo*, qui en anglais désigne le petit coin…

pas reniées un janséniste pur sucre. Dans son oraison funèbre au duc de Condé, ses références appuyées à saint Augustin (en tant que prêtre jésuite !) démontraient une indépendance d'esprit rare dans sa relation à son ordre :

> Il s'agit d'un héros de la terre ; car c'est l'idée que tout l'univers a eue du prince de Condé. Mais je veux aujourd'hui m'élever au-dessus de cette idée, en vous proposant le prince de Condé comme un héros prédestiné par le Ciel ; et <u>dans cette seule parole</u> (c'est moi qui souligne) consiste le précis et l'abrégé du discours que j'ai à vous faire.

Plus loin dans l'oraison, Bourdaloue reprendra le mot :

> Il s'agit, dis-je, d'un héros prédestiné de Dieu.

Avant de se faire plus précis encore. Parlant du duc, il dira :

> [...] parce qu'à l'exemple de saint Augustin, plus il étudiait cette religion, plus elle lui paraissait fondée sur les principes éternels de la vérité et de la sainteté ; [...] il avait, aussi bien que saint Augustin, une raison saine, et que son cœur, qui était droit, a toujours été, du point de vue de la religion, d'intelligence et d'accord avec sa raison.

Après les âpres batailles des *Provinciales* (v. Pascal, Blaise, ou le bonheur de la lecture) et celles du mouvement janséniste (v. Jansénisme), après que Louis XIV eut interdit le jansénisme et ordonné la fermeture de l'abbaye de Port-Royal, le courage de Bourdaloue en appelant, devant le roi et sans la moindre ambiguïté, à saint Augustin et à la prédestination, mérite d'être salué.

P.-S. : Passer de l'opérette à l'oraison funèbre, voilà qui s'appelle changer de genre… Le sujet de l'entrée précédente ravit par son insouciance, alors qu'ici, pour faire court, le propos est de penser à la mort. Mais on reste, je crois, dans une forme de cousinage : la France est le pays de l'opérette autant que celui des oraisons funèbres. Les deux expressions se fondent sur le grand art de la représentation, mêlé tantôt à des valeurs spirituelles, tantôt à des talents profanes, quand ce n'est pas aux unes et aux autres en même temps. Ce n'est pas le moindre des paradoxes de l'esprit français (v. Panthéon).

Orchestres symphoniques

Des grands ensembles symphoniques français, je connais l'**Orchestre de Paris**, l'**Orchestre philharmonique de Radio France**, l'**Orchestre national de France**, celui de l'**Opéra de Paris** – qui joue principalement en fosse mais qui est aussi un très grand ensemble symphonique, l'**Orchestre national de Lyon** et enfin l'**Orchestre national de Toulouse**. Il faut le dire, aucun d'entre eux n'est considéré comme faisant partie des cinq ou six meilleurs orchestres du monde (comme le Berliner Philharmoniker, le Concertgebouw d'Amsterdam, le Cleveland Symphony Orchestra – sans doute en tête de liste –, le Boston Symphony Orchestra, le LSO (London Symphony Orchestra) et le Wiener Philharmoniker). Pourtant, ce sont les orchestres français que je préfère voir (et entendre) jouer. D'abord, parce que ce sont tous de très grands orchestres, qui recrutent parmi les meilleurs tuttistes ou solistes. De grande tradition musicale, ils ont été modelés par des chefs mythiques. L'Orchestre de Paris a eu à sa tête Herbert von Karajan, Georg Solti, Daniel Barenboim... Il ne s'agit pas là de chefs invités mais de titulaires qui durant plusieurs années et au cours de nombreux concerts, enregistrements ou répétitions, ont eu l'occasion de forger l'orchestre à leur vision de la musique. Le Philharmonique de Radio France a travaillé sous la baguette de Marek Janowski et de Myung-Whun Chung. L'Orchestre national de France a eu comme patrons Lorin Maazel, Kurt Masur... Un véritable *Who's Who* des plus grands chefs de la planète. Ces immenses directeurs musicaux ont laissé en héritage une musicalité que rien, aucune technique, aucune discipline d'orchestre ne pourra jamais remplacer.

Le mot est lâché : discipline... On a beau fonctionner sur une forme implicite de mondialisation, l'esprit national reste fort. Un ensemble symphonique se modifie à la vitesse à laquelle avancent les glaciers. Les temps sont longs, les inerties immenses. J'ai passé dix-huit années à l'Orchestre de la Suisse romande, dont les treize dernières comme président. On le compare souvent aux grands orchestres français. Malgré, très occasionnellement, une absence de précision infime, décelable à l'oreille d'un professionnel seulement, il a un « je-ne-sais-quoi » qui fait son charme et sa spécificité. Je me souviens d'avoir demandé un jour à Pinchas Steinberg, alors qu'il était directeur artistique et musical de l'OSR, ce qui à ses yeux faisait la différence entre un très bon orchestre et un très grand orchestre. « Un très grand orchestre est un très bon orchestre qui joue toujours comme un très bon orchestre ». À ses yeux, ce qui comptait, c'était la fiabilité. Paroles de chef. À mon goût, il est émouvant de vivre les affres d'un orchestre, ses doutes, la manière dont il s'accroche, son cheminement. Il faut qu'il joue au bord du volcan. Une faille ici ou là ajoute une émotion. Née d'une imperfection, elle peut être violente, magnifique. Cette dimension « saltimbanque » est justement ce qui, à mes yeux, rend certains soirs le concert inoubliable.

13 juillet

Il devait tenir. Le quatrième mouvement était le plus ardu. Vingt-cinq minutes d'une intensité inouïe pendant lesquelles il fallait avoir l'œil partout : orchestre, chœurs, solistes…

Il rassembla toutes ses forces, décidé à anticiper chaque départ, et y parvint à la perfection. Jusqu'à ce qu'un regard, un simple regard, dérègle la mécanique de la symphonie et le perde.

À partir de la mesure 659, les quatre voix du chœur se retrouvent, mais leurs entrées se font par paliers. Les voix de femmes démarrent à l'unisson sur le temps, au 659, avec des textes différents :

Les sopranos chantent :

Wir betreten feuertrunken
Himmlische, dein Heiligtum

Le texte des altos dit :

Diesen Kuss der ganzen Welt !
Seid

Les ténors doivent se caler sur le *Seid* des altos au demi-temps de la mesure 661, alors que les basses reprennent le refrain.

Freude, schöner Götterfunken

sur le temps fort de la 662.

Par crainte de rater l'entrée des ténors, Alexis leva les yeux sur eux à la mesure 660. Ils démarrèrent à son regard, au temps fort de la 661. Une demi-mesure trop tôt… Les basses leur emboîtèrent le pas une demi-mesure plus tard, comme ils étaient censés le faire, les voix de femmes poursuivirent leur ligne de chant, et les deux voix d'hommes firent de même. Mais entre les premières et les secondes, le décalage d'une demi-mesure dura près de quarante secondes.

Un temps infini.

Le monde s'écroulait.

[…]

Qui parmi les six mille spectateurs avait remarqué le carambolage ? Dix personnes, peut-être quinze. Mais plusieurs choristes, les traits tendus, se mirent à jeter des coups d'œil angoissés à leurs voisins. Les musiciens regardèrent soudain Alexis avec inquiétude. La salle comprit qu'il se passait quelque chose d'inhabituel. Alors Sonia et Ted comprirent que le mal était irréparable. Les journaux diraient : « À la First Night des Proms, un carambolage incroyable s'est produit peu avant la fin du dernier mouvement. » Ce serait la catastrophe, et le monde entier en parlerait.

[…]

15 juillet

[...]

Dans le *Financial Times*, Jack Masri écrivait : « Ce jeudi soir au Royal Albert Hall, les six mille spectateurs venus voir et entendre la First Night garderont le souvenir bouleversant du plus grand chef d'orchestre vivant, Alexis Kandilis, aux prises avec l'angoisse. »

[...]

Le chroniqueur terminait par ces mots : « Jamais une soirée aux Proms ne m'aura autant pétri d'émotion. »

M. A., *Prince d'orchestre*

Il y a de cela une quinzaine d'années, j'avais été invité à une émission littéraire sur France Musique. Le journaliste m'avait demandé de sélectionner cinq morceaux de musique, dont un de « variété française ». Je me décidai pour Yves Montand chantant « Les feuilles mortes ». J'en avais deux versions dans ma discothèque. Dans la plus ancienne, Montand offrait une chanson parfaite. L'autre version avait été enregistrée sur scène, alors que Montand était en fin de carrière. Sa voix n'était plus assurée. L'enregistrement était bouleversant.

Enfin, il faut le dire, ma préférence aux orchestres français suit de près mon goût pour la musique française ou russe. Pour Beethoven, Mozart ou Haydn, le Berliner ou le Cleveland sont hors catégorie.

Pourquoi un orchestre constitué d'excellents instrumentistes, tous des virtuoses, est-il certains jours si différent de lui-même ? Sans doute est-ce en cela que les orchestres de France incarnent la vraie vie. L'émotion bouscule la raison. Elle a raison de le faire.

L'esprit français, encore.

Ormesson, Jean d'

Difficile d'écrire sur l'homme qui, durant des décennies, a été – de l'avis unanime – le plus charmant, le plus brillant, le plus amusant, le plus charmeur, le plus irrésistible, le plus aimé de tous les écrivains de France et d'ailleurs. À sa mort, ses amis lettrés ont usé des mots les plus tendres et les plus justes.

Difficile, pourtant, de ne pas écrire sur celui qui, sans conteste, a durant des décennies incarné ce que l'esprit français a de plus gracieux, de plus élégant, de plus… authentiquement français (v. Conversation à la française, L'art de la).

Alors, comment faire ? Qu'ajouter ? Raconter sa jeunesse, sa formation, ses débuts ? Chacun les connaît. Copier son discours de réception à l'Académie française ? Celui qu'il fit pour accueillir Marguerite Yourcenar ? Rappeler son « Madame » ? Personne ne l'a oublié. Résumer ses livres ? Ils l'ont été cent fois. Reprendre, en balourd, ce qui a été dit ou écrit à sa mort, par ses plus chers amis, des gens de grand talent ? Ce serait indécent. Apporter une note personnelle ? Je n'ai croisé Jean d'Ormesson qu'une seule fois, le temps d'une poignée de main.

Pourtant, nous nous sommes rencontrés, si l'on peut dire, indirectement, par la grâce de deux femmes, qui, dans des circonstances très différentes, ont énormément compté pour moi. Et l'une d'entre elles a, je le sais, marqué pour toujours Jean d'Ormesson, il l'a dit et écrit à de nombreuses reprises. Alors je parlerai de ces deux rencontres virtuelles qui ont eu lieu par personnages féminins interposés. Détail piquant, chacune avait pour point de départ un écrit, dont la personne, mine de rien, souhaitait que je prenne connaissance et qu'elle avait posé ostensiblement sur un meuble.

Pour aller droit au but, mon premier sentiment à l'égard de Jean d'Ormesson a été une détestation féroce. Il n'y était pour rien et bien sûr n'en a jamais rien su : il s'était retrouvé pris malgré lui dans une chamaillerie amoureuse d'adolescents. Mon premier grand amour était Géraldine Chaplin (j'étais, a-t-elle dit, son « premier fiancé »). Bon… c'était il y a longtemps. À cette époque, toute la famille Chaplin passait chaque été une partie de ses vacances chez Paul-Louis Weiller, un richissime industriel qui savait recevoir et mettait ce savoir en pratique : dans sa villa (mais peut-être en avait-il plusieurs) de Saint-Jean-Cap-Ferrat, il recevait le monde entier, disons : le beau monde entier. Parmi ses invités, outre les Chaplin, se pressaient l'actrice Jean Seberg, le photographe de *Paris Match* Benno Graziani, d'autres noms qui impressionnaient, et… Jean d'Ormesson. Il avait alors à peine dépassé la mi-trentaine, Géraldine et moi étions ses cadets d'une vingtaine d'années. À la façon surfaite que Géraldine avait de me parler de lui (« Tu ne peux pas savoir comme il est mignon »), je voyais bien qu'entre eux, il ne s'était rien passé. Mais enfin j'étais jaloux quand même, et Géraldine, aux instincts féminins très aiguisés, le sentait. Un jour que nous nous étions chamaillés, elle avait ostensiblement laissé traîner une lettre sur un meuble de sa chambre, au manoir de Ban, et qui commençait par ces mots : *Jean chéri*…

C'est dire si, longtemps, j'ai suivi les succès de Jean d'Ormesson d'un œil noir. Et puis le temps a fait son œuvre, d'autres émois ont remplacé les inoubliables premiers. J'écoutais, je lisais Jean d'Ormesson et me rendais à cette évidence : il avait un charme rare. Mais enfin, même si cet homme ne m'avait rien fait, je n'oubliais pas le *Jean chéri*…

Trente ans plus tard, tout bascula un jour où je rendais visite à Jeanne Hersch, la philosophe. C'était le 18 août 1995.

J'avais connu Jeanne Hersch en 1990, dans le cadre d'une fondation genevoise, et je me souviens des sentiments qui me traversaient ce jour-là. J'étais terrorisé. C'est qu'elle avait sa réputation… Elle se montra d'une gentillesse et d'une écoute confondantes, et me demanda si cela m'intéressait de mieux connaître la philosophie. Durant dix années, je me rendis chez elle chaque trois ou quatre semaines. Je crois qu'aucune de nos discussions n'a duré moins de trois heures, la plus longue a duré près de sept heures (j'en suis sorti à peine vivant), souvent nous allions déjeuner (elle était ravie de sortir, gourmande, aussi) et durant dix années, jusqu'à sa mort en 2000, je lus, bien sûr, beaucoup, Jaspers surtout, les textes de Jeanne Hersch, me mis à écrire, bref ma vie bascula. Jeanne Hersch m'a donné ce qu'une mère donne à son enfant.

Ce 18 août, en fin de journée, j'arrive chez elle et la vois guillerette comme une jeune fille (elle avait quatre-vingt-cinq ans…). « Vous avez vu ? » me lance-t-elle à peine j'arrive. Sur la table de salle à manger, l'édition du jour du *Figaro* était ouverte sur une série d'été intitulée « La personne qui les a le plus marqués », et, au-dessous :

Jean d'Ormesson – Jeanne Hersch

Elle est philosophe. Elle détestera, j'imagine, lire ces lignes qui lui sont consacrées. C'est un risque. Je le prends.

Après avoir cité quelques figures majeures de la littérature, Jean d'Ormesson consacre l'essentiel de l'article à Jeanne Hersch. Ces lignes sont une pure merveille. Et de Jean d'Ormesson, je crois bien qu'elles disent tout. Il incarnait la majesté de l'esprit français : une analyse psychologique d'une grande sensibilité, de l'humour, de la générosité, de la délicatesse en toutes choses, des piques tendres, des sentiments forts d'affection et de gratitude, exprimés à la fois avec franchise et retenue, une profondeur, mais aussi une légèreté de chaque instant.

Voici ce texte.

Mais c'est d'une femme dont le nom vous est sans doute inconnu que je voudrais vous parler aujourd'hui. Elle n'est pas imaginaire, elle est vivante, très vivante, elle habite Genève et la Corse : elle s'appelle Jeanne Hersch. Qu'elle veuille bien me pardonner, car elle n'est pas de ceux ni de celles qui se prélassent sous les sunlights, de faire sortir son grand nom, très connu de ses pairs, de l'ombre discrète et savante où elle aime à se cacher.

Jeanne Hersch est philosophe. Comme Levinas, comme Hyppolite ou Alquié, comme Gilson ou Raymond Aron, la philosophie est son métier. Elle est d'origine polonaise, du sud de cette Lituanie qui nous a donné, parmi d'autres, un O. V. de L. Milosz, qu'elle a d'ailleurs traduit, et elle est socialiste. Elle a aussi un caractère entier, difficile, certains diraient ombrageux, qui ne lui vaut pas seulement des amis. Beaucoup d'hommes et de femmes que j'admire – le général de Gaulle, tenez – ont un caractère impossible. « Il est spécial », disait, d'après Alain Peyrefitte, Georges Pompidou du Général. Jeanne Hersch, qui, d'après ce que je sais, n'est pas vraiment gaulliste, est aussi spéciale.

J'ai connu Jeanne Hersch quand René Maheu, un peu spécial lui aussi, l'a nommée à la tête de la division de philosophie de l'Unesco dont elle a été le vrai créateur et le premier directeur. C'était l'époque où l'Unesco comptait un nombre impressionnant de caractères originaux et d'esprits indépendants venus de tous les horizons.

Je m'occupais alors moi-même, modestement, aux côtés de Roger Caillois, d'une revue savante qui s'appelle *Diogène* et d'une organisation où m'avait introduit Jacques Rueff, et qui portait – et porte encore – le nom sonore de Conseil international de la philosophie et des sciences humaines. Je crains que Jeanne Hersch n'ait été mise en garde contre moi par des esprits distingués. Les mêmes esprits distingués, ou d'autres, m'avaient tracé de Jeanne Hersch un portrait peu flatteur : quelqu'un qui ne riait jamais, d'un caractère bourru, d'une sévérité effrayante et avec qui, à coup sûr, je m'entendrais assez mal. Tout était faux, bien entendu, elle était très gaie et d'une générosité sans égale. À peine nous étions-nous rencontrés que Jeanne Hersch éprouvait, je crois, à mon égard, une indulgence coupable et que je nourrissais pour elle une admiration et une tendre affection qui ne se sont jamais démenties. Comme quelques autres auparavant, elle a – mais s'en doute-t-elle ? – bouleversé l'image que je me faisais de ma vie.

Elle m'a appris la rigueur. Ou elle a essayé. Avant de devenir professeur de philosophie à l'université de Genève, Jeanne Hersch a longtemps enseigné la philosophie dans le secondaire, à l'École internationale de Genève. Elle a surtout été la disciple par excellence d'un des plus grands philosophes de notre temps, à qui elle a consacré une bonne partie de sa carrière et plusieurs ouvrages qui font autorité : Karl Jaspers. À la mort de Jaspers, elle a prononcé sur sa tombe des paroles bouleversantes. Voilà que cet adjectif revient encore sous ma plume. C'est qu'un esprit comme Jeanne Hersch ne laisse pas indifférents ceux à qui elle s'adresse. J'ai toujours eu l'impression que les idées, les sentiments, les jugements, les passions peut-être, prenaient avec Jeanne Hersch une soudaine profondeur.

[...]

Ce qui fait les grands philosophes, ce n'est pas tant l'intelligence – l'intelligence court les rues – qu'une certaine qualité de profondeur et d'adhésion au monde et à l'esprit qui l'anime. Personne plus que Jeanne Hersch ne me donne le sentiment de l'authenticité et d'une profondeur si intime qu'elle se confond avec la clarté. J'ai entendu Jeanne appliquer à d'autres une jolie formule qui signifiait, j'imagine, cette bonne qualité de l'âme qui se détourne des bassesses pour chercher la lumière : « Elle a du grain. » Jeanne Hersch a du grain. Non pas un grain. Mais du grain.

[...]

Elle détestera, j'imagine, lire ces lignes qui lui sont consacrées et où elle trouvera, je n'en doute pas, de quoi s'irriter contre leur auteur. C'est un risque. Je le prends. Inconnue du grand public, Jeanne Hersch a été et est encore, pour des milliers de jeunes gens, et pour d'anciens jeunes gens, un de ces maîtres qui introduisent sans faiblesse aux splendeurs humbles de l'esprit. Pour des milliers de jeunes gens, et pour d'anciens jeunes gens. Je me range parmi eux. Borges m'a appris la subtilité infinie d'un univers engagé dans un jeu redoutable avec l'homme. Caillois m'a appris la rigueur d'un esprit qui doit veiller sans cesse à ses pouvoirs et regarder à la loupe le moindre mot qu'il injecte dans l'exubérance de l'univers. Beri m'a donné l'exemple, inégalable et lointain, du pétillement de l'intelligence. Jeanne Hersch m'a introduit, mieux que personne, avec une patience et une fermeté sans égales, à un monde déjà familier et dont je ne savais presque rien : celui de la philosophie, de sa profondeur lumineuse, de ses exigences intraitables, de ses devoirs souvent rudes. Elle a été pour moi, comme pour beaucoup, un maître de vérité.

L'esprit français…

P.-S. : Jean d'Ormesson était le roi de la plus irrésistible des formes d'humour : l'autodérision. Un commentateur l'interrogeait un jour sur ce sujet clé : « Il y a les petits cons… Il y a aussi les vieux cons… » Il n'eut pas le temps de lui poser la question que la réponse fusait : « Vous parlez à un expert ! » Le mot déclencha une ovation.

Orsay, Musée d'

Dans le taxi qui me mène quai Anatole-France, j'appréhende l'émotion. Tout au long du trajet, je serre très fort la main d'I. Sans un mot, nous passons un contrôle, la billetterie, un contrôle encore. Un chapelet d'escaliers mécaniques nous mène au cinquième étage, celui des impressionnistes. La salle 35 est réservée à Van Gogh. Seize chefs-d'œuvre y sont accrochés : *L'Église d'Auvers*, *Le Portrait d'Eugène Boch*, *Le Portrait du docteur Gachet*, *L'Italienne*, un *Autoportrait* de l'époque parisienne, *La Chambre de Van Gogh à Arles*. Chaque fois la solitude s'exprime dans son extrême nudité. I. me touche l'épaule et me glisse à l'oreille, de dos : « Je vais à côté voir les Cézanne. » Elle revient, quinze ou vingt minutes plus tard : « Je vais à la cafétéria, c'est juste après les Cézanne », toujours de dos, ce qui m'évite de lui dévoiler un émoi qu'elle devine. Chaque fois, ses lèvres frôlent mon oreille gauche et ma nuque. Ce contact tendre et furtif vient à point nommé.

Devant chaque toile, je m'arrête longuement. La chambre de Vincent est celle qui me touche le plus. Meublée d'un lit, de deux chaises, et d'une table de toilette, la chambre est située au premier étage de la Maison jaune, place Lamartine, en Arles. Son histoire m'est familière. Dans l'attente de bientôt recevoir Gauguin, il lui écrit : « J'ai peint ma chambre à teintes plates, mais grossièrement brossées, en pleine pâte, dans le souci d'exprimer un repos absolu par tous ces tons très divers, vous voyez. » La lettre contient une esquisse du tableau, et fait suite au courrier qu'il a adressé à son frère Théo, lui aussi orné d'un croquis. À la tête du lit étroit sont disposés côte à côte deux coussinets, prévus comme pour un couple. Les meubles, poussés contre les parois, libèrent l'espace et accueillent. Les moyens engagés sont si simples, l'attention aux plus humbles détails de la vie courante est si délicate qu'il émane de ce tableau un mélange de bonheur et de tristesse qui touche et invite au souvenir.

Un détail du tableau me le rend plus attachant encore. En mai de l'année suivante, la toile est expédiée à Théo. Elle lui arrive endommagée. Théo écrit à son frère : « Je te renverrai *La Chambre à coucher* mais tu ne devrais pas retoucher cette toile-ci. Cela peut se réparer. Copie-la et renvoie alors celle-ci pour que je la fasse rentoiler. » Van Gogh en exécute deux copies. Les trois versions de la toile, ainsi que les deux esquisses, ne présentent que de minimes différences, mais toutes concernent les tableaux dans le tableau, ceux qui sont accrochés aux murs de la chambre et qu'au fil des versions Van Gogh enjolive. Dans la copie, plus petite, destinée à sa sœur Wilhelmine, qui est celle exposée à Orsay, Eugène Boch et le facteur Roulin y sont remplacés par des personnages plus jeunes et plus clairs, et le tableau accroché à la tête du lit se transforme en paysage exotique, gai et orangé.

[…]

La nostalgie douce-amère qui se dégage de *La Chambre de Vincent* éclaire ce souvenir, le ravive, m'en console aussi. Je m'assieds face à I. La cafétéria d'Orsay déborde de monde et de bruits. Attraper le regard du garçon relève de l'exploit.

— Moi aussi, je voudrais un thé.

— Chacun son tour.

I., qui m'y attend depuis une bonne demi-heure, termine une tarte à la rhubarbe.

— Elle était délicieuse. Tu aurais beaucoup aimé.

Elle connaît l'histoire : à l'internat où j'ai grandi, le potager était fief de la cuisinière, une Mademoiselle Adèle sans âge qui collectionnait les chats (« Cinq, c'est pas beaucoup ») et menait son affaire d'autorité. Elle y faisait pousser une rhubarbe dont, le printemps venu, elle confectionnait des tartes succulentes. Avec le manger de l'internat, cela faisait contraste.

— Pourquoi étais-tu si ému ?

J'ai peine à répondre. La chambre, la photo, la rhubarbe, cela fait beaucoup. Et puis je suis gêné : à côté de nous, deux jeunes femmes bavardent en suédois, et celle qui est en face de moi par la diagonale guette mon regard du coin de l'œil, attend peut-être une émotion. Je mens :

— Je connais trop ses souffrances.

I. ne me lâche pas. Elle ne me lâche jamais.

— Si l'on est ému, c'est qu'on l'est pour soi-même.

Mon thé arrive, d'un délicieux parfum, servi dans une théière chinoise, lourde et noire. Mon regard se perd. Devant moi, l'horloge immense de la gare d'Orsay, vue à travers la vitre, donne l'heure à l'envers. Ses aiguilles reculent et celle des minutes, qui doit bien faire deux, trois mètres, sursaute et vibre chaque fois : toc, toc. Le temps reflue par petits sauts.

M. A., *Dernière lettre à Théo*

P

Pamphlétaires

Il y a, d'abord, un souci moral. Une volonté pressante, impérieuse, de rétablir la vérité. De corriger une injustice. De mettre un faussaire face à ses contradictions. Il y a aussi le goût de la théâtralité. Un pamphlet sobre et discret n'aurait aucun sens. Il y a l'amour du bon mot, de l'expression qui fait mouche, de la formule qui tue. La forme, enfin, doit être jubilatoire. Le pamphlet doit faire tomber la foudre sur celui qu'il vise, et à tous les autres offrir une joie éclatante.

Tremper sa plume dans le vitriol n'y suffira pas. Le pamphlétaire devra posséder un esprit d'indépendance à toute épreuve. C'est dire qu'il devra être prêt à en payer le prix. Le caractère est une denrée plus rare que le talent…

Philippe de Macédoine disait que les pamphlets de Démosthène lui causaient plus de soucis que les armes d'Athènes… Dans sa troisième *Philippique*, Démosthène n'épargnait personne, et surtout pas ceux à qui il s'adressait :

Ce qui me frappe, c'est que tous aujourd'hui – à commencer par vous – oui, tous lui concèdent ce qui, de tout temps, a fait le sujet de toutes les guerres en Grèce. Quoi donc ? Le droit de mutiler et de détrousser à son gré tous les Grecs l'un après l'autre, celui d'attaquer les villes et de les réduire en esclavage. [...] Et pourtant, tous les actes injustes qui ont pu être commis, soit par les Lacédémoniens pendant ces trente années, soit par nos ancêtres en soixante-dix ans, n'égalent pas, Athéniens, le mal que Philippe, depuis moins de treize ans qu'il a émergé de son obscurité, a infligé aux Grecs ; ou plutôt ils ne sont rien en comparaison.

Pour Eschine, un autre orateur, il aura ces mots :

Je ne t'appellerai pas hôte de Philippe ni ami d'Alexandre ; je ne suis pas assez fou pour cela ; à moins qu'on ne doive appeler les moissonneurs ou ceux qui font quelque autre chose moyennant salaire amis et hôtes de ceux qui les paient. Mais je t'appelle salarié de Philippe autrefois, et maintenant d'Alexandre.

Rappelons-le, Démosthène est mort par suicide. Réfugié sur l'île appelée aujourd'hui Poros, le plus grand orateur – et pamphlétaire – de l'Antiquité mourra abandonné de tous, payant le prix fort pour son art et son indépendance d'esprit.

Est-ce la raison pour laquelle le pamphlet semble être en régression ? Le débat politique est-il désormais trop policé ? Un pamphlétaire ne doit pas être fidèle à autre chose qu'à sa conscience. Il sera donc féroce, l'heure venue, autant à l'égard de ceux de gauche que du centre, de droite et de partout ailleurs. Il frappera à cœur, et l'effet de dix bons papiers ne consolera pas ceux qu'il pourfendra d'un seul mauvais : on se souvient des coups plus longtemps que des caresses. Le pamphlétaire aura intérêt à aimer la solitude.

Des pamphlétaires capables de grande violence, il y en eut beaucoup, de talents divers : Rivarol, bien sûr, Saint-Just, Mirabeau, Vallès, Bloy… Difficile de ne pas parler de **Léon Bloy**. Difficile, aussi, d'en parler.

Je lui laisse la parole.

> Décidément je ne m'accuse plus. En 1900, j'invitais Émile à crever le plus tôt possible. Il me fit attendre deux ans, et rendit enfin sa belle âme dans les déjections de ses chiens, le jour même de saint Michel, 29 septembre 1902.
>
> Cette mort glorieuse, annoncée par moi, me valut l'absolution de la faute ancienne avouée humblement à la première page de ce livre.
>
> Aujourd'hui, que pourrais-je dire ? On m'assure qu'il y a des gens qui lisent encore un peu le Crétin, au fond des provinces, dans les fiords de Norvège ou dans les pampas de l'Argentine. Cela se peut, l'idiotie humaine étant insondable. À Paris, ses merdeux romans se vendent au poids.
>
> Il est permis, toutefois, de déplorer que ce lécheur des émonctoires démocratiques n'ait pas été académicien. Il eût été singulièrement décoratif sous la Coupole, en compagnie des Donnay, des Rostand, des Bourget, des Hanotaux et autres numéros de cette prestance. Mais sa charogne est au Panthéon et voilà ce qui enfonce les confrères.
>
> Léon Bloy, extrait de *Je m'accuse*

Bien qu'habitant un trou à protestants de la Chersonèse cimbrique, je pus donc jouir, autant qu'à Paris, de la prose ineffable du nouveau roman de Zola.

Incapable d'ajourner mes transports, j'eus la bienfaisante idée de me soulager, chaque soir, après la lecture de ce feuilleton.

Les pages qui suivent – extraits plus ou moins copieux d'un « Journal » que je publierai plus tard – sont le résultat de cette pratique.

17 Mai. – Lu dans *L'Aurore* du 15, le premier feuilleton de *Fécondité*, nouvelle œuvre du Crétin. C'en est fait. Le cochon n'écrit absolument plus.

18. – Je voudrais, chaque jour, après lecture du feuilleton du Crétin, consigner ici, au profit de la postérité la plus lointaine, quelques remarques ou observations critiques sur cette œuvre. Malheureusement, Zola est le premier homme du monde pour ne rien dire en des milliers de lignes, exactement rien. En fait de jugements ou d'opinions, son étage intellectuel est si bas que les analystes les plus crottés n'osent y descendre... Quant à sa forme littéraire, elle est juste au niveau de son cœur, c'est-à-dire au-dessous de tout.

Léon Bloy, extrait de *Je m'accuse*

Même pas drôle.

Jules Renard, qui avait de la férocité une conception d'un autre rang, lui réservera ce commentaire, dans son journal : « Ses injures sont d'un pauvre. Elles ne portent pas. Appeler quelqu'un idiot, cochon, c'est montrer son propre état d'humeur : ce n'est pas peindre, distinguer un homme d'un autre. Il ne suffit pas d'appeler Barrès "chameau". »

Impossible, aussi, de ne pas mentionner Rivarol.

On dit, parlant de lui, qu'il avait « cette finesse qui est l'apanage des hommes d'esprit ». On lui voit « de l'impertinence, de l'humour », on fait de lui « un seigneur »... Vive le comte de Rivarol !

Je veux bien, mais enfin, que l'on me dise où regarder.

Dans ses *Maximes et Préceptes* ?

> Rien n'est plus fatigant que la paresse.
>
> Il est bien triste d'en être à désirer le nécessaire comme une chose sans laquelle on est malheureux, et avec laquelle on n'est pas heureux.
>
> Par une fatalité malheureuse, ce sont les hommes qui aiment le mieux qui savent le moins bien parler d'amour.

Bon… Encore un ? Allez !

> Sans l'âme, le corps n'aurait pas de sentiments ; et sans le corps, l'âme n'aurait pas de sensations.

Sacré Rivarol ! Je ne résiste pas à en ajouter un, non, deux !

> L'art fait tout avec art, et la nature fait tout sans art.
>
> Les ronces couvrent les chemins de l'amitié quand on n'y passe pas souvent.

J'imagine Rivarol à sa table de travail, qui s'interroge : « Que pourrais-je bien dire aujourd'hui qui marque le coup ? »

À Mme de Staël qui lui demandait ce qu'il pensait d'un de ses livres, il répondra : « Je fais comme vous, madame, je ne pense pas. »

D'une autre, il dira : « C'est une femme qu'il faut absolument tromper, car elle n'est pas de la classe de celles qu'on quitte. »

N'est pas Voltaire qui veut.

Relisons deux autres pamphlétaires, d'un tout autre talent, opposés l'un à l'autre autant qu'il est possible.

Dans *La France juive*, best-seller de la seconde partie du XIXe siècle, **Édouard Drumont** écrivait ceci :

> Derrière le faux Gambetta, auquel on pardonnait tant de choses, on aperçut le juif, qui, pour satisfaire des haines de ghettos, déchaînait sur le pays qui l'avait si bien accueilli le fléau des guerres religieuses. La France, désensorcelée, réveillée de son rêve, guérie de son roman, n'eut qu'un cri : « Oh ! Le misérable ! »
>
> Ce fut alors qu'on songea à regarder l'entourage. C'était bien le plus hétéroclite assemblage qu'on pût imaginer, un bouquet de juifs, un véritable sélam de youtres de tous les pays et de toutes les couleurs. Tous les juifs du monde, en âge de se transporter, étaient là ; ils s'étaient agglomérés au Palais-Bourbon comme les molécules au centre d'une tasse de café. [...] Tout cela tripotait, spéculait, agiotait, dénonçait, adulait [...]. Gambetta avait ses jeunes juifs qui frissonnaient d'admiration à chaque parole du maître ; ils entonnaient ses louanges en chœur dans un baragouin confus, où le tudesque se mêlait au castillan, où le patois levantin fraternisait avec l'argot de la petite Bourse du boulevard. [...]
>
> Ce coin d'empire juif, apparaissant tout à coup en pleine France, sera l'émerveillement de l'avenir, qui ne reverra rien d'aussi extraordinaire d'ici à bien longtemps. [...] Tout ce petit groupe haineux et avide crut vraiment, à un moment donné, que la France était conquise. [...] Gambetta exerçait véritablement l'imperium.

Et puis **André Frossard**, qui écrivait ceci au lendemain du référendum de 1969 :

Le lendemain 28 avril, un communiqué de deux lignes tombait des téléscripteurs :

« Je cesse d'exercer mes fonctions de président de la République. Cette décision prend effet aujourd'hui à midi. »

À midi. Il ne tenait pas à nous devoir un déjeuner.

On croyait avoir abattu César, et l'on vit Cincinnatus repartir vers son village. L'opposition, qui avait fini par se persuader elle-même qu'il faudrait du canon pour faire sortie de Gaulle de l'Élysée, garda le silence, étonnée que tout fût si simple : une fois de plus, rien ne se passait comme elle l'avait prévu. Des Français se réjouirent, encore que leur plaisir décrût un peu à la pensée de ce que la dignité de cette retraite allait ajouter de grandeur à ce destin. D'autres pleurèrent. Certains gaullistes de sentiment, devinant que ses ennemis n'auraient de cesse qu'ils ne l'eussent placé un jour ou l'autre dans une situation dramatique, dût la France entière en souffrir avec eux et avec lui, trouvèrent une consolation à le savoir désormais hors d'atteinte. L'étranger se montra, selon le parallèle et le méridien, ému, inquiet ou cérémonieux. Le tiers monde ne cacha pas sa consternation. Moscou exprima quelques craintes quant à l'avenir de la politique d'ouverture dont il avait été l'initiateur et que le monde avait tant blâmée chez lui, avant de s'y rallier. Les Occidentaux furent polis. Quelques-uns spéculèrent sur la suite avec un certain optimisme. De Gaulle parti, la France avait un poids en moins. Le sien.

Comme le personnage de Claudel, il avait reçu « la seule récompense qu'il méritât et qui fût digne de lui : l'ingratitude », à quoi quelques méchants curés s'efforcèrent un peu plus tard d'ajouter une sorte d'excommunication posthume, en refusant de dire des messes à son intention. Il faut dire qu'il était catholique, pratiquant, humblement fidèle, respectueux de l'Église et de sa hiérarchie, toutes choses de plus en plus suspectes à certain clergé.

Qui sont-ils, aujourd'hui, les kamikazes capables de dire leur fait aux plus puissants ? De choisir leurs cibles sur tout le spectre politique ? De n'avoir aucun frein dans leur cruauté, aucun souci des retours de bâton ? D'aimer, enfin – et c'est là sans doute le trait de caractère le plus rare –, d'aimer, donc, vivre dans cette forme de provocation permanente, sans planche de salut, au risque d'en payer un prix considérable ?

J'en vois deux, ou trois (mais sans doute sont-ils plus nombreux).

Il y a celui qui écrit :

> Edwy Plenel a toujours tout osé. Le voilà qui se présente maintenant, le pauvre chat, comme la victime d'une sourde machination ourdie par… Manuel Valls. Défense de rire. Ne reposant sur rien, sa ridicule affabulation complotiste ne peut tromper personne. Sauf les gogos, il est vrai nombreux.
>
> Quel est le rapport avec la choucroute ? Ce que vit l'abbé Plenel n'a rien à voir avec le pilonnage obsessionnel qu'il a imposé dans le passé, entre deux sermons geignards, à tant de personnes. Qu'il nous épargne ce genre de parade infantile, sortie du *Petit Trotskiste illustré*, et réponde, en homme, de ses écrits, de ses propos.

Ou encore :

> Même *L'Humanité*, journal naguère mieux inspiré sur le terrorisme islamiste, a fini par rejoindre le chœur des imbéciles. On se frotte les yeux. Faut-il que nos

cerveaux soient infectés par l'inculture et la propagande islamiste !

Le moindre tyran est toujours accueilli à Paris avec un tapis rouge par la bien-pensance dès lors qu'il ne participe pas à la lutte contre les islamistes.

Ou encore :

Il faudra apprendre à vivre sans le PS : à en croire les sondages, le cadavre ne bouge presque plus [...]. Hamonisme, aubrysme et monbourgisme sont devenus trois synonymes de suicide politique.

Ce pamphlétaire s'appelle **Franz-Olivier Giesbert**. Un autre qui ne se gêne pas d'user du lance-flammes a pour nom **Eric Neuhoff** :

FAISONS UN RÊVE

J'ai fait un cauchemar. Jean d'Ormesson venait de mourir. Dans Paris, les voitures n'avaient plus le droit de rouler. Le paquet de cigarettes avait encore augmenté. Un artiste américain se piquait d'offrir une horrible sculpture aux victimes des attentats. Sur France Inter, il y avait de la publicité. Une douce voix chantait les louanges du dernier Delphine de Vigan. À la télévision, Christine Angot rêvait d'égaler Danièle Gilbert. Dans *Libération*, son compère Yann Moix se prenait pour Zola. François Busnel essayait toujours de succéder à Bernard Pivot. La maison d'édition dirigée par la ministre de la Culture obtenait le prix Goncourt. Un autre éditeur engageait Najat Vallaud-Belkacem pour lancer une collection. Une ex-call-girl accusait un ministre de harcèlement. Au cinéma, Isabelle Huppert jouait des rôles de midinette. Le zouave du pont de l'Alma avait les pieds dans l'eau. Le nouveau Paul Auster avait plus de mille pages et

120 Battements par minute allait rafler tous les césars. Le nom de Charles Maurras était retiré des commémorations de 2018. La Cinémathèque annulait ses rétrospectives. Les magasins étaient ouverts le dimanche. *Wonder Wheel* de Woody Allen était raté. Des foules se battaient pour des pots de Nutella en solde. Des portiques de sécurité veillaient à l'entrée des bureaux. Jacques Chardonne n'était pas dans la Pléiade, ce qui n'était pas le cas de Boris Vian. Des actrices qui avaient posé avec lui joue contre joue dénonçaient Harvey Weinstein comme un porc lubrique. *Les Tuche 3* pulvérisaient les records de fréquentation. C'est à ce moment-là que je me suis aperçu que je ne dormais pas.

Il y en a un autre, enfin, dont je ne sais si l'on peut le qualifier de pamphlétaire. Mais enfin, son intimité avec la littérature et sa grande élégance de style lui permettent d'assassiner gaiement les gloires qui ne lui reviennent pas.

À propos de Boileau :

Voici la forme d'esprit de Boileau. C'est à propos de Cyrano de Bergerac, qu'il aimait bien :

J'aime mieux Bergerac et sa burlesque audace
Que ces vers où Motin nous morfond et nous glace

Il y a des écrivains comme ça, qui ne peuvent pas s'empêcher, au compliment de l'un, d'ajouter le dénigrement de l'autre. Ils croient montrer leur sagacité. « Compliment » est trop dire : ces deux vers sont précédés de :

Un fou du moins sait rire, et peut nous égayer ;
Mais un froid écrivain ne sait rien qu'ennuyer.

Ce n'est pas un enthousiaste, Boileau, un qui s'emballe d'amour. « *J'appelle un chat un chat et Rollin un fripon* » m'a paru d'un cinglant extraordinaire à quatorze ans. Ça m'a passé. On l'a lu si souvent. Et avant lui. Boileau n'a pas de pensée personnelle : il énonce des généralités de comptoir [...].

À propos de Bossuet :

Bossuet a du génie au sens militaire : il fortifie. Un mur à droite, un mur à gauche. Comme tous les écrivains *contre*, il a un sens très fort du vocatif. « Mais il est temps, chrétiens... », « Éveille-toi, petite esclave... ». On entend dans son rythme les cadenas qui se ferment.

À propos d'André Malraux :

Cinq fois j'ai essayé de lire *L'Espoir*. C'est dire si l'on est sensible au tapage ; un autre, ça aurait été deux. À la page 10 cela n'existe plus pour moi. C'est de l'« Intervilles » politisé, et vraiment, pas soigné. De même, *La Condition humaine* est une politisation des romans de voyages à la mode dans les années 1930 : au lieu du *Kama-sutra*, Maurice Dekobra feuillette Lénine avec une jeune femme originaire des colonies.

Ou encore, toujours à propos de Malraux : « La divagation lui évite d'être court. Il cherche à aller plus haut. »

À propos de François Mauriac :

Les romans de Mauriac, au tableau ! Vous croyez que nous n'avons pas remarqué votre paresse et vos trucs ? Vous introduisez les personnages de façon que, dès la première ligne, on sache qui est qui et ce qu'il éprouve. Dans *Genitrix*, par exemple : « Ainsi chuchotaient, au chevet de Mathilde Cazenave, son mari et sa belle-mère... ». Ne manquent que le poids et la taille !

Tous ces petits assassinats sont de la tendre et délicate plume de **Charles Dantzig**.

P.-S. : Rien n'est plus propre à l'esprit français, dit-on, que le pamphlet et les pamphlétaires. Sans doute, mais pourquoi ? Peut-être parce que moquer, c'est gagner les rieurs à sa cause, et qu'amuser, c'est déjà plaire... Une moquerie publique, c'est une saynète. Le moqueur quittera la scène sous les applaudissements... Et les gens diront : quel panache !

Goût de plaire, coup d'éclat, applaudissements, panache... Tout y est !

Panthéon

J'avais visité le Panthéon à l'âge de dix ans, et il m'en était resté un souvenir d'immense ennui. J'y suis retourné pour écrire cette entrée, et cette deuxième visite m'a laissé bouche bée. Je ne m'attendais ni à tant de beauté ni à une taille aussi immense : l'emprise au sol du bâtiment est de presque 1 hectare... Conçu comme un lieu de culte, il s'est transformé, au moment de la Révolution française, en... lieu de culte ! Si ce n'est qu'il était dédié à Dieu avant de l'être aux grands hommes de la nation. Le premier à y avoir sa sépulture fut Mirabeau.

Le niveau supérieur, déjà, fait forte impression, par sa taille, ses sculptures, ses toiles, son pendule de Foucault… On y croise des touristes, mais aussi des classes de dessin qui s'essaient aux lignes classiques du lieu, copié sur le Panthéon romain. Tout y est beau et noble.

Mais la crypte émeut autrement, par son atmosphère majestueuse, et, surtout, par sa taille. Elle fait la même surface exactement que le niveau principal, à quelques décrochements près, et malgré le grand nombre de héros nationaux qui s'y trouvent, on est étonné par le sentiment d'espace qui se dégage autour de chacune des sépultures.

Un rapide calcul le montre : la surface au sol de la cathédrale Notre-Dame est bien plus petite que celle du Panthéon ! Ainsi, à Paris, le monument qui honore les héros est près de moitié plus grand que celui qui célèbre le culte de Dieu.

Le 19 décembre 1964, André Malraux y prononçait un discours qui incarne la France contemporaine. En voici quelques mots :

> Monsieur le président de la République,
>
> Voici donc plus de vingt ans que Jean Moulin partit, par un temps de décembre sans doute semblable à

celui-ci, pour être parachuté sur la terre de Provence, et devenir le chef d'un peuple de la nuit. Sans cette cérémonie, combien d'enfants de France sauraient son nom ? Il ne le retrouva lui-même que pour être tué ; et depuis, sont nés 16 millions d'enfants…

Puissent les commémorations des deux guerres s'achever aujourd'hui par la résurrection du peuple d'ombre que cet homme anima, qu'il symbolise, et qu'il fait entrer ici comme une humble garde solennelle autour de son corps de mort.

Après vingt ans, la Résistance est devenue un monde de limbes où la légende se mêle à l'organisation. Le sentiment profond, organique, millénaire, qui a pris depuis son action légendaire, voici comment je l'ai rencontré. Dans un village de Corrèze, les Allemands avaient tué des combattants du maquis, et donné ordre au maire de les faire enterrer en secret, à l'aube. Il est d'usage, dans cette région, que chaque femme assiste aux obsèques de tout mort de son village en se tenant sur la tombe de sa propre famille. Nul ne connaissait ces morts, qui étaient des Alsaciens. Quand ils atteignirent le cimetière, portés par nos paysans sous la garde menaçante des mitraillettes allemandes, la nuit qui se retirait comme la mer laissa paraître les femmes noires de Corrèze, immobiles du haut en bas de la montagne, et attendant en silence, chacune sur la tombe des siens, l'ensevelissement des morts français. Ce sentiment qui appelle la légende, sans lequel la Résistance n'eût jamais existé – et qui nous réunit aujourd'hui –, c'est peut-être simplement l'accent invincible de la fraternité.

Comment organiser cette fraternité pour en faire un combat ? On sait ce que Jean Moulin pensait de la Résistance, au moment où il partit pour Londres : « Il serait fou et criminel de ne pas utiliser, dit-il en cas d'action alliée sur le continent, ces troupes prêtes aux sacrifices les plus grands, éparses et anarchiques aujourd'hui, mais pouvant constituer demain une armée cohérente de parachutistes déjà en place, connaissant les lieux, ayant choisi leur adversaire et déterminé leur objectif. » C'était bien l'opinion du général de Gaulle. Néanmoins, lorsque, le 1er janvier 1942, Jean Moulin fut parachuté en France, la Résistance n'était encore qu'un désordre de courage : une presse clandestine, une source d'informations, une conspiration pour rassembler ces troupes qui n'existaient pas encore. Or, ces informations étaient destinées à tel ou tel allié, ces troupes se lèveraient lorsque les Alliés débarqueraient. Certes, les résistants étaient les combattants fidèles aux Alliés. Mais ils voulaient cesser d'être des Français résistants, et devenir la Résistance française.

C'est pourquoi Jean Moulin est allé à Londres. Pas seulement parce que s'y trouvaient des combattants français (qui eussent pu n'être qu'une légion), pas seulement parce qu'une partie de l'empire avait rallié la France libre. S'il venait demander au général de Gaulle de l'argent et des armes, il venait aussi lui demander, je cite : « une approbation morale, des liaisons fréquentes, rapides et sûres avec lui ». Le Général assumait alors le non du premier jour ; le maintien du combat, quel qu'en fût le lieu, quelle qu'en fût la forme ; enfin, le destin de la France. La force des appels de juin tenait moins aux « forces immenses qui n'avaient pas encore donné » qu'à : « Il faut que la France soit présente à la victoire. Alors, elle retrouvera sa liberté et sa grandeur. » La France, et non telle légion de combattants français. C'était par la France libre que les résistants de Bir-Hakeim se conjuguaient, formaient une France combattante restée au combat. Chaque groupe de résistants pouvait se légitimer par l'allié qui l'armait et le soutenait, voire par son seul courage ; le général de Gaulle seul pouvait appeler les mouvements de Résistance à l'union entre eux et avec tous les autres combats, car c'était à travers lui seul que la France livrait un seul combat. C'est pourquoi

– même lorsque le Président Roosevelt croira assister à une rivalité de généraux ou de partis – l'armée d'Afrique, depuis la Provence jusqu'aux Vosges, combattra au nom du gaullisme – comme feront les troupes du Parti communiste. C'est pourquoi Jean Moulin avait emporté, dans le double fond d'une boîte d'allumettes, la microphoto du très simple ordre suivant : « Monsieur Moulin a pour mission de réaliser, dans la zone non directement occupée de la métropole, l'unité d'action de tous les éléments qui résistent à l'ennemi et à ses collaborateurs. »

[...]

De ce séjour, le témoignage le plus émouvant a été donné par le colonel Passy.

« Je revois Moulin, blême, saisi par l'émotion qui nous étreignait tous, se tenant à quelques pas devant le Général et celui-ci disant, presque à voix basse : "Mettez-vous au garde-à-vous", puis : "Nous vous reconnaissons comme notre compagnon, pour la Libération de la France, dans l'honneur et par la victoire." Et, pendant que de Gaulle lui donnait l'accolade, une larme lourde de reconnaissance, de fierté, et de farouche volonté, coulait doucement le long de la joue pâle de notre camarade Moulin. Comme il avait la tête levée, nous pouvions voir encore, au travers de sa gorge, les traces du coup de rasoir qu'il s'était donné, en 1940, pour éviter de céder sous les tortures de l'ennemi. »

[...]

Le 27 mai, a lieu à Paris, rue du Four, la première réunion du Conseil national de la Résistance.

Jean Moulin rappelle les buts de la France libre : « Faire la guerre ; rendre la parole au peuple français ; rétablir les libertés républicaines ; travailler avec les Alliés à l'établissement d'une collaboration internationale réelle sur le plan économique et social, dans un monde où la France aura regagné son prestige. »

Puis il donne lecture d'un message du général de Gaulle, qui fixe pour premier but au premier Conseil de la Résistance le maintien de l'unité de cette Résistance qu'il représente.

Au péril quotidien de la vie de chacun de ses membres.

Le 9 juin, le général Delestraint, chef de l'armée secrète enfin unifiée, est pris à Paris.

Aucun successeur ne s'impose. Ce qui est fréquent dans la clandestinité : Jean Moulin aura dit maintes fois avant l'arrivée de Serreulles : « Si j'étais pris, je n'aurais pas même eu le temps de mettre un adjoint au courant. » Il veut donc désigner ce successeur avec l'accord des mouvements, notamment de ceux de la zone Sud. Il rencontrera leurs délégués le 21, à Caluire.

Ils l'y attendent, en effet.

La Gestapo aussi.

La trahison joue son rôle – et le destin, qui veut qu'aux trois quarts d'heure de retard de Jean Moulin, presque toujours ponctuel, corresponde un long retard de la police allemande. Assez vite, celle-ci apprend qu'elle tient le chef de la Résistance.

En vain. Le jour où, au fort Montluc à Lyon, après l'avoir fait torturer, l'agent de la Gestapo lui tend de quoi écrire puisqu'il ne peut plus parler, Jean Moulin dessine la caricature de son bourreau. Pour la terrible suite, écoutons seulement les mots si simples de sa sœur : « Son rôle est joué, et son calvaire commence. Bafoué, sauvagement frappé, la tête en sang, les organes éclatés, il atteint les limites de la souffrance humaine sans jamais trahir un seul secret, lui qui les savait tous. »

Comprenons bien que, pendant les quelques jours où il pourrait encore parler ou écrire, le destin de la Résistance est suspendu au courage de cet homme. Comme le dit Mlle Moulin, il savait tout.

[…]

L'hommage d'aujourd'hui n'appelle que le chant qui va s'élever maintenant, ce « Chant des partisans » que j'ai entendu murmurer comme un chant de complicité, puis psalmodier dans le brouillard des Vosges et les bois d'Alsace, mêlé au cri perdu des moutons des tabors, quand les bazookas de Corrèze avançaient à la rencontre des chars de Rundstedt lancés de nouveau contre Strasbourg. Écoute aujourd'hui, jeunesse de France, ce qui fut pour nous le chant du malheur. C'est la marche funèbre des cendres que voici. À côté de celles de Carnot avec les soldats de l'an II, de celles de Victor Hugo avec les Misérables, de celles de Jaurès veillées par la Justice, qu'elles reposent avec leur long cortège d'ombres défigurées. Aujourd'hui, jeunesse, puisses-tu penser à cet homme comme tu aurais approché tes mains de sa pauvre face informe du dernier jour, de ses lèvres qui n'avaient pas parlé ; ce jour-là, elle était le visage de la France.

Le général de Gaulle, Georges Pompidou et Jacques Chaban-Delmas écoutèrent ce discours debout, côte à côte, d'un bout à l'autre.

Paraître (ou le recyclage)

« Nous autres, pauvres comédiens, dit Théophile Gautier dans *Le Capitaine Fracasse*, ombres de la vie humaine et fantômes des personnages de toutes conditions, à défaut de l'être nous avons au moins le paraître. » Le mot porte sa propre charge. On n'est pas tout à fait dans la réalité. On en est proche, c'est une consolation. Lorsque après avoir été beaucoup vu, on veut paraître encore, comment faire ? La notoriété a disparu. Du jour au lendemain, on n'est plus député, ministre ou sénateur. On n'est plus vu, surtout. Et tous ces gens qui ne se comportent plus en obligés... Comment leur rappeler que l'on existe encore ? Que l'on a mille choses à dire ? Qu'elles sont toutes essentielles ? Qu'on est là, qu'on a toujours été là, pour se dévouer ? Pour l'autre ? Qu'on l'aime au point de faire don de sa personne, et pour rien, souvent ? Zéro solde !

C'est très simple : on frappe à la porte des médias et l'on offre ses bons services.

On retrouve ainsi, non sans sourire, d'anciens politiciens autour de la même table de débats télévisés, mais désormais dans le rôle de l'interrogateur. Ils étaient ministres, les voici journalistes, voire « animateurs »... « Une société de spectacle dans laquelle on n'échoue jamais », dira un sociologue.

Et pourtant...

Plutôt que de moquer et condamner, peut-être faut-il avoir de la compassion, et même de l'admiration, pour une classe politique qui souvent s'investit à se perdre dans sa mission et se retrouve désemparée, perdue, « dégagée », sans avoir assuré ses arrières. L'urgence était de servir.

Parfums

Un ami, à qui je parle de parfums, s'insurge : « L'esprit français, mon cher, c'est autre chose ! C'est Montaigne ! C'est La Fontaine ! C'est Pascal ! Votre histoire de parfums me paraît frivole ! »

Je me suis permis de lui répondre : « Lorsque vous vous trouvez à New York, à Tokyo ou à Beyrouth, à quoi les gens pensent-ils, lorsque vous leur parlez de la France ? Au *N° 5* de Chanel ! »

Le parfum incarne-t-il l'esprit français ? Je crois bien que oui, et même dans ce qu'il a de plus merveilleux. Il symbolise le luxe, l'élégance, le raffinement… Ce qui fait un parfum, c'est son extrait, son « esprit », et il n'y a rien, je crois, qui, à travers le monde, porte l'esprit français avec autant de grâce.

Le succès des parfums de France relève, comme celui des jardins, d'un grand nombre de talents très divers. Il y a, d'abord, la fabrication du parfum lui-même, du « jus », comme on dit, à la fois un art et une science. Comment choisir parmi les odeurs dont dispose un « nez », aujourd'hui ? Quel mélange sera le bon ? Ensuite, quel nom portera ce mélange ? La question est essentielle. Quel flacon imaginer, pour donner au tout une image cohérente ? Séduisante ? Comment en parler ? Quelle histoire raconter ? Dans quel décor ? Quel grand cinéaste sera le réalisateur du film publicitaire ? Quelle égérie choisir ? Chaque année, près de quatre cents parfums sont lancés. Un sur cent passera le cap d'un premier anniversaire. C'est dire si le métier est difficile. C'est dire, aussi, que, en l'espèce, ce que dit Pascal sur l'esprit de finesse trouve ici sa juste place.

Parler de parfums, c'est parler de l'insaisissable. De l'inconscient. C'est-à-dire de l'essentiel. Je l'ai appris à mes dépens il y a longtemps, lorsque, à peine sorti de ma vie d'étudiant, j'avais été engagé par une société de conseil (le bureau McKinsey à Paris) et assigné à l'équipe chargée de conseiller le patron de L'Oréal sur les structures optimales de sa division « Luxe ». Ces années-là, François Dalle, patron mythique, se promenait dans les bureaux muni d'une paire de ciseaux avec laquelle il aimait retoucher les maquettes…

La division « Luxe » comportait quatre marques de grand prestige : Lancôme, Guy Laroche, Courrèges et Biotherm. De mémoire, seule Lancôme avait des activités dans les trois domaines de la division : parfums, maquillage et soins. Guy Laroche et Courrèges étaient des licences de parfums. Biotherm ne s'occupait, je crois, que de soins. Les équipes étaient regroupées par type de produit et avaient leurs bureaux à Paris, rue Royale, au 8 ou au 10, je ne sais plus.

Je ne crois pas avoir jamais rencontré de personnes plus intelligentes, plus intuitives, plus charmantes que les chefs de produit de ces différentes marques. Je me souviens de Mme Kaufmann, responsable de Lancôme, de Mme Schmid, qui pour Guy Laroche avait développé le parfum pour hommes Drakkar… Des Parisiennes comme dans les films : pétillantes d'intelligence et toujours dans une élégante retenue.

Le principal enjeu de l'étude était de savoir s'il convenait de déplacer la division « Luxe » à

Chevilly-Larue, où le groupe possédait des locaux, et de libérer ainsi ceux de la rue Royale, très coûteux. Cerise sur le gâteau, la décision aurait favorisé d'autres synergies à l'intérieur du groupe.

Bien entendu, nous nous sommes mis (j'entends : les deux jeunes de l'équipe) à chiffrer fiévreusement les coûts du déménagement et surtout ses économies, à lister les mérites d'un regroupement, et à conclure, selon les lois impérieuses du « management », que le déménagement à Chevilly-Larue s'imposait.

Mon collègue (un ancien d'HEC Paris) et moi avons donc présenté nos conclusions au chef d'équipe, un associé de McKinsey qui avait déjà dirigé plusieurs études pour L'Oréal et connaissait bien son patron. Il nous rit au nez : nous aurions mérité le Nobel de l'ânerie. Pour développer des parfums, des lignes de soin, du maquillage, il fallait être en symbiose avec ce qui fait Paris. Le quartier de la Madeleine, son atmosphère, ses boutiques, où les chefs de produit pouvaient aller bavarder, tester... Paris était irremplaçable. Concevoir des parfums avait une part de mystère. Du reste, les équipes étaient chapeautées par une Mme L., que les chefs de produit appelaient affectueusement la « mère supérieure du couvent ». Quant à la présidence de la division, elle était tenue par un homme de grande allure, Robert Salmon, dont un des mots préférés paraphrasait une formule célèbre du Général : « Je me suis toujours fait une certaine idée de Lancôme. »

Au cours des visites que nous avions rendues rue Royale, la question du nom d'un parfum avait fait l'objet de nombreuses discussions. C'est un aspect essentiel, nous avait répété la supérieure du couvent.

« Quel est à votre avis le nom le plus merveilleux ? » Elle n'avait pas hésité. C'était *Ma griffe*, un parfum de Carven. Et pourquoi donc ? Parce que ce nom porte en lui la marque d'une femme qui a aimé un homme plus que de raison. Histoire de se rendre inoubliable, le temps que durera l'empreinte du parfum sur la peau de l'être aimé.

Les grands noms ont tous une résonance magique. Voici mes dix préférés. Chacun évoque un souvenir, quelquefois une tristesse.

Chanel *N° 5*

À quoi tient un succès planétaire ? Le *5* aura bientôt cent ans. Sa marque, Chanel, aurait pu passer pour **une allusion géographique**. Channel est le nom anglais désignant la Manche. Quant au nom du produit, le chiffre *5*, on conviendra qu'il manque de romantisme. Et pourtant…

Mademoiselle (comme on appelait Coco Chanel) examinait des échantillons en vue du lancement de son premier parfum, prévu pour un 5 mai. Elle choisit le cinquième jus, se disant que le baptiser *5* allait lui porter chance, dès lors qu'il allait être lancé le cinquième jour du cinquième mois. Elle n'eut pas tort. Le *5* est le parfum le plus connu et le plus vendu.

J'adore, de Dior

Désormais mieux vendu en France que le 5 (mais pas partout dans le monde), J'adore est un parfum relativement jeune (vingt ans en 2019). Il se reconnaît à son flacon en forme d'amphore.

Shalimar, de Guerlain

Lancé en 1925, il chante les Indes et fait rêver. Son succès sera phénoménal.

Opium, d'Yves Saint Laurent

Il fallait oser et avoir l'intuition d'Yves Saint Laurent pour baptiser ainsi un parfum et donner à son contenant la forme du flacon à opium des samouraïs.

Joy, de Jean Patou

Selon la légende, il faudrait plus de 10 000 fleurs de jasmin et 300 roses pour produire un seul flacon. Créé en 1930, Joy est un classique.

Femme, de Rochas

Créé par Marcel Rochas à l'occasion de son mariage, ce parfum mérite cent fois son nom : Hélène Rochas était la plus belle femme de Paris.

Je reviens, de Worth

Mon préféré, un souvenir d'adolescence.

Ma griffe, de Carven

Lancé en 1946, ce parfum au nom emblématique a des notes de cœur irrésistibles : iris, fleur d'oranger, jasmin, muguet et rose…

L'air du Temps, de Nina Ricci

Parfum léger, classique, hors du temps. Lancé en 1948, son succès est constant. Son flacon aux deux colombes est une merveille.

Arpège, de Lanvin

À propos de flacon… Celui d'Arpège a la forme d'une boule. Elle est noire, surmontée d'un bouchon doré à l'or fin, et représente la créatrice de la maison, Jeanne Lanvin, et sa fille. Une vraie merveille.

Bien sûr, chaque parfum a sa vie, ses majeures et ses mineures. À peine sorti du flacon, il offre ce que l'on appelle ses notes de tête, les plus volatiles. Celles qui constituent le cœur du parfum et durent plusieurs heures sont appelées les notes de cœur. Enfin, celles qui persistent après que le parfum a été vaporisé ou déposé sur une étoffe, par exemple, où l'on pourra le retrouver plusieurs semaines et même plusieurs mois plus tard, seront ses notes de fond. Chacune sera faite d'une harmonie de senteurs, aura sa spécificité et sera reconnaissable, ce qui montre combien le métier de « nez » est complexe. Il fut un temps où un « nez » avait à choisir ses équilibres parmi 300 odeurs. Il en a aujourd'hui plus de 4 000 à disposition…

Un mot encore. On a coutume de dire que la France innove et que les autres (les Américains et les Allemands, surtout) exploitent. Ce n'est pas faux. La France s'est toujours montrée d'une extraordinaire créativité, doublée d'une incapacité à tirer profit de son génie. L'invention de la photographie (par Joseph Nicéphore Niépce), c'est elle. L'invention de l'automobile (par Nicolas Joseph Cugnot), de la machine à calculer (par Pascal), du cinématographe (par les frères Lumière), c'est encore elle. Dans tous ces domaines, la domination industrielle lui a été ravie. Pour ce qui est des parfums, les rôles sont inversés. Historiquement, ce sont les Sumériens, les Égyptiens, les Grecs, aussi, qui ont donné l'exemple. L'un des parfums les plus utilisés était l'« escalier du Ciel », c'est-à-dire l'encens, qui venait d'Oman. Les Phéniciens étaient de grands marchands de parfums. La Chine, les Indes étaient de grands fournisseurs d'aromates durant tout le Moyen Âge, tout comme les villes de Bagdad ou de Damas. Voilà donc une activité que la France a réinventée, prenant le monde entier de vitesse.

Paris, Mon

Il y a eu un avant et nous sommes dans l'après.

Ma relation à Paris a changé un 13 novembre. Avant, parcourir la ville me procurait un plaisir léger. Je retrouvais chaque fois « l'esprit » de Paris. Ce n'était pas tout à fait l'esprit français, j'en étais conscient, même si, vu d'Orient, c'en était la composante essentielle. J'en buvais le nectar à chaque déambulation. Entre deux réunions de travail, je m'éclipsais pour marcher, flâner, m'extasier : mon Dieu, que cette ville est séduisante ! Chacun de ses quartiers, chacune de ses rues semble avoir été construit pour que l'on s'y promène. Et puis il y a l'histoire. Un exemple entre mille : le quartier de Saint-Sulpice est l'un des plus charmants qui soient. Lorsque je m'y promène, je fais un saut à l'église. À droite en entrant se trouve la chapelle des Saints-Anges, ou sont exposées trois peintures murales de Delacroix, ses dernières grandes œuvres. L'une d'elles, surtout, me touche infiniment, *La Lutte de Jacob avec l'Ange*. Et il n'y a pas que cela ! Quand je suis dans cette église, je ne peux m'empêcher de me dire que, ici, Gabriel Fauré tenait les orgues. Fauré lui-même !

Et puis il y a les Parisiens. Ne sont-ils pas amusants, ces Parisiens toujours pressés ? Ils paraissent quelquefois un peu rudes, c'est vrai, mais ils sont si drôles ! Jamais en retard d'un mot, toujours d'un irrattrapable quart d'heure…

Vint le 13 novembre 2015, et avec lui les événements du Bataclan. Depuis ce jour, chaque déambulation provoque chez moi une émotion d'une autre nature. Elle n'a plus la même insouciance.

Je me souviens de mon premier retour à Paris, le 16 du mois. J'éprouvais soudain, pour la ville blessée, une tendresse nouvelle, charnelle. J'avais déposé mon bagage à l'hôtel et, alors que je remontais la rue des Saints-Pères, je laissais ma main traîner sur la façade des immeubles. C'était stupide : je voulais caresser Paris. Je pris conscience avec surprise de mon envie, et cette surprise eut pour effet de rendre mes sentiments encore plus forts.

Autre chose me décontenançait. J'avais peur. Je ne vivais plus la ville en touriste. Advienne que pourra, je partageais à cet instant le destin des Parisiens. Presque en Parisien. Ce n'était pas de la solidarité. C'était une communauté de destin. Ces sentiments continuent de m'habiter.

J'ai repris mes habitudes. Je dois me promener dans Paris. M'en abstenir serait trahir. Mes parcours favoris sont restés les mêmes : le quartier de la rue des Rosiers et du Marais, la traversée rive droite-rive gauche par les Tuileries, les cinquième et sixième arrondissements dans tous les sens.

Ma première visite à la rue des Rosiers date du début des années 1980. Le quartier juif vivait encore dans un temps aujourd'hui révolu. J'en avais vu des images mais je n'y étais jamais allé, et il me semblait évident que sa disparition était programmée. Sous quel délai ? Une poignée d'années, sans doute. J'avais fait le voyage avec pour seul propos de photographier la rue et son voisinage. Je ne pensais pas trouver un quartier aussi authentique. Ce n'étaient pas seulement les devantures des magasins qui racontaient l'histoire des juifs de France. C'étaient les gens dans la rue, pour beaucoup des orthodoxes. À Genève, où j'habite, la présence de juifs orthodoxes me dérange, elle m'irrite. Pourquoi faut-il que ces personnes se démarquent ainsi de leurs concitoyens ? Cette réaction vaut pour tous les signes qui marquent la ségrégation voulue, une non-appartenance au pays où l'on a été accueilli. Pourquoi ne ressentais-je pas cela, rue des Rosiers ? Peut-être parce qu'elle était hors du temps. Je n'avais pas le sentiment que cette particularité posait le moindre problème. Peut-être aussi parce que je ne voulais pas ressentir autre chose que le bonheur de la flânerie. La reproduction étant interdite dans la loi juive, je demandai chaque fois l'autorisation de photographier telle ou telle scène. Cette contrainte ajoutait à mon plaisir, elle le rendait plus dense, plus vrai. Elle me confortait dans l'idée que j'avais eu raison de faire le voyage.

J'ai gardé quelques photos de ce voyage. La une de *L'Aurore* et le « J'accuse » de Zola. Des devantures de commerces. Une photo de moi, aussi, prise par un épicier qui me voyait photographier son magasin. Il m'avait lancé : « Viens dire une prière ! » À l'intérieur de l'épicerie se trouvait un rabbin. Il me proposa de mettre les *tefillin*, des phylactères constitués de deux petits boîtiers cubiques qui contiennent des passages de la Bible et que l'on attache au bras et à la tête, dans un système précis et ritualisé de lanières de cuir. J'acceptai. Je ne suis ni croyant ni pratiquant, c'était la première fois depuis ma bar-mitsva. J'acceptai le rite car au rite je croyais. À sa valeur. À ce qu'il avait permis au peuple juif de rester vivant, au fil des siècles. La France avait beaucoup fait pour les juifs. La France, pays de philosémites. La France, c'est-à-dire des Français, souvent au péril de leur sécurité, et même de leur vie. Croyant ou pas, dire une prière dans le quartier des Rosiers me sembla soudain un devoir sacré.

Nous nous tenions debout, face à face, à l'entrée de l'épicerie. Le rabbin prononça des mots d'hébreu que je répétai. L'épicier prit ma caméra, quitta le magasin et nous prit en photo. Celle-ci est aujourd'hui accrochée dans mon salon.

Trente-cinq ans plus tard, le quartier de la rue des Rosiers a changé. Comme tous les autres quartiers de Paris ? Non. Plus. Il s'est métamorphosé en promenade touristique. Les orthodoxes ont disparu. Il y en a bien quelques traces. Ici, une petite vitrine, marquée « Épicerie Tsedaka, Aidez l'action sociale », là un « Centre d'enseignement de la Torah de Dieu pour les enfants », mais qui m'ont l'air l'un et l'autre abandonnés, là un restaurant aux vitrines recouvertes d'aphorismes, derniers vestiges pour touristes : « Ne fais jamais d'actions qui t'empêchent de te regarder sans honte dans ton miroir », ou : « Puisque personne ne voudra mourir pour moi, alors que personne ne vienne me dire comment je dois vivre. » Pour la plupart, les magasins ont été transformés. Une ancienne librairie a gardé son panneau, il est même restauré. Qu'y vend-on ? De loin, on ne peut imaginer qu'il s'agisse d'autre chose que de livres. De près, on constate que la boutique vend des Nike. Ailleurs, un magasin porte le nom de « All Saints »... Un autre encore joue sur les patronymes, il s'appelle « Lev is Shoes ». Rue des Rosiers, il reste L'As du falafel. Rue des Écouffes, on trouve Kosher Pizza ou Schwartz's, un deli qui fait tout pour ressembler à ceux de New York. Il est vrai qu'il pourrait concurrencer les meilleurs d'entre eux : hamburger énorme et succulent, *coleslaw* absolument parfait, serveurs athlétiques, ambiance juive-américaine, mais restaurant bien français. On a le sentiment qu'il s'agit de non-juifs qui veulent passer pour juifs, et on espère qu'il en est ainsi. Ça n'arrive pas tous les jours.

Pour le sixième arrondissement, pour le cinquième, aussi, j'ai une tendresse particulière. Elle est bien sûr liée à mon travail d'écriture, qui m'amène à courir le quartier de Saint-Germain, celui de l'Odéon, du Luxembourg, de la place Saint-Sulpice et de son église, la longue rue Saint-Jacques et le quartier de la Sorbonne, des lieux qui chaque fois me procurent un bonheur fou. Oui, chaque fois.

En définitive, il n'y a pas de quartier de Paris qui ne me fascine. Peut-être parce que, malgré sa grande taille, elle forme un tout cohérent. Dans de nombreuses grandes villes, des quartiers entiers semblent avoir été mis là par hasard, quelquefois par erreur. On pourrait les imaginer ailleurs que cela ne choquerait pas. Tel n'est pas le cas à Paris, où chaque rue, chaque place porte quelque chose du tout.

Alors, souvent, je m'interroge : si déjà je me trouve à Paris si souvent, ne serait-il pas merveilleux d'y vivre tout le temps ? Je me suis fait cette réflexion mille fois. Pour conclure que ce serait la meilleure façon de perdre l'extraordinaire plaisir d'y retourner. Banaliser un goût rare, quelle erreur ! Tant que l'on n'habite pas une ville, ses petits inconvénients nous sont délicieux. Ils nous viennent par petites doses : le garçon du Flore qui nous ignore, le chauffeur de taxi qui met « Les grosses têtes » à plein volume, le passant qui nous bouscule, la Parisienne pressée, d'autant plus désirable qu'elle est pressée, et qui, lorsque nous la croisons, ignore notre regard, ou fait semblant, ou alors le capte et marque son dédain d'un coup d'œil cinglant, l'air de dire « T'es qui, toi ? ». Ou, pire, lorsqu'elle nous toise, conclut par une absence d'expression éloquente, et nous comprenons qu'elle vise d'autres sommets… Oui, le spectacle des Parisiennes marchant d'un pas vif offre des brassées de plaisirs. J'adore chacune de ces sensations. Je veux à tout prix éviter de me retrouver dans la peau du blasé qui ne rêve que de s'installer en Suisse. Je préfère rester en appétit et retrouver, chaque fois, Paris, mon Paris, avec un plaisir neuf.

Autre chose, enfin. Si Paris a été chanté plus que n'importe quelle autre ville au monde, cela peut-il être le fruit du hasard ? Ces chansons dépassent la centaine. Quelques titres me viennent en mémoire :

« Sous les ponts de Paris » – « Madame Arthur » – « Mademoiselle de Paris » – « Ménilmontant » – « Revoir Paris » – « À Saint-Germain-des-Prés » – « J'aime Paris au mois de mai » – « Grands boulevards » – « Champs-Élysées » – « La rue des Blancs-Manteaux (paroles de Sartre) » – « Moulin Rouge » – « Paris canaille » – « La complainte de la butte » – « Le poinçonneur des Lilas » – « April in Paris » – « Il n'y a plus d'après » – « Une petite fille » – « Paris au mois d'août » – « Paris, tu m'as pris dans tes bras » – « Les petites femmes de Paris » – « La bohème » – « Paris en colère ».

Et, surtout, ma préférée : « Revoir Paris », chantée par Trenet :

Revoir Paris
Un petit séjour d'un mois,

Revoir Paris
Et me retrouver chez moi,
Seul sous la pluie
Parmi la foule des grands boulevards
Quelle joie inouïe [...]

P. S. : Un jour, je devais avoir huit ou neuf ans, j'étais en vacances de Noël à Zermatt. Nous étions une petite dizaine d'internes du pensionnat suisse où nous avaient placés nos parents qui ne rentrions presque jamais chez nous. Avec mon ami Khosrow, qui venait de Téhéran, nous avions décidé de prendre notre courage à deux mains et de demander à l'un des aînés, un certain Kazem, âgé d'une quinzaine d'années et persan comme Khosrow, de nous prêter 5 francs. Peu avant midi, nous repérions Kazem dans le petit salon de la pension où nous logions. Il était affalé dans un fauteuil recouvert de velours rougeâtre, les yeux clos, intensément occupé à ne rien faire. « Kazem, tu peux nous prêter 5 francs ? » Les jambes toujours étendues devant lui, il daigna ouvrir les yeux, nous regarda, paupières mi-closes, et lâcha : « Si j'avais 5 balles, les mecs, je serais à Paris ! »

Pascal, Blaise, ou le bonheur de la lecture

Chateaubriand le qualifiait d'« effrayant génie ». « Le meilleur livre qui ait jamais paru en France », dira Voltaire des *Provinciales*. Julien Green appelait Pascal « le plus grand des Français ». Paul Valéry le considérait comme « une des plus fortes intelligences qui aient paru ». « Il mériterait la béatification », a même déclaré le pape François à son sujet.

Quoi de plus naturel ? Pascal incarne le superlatif. Ses contributions en mathématiques et en physique ne se comptent pas. Il a inventé – et construit – la « pascaline », première machine à calculer de l'histoire. Au XVIIe siècle, elle représentait un bouleversement scientifique (même si sa capacité se limitait à effectuer comme seules opérations l'addition et la soustraction). La légende veut que, à la lecture du *Traité des sons*, un essai de physique mathématique que le jeune Blaise avait écrit à l'âge de onze ans, son père l'obligea à abandonner l'étude des mathématiques jusqu'à l'âge de quinze ans, afin de se consacrer à l'étude du latin et du grec… Ce n'est donc qu'à l'âge de seize ans que Pascal présentera son *Essai sur les coniques* à l'académie Mersenne (ou *Academia Parisiensis)* qui réunissait certains des plus grands savants de l'époque autour de son concepteur, Marin Mersenne. Se fondant sur une méthode mathématique très ancienne (le théorème de Ménélaüs d'Alexandrie), l'adolescent proposait ce qui restera comme le « théorème de Pascal » :

> Étant donné un hexagone inscrit dans un cercle, les intersections des côtés opposés sont alignées.

En mécanique des fluides, la découverte s'exprime de la manière suivante :

> Les fluides incompressibles transmettent intégralement et dans toutes les directions les pressions qui leur sont appliquées.

Les propriétés d'un fluide incompressible sont donc isotropes, inchangées quelle que soit l'orientation de la mesure. Ici comme ailleurs apparaît la capacité de Pascal à toujours considérer un sujet sous plus d'un aspect et d'associer une application concrète à une pensée conceptuelle. Il en ira de même dans ses réflexions philosophiques ou théologiques. Pascal sera toujours le penseur d'une réalité incarnée.

Il étendra ses recherches à des champs scientifiques très divers, tels que l'étude de la pression atmosphérique, le vide, le calcul différentiel et intégral, l'étude des nombres entiers, et surtout, en innovateur inspiré, à celle du hasard exprimé en termes mathématiques.

Mais si ses contributions aux sciences mathématiques et physiques faisaient œuvre de pionnier, et quel que soit l'intérêt que l'on peut porter aujourd'hui encore à ces réalisations, nulle part il ne paraît si grand que dans ses deux textes majeurs, *Les Provinciales* (v. Jansénisme) et bien sûr ses *Pensées*.

Le grand projet de Pascal était d'écrire un texte dédié à la défense du christianisme. Il voulait en faire son œuvre majeure et avait prévu de l'intituler *Apologie de la religion chrétienne*. Sa mort, à trente-neuf ans, l'empêcha de mener son écriture à terme. Ses notes ont été rassemblées et éditées sous forme de recueil, et intitulées *Pensées*. Leur collation est sujette à débat, à la fois pour ce qui est de l'ordre dans lequel elles sont présentées et pour l'incertitude qui entoure chacune d'entre elles.

La version généralement retenue, celle de Léon Brunschvicg, nous offre un plaisir de lecture sans égal. Le philosophe ou le théologien lira les *Pensées* en y trouvant des finesses de raisonnement et des éclats de foi qui échapperont au simple lecteur qui écrit ces lignes.

Peu importe : ce texte offre un dialogue fervent à hauteur d'homme. Chaque phrase emporte, chaque pensée émerveille. Toutes sont menées avec une rigueur tenace, dans un grand style mais sans jamais heurter, avec un souci chevillé au corps : celui de partager une réflexion dans sa plus grande honnêteté possible.

Je m'arrête sur deux passages des *Pensées* (il y en aurait mille autres). Le premier, celui par lequel débute l'édition Brunschvicg, « Pensée sur l'esprit et sur le style », décrit la supériorité de l'homme de bon sens, qui laisse parler son goût et son cœur, sur les raisonneurs :

> Différence entre l'esprit de géométrie et l'esprit de finesse.
>
> En l'un, les principes sont palpables, mais éloignés de l'usage commun ; de sorte qu'on a peine à tourner la tête de ce côté-là, manque d'habitude ; mais pour peu qu'on l'y tourne, on voit les principes à plein ; et il faudrait avoir tout à fait l'esprit faux pour mal raisonner sur des principes si gros qu'il est presque impossible qu'ils échappent.
>
> Mais dans l'esprit de finesse, les principes sont dans l'usage commun et devant les yeux de tout le monde. On n'a que faire de tourner la tête, ni de se faire violence ; il n'est question que d'avoir bonne vue, mais il faut l'avoir bonne ; car les principes sont si déliés et en si grand nombre qu'il est presque impossible qu'il n'en échappe. Or, l'omission d'un principe mène à l'erreur ; ainsi, il faut avoir la vue bien nette pour voir tous les principes, et ensuite l'esprit juste pour ne pas raisonner faussement sur des principes connus.

L'autre parle du pari :

> — Examinons donc ce point, et disons : « Dieu est, ou il n'est pas. » Mais de quel côté pencherons-nous ? La

raison n'y peut rien déterminer : il y a un chaos infini qui nous sépare. Il se joue un jeu, à l'extrémité de cette distance infinie, où il arrivera croix ou pile. Que gagerez-vous ? Par raison, vous ne pouvez faire ni l'un ni l'autre ; par raison, vous ne pouvez défaire nul des deux.

Ne blâmez donc pas de fausseté ceux qui ont pris un choix ; car vous n'en savez rien.

— Non ; mais je les blâmerai d'avoir fait, non ce choix, mais un choix ; car, encore que celui qui prend croix et l'autre soient en pareille faute, ils sont tous deux en faute : le juste est de ne point parier.

— Oui, mais il faut parier ; cela n'est pas volontaire, vous êtes embarqué. Lequel prendrez-vous donc ? Voyons. Puisqu'il faut choisir, voyons ce qui vous intéresse le moins. Vous avez deux choses à perdre : le vrai et le bien, et deux choses à engager, votre raison et votre volonté, votre connaissance et votre béatitude ; et votre nature a deux choses a fuir : l'erreur et la misère. Votre raison n'est pas plus blessée, en choisissant l'un que l'autre, puisqu'il faut nécessairement choisir. Voilà un point vidé. Mais votre béatitude ? Pesons le gain et la perte, en prenant croix que Dieu est. Estimons ces deux cas : si vous gagnez, vous gagnez tout ; si vous perdez, vous ne perdez rien. Gagez donc qu'il est, sans hésiter.

— Cela est admirable. Oui, il faut gager. Mais je gage peut-être trop.

Ici, Pascal applique à une interrogation théologique son concept d'« espérance », qui des siècles plus tard se traduira, dans les Business schools américaines, par *expected value*, la pondération entre la probabilité que survienne un événement et ses conséquences. La question se résume à ce que l'on a à gagner et ce que l'on peut perdre en croyant ou non à l'existence de

Dieu. Au terme d'un raisonnement duquel l'astuce n'est pas absente, Pascal conclut qu'il vaut mieux y croire :

> Car de deux choses l'une. Soit on y croit, soit on n'y croit pas.
>
> Dans le premier cas, si Dieu existe, on est comblé de bonheur. S'il n'existe pas, notre perte est minime.
>
> Dans le deuxième cas (on n'y croit pas), si Dieu existe, la punition sera terrible, et s'il n'existe pas, la pénalité sera nulle.
>
> L'homme a donc tout à gagner de croire en Dieu.

Pascal est humain, tiraillé entre foi éblouissante et tendre malice. À la lecture de son « pari », on ne peut que s'attacher à l'homme. Car ici, Pascal le défenseur acharné du jansénisme, l'ennemi juré de la casuistique, l'utilise bien à son profit… Parier sur l'existence de Dieu, car on suppose que c'est un pari gagnant, est-ce bien moral ? Pascal s'éloigne de la doctrine augustinienne, c'est vrai. Mais il s'approche de l'humanité moyenne, et donne ainsi la preuve qu'il faut privilégier l'esprit de finesse sur l'esprit de géométrie, qu'à la logique pure il convient de favoriser le sens du discernement.

Un mot sur l'idée (ou la tentation ?) du pape François de béatifier Pascal. Il me semble que ce serait dommage. Pascal a, précisément, été terriblement humain. Sa spiritualité ne l'a jamais éloigné des travers de tout un chacun. Il a pu se montrer d'une grande cruauté, et même d'une grande injustice. Faire de lui un saint l'éloignerait de nous. Il se retrouverait une sorte d'« intouchable ». Ses *Provinciales* seraient interprétées autrement. On y chercherait sans cesse une pensée sainte, alors que tout leur sel vient de ce qu'elles sont l'œuvre d'un croyant, et que, sur ses méchancetés, Pascal nous ressemble. Attendons le verdict de Rome…

Un mot, enfin, sur cette remarque de Pascal, à propos de l'une de ses *Provinciales*, la lettre XIV qui lui semblait bien longue. « Je voudrais avoir écrit une lettre plus courte, mais je n'en ai pas le temps. » On pourrait aussi appeler ce mot « théorème de Pascal à l'usage de ceux qui souhaitent bien écrire ».

Patrimoine, La Fondation du

Les Français sont-ils attachés à leur patrimoine, et si oui, à quelle hauteur ? Un peu ? Beaucoup ? La bonne réponse est : passionnément. Il suffit pour s'en convaincre d'observer leur rapport à la Fondation du patrimoine. En 2017, sur le seul territoire métropolitain, ce sont 12 millions de visiteurs qui ont participé aux Journées européennes du patrimoine. Chaque année, près de 40 000 citoyens participent à ses levées de fonds. Elle mène ses actions là où se trouvent de belles choses à préserver, à restaurer, à sauver, en particulier ce que l'on nomme quelquefois avec un brin de condescendance le patrimoine de petite proximité, et qui est en réalité ce qui constitue le ciment social et culturel le plus solide. Partout, la Fondation accompagne, coordonne, motive, alerte, prend l'initiative. On la retrouve à la basilique Saint-Martin de Tours, au domaine de Monte-Cristo dans les Yvelines (l'extraordinaire château d'Alexandre Dumas), à l'abbatiale de Beaulieu-sur-Dordogne, en Corrèze, à la maison Malichecq, dans les Landes (une bergerie), au palmarium du Sato à Saint-Martin-le-Nœud, à la bibliothèque de Jean-Giono à Manosque, à la Maison sublime de Rouen, ou encore aux moulins-chandeliers, des constructions en bois, astucieuses mais fragiles à l'usure du temps. Le moulin à vent de Lignerolles, dans le Loiret, classé Monument historique en 1942, se prépare à revivre grâce à une souscription lancée par la Fondation du patrimoine. C'est elle, encore, qui participa à la restauration de La Ruche. Située passage de Dantzig à Paris, La Ruche a accueilli Modigliani, Léger, Brancusi, Chagall… On retrouve la Fondation dans la restauration de l'église de Malicorne, dans l'Yonne, dans celle du théâtre de Châtel-Guyon, dans le Puy-de-Dôme, de l'escalier en fer-à-cheval du château de Fontainebleau, ou encore celle de l'église Notre-Dame-la-Blanche, sur l'île d'Hoëdic…

La Fondation impressionne par sa capacité à choisir, coordonner, rendre possible. Son efficacité est celle d'un commando. En vingt ans, elle a soutenu plus de 25 000 projets qui ont engagé la bagatelle de 2,9 milliards d'euros de travaux qui permettent de soutenir 6 000 emplois par an, souvent des métiers d'artisanat eux-mêmes en risque de disparition.

Où se cache le secret d'une telle efficacité ? Dans ses équipes, bien sûr, et dans sa structure de type « commando » : la Fondation compte à peine soixante-dix salariés, alors que plus de cinq cent cinquante bénévoles œuvrent pour elle dans toute la France.

En confiant à Stéphane Bern une mission sur le patrimoine, le président Macron a eu du nez…

Péché mortel

Il n'y en a qu'un. La lourdeur (v. cette entrée).

Péguy, ou l'apaisement

« L'Église et la République ensemble. » Le trône et l'autel. La grammaire et le catéchisme. Tout Péguy est dans cette dualité. « Nos maîtres et nos curés, ce serait un assez bon titre pour un roman », dit encore Péguy.

À l'heure où tant de mes amis français s'interrogent avec inquiétude sur l'identité de leur pays, sur l'éducation que la République offre à ses enfants, sur ce qui est l'essence de leur patrie, je crois que cette essence, cet esprit, a une âme et qu'elle porte le nom glorieux de Charles Péguy.

À son époque comme aujourd'hui, les sujets qui faisaient polémique étaient innombrables : la flambée d'antisémitisme provoquée par l'affaire Dreyfus, les problèmes liés à l'enseignement primaire, secondaire, universitaire, le déclassement du latin et du grec, la supercherie des humanités dites modernes, la déchristianisation de la France, l'anticléricalisme et le socialisme… Péguy portera sur ces problèmes un regard simple et fort, celui d'un homme juste. Un regard qui apaise.

Ses valeurs sont celles de son enfance, d'une France qu'il voit à la fois chrétienne et païenne. Il le rappelle, « paganisme » a pour racine le mot latin *paganus*, qui veut dire « paysan ». La foi paysanne complémente celle du Christ. L'une va avec l'autre, chacune a besoin de l'autre, de la même manière que dreyfusisme et République se confondent, que l'un ne va pas sans l'autre :

> Le modernisme est un système de politesse. La liberté est un système de respect. Le modernisme est un système de complaisance. La liberté est un système de déférence.

À l'aune d'un constat sans concession sur le « monde moderne », il se voudra « à l'arrière-garde », tout en se gardant d'abandonner la partie : « Que l'on m'entende bien. Je ne dis pas que c'est pour toujours. »

La « mystique républicaine », voilà son maître mot. Oui, je dis bien : son mot. Chez lui ces deux mots ne font qu'un. Il faut lire et admirer ses raisonnements puissants, posés. Il les mène en prenant son temps, en artisan, en besogneux qui ne se préoccupe que d'une seule chose : porter son travail à bien. En recommençant, lorsqu'il a le sentiment qu'il faut recommencer. Avec d'autres mots. Ou avec les mêmes, s'il sent qu'il vaut mieux reprendre ceux-ci plutôt que ceux-là. Il ne veut pas faire joli. Ce n'est pas une question de récompense ou de fierté. Peu importe ce qu'on dit ou fait, on est ce qu'on est, pas ce qu'on fait. Pour Péguy, l'exemple, ce sont les ouvriers de son enfance. Ils incarnent la vérité.

Ces ouvriers ne servaient pas. Ils travaillaient. Ils avaient un honneur, absolu, comme c'est le propre d'un honneur. Il fallait qu'un bâton de chaise fût bien fait. C'était entendu. C'était un primat. Il ne fallait pas qu'il fût bien fait pour le salaire ou moyennant le salaire. Il ne fallait pas qu'il fût bien fait pour le patron ni pour les connaisseurs ni pour les clients du patron. Il fallait qu'il fût bien fait lui-même, en lui-même, pour lui-même, dans son être même. Une tradition, venue, montée du plus profond de la race, une histoire, un absolu, un honneur voulait que ce bâton de chaise fût bien fait. Toute partie, dans la chaise, qui ne se voyait pas, était exactement aussi parfaitement faite que ce qu'on voyait. C'est le principe même des cathédrales.

La répétition n'est pas une honte mais une vertu. Elle mène à l'humilité, c'est-à-dire à la vérité. Parlant de sa mère qui gagnait sa vie en rempaillant des chaises, il utilisera la même image :

J'ai vu toute ma vie rempailler des chaises exactement du même esprit et du même cœur, et de la même main, que ce même peuple avait taillé ses cathédrales.

Dans ce temps-là, ajoutera-t-il, parlant de son enfance, on ne gagnait pour ainsi dire rien. Les salaires étaient d'une bassesse dont on n'a pas idée. Et pourtant tout le monde bouffait. Il y avait dans les plus humbles maisons une sorte d'aisance dont on a perdu le souvenir.

Ailleurs il parlera du travail comme d'un acte sacré :

Nous avons connu des ouvriers qui le matin ne pensaient qu'à travailler [...]. Travailler était leur joie même, et la racine profonde de leur être. Il y avait un honneur incroyable du travail, le plus beau de tous les honneurs, le plus chrétien, le seul peut-être qui tienne debout.

Il ajoutera, joyeusement : « Ils disaient en riant, et pour embêter les curés, que travailler c'est prier, et ils ne croyaient pas si bien dire. »

Et Péguy d'imaginer ce qu'aurait pu être la réaction de ces ouvriers si on leur avait dit que leurs successeurs se battraient pour en faire le moins possible. Ils en auraient éprouvé du dégoût et de l'incrédulité. Comme si on se moquait d'eux, qu'on les « blaguait » :

> Une telle idée pour eux, en supposant qu'ils la puissent concevoir, c'eût été porter une atteinte directe à eux-mêmes, à leur être, ç'aurait été douter de leur capacité, puisque ç'aurait été supposer qu'ils ne rendraient pas tant qu'ils pouvaient. C'est comme de supposer d'un soldat qu'il ne sera pas victorieux.

Les ouvriers s'étaient embourgeoisés :

> des ouvriers si je puis dire endimanchés dans la bourgeoisie, des intellectuels aux entournures, les pires des intellectuels [...] entravés dans un orgueil gauche, embarbouillés dans des métaphysiques ou alors ils ne comprennent plus rien du tout...

Un monde « jauressiste », c'est-à-dire bourgeois, pauvre de pensée, qui manque de cœur et de race, qui manque de travail et d'outil. Des gens aux bras raides et à l'orgueil creux, des gens de « truquements parlementaires ». On l'aura compris, en matière de polémique et de pamphlets, Péguy ne craint personne.

Porté par ses valeurs, solide comme le roc, il ne vise jamais le panache. Il l'incarne :

> C'est une grande misère que de voir des ouvriers écouter un Jaurès. Celui qui travaille écouter celui qui ne fait rien. Celui qui a un outil dans la main écouter celui qui n'a dans la main qu'une forêt de poils. Celui qui sait enfin écouter celui qui ne sait pas, et croire que c'est l'autre qui sait.

Et de conclure :

> Nous avons connu un peuple que l'on ne reverra jamais.

Ceux qu'il chérira le plus seront ses instituteurs, habités par l'amour de la patrie, dévoués au bien commun, « beaux comme des hussards noirs » : « Être maître et élèves, cela constitue une liaison sacrée, fort apparentée à cette liaison qui de la filiale devient la paternelle. » L'École normale était ainsi l'immense « dépôt » de la France. Elle lui fournissait jeunesse et civisme. Chacun y avait un rôle, une mission, comme l'économe de l'école du jeune Charles, M. Lecompte, que Péguy décrit par ces mots tendres :

> le type même de ce que tout ce monde avait de sérieux, de sévère, de ponctuel, de juste, de probe, et en même temps de ponctuel et de délicat ; et en même temps de bienveillant et d'ami et de sévèrement affectueux ; et en même temps de silencieux et de modeste et de bien à sa place. En lui se résumait tout l'ordre de cette belle société.

Le destin de Péguy basculera un jour où M. Naudy l'attrapera « par la peau du cou » et l'obligera à faire du latin.

> Notre École normale était [...] une des têtes et un des cœurs de la laïcisation. M. Naudy personnellement était un grand laïcisateur. Heureuse enfance. Heureuse innocence. Bénédiction sur une bonne race. Tout nous nourrissait. Tout nous était bon.

Péguy n'aura en revanche aucune tendresse pour ses professeurs d'université qu'il découvrira avec « une stupeur d'ingénu de théâtre ». Il aura fallu qu'il vienne en Sorbonne pour savoir qu'un vieillard aigri est la chose la plus laide qui soit, « un maître maigre et aigre et malheureux, un visage flétri, fané, non pas seulement ridé ; des yeux fuyants ; une bouche mauvaise ; des lèvres de distributeur automatique ; et ces malheureux qui en veulent à leurs élèves de tout ».

La chance de sa vie, ce sera ce N. Naudy, qui l'avait repêché, aux vacances de Pâques, alors qu'il avait douze ans. Il avait recommandé qu'il poursuive ses études et fasse du latin. « Rien n'est mystérieux comme ces sourdes préparations qui attendent l'homme au seuil de toute une vie. » Béni soit M. Naudy.

Perpignan

Un jour d'octobre, par beau soleil, je suis tombé amoureux de Perpignan. Alors que je déambulais dans ses rues anciennes, je m'interrogeais : y a-t-il au monde ville plus délicate ? Plus vivante et fière ? Plus artistique, plus accueillante, aussi ? Et cet accent qu'on écoute avec un plaisir physique, si chaleureux, bousculant, rugueux comme une vraie amitié ? Le monde est-il au courant qu'au sud-ouest de la France existe une ville aussi douce à vivre, raffinée, élégante ? Comment se fait-il que tous les habitants du pays ne s'y précipitent pas ? Et puis, rien qu'à prononcer ce mot, « Perpignan », n'a-t-on pas le sentiment de sucer un bonbon ?

Le musée d'art Hyacinthe-Rigaud incarne la ville. Au cœur du vieux Perpignan, il est le résultat d'une jonction réussie, celle de l'hôtel de Mailly et de l'hôtel de Lazerme, deux maisons du XVIIIe siècle, élégantes comme on savait les construire à l'époque. Ensemble, elles offrent une surface harmonieuse qui permet au musée de présenter ses collections permanentes et de proposer des expositions temporaires.

Le musée regorge de pièces exceptionnelles, surtout d'artistes du XXe siècle qui ont fait sa réputation, attirés à Perpignan par la beauté du lieu : Maillol, Picasso, Dufy, Lurçat... De Maillol, on trouve des céramiques (*La Vierge à l'Enfant*), des huiles sur toile (notamment *La Jeune Fille de profil* et un portrait de Dina Vierny, dit *Dina à la robe rouge*), de nombreux bronzes, bien sûr (parmi lesquels son *Ève à la pomme* et l'impressionnant *Torse Debussy*), sans oublier une pièce charmante parmi toutes, une petite terre cuite blanche intitulée *Les Nageurs dans la vague.* Au gré des salles, on découvre plusieurs huiles de Dufy, une imposante *Enfance du Christ*, de Maurice Denis, de nombreuses toiles dues à Rigaud, et enfin l'émouvante *Baigneuse accroupie* de Bourdelle. Le musée possède aussi plusieurs chefs-d'œuvre gothiques, dont le somptueux *Retable de la Trinité*, du Maître de la Loge de Mer, une pièce exceptionnelle qui raconte la ville, ses corporations marchandes, son labeur et ses richesses. Dans la partie supérieure du retable, la Trinité est représentée dans une mandorle qui occupe la partie importante du panneau. Autour, l'artiste a peint douze personnages bibliques, chacun ceint d'un large ruban sur lequel figure un extrait des Écritures, qui évoque la Justice. La partie basse du retable, d'une grande délicatesse elle aussi, montre un port, une loge, un quai, des marchandises et des portefaix. À l'arrière-plan figure une ville portuaire, peut-être une référence à Collioure, bien que le style des maisons soit un brin nordique… La part principale de la prédelle montre une mer agitée et le miracle de saint Nicolas sauvant un navire en perdition. Mêlant avec délicatesse sacré et temporel, le retable du Maître de la Loge de Mer mérite à lui seul une visite au musée, où l'on peut trouver d'autres chefs-d'œuvre d'art gothique, en particulier un *Couronnement de la Vierge*, de Juan de Sevilla, un *Triptyque Spiridon*, du maître des Florida, et une détrempe sur bois de maître d'Albocasser, *Sainte Ursule demandée en mariage*.

Je tombe sur une exposition temporaire qui revisite les années 1953 à 1955. Picasso était alors très présent à Perpignan. Sa vie de couple s'y est défaite et refaite. Françoise Gilot, sa compagne depuis dix ans, l'a quitté. Et c'est à Perpignan qu'il rencontre Jacqueline Roque. L'exposition dévoile Picasso intime, proche de la ville autant que de ses amis, détendu, affable, tendre avec ses enfants, Paloma et Claude. Sur l'une des photos, Françoise et Jacqueline sont attablées en compagnie de l'artiste. Douloureuse cohabitation… Jacques et Paule de Lazerme, les propriétaires de l'hôtel particulier qui deviendra une partie importante du musée, sauront entourer Picasso. Les marques de reconnaissance qu'il leur prodiguera seront nombreuses, et l'exposition rendait parfaitement cette émotion. On y voyait plusieurs portraits de Paule de Lazerme en costume catalan, tous de cette époque. Une lettre de son mari Jacques de Lazerme à Picasso, datée du 2 avril 1955, disait ceci : « Voici quelques photos de la procession du jeudi saint à Perpignan. Pourquoi ne viendriez-vous pas la voir ! Vous passeriez les fêtes de Pâques à la rue de l'Ange et vous nous feriez bien plaisir. »

À la réflexion, ce qui frappe, à Perpignan, au-delà de tout, c'est le sentiment de cohérence que dégage la ville. Elle forme un tout harmonieux, gracieux, sans afféterie. Tout ici semble pensé, droit, honnête. Pas la trace d'une vanité.

À un jet de pierre de Perpignan, le musée de Céret possède une collection qui étonne. La petite ville a toujours su attirer les plus grands peintres, et la liste de leurs noms se lit comme le Bottin mondain : Picasso, Dufy, Soutine, Miró, André Masson, Auguste Herbin, Juan Gris, Marquet, Survage, André Lhote, Chagall… Tous furent des habitués de Céret. De chacun le musée possède des œuvres majeures.

Personnalités préférées des Français

Les Français sont racistes, c'est bien connu. C'est pourquoi leurs personnalités préférées comptent régulièrement Simone Veil, Jean-Jacques Goldman, Yannick Noah, Omar Sy…

Deux juifs et deux Noirs.

Piaf, Édith

D'abord, il y a la voix. Une voix qui fait frémir. Qui bouscule. Qui transporte. Où ? Dans des lieux où il vaudrait mieux ne pas se trouver, sans doute. Là où l'on est nu. Là où l'on aime. Là où l'on souffre. Là où l'on vit vraiment. Une voix posée sur le diaphragme comme sur un socle en béton. Solide, puissante, une voix qui vient des profondeurs, une voix des entrailles. Une voix douloureuse mais sans faiblesse. Une voix qui ne laisse rien de côté, non, rien de rien, pas la fraction d'une syllabe. Une voix d'une justesse absolue, toujours. Une voix qui tient la note et ne la lâche pas. Une voix qui va jusqu'au bout, dans tous les sens du mot. Une voix comme Piaf.

Et puis il y a cet extraordinaire visage. Sérieux à chaque instant, attentif, concentré comme celui d'une écolière en pleine interrogation.

Et ce corps ! Cent-quarante-sept centimètres affaiblis par la maladie, courageux, campé, poings serrés. Un petit corps qui part au combat.

Une archive de l'INA la montre assise entre deux présentateurs vedettes de la télévision. C'est filmé en direct, à l'époque il n'y avait pas autre chose. On l'interroge sur ce qu'elle chante. « Une toute nouvelle chanson, répond Piaf, de René Rouzaud, "La goualante du pauvre Jean", sur une musique de Marguerite Monnot. » Le temps de terminer sa phrase, et hop, elle quitte la table, s'approche du bord de la scène, se campe, face au public, et attaque, le regard fort, la gestuelle sobre, maîtrisée de bout en bout, efficace. On sent que la chanson a été travaillée et retravaillée, dépouillée de tout ce qui n'est pas indispensable. Piaf chante l'essentiel.

Esgourdez rien qu'un instant
La goualante du pauvre Jean
Que les femmes n'aimaient pas
Mais n'oubliez pas
Dans la vie y a qu'une morale
Qu'on soit riche ou sans un sou
Sans amour on n'est rien du tout

Il vivait au jour le jour
Dans la soie et le velours
Il pionçait dans de beaux draps
Mais n'oubliez pas
Dans la vie on est peau de balle
Quand notre cœur est au clou
Sans amour on n'est rien du tout

(J'ai transcrit quelques paroles de « La goualante » pour faciliter la tâche à ceux qui, après avoir écouté la chanson, seront obsédés par sa musique. Elle ne quitte pas l'oreille, on la fredonne à n'en plus pouvoir, et on cherche désespérément les mots à mettre sur les notes.)

J'ai écouté Montand chanter « La goualante ». La comparaison est terrifiante. Là où la voix de Piaf nous donne le frisson, Montand fait le joli cœur. On l'imagine l'œil frétillant, sûr de son coup, esquissant un pas de claquette, sans doute, le sourire racoleur. Sympathique en diable, talentueux comme toujours, mais rien de plus. Pas de drame. On se dit : ils n'ont pas vécu la même vie.

Il faut parler de ce qu'a été celle de Piaf. Comment, sinon, comprendre cette densité ? Ses origines étaient française, italienne, berbère, arabe, et surtout très modestes. Lorsqu'elle naît, en décembre 1915, son père est au front. Incapable de l'élever, sa mère la confie à sa propre mère, qui s'occupe de l'enfant tant bien que mal, privilégiant, semble-t-il, la saleté à l'eau et le gros rouge au lait de vache. Au retour du père, on permute les grands-mères : Édith est placée chez la paternelle, qui tient une maison close en Normandie. Tout change, pour le meilleur bien sûr. On n'est pas loin de *La Maison Tellier*. Les pensionnaires la gâtent et la cajolent, le lait remplace le rouge. L'enfant est propre, elle mange à sa faim. En 1922, à l'âge de sept ans, elle quitte la douceur de la maison close pour suivre son père, artiste de rue, et apprend le métier à la dure, chantant pour trois sous à ciel ouvert. Le partenariat durera huit années, jusqu'en 1930, lorsque Édith se mettra en duo avec Simone Berteaut, la « Momone ». Toujours à ciel ouvert.

La « carrière » s'interrompt avec l'arrivée d'un premier homme qui compte, Louis, dix-huit ans, un garçon livreur. Ils se mettent en ménage, ont une petite fille, Marcelle, qu'Édith prend sous le bras lorsqu'elle chante dans la rue. Marcelle mourra à l'âge de deux ans. Édith en a vingt. Pour payer l'enterrement, elle se prostitue.

L'automne de la même année, elle fait la connaissance de Louis Leplée, un gérant de cabaret qui la découvre dans ses œuvres, au coin de la rue Troyon et de l'avenue Mac-Mahon. Épaté par ce bout de femme dont la voix remplit l'espace, il l'engage et lui trouve son surnom, Piaf. Moineau. Dans les semaines qui suivent, elle rencontre Jacques Canetti, qui fera basculer sa vie d'artiste (la sienne et celle de nombreux autres chanteurs français, v. Canetti, Jacques). Il est alors directeur artistique de Radio-Cité, dont le patron est Marcel Bleustein-Blanchet (celui qui fondera l'agence Publicis). C'est grâce à Canetti qu'elle enregistre son premier disque, chez Polydor. La suite fait partie de l'histoire. Piaf collectionne les succès. Ses chansons font, littéralement, le tour de la planète. À Istanbul, on disait « Piaf », et c'était la France qui était convoquée, une France vivante, audacieuse, amoureuse, une France du plaisir dont on admirait l'esprit, la verve, le brio, une France qu'on prenait comme modèle, incarnée par Édith Piaf, petite bonne femme qui valait mille ambassadeurs.

Très vite, les gens du métier s'attachent à elle. Les meilleurs lui proposent leurs airs. Marguerite Monnot, compositrice de « La goualante du pauvre Jean », lui offrira « Milord », « L'hymne à l'amour », « Mon légionnaire », ou encore « Les amants d'un jour ». Aznavour lui proposera « Jezebel ». Charles

Dumont et Michel Vaucaire lui écriront « Non, je ne regrette rien », Michel Emer composera pour elle « À quoi ça sert, l'amour ? ». Elle-même écrira les paroles de quatre-vingt-sept chansons, dont bien sûr « La vie en rose ». Celle-là, pas un jour ne passe sans que je l'écoute.

Dans *La Pension Marguerite*, le célèbre violoniste Aldo Neri donne un *bis* au terme d'un concert triomphal au théâtre des Champs-Élysées :

> Les applaudissements finirent par s'atténuer un peu. Il sourit à peine, et cela eut pour effet de relancer les bravos. Il se dit qu'il devrait aller en coulisse, revenir quand les applaudissements se seraient calmés, saluer une dernière fois. Libérer le chef et les musiciens pour l'entracte.
>
> Une idée folle lui traversa l'esprit. Il se dit : Là, ça devient saugrenu. Puis il pensa : Ils ne m'inviteront plus. Et alors ? Il plaça son violon en position. Il y aurait un second *bis*.
>
> D'un coup ce fut le silence. Sans même prendre le temps d'accorder son instrument, Aldo partit sur une succession de notes jouées en arpèges, en virtuose, une longue guirlande qu'il arrêta longuement sur le *la* bémol. Il le fit durer quatre blanches, bien cinq secondes, suivi du reste de la phrase, *sol-fa-mi* bémol-*do*, et la salle explosa. Il jouait « La vie en rose ».
>
> Il perçut un murmure et crut que des spectateurs manifestaient leur désapprobation. C'était autre chose. Le public du théâtre des Champs-Élysées chantait debout, les yeux brouillés. Aldo donnait le tempo, jouait les yeux ouverts, accentuant du buste les départs des strophes, et le public suivait :

Il me dit des mots d'amour,
Des mots de tous les jours,
Et ça m'fait quelque chose.

À ma mère, se dit Aldo. Elle a voulu alléger mon fardeau. Ça n'a pas marché. Elle a essayé. En vain. Elle n'a pas pu terminer. Je ne l'avais pas lâchée. Je lui avais arraché les seins. Je lui avais donné des coups de bassin. J'avais été son amant frénétique. Elle le savait.

Il est entré dans mon cœur
Une part de bonheur
Dont je connais la cause.

Il fut pris d'un vertige, ferma les yeux, et joua les dernières portées sans force. Le public était aux nues. Rose avait fait luthière comme d'autres font cuisinières militaires. Pour avoir un endroit où aller. Il la chercha des yeux. Elle devait être restée assise, et l'ovation debout l'empêchait de la voir. [...]

M. A., *La Pension Marguerite*

Il n'y a pas que les succès qu'elle collectionne, en France et partout ailleurs (elle sera une habituée de Carnegie Hall, à New York). Il y a aussi les histoires d'amour : Yves Montand, Paul Meurisse, Jean-Louis Jaubert (alors directeur des Compagnons de la chanson, avec lesquels elle enregistre un prodigieux « Les trois cloches »), Marcel Cerdan, le cycliste Louis Gérardin, le chanteur Jacques Pills, Georges Moustaki (qui signera les paroles de « Milord »), et enfin Théo Sarapo (de son vrai nom Lamboukas, mais Sarapo est bien plus joli, et en grec, *saghapo* veut dire « je t'aime »). Il est son cadet de vingt ans alors qu'elle-même fait vingt ans de plus que son âge. Car la troisième chose que collectionne Piaf, avec un succès qui dépasse les deux autres, ce sont les ennuis de santé. Ils marqueront sa vie, et surtout ils l'écourteront. Édith Piaf meurt à quarante-sept ans d'une rupture d'anévrisme.

Politique-spectacle

Il y a toujours eu une dimension théâtrale à la conduite des hommes, comme on dit doctement. Dans un pays qui affiche un goût particulier pour la théâtralité, cette dimension prendra un tour particulier.

Le président de la République fait un grand discours sur l'Europe, à la Sorbonne. Quelques jours plus tard, il participe à un sommet des chefs d'État, l'occasion de recueillir les réactions de ses collègues. La plus attendue sera celle que lui réservera la chancelière allemande. Elle lancera, en guise d'approbation ou d'ironie, allez savoir : « *France is back on stage.* » La France est de nouveau sur scène, ce qu'un grand journal du soir a traduit par « sur le devant de la scène ». Ce n'est pas pour chipoter, mais la langue anglaise a une formulation précise pour cette expression. C'est « *to be on front stage* », ce qui n'est pas tout à fait la même chose. Comme si, au fond, c'était bel et bien cela qui comptait. Occuper le devant de la scène, comme un objectif en soi.

La presse n'y verra aucune astuce et reprendra l'information comme un accord entre deux visions de l'Europe, alors qu'il n'en est rien, montrant ainsi qu'elle est, à son tour, sensible à ce qui lui semble essentiel : être, non pas sur scène, tout simplement, mais « sur le devant de la scène ».

Poulenc, Francis

Poulenc incarne l'esprit français dans sa conception la plus haute et la plus complète. On trouve dans sa musique la marque d'une spiritualité profonde, comme dans *Le Dialogue des Carmélites* ou dans son *Stabat Mater*, mais aussi une légèreté, une fantaisie, par exemple dans ses *Chansons gaillardes* ou ses *Chansons villageoises*.

À mes yeux, de toute l'œuvre de Poulenc, aucun morceau n'égale en intensité dramatique sa *Voix humaine*. Composée sur un poème de Cocteau, cette musique pour une voix raconte le désespoir d'une femme accrochée à son téléphone, sur le point d'être abandonnée par son amant. Son humanité, sa détresse bouleversent. Felicity Lott, à Genève (avec l'Orchestre de la Suisse romande dirigé par Armin Jordan) ou Barbara Hannigan à Garnier, avec à la tête de l'Orchestre de l'opéra Esa-Pekka Salonen, en ont donné des interprétations merveilleuses dont je m'étais dit, chaque fois, qu'elles n'auraient pas pu être plus émouvantes ni plus fortes. Je leur préférerai pourtant la version qu'en a offerte à la salle Favart la soprano italienne (à la diction et à la prononciation françaises parfaites) Anna Caterina Antonacci, grande actrice autant qu'immense chanteuse (elle était accompagnée par l'Orchestre philharmonique du Luxembourg placé sous la direction de Pascal Rophé).

Présidence normale

Un président de la République fraîchement élu, qui a été homme politique durant des décennies, a déclaré vouloir être un président « normal ». Cela ne s'est passé ni en Helvétie, ni en Germanie, ni en Scandinavie, mais en France. L'inversion de l'esprit français, en quelque sorte.

Comme aurait dit Pierre Desproges : « Étonnant, non ? »

Prévert, Jacques

Dans l'internat où m'avaient placé mes parents, près de Lausanne, il y avait de nombreux Américains, surtout des fils de managers internationaux basés en Suisse dont le champ d'activité était souvent très vaste : l'Europe, le Moyen-Orient et l'Afrique. Ils voyageaient sans cesse, il leur fallait donc caser leurs rejetons quelque part.

À l'exception d'un seul cas (au cours des onze années que j'ai passées à l'internat), celui d'un brillant sujet prénommé Kent, tous, après deux ans de séjour, oui, tous ces braves garçons avaient une peine folle à dire trois mots de français audibles. « Vous pouvey fermey le fenêtre » était un sommet.

En classe de récitation, ils bénéficiaient d'un régime spécial. Alors que nous autres – tous francophones d'adoption – devions apprendre par cœur *Souvent pour s'amuser* ou « Heureux qui comme Ulysse », nos camarades américains étaient invariablement orientés sur un poème de Prévert, toujours le même, sans doute parce qu'à l'oreille d'un francophone il semblait d'une simplicité absolue. Nous les voyions s'avancer d'un pas mal assuré vers le pupitre du professeur et se mettre à ânonner :

Il a miy le caféy
Dans la tasse
[Ay…]
Il a miy le lay
Dans la tasse de caféy
[Ay…]
Il a miy le sucre
Dans le caféy au lay
Avec la petite cuiller
Il a tourney
[And…]
Il a bu le caféy au lay

Et il a reposéy la tasse
Sans me parley

La récitation se terminait (lorsqu'elle se terminait) par ces vers :

Ey moi j'ay priy
Ma tête dans ma main
[And...]
Et j'ay pleurey

Pour nous autres, l'insupportable écoute ne se limitait pas aux cours. Nos Américains répétaient beaucoup... Aux préps, comme nous appelions les deux heures de préparation en fin d'après-midi, en récréation, en allant au football à 14 heures, partout, ils répétaient :

Il a miy le caféy
Dans la tasse...

Toute l'école connaissait le poème par cœur.

Lorsque (à quelques rares occasions) le professeur estimait que « Déjeuner du matin » avait subi son lot d'outrages, il branchait l'Américain sur quelques vers d'Inventaire :

Une piyerre,
deux maysons,
trois rouines,
quatre fossoyours
un jardin
dey fleurs...

« Monsieur, c'ey quoi fossoyour ? »

Avec « Inventaire », le professeur en avait pour le trimestre entier.

Je repense à ces balourdises avec beaucoup de tendresse. Bien malgré les Américains, il émanait d'eux quelque chose de décalé, presque de poétique, à éreinter ces vers à chaque coin de classe, toujours avec le même accent : « *Ey j'ay pleurey* »... Je me dis, en écrivant ces lignes, que le « par cœur » que ces garçons allaient garder de la langue française, ce serait ces deux poèmes de Prévert. « *Ey j'ay pleurey* », diraient-ils toute leur vie, sans doute pour se moquer, mais avec un réel attachement à une langue dont, par sa simplicité et son talent, Prévert leur avait offert l'intimité.

Ces poèmes font partie d'un recueil intitulé *Paroles* publié en 1946, à une époque où Prévert avait déjà derrière lui une carrière de scénariste et de dialoguiste de premier plan. Le succès de *Paroles* fut immense. Les poèmes furent traduits dans de nombreuses langues. L'esprit de Prévert, sa fantaisie, sa joie de vivre enchantaient le monde entier. Énumérations, inventaires, calembours, aphorismes... Prévert jouait avec les mots, piégeait son lecteur et lui offrait sa bonne humeur.

Les poèmes de Prévert s'ajoutent à une œuvre considérable. En quarante ans, il a collaboré à plus de quarante films, dont certains font partie des chefs-d'œuvre du cinéma français. On lui doit le scénario et les dialogues de *Drôle de drame* (la scène du « bizarre, comme c'est bizarre », entre Louis Jouvet et Michel Simon, c'est lui), *Les Enfants du paradis*, *Quai des brumes* (le « t'as d'beaux yeux, tu sais », que dit Gabin à Michèle Morgan, c'est lui encore), *Les Visiteurs du soir* (« Leur cœur qui bat, qui bat… », c'est toujours lui), *Les Portes de la nuit*, *Le jour se lève*, *Remorques*, *Le Crime de monsieur Lange*… Avec Marcel Carné, sa collaboration s'étendra à neuf films. C'est Prévert qui aidera Kosma – exilé, perdu – à participer aux *Portes de la nuit*, et cela nous vaudra « Les feuilles mortes », une musique que le monde entier chantera en « pensant France ».

Prévert entretiendra une longue amitié avec Jacques Canetti. Il écrira les paroles de nombreuses chansons (« Le petit cireur de Broadway », qui sera un des grands succès de Montand) que Canetti enregistrera avec Juliette Gréco, Serge Reggiani, Catherine Sauvage, Montand aussi, bien sûr.

Si *Paroles* est un livre qui a tant marqué, si toute l'œuvre de Prévert est aussi puissante, sans doute est-ce du fait qu'elle est naturelle. On n'y décèle aucun artifice. Tout ce que Prévert a fait est en parfaite cohérence avec sa personne. Il restera homme du petit peuple. Son enfance était celle d'un enfant pauvre. Il a quitté l'école à son certificat d'études, multiplié les boulots, et n'a pas évité de commettre de petits larcins : « La virginité de mon casier judiciaire reste encore pour moi un mystère. » Mais ni les succès ni la fortune ne le détacheront du monde des humbles. Ses amitiés seront à son image, authentiques et fidèles. Elles se doubleront souvent de collaborations exceptionnelles, avec Canetti, Carné, Renoir, Cayatte, Picasso, Braque, avec Alexandre Trauner, aussi, le génial décorateur de cinéma qu'il aidera à se cacher durant la guerre et auprès duquel il sera enterré, à Omonville-la-Petite, une amitié qui donne la chair de poule.

Sa simplicité lui sera souvent reprochée. Michel Houellebecq réserve des mots très durs à Prévert, le qualifiant, tout bonnement, d'« imbécile ».

> L'intelligence n'aide en rien à écrire de bons poèmes ; elle peut cependant éviter d'en écrire de mauvais. Si Jacques Prévert est un mauvais poète c'est avant tout parce que sa vision du monde est plate, superficielle et fausse. Elle était déjà fausse de son temps ; aujourd'hui sa nullité apparaît avec éclat, à tel point que l'œuvre entière semble le développement d'un gigantesque cliché.

Houellebecq est un immense écrivain. Mais l'optimisme n'est pas le trait saillant de son œuvre. Est-ce que la joie de vivre de Prévert le désarçonne ? *Paroles* a été écrit en 1946, un an après la fin de la guerre. Il fallait saisir le bonheur.

Je feuillette *Paroles* et tombe sur ces quelques vers :

LE JARDIN

Des milliers et des milliers d'années
Ne sauraient suffire
Pour dire
La petite seconde d'éternité
Où tu m'as embrassé
Où je t'ai embrassée
Un matin dans la lumière de l'hiver
Au parc Montsouris à Paris
À Paris
Sur la terre
La terre qui est un astre

J'ai lu ces quelques vers. Et j'ay pleurey.

Prix littéraires

Tentons une comparaison.

La demoiselle qui participe aux concours de beauté a fait l'effort de naître. Si elle n'est pas élue Miss Trifouilly-les-Oies ou Miss France, ce sera bien dommage, mais enfin, son investissement dans cette affaire aura été limité. L'écrivain qui vise un prix littéraire aura, lui, passé douze, vingt-quatre ou trente-six mois, quelquefois soixante, à peiner sur un texte, à le porter, à en être obsédé. S'il est sélectionné, ce seront ses pairs qui le mettront à la torture. Déshabillage public et mise à mort pour les moins chanceux.

La torture durera deux mois, au pire ou au mieux, c'est selon. Première sélection, deuxième sélection, puis une autre... La presse relate. Untel reste dans la course. Tel autre n'aura rien... Roulez tambours, roulez les têtes...

Certes, tout cela fait parler, fait vendre. Pousse à mieux écrire, aussi. Mais quelle cruauté.

Autre chose, encore. Les jeunes femmes des concours de beauté qui versent quelques larmes parce qu'elles ont perdu, voilà qui est charmant. Tout le monde sera triste pour elles. L'écrivain éliminé de la course ne pourra pas compter sur autant de sollicitude.

Proust, Marcel

En octobre 1910, Franz Kafka fait un premier voyage à Paris en compagnie de son ami Max Brod. Une furonculose aiguë l'oblige à rentrer et à reprendre le train pour Prague dès le lendemain.

Le 17 octobre 1910

Cher Max,

Aïe ! À chaque tour de roue je meurs ! Au gré de ses chocs, le train comprime mes furoncles, tantôt à gauche, tantôt à droite, puis rien pendant quelques instants, puis des deux côtés. Ma croix, si j'ose dire, ce sont les croisements[1], et la terre semble en être couverte. Les vibrations latérales déplacent les pansements et dénudent

1. Dans la version originale de la lettre : « *Diese Kreuzungen sind mein Kreuz, wenn ich so sagen darf.* »

les furoncles, si bien qu'à chaque tour de roue le petit choc n'est plus amorti par la gaze et mon postérieur se transforme en « Jardin des supplices ».

Le train quitte la gare de Fontainebleau, et dans le somptueux compartiment tendu de velours rouge, je me retrouve seul en compagnie d'un homme encore jeune. Une conversation me distrairait de mes furoncles, mais son regard est si sévère que je doute de chances (en attendant, je t'écris, mais aussitôt mon crayon posé, je me lancerai à sa conquête).

Un second voyageur qui vient de descendre était, imagine-toi, mon voisin de table au salon algérien du Train bleu, là où tu m'as laissé tout à l'heure. Malgré la chaleur qui régnait au restaurant, il n'avait pas quitté sa pelisse à col de loutre. Il était très pâle, soigné à l'extrême, et d'une tenue compliquée, presque touchante, qui laissait deviner plusieurs gilets sous la chemise. Son visage semblait figé, mais sous deux paupières mi-closes ses yeux étaient aux aguets, et il s'en échappait un regard gourmand.

À vingt minutes du départ de mon train, je me mis à héler le garçon. Trois tentatives ne me suffirent pas à capter son attention. C'était un jeune homme aux cheveux blonds coupés court, haut de taille et très sûr de son affaire. L'inquiétude commençait à me gagner, car entre la descente pénible des grands escaliers, la traversée du hall et l'accès au quai, je comptais qu'il me faudrait dix minutes, cinq minutes encore pour choisir une place dans un compartiment peu encombré, si bien qu'il ne m'en restait plus que deux pour payer. Mon voisin de table vit alors mon trouble, et avec grande autorité, tête en arrière, esquissa un geste en direction du garçon. Un instant plus tard, le gaillard était devant lui, quasiment aux ordres.

— Monsieur voudrait payer, je crois, et moi aussi, dit mon voisin d'une voix sourde.

Je payai le garçon et me levai avec difficulté.

— Permettez-moi de vous remercier, dis-je à mon voisin. Quel est votre secret ?

— Une longue habitude des garçons, sans doute[1] ! me répondit l'homme en esquissant un sourire.

Il avait prononcé la phrase en deux temps, reprenant son souffle après « garçons », d'une voix qu'un léger sifflement des bronches voilait, ce qui surprenait chez un homme aussi jeune. Il remarqua que je me déplaçais avec peine.

— Vous souffrez, cher monsieur ?

— Une furonculose mal placée.

Il esquissa une grimace de douleur.

— Quel train prenez-vous ?

— Celui de Prague.

— Alors nous voyagerons ensemble jusqu'à Fontainebleau, le premier arrêt, je serai ravi de poursuivre notre échange jusque-là.

Il semblait calquer le rythme de ses phrases sur celui de sa respiration, et je me dis que c'était peut-être pour en masquer l'essoufflement. Arrivé au wagon, il s'installa face à moi, près de la vitre du couloir. Seul un autre voyageur occupait le même compartiment, celui au regard sévère dont je t'ai parlé plus haut.

Mon voisin du Train bleu posa sur moi ses yeux mi-clos avec un aplomb qui me gêna beaucoup. Je rompis le silence, par embarras.

— Savez-vous, j'aurais raté mon train. Vous avez interpellé le garçon avec une telle autorité !

— Ah ! L'autorité... c'est le père !

C'était comme s'il comptait sur la douceur de son regard pour rattraper la condescendance de sa voix.

— J'avoue ne pas comprendre, lui dis-je.

1. En français dans le texte.

L'homme me fascinait.

— Mais oui, dit-il, le père, c'est lui qui nous autorise à user de violence !

— N'étais-je pas plus violent que vous ? Votre geste était à peine esquissé…

— Il n'y a pas d'autorité sans violence sous-jacente, vous êtes un voyageur de passage, que risque le garçon à vous déplaire, je suis français, peut-être proche de gens haut placés, me mécontenter pourrait lui valoir un blâme, qui sait, lui coûter sa place, je ne m'agitais pas, c'est vrai, mais n'est-ce pas au calme que se mesure l'autorité, et puis…

Je le coupai avec impatience :

— Mais quel lien avec le père ?

— Mon père ne m'a jamais imposé le devoir de reconnaissance, c'était un grand médecin, un homme très doux et très bon, qui estimait que je ne lui devais rien, alors qu'aujourd'hui encore, je sais ce que je lui dois, mais il m'a libéré de toute dette, et si l'on est sûr de n'être redevable de rien, cher ami… on est prêt à tuer le cœur léger[1]…

Je ris de bon cœur, ce qui eut pour effet de l'interrompre de nouveau. Le train commençait à ralentir. Il poursuivit :

— Mais me voici arrivé, je rentrerai à temps pour mes fumigations j'espère, sans lesquelles, savez-vous, je ne pourrais pas même faire deux pas ; mais y penser me soulage déjà.

Je lui demandai le motif d'un voyage si court.

— Je dois faire un repérage (à ma mine, il comprit que l'expression m'était inconnue et il enchaîna), pardonnez mon jargon, je cherche un modèle pour décrire une ville de garnison, je suis écrivain, autant que ma

1. En français dans le texte.

santé me permet de l'être. Et vous-même, exercez-vous une profession ?

J'hésitai à lui parler de mes essais d'écriture, car déjà le train arrivait en gare et à vrai dire le courage me manqua.

— Je suis juriste au service des contentieux d'une société d'assurances, la Generali, établie à Prague depuis longtemps. Quel sera le sujet de votre livre ?

— Rien d'original, hélas, l'histoire d'un homme que le destin tour à tour accable et favorise, une espèce de roman, mais pas vraiment un roman. Comme je regrette que nous nous quittions ici !

Il me sourit. Je me levai pour le saluer. Son teint me parut plus pâle encore qu'au Train bleu.

— J'espère que votre santé s'améliorera promptement et vous laissera tout à l'écriture, lui dis-je.

— On ne guérit jamais, cher ami, on apprend à vivre avec ses maladies[1].

— En tout cas moi, votre compagnie m'a soulagé de mes douleurs ! Elle a conduit ma pensée sur des chemins surprenants. Permettez que je me présente, Dr Franz Kafka.

L'homme posa son regard sur le mien et l'y arrêta, comme si une amitié nous liait depuis longtemps.

— J'espère que l'occasion nous sera offerte de nous revoir, me dit-il en retenant ma main dans la sienne.

Je lui dis que je l'espérais aussi. Ce n'était pas un mensonge : l'homme était d'un charme ensorcelant et son regard exprimait autant de douceur que de domination.

— Mon nom est Marcel Proust, dit-il. Bonne fin de voyage, bonne guérison, à bientôt !

Les élancements ne me lâchent pas, mon cher Max, je suis trempé de sueur, et dois bien avoir quarante de

1. *Idem.*

fièvre. Comme le wagon est en tête de train, impossible d'ouvrir une fenêtre, sauf à vouloir être couvert de suie. Je te laisse, je dois replacer les carrés de gaze sur les furoncles, la herse reprend sa besogne.

Bien à toi,
Franz
M. A., *Victoria-Hall*

Et puis, en vis-à-vis de cette discussion entre Proust et Kafka sur la place des pères, la phrase la plus longue de la littérature française, extraite de *Sodome et Gomorrhe* :

> Sans honneur que précaire, sans liberté que provisoire, jusqu'à la découverte du crime ; sans situation qu'instable, comme pour le poète la veille fêté dans tous les salons, applaudi dans tous les théâtres de Londres, chassé le lendemain de tous les garnis sans pouvoir trouver un oreiller où reposer sa tête, tournant la meule comme Samson et disant comme lui : « Les deux sexes mourront chacun de son côté » ; exclus même, hors les jours de grande infortune où le plus grand nombre se rallie autour de la victime, comme les juifs autour de Dreyfus, de la sympathie – parfois de la société – de leurs semblables, auxquels ils donnent le dégoût de voir ce qu'ils sont, dépeint dans un miroir qui, ne les flattant plus, accuse toutes les tares qu'ils n'avaient pas voulu remarquer chez eux-mêmes et qui leur fait comprendre que ce qu'ils appelaient leur amour (et à quoi, en jouant sur le mot, ils avaient, par sens social, annexé tout ce que la poésie, la peinture, la musique, la chevalerie, l'ascétisme, ont pu ajouter à l'amour) découle non d'un idéal de beauté qu'ils ont élu, mais d'une maladie inguérissable ; comme les juifs encore (sauf quelques-uns qui ne veulent fréquenter que ceux de leur race, ont toujours à

la bouche les mots rituels et les plaisanteries consacrées) se fuyant les uns les autres, recherchant ceux qui leur sont le plus opposés, qui ne veulent pas d'eux, pardonnant leurs rebuffades, s'enivrant de leurs complaisances ; mais aussi rassemblés à leurs pareils par l'ostracisme qui les frappe, l'opprobre où ils sont tombés, ayant fini par prendre, par une persécution semblable à celle d'Israël, les caractères physiques et moraux d'une race, parfois beaux, souvent affreux, trouvant (malgré toutes les moqueries dont celui qui, plus mêlé, mieux assimilé à la race adverse, est relativement, en apparence, le moins inverti, accable celui qui l'est demeuré davantage) une détente dans la fréquentation de leurs semblables, et même un appui dans leur existence, si bien que, tout en niant qu'ils soient une race (dont le nom est la plus grande injure), ceux qui parviennent à cacher qu'ils en sont, ils les démasquent volontiers, moins pour leur nuire, ce qu'ils ne détestent pas, que pour s'excuser, et allant chercher comme un médecin l'appendicite l'inversion jusque dans l'histoire, ayant plaisir à rappeler que Socrate était l'un d'eux, comme les Israélites disent de Jésus, sans songer qu'il n'y avait pas d'anormaux quand l'homosexualité était la norme, pas d'antichrétiens avant le Christ, que l'opprobre seul fait le crime, parce qu'il n'a laissé subsister que ceux qui étaient réfractaires à toute prédication, à tout exemple, à tout châtiment, en vertu d'une disposition innée tellement spéciale qu'elle répugne plus aux autres hommes (encore qu'elle puisse s'accompagner de hautes qualités morales) que de certains vices qui y contredisent comme le vol, la cruauté, la mauvaise foi, mieux compris, donc plus excusés du commun des hommes ; formant une franc-maçonnerie bien plus étendue, plus efficace et moins soupçonnée que celle des loges, car elle repose sur une identité de goûts, de besoins, d'habitudes, de dangers, d'apprentissage, de savoir, de trafic, de glossaire, et dans laquelle les membres mêmes, qui souhaitent de ne pas se connaître, aussitôt se reconnaissent à des signes naturels ou de convention, involontaires ou voulus, qui signalent un de ses semblables au mendiant dans le grand seigneur à qui il ferme la portière de sa voiture, au père dans le fiancé de sa fille, à celui qui avait voulu se guérir, se confesser, qui avait à se défendre, dans le médecin, dans le prêtre, dans l'avocat qu'il est allé trouver ; tous obligés à protéger leur secret, mais ayant leur part d'un secret des autres que le reste de l'humanité ne soupçonne pas et qui fait qu'à eux les romans d'aventure les plus invraisemblables semblent vrais, car dans cette vie romanesque, anachronique, l'ambassadeur est ami du forçat : le prince, avec une certaine liberté d'allures que donne l'éducation aristocratique et qu'un petit bourgeois tremblant n'aurait pas en sortant de chez la duchesse, s'en va conférer avec l'apache ; partie réprouvée de la collectivité humaine, mais partie importante, soupçonnée là où elle n'est pas, étalée, insolente, impunie là où elle n'est pas devinée ; comptant des adhérents partout, dans le peuple, dans l'armée, dans le temple, au bagne, sur le trône ; vivant enfin, du moins un grand nombre, dans l'intimité caressante et dangereuse avec les hommes de l'autre race, les provoquant, jouant avec eux à parler de son vice comme s'il n'était pas sien, jeu qui est rendu facile par l'aveuglement ou la fausseté des autres, jeu qui peut se prolonger des années jusqu'au jour du scandale où ces dompteurs sont dévorés ; jusque-là obligés de cacher leur vie, de détourner leurs regards d'où ils voudraient se fixer, de les fixer sur ce dont ils voudraient se détourner, de changer le genre de bien des adjectifs dans leur vocabulaire, contrainte sociale, légère auprès de la contrainte intérieure que leur vice, ou ce qu'on nomme improprement ainsi, leur impose non plus à l'égard des autres mais d'eux-mêmes, et de façon qu'à eux-mêmes il ne leur paraisse pas un vice.

Si j'ai choisi d'insérer cette phrase, ce n'est pas pour la performance, elle relève du livre *Guinness des records*, mais pour deux motifs. D'abord, elle rappelle le talent du plus grand des romanciers français du XXe siècle. Ensuite, Proust porte dans ces lignes un regard d'une rare lucidité sur la question juive, sur l'homosexualité, sur ce qu'est la norme. Il n'hésite devant rien, ne se fait aucun cadeau, arrache les masques. Comment fait-il pour avoir une telle liberté de pensée ? La réponse figure peut-être dans la lettre qui précède la longue phrase, écrite par Franz Kafka à Max Brod après sa rencontre avec Proust au Train bleu.

« Le père, dit Proust, c'est lui qui nous autorise à user de violence ! » Et il poursuit. Son père ne lui a jamais imposé un devoir de reconnaissance. Il l'a libéré de toute dette. Il a fait de lui un homme libre, « prêt à tuer le cœur léger ». Un homme dont l'œuvre est toujours lucide mais jamais amère.

On est toujours admiratif de Marcel Proust de nous avoir laissé un tel chef-d'œuvre. On devrait être reconnaissant au docteur Adrien Proust, son père, d'avoir ainsi libéré son fils.

P.-S. : Qui a vu les planches de Proust ne pourra s'empêcher de penser : « En voilà un qui ne craignait pas d'être besogneux (v. ce mot) ! »

Q

Queneau, Raymond

Chaque fois que je pense à Queneau me vient le souvenir du professeur Wanders, qui enseignait la physique quantique à l'École polytechnique de Lausanne. Georges Wanders n'était pas du genre à caresser les étudiants dans le sens du poil (ni dans le sens opposé). Il était la physique, rien de plus et rien de moins. J'étais à l'époque membre d'une de ces sociétés d'étudiants bâties sur le modèle allemand. Nous nous réunissions chaque vendredi soir dans la cave d'un bistrot du Vieux-Lausanne, y buvions des hectolitres de bière et recevions toujours un conférencier. Voilà qu'un vendredi, l'un de mes camarades de promotion invite Wanders. Je me demandais bien ce que l'austère professeur allait nous raconter. Il se montra merveilleux. Sa théorie concernant la physique – en réalité, concernant la vie tout entière – était la suivante. L'homme passe son temps à imaginer des activités dont le côté sérieux est prépondérant en apparence et secondaire sur le fond. Ce qui l'intéresse, c'est le jeu. Le physicien joue au chat et à la souris avec la nature. Il cherche à la piéger. Il veut qu'elle se dévoile. L'exemple le plus simple est celui du rayon de lumière qui passe à travers un prisme de verre, obligeant celle-ci à se décomposer en couleurs de l'arc-en-ciel.

Le professeur Wanders me renvoie à Queneau. Sans doute que lui aussi aimait le jeu. Mais Prévert (v. ce nom) aimait aussi le jeu. Or je n'ai pas ce sentiment de manière aussi forte lorsque je le lis. C'est donc qu'il y avait autre chose qui les séparait : Queneau aimait les sciences ! Il les étudiait et les intégrait dans son œuvre littéraire de façon tout à fait particulière.

Son premier roman, *Le Chiendent*, est construit en prenant comme modèle *Le Discours de la méthode*. Ses *Exercices de style* abordent un aspect des mathématiques qu'il affectionnait particulièrement, l'analyse combinatoire. Il retrouvera ce domaine avec ses *Cent mille milliards de poèmes :* le lecteur peut choisir parmi les vers que propose Queneau et composer près de 100 000 milliards de poèmes différents qui répondront tous aux règles du sonnet classique (deux quatrains suivis de deux tercets). Membre de la Société mathématique de France, il publiera dans la revue sur les *Comptes rendus de l'Académie des sciences de Paris* deux articles traitant de la théorie des nombres.

Il trouva l'inspiration de ses *Exercices de style* dans *L'Art de la fugue*, de Jean-Sébastien Bach. Grand lecteur de René Guénon, il correspondra avec l'orientaliste, sera l'un des fondateurs de l'Oulipo, l'Ouvroir de littérature potentielle, et dirigera chez Gallimard la collection Encyclopédie de la Pléiade.

En définitive, ce qui fera de l'œuvre de Queneau un tout sublime sera bel et bien son goût du jeu.

Il se retrouvera partout : dans les onomatopées, les orthographes loufoques, les inventions grammaticales et syntaxiques, dans les situations burlesques (dans *Zazie dans le métro*, elles se succèdent, le roman est un bréviaire du burlesque), et qui s'entremêlent au texte, comme dans *Cent mille milliards de poèmes*, et peut-être plus encore dans *Exercices de style*[1], où Queneau raconte de cent manières différentes l'histoire d'un homme…

IMPUISSANT

Comment dire l'impression que produit le contact de dix corps pressés sur la plate-forme arrière d'un autobus S un jour vers midi du côté de la rue de Lisbonne ? Comment exprimer l'impression que vous fait la vue d'un personnage au cou diformément long et au chapeau dont le ruban est remplacé, on ne sait pourquoi, par un bout de ficelle ? Comment rendre l'impression que donne une querelle entre un voyageur placide injustement accusé de marcher volontairement sur les pieds de quelqu'un et ce grotesque quelqu'un en l'occurrence le personnage ci-dessus décrit ? Comment traduire l'impression que provoque la fuite de ce dernier, déguisant sa lâcheté du veule prétexte de profiter d'une place assise ?

Enfin comment formuler l'impression que cause la réapparition de ce sire devant la gare Saint-Lazare deux heures plus tard en compagnie d'un ami élégant qui lui suggérait des améliorations vestimentaires ?

INJURIEUX

Après une attente infecte sous un soleil ignoble, je finis par monter dans un autobus immonde où se serrait une

1. Raymond Queneau, *Exercices de style*, Gallimard, 1947.

bande de cons. Le plus con d'entre ces cons était un boutonneux au sifflet démesuré qui exhibait un galurin grotesque avec un cordonnet au lieu de ruban. Ce prétentiard se mit à râler parce qu'un vieux con lui piétinait les panards avec une fureur sénile ; mais il ne tarda pas à se dégonfler et se débina dans la direction d'une place vide encore humide de la sueur des fesses du précédent occupant.

Deux heures plus tard, pas de chance, je retombe sur le même con en train de pérorer avec un autre con devant ce monument dégueulasse qu'on appelle la gare Saint-Lazare. Ils bavardochaient à propos d'un bouton. Je me dis : qu'il le fasse monter ou descendre son furoncle, il sera toujours aussi moche, ce sale con.

HOMÉOTÉLEUTES[1]

Un jour de canicule sur un véhicule où je circule, gesticule un funambule au bulbe minuscule, à la mandibule en virgule et au capitule ridicule. Un somnambule l'accule et l'annule, l'autre articule : « crapule », mais dissimule ses scrupules, recule, capitule et va poser ailleurs son cul.

Une hule aprule, devant la gule Saint-Lazule je l'aperçule qui discule à propos de boutules, de boutules de pardessule.

GASTRONOMIQUE

Après une attente gratinée sous un soleil au beurre noir, je finis par monter dans un autobus pistache où grouillaient les clients comme asticots dans un fromage trop fait. Parmi ce tas de nouilles, je remarquai une grande allumette avec un cou long comme un jour sans pain et une galette sur la tête qu'entourait une sorte de

1. *Homéotéleute : rime ailleurs qu'en fin de vers.*

fil à couper le beurre. Ce veau se mit à bouillir parce qu'une sorte de croquant (qui en fut baba) lui assaisonnait les pieds poulette. Mais il cessa rapidement de discuter le bout de gras pour se couler dans un moule devenu libre. J'étais en train de digérer dans l'autobus de retour lorsque devant le buffet de la gare Saint-Lazare, je revis mon type tarte avec un croûton qui lui donnait des conseils à la flan à propos de la façon dont il était dressé. L'autre en était chocolat.

Queneau sera aussi parolier, et quel parolier. On lui doit l'une des plus belles chansons du répertoire, mise en musique par Kosma et chantée par Juliette Gréco[1]. S'inspirant de Ronsard, Queneau a écrit un poème dont voici les premiers vers :

Si tu t'imagines
si tu t'imagines
fillette fillette
si tu t'imagines
xa va xa va xa
va durer toujours
la saison des za
saison des za
saison des amours
ce que tu te goures
fillette fillette
ce que tu te goures
[...]

La chanson a fait le tour du monde.

---

1. Juliette Gréco, « Si tu t'imagines », Raymond Queneau, Joseph Kosma, *Si tu t'imagines/Les Feuilles mortes*, Disques Meys, 1983.

R

Rameau, Jean-Philippe

Né quinze ans après Couperin, Rameau est, comme son aîné, fils d'organiste et grand organiste lui-même (il le sera à Avignon, à Clermont-Ferrand, à l'orgue de plusieurs églises parisiennes, à Dijon, à Lyon...). Il sera aussi claveciniste, violoniste et chef d'orchestre. Toutes ces activités le prépareront à une exceptionnelle carrière de compositeur et de théoricien. Son œuvre est monumentale : motets, cantates, pièces pour clavecin, motets pour grand chœur, et surtout une trentaine d'œuvres pour la scène, dont des tragédies en musique et des opéras-ballets sur lesquels est bâtie sa gloire. Il n'est pas excessif de dire qu'elle constitue le sommet du classicisme français. *Les Indes galantes*, *Dardanus*, *Platée*, *Castor et Pollux* sont aujourd'hui joués dans le monde entier.

Tel ne fut pas toujours le cas. Les opéras de Rameau ne seront pas représentés – du moins sur les grandes scènes – durant près d'un siècle. Ce sera la défaite de 1870 qui incitera de nombreux musiciens à rechercher dans le patrimoine français une alternative à la musique allemande, à Bach en particulier. Et il faudra attendre le XXe siècle pour voir des œuvres de Rameau reprises dans leur version intégrale. En 1903, Debussy découvre *La Guirlande* et s'enthousiasme. *Hippolyte et Aricie* sera monté à l'Opéra de Paris cinq ans plus tard. En 1918, ce sera *Castor et Pollux*, à la réouverture de l'Opéra. Et en 1956, *Les Indes galantes* seront enfin reprises, toujours à Paris. L'année suivante, elles seront choisies pour la réouverture de l'opéra royal de Versailles. La France, puis le monde entier, redécouvrent ou découvrent le génie de Rameau. Sa dernière tragédie lyrique, *Les Boréades*, sera créée à titre posthume à Aix-en-Provence en… 1982, deux siècles après sa mort.

Si Rameau était très français par son goût du plaisir, il l'était aussi par son désir de pouvoir formuler ses compositions de manière élégante, selon des règles mathématiques. À ses yeux, la musique était une science autant qu'un art. Dans sa *Démonstration du*

principe de l'harmonie – et l'on appréciera ce que chacun de ces trois mots a comme contenu mathématique –, il dira :

> Conduit dès ma plus tendre jeunesse par un instinct mathématique dans l'étude d'un art pour lequel je me croyais destiné, et qui m'a toute ma vie uniquement occupé, j'en ai voulu connaître le vrai principe.

Aujourd'hui encore, l'ouvrage fait référence. Debussy dira de lui que le besoin de comprendre, « si rare chez les artistes », était inné chez Rameau.

Il naîtra de ses travaux une musique à la fois nouvelle et classique, déroutante aux gens des Lumières. Sans doute est-ce du fait de ses qualités paradoxales que cette musique a été si longtemps négligée. Il est vrai que Rameau, dont l'œuvre est si séductrice, n'aimait pas séduire… Cela lui semblait au-dessous de sa condition. Il se fâchera beaucoup, souvent à mauvais escient. Dans *Le Neveu de Rameau*, Diderot – avec lequel il s'était querellé – dira :

> Ça, dites-moi ; je ne prendrai pas votre oncle pour exemple ; c'est un homme dur ; c'est un brutal ; il est sans humanité ; il est avare. Il est mauvais père, mauvais époux ; mauvais oncle…

Il devait pourtant avoir bien du cœur et de la joie de vivre, quand même, pour écrire *Les Indes galantes*…

Ravel, Maurice

Tzigane, *Pavane pour une infante défunte*, *Boléro*, *Daphnis et Chloé*, *Concerto pour la main gauche*, *Concerto en* sol, *La Valse*, *L'Enfant et les Sortilèges*... La liste des œuvres de Ravel a des airs de « hit parade ». On pourrait y ajouter *Le Tombeau de Couperin*, *Ma Mère l'Oye*, *Valses nobles et sentimentales*, *Gaspard de la nuit*, de la musique vocale, de la musique de chambre, des mélodies hébraïques... Et bien sûr les *Tableaux d'une exposition*, dont il a signé l'une des orchestrations, d'après la pièce pour piano de Moussorgski. La sienne, un chef-d'œuvre, est la plus jouée de toutes. Cette liste n'est pas exhaustive. Chacun de ces morceaux de musique a connu un succès planétaire et, de toute sa production, abondante dans des genres variés, peu de titres n'ont pas eu un immense succès.

Rien ne s'explique plus facilement : Ravel était l'un des plus grands compositeurs du XXe siècle, un génie, si ce mot a un sens, comparable sous bien des aspects à Debussy, dont il ne fut pourtant jamais proche. Il fut aussi l'un des plus grands – sinon le plus grand – orchestrateur de l'histoire de la musique.

Comme elle l'a fait pour Debussy, la critique a souvent attribué à Ravel l'étiquette d'impressionniste. L'un et l'autre ont privilégié le son aux grands principes structurels de la composition classique. L'un et l'autre ont composé des pièces d'un dépouillement extrême. L'un et l'autre s'inscrivent dans la grande tradition de la musique française, héritiers de Rameau et de Couperin. L'un et l'autre seront les compositeurs les plus originaux de leur temps, révolutionnaires et classiques à la fois. Mais pour l'un et l'autre, l'étiquette d'impressionniste est réductrice. Dans son *Esquisse autobiographique*, Ravel aura ces mots : « Je n'ai jamais éprouvé le besoin de formuler, soit pour autrui soit pour moi-même, les principes de mon esthétique. » Citant Mozart, il ajoutera : « La musique peut tout entreprendre, tout oser et tout peindre, pourvu qu'elle charme et reste enfin et toujours de la musique. » Ces mots auraient pu, je crois, être de Debussy.

Renan, Ernest

Faut-il lire Renan ? Bien sûr, et pour mille raisons ! Tout en sachant que sa lecture risque de déclencher une grande mélancolie. Je m'en expliquerai.

La première raison pour laquelle il faut lire Renan est le plaisir que nous offre sa lecture. Tout est fort et clair, chez lui, dit avec vigueur, mais aussi avec cœur :

> Quand je vis l'acropole, j'eus la révélation du divin, comme je l'eus la première fois que je sentis vivre l'Évangile, en apercevant la vallée du Jourdain des hauteurs de Casyoun.

Ces quelques lignes extraites de sa *Prière sur l'Acropole* laissent deviner, déjà, une deuxième raison pour laquelle la lecture de Renan s'impose, surtout à qui cherche à saisir ce qu'est « l'esprit français ». Cet esprit est tout entier dans ces quelques lignes, et Renan l'incarne avec majesté : une coexistence d'aspiration spirituelle et de faiblesse devant les beautés matérielles du monde. Dans chacun des textes majeurs de Renan – je pense à *Qu'est-ce qu'une nation ?*, mais aussi à *Vie de Jésus*, et bien sûr à cette merveilleuse *Prière*, Renan associe de façon constante une recherche d'élévation à un attachement au quotidien. Il confronte les éléments fondamentaux d'une pensée à l'analyse des faits, toujours dans un souci de grande rigueur, et peu importe la violence que ses observations seront susceptibles de dégager : il n'aura de cesse de chercher la vérité. Parlant de sa découverte du Parthénon, il décrit ainsi les comparaisons qu'elle déclenche :

> L'Orient me choqua par sa pompe, son ostentation, ses impostures. Les Romains ne furent que de grossiers soldats ; la majesté du plus beau Romain, d'un Auguste, d'un Trajan, ne me sembla que pose auprès de l'aisance, de la noblesse simple de ces citoyens fiers et tranquilles. Celtes, Germains, Slaves m'apparurent comme des espèces de Scythes consciencieux, mais péniblement civilisés. Je trouvai notre Moyen Âge sans élégance ni tournure, entaché de fierté déplacée et de pédantisme. Charlemagne m'apparut comme un gros palefrenier allemand ; nos chevaliers me semblèrent des lourdauds dont Thémistocle et Alcibiade eussent souri. Il y a eu un peuple d'aristocrates, un public tout entier composé de connaisseurs, une démocratie qui a saisi des nuances d'art tellement fines que nos raffinés les aperçoivent à peine. Il y a eu un public pour comprendre ce qui fait la beauté des propylées et la supériorité des sculptures du Parthénon. Cette révélation de la grandeur vraie et simple m'atteignit jusqu'au fond de l'être. Tout ce que j'avais connu jusque-là me sembla l'effort maladroit d'un

art jésuitique, un rococo composé de pompe niaise, de charlatanisme et de caricature. C'est principalement sur l'Acropole que ces sentiments m'assiégeaient.

Il faut lire Renan, aussi, pour l'impressionnant panorama culturel que son œuvre propose. Les sept volumes de son *Histoire des origines du christianisme* (*Vie de Jésus* en est le premier tome), son *Histoire générale des langues sémitiques* (il fut titulaire de la chaire d'hébreu au Collège de France, dont il fut suspendu après la parution de sa *Vie de Jésus*), son *Histoire d'Israël* sont tous des textes majeurs.

Ses rapports avec la religion seront à l'image de sa pensée : intenses, englobant souvent le paradoxe et quelquefois contradictoires. Comment aurait-il pu en être autrement ? Renan avait une foi austère qui devait cohabiter avec un esprit avide d'analyse. L'esprit critique traverse l'œuvre de Renan. Est-ce que pour autant son aspiration spirituelle se relâche ? Non. Elle prend une expression concrète, et cet enracinement dans le quotidien lui donne sa force. Le sentiment qui marque l'œuvre de Renan de manière constante est la fraternité, ingrédient essentiel au bonheur des hommes. Pourtant, il n'en fait pas un dogme ou une croyance. Simplement, si elle est absente, le système sociétal ne fonctionne pas, quel qu'il soit.

Pourquoi, dès lors que Renan offre des textes aussi exceptionnels, faudrait-il ne pas le lire ?

Le mot est excessif, bien sûr, il faut lire Renan, tout Renan, le lire et le relire. Mais l'un de ses textes majeurs, celui qui aujourd'hui devrait servir de référence aux politiques qui gouvernent le pays, *Qu'est-ce qu'une nation ?*, plongera son lecteur dans la tristesse.

Que dit Renan ? « Une nation est une âme, un principe spirituel », deux choses qui n'en font qu'une, l'une étant dans le passé, l'autre dans le présent. L'une est d'avoir un « riche legs de souvenirs », et l'autre « le désir de vivre ensemble », expression fréquente de nos jours, souvent moquée pour sa part de naïveté. Une nation ne se constitue pas par une langue commune, une même religion, ou l'appartenance à un même groupe ethnographique. C'est « avoir fait des choses ensemble, vouloir en faire encore ». On « aime la maison qu'on a bâtie », dit encore Renan, qui ajoute : « Avoir souffert, joui, espéré ensemble, voilà ce qui vaut mieux que des douanes communes et des frontières conformes aux idées stratégiques ; voilà ce que l'on comprend malgré les diversités de race et de langue ». Pour Renan, ce qui importe, surtout, c'est le souvenir « d'avoir souffert ensemble ; oui, la souffrance en commun unit plus que la joie. En fait de souvenirs nationaux, les deuils valent mieux que les triomphes ; car ils imposent des devoirs ; ils commandent l'effort en commun. Une nation est donc une grande solidarité ». Aussi longtemps que se feront les sacrifices « qu'exige l'abdication de l'individu au profit d'une communauté », celle-ci sera légitime et aura le droit d'exister.

Où en sommes-nous aujourd'hui ? Les grandes luttes (la Seconde Guerre mondiale, l'Occupation, la Shoah) ne concernent plus les nouvelles générations. La guerre d'Algérie n'a certainement pas eu le même effet unificateur. Bien au contraire, son souvenir exacerbe encore des Français issus de l'immigration, qui n'ont toujours pas trouvé l'apaisement. Les Trente Glorieuses, suivies de crises à répétition, n'ont pas apporté l'indispensable élément de ciment social. Depuis la crise du pétrole de 1973, le chômage a quintuplé en proportion avec la population, et ce n'est pas le modèle de « l'homme start-up » qui fera l'appoint. Si les grandes célébrations auxquelles pensait Renan continuent d'occuper la cour d'honneur des Invalides ou les grandes églises de la capitale, elles ne portent pas toujours en elle les ingrédients qui font leur légitimité et fondent leur portée symbolique. Honorer Jean d'Ormesson, oui, mille fois. Recommencer le lendemain pour Johnny Hallyday, clone déchaîné d'une culture qui n'est pas celle de la France, non.

De tout cela, Renan donne une conscience aiguë.

Ernest Renan est enterré au cimetière de Montmartre, et sur son caveau figure cette inscription : *Veritatem dilexi*, « J'ai aimé la vérité ».

Renard, Jules

Que faire lorsque, enfant, on a été mal aimé, maltraité, et que l'on a du talent ? Écrire et régler quelques comptes… Montrer qu'en matière de cruauté on a appris la leçon, que l'on peut même être très bon élève.

C'est ce que fera Jules Renard avec férocité envers son frère, sa sœur, ses parents, et bien sûr lui-même, comme il se décrit dans *Poil de Carotte* :

> Poil de Carotte trouve dans son chemin une taupe, noire comme un ramonat[1]. Quand il a bien joué avec, il se décide à la tuer. Il la lance en l'air plusieurs fois, adroitement, afin qu'elle puisse retomber sur une pierre.
>
> D'abord, tout va bien et rondement.
>
> Déjà la taupe s'est brisé les pattes, fendu la tête, cassé le dos, et elle semble n'avoir pas la vie dure.
>
> Puis, stupéfait, Poil de Carotte s'aperçoit qu'elle s'arrête de mourir. Il a beau la lancer assez haut pour couvrir une maison, jusqu'au ciel, ça n'avance plus.
>
> — Mâtin de mâtin ! elle n'est pas morte, dit-il.
>
> En effet, sur la pierre tachée de sang, la taupe se pétrit ; son ventre plein de graisse tremble comme une gelée, et, par ce tremblement, donne l'illusion de la vie.
>
> — Mâtin de mâtin ! crie Poil de Carotte qui s'acharne, elle n'est pas encore morte !
>
> Il la ramasse, l'injurie et change de méthode.
>
> Rouge, les larmes aux yeux, il crache sur la taupe et la jette de toutes ses forces, à bout portant, contre la pierre. Mais le ventre informe bouge toujours.
>
> Et plus Poil de Carotte enragé tape, moins la taupe lui paraît mourir.

1. Raifort.

Dans son *Journal*, il se montre portraitiste hors pair, raconte Sarah Bernhardt, Léon Bloy (qui en prend pour son grade), son propre fils Jean-François, dit Fantec, Alfred Jarry (« J'aime bien les cloportes, mais c'est embêtant à éplucher »), et tant d'autres. En voici deux exemples, qui disent l'un son talent et l'autre son désespoir.

À propos de Jaurès, il écrit ceci :

> (11 décembre 1901) Déjeuner chez Blum. Jaurès a l'aspect d'un professeur de quatrième qui ne serait pas agrégé et ne prendrait pas assez d'exercice, ou du gros commerçant qui mange bien.
>
> De taille moyenne, carré. Une tête assez régulière, ni laide, ni belle, ni rare, ni commune. Beaucoup de poil, mais ce n'est que de la barbe et des cheveux. Un nerveux clignement de paupière à l'œil droit. Col droit, et cravate qui remonte.
>
> Une intelligence très cultivée. Les quelques citations que je fais, auxquelles je ne tiens pas beaucoup, il ne me laisse même pas les achever. À chaque instant, il fait intervenir l'histoire ou la cosmogonie. Une mémoire d'orateur toute pleine, étonnante.

Crache volontiers dans son mouchoir. Je ne sens pas une forte personnalité. Il me fait plutôt l'impression d'un homme dont le bulletin pourrait être ainsi rédigé : « Bonne santé sous tous les rapports. »

À une de ses plaisanteries, il rit trop, d'un rire qui descend des marches et ne s'arrête qu'à terre.

L'accent : un bizarre dédain pour le c d'« avec ». La parole lente, grosse, un peu hésitante, sans nuances.

À propos de sa mère, enfin, qu'il surnomme « Mme Lepic », comme l'horrible maman de Poil de Carotte, il aura ces mots vertigineux :

Et ce feu est resté dans mes veines. Le jour, il dort, mais la nuit, il s'éveille, et j'ai des rêves effroyables. En présence de M. Lepic qui lit son journal et ne nous regarde même pas, je prends ma mère qui s'offre et je rentre dans ce sein dont je suis sorti. Ma tête disparaît dans sa bouche. C'est une jouissance infernale. Quel réveil douloureux, demain, et comme toute la journée je serai triste ! Aussitôt après, nous redevenons ennemis. C'est maintenant moi le plus fort. De ces bras dont je l'enlaçais passionnément, je la jette à terre, l'écrase ; je la piétine, et je lui broie la figure sur les carreaux de la cuisine.

Mon père inattentif continue de lire son journal.

Je jure que, si je savais que cette nuit encore je ferai ce rêve, au lieu de me coucher et de m'endormir je m'enfuirais de ma maison. Je marcherais jusqu'à l'aurore, et je ne tomberais pas de fatigue, car la peur me tiendrait debout, tout suant et tout courant.

Le ridicule au tragique : ma femme et mes enfants m'appellent Poil de Carotte.

C'est dit. Les comptes sont soldés.

Rentrée littéraire, ou l'exception française

Qu'est-ce qui coûte des millions et dort durant tout l'été dans des hangars ? La rentrée littéraire, bien sûr ! Ou l'absurdité élevée au rang de système.

On pensait avoir affaire à un monde de culture, et l'on se retrouve dans une logique militaire : avant l'heure, c'est pas l'heure, et après l'heure, c'est plus l'heure. Car les livres, eux, sont prêts depuis une éternité. Ceux de la rentrée de septembre ont souvent été choisis neuf mois plus tôt. Mais ces neuf mois ne correspondent pas à leur gestation. Celle-ci a déjà eu lieu (et dure en général le double ou le triple). Non, ces neuf mois permettent la maturation « commerciale ». Pourquoi neuf ? Je ne sais pas. Car quatre ou cinq suffiraient amplement à la fabrication : lectures, relectures, composition, corrections, impression, mise au point des quatrièmes de couv', des communiqués, tout cela est bouclé fin mai. Et alors ? Pourquoi attendre ? C'est la tradition ! Courant mai, les livres sont fabriqués, envoyés aux jurys littéraires et à la presse (près de six cents à chaque rentrée, c'est dire qu'en deux mois, pour les lire tous, cela ferait une moyenne de dix par jour). Mais les stocks destinés aux libraires restent dans la nuit des hangars jusqu'à la fin août. On ose se poser la question : les vacances d'été, n'est-ce pas une période propice à la lecture ? On pourrait libérer les investissements dormants (et, du coup, diminuer leur prix de revient et baisser, ne serait-ce qu'un peu, le prix des livres), activer le processus créatif sans le plomber de mois d'attente inutile, améliorer le quotidien des auteurs, favoriser la lecture des nouveautés… Mais non. La rentrée, c'est septembre. Et avant l'heure, c'est pas l'heure.

Rire

Au même titre que la culture, les arts, la langue, l'esprit de liberté, le rire a, pour une large part, contribué à faire de la France le pays le plus visité au monde. Liberté, égalité, fraternité, gaieté. La devise serait justifiée : y a-t-il pays au monde dont le nom est synonyme de rire ? Aucun, je crois, si ce n'est la France, ou plus précisément la Gaule, ses Gaulois et leurs gauloiseries. Le mot porte en lui un soupçon de vulgarité, c'est entendu. Mais ce n'est pas son caractère premier, qui reste la liberté :

> **Gauloiserie.** 1. 1872 « plaisanterie un peu libre » (Lar. 19e); 2. 1875 « caractère de ce qui est exprimé de façon libre » (Othenin d'Haussonville, *Rev. des Deux-Mondes*, 1erfévr., ds *LittréSuppl.*) (C'est moi qui souligne.)
>
> Ils prétendent que l'on veut créer, dans notre joyeux pays, une nouvelle armée du Salut, monachiser (…) la France, **dégauloiser** la patrie de François Ier et d'Henri IV, excommunier les verts-galants. – (Anatole Claveau, *La Licence des rues*, dans *Sermons laïques*, Paris : Paul Ollendorff, 1898, 3e éd., p. 19)

Dégauloiser la France ? Sans rire ?

« Le rire est le propre de l'homme », dit Rabelais. Comment ne pas être d'accord ? Bergson en donne les règles :

> Un homme, qui courait dans la rue, trébuche et tombe : les passants rient. On ne rirait pas de lui, je

pense, si l'on pouvait supposer que la fantaisie lui est venue tout à coup de s'asseoir par terre. On rit de ce qu'il s'est assis involontairement. Ce n'est donc pas son changement brusque d'attitude qui fait rire, c'est ce qu'il y a d'involontaire dans le changement, c'est la maladresse. Une pierre était peut-être sur le chemin. Il aurait fallu changer d'allure ou tourner l'obstacle. Mais par manque de souplesse, par distraction ou obstination du corps, par un effet de raideur ou de vitesse acquise, les muscles ont continué d'accomplir le même mouvement quand les circonstances demandaient autre chose. C'est pourquoi l'homme est tombé, et c'est de quoi les passants rient.

Voici maintenant une personne qui vaque à ses petites occupations avec une régularité mathématique. Seulement, les objets qui l'entourent ont été truqués par un mauvais plaisant. Elle trempe sa plume dans l'encrier et en retire de la boue, croit s'asseoir sur une chaise solide et s'étend sur le parquet, enfin agit à contresens ou fonctionne à vide, toujours par un effet de vitesse acquise. L'habitude avait imprimé un élan. Il aurait fallu arrêter le mouvement ou l'infléchir. Mais point du tout, on a continué machinalement en ligne droite. La victime d'une farce d'atelier est donc dans une situation analogue à celle du coureur qui tombe. Elle est comique pour la même raison. Ce qu'il y a de risible dans un cas comme dans l'autre, c'est une certaine raideur de mécanique là où l'on voudrait trouver la souplesse attentive et la vivante flexibilité d'une personne. Il y a entre les deux cas cette seule différence que le premier s'est produit de lui-même, tandis que le second a été obtenu artificiellement. Le passant, tout à l'heure, ne faisait qu'observer ; ici le mauvais plaisant expérimente.

Toutefois, dans les deux cas, c'est une circonstance extérieure qui a déterminé l'effet. Le comique est donc accidentel.

Il y a, bien sûr, dans le rire, une composante « accidentelle », du moins dans certains rires. La surprise y joue un rôle important. Mais tout aussi important est le comique de répétition. Un enfant aime qu'on lui raconte la même histoire vingt fois, de façon aussi identique que possible, pour qu'il se rassure, au milieu de l'angoisse que lui causera l'intrigue. La répétition le soulagera de sa peur et permettra à son rire d'éclater librement. Celui qui va écouter un comique connaît souvent ses histoires par cœur. Il aime les réentendre et recevoir une chute conforme à son attente. Elle l'apaisera.

La France entière connaissait par cœur les petites histoires de **Fernand Raynaud**, monsieur tout le monde. « Le 22 à Asnières », « Les croissants », « C'est étudié pour », « Ça eut payé », et tant d'autres. Il remplissait les plus grandes salles (l'Olympia ou Bobino) des semaines durant, et le public ne demandait qu'une chose : réécouter les histoires dont il connaissait chaque inflexion. Bien sûr, il faut pour cela qu'il y ait entre le comique et son public une confiance à toute épreuve. En racontant son histoire, le comique incarne le parent, celui qui offre à la fois la découverte et qui rassure. Grâce à qui on reçoit à la fois la surprise et la sérénité. Au-delà de ses qualités d'homme (ou de femme) de théâtre, le grand comique aura au préalable établi ce lien.

Toute la France se racontait l'histoire des croissants :

— Garçon, s'il vous plaît, je voudrais un café crème… – avec deux croissants.

— Je m'excuse, monsieur, nous n'avons plus du tout de croissants.

— Ah ? Eh bien, ça fait rien, alors… Je prends autre chose. […]

— Je veux dire que, les croissants, nous n'en avons plus. On n'a plus du tout de croissants.

— Eh bien, voilà. Ça change tout. S'il y en a plus, je peux pas en avoir. C'est pas grave, ça fait rien, je prends autre chose, alors… Je prends n'importe quoi… du lait. Vous avez du lait ? Eh bien, donnez-moi une tasse de lait… – avec deux croissants.

[…]

Il y avait aussi l'histoire du plombier[1] :

Une dame possède un perroquet. Un jour, elle appelle le plombier pour réparer des fuites d'eau. Comme la dame a tendance à oublier tout ce qu'elle fait, elle part avant l'arrivée du plombier en laissant son perroquet.

Le plombier frappe à la porte et une voix à l'intérieur lui demande :

— C'est qui ?

— C'est le plombier, dit l'autre.

— C'est quiiiiiiiii ?

— C'est le plombiééé.

— C'est qui ?

[…]

Raymond Devos, poète de l'absurde, avait lui aussi un répertoire connu de tous. Par exemple, l'histoire de la mer démontée.

J'avais trois jours devant moi, je dis, tiens, je vais aller voir la mer.

1. Fernand Raynaud, *J'mamuse : sketches classiques et inédits*, Flammarion, 1999.

Je prends le train, j'arrive là-bas. Je vois le portier de l'hôtel.

Je lui dis :

— Où est la mer ?

Il m'dit :

— La mer, elle est démontée.

— Ah mais, j'dis, vous la remontez quand ?

Il m'dit :

— C'est une question de temps.

Je lui dis :

— Moi, je suis ici pour trois jours.

Il m'dit :

— En trois jours, l'eau a le temps de couler sous le pont.

Je dis :

— Le pont ? Merci, je vais attendre demain.

Alors le lendemain, je vais demander de voir le pont.

Il m'dit :

— Le pont ? quel pont ?

Ben j'dis :

— Le pont quoi ?

Il m'dit :

— Y a pas de pont !

Je lui dis :

— Comment, il n'y a pas de pont ?

Il m'dit :

— Non, il y en avait un, mais on l'a démonté !

Et ce mot, enfin, de Devos, auquel je pense le moins souvent possible : « Ce n'est pas parce qu'on n'a rien à dire qu'il faut le garder pour soi. »

Coluche, c'était l'impertinence outrancière. Son « schmilblick », sketch connu de tous, a laissé une expression dans le langage courant : « faire avancer le schmilblick »... Coluche était créateur de mots.

Une scène inoubliable me revient en mémoire. Elle se déroulait à l'aéroport d'Orly, en 1981, dans les dédales de ses boutiques, au moment de la campagne pour l'élection présidentielle. Coluche avait annoncé qu'il se portait candidat. C'était, bien sûr, l'occasion d'enregistrer un sketch. L'un des commerçants d'Orly avait eu l'idée de le mettre sur haut-parleur. « *Jusqu'à maintenant, la France était coupée en deux*, disait Coluche, *avec moi, elle sera pliée en quatre.* » À l'écoute de ces mots, dans les allées de l'aéroport pleines de monde, l'éclat de rire fut général.

Thierry Le Luron, lui, était un carnassier de la famille des canidés. Un tout autre style ! Coluche était un tendre. Un brin « popu », et, aux yeux de certains, vulgaire. Mais toujours plus drôle que méchant. Thierry Le Luron, c'était l'inverse. D'une férocité absolue. Du genre qui veut déchiqueter sa proie pour ensuite l'abandonner, sanguinolente, à perdre son sang, goutte après goutte. Un carnassier qui tue pour tuer, pas pour se nourrir. Pour qui tuer est se nourrir. Un talent fou, quand même.

Les nouveaux comiques

Laurent Gerra, **Nicolas Canteloup**, **Jamel Debbouze**, **Stéphane Guillon** ont tous des talents multiples. Pourtant, j'ai le sentiment que, par comparaison avec leurs aînés, leur rapport au pays n'est pas aussi intime. La télévision s'est substituée au music-hall. La distance est plus grande entre l'artiste et son public. Et puis, les temps ont changé. Il n'y a pas une chaîne de télévision mais cent cinquante. Le choix du divertissement est illimité.

La seule exception – mais il faut hélas en parler au passé – touche aux « Guignols de l'info », l'émission qui durant près de vingt-cinq ans a réuni chaque soir des téléspectateurs par millions (v. Guignols de l'info, Les). Ils venaient voir le summum du rire : des marionnettes d'une véracité troublante, maniées de façon parfaite, aux voix saisissantes de fidélité, et disant des textes d'une subtilité constante. Les personnages des « Guignols » étaient plus vrais que nature. La marionnette de Bernard Tapie grossissait le trait, mais en même temps livrait des analyses d'une lucidité et d'un cynisme exceptionnels. Celles de Jacques Chirac, de son épouse, de Rocard, de Johnny Hallyday étaient irrésistibles. La France a beau avoir supprimé la peine de mort, les « Guignols » ont été guillotinés.

Pour la campagne de la présidentielle de 1995, ils ont certainement aidé le candidat Jacques Chirac, d'abord en le présentant, dès 1993, comme un Français moyen, toujours revêtu d'une tenue de jogging, occupé à bricoler chez lui tout en répétant « Putain, deux ans », puis en lui accolant un slogan fédérateur : « Mangez des pommes ! »

J'ai le sentiment que, si durant la campagne présidentielle de 2017 les « Guignols » avaient existé dans leur ancienne conception, l'issue en aurait été modifiée. La candidature de François Fillon n'aurait pas tenu le choc des marionnettes. Et Alain Juppé aurait été élu président de la République.

Dans une autre forme d'humour, *Le Canard enchaîné* (v. cette entrée) compte à son actif un nombre impressionnant de carrières brisées (ou remises à leur juste place, c'est selon). La divulgation de la feuille d'impôts de Jacques Chaban-Delmas, alors Premier ministre, et la révélation de son « avoir fiscal », lui auront été fatales, alors qu'il ne s'agissait que d'une récupération d'impôts parfaitement légale. La chute de François Fillon, due au dévoilement des gains réalisés par sa femme au titre d'assistante parlementaire, n'aurait sans doute pas eu lieu sans l'intervention du *Canard*.

Si pour un humoriste il importe de créer un lien profond avec M. Tout-le-monde, la situation se présente de façon inverse pour un homme politique. Il devra faire valoir ses talents de comique avant d'être élu. Après, il se limitera à saisir quelques occasions pour rappeler au peuple qu'il sait rire, lui aussi, que la confiance qu'il lui porte est méritée, qu'il est l'un des leurs. De Gaulle avait d'éminentes qualités d'imitateur, sa palette de mimiques était exceptionnelle, et bien sûr il réservait ces talents à ses intimes. En public, le verbe seul lui suffisait pour marquer les esprits. Plusieurs de ses mots sont restés de grands classiques. Il les distillait de préférence à l'occasion de ses conférences de presse, des moments phares dans la vie de la République. À son retour aux affaires, au moment de la guerre d'Algérie, alors qu'un journaliste lui demandait s'il comptait attenter aux libertés individuelles, il répondit : « Mais pourquoi voulez-vous que je limite les libertés individuelles ? Je les ai rétablies ! Pourquoi voulez-vous qu'à soixante-sept ans j'entame une carrière de dictateur ? » À l'occasion d'une conférence de presse, peu après la disparition dans Paris de l'opposant marocain Mehdi Ben Barka, aucun journaliste n'ayant osé aborder le problème, le Général lançait : « Il me semble que l'on m'a posé une question, tout à l'heure… » Une autre fois, s'agissant de l'Europe, il s'était écrié : « Faut-il chaque fois sauter comme un cabri en s'exclamant : "L'Europe, l'Europe, l'Europe ?" » Son « *L'Angleterre, je la veux nue* », lancé à propos de la composition du Marché commun, cinquante ans avant le Brexit, était à la fois piquant et prophétique. Pompidou n'était pas en reste, avec son « Je ne suis pas Mme Soleil », la personne qui sur Europe 1 répondait aux questions des auditeurs sur leur devenir. L'expression est restée. Mitterrand avait sans doute fait basculer la majorité en sa faveur lors d'un débat télévisé qui précédait l'élection présidentielle de 1988. Jacques Chirac ne voulait pas que Mitterrand l'appelle « monsieur le Premier ministre ». « Vous avez parfaitement raison, monsieur le Premier ministre », répondit Mitterrand. Quelques années plus tard, Chirac, à son tour, mit les rieurs de son côté avec son « affaire qui fait pschitt » ou encore son « abracadabrantesque ».

En France, la politique est à l'écoute des comiques et des humoristes. Quoi de plus normal ? La France aime applaudir ou siffler.

Rocher, Le

Le Rocher est-il « franco-compatible » ? À Monte-Carlo, est-on un peu, beaucoup ou pas du tout en France (« passionnément » serait exagéré) ? Cette relation insaisissable entre un pays fasciné par la culture et une principauté symbole de l'inculture m'a toujours étonné. Il est vrai que les paradoxes ne manquent pas. Le sens de la théâtralité n'est pas totalement absent des rapports qui depuis toujours règnent entre la principauté et la grande presse d'images. Il est même constitutif de la principauté. Mais je suis injuste. Il y a, à Monte-Carlo, une grande tradition de ballet (la deuxième de France, sans conteste) et un orchestre symphonique, porté par une succession de grands chefs titulaires.

Rodin, Auguste

L'esprit français à son pinacle : face aux chefs-d'œuvre que sont *L'Âge d'airain*, *Saint Jean-Baptiste*, ou encore *La Pensée*, devant *Le Baiser*, aussi, ou encore *La Danaïde*, toutes les émotions nous traversent, des plus charnelles aux plus spirituelles. Chacune de ces sculptures parle aux sens autant qu'à l'âme, chacune est l'œuvre d'un homme obsédé de jouissance terrestre autant qu'il est hanté par son besoin d'absolu.

À la Congrégation du Très-Saint Sacrement, Rodin ne restera pas une année. Mais son œuvre sera traversée par l'angoisse de celui qui ne cesse de s'interroger, qui ne refuse ni les joies de la chair ni celles de l'ascèse. Pour Rodin, la vie, c'est la pleine vie. Il nous parle de Ronsard autant que de Balzac, de Musset autant que de Victor Hugo. Le plus grand des sculpteurs français incarne l'esprit français à lui tout seul.

Le hall d'entrée de son musée, rue de Varenne, porte le nom de Gerald Cantor (v. Mécènes Grands, ou l'obsession magnifique), l'Américain qui a fait connaître le sculpteur à des millions de ses compatriotes.

Rostand, Edmond de et son *Cyrano* magnifique

L'Angleterre a son Hamlet (en fait, il était danois, mais Shakespeare n'est pas pour rien dans sa légende, et puis il faut se montrer généreux avec Albion, qui de « la perfide » est devenue « la pauvre Albion ». Laissons-lui Hamlet). L'Espagne a son Don Quichotte. La Turquie son Nasreddine Hodja. Et la France ? Elle a Cyrano, bien sûr ! Et de tous quatre, s'il fallait en choisir un, ce serait lui, plutôt que le sinistre Hamlet, le poétique mais farfelu Don Quichotte, ou l'astucieux Nasreddine (envers lequel j'aurais quelque tendresse). Cyrano, c'est autre chose. Talentueux (Valvert, le personnage qui le tance au premier acte, l'apprend à ses dépens), drôle, courageux chaque fois que son honneur ou son camp sont en cause, généreux, comme il le démontre en sacrifiant son amour pour Roxane à son amitié pour Christian, il a, chevillé au corps, le sens de l'honneur. Il y laissera sa peau.

Sa réplique de fin – y en a-t-il jamais eu de plus belle ? – incarne son pays : « C'est mon panache. »

Cyrano de Bergerac est la pièce de théâtre la plus jouée en France.

Rouler les « r » (ou : Si j'étais français)

Si j'étais français, mon cœur se gonflerait de fierté chaque fois que j'entendrais un Libanais, un Égyptien, un Syrien, un Irakien, un Turc, parler un français élégant, fluide, parfait, en roulant les « r ». Je me souviendrais que pour chacun d'entre eux la France est le pays de la culture, de la beauté et de la liberté. Celui de l'ultime recours.

Rousseau, Jean-Jacques

Jean-Jacques Rousseau a-t-il sa place dans un dictionnaire consacré à l'esprit français ?

Il est né à Genève. Ses deux parents étaient suisses. Il a vécu à Genève jusqu'à l'âge de seize ans. Son père y avait rang de citoyen. De quoi forger une appartenance. Et pourtant…

Mille choses rapprochent Rousseau d'un anarchiste russe, d'un beatnik californien ou d'un révolutionnaire français, plutôt que d'un Suisse vivant en conformité avec les valeurs traditionnelles de son pays. L'homme a passé sa vie à s'en démarquer, au travers d'une œuvre constitutive de la pensée française.

Son enfance est chahutée. Il perd sa mère à sa naissance et son père, Isaac, un horloger qui venait de passer six années à Constantinople, est un colérique qui doit fuir les gendarmes et sa ville alors que Rousseau a dix ans à peine. Le voilà élevé par un oncle. Il est mis en pension chez un pasteur qui le place apprenti greffier, puis chez un maître-graveur. Un soir de 1728 – il n'a pas seize ans –, il rentre de promenade, trouve les portes de Genève fermées et décide de fuir. Il erre quelques jours, puis, affamé, se réfugie à Confignon, dans la campagne genevoise. Un curé le remet aux bons soins d'une Mme de Warens, Veveysane protestante convertie à l'Église de Rome. Elle l'envoie chez les catéchumènes de Turin. Dix jours après son arrivée, le voilà baptisé. Il s'en accommode, travaille deci delà, traîne un peu, devient laquais, se fait donner l'aumône par un nanti, vole une cuillère chez son employeuse, une comtesse, accuse la cuisinière du méfait, la fait renvoyer, quitte la comtesse, retourne chez Mme de Warens et devient son amant. Il l'appellera « Maman »... Elle le trompera souvent, à sa barbe. Il lui rendra la pareille et se mettra en ménage avec une Marie-Thérèse Le Vasseur qui lui donnera cinq enfants en autant d'années. Il les placera tous aux Enfants-Trouvés, l'Assistance publique de l'époque.

Il déménagera sans cesse, sera l'objet de querelles, fuira et renoncera à la citoyenneté genevoise comme il avait renoncé au protestantisme et comme il a renoncé à élever ses enfants...

Il mourra près de Paris, après une vie d'exil, de controverses, de batailles et de succès retentissants. Sa dépouille sera placée au Panthéon.

Rousseau a grandi « loin des bras », et cette irréparable séparation explique sans doute quelques égarements stupides (le vol de la cuillère) et même pathétiques, tels que l'abandon de ses enfants. Mais comment élever des enfants quand on n'a pas connu soi-même le début d'une vie familiale ? Il en paiera le prix fort, et sans doute est-ce pour partie de cette impossibilité qu'est née une œuvre d'une telle liberté, détachée de toute appartenance, d'une ampleur et d'une vigueur sans précédent. Il marquera son siècle dans des champs aussi divers que l'histoire de la pensée, la philosophie, la science politique, la sociologie, la littérature romanesque, la musique, l'éducation, le théâtre, la botanique… Dans chacun de ces domaines, il sera un innovateur de premier rang.

Lorsqu'il participe au concours lancé par l'Académie de Dijon, qui demande réponse à la question : « Le progrès des sciences et des arts a-t-il contribué à corrompre ou à épurer les mœurs », Rousseau sait parfaitement que ce sont des savants qui vont le juger. Voici ce qu'il leur répond :

> Il sera difficile, je le sens, d'approprier ce que j'ai à dire au tribunal où je comparais. Comment oser blâmer les sciences devant l'une des plus savantes compagnies de l'Europe, louer l'ignorance dans une célèbre Académie, et concilier le mépris pour l'étude avec les respects pour les vrais savants ?

Et il poursuit :

> La probité est encore plus chère aux gens de bien que l'érudition aux doctes.

Les derniers mots de son introduction le définissent :

> À ce motif qui m'encourage, il s'en joint un autre qui me détermine : c'est qu'après avoir soutenu, selon ma lumière naturelle, le parti de la vérité, quel que soit mon succès, il est un prix qui ne peut me manquer ; je le trouverai dans le fond de mon cœur.

Dans ce discours qui le rendra célèbre au-delà de ses souhaits – il en paiera le prix –, apparaissent les thématiques de toute son œuvre :

> Si les intelligences célestes cultivaient les sciences, il n'en résulterait que du bien : j'en dis autant des grands hommes, qui sont faits pour guider les autres. Socrate savant et vertueux fut l'honneur de l'humanité : mais les vices des hommes vulgaires empoisonnent les plus sublimes connaissances et les rendent pernicieuses aux nations ; les méchants en tirent beaucoup de choses nuisibles, les bons en tirent peu d'avantages. Si nul autre que Socrate ne se fût piqué de philosophie à Athènes, le

sang d'un juste n'eût point crié vengeance dans la patrie des sciences et des arts.

Il ajoutera, en note de bas de page :

> Il en a coûté la vie à Socrate pour avoir dit précisément les mêmes choses que moi. Dans le procès qui lui fut intenté, l'un des accusateurs plaidait pour les artistes, l'autre pour les orateurs, le troisième pour les poètes, tous pour la prétendue cause des dieux. Les poètes, les artistes, les fanatiques, les rhéteurs triomphèrent ; et Socrate périt.

L'ampleur du style annonce le grand romancier.

L'Académie de Dijon le couronnera, et il s'ensuivra une série de répliques et de dupliques qui contribueront à sa renommée autant qu'à son accablement. Ainsi est fait Rousseau : être accepté lui est impératif, se plier aux contraintes de la renommée lui est insupportable.

Le succès de *Julie ou la Nouvelle Héloïse* n'apaisera ni ses angoisses ni son besoin d'être reconnu. La publication de *Émile ou De l'éducation*, l'année suivante, lui vaudra une mise à l'index. Il devra fuir Paris.

Alors, dans *Les Confessions*, il se présentera en victime :

> Que la trompette du Jugement dernier sonne quand elle voudra, je viendrai, ce livre à la main, me présenter devant le souverain juge.

Au fond, il n'est heureux que dans les bras d'une femme aimante, ou alors seul. « J'aspire, dira-t-il dans *La Profession de foi du vicaire savoyard*, au moment où je n'aurai besoin que de moi pour être heureux. » Rousseau est un écrivain d'avant-garde. Où trouver le bonheur qui dure ? L'extase ? Sur qui compter pour se l'assurer, pour s'y plonger, si ce n'est sur soi-même et sur la nature ? Il faut se mettre en situation, s'isoler, partir. Marcher. Rêver.

> Me voici donc seul sur la terre, n'ayant plus de frère, de prochain, d'ami, de société que moi-même.

Il ne veut rien cacher de son amertume :

> Ils ont cherché dans le raffinement de leur haine quel tourment pouvait être le plus cruel à mon âme sensible, et ils ont brisé violemment tous les liens qui m'attachaient à eux. J'aurai aimé les hommes en dépit d'eux-mêmes.

Ainsi était Rousseau, fragile et injuste. Les méchants, ce sont les autres, le gentil sera toujours lui, à qui tout est motif de révolte :

> Dans tous les raffinements de leur haine, mes persécuteurs en ont omis un que leur animosité leur a fait oublier. C'était d'en graduer si bien les effets qu'ils pussent entretenir et renouveler mes douleurs sans cesse en me portant toujours quelque nouvelle atteinte.

Comment apaiser le sentiment paranoïaque ?

> Seul pour le reste de ma vie, puisque je ne trouve qu'en moi la consolation, l'espérance et la paix, je ne dois ni ne veux m'occuper que de moi.

Mais rien n'y fait. Au cours de sa quatrième promenade, il se réfugie dans Plutarque, qui a écrit : *Comment on pourra tirer utilité de ses ennemis*…

L'amertume ne le quitte pas :

> Je gravis les rochers, les montagnes, je m'enfonce dans les vallons, dans les bois, pour me dérober autant qu'il est possible au souvenir des hommes et aux atteintes des méchants.

Les reproches des hommes le hantent. Il veut plaider sa cause, obstinément. S'il a mis ses cinq enfants aux Enfants-Trouvés, c'est qu'il avait à cela de bonnes raisons :

> [...] c'est la crainte d'une destinée pour eux mille fois pire et presque inévitable par toute autre voie qui m'a le plus déterminé dans cette démarche [...], il aurait fallu dans ma situation les laisser élever par leur mère qui les aurait gâtés et par sa famille qui en aurait fait des monstres.

Au cours de la neuvième promenade, il admet avoir du plaisir à vivre au milieu des hommes... pour autant qu'il ne soit pas reconnu d'eux. L'apaisement véritable ne viendra qu'à la dixième et dernière promenade, celle qu'il n'aura pas le temps d'achever, et qui le replonge dans les moments de grâce de son enfance, cinquante années plus tôt, lorsqu'il fit la connaissance de Mme de Warens :

> Il n'y a pas de jour où je ne me rappelle avec joie et attendrissement cet unique et court temps de ma vie où je fus moi pleinement, sans mélange et sans obstacle, et où je puis véritablement dire avoir vécu [...]. Tout mon temps était rempli par des soins affectueux ou par des occupations champêtres. Je ne désirais rien que la continuation d'un état si doux.

Il mourra quinze jours après avoir écrit ces lignes.

P.-S. : Rousseau n'était pas d'un commerce aisé, mais ses colères étaient celles du candide. « Nous nous sommes brouillés plusieurs fois, dira Bernardin de Saint-Pierre, nous nous raccommodions sur-le-champ, car il avait quelquefois de l'humeur, mais jamais de rancune. »

S

Sagan, Françoise, Gréco, Juliette et Chazot, Jacques

C'était une époque où l'on était considéré audacieux pour avoir écrit ces lignes :

> — Et votre examen ?
>
> — Loupé, dis-je avec un certain entrain. Bien loupé !
>
> — Il faut que vous l'ayez en octobre, absolument.
>
> — Pourquoi ? intervint mon père. Je n'ai jamais eu de diplôme, moi. Et je mène une vie fastueuse.
>
> — Vous aviez une certaine fortune au départ, rappela Anne.
>
> — Ma fille trouvera toujours des hommes pour la faire vivre, dit mon père noblement.

Sans doute y a-t-il dans cet échange quelque ironie sous-jacente. Mais enfin, elle est bien timide. Cécile, la narratrice de *Bonjour tristesse*, ne s'en offusque pas. On pourrait même penser qu'elle en ressort rassurée. La critique et le public se sont focalisés sur l'âge de l'auteur et la liberté avec laquelle la narratrice envisage la vie. L'éditeur – Julliard – ne s'y est pas trompé.

Le manuscrit avait d'abord été soumis à François Nourissier, à l'époque secrétaire général chez Denoël. C'était un ami de la famille. A-t-il parcouru le texte ? Il dira ne pas l'avoir lu. Sagan l'envoie à trois adresses. Plon prendra son temps. Chez Gallimard, on la reçoit avec brusquerie. L'a-t-on lue ? Je ne sais pas. L'incipit de *Bonjour tristesse* est pourtant somptueux :

> Sur ce sentiment inconnu dont l'ennui, la douceur m'obsèdent, j'hésite à apposer le nom, le beau nom grave de tristesse.

Mais très vite, l'ambiguïté s'évapore, les clichés jouent des coudes à chaque page.

Parlant de son père, la narratrice dit :

> C'était un homme léger, habile en affaires, toujours curieux et vite lassé, et qui plaisait aux femmes. Je n'eus aucun mal à l'aimer, et tendrement, car il était bon, généreux, gai, et plein d'affection pour moi. Je n'imagine pas de meilleur ami ni de plus distrayant.

Cécile décrit la maison que son père avait louée pour leurs vacances :

> […] une grande villa blanche, isolée, ravissante, dont nous rêvions depuis les premières chaleurs de juin. Elle était bâtie sur un promontoire, dominant la mer, cachée de la route par un bois de pins ; un chemin de chèvres descendait à une petite crique dorée, bordée de rochers roux où se balançait la mer.

Le père de la narratrice est en couple. Voilà qu'il invite une autre femme à les rejoindre, belle, forcément. Sa fille lui demande s'il a anticipé la réaction qu'aurait sa maîtresse en apprenant l'arrivée de la belle Anne :

— Je n'y ai pas pensé, avoua-t-il.

Dans *Un certain sourire*, aucun des personnages ne présente le moindre mystère.

Le succès faramineux de Françoise Sagan n'est donc dû ni à la qualité littéraire de ses romans ni à l'audace des idées affichées, à la licence, au contenu érotique, vraiment maigre. Il y a autre chose, qui frappe fort : la revendication du plaisir absolu. La liberté de jouir sans contrainte ni obligation. Pas de culpabilité ! À l'époque, sous la plume d'une jeune fille de dix-huit ans, la démarche était d'une audace indiscutable.

D'autres éléments expliquent le succès des romans de Sagan (sans parler de l'extraordinaire publicité que lui a faite Mauriac, dans un article paru à la une du *Figaro*, l'appelant « charmant petit monstre de dix-huit ans »).Sa personnalité rendait ses récits intrigants, incarnés par son auteur, une jeune femme qui vit sa vie comme bon lui semble, consomme alcool et drogue, démolit des voitures de sport, joue aux jeux d'argent les plus explosifs, aime beaucoup, vite et dans les deux sexes, fréquente les esprits les plus fins, s'amuse jour et nuit (surtout la nuit) et ne semble pas connaître le poids de la faute. Ce n'était pas l'œuvre de Françoise Sagan qui était un phénomène de société. C'était elle-même.

Une anecdote incarne à quel point Sagan n'a jamais dévié d'une authenticité assumée. Durant Mai

68, elle décide de se rendre à une réunion, théâtre de l'Odéon. « Tiens, lance quelqu'un, la camarade Sagan est venue en Ferrari ? Non, corrige-t-elle. C'est une Maserati. »

Une autre anecdote, que me raconte un ami : il l'accompagnait au théâtre. Le rôle principal de la pièce était tenu par Jeanne Moreau. Durant la représentation, Sagan dort à poings fermés. Au moment des applaudissements, elle veut aller saluer l'actrice. Mon ami l'interroge : « Vous me dites toujours qu'il ne faut dire que la vérité. Que pourrez-vous dire à Jeanne Moreau sans embarras ? » Sagan lui répond de ne pas s'en faire. Arrivés dans la loge de l'actrice, Sagan prend ses mains dans les siennes et lui dit, la regardant dans les yeux : « Vous m'avez fait rêver... »

Bernard Frank disait de Sagan qu'elle était la « Mademoiselle Chanel de la littérature ». Je ne vois pas Sagan dans un tel rôle. Chanel a certes vécu, mais sa vie professionnelle a été pour elle d'une importance capitale. Et son métier excluait tout « bâclage ». Comment aurait-elle pu mener son entreprise avec autant de maîtrise si elle se droguait, buvait et faisait les quatre cents coups ? Non, cette comparaison n'a pas grand sens. Cela n'empêche pas de trouver Sagan infiniment plus drôle que Chanel. Voici comment Sagan se définissait dans son épitaphe :

> Sagan, Françoise. Fit son apparition en 1954, avec un roman, *Bonjour tristesse*, qui fut un scandale mondial. Sa disparition, après une vie et une œuvre également agréables et bâclées, ne fut un scandale que pour elle-même.

Saint-Saëns, Camille

Il n'y a pas d'expression musicale que Saint-Saëns n'ait abordée avec bonheur. Il donnera son premier concert à onze ans comme pianiste, tiendra les grandes orgues de l'église de la Madeleine à vingt-deux, et sera professeur de piano dès vingt-six (il aura comme élèves Messager et Fauré). Il composera des œuvres qui marqueront le grand répertoire postromantique, dont son *Premier Concerto pour violoncelle*, l'une des plus belles pièces jamais écrites pour cet instrument, qui continue d'être joué dans toutes les salles du monde. Ses concertos pour piano (en particulier les n°s 2 et 5) sont des merveilles. Son opéra *Samson et Dalila* est l'une des œuvres lyriques les plus montées. Son *Requiem* est grandiose.

Il sera le premier à composer une musique de film (en 1908, pour *L'Assassinat du duc de Guise*), et son *Carnaval des animaux* écrit en 1886, une parodie, précédera de trente ans les premières farces surréalistes (à l'exception du morceau intitulé *Le Cygne*, lui aussi un chef-d'œuvre pour violoncelle, il interdira que le reste de la pièce soit joué de son vivant, et pour cause : il y raille le grand air du *Barbier* de Rossini, *La Damnation de Faust*, ses propres mélodies, et y pastiche des airs populaires). Sa *Symphonie n° 3 avec orgue* est la première œuvre, et aujourd'hui encore pratiquement la seule, du grand répertoire pour cet instrument. Elle a été choisie en 2000 pour l'inauguration des nouvelles orgues du Centre culturel de Lucerne. L'Orchestre de la Suisse romande était sur scène, dirigé par Fabio Luisi (de mes dix-huit années passées à l'OSR, cette soirée reste l'un des plus beaux souvenirs). En 1900, sa cantate *Le Feu céleste* inaugurera l'Exposition universelle de Paris.

Au tournant du siècle, le public se tournera vers d'autres musiques venant d'Allemagne, souvent, celles de Wagner ou de Schönberg, mais aussi de France. Les compositions de Debussy ou de Ravel répondront à des goûts proches du mouvement surréaliste, très éloignés du classicisme de Saint-Saëns.

Il n'empêche. Camille Saint-Saëns reste l'un des plus grands compositeurs de tous les temps.

Saint-Simon, Louis de Rouvroy de

Drôle de vie que celle de Saint-Simon. Né noble, riche, talentueux, d'un esprit vif, travailleur aussi, plutôt brave homme, honnête au point de ne cacher ni ses haines ni ses envies de mesquine revanche (dont certaines surprennent par leur cruauté), il exprimait ses sentiments en toute liberté, à une époque où l'entreprise n'était pas sans risque. Est-ce pour cela qu'il a toujours vécu dans une sorte d'amertume inquiète ? Le duché-pairie dont il a hérité ne lui suffisait pas. Il rêvait d'immense reconnaissance, militaire, d'abord, puis politique. Aucune ne viendra. Il écrira beaucoup, mais interdira que ses textes soient publiés de son vivant. La reconnaissance littéraire sera posthume et, surtout, nuancée. Des critiques parleront du « petit duc » et de « sa hargne coutumière ». On évoquera son « extrême complaisance », son « égocentrisme outrancier », Proust parlera de ses *Mémoires* comme d'une littérature « qui ne se fait plus ». « Nul ne songerait à nommer confessions les *Mémoires* de Saint-Simon, dira Malraux : quand il parle de lui, c'est pour être admiré. »

De son enfance, on sait surtout qu'elle ne lui laissa aucun de ces souvenirs qui embellissent une vie : « Je pris donc ma résolution de me tirer de l'enfance », écrira-t-il dans un style qui, par un étrange retournement des modes, passerait aujourd'hui pour « djeune ». Peut-être est-ce dans l'immense solitude de son enfance qu'est né son besoin d'être sans cesse reconnu, salué, récompensé. Aimait-il ses parents ? Sans doute ne les détestait-il pas, mais – chose étrange à son époque et dans son milieu – il ne se privait pas de les moquer. Parlant avec le chevalier d'Aubigné des « galanteries » de sa sœur devant ses parents, il constate que ces derniers ne savent où se mettre : « et je riais souvent sous cape de l'embarras extrême ». Sa méchanceté trouvera dans son talent une manière de s'exprimer particulièrement efficace. À l'égard du duc de Noailles qui l'avait devancé pour une promotion, il aura ces mots :

> Le serpent qui tenta Ève, qui renversa Adam par elle, et qui perdit le genre humain, est l'original dont le duc de Noailles est la copie la plus exacte et la plus fidèle.

Jérôme de Pontchartrain avait été son ami d'enfance. Un conflit de compétences – son ami est alors ministre de la Marine – déclenche chez Saint-Simon une haine féroce :

> Bien fermement, je sacrifierais tout et ma propre fortune, grandeur, faveurs, biens, et tout ce qui pourrait me flatter en ma vie, à la ruine et perte radicale de Pontchartrain, sans que rien ne pût jamais me détourner d'y travailler sans cesse…

Il réussira à évincer Pontchartrain du Conseil de régence et poussera la cruauté jusqu'à annoncer lui-même au père de Pontchartrain la chute de son fils.

Mais Saint-Simon ne réservera pas ses critiques aux autres, et admettra qu'il avait, durant plus de vingt ans, « fait preuve d'assiduité auprès des princes, généraux et maréchaux ».

De la France du Grand Siècle, il a été l'incomparable chroniqueur, témoin de la grande Histoire et de la petite, acteur et observateur, des mœurs, des goûts, des manœuvres et des cabales. Ses mémoires recensent près de 8 000 personnages. Il y décrit plus de 1 000 mariages, dresse des portraits, raconte des anecdotes, glisse des confidences, toujours avec un exceptionnel souci du détail :

> Révérence de cérémonie est croiser les deux pieds et les deux jambes puis sans baisser le corps ni la tête plier les genoux comme font ordinairement les femmes ; mais les femmes reculent ou penchent un peu le corps en pliant les genoux, et cela ne se pratique point en matière de révérence de cérémonie, puisque sans aucun mouvement du corps les genoux ne font que plier fort bas et le corps à proportion s'abaisse en demeurant droit.

Saint-Simon décrit un monde qu'il trouve décadent. Mais c'est son monde, et il rêve d'y avoir une belle place. S'il paraît quelquefois révolté, il n'est pas révolutionnaire. La Cour a ses contraintes, celle d'être là, à ne rien faire si ce n'est à attendre l'occasion de plaire au roi.

Mais voilà, cette cour transforme les hommes. Et, de tous les maux qu'elle leur inflige, le pire sera le désœuvrement :

> Autrefois les honnêtes gens passaient leur temps à se rendre des visites réciproques ; mais dans le temps où nous sommes, le jeu à pris la place de sociétés agréables ; c'est maintenant la dernière ressource de la plupart des gens du monde, qui ne sauraient à quoi passer le temps sans le secours des cartes.

Les courtisans développent l'avarice. La noblesse des cœurs n'est plus ce qu'elle était. Le roi a beau anoblir des ministres roturiers, il n'en fait pas pour autant des nobles. Il ne fait que les tirer de leur néant, où ils retombent dès qu'il les chasse. Le duché-pairie est devenu une dignité vide, rongé par les bâtards royaux, qui font reculer les ducs et les pairs, autant que par la petite noblesse, qui passe alliance avec les bâtards, meilleur moyen de prendre du grade à la Cour. Il faudra attendre 1718 pour que Philippe d'Orléans supprime les bâtards dans l'ordre de succession. Saint-Simon en retirera une joie indicible :

> Attentif à dévorer l'air de tous, présent à tous et à moi-même, immobile, collé sur mon siège, compassé de tout mon corps, pénétré de tout ce que la joie peut imprimer

de plus sensible et de plus vif, du trouble le plus charmant, d'une jouissance la plus démesurée et la plus persévéramment souhaitée, je suais d'angoisse de la captivité de mon transport, et cette angoisse était d'une volupté que je n'ai ressentie ni devant ni depuis ce beau jour.

En 1721, il obtient d'être nommé ambassadeur à la cour d'Espagne. Un an plus tard, il retourne en France, ruiné par les fastes qu'il a mis dans son ambassade, déchu du Conseil de régence par un nouveau Premier ministre, et désormais *persona non grata* à Versailles. Il passera son temps entre La Ferté-Vidame et Paris, n'allant plus à la Cour que deux ou trois fois l'an, non sans candeur, craignant que malgré tout Louis XV ne lui tienne rigueur de s'éloigner de lui complètement.

Mon peu de lumière doit donc être supporté en considération de l'esprit et de la soumission qui me mettent la main à la plume.

Son salut passera par la « diplomatie de l'esprit ». Quant au reste… Il terminera sa vie avec le sentiment de l'avoir gaspillée. Ses désirs de grandeur auront été vains. Sa descendance – deux fils et sa fille – ne lui seront source d'aucune fierté. L'écriture l'occupera tout entier, et il laissera de son époque un tableau d'une exceptionnelle richesse.

Si peu de monde trouve grâce à ses yeux, deux personnes au moins déclencheront chez lui des sentiments de grande tendresse. L'un fut l'abbé de Rancé, un ami de son père, qu'il retrouvait souvent au monastère de la Trappe et qui jouera le rôle d'un père spirituel. « Il m'aime comme son propre enfant », dira-t-il plus tard. L'autre personne qu'il aimera infiniment était sa femme. Il la décrit par des mots d'une grande tendresse :

> Blonde, avec un teint et une taille parfaite, un visage fort aimable, l'air extrêmement noble et modeste, et je ne sais quoi de majestueux par un air de vertu et de douceur naturelle.

Épousée alors qu'il avait vingt ans à peine, il lui sera un mari dévoué autant qu'elle sera pour lui une épouse aimante. Il demandera à être inhumé dans la crypte de l'église du château familial, à La Ferté-Vidame, et que son cercueil soit enchaîné à celui de sa femme :

> Je veux que de quelque lieu que je meure, mon corps soit apporté et inhumé dans le caveau de l'église paroissiale dudit lieu de La Ferté, auprès de celui de ma très chère épouse, et qu'il soit fait et mis anneaux, crochets et liens de fer, qui attachent nos deux cercueils si étroitement ensemble et si bien rivés qu'il soit impossible de les séparer l'un de l'autre sans les briser tous les deux.

Des mots qui laissent entrevoir un cœur délicat chez un homme réputé pour sa méchanceté.

Salons de thé, Les et autres madeleines

Ah, les queues de touristes qui attendent des heures dans le froid pour goûter au chocolat chaud de chez Angelina ou aux macarons de Ladurée…

Aux yeux de l'étranger, les salons de thé sont des lieux emblématiques de la France. À Paris, deux d'entre eux sont mes préférés. Le premier, au rez-de-chaussée de l'hôtel Ritz, porte le beau nom de **Salon Proust**. L'auteur de la *Recherche* aimait y déjeuner près de la cheminée. Elle existe toujours, et le lieu a le charme de l'ancien. On se croirait dans un salon-bibliothèque (le mur qui fait toute une longue paroi est tapissé de livres). Sous son grand portrait peint par Jacques-Émile Blanche, on y sert le thé « à la française ». Ici, pas de « scones » ou de « *finger sandwiches* », mais des madeleines, bien sûr (v. Gastronomie, 5 : Pâtisserie) et un cake au chocolat, irrésistible. Le menu dit ceci :

> LES PETITS-FOURS D'ANTAN
> et autres biscuits de saison
>
> LES DOUCEURS RETROUVÉES
> Le pain tranché aux fèves de cacao, le cake marbré, florilège de tartes et gâteaux aux multiples saveurs
>
> LA MADELEINE
> De François Perret

Au moment de l'addition, la note est présentée dans un volume de « La Pléiade », entre les pages 46 et 47, là où Proust achève de raconter son expérience de la madeleine. La première fois que je demandai l'addition et me retrouvai devant le volume fermé, je crus rêver. J'ouvris le livre là où avait été glissé un feuillet blanc, et bien sûr me mis à lire.

Le passage débute par ces mots :

> Et dès que j'eus reconnus le goût du morceau de madeleine trempé dans le tilleul que me donnait ma tante[...].

Je remontai de trois pages et retrouvai le début de l'épisode :

> Il y avait déjà bien des années que, de Combray, tout ce qui n'était pas le théâtre et le drame de mon coucher n'existait plus pour moi, quand un jour d'hiver, comme je rentrais à la maison, ma mère, voyant que j'avais froid, me proposa de me faire prendre, contre mon habitude, un peu de thé. Je refusai d'abord et, je ne sais pourquoi, je me ravisai. Elle envoya chercher un de ces gâteaux courts et dodus appelés Petites Madeleines qui semblent avoir été moulés dans la valve rainurée d'une coquille de Saint-Jacques.

J'avais oublié combien ces lignes étaient sublimes.

Je relus lentement l'épisode, refermai le volume, et me dis que le bon sens me dictait de jeter le manuscrit sur lequel je travaillais. L'idée que je m'occupe d'écriture me parut ridicule.

Enfin, je regardai l'addition. Ma lecture de l'épisode la rendit plus douce. Stratégie de grand établissement, à n'en pas douter...

Le second salon a pour beau nom celui de **Mariage Frères**, une maison familiale fondée au milieu du XIXe siècle par Henri et Édouard Mariage. Leur ancêtre Nicolas parcourait la Perse, la Chine et les Indes dès 1660, alors que son frère explorait les possibilités de se fournir en thé à Madagascar. La maison, qui compte une dizaine de magasins dans Paris et de nombreux autres en France et à l'étranger, s'est construite sur la vraie compétence. Procéder à une dégustation exhaustive de ses thés se révélerait difficile : elle en propose six cents.

Dans sa boutique rive gauche, située à l'angle de la rue de Savoie et de la rue des Grands-Augustins, le rez-de-chaussée fait office de boutique. Le restaurant, situé à l'étage, est l'un des lieux les plus charmants de Paris, discret et raffiné dans chaque détail. On y déjeune délicieusement, et le savoir-faire de la maison en matière de thé agrémente le repas. Sur la table, le sel est du « sel Matcha », une poudre de thé vert. Pour assaisonner les plats, la maison propose du sésame mélangé à des flocons de thé vert. Dans un cas comme dans l'autre, l'effet est délicat.

Pour écrire cette entrée, j'ai choisi un thé blanc, dit « neige de soie », velouté et soyeux. Son goût reflète son appellation. Il glisse en bouche, fluide et léger.

Préparés à base de thé, les desserts reprennent des recettes classiques. Parmi tous, le baba est mon préféré. Il n'est pas au rhum, bien sûr, ce serait une hérésie, mais au thé Mouton, parfumé à la mangue et à l'ananas, une combinaison très heureuse. La maison propose aussi une madeleine, préparée selon plusieurs variantes. J'en recommande deux : celle au Happy tea, un Darjeeling à la rose et à la guimauve, de couleur rouge, d'un goût très fin, et celle au thé vert Matcha et au yuzu, un agrume, de couleur verte au cœur moelleux d'un goût plus long et plus corsé.

Un détail encore. Le thé est servi dans des théières de porcelaine, grandes et rondes, recouvertes d'un chapeau métallique. Une finesse qui s'accorde au reste.

Sans oublier…

Je l'ai dit d'emblée, accorder ici à chaque écrivain, chaque créateur, chaque philosophe la place qu'il mérite est impossible. Il n'empêche, j'ai surtout le cœur gros pour les écrivains, mes compagnons de vie. Chacun les connaît, et cela enlève un peu du poids de ma faute. Malgré tout, je me cherche des excuses…

Des écrivains français, si nombreux, si brillants,
Faudrait-il rappeler de chacun le talent ?
Ne serait-ce lasser le plus bienveillant
Des lecteurs qui déjà connaît tout des plus grands ?

De **Corneille** *il a lu et* Le Cid *et* Horace,
Il estime de lui la rigueur et la trace
Que d'un mot il laissa dans le grand répertoire :
À vaincre sans péril, on triomphe sans gloire.

Racine, *des hommes, a saisi chaque vice.*
Il comprend Athalie, il excuse Narcisse,
Dévoile de nos cœurs les failles, les abîmes
Et offre son pardon aux plus vils de nos crimes.

Molière, *lui, se moque, et des princes et des rois,*
Pas un trait qui n'échappe à son regard narquois,
Faux dévots, laids marquis, bavards ou précieux
Nous les trouverons tous, tout nus devant nos yeux.

Avant eux, **Montaigne**, *dans sa grande sagesse,*
D'une humeur toujours humble et sans nulle étroitesse,
Pour notre grand bonheur, avec grâce a laissé
D'élégants, très profonds et magnifiques essais.

Il était à la fois croyant et mécréant,
Médecin, écrivain et, surtout, bon vivant !
Rabelais *nous dit qu'en attendant l'au-delà*
Profitons de la vie ! Lisons Gargantua *!*

***Boileau**, en quelques vers, a défini de l'art,*
Les lois les plus strictes, des échecs le rempart :
Hâtez-vous lentement et sans perdre courage,
Vingt fois sur le métier remettez votre ouvrage.

Délaissant le latin, choisissant le français,
Se résumant d'un trait qu'aujourd'hui chacun sait,
Disant tout en deux mots : je pense donc je suis,
***Descartes** nous convainc, et même il nous séduit.*

Pour instruire un grand duc, l'éduquer, le former,
*D'un héros, **Fénelon** voudra tout raconter,*
Son roman lui vaudra grand renom et succès,
Cela déplut au roi, le voilà exilé.

Pour l'un Aigle de Meaux, pour un autre Attila,
***Bossuet** par ses mots effraya, apeura.*
Et si telle oraison adoucit quelque cœur,
De cet homme on dira qu'il aimait le malheur.

*De **Voltaire** les traits, acérés et brillants*
Transportaient tous en eux quelque poison méchant.
Il courtisait beaucoup, aimait plaire aux puissants,
Et chacun se disait : cet homme est effrayant.

*Génial **Beaumarchais** ! Avec son Figaro*
Il a mis, en deux mots, la noblesse K.-O. !
S'il échoua à vendre des munitions
De sa plume jaillit la Révolution.

Amoureux du bonheur, amoureux de l'amour,
***Stendhal** aurait voulu les courir nuit et jour,*
Rêver, aimer beaucoup, souffrir un peu, aussi,
Jamais de cette faim il se voulait guéri.

*Plus près de nous, **Balzac**, sa force et sa puissance*
Nous auront dévoilé de chacun l'importance,
Sa Comédie *raconte avec cœur et douceur*
Qui nous sommes et comment chacun joue de malheur

Chateaubriand ou rien, c'est ce que je serai
Disait **Hugo** *petit. Son vœu fut exaucé.*
De nos lettres il devint prince, roi, empereur,
De tous le plus grand, de son pays l'honneur.

Madame Bovary marquera le roman :
Écrivain, désormais, est travail d'artisan.
***Flaubert**, toujours Flaubert ! Pour apprendre à écrire,*
Il faut, nous le savons, commencer par le lire.

***Zola**, mon cher Zola, où serais-je sans toi ?*
Ton J'accuse *apaise, il me console, crois-moi,*
Des duretés de Maurras, Barrès, ou Drieu,
Pour beaucoup d'entre nous, Zola, tu es un dieu.

Enfin, n'oublions pas tant d'autres grands auteurs
Qui de l'esprit français ont donné le meilleur.
Ronsard, La Bruyère, Furetière, Vigny
Mériteraient, chacun, d'être loués ici.

Il faudrait, pour cela, ajouter à ces lignes
D'autres encore, balourdes, hésitantes, indignes
De ces grands écrivains ; ce serait alourdir.
L'important est ailleurs : ce qu'il faut, c'est les lire.

M. A.

Satie, Erik

Génial et farfelu, ironisant sur tout et en particulier sur lui-même, ami de Tristan Tzara et des dadaïstes, Satie avait à l'égard de son talent (et de celui des autres) un regard très distant. Il se moqua beaucoup, vécut pauvre (« La pauvreté vient de Dieu, et l'on ne saurait y renoncer sans lui désobéir », dira-t-il), et mourut dans une misère crasse. Un porc-épic solitaire… « La poutre que l'on a dans l'œil n'empêche pas de voir la paille qui est dans celui de son voisin », dira-t-il. Mais il gardait toujours une grande dignité et refusait l'aumône. Ses mélodies – *Les Gymnopédies*, *Les Gnossiennes*, *Je te veux* – sont d'une rare élégance, les plus douces, les plus aériennes, les plus tendres qui soient.

Solder la facture

Alors comment faire ? Comment diminuer le chômage, reconstituer le tissu industriel, redresser le déficit du commerce extérieur ? En un mot, comment rattraper le temps perdu ?

Pas question, bien sûr, de sacrifier ce qui fait la beauté de l'esprit français. S'il me fallait désigner un angle d'attaque et un seul pour arriver à changer les choses, je n'hésiterais pas une seule seconde. Ce serait d'avoir une politique volontariste à l'égard de l'apprentissage (v. cette entrée). Encourager, faciliter, et surtout, respecter les filières de l'apprentissage. Et couper la tête à ceux qui en public et dans la grande presse les dénigrent, comme ce porte-parole du principal parti d'opposition qui parlait avec mépris du CAP d'ajusteur-monteur (c'est une image, bien entendu).

Staël, Germaine de et le groupe de Coppet

À quoi rêvaient les jeunes filles de famille, du temps de Mme de Staël ? À l'amour, sans doute. Et à ce que la société leur donnait droit d'espérer. Il fallait tenir son rang, honorer son époux, faire des enfants... À Mme de Staël, qui lui demandait « Général, qui est pour vous la première des femmes ? », Bonaparte répondit : « Celle qui fait le plus d'enfants, madame. » Mais voilà, Germaine de Staël, née Anne-Louise-Germaine Necker, rêvait d'autre chose... Trouver l'amour, bien sûr. Elle l'a cherché sans relâche. Faire des enfants, aussi : elle en aura cinq, avec quatre hommes différents et sur vingt-cinq ans. Mais surtout, elle rêvait d'exister. D'être reconnue pour elle-même. De nos jours, cela va de soi. De son temps, il en allait autrement.

Le plus difficile pour elle n'aura pas été de mettre le pied à l'étrier. Ses deux parents sont suisses, mais elle naît à Paris, où sa mère tient salon. Anne-Louise à quatorze ans lorsqu'on l'autorise à participer aux conversations. La demoiselle a appris les langues, la musique et la danse. Elle connaît les règles. Elle fréquentera ce que l'Europe compte de mieux en esprits distingués, attirés par le prestige et la puissance de son père, banquier et ministre des Finances du roi. Elle en tirera un savoir-faire salonnard que certains qualifieront de superflu. Mais il est des circonstances où la frivolité est utile, et Mme de Staël saura user d'une aisance acquise très tôt pour s'entourer de brillants personnages, les rassembler, les confronter, en tirer au passage quelque bénéfice intellectuel, et chercher parmi eux l'amour avec une assiduité qui mérite le respect.

Était-elle réellement « écrivain et philosophe », comme on la présente souvent ? Écrivain, sans nul doute : elle a beaucoup écrit et très bien. Mais philosophe ?

« La bonté ne demande pas, comme l'ambition, un retour à ce qu'elle donne ; mais elle offre cependant aussi une manière d'étendre son existence et d'influer sur le sort de plusieurs », dira-t-elle dans *De l'influence des passions sur le bonheur des individus et des nations*.

Elle écrira aussi, dans le même essai : « L'amour est l'histoire de la vie des femmes ; c'est un épisode dans celle des hommes. » Dans *De l'Allemagne*, elle parlera du couple : « Il vaut encore mieux, pour maintenir quelque chose de sacré sur terre, qu'il y ait dans le mariage une esclave que deux esprits forts. » Dans *Corinne ou l'Italie*, elle nous gratifiera d'un : « Comprendre, c'est pardonner », ou encore de ceci : « Les idées nouvelles déplaisent aux personnes âgées. »

On comprend qu'être contredite lui déplaît beaucoup. Mais elle a pour elle une qualité rare : le caractère. Elle n'abdique jamais, travaille, s'applique… De tous ces gens qui fréquentent ses salons (à Coppet, elle logeait jusqu'à trente invités à la fois), il faut qu'elle en tire une utilité ! Charles-Julien de Chênedollé, qui avait fréquenté le château, raconte l'automne de 1799 :

> Mme de Staël s'occupait alors de son ouvrage [*De la littérature*] ; elle en faisait un chapitre tous les matins. Elle mettait sur le tapis, à dîner, ou le soir, dans le salon, l'argument du chapitre qu'elle voulait traiter, vous provoquant à causer sur ce texte-là, le parlait elle-même dans une rapide improvisation, et le lendemain le chapitre était écrit.

Les Humboldt, les Chateaubriand, les Benjamin Constant, les Lord Byron, tous étaient mis à la tâche. Stendhal écrira à sa mort :

> Il y avait dans les bords du lac six cents personnes des plus distinguées de l'Europe : l'esprit, les richesses, les plus grands titres, tout cela venait chercher le plaisir dans le salon de la femme illustre que la France pleure.

Sainte-Beuve parlera des rencontres de Coppet en ces termes :

> La beauté du site, les bois qui l'ombragent, le sexe du poète, l'enthousiasme qu'on y respire, l'élégance de la compagnie, la gloire des noms…

Il les qualifiera même comme étant « les états généraux de l'opinion européenne ». Benjamin Constant relèvera un « talent de conversation merveilleux, unique, ce talent que tous les pouvoirs qui ont médité l'injustice ont toujours redouté ».

Oui, de la même manière qu'il y avait un groupe de Coppet, nom qu'alors personne ne revendiquait, il régnait un esprit de Coppet, unique à cette époque.

Son personnage d'Oswald, dans *Corinne ou l'Italie*, lui a sans doute été inspiré par François de Pange, l'un de ses amants. Pourtant, en lisant le texte – superbement écrit –, c'est quelqu'un d'autre que l'on pourrait reconnaître :

> À vingt-cinq ans, il était découragé de la vie, son esprit jugeait tout d'avance, et sa sensibilité blessée ne goûtait plus les illusions du cœur. Personne ne se montrait plus que lui complaisant et dévoué pour ses amis quand il pouvait leur rendre service ; mais rien ne lui causait un sentiment de plaisir, pas même le bien qu'elle faisait…

Il suffit de changer « il » en « elle », et le passage se transforme en autoportrait. On ne peut manquer d'être touché.

Suisse La, vue de Paris

Ah, la Suisse… On prononce son nom à Paris, et voilà que chacun réprime un sourire…

Peu après l'élection de François Hollande à la présidence de la République, une commission sénatoriale se déplaçait en Suisse. Fathi Derder, conseiller national (député), en fit un compte rendu pour la presse. L'article date de quelques années, mais il n'a rien perdu de sa saveur.

> J'ai par moments la désagréable impression que nos amis français nous prennent pour des imbéciles. Lundi soir, en débat à la radio avec un sénateur communiste, j'en ai même acquis l'intime conviction.

Le sujet : une commission d'enquête française souhaite venir en Suisse « chasser » l'évadé fiscal. Le sénateur en question, Éric Bocquet, m'explique sur un ton bon enfant que ceci est une visite de routine, tout à fait courtoise. Et s'étonne de l'absence de tapis rouge. C'est là où j'ai compris qu'il nous prenait pour des imbéciles.

Petit rappel des faits. La commission a été créée en début d'année à la demande du Parti communiste français. Depuis, elle auditionne tout ce qu'elle peut. Lundi, elle a même convoqué à Paris Guy Forget et Yannick Noah. [...]

Pour info : la délégation de la commission en visite en Suisse, présidée par... Bocquet (encore lui !), est constituée exclusivement d'élus de gauche. L'invitation est très claire : il s'agit d'obtenir des chiffres, des faits précis. [...]

À Berne, les présidents des commissions déclinent une invitation inacceptable.

Et Fathi Derder de conclure :

Si vous voulez des informations, venez avec des propositions. Et, par pitié, ne nous prenez pas pour des imbéciles.

Sur le fond, je suis d'accord sans réserve avec le point de vue défendu par les sénateurs de gauche. Le tourisme fiscal est immoral d'où que l'on se place, et les facilités fiscales offertes par la Confédération helvétique aux citoyens de pays amis sont condamnables, je l'ai dit et écrit en maintes occasions.

Cela étant, je comprends Fathi Derder. Le profil type du politicien helvétique n'est pas le même que celui de son homologue français. De ce côté-ci des Alpes, il n'y a ni ENA ni grandes écoles, ni, surtout, une tradition de rhétorique. L'élocution sera souvent plus lente. Ce qui ne veut pas dire que le modeste bagage à disposition empêchera l'élu d'arriver à ses fins. Il prendra le temps qu'il faudra. Il sera moins brillant que son collègue français, quelquefois même très lourd. Son propos ne sera pas de briller mais d'obtenir.

En définitive, « Le Lièvre et la Tortue » devrait être une fable helvétique.

Surréalisme, Le et les tapis de M. Loubet

Un beau jour, mes parents décidèrent de quitter Istanbul pour Lausanne. Leur intérieur stambouliote ne comptait ni meubles précieux ni tableaux de valeur. Les seuls objets intéressants étaient leurs tapis, qui étaient tous persans. Mon père souhaita les assurer et s'enquit du nom d'un expert. On leur donna celui d'un M. Loubet, qui avait un magasin au centre-ville, 3, rue Étraz. M. Loubet, très brave personne un peu replète, faisait de la réclame dans la *Feuille d'avis de Lausanne*, et son slogan était de ceux que l'on n'oublie pas :

Qui dit tapis
Pense à Loubet
Et va tout droit
3 rue Étraz

Le lien entre le slogan de M. Loubet et le mouvement surréaliste est double. D'abord parce qu'il n'y en a aucun, il peut donc s'inscrire dans la logique de son « écriture automatique ». Ensuite parce que, si la compétence de M. Loubet en matière de tapis n'était contestée par personne, la paternité de Breton sur le mouvement surréaliste pourrait faire l'objet d'une divergence. Pourtant, il suffit de prononcer le mot « surréalisme » pour qu'immédiatement suive celui de « manifeste », suivi lui-même du patronyme Breton, et que l'on soit invité à se rendre 3, rue Étraz, ce qui, chacun l'admettra, n'a rien à voir dans ce dictionnaire.

En 1917, bien avant la publication du premier manifeste de Breton, sa pièce *Les Mamelles de Tirésias* établissait les fondements du mouvement. Rêve, absurdité, remise en cause de l'ordre bourgeois, imaginaire délirant, éclat de rire aux dépens du système, tout y était.

« On tente ici d'infuser un esprit nouveau au théâtre », dira en préambule le directeur de la troupe. La pièce se situe au Zanzibar, où le pays manque d'enfants. Thérèse, l'héroïne, est une féministe avant l'heure qui refuse de procréer, et décide de s'appeler dorénavant d'un nom d'homme, Tirésias. Deux ballons de baudruche lui tiendront lieu de seins. Elle obligera son mari à se travestir et à procréer : 40 050 bébés en un jour !

La même année, à l'occasion de son ballet *Parade*, Cocteau demanda à Apollinaire d'en rédiger le programme. C'est à cette occasion qu'apparut le mot « surréalisme ». En réalité, Apollinaire avait déjà créé le mot dans un courrier adressé en mars de la même année à son ami Paul Dermée : « Tout bien examiné, je crois en effet qu'il vaut mieux adopter surréalisme que surnaturalisme que j'avais d'abord employé. Le mot "surréalisme" n'existe pas encore dans les dictionnaires, et il sera plus commode à manier que surnaturalisme. » Apollinaire reprendra *Les Mamelles de Tirésias* et sous-titrera sa pièce « Drame surréaliste ». Dans le programme du ballet, intitulé *Parade ou l'Esprit nouveau*, figurera enfin le mot, écrit « sur-réalisme », un mouvement qui, précisera le programme, ne manquera pas de « séduire l'élite », promettant de « modifier de fond en comble les arts et les mœurs dans l'allégresse universelle ».

Apollinaire mourra en 1918 et ne verra pas l'essor que prendra le mouvement dont il aura été l'incontestable géniteur. Trois années avant que Breton ne publie le premier de ses deux manifestes du surréalisme, Cocteau servira le mouvement en créant sa pièce *Les Mariés de la tour Eiffel*, qui mélangera absurde, bruitages incongrus et numéros de music-hall à des répliques qui montraient combien lui-même n'était pas dupe de sa propre farce.

Justice étant rendue à Apollinaire, il faut dire combien le manifeste de Breton[1] est un morceau de bravoure, fidèle aux idées d'Apollinaire, à qui Breton reconnaît la paternité.

> Chère imagination, ce que j'aime surtout en toi, c'est que tu ne pardonnes pas, écrira Breton. Le seul mot de liberté est tout ce qui m'exalte encore. Je le crois propre à entretenir, indéfiniment, le vieux fanatisme humain. Il répond dans doute à ma seule aspiration légitime.

1. André Breton, *Manifeste du surréalisme*, Jean-Jacques Pauvert, 1972.

Parmi tant de disgrâces dont nous héritons, il faut bien reconnaître que la plus grande liberté d'esprit nous est laissée. À nous de ne pas en mésuser gravement. Réduire l'imagination en esclavage, quand bien même il en irait de ce que l'on appelle grossièrement le bonheur, c'est se dérober à tout ce qu'on trouve, au fond de soi, de justice suprême. La seule imagination me rend compte de ce qui peut être, et c'est assez pour lever un peu le terrible interdit ; assez aussi pour que je m'abandonne à elle sans crainte de me tromper (comme si l'on pouvait se tromper davantage).

Plus loin, il aura ces mots violents qui nous aideront à comprendre pourquoi, au cours de sa vie, Breton se sera fâché et aura rompu avec tant de ses compagnons de route :

L'attitude réaliste, inspirée du positivisme de saint Thomas à Anatole France, m'a bien l'air hostile à tout essor intellectuel et moral. Je l'ai en horreur, car elle est faite de médiocrité, de haine et de plate suffisance. C'est elle qui engendre aujourd'hui ces livres ridicules, ces pièces insultantes. Elle se fortifie sans cesse dans les journaux et fait échec à la science, à l'art, en s'appliquant à flatter l'opinion dans ses goûts les plus bas ; la clarté confinant à la sottise, la vie des chiens.

Plus loin encore, il donnera du surréalisme sa définition formelle :

SURRÉALISME, n. m. Automatisme psychique pur par lequel on se propose d'exprimer, soit verbalement, soit par écrit, soit de tout autre manière, le fonctionnement réel de la pensée [...] en l'absence de tout contrôle exercé par la raison.

ENCYCL. Philos. Le surréalisme repose sur la croyance à la réalité supérieure de certaines formes d'associations négligées jusqu'à lui, à la toute-puissance du rêve, au jeu désintéressé de la pensée. Il tend à ruiner définitivement tous les autres mécanismes psychiques et à se substituer à eux dans la résolution des principaux problèmes de la vie. Ont fait acte de SURRÉALISME ABSOLU : MM. Aragon, [...] Breton, [...] Desnos, Éluard [...], Soupault, Vitrac.

Le *Manifeste* s'incarnera dans « l'écriture automatique ». Elle consistera à se libérer des carcans de la logique, de donner libre cours à ce qui, à cet instant où l'encre du stylo touche le papier, traverse l'esprit, puisant dans l'inconscient tout ce qu'il charrie de désirs profonds, inassouvis, non perçus, reliant des pensées et des objets qui jamais n'auraient été rapprochés les uns des autres selon les règles de la logique. Ici, le rêve est vécu les yeux ouverts. L'exercice surréaliste échappe aux contraintes de la logique, et néanmoins suit des méthodes. L'exemple le plus frappant est celui des « cadavres exquis ». Dans ce jeu, puisqu'il s'agit de cela, chaque participant écrit une partie de phrase dans un ordre syntaxique donné, strict, ainsi fixé : nom – adjectif – verbe – complément d'objet direct – adjectif. La phrase sera conforme sur le plan de la grammaire mais sans doute « surréaliste » sur le plan du sens. Le nom de « cadavre exquis » a été donné du fait de la première phrase obtenue historiquement : « Le cadavre – exquis – boira – le vin – nouveau. » Il conviendra d'en trouver le fil conducteur, pourtant. Le surréalisme est un exercice exigeant...

Dans l'élan de son impératif antibourgeois, le mouvement encouragera ses adhérents à se rapprocher du parti communiste. Bien sûr, la discipline de Parti se révélera incompatible avec les idéaux du mouvement. Breton rompra rapidement avec lui. Le totalitarisme soviétique ne suffisant pas à éloigner du Parti Aragon, Éluard et Tzara, cela provoquera de nombreuses et violentes ruptures. Si, aux yeux du mouvement surréaliste, la politique de l'URSS apparaît comme inacceptable, la pensée de Marx restera au cœur de ses aspirations, souvent paradoxales : comment concilier l'injonction de Rimbaud, « changer la vie », et celle de Marx, « transformer le monde » ? Comment obtenir une seule vérité absolue en fondant l'une dans l'autre la pensée du poète et celle du stratège politique ?

La révolution surréaliste fut un mouvement profond, pensé, construit, savant, tout le contraire du spontané. Elle intégra des découvertes de son époque : la psychanalyse, l'étude des rêves, l'importance du subconscient, les expressions mathématiques du hasard et, bien sûr, le besoin de liberté.

Elle incarna, je crois, une forme d'exception française, mélange subtil de raison et de déraison, de licence et de morale. La France sera mère des révolutions qui touchent les arts, les sciences, et bien sûr la rue.

Pourquoi une telle furie ? Une révolution aura toujours une dimension théâtrale. On s'y intéressera. Chacun y trouvera son compte. Son spectacle sera une valeur en soi.

Et pendant ce temps-là
Au 3 d'la rue Étraz
S'affairent tous ceux qui
Ne pensent qu'aux tapis

T

Talleyrand-Périgord, Charles-Maurice de

Prince, vous avez dépassé mes instructions.

C'est ainsi que, selon l'anecdote, le diable aurait accueilli Talleyrand. Le mot peut s'interpréter diversement. Le diable prenait-il, comme beaucoup, ombrage des succès du prince ? Ou était-ce le compliment suprême ? On peut aussi imaginer que Talleyrand a réussi avec le diable comme avec tous ceux qu'il a fréquentés : il l'a roulé dans la farine.

Il est courant de voir en Talleyrand l'incarnation du vice. Comment un honnête homme peut-il être infidèle à ses convictions au point d'occuper successivement la fonction de prêtre, d'évêque, d'agent général du clergé, mais aussi de député aux états généraux sous l'Ancien Régime, président de l'Assemblée nationale pendant la Révolution, ministre des Relations extérieures sous le Directoire (et durant le Consulat et le Premier Empire), puis président du gouvernement provisoire, ministre des Affaires étrangères et président du Conseil pendant la Restauration, envoyé spécial du roi au Congrès de Vienne et ambassadeur sous la monarchie de Juillet ? Là ne s'arrêteront pas les doutes quant à sa probité. De ses vœux de chasteté, on peut dire qu'il les aura mis en pratique par intermittence. Il aura trompé et joué tout ce que l'Europe comptait de rois ou de chefs d'État, y compris les siens, par exemple à l'égard de Napoléon – lorsque Talleyrand déconseillera au tsar Alexandre de passer alliance avec l'Empereur en lui parlant en ces termes : « C'est à vous de sauver l'Europe et vous n'y parviendrez qu'en tenant tête à Napoléon. Le peuple français est civilisé, son souverain ne l'est pas ; le souverain de la Russie est civilisé, son peuple ne l'est pas ; c'est donc au souverain de la Russie d'être l'allié du peuple français. » Talleyrand usera de son autorité d'évêque, en 1789, pour nationaliser une partie des biens de l'Église en vue de renflouer les finances de la France. Le 14 juillet 1790, au Champ-de-Mars, devant 300 000 personnes, pour fêter l'unité des Français, il célébrera une messe à l'occasion de laquelle il aurait eu ces mots, adressés à La Fayette, au moment d'accéder à l'autel : « Ne me faites pas rire. » Qu'il ait touché des pots-de-vin de puissances étrangères est un fait établi, dans des montants faramineux (sans doute une soixantaine de millions de francs-or). Et lorsqu'il fut nommé vice-grand électeur, Fouché eut ce mot : « C'est le seul vice qui lui manquait. »

Tout cela est vrai. Et pourtant…

Que n'a-t-il fait pour son pays…
À propos des biens de l'Église, il dira :

> Le clergé n'est pas propriétaire à l'instar des autres propriétaires puisque les biens dont il jouit et dont il ne peut disposer ont été donnés non pour l'intérêt des personnes mais pour le service des fonctions.

Devant le clergé assemblé à Autun, il aura ces mots à propos de la liberté de la presse :

> La liberté d'écrire ne peut différer de celle de parler ; elle aura donc la même étendue et les mêmes limites ; elle sera donc assurée, hors les cas où la religion, les mœurs et les droits d'autrui seraient blessés ; surtout elle sera entière dans la discussion des affaires publiques, car les affaires publiques sont les affaires de chacun.

Il proposera d'accorder aux juifs le statut de citoyens.

Son action et ses recommandations sur l'instruction publique qu'il présentera à la Constituante déboucheront sur la création de l'Institut de France. Son rapport préconisera une école publique « avec la plus grande gratuité parce qu'elle est nécessaire à tous ».

Lorsqu'en 1814 le Sénat le nommera à la tête du gouvernement provisoire, il n'aura de cesse d'appliquer ses idées progressistes : libération des prisonniers politiques et liberté de circulation des lettres.

Enfin, son action au Congrès de Vienne représente à ce jour le plus éclatant exemple de victoire diplomatique obtenue alors qu'on se trouve en situation de faiblesse politique et militaire. Le 22 septembre 1814, les quatre grandes puissances que sont l'Autriche, la Prusse, la Russie et le Royaume-Uni signent un protocole d'accord. Talleyrand n'arrivera à Vienne que le lendemain. D'abord exclu de plusieurs réunions, il est enfin invité à participer aux discussions le 30 septembre, au cours desquelles les quatre signataires du protocole se présentent – par la bouche de Metternich – comme « puissances alliées ». Talleyrand aura ces mots : « Je suis de trop ici. » Il ajoutera : « Si, comme déjà on le répand, quelques puissances privilégiées voulaient exercer sur le congrès un pouvoir dictatorial [...], je ne pourrais consentir à reconnaître dans cette réunion aucun pouvoir suprême. » Talleyrand provoque la colère des quatre puissances. Il est tenu à l'écart des véritables délibérations. Mais il ne quitte pas Vienne. Et, dès le 8 janvier 1815, il est associé à toutes les négociations. Elles se feront désormais à cinq.

Je ne vois pas comment les succès de Talleyrand pourraient ne pas être dus, pour beaucoup, à sa culture, à sa conversation, au raffinement de sa table, et bien sûr à son esprit. Il incarne le panache français, le brio, l'intelligence la plus mordante. Et si sa vie a été l'occasion de quelques libertés avec la morale, il l'a fait pour la France, ce qui excuse tout, ou alors pour le plaisir de ses sens, ce qui montre qu'on peut être à la fois irréprochable et pendable, et cela, chacun l'admettra, est plus drôle que d'être irréprochable seulement.

J'ai, sur le cumul des talents de Talleyrand, une seule réserve. Il était né un 2 février, ce qui lui ôte une part importante de son mérite (les natifs du 2 février sont souvent des esprits brillants. On trouve parmi eux James Joyce, Farrah Fawcett Majors, la blonde exquise héroïne de la série *Charlie's Angels*, Valéry Giscard d'Estaing, Christiane Taubira, et bien sûr votre très humble serviteur. On me pose souvent la question :

« Et Einstein ? Il n'est pas des vôtres ? » Eh bien non. Ce qui, chacun l'admettra, paraît bien étrange…

TGV

IL FAUT SAUVER LE SOLDAT PEPY

Dear Mr. Pepy,

Pardon mon très mauvais français. Mon nom est J. W. Smith, et ma ville c'est Omaha, Nebraska. Le W de mon *middle-name*, c'est William, *in french* : Guillaume ! On m'appelle souvent par mon *middle-name*, et même le *nick-name* (le petit…) de mon *middle-name*, Bill.

Mon cher M. Pepy, mon cher Guillaume, *dear* William, *dear* Bill… Tous ces noms pour dire la même chose… Comme ton oui, ouigo, oui ceci, oui cela, teegeevee… Mais tu as eu beaucoup de mails pour ce oui oui, et je vais parler d'autre chose, beaucoup plus important (*just one thing* : je n'aurais pas mis le ouigo pour le low-cost : en anglais, on comprend « *we go* », et ça peut donner des idées : *we go take a plane, we go by car*, et peut-être *we just don't go*...).

En France, tes trains m'amènent partout, très vite, et c'est formidable. Ton pays ? *Brillant in technology. The Concorde ? Most elegant plane ever built*, le plus élégant. Le TGV ? *Fantastic !* La France, *top mathematicians*. Évariste Galois, *pure genius*. Mort trop jeune, *very bad... The Bourbaki boys*... André Weil, Laurent Schwartz, Jean Dieudonné, Carnot, Lagrange, Fourier, Fermat, Monge, Lebesgue. *And now this young guy*, Villani... *God dammit ! I mean*, vous avez toujours les meilleurs, *so, no surprise*, vous avez la *technology* : cinéma, avion, train... *Always the best !*

But, my dear Bill, il y a aussi autre chose qui est *the very best in France, top of the world*. La cuisine ! *French cooking ! My dear* Bill, tes trains *high-speed*, pour la cuisine, c'est une catastrophe !

L'autre jour, je prends TGV de *Geneva*, *Switzerland* à Paris, France. Et là, *my dear* Bill, j'ai peur. Je vois un homme d'un look bizarre, le regard désespéré. Il s'approche de chaque voyageur : « Vous connais M. Pepy ? » Et beaucoup de voyageurs il dit : « Pepy ? *You mean*, mon papy ? – Non ! Pas votre papy ! Pepy ! Le *boss* de la SNCF ! Guillaume Pepy ! » Et tous les voyageurs il dit non, connais pas, connais pas, et le bizarre passe *one car, two cars, three cars*... Et là comme je t'ai dit, j'ai peur pour toi, Bill, pourquoi il demandé à tout le monde tu connais Pepy, tu connais Pepy ? Alors je dis il faut sauver Pepy. J'ai suivi le gars bizarre jusqu'au wagon-bar, et je l'ai regardé dans les yeux et je lui ai dit, *with a strong voice* : « Que voulez-vous à M. Pepy ? » Alors le gars bizarre s'est mis à pleurer comme Madeleine et il m'a dit : « Je prends TGV deux fois toutes les semaines, quatre voyages, leur nourriture est si mauvaise, et j'ai essayé de comprendre comment le pays de la gastronomie pouvait offrir une telle nourriture. Je n'ai trouvé aucune explication. *So I said* : il doit y avoir dans ce train une personne avec laquelle M. Pepy est fâché, et, pour la punir, il organise ces repas affreux servis à la place. Alors je demande à tout le monde s'il connaît Pepy parce que je voudrais les aider à faire la paix, et comme ça Pepy va cesser d'imposer cette nourriture à tout le monde. » Un autre voyageur nous écoute. Il s'approche. C'est un homme très élégant, très en forme, *you know, top shape*. Il nous dit : « Je vous en supplie ! Ne changez rien à ces repas ! Ils m'ont permis de faire du régime. Depuis que je voyage sur cette ligne, non seulement je saute des repas, mais en plus la nourriture m'a ôté le goût de manger. J'ai réussi à perdre huit kilos en deux mois… » Pendant que nous parlions au bar, le bizarre me dit : « Goûtez ces cacahuètes. » Il me présente un paquet rouge vif. Les cacahuètes sont si fortes… Je regarde le sachet. C'est marqué « *NEX – Nuts extra-strong. Devil's Edition* » L'édition du diable… « *Erdnusskerne im Teigmantel* ». Elles viennent d'Allemagne ! *For God's sake*, il n'y a pas de fabricants de cacahuètes en France ? Avec des recettes plus raffinées ? Le bizarre me dit : « *Have a sandwich*. » J'obéis et je goûte. Et le bizarre me dit : « Ah ! Tu vois ? » Et je dois dire, mon cher Bill, que même dans les trains locaux de Omaha, Nebraska, *we have better sandwiches… In local trains* !

Bill, tu as les meilleurs trains du monde. Tu as les meilleurs mathématiciens. Tu es le pays de la gastronomie. Tes trains transportent chaque année des milliards de voyageurs. Et tu leur donnes ça à manger ? Des repas affreux, des cacahuètes qui brûlent le palais et des sandwichs pires que ceux des trains d'Omaha, Nebraska ? Bill, *come on* !

Tu sais ce que tu devrais faire ? Un *challenge* ! Tu dis à ton équipe : faites-moi les meilleurs sandwichs de France. Des jambon-beurre dans une baguette comme seule la France sait les fabriquer (*by the way*, tu sais que le jambon-beurre est sur la carte du *room-service* du plus prestigieux hôtel de Paris ?). C'est difficile, je le sais. Mais si on a envoyé des gens sur la Lune, la France doit être capable d'offrir de bon jambon-beurre à ses milliards de voyageurs !

With best wishes,
Bill

Tout-Paris, Le

Ah ! Le Tout-Paris... La première fois que j'ai entendu l'expression, c'était dans la bouche de ma mère, à Istanbul. Sur son échelle de valeurs, le Tout-Paris était le paradis, en plus désirable. Dans ses discussions avec ses amies, le mot revenait sans cesse. Si elles avaient un différend sur telle ou telle personnalité, il suffisait que ma mère lance : « Il (ou elle) fait partie du Tout-Paris », et le débat était clos.

Je discutais un jour avec une dame qui avait du Tout-Paris une longue expérience. N'était-ce pas là un système social clos sur lui-même ? « Vous vous trompez du tout au tout, me répondit-elle. Vous pouvez être jaune, vert ou bleu, la seule chose que l'on vous demande pour appartenir au Tout-Paris, c'est de briller. » Plaire, plaire, et plaire encore ! Le Tout-Paris est une scène, la vie de ses membres est celle des saltimbanques.

Il arrive que le succès s'estompe. Que, sans savoir pourquoi, on ne plaise plus. Le téléphone reste silencieux. Les invitations se tarissent, ou alors ce sont des propositions de deuxième, puis de troisième ordre. Voulez-vous participer à l'inauguration d'une médiathèque à Trifouilly-les-Oies ?

Bien sûr, le Tout-Paris est cruel. Les joies de l'exécution publique sont les plus prisées. Peut-être pourrait-on ajouter une condition à celle d'être brillant : celle de vouloir à tout prix en être, de ce Tout-Paris sublime et sanglant. Être déterminé à cultiver les amitiés utiles, se rendre disponible, s'habiller, courir, sourire, subir aussi, flatter, rire quand il le faut, et ne pas être habité par un excès de compassion.

Cette histoire du Tout-Paris m'en rappelle une autre qui n'a rien à voir. Il fut un temps où dans le monde de la finance genevoise brillait l'étoile d'un Bernard Cornfeld, patron et fondateur d'un groupe appelé IOS (pour *Investors Overseas Services*). La société vendait des parts de fonds à des particuliers, selon un système pyramidal bien connu des offices de faillite. Cornfeld aimait assister aux séances de recrutement et interpeller les candidats. Il leur lançait toujours la même question : « *Do you sincerely want to be rich ?* » Bien sûr, lui répondaient les candidats. « *Yes, but I mean : sincerely ?* » J'entends : vraiment ? Tout le monde veut être riche. Mais tout le monde n'est pas prêt à faire les sacrifices qu'il faut pour cela. Cornfeld reprenait : « Vous allez vous heurter à mille situations qui mettront votre ego en pièces. Êtes-vous prêt à cela ? »

Je crois que, pour beaucoup, l'appartenance au Tout-Paris passe par un même processus. On y va pour nourrir son ego, mais au passage, on doit être prêt à lui faire subir les pires humiliations. Pas de fierté mal placée. La recherche de la gloire justifie quelques comportements peu glorieux. Plaire, c'est flatter. Contradictoire ? Mais non, voyons. Paradoxal. La philosophe Jeanne Hersch répétait… (mais je l'ai déjà dit[1]). Rien, donc, ne sera plus humain que le Tout-Paris.

Bertrand de Saint Vincent a longtemps fréquenté le Tout-Paris. Il en a fait un livre délicieux, intitulé *Le Tout-Paris*, comme il se doit, et dont le bandeau dit : « Y être ou ne pas être ». L'affirmation est radicale, mais sans doute est-ce cela, le Tout-Paris : penser que ne pas en être équivaut à ne pas exister.

Voici l'un des chapitres de son livre :

Hors des sentiers battus

La poésie française voyage en Orient. Fondé par une richissime mécène américaine, Florence Gould, le prix Max-Jacob, qui fête ses soixante ans, est remis à l'hôtel Landolfo-Carcano, rue de Tilsitt, siège de l'ambassade du Qatar. La tête tourne un peu, les verres sont exotiques : limonade à la rose, à la fleur d'oranger, citronnade. Les buffets ne le sont pas moins. Les poètes et amateurs de vers s'y pressent : comme toujours, ils ont le ventre creux. Il y a là un académicien, Pierre-Jean Rémy, membre du jury, un descendant du comte de Paris, la femme de l'ancien Premier ministre, Marie-Laure de Villepin. Elle porte un tailleur imprimé par l'un de ses couturiers favoris, Franck Sorbier, sur lequel on peut lire cette phrase : « hors des sentiers battus ». Tout un programme. Un autre membre du jury, l'écrivain Patrice Delbourg, a l'allure d'un bohème d'Épinal : chapeau mou, cheveux longs en désordre, longue écharpe jetée autour du cou. Il ne lui manque plus qu'un homard en laisse. L'âme

1. « Lorsque vous vous occupez de condition humaine et que vous butez sur un paradoxe, c'est que vous êtes sur la bonne voie. »

de la soirée est une poétesse d'origine libanaise, Vénus Khoury-Ghata. Héroïne flamboyante et intrépide d'une francophonie d'épopée, elle se bat pour la langue française ; souvent seule. Les discours s'enchaînent. Les poètes sont surtout riches de leurs mots. Ils n'en sont pas avares quand ils trouvent un public pour les écouter. L'ambassadeur du Qatar souligne dans un français sans grains de sable qu'en 2010 Doha sera la capitale de la culture. Bernard Mazo, primé pour *La Cendre des jours*, remercie les membres du jury. Quelques instants auparavant, il refusait de serrer la main de l'un d'entre eux qui n'avait pas voté pour lui. Il lit l'un de ses poèmes. Le Sud-Africain Breyten Breytenbach, ancien combattant antiapartheid, lui succède et évoque le sort difficile d'un grand poète palestinien ; puis il cite ces mots de Max Jacob qu'un ami américain lui a glissés dans une lettre : « Saute à la corde quand tu descends l'escalier pour que tes pieds ne touchent pas terre. »

Ce n'est pas raisonnable, mais c'est mieux que de sauter sur une mine. Une musique orientale achève de donner à la cérémonie un poignant parfum d'irréalité. Le temps suspend son vol et Vénus Khoury-Ghata, prise d'un accès de faiblesse, s'évanouit dans un fauteuil.

Et moi, alors, me demanderez-vous, qui viens de ma province helvétique où déjà je suis d'ailleurs, quel est mon rapport au Tout-Paris ? Je répondrais par le mot de Groucho Marx : « Je ne voudrais pas appartenir à un club qui accepte des gens comme moi. »

Très grands peintres

Si la France est patrie des impressionnistes
Elle l'est d'autres peintres, aussi, tous très grands artistes

Nés au dix-septième et dans les siècles qui suivent.
En voici une liste, elle est très subjective.

Trois frères, ***Louis, Antoine et Mathieu Le Nain***
Ont beaucoup peint ensemble. Mais de quelle main
Est donc leur tableau, dit « Famille de paysans » ?
C'est un mystère. Qu'importe ! Il est si touchant !

Adepte du Caravage, as du clair-obscur
Georges de La Tour *aimait cadrer ses peintures.*
Éclairées très souvent d'une seule chandelle
Elles dégagent des émotions toujours belles.

Claude Gellée, dit le Lorrain *savait jouer*
Des effets de lumière, au point d'influencer
Mais oui, le grand Turner. Généreux, homme droit
Il restera lui-même devant papes et rois.

Précurseur génial du baroque français,
Simon Vouet *les aura tous influencés,*
Tant Le Brun que David, que le grand Delacroix.
Et à Istanbul, qui peindra-t-il ? Mustafa !

J'interromps ici ce monument de la poésie du XXIe siècle, le temps d'un commentaire.

Je ne me résous pas à passer sous silence le plus bouleversant visage qu'il m'ait été donné de découvrir en peinture, celui d'une des filles de Loth, celle de droite sur le tableau intitulé *Loth et ses filles*, le chef-d'œuvre de Simon Vouet exposé au musée des Beaux-Arts de Strasbourg. L'histoire est connue : Loth est le seul juste de Sodome et Gomorrhe. Informé par un ange de la destruction que subiront les deux villes, il s'enfuit, accompagné de ses deux filles. Craignant de ne pouvoir rencontrer d'autre homme qui leur permette de procréer, celles-ci soûlent leur père pour que, pris par la boisson, il se laisse aller à les séduire. Tout dans ce tableau est prodigieux. Les couleurs, surtout, laissent sans voix. Le peintre a porté l'attention sur le couple constitué par Loth et l'une de ses filles. Leurs jambes sont emmêlées. Le père a déjà posé la main sur le torse presque complètement dénudé de sa fille. Et sur le visage de son père déformé par un désir vulgaire, celle-ci porte un regard courageux, lucide et d'une infinie tristesse.

François Boucher, grand maître du style rocaille
Était, diront certains, un peintre un peu canaille.
Il avait le savoir, le talent, l'intuition,
Lui manquait l'essentiel : un brin de distinction.

Étaient-ils donc tous peintres, dans cette famille ?
Oui ! Tous grands ! Père, frères, ici chacun brille.
Louis-Michel, le plus célèbre des quatre **van Loo**,
Est connu d'un portrait : celui de Diderot.

C'est ce qui s'appelle ne pas manquer d'atouts !
Oui, **Élisabeth Vigée Le Brun** *avait tout :*
La beauté, le talent, et l'astuce, toujours
De peindre tout un chacun sous son meilleur jour.

Jacques-Louis David, *peintre néoclassique*
A redonné le goût des grandes scènes antiques.
Il a aussi voulu tâter de politique,
Et finit exilé. Où ça ? En Belgique !

Eugène Delacroix *était immense artiste,*
Il travaillait d'instinct. Sublime coloriste,
Maître des romantiques, il peignait l'infini,
Disait Beaudelaire, dont il était l'ami.

Brillant ! Intense en tout, l'immense **Géricault**
Vivait au grand galop. À propos du Radeau *:*

Il s'entoura de restes. Un bras, une ou deux têtes…
Il voulait, plus que tout, peindre en artiste honnête.

Notre grand maître à tous, dit de lui Picasso…
Précision du trait, art du colorito,
Dominique Ingres *sut saisir la douceur*
Du corps des femmes au bain… Qui n'est un peu voyeur… ?

Oui, c'est lui le père de l'impressionnisme,
Mais il était autant celui du symbolisme !
Corot, *surtout, était homme très généreux,*
Et des grands peintres l'un des plus talentueux.

Son propos, jamais, ne fut de faire carrière,
Ce qui l'intéressait ? Les jeux de lumière.
Le grand **Millet** *peignait la paysannerie.*
C'est rigolo : en turc, millet veut dire : patrie !

Courbet *voulait donner du monde une origine,*
Et voilà que chacun, l'âme en paix, l'assassine.
Peindre la vérité face à la calomnie
Devint au fil des ans le propos de sa vie

D'autres peintres, aussi, tous de très grands artistes
Mériteraient autant d'être sur cette liste.
Seurat, Signac, Moreau, Vuillard, Redon, Gauguin,
Étaient incomparables. Et **Matisse** *? Et* **Derain** *?*
Mais de trois autres encore, choisis à dessein,
Je dirai deux mots : **Watteau, Fragonard, Poussin** *!*

Du premier, chacun dit : Qu'il est léger ! Plaisant !
C'est vrai que son Pierrot *nous charme dans l'instant.*
Mais les autres personnages du tableau, eux,
Nous révèlent un **Watteau** *bien plus mystérieux.*

Fragonard, *lui aussi, passait pour très léger,*
Son « Escarpolette » est là pour en témoigner.
Or cet homme surtout n'écoutait que son cœur,
Et son propos était de peindre le bonheur.

S'il fallait, parmi tous ces peintres étincelants,
Dire qui est à mes yeux le vrai représentant
De l'esprit français, qui incarne son destin,
Plus que tous je dirais qu'il n'y en a qu'un : ***Poussin !***

Sa peinture est celle de la réflexion,
De la grande beauté, de l'érudition.
Bien des peintres nous offrent des plaisirs rapides,
Poussin, lui, nous retient. Ses bonheurs se méritent.

M. A.

Trois géants et quelques disputes : Raymond Aron, Albert Camus et Jean-Paul Sartre

Ils étaient presque contemporains : Aron et Sartre sont nés en 1905, Camus en 1913. Le plus jeune des trois devait mourir près de vingt ans avant ses aînés, mais sa courte vie lui a suffi pour laisser une œuvre admirable et se livrer avec Sartre à l'une des batailles intellectuelles les plus marquantes de leur époque.

En réalité, le conflit entre Sartre et Camus couvait bien avant que leur amitié ne naisse et ne se transforme en pugilat féroce. À lire la critique de Sartre sur *L'Étranger* parue en 1943 dans *Les Cahiers du Sud*, on se dit que, entre ces deux-là, il y aura rupture. Aron et Sartre se disputeront aussi. On pourrait, là encore, ajouter : forcément, bien qu'entre eux les points de retrouvailles fussent nombreux. Ils venaient de milieux bourgeois. Ils étaient condisciples à l'École normale supérieure de la rue d'Ulm, repérés (avec Paul Nizan) comme les surdoués de leur promotion. Ils présenteront leur agrégation de philosophie ensemble (Aron sera reçu premier, Sartre échouera, recommencera l'année suivante et sera, à son tour, reçu premier. À cette même session, Simone de Beauvoir sera reçue deuxième). Tous deux seront pensionnaires à l'Institut français de Berlin. Tous deux enseigneront au lycée François-Ier du Havre (ils se suivront). En 1945, ils fonderont ensemble *Les Temps Modernes.* De quoi sceller une amitié. Elle tiendra jusqu'en 1947, lorsque Raymond Aron quittera la revue. Il poursuivra une double carrière de grand universitaire et d'éditorialiste. À l'âge de trente-trois ans, il présentera à la Sorbonne une thèse d'État, dont le sujet annonce l'ampleur de sa pensée : *Introduction à la philosophie de l'histoire.* Elle lui ouvrira les portes de l'enseignement à l'ENA, à l'Institut d'études politiques, à la Sorbonne, puis au Collège de France (Sartre, lui, enseignera durant quelques années en classes préparatoires). La carrière d'Aron dans la grande presse n'aura rien à envier à celle qu'il accomplit à l'université. Il sera éditorialiste durant trente années au *Figaro*, puis durant six années à *L'Express*.

Aron aura, à propos de Max Weber, ce mot qui définit son champ d'activité : « On ne peut être en même temps homme d'action et homme d'études, sans porter atteinte à la dignité de l'un et de l'autre métier, sans manquer à la vocation de l'un et de l'autre. » Mais il considérait le « savoir objectif » comme un outil, et que son utilisation « par la parole ou par la plume » était légitime et pouvait se révéler utile. Aussi, Aron s'est-il montré un spectateur attentif du monde, toujours retenu, soucieux de précision, d'équilibre. Engagé durant cinq années dans les Forces françaises libres, il aura, à l'égard de Pétain, une position que certains qualifieront de « paradoxale » (pourquoi pas « nuancée », tout simplement ?), estimant que l'armistice aura eu le mérite d'épargner à la France de grandes douleurs.

Le sens du juste ne le quittera jamais. Il s'engagera sans réserve pour l'indépendance de l'Algérie et, dans *L'Opium des intellectuels*, démontera de manière magistrale la mystique soviétique.

Je crois qu'Aron ne s'est trompé dans aucun de ses combats. Cet homme avait ce que les Anglo-Saxons appellent *a moral compass*, une boussole morale qui guidait les analyses d'un esprit universel (Sartre à l'affût des événements et des causes qui marquaient les esprits, avait, lui, une « boussole médiatique »).

Pourtant, je ne peux m'empêcher de voir une exception dans la justesse des analyses rendues par Aron. Lorsque, à l'occasion d'une conférence de presse, quelques mois après la guerre des Six Jours, le général de Gaulle qualifiait le peuple juif de « peuple d'élite, sûr de lui et dominateur ». Aron écrira, dans un éditorial du *Figaro* : « La conférence de presse autorisait solennellement un nouvel antisémitisme. » Il ajoutera, dans un article intitulé « Le temps du soupçon » : « Pourquoi le général de Gaulle a-t-il solennellement réhabilité l'antisémitisme ? Afin de se donner le plaisir du scandale ? Pour punir les Israéliens de leur désobéissance et les juifs de leur antigaullisme occasionnel ? » Et Aron de lister, au final, huit motifs possibles qui expliqueraient la sortie du Général, pour conclure par un typique : « Je l'ignore. »

Je me souviens parfaitement de cette conférence de presse. Je l'avais suivie en direct à la télévision. Je savais qu'avant la guerre des Six Jours de Gaulle avait prédit aux Israéliens « un enlisement » dans les sables du désert, et la victoire d'Israël sur la coalition avait apporté à sa prédiction un démenti assassin et blessant. Lui, le Général, homme de terrain durant deux guerres mondiales, commettait un délit d'incompétence. Et Aron, à mes yeux, à cette époque, avait eu mille fois raison de dire que les vannes de l'antisémitisme étaient désormais rouvertes.

Que peut-on en dire, cinquante ans après les faits ? Que Raymond Aron avait tort et de Gaulle raison. Aujourd'hui, alors qu'Israël mène en Palestine une politique d'occupation contraire au droit international, alors que la France réserve à ses dirigeants des accueils bienveillants, l'antisémitisme flambe. Tandis que, en 1967, les mots du Général n'ont eu aucun effet manifeste sur l'antisémitisme. Après la guerre des Six Jours, la France a connu, même, une vague de philosémitisme jamais vécue jusque-là.

Sartre a suivi un parcours différent. Il était romancier, dramaturge, critique artistique, critique littéraire, et bien sûr le philosophe qui a eu sur son époque et en particulier sur la jeunesse une influence considérable.

L'habileté dialectique, l'immense intelligence, l'engagement, le travail, le style, aussi, somptueux, tout impressionne chez Sartre.

> À peu près vers le même temps que Charles Schweitzer rencontrait Louise Guillemin, un médecin de campagne épousa la fille d'un riche propriétaire périgourdin et s'installa avec elle dans la triste grand-rue de Thiviers, en face du pharmacien. Au lendemain du mariage, on découvrit que le beau-père n'avait pas le sou. Outré,

le docteur Sartre resta quarante ans sans adresser la parole à sa femme ; à table, il s'exprimait par signes, elle finit par l'appeler « mon pensionnaire ». Il partageait son lit, pourtant, et, de temps à autre, l'engrossait : elle lui donna deux fils et une fille ; ces enfants du silence s'appelèrent Jean-Baptiste, Joseph et Hélène. Hélène épousa sur le tard un officier de cavalerie qui devint fou ; Joseph fit son service dans les zouaves et se retira de bonne heure chez ses parents. Il n'avait pas de métier : pris entre le mutisme de l'un et les criailleries de l'autre, il devint bègue et passa sa vie à se battre avec les mots. Jean-Baptiste voulut préparer Navale, pour voir la mer. En 1904, à Cherbourg, officier de marine et déjà rongé par les fièvres de Cochinchine, il fit la connaissance d'Anne-Marie Schweitzer, s'empara de cette grande fille délaissée, lui fit un enfant au galop, moi, et tenta de se réfugier dans la mort.

Jean-Paul Sartre, *Les Mots*, Gallimard, 1963

De quoi s'émerveiller. Et pourtant…

Sartre calcule, guette la réaction du lecteur, pose ses pièges. Même lorsqu'il avoue être faux, cela sonne faux :

Je menais deux vies, toutes deux mensongères : publiquement, j'étais un imposteur : le fameux petit-fils du célèbre Charles Schweitzer ; seul, je m'enlisais dans une bouderie imaginaire. Je corrigeais ma fausse gloire par un faux incognito. Je n'avais aucune peine à passer de l'un à l'autre rôle […].

Impossible de ne pas voir dans ces lignes une immense clairvoyance. Impossible, non plus, de ne pas trouver chez l'enfant qu'il décrit un rare sens de la ruse. On retrouve ce goût de l'astuce dans le chapitre « Écrire », lorsqu'il raconte sa rencontre avec le Saint-Esprit :

> Bien entendu le Saint-Esprit n'appréciait que les écrits *vraiment* artistiques mais j'avais lu Musset, je savais que « les plus désespérés sont les chants les plus beaux » et j'avais décidé de capter la Beauté par un désespoir piégé.

Quelques lignes plus bas, il donne le détail de leurs échanges : « Ce trucage était bien commode. »

Dans *Situations I*, il reprend l'article paru en février 1943 dans *Les Cahiers du Sud*, où il s'emploie à régler son compte (en pas loin de 50 000 signes, quand même...) à *L'Étranger*, roman qui « a connu la plus grande faveur ». On sent, d'emblée, un prodigieux agacement. Le titre de l'article annonce la couleur : « Explication de *L'Étranger* »... Sartre se place en professeur. La suite sera sans surprise. La vanité, la méchanceté, la jalousie ont chassé l'intelligence. Ici, point de trace de ruse. Pas une once d'astuce. Pris par sa rage, Sartre s'enferre, là où quelques lignes ironiques auraient autrement porté. Tant de labeur pour dire du mal... Mais voilà, ce jeune Camus qu'il ne connaissait pas encore lui avait fait un trop vilain coup en sortant un si merveilleux roman, à une époque où, depuis près de trois années, Sartre n'avait rien publié d'important. Il enseignait en khâgne, tenait une rubrique de critique littéraire... Peu de chose au vu de ses ambitions. Le besoin de mordre était irrépressible. Un roman, dites-vous ? Pardon ! corrige Sartre : ce n'est pas un roman.

Les deux hommes se croiseront pour la première fois en 1944, chez Michel Leiris, un soir de répétition de la pièce de Picasso, *Le Désir attrapé par la queue*. Deviendront-ils réellement amis ? Je ne sais pas. On sent bien que la rupture était consommée avant même qu'ils ne fassent connaissance.

À première vue, pour Sartre, chaque phrase de Camus est un présent :

> Mais non pas un présent indécis qui fait tache et se prolonge un peu sur le présent qui le suit. La phrase est nette, sans bavure, fermée sur soi ; elle est séparée de la phrase suivante par un néant, comme l'instant de Descartes est séparé de l'instant qui le suit.

En réalité, il vante le contenant pour masquer sa détestation du contenu. Le roman de Camus n'a, à ses yeux, aucune cohérence philosophique :

> Et comment classer cet ouvrage sec et net, si composé sous son apparent désordre, si « humain », si peu secret dès qu'on en possède la clé ? Nous ne saurions l'appeler un récit : le récit explique et coordonne en même temps qu'il retrace, il substitue l'ordre causal à l'enchaînement chronologique. M. Camus le nomme « roman » [...]. Ce n'est pas sans hésitation que je donnerais ce nom à cette succession de présents inertes qui laisse entrevoir par en dessous l'économie mécanique d'une pièce montée.

Et Sartre d'expédier *L'Étranger* deux siècles en arrière, en concluant que ce roman « reste très proche, au fond, d'un conte de Voltaire ».

La rupture viendra après la parution de *L'Homme révolté*. Camus dénonce l'injustice. Mais il refuse la violence. Pour Sartre, ne pas choisir équivaut à être

« de mauvaise foi ». À ses yeux, justice doit être rendue, quel qu'en soit le prix. Il ne sera pas le premier à porter le fer. Avant lui, il y aura Breton (« révolté du dimanche », dira-t-il de Camus), puis Merleau-Ponty (qui plus tard à son tour se brouillera avec Sartre). La tyrannie peut être confortable, dit Camus. Et voilà Sartre et les siens (en particulier Francis Jeanson, dans un article virulent des *Temps Modernes*, et donc avec l'adhésion explicite de Sartre) affichés pour leur soutien sans réserve au communisme soviétique. Camus adressera à Sartre une lettre titrée : Lettre au directeur des *Temps Modernes,* lui reprochant notamment d'avoir « placé son fauteuil dans le sens de l'histoire ». Sartre lui répondra : « Beaucoup de choses nous rapprochaient, peu nous séparaient. Mais ce peu était encore trop : l'amitié, elle aussi, tend à devenir totalitaire. [...] D'où vient-il, Camus, qu'on ne puisse critiquer un de vos livres sans ôter ses espoirs à l'humanité ? »

Plus tard, en 1952, à propos de *L'Homme révolté*, Sartre écrira dans *Les Temps Modernes :*

> Et si votre livre témoignait simplement de votre incompétence philosophique ? S'il était fait de connaissances ramassées à la hâte et de seconde main ?

Un peu plus loin, il ajoutera :

> Je n'ose vous conseiller de vous reporter à *L'Être et le Néant*. La lecture vous paraîtra inutilement ardue : vous détestez les difficultés de pensée et décrétez en hâte qu'il n'y a rien à comprendre pour éviter d'avance le reproche de n'avoir rien compris.

Sartre, surdoué, génial, travailleur sans relâche, philosophe phare, m'apparaît avare de bonté, un homme dont le caractère n'est pas à la hauteur de l'intellect. Et cette voix… Extraordinaire, claire, posée, parfaite, mais dure, dans laquelle on chercherait en vain un soupçon de tendresse. Une voix à son image. Une voix guillotine.

Camus, né en Algérie dans une famille pauvre, élevé par une mère illettrée, ni normalien ni agrégé, sera celui qui a besoin de l'autre, partout : au football, au théâtre, au journal… Il incarnera l'homme de cœur, exemple d'humanité et de lucidité. Lire ses *Lettres à un ami allemand* ou son *Discours de Suède* est inspirant. Son souvenir est immaculé.

Sartre restera celui qui s'est trompé. On pourrait même ajouter : qui a nié la réalité. Lorsqu'en 1947 Camus et Aron dénonçaient la brutalité soviétique, Sartre persistait à la défendre. Trop d'incidents dérangeants ont brouillé l'image de Sartre. Son mouvement de Résistance, Socialisme et Liberté a-t-il réellement existé ? A-t-il vraiment tenté de traverser la province à vélo, en 1941, pour étendre son mouvement ? Jankélévitch parlera de Sartre comme de celui qui durant la guerre donne des cycles de conférences au cours desquelles il « s'engage à s'engager ». Mais au sortir de la guerre, Sartre fera partie du Comité d'épuration.

Si on me proposait de partager quelques jours de vacances avec l'un de ces trois grands écrivains, je dirais : avec Sartre, jamais. D'une durée raisonnable pour Aron, et sans limites pour Camus. Chez Aron, je sens une exigence et devant laquelle je ne serai pas de taille. Pour Camus, l'image qui me vient à l'esprit est inverse. Avec lui, je pourrais rester silencieux, l'écouter parler d'écriture, de la condition de l'artiste, de la condition humaine. Ou parler football.

Peu importent mes goûts (personne ne m'a rien proposé) : durant plusieurs décennies, la France et le monde ont vécu à l'écoute de ces trois immenses penseurs.

P.-S. : Pour ma part, et pour paraphraser Victor Hugo et son *Je veux être Chateaubriand ou rien*, je dirais : Je veux être rien ou Sartre.

V

Verbe, Le

En France, le verbe est une valeur. Un absolu qui se suffit à lui-même. Le verbe est un acte.

Et l'acte, alors ?

Souvent, ce n'est que des mots.

Versailles

Il y a un pays où les joies sont visibles, mais fausses, et les chagrins cachés, mais réels. Qui croirait que l'empressement pour les spectacles, que les éclats et les applaudissements aux théâtres de Molière et d'Arlequin, les repas, la chasse, les ballets, les carrousels couvrissent tant d'inquiétude, de soins et d'intérêts divers, tant de craintes et d'espérances, des passions si vives et des affaires si sérieuses ?

La Bruyère, *Les Caractères*

Victime exemplaire
de l'obsession du panache

Françoise Nyssen.

Vilmorin, Louise de

Benoîte Groult, Simone de Beauvoir, Jacqueline de Romilly, Marguerite Yourcenar ont été de grandes figures du féminisme. Elles ont transformé l'esprit français, l'ont enrichi, modelé, anobli. Elles n'étaient pas seules à le faire, d'autres intellectuelles, des femmes politiques, aussi, ont joué un rôle déterminant. Simone Veil, Françoise Giroud… La liste est longue, de celles qui par leur talent et leur force ont marqué l'évolution de la société française et de son esprit. « Vu de France », c'est à elles que revient le mérite des changements profonds de la condition féminine. Vu d'ailleurs, en particulier de l'Orient francophone où l'on retrouve le délicat sentiment consistant à s'exclamer, soudain : « Ah, l'esprit français… Raffiné, délicat, tout en nuances… Le propre du savoir-vivre », il convient d'ajouter à cette prestigieuse liste le nom de Louise de Vilmorin. À Beyrouth, à Alexandrie ou à Constantinople, le chef-d'œuvre de Louise de Vilmorin, *Madame de…*, avait sur ses lectrices des effets d'autant plus forts que derrière le personnage principal de *Madame de…* il leur était impossible de ne pas voir « Louise de », une vraie personne, qui comme son héroïne a « vécu », aimé, connu le monde, brillé et plu au-delà des mots. Le narrateur de *Madame de…* a ces mots, à propos de son héroïne : « Elle ressentait violemment le plaisir de plaire, elle aimait à prolonger ce plaisir jusqu'aux limites de l'impatience. » Dans la vraie vie, si l'on ose encore faire la distinction, les amants de « Louise de » avaient pour nom Antoine de Saint-Exupéry, auquel on l'avait fiancée, mais dont sa mère ne voulait pas (trop pauvre, pas d'avenir), André Malraux, Roger Nimier, Orson Welles... Elle attendra de sa mère une tendresse qui ne viendra pas, du moins en rapport avec ses espérances, et cette blessure fera d'elle ce que Françoise Wagener résume dans le titre de sa biographie : « Je suis née inconsolable ». De ses fiançailles elle écrira le souvenir dans un recueil de poèmes, *Fiançailles pour rire*... Elle se mariera deux fois, avec un richissime Américain d'abord, Henry Hunt, avec lequel elle ira vivre à Las Vegas. Mais va-t-on vivre à Las Vegas lorsqu'on est « Louise de » ? Elle divorcera, forcément, aura des liaisons, dont une avec Malraux (ils se retrouveront longtemps après, il dira d'elle : « Louise de Vilmorin, c'est une maladie »), épousera un comte hongrois au nom compliqué, divorcera encore, aura d'autres amants, et restera jusqu'au bout de sa vie la plus gracieuse des personnes. Dans un entretien télévisé datant de 1955, elle est interrogée par Pierre Dumayet. Elle y joue de tout son charme et de toutes ses ruses. Elle a la jeune cinquantaine, n'a rien perdu de sa rouerie ni de sa délicatesse, de son besoin de plaire, de séduire, de briller, de déconcerter, de se montrer à la fois « à portée de main » et insaisissable. Un homme doté d'un brin de prudence se dirait : « Attention, danger. » Sous la glace, l'extase, mais une extase maîtrisée, dominée. Ce n'est pas le jeu de l'amour, c'est celui de la séduction, ou plutôt de l'intense plaisir ressenti à séduire.

Le jeu de l'amour de séduire. La seule façon qu'aura un homme de lutter sera de se montrer indifférent. Difficile exercice… Dans *Madame de…*, lorsque le personnage de l'ambassadeur y arrive, Madame de en meurt. Ce n'est pas l'amour qui la foudroie. C'est la perte de son pouvoir de séduction.

« Madame de » s'ennuyait. Mais « Madame de » avait les moyens de s'ennuyer à grands frais. Elle en avait aussi les attributs. Dès les premières lignes, Louise de Vilmorin esquisse son autoportrait : « Mme de était, avec beaucoup de grâce, la plus élégante des femmes. » Alors « Madame de » dépense de façon si outrageuse qu'elle ment à son mari, généreux au-delà du raisonnable, minorant les montants dont elle est débitrice. Géniale trouvaille de Louise de Vilmorin… J'aurais aimé lui poser la question : « Et vous, chère madame, vous est-il arrivé de pécher par modestie, en quelque sorte, lorsque vous étiez l'épouse du Texan ? » Pour régler ses dettes, « Madame de » ira vendre des boucles d'oreilles offertes par son mari, deux diamants taillés en forme de cœur, et feindra de les avoir perdus au cours d'un bal. Par esprit de simplicité, elle s'adressera pour cela au bijoutier qui avait vendu les pierres. Le commerçant, très embarrassé, n'aura d'autre choix que d'en informer le mari, dès lors qu'il ne pourrait pas revendre le bijou à autrui sans que cela débouche sur un scandale. « Madame de » et lui tenteront de mettre au point un petit mensonge. Il sera éventé, bien sûr. Le mari rachètera les pierres, les offrira à sa maîtresse, qui les revendra au même bijoutier. Le mari rachètera les pierres quatre fois, l'ambassadeur une fois seulement, pour les offrir à « Madame de », dont il est tombé follement amoureux, et Louise de Vilmorin a trop d'élégance pour dire ce que le bijoutier a retiré comme gain de tous ces va-et-vient.

« Madame de » est rouée, mais elle est aussi délicate. À la fois menteuse et sincère, elle est ce mélange irrésistible fait de tous les charmes et de toutes les faiblesses. Ses mensonges bouleversent. L'analyse psychologique que Louise de Vilmorin fait de ses personnages est d'une rare finesse. « Le hasard, comme disait souvent Monsieur de, a ceci d'extraordinaire, c'est qu'il est naturel. On ne peut que s'en étonner. » Si les hommes sortent vivants de cette histoire, contrairement à « Madame de », ils n'en sortent pas grandis. Lorsqu'elle prétend avoir retrouvé ses boucles d'oreilles, son mari est au courant de la tricherie, il sait que c'est l'ambassadeur qui les lui a offertes. Mais son honneur de mâle le rendra aveugle :

> Il sut faire la différence entre le geste d'un ami et le geste d'un impertinent ; il se dit que, loin d'avoir osé faire à Mme de un cadeau qu'elle n'aurait pu accepter, l'ambassadeur n'avait voulu que l'aider à réparer un mensonge dont son mari, pensait-elle, n'était pas

averti [...]. Néanmoins, comme son honneur lui interdisait d'admettre que sa femme reçût, d'un autre homme que lui, un cadeau de si grande importance, il prit l'ambassadeur à part dès la fin du dîner et l'entraîna dans un petit salon :

— Cher ami, lui dit-il, vous ne pouviez agir avec plus de discrétion.

Et lorsque l'ambassadeur comprend que « Madame de » lui a menti, ce n'est pas l'amour qu'elle lui portait qu'il remet en cause, mais l'image qu'il avait de lui-même : « Il y vit une insulte et de la moquerie et il sentit son cœur se vider de tout amour. » Plus tard, « en baisant la main qu'elle brûlait de lui tendre, il lui dit : Je ne vous pardonnerai jamais, et s'écarta aussitôt ». Le passage le plus bouleversant du livre raconte en quelles circonstances, « Madame de » découvre ce qu'est le vrai amour :

> Tout à coup elle eut l'impression de n'avoir plus d'importance ; elle se demanda ce qu'elle faisait sur terre et pourquoi elle vivait ; elle se sentit perdue dans un univers qui n'en finit pas d'être ; elle chercha sa raison de vivre et ne trouva en sa pensée qu'un visage. [...] Elle courut à l'hôtel, dit à sa femme de chambre de préparer ses malles et, la nuit même, reprit le train.

La scène finale est une ode à l'élégance des sentiments :

> Mme de gisait aux frontières de sa beauté prochaine. Les deux hommes restèrent immobiles face à face, de chaque côté de son lit, les yeux baissés vers elle qui respirait encore, par à-coups, faiblement, et bientôt

l'ambassadeur, se sentant importun, allait se retirer lorsque Mme de, dans un mouvement d'agonie, allongea ses longs bras sur le drap, poussa un soupir et mourut.

Louise de Vilmorin, *Madame de*, Gallimard, 1951

Plaire, disait Molière. Plaire encore. Même au moment de la mort, il convenait à « Madame de » ne pas impatienter son amant. L'élégance en toutes circonstances.

L'histoire se passe-t-elle à Paris ? Cela n'est dit nulle part. Comment s'appellent les personnages ? On ne sait d'eux ni le nom ni le prénom. Ce sera « Madame de », le mari, l'ambassadeur (d'un pays voisin), le bijoutier, le neveu… Au cours de l'histoire, il est question d'un bal, de gazettes, de campagnes, d'une gare… Où ? Lesquelles ? Laquelle ? On n'en saura pas plus. L'histoire pourrait sembler hors sol. Elle est universelle.

Dans *Louise, ou la Vie de Louise de Vilmorin*, Jean Bothorel reprend une expression qu'elle affectionnait, sans doute par l'habitude d'en avoir fait un large usage : « Je t'aimerai d'amour, toujours, ce soir. »

Vingtième siècle,
Les génies du

En lui offrant Malraux, Mauriac, Valéry
Et Gide et Aragon, les sommets de l'esprit
Quel somptueux cadeau la France au monde a fait :
Ces génies incarnaient le bel esprit français.

Écrivain très habile, ami du Général,
Malraux s'est fabriqué un destin magistral
Qui l'a mené, mais oui, tout droit au Panthéon !
(Il y était passé, le temps d'une oraison…)

Grand seigneur de Bordeaux, prince de Malagar
Mauriac *frappera dur. Sec, jamais bavard,*
Il traitera les siens sans gentillesse aucune.
Quel était son secret ? Pourquoi tant de rancune ?

Gide, *le grand Gide… Comme il aimait la vie !*
Les plaisirs, l'ascèse, tout lui faisait envie :
Où donc est mon devoir ? Résister ou jouir ?
Tiraillé, déchiré, il ne pouvait choisir.

Valéry, *lui, vivait pour la vie de l'esprit*
Poèmes, essais, récits, tout ce qu'il a écrit :
Eupalinos, Amphion, Les Cahiers, Tel quel
Porte haut la marque des chefs-d'œuvre éternels

Est-il né à Paris ? À Neuilly ? À Toulon ?
En cachette pour sûr. Ce secret en dit long
Sur sa douleur, son drame : il était né sans nom…
Il rencontra Elsa et devint **Aragon**.

À ces cinq il faudrait, je le crois, ajouter
Le nom incandescent de **Raymond Radiguet**.
Deux fois le diable s'empara de son corps :
« Par amour, par typhus, tu seras météore ! »
À seulement vingt ans, sa vie fut arrêtée.
Par bonheur, la gloire sut se montrer pressée.

Ces six grands écrivains marquèrent, c'est certain,
L'ADN des Français, leur esprit, leur destin,
Mais ceux des nôtres, aussi, francophones d'ailleurs.
Que serais-je sans eux ? Je leur dois mon bonheur.

M. A.

Vous qui passez sans me voir

On raconte que dans les dernières semaines de sa vie, Pierre Bérégovoy espérait qu'enfin le président Mitterrand répondrait à l'un de ses nombreux appels.

Son attente fut vaine. Il semble aussi que tel ancien candidat à la présidence n'ait pas jugé bon de retourner les messages d'un de ses bienfaiteurs, un homme qui lui avait permis de s'habiller à grands frais. Voilà que le généreux donateur, chiffonné, si j'ose dire, par cette amitié qui s'effilochait, a tout révélé du somptueux cadeau, pour que celui qui était l'objet de sa générosité prenne une veste, si j'ose encore dire. À Paris, la famille d'un grand écrivain[1], né dans la capitale mais domicilié à l'étranger au moment de sa mort, cherchait un lieu où déposer ses cendres. Elle essuya un refus administratif de la part de la Ville de Paris. L'Académie française, dont l'écrivain était un membre éminent, chercha à joindre madame le maire. Longtemps ses appels ne furent pas retournés.

Tous ces épisodes me font penser à Jean Sablon. Innénarable Jean Sablon... Au bras d'une richissime, aux courses, dans les salons, on le voyait partout où il fallait se montrer. Quel bel homme ! Et quelle voix... Douce, tendre, susurrante... Jean Sablon et son grand succès :

Vous qui passez sans me voir
Sans même me dire bonsoir
Donnez-moi un peu d'espoir ce soir...
[...]
Vous qui passez sans me voir,
Me donn'rez-vous ce soir
Un peu d'espoir ?...

Cette chanson incarne l'art de la Cour. Louis XIV, qui d'un regard pointé ou détourné, faisait ou défaisait

1. Michel Déon.

un courtisan, une carrière, une vie. Passer sans voir, ignorer, humilier… Privilège du puissant. Il semble que l'habitude soit restée (v. Jusque du moindre de ses regards…).

Épilogue
Le panache, etc.

Depuis l'inoubliable semaine au cours de laquelle ma mère m'a fait découvrir Paris, depuis le boulevard Osman et Pierre Dux dans *Cyrano*, depuis Versailles et ma première visite au Louvre, j'ai grandi à travers la France. Je me suis nourri de sa langue. J'ai calqué mon goût du beau à son goût du beau et mon amour du panache au sien. J'ai défini mes valeurs à l'aune de son principe d'élégance, de son souci de plaire, de son attachement au juste, de sa force morale. En fils adoptif, j'ai été nourri par une France généreuse, inspirée par ses grands prophètes : Pascal, Diderot, Hugo, Péguy, Renan, de Gaulle, et réjouie par ses immenses artistes : Ronsard, Molière et Rameau, Debussy et Guitry, Ravel, Chanel, Yves Saint Laurent…

« *France, France*, disait Victor Hugo, *sans toi le monde serait seul.* » Et nous autres, francophones d'ailleurs, ne serions pas les mêmes. Nous voici métamorphosés jusque dans nos gènes.

Un esprit chagrin s'interrogera : n'y a-t-il pas un prix à payer pour vivre dans un monde si merveilleux ?

Bien sûr ! Quelque fois, même, un prix très fort. Depuis quand s'attend-on à ce qu'un cadeau soit gratuit ? Va-t-on déjeuner dans un trois-étoiles en espérant que personne ne présentera l'addition ? Avec la régularité d'une montre suisse, les complaisances révolutionnaires viennent semer un incompréhensible chaos. Mai 68 se répète cinquante ans plus tard, alors que le monde a changé, que les enjeux sont ailleurs. L'occupation de NDDL, comme chacun appelle désormais Notre-Dame-des-Landes, la grève des trains pour défendre le statut d'un temps révolu, celle des avions pour exiger des augmentations de salaire (alors que par comparaison à l'international, ils sont dans les moyennes supérieures), le prix de tous ces désordres est immense. Au coût visible s'ajoute sa part cachée : le frein aux investissements étrangers, le découragement de ceux qui seraient prêts à risquer plus, la fuite des cerveaux…

Faut-il s'en étonner ? Non, bien sûr. Il n'empêche, j'ai souvent le cœur serré de voir la France, mon pays qui n'est pas mien, prise dans ses propres filets, lorsque, une chose en amenant une autre, le besoin de plaire pousse à la théâtralité, qu'on préfère la flamboyance du verbe et la grandeur révolutionnaire à la bonne exécution de ce qui est besogneux. France, pays où le manque de panache sera toujours une faute.

Occuper avec brio le devant de la scène, faire la révolution, dresser des barricades, voilà qui a du panache ! L'acte porte en lui ce qui fait la beauté de l'esprit français : le goût du juste et, osons le dire, le sens de la fête. La cohérence est absolue. Il ne pourrait pas en être autrement. Question d'ADN.

Peut-être est-ce pour cela que je suis tombé si éperdument amoureux de la France, de son esprit, de sa générosité, de sa capacité à tout mettre en jeu, parfois au-delà du raisonnable, pour défendre ce qui lui est cher, comme nous y invite Apollinaire :

Perdre, mais perdre vraiment,
Pour laisser place à la trouvaille.

Voilà pourquoi je m'en suis remis à elle.
Pour son panache.

Table

Du même auteur (suite et fin)

L'Enfant qui mesurait le monde, roman (prix Cercle Interallié, prix Méditerranée, prix des lecteurs Points-Seuil, prix des lecteurs Littératures européennes de Cognac, prix liste Goncourt, choix de l'Italie), Grasset, 2016 ; Points Seuil, 2017.

Dictionnaire amoureux de la Suisse, Plon, 2017.

Mon père sur mes épaules, Grasset, 2017 ; Points Seuil, 2018.

Carnaval noir, roman, Grasset, 2018 ; Points Seuil, 2019.

Rachel et les siens, roman, Grasset, 2020 ; Points Seuil, 2021.

Freud, les démons et autres monologues, Lausanne, Éditions BSN, 2021.

L'Homme qui peignait les âmes, roman, Grasset, 2021.

Collection « L'Abeille » Plon

Dernières parutions

1. *Les Derniers Mondains*, Camille Pascal
2. *Dictionnaire amoureux de Marcel Proust*, Jean-Paul et Raphaël Enthoven
3. *Contre Macron*, Juan Branco
4. *Les Métamorphoses de Dieu*, Frédéric Lenoir
5. *La Sorcière et l'Occident*, Guy Bechtel
6. *Mémoires*, Maurice Druon
7. *Dictionnaire amoureux de la langue française*, Jean-Loup Chiflet
8. *Joseph Kessel*, Yves Courrière
9. *Dictionnaire amoureux de la Bretagne*, Yann Queffélec
10. *Dictionnaire amoureux de l'Inde*, Jean-Claude Carrière
11. *La Sexualité selon Jean-Paul II*, Yves Semen
12. *Des animaux au prétoire*, Chantal Knecht
13. *Duras, la traversée d'un siècle*, Alain Vircondelet
14. *Dépasser Darwin*, Didier Raoult
15. *Dictionnaire amoureux de la Résistance*, Gilles Perrault
16. *La Spiritualité conjugale selon Jean-Paul II*, Yves Semen
17. *Conseils du cœur*, Sa Sainteté le Dalaï-Lama
18. *Dictionnaire amoureux de l'Histoire de France*, Max Gallo
19. *Avocate irrespectueuse*, Gisèle Halimi
20. *Ne vous résignez jamais*, Gisèle Halimi
21. *Ces psychopathes qui nous gouvernent*, Jean Luc Hees
22. *Charles le catholique*, Gérard Bardy
23. *Les Rebelles*, Jean-François Kahn
24. *Un si long silence*, Sarah Abitbol
25. *Dictionnaire amoureux de Mozart*, Ève Ruggieri
26. *Si tu meurs, je te tue*, Chloé Verlhac
27. *Ma vie toute crue*, Mauricio Garcia Pereira
28. *Le Dernier Mitterrand*, Georges-Marc Benamou
29. *Jacques de Bascher*, Marie Ottavi
30. *Gainsbourg, intime adresse*, Marie David
31. *Dictionnaire amoureux de Venise*, Philippe Sollers

32. *La Défaite des femmes*, Dominique Simonnet
33. *Kurt*, Laurent-David Samama
34. *Claire de Castelbajac*, Dominique-Marie Dauzet
35. *Dictionnaire amoureux de l'islam*, Malek Chebel
36. *Cavales*, François Besse
37. *Dictionnaire amoureux du Festival de Cannes*, Gilles Jacob
38. *La vie est un choix*, Yves Boisset
39. *La Couronne du diable*, Alexandre Najjar
40. *Dictionnaire amoureux de Paris*, Nicolas d'Estienne d'Orves
41. *Le Paris de mes amours*, Régine Deforges
42. *L'Opéra de Paris*, Jean-Philippe Saint-Geours et Christophe Tardieu
43. *Dictionnaire amoureux de l'esprit français*, Metin Arditi

À paraître

Contes philosophiques du monde entier, Jean-Claude Carrière
Inceste, Virginie Talmont
Le Théâtre du corps, Marie-Claude Pietragalla

Imprimé en Espagne par
Liberdúplex
à Sant Llorenç d'Hortons (Barcelone)
en août 2021

P30715/01